m

——— 阅读之前 没有真相

午夜文库

盲剑楼奇谭(上)

[日]岛田庄司 著
吕灵芝 译

新 星 出 版 社　NEW STAR PRESS

目录

1	前往金泽（上）
99	盲剑楼奇谭
155	疾风无双剑（上）

前往金泽（上）

1

吉敷竹史站在东京大学赤门右首侧那座综合研究博物馆举办的"从赤门到金泽"展会场中。他来这里是因为听闻在金泽东茶屋街经营"听香茶屋"的通子也展出了作品，不过在看展途中被一幅日本画吸引，再也迈不动步子了。于是，吉敷驻足久久凝视，不肯离去。

这是一幅华丽的装饰性绘画，作者是名为鹰科艳子的日本画作家。画中包含了许多强烈吸引吉敷的要素，使他双脚如同扎了根似的动弹不得。若是过去在那些讲谈本或漫画书中，倒可能看见这样的剑豪画，但他从来没有在二科展等大型艺术展会上看到过这种画作的记忆。因为这种题材过于通俗，权威画家基本上不会选择它来进行创作。画面描绘了一名容姿俊朗的剑客瞬间挥剑的动作，笔触写实而热情洋溢。

这幅画作可能描绘了歌舞伎的某个场面，标题写着《盲剑大人》。吉敷没听过以此为题的歌舞伎剧目。更何况，画中的剑士面容美貌，也是目前活跃在舞台上的任何一名歌舞伎演员无法比拟的。只见他鼻梁高挺，双眼细长，目光清澈美丽，一双眸子如同玻璃球或是宝石，反射着隐隐光华。他比妆容精致的女人还要美丽，或许可称宝冢[①]风格。虽然画中流露出女性画家对美男子剑客的美好幻想，却也蕴含着罕见的气魄。

[①] 一九一四年由小林一三创立的大型歌舞剧团，成员全部为未婚女性，歌剧男性角色饰演者称为"男役"，女性角色饰演者称为"娘役"。最为大众熟知的毕业生有天海祐希（男役）、黑木瞳（娘役）等。（译者注，下同。）

乍一看，这幅画并没有什么出彩之处，但吉敷渐渐意识到，那可能是受到了画题的影响。剑士身处一片昏暗中，面部宛如沐浴在聚光灯下，美丽得甚至有些异样，很容易让人感觉画作流于美人画的俗套。

画中捕捉到剑士从上至下斜挥长剑的动作，由于动作迅疾，画面上看不到剑的模样，只见一道利刃反光留下的宽阔轨迹，如同织入了金银线的布匹。刀尖处还能看见似是刚刚被斩断的男性手足，在空中划过。这使得画作不像女性作品，反倒更接近男孩子的梦想，但又远远没有这么单纯，而是散发着神秘气息。

首先，俊美剑士的身体越往下便越淡薄，到小腿处已经完全消失。剑士脚下的榻榻米、剑士面对的坐垫、黑色单人膳台都清晰可见。也就是说，这位俊美的剑士似乎没有双腿。那么，他是幽灵吗？这幅画描绘了此世不得而见的俊美亡灵吗？

奇妙之处不只这些，剑士还背着一个婴儿。他身上套着一件育儿裲，包裹着一个小小的婴儿，孩子正把脸贴在剑士背上酣睡。这位俊美的剑士似是身负婴儿拔刀而立，闯入了这间铺着榻榻米的屋子里。加之这位奇妙的剑士还不是现世之人——真可谓异想天开，突破桎梏的创意。可是，这位女画家为何要用日本画颜料创作这样一幅奇怪的作品呢？

另外，背景处的两名女子还让画面透出了几分华丽色彩。她们虽然身处远景，形象微小，却都穿着金银、朱红、焦茶等色彩交织在一起的华丽和服，想来应是花街的艺伎。

吉敷之所以被这幅画吸引得走不动路，并不仅仅是因为它特殊的题材和构图，还有画家的姓名。鹰科艳子这个名字听起来很奇怪，因此吉敷对她有印象。不但有印象，他看着看着，还记起自己曾跟这个人简单说过几句话。然后，他还想起了她的面孔、体态以及略微沙哑的声线。

若问两人在什么地方交谈过，那便是通子在金泽那家店的隔壁。

是通子领他过去的。换言之，通子在金泽东茶屋街经营的镀金饰品店旁边是一家小小的画廊，不知多少年前，这位画家在那里开过个展。吉敷在那个狭窄的会场中，听通子介绍了这位女性日本画家，两人还打了招呼，简单聊了几句。

因为是画家的个展，画廊里展出了她的一系列作品。那天是星期日，小小的画廊里挤满了看展的客人，使他们无暇多聊。吉敷又是利用周末到金泽来玩儿的，没有时间与画家改日再会，所以两人只站在一起说了不到一分钟的话。尽管如此，还是给他留下了深刻的印象。

之所以印象深刻，原因不止一个。首先，这位女画家是通子的店面及画廊店面的持有者，也就是通子的店铺房东。正因为这样，通子才会出于礼貌向她介绍了自己的丈夫，吉敷也是带着这个认知跟她进行了交谈。还有一点，这位画家身上散发着奇特的气息，同时又具备了金泽人特有的魅力。因此，吉敷当时并没有把她当成画家，反倒感觉她是以招待客人为职业的女性。

有魅力并不意味着她是个美人。美人固然是其中一个因素，但她的体态和举止都散发出一种优雅的气质，就连因为职业关系见识过更多人的吉敷，也很难想到跟她类似的女性。换言之，哪怕她身在陪客行业，也不属于银座那种类型，而是东京看不见的类型。

听闻她的过往之后，吉敷顿时明白了这种气质的源头。原来，她是号称金泽第一、众人所谓"盲剑楼"的艺伎屋之女。她母亲乃是在东花街开创了一个时代的著名艺伎阿染，引退后继承的艺伎屋便是盲剑楼。

盲剑楼创始于江户初期，历史悠久，早在金泽的茶屋群和东西花街成型之前便已存在，可谓老店中的老店。这间艺伎屋有着不世袭的传统，代代皆由楼中最优秀的艺伎来继承。哪怕是楼主之女，若艺不如人，也没有继承资格。

话虽如此，也并非没有楼主之女继承的例子。只要实力到位，完全可以继承。可是，艳子虽然具备了实力与资质，却没有继承盲剑楼。原因是其母阿染不希望女儿继承艺伎屋，而希望她像普通人一样结婚。另有一点，是因为一九五九年，盲剑楼在火灾中全毁了。

阿染借此机会将楼转手他人，自己则在茶屋街边缘买了一栋房子，在二楼生活起来。一楼店面开了崇尚"和魂洋才"的创意餐厅与和风咖啡厅，但这些都不是阿染亲自决定，而是碰巧有人想租下店面开这样的店罢了。阿染只收房租，从来不管经营，因为阿染自身怀有不再参与任何经营活动的决心。她没有结婚，战后一直过着安静的生活，从不对他人甚至血亲提起背后的缘由，并在一九七六年静静地去世了。

一九五九年盲剑楼烧毁时，艳子年方二十四岁，由于母亲不再经营艺伎楼，艳子从此便离开花街，与一名平凡的银行职员相亲并结了婚。她与家人住在这座房子，也就是目前通子租下的茶屋街店面的二楼，过着相夫教子的生活。可是艳子没有母亲那样的男人缘，在昭和纪年结束的一九八九年，她的丈夫就病逝了。

艳子的丈夫本就体弱，工作上没有出人头地，夫妻之间也很长时间没有孩子。原因似乎是丈夫的精子发育不良，经过痛苦的体外受精，艳子终于在四十岁成功怀上了孩子。在母亲阿染去世的一九七六年，艳子生下了家中独女。

可能因为艳子生于花街，家庭结构比一般人的略显特殊，其母阿染没有丈夫。也就是说，艳子没有父亲。不过，倒是有个类似父亲的人。那人名叫盆次，是专门照顾阿染起居的盲剑楼牛太郎。所谓牛太郎，就是负责揽客和包间助兴的职位，可是盆次口吃、瘸腿、认不得几个汉字，又不会打算盘算数，而且智力有些低下，难以完成这种需要机灵应对的工作。

话虽如此，他却对阿染言听计从，把照顾艺伎生活、楼内打扫、盥洗衣服、炒菜做饭的工作都包揽下来，每天勤勤恳恳。楼里的女人都把他当成傻瓜，可是艳子认为，盲剑楼若没有了他，恐怕会无法支撑下去。

盆次整日与母亲阿染待在一起，一刻都不停歇地为楼主工作。所以，艳子在成长过程中也不自觉地把盆次当成了父亲。不过长大以后回首往事，艳子觉得他可能从未有机会与母亲发生肉体上的关系。因为盆次丝毫不具备让女人动心，或是做出一些妥协的魅力。

盆次每次开口说话都异常耗费时间，待到艳子成人之时，他的口吃更是恶化到一个字都说不出来的程度。若是与他说话，他就会憋得嘴角冒出唾沫，皱着一张脸苦闷不堪。然而尽管如此，他还是会勉强挤出比任何人都灿烂的笑容，让大家更是对他唯恐避之不及。盆次自己仿佛也放弃了与人对话，干脆以哑巴身份过活，打手势与周围交流。

盲剑楼烧毁后，盆次变得无家可归，所以艳子邀请他到新家与母亲一起生活。可是任凭她百般邀请，盆次就是不愿意与阿染和艳子一同生活，只在附近租下一个廉价房间，天天过去照顾卧床时间越来越长的阿染。

与盲剑楼相比，阿染后来买的房子显得很小，艳子也能理解他的想法。此外，他还考虑到艳子若是与他这样的人生活，可能会影响到婚事。确实，金泽的人思想保守，对花街出身的人格外严苛，盆次常年处在花街这种女人世界，自然深谙此种世道。

不再经营艺伎屋后，阿染的手头就越来越不宽裕，花在医疗上的钱越来越多。盆次得知此事，在生活上概不依赖阿染，而是在出租屋对面的酒馆里找了一份厨子工作，每天低调地干活。待到这种工作不好做了，他便在家做点副业，靠自己赚得一份口粮。就这样，直到阿染去世，他都一直伺候左右，然后又默默地安排好了阿染的葬礼，可谓出尽了全力。自从开始照顾阿染的起居，盆次似乎就下定了决心，要一辈子侍奉阿染，并且践行了这个决意。

母亲去世，房子空了出来，艳子自己又结了婚，已经无须担心什么。于是艳子再次邀请盆次到茶屋街的房子里生活。可是盆次依旧固执地摇头，每天从出租屋来到艳子家，为她照顾尚未断奶的女儿赖子。等赖子上了小学，盆次还每天接送她上学放学，直到她升上高年级。在那以后，一旦下午突然下雨，盆次都会拿着伞到学校去迎接赖子。对他来说，赖子想必如同亲孙女一般。

随着年龄渐长，原本就不灵便的身体越来越不听使唤，因此盆次认为，若住在同一座房子里，自己会给艳子添麻烦。他一向老实诚恳，对周遭考虑得异常周到，始终那么温柔，甘愿粉身碎骨侍奉阿染一家。艳子特别喜欢盆次这个人，又因为从小与他相处，一点都不在意他怪异的外表。正因如此，长到十八岁上下，艳子就把他当作了父亲，并在成年以后公开称呼他为父亲。

楼里常年弥漫着不让艳子称呼他为父亲的氛围。母亲阿染很讨厌她如此称呼盆次，楼里的女人虽然整日多得盆次照料，却都用轻蔑的目光看待他。艳子不喜欢那些女人的傲慢，年幼时还是只能顺从。要抵抗楼里的氛围，须待艳子自身成年，拥有了力量才行。

可是一旦艳子称其为父亲，盆次就会表现出强烈的抵触。他似乎认为自己低人一等，没有资格成为艳子的父亲，每次听到那个称呼，就会惶恐得几乎要流下眼泪，磕磕绊绊地拼命劝诫艳子，万万不可这样称呼他。

艳子有时会想，自己的父亲究竟是谁？无论再怎么回忆，她都想不起疑似父亲的男性曾经造访过楼里的母亲。莫非那人虽是常客，却把一切巧妙掩饰了？母亲从不告诉艳子究竟谁才是她的父亲。她问过盆次，他也只是回答不知道、这怎么好说。

花街就是这样的地方。常来光顾的老爷们都有家室，花街女人就该遵守不给他们添麻烦的规矩。可是尽管如此，艳子觉得这也太过分了。一般在楼里，尤其是亲女儿心中，应该对父亲这个人隐约有所察觉才对。然而阿染将事实掩盖到这个份上，莫非是因为对方有着高不可攀的地位？艳子曾经思索过这个问题，可是直到现在，她都不知道答案。

以上便是鹰科艳子的生平。吉敷每次与通子见面，都会听她讲到艳子的过去、成长历程，以及金泽花街这个特殊的成长环境。艳子似乎没有刻意隐瞒过自己的过往。她不仅擅长日本画，还是日本舞和三味线的行家，只要有人请求，她偶尔也会露上两手。花街的成长背景对她来说似乎是种骄傲，想必也是她十几岁时虽然出了台，但是从未委身于哪位恩客的缘故。

正因如此，不仅是通子，金泽许多人都熟知艳子的经历。艳子为人爽快，性格大方，从来不在背后议论他人，因此深得大家欢心。她没有必要隐瞒，没有人会利用她的过去编造恶毒流言。

如此听闻下来，便知道艳子特有的腔调、气息和举手投足之间略微异于常人的姿态其实来自艺伎界，并随着年龄增长形成了独特的个人气质。艳子就是这样的女子。

后来，艳子把独女养育成人，随即拜入了一位知名日本画作家的师门，开始学习日本画。可能因为天赋使然，她很快便在金泽画坛崭露头角，如今已成为金泽文化界的重要人物。

想来，她的花街背景和未亡人身份都对事业发展形成了有利影响。艳子站在如今的立场上，创作了吉敷眼前这幅不可思议的剑士画，这究竟是为什么呢？是什么促使她画了这幅画？

正如上文所述，吉敷对妻子店铺的房东鹰科艳子多有耳闻，可能比一般人都更了解她的特殊过往、家庭性质和为人性格。然而吉敷掌握的信息中，并不存在足以说明这幅不可思议的亡灵剑士画的东西。

2

"爸爸。"

听到呼唤，他转过头去，发现是雪子。

"我们去吃中午饭吧。"她说，"你肚子饿了对不对？"

"嗯，是饿了。"吉敷回应道。

"食堂可以吗？"

"好啊。"

吉敷嘴上应着，目光还是离不开那幅画作。

"你看上那幅画了？"雪子问。

"嗯，你觉得这幅画怎么样，有点奇怪对吧？雪子心里怎么想，你认识这个人吧？"

"嗯，这个剑士没有脚呢。"

两人并排站在画作前，会场人不多，因此在这里驻足多久都不会打扰到别人。

"他是个幽灵。你听鹰科阿姨说过她为什么画这幅画吗？"

"没听过。不过艳子阿姨说她不相信幽灵。"

"不相信，可是却画了？"

"嗯，我记得她说过，自己不相信幽灵，但是小时候看见过一次。所以我觉得，这幅画可能是她根据回忆画的吧。"

"那么说，这是她的真实体验？"

吉敷惊讶得瞪大了眼睛。

"应该是。艳子阿姨很早以前就说，自己之所以成为日本画作家，是因为有个无论如何都想画的主题。说不定就是这个。"

吉敷再次惊讶地看向女儿，然后目光回到画作上，这样问道：

"她说因为想画这幅画所以才成了画家？也就是说，她心里一直想把这幅画给画出来？"

心里有个无论如何都想画的主题，所以成了画家。她加入画塾，并且把以前的创作都当成了技巧的磨炼，一直努力至今——这的确有可能。而且，这张画细节处体现的仔细，仿佛也在印证这个说法。如此一来，这幅画便是她志向的终点吗？

"你可以问问她本人啊，艳子阿姨人在东京，可能就在这所大学里。她昨天跟我通电话是这么说的，待会儿我再打个电话问问吧。"

雪子说。

"好啊，那我们去食堂吧。"

吉敷从画作前离开，与女儿并肩走了出去。

"你看到妈妈的作品没？"雪子问。

"看了。"

"怎么样？"

"还是一样优秀。不仅是镀金工艺品，还多了很多布料制作的小饰品呢。"

"嗯。"

"今年还做了赤门对吧。"

"嗯，妈妈说那是非卖品，是她专门为这次展览加油制作的。"

父女俩走出博物馆，悠闲地穿过没有铺装的道路，雪子问了一句："你要看赤门吗？"

他们走出门去。

门前大路车水马龙，噪声比较大，他们不自觉地提高了音量。

"东大原本是加贺藩的宅邸吧。"吉敷问女儿。

"嗯，加贺前田家的，属于江户上屋敷[①]。"

"那这扇门是——"

"御守殿门。它并不是一开始就有，而是加贺藩主前田齐泰迎娶当时的将军德川家齐的女儿溶姬时，为了纪念而修建的门。"

"我总感觉这扇门连接了这里和金泽啊。"吉敷说。

"溶姬就是穿过这扇门嫁进了金泽大名家。"

"江户与金泽的姻缘啊。刚才那个展览好像也突出了这点。"

"对啊，它现在成了东大的门。我也是从天桥立搬到了金泽，在那里上了高中，才想考上这所大学的。"

[①] 日本江户时代，各藩大名在江户驻留时通常不会只有一座宅邸，因此按与江户城的距离和功能，分为上屋敷、中屋敷、下屋敷。上屋敷为大名和眷属、家臣等居住之地，离江户城最近。

"不过你也真够棒的，竟然考上了这么难考的大学。我一开始还以为肯定没戏呢。"

"我也觉得。不过好在我擅长记东西，可能像爸爸吧。"

"不太像，反正你爸爸肯定考不上。"

"不过我到东京参加模拟考试的时候，从爸爸家到这里，只要坐一趟大江户线就到了。"

"嗯，那只是碰巧，我搬家的时候根本没往这方面想。"

"我还是觉得一切都跟这里有着千丝万缕的联系。"

"是啊，我也为雪子感到骄傲。没想到你竟然如此优秀，爸爸真是一点都不了解。不过我们现在住驹场，一趟车到不了吧。"

"嗯，不过只要在青山一丁目和涩谷转一下车，不算太麻烦。"

"是吗？"

"这道门很有意思。当时号称加贺藩算盘武士的猪山信之负责准备藩主的婚礼，还修建了这道门，然而加贺藩和猪山自己家都深陷财政危机，根本拿不出预算，所以啊——你快来看。"

雪子先穿过了门。

"你瞧，门背后并没有涂成红色。"

她指着背面说。

"哦，是真的。"

"这是为了节省涂料费用，理由是溶姬嫁进来的时候，穿过门绝对不会往后瞧，所以对着宅邸那一侧就没涂成红色。"

"是吗，太会算计了。"

吉敷点点头。

"他们当时肯定特别穷吧。"

他们从安田讲堂前的入口走进地下层的食堂，买完餐券后，两人打了咖喱饭对坐而食。

"这里最受欢迎的是超辣担担面，特别多的人爱吃。"

雪子说。

"是吗，下次我也试试看吧。"

吉敷并不讨厌吃辣。

"爸爸，你最近总是吃这种东西吧？什么猪排盖饭啊，还有辣面条、辣咖喱。这对身体可不好。"

"不会不会，最近我主要吃和食，比如多线鱼，还有烤鱼套餐。"

"我只能周日给你做饭，真是委屈你了。"雪子说。

"那怎么会，周日能吃到就足够了，我平时太忙了，所以特别感激。"

"你没办法让作息规律点儿吗？"

"嗯，我已经在尽力了。"

吉敷说。

"到东京来上大学，还能跟爸爸住在一起，真是太不可思议了。"

"是啊，我做梦都没想到会有这么一天。不过你妈妈现在孤身一人，肯定很寂寞吧。"

"嗯，所以我每天都跟她通电话。"

"哦，是嘛。"

"她很担心爸爸的身体哦。我突然闯进你家，你会不会嫌弃啊？"

"完全不会。不过你三年级要去本乡上课吧，到时候就方便了。"

"嗯，只要坐一趟大江户线。"

"原来文学系从大三开始也要去本乡啊。"

"是啊，大二下学期有升学分科，要提交自己希望去的专业。"

"都有什么系啊？"

"你说专业吗？分科是选自己想读的专业课程。"

"哦……是嘛。"

"文学系有语言文化学、思想文化学、行动文化学和历史文化学四个专业。"

"哦，好复杂啊。雪子想读哪个专业？"

"我的志愿是语言文化学，不过还要看成绩。如果能上，那就是文学系，语言文化学专业，英语英美文学专业课程。"

"啊？"

"就是英语专业啦。"

"哦哦，英语专业啊。"

吉敷越来越觉得父女俩一点儿都不像，因为他一句英语都说不出来。

"我上高中时，班里有个白人老师，所以我喜欢上了说英语。"

就在这时，雪子的手机响了。

"外国人很喜欢金泽，所以有很多人住在那里。"

说完，雪子拿起手机聊了一会儿电话。

结束通话后，她又说：

"爸爸你运气真好，是艳子阿姨打来的。"

"哦，她说什么？"

"她说自己在指原机器人技术创业实验室。"

"工学系？她怎么跑到那种地方去了。"吉敷问。

"指原教授很喜欢艳子阿姨的画，所以两个人成了朋友。还有，那位教授正在制作机器人，艳子阿姨给他当顾问，也在那边参观呢。爸爸，我们要去看看吗？"

"嗯？哦。"

吉敷点点头，却感觉有点反应不过来。为什么金泽的日本画家会跑到东大工学系去看机器人？

那座建筑还很新，两人在三楼走出电梯，面前的走廊两侧都是雪白的墙壁。雪子走在前面带路，来到一扇灰色双开门前停下，对吉敷说就是这里，然后敲了敲门。门里持续不断地传出机械运作的声音，再加上说话声和搬运器材的响动，似乎没人听见敲门，所以半天没有反应。于是，雪子默不作声地打开了门。

房间中央有一块空地，前方设有沙发，可以看见一名身穿和服的女子的后脑。

一台装有四个小车轮，纵长条状，宛如屏风的机器正朝着那名女子驶去。机器被固定在貌似铝质的银色外框里，裸露着内部结构，后方则连着一捆红色和黄色的线缆。

最让人感兴趣的是，机器的顶部安了一个绘有人脸的头部。那张脸虽然上了色，但是画得并不仔细，有点像田间地头矗立的稻草人。再仔细一看，稻草人面部下方两侧还安了两根胳膊似的铝棒，并握着一把日本刀。

如此一来，吉敷便猜到这台银框机器究竟要干什么了。现在虽然还不算成型，不过足可称为人形机器人。而且，它还模仿了日本封建时代的人物，右手提着出鞘的刀，可见是一名剑客。机器靠着四个轮子前进，然后停在沙发上的女性面前，银色外框里的红白色小灯快速闪烁了一会儿，整体稍微左右挪动，调整了一下方向。随后，持刀的右手缓缓举起，到达顶部之后，猛然挥落。

在旁边观看的三名学生笑着鼓起掌来。再看雪子，她也在鼓掌。吉敷不禁有些疑惑，依旧垂手站在那里。

这东西虽然好玩儿，但是整体动作太僵硬，挥刀的动作也过于机械，全然没有武士的动态。恐怕世上不会有什么人老老实实坐在那里等着它来砍。这台机器要习得人类武士的动作，恐怕还要花上好几十年。

雪子走到机器旁边，朝一个手持遥控器的年轻男子点了点头，又朝身后指了指。吉敷猜测她在说自己，便走上前去微微颔首，报上了姓名。

"鄙姓指原。"

青年说完，也行了个礼。

雪子继而走向沙发，鞠了一躬说：

"这是我父亲。"

那名女子缓缓站了起来。虽然有五六年不见，但吉敷还是认出了她就是画家鹰科艳子。她之前和现在都穿着和服。只见她向前走了两三步，恭敬地欠了欠身，然后说：

"我是鹰科，好久不见了。"

吉敷也朝她行了礼，然后往沙发方向走过去。

"我是吉敷。方才在展会上拜见了您的作品。"

他说。

"啊，快请坐吧。"

教授对吉敷说。

"你也请坐吧。"

他又对雪子说了一句，于是三人并排坐在沙发上。随后，教授又说：

"我正在尝试应用最新技术来再现鹰科女士的作品，刚才正在实验。"

"哦，原来如此。"吉敷说。

"只是现在还砍不了人啊。不过，最近国际象棋和日本将棋的真人大师都开始赢不过电脑了。"指原说。

"真的吗？"

鹰科艳子惊讶地问。

"没错，所以这家伙将来或许也能胜过全日本的剑术高手。"

"哦？"

"到时候，它就是梅泽尔的象棋手了。"

"那是什么？"吉敷问。

"相传为十八世纪匈牙利人制作的神奇自动人偶。人偶面对国际象棋盘，人类可以坐到它对面，跟它下象棋。可是没有人能胜过人偶。后来，一个叫梅泽尔的人搞到了这样的人偶，并带着它巡回整个欧洲接受挑战，留下了不败的传说。"

"里面会不会藏了人啊？"

吉敷问。

"据说自动人偶的尺寸很小，人钻不进去。"

"哦？"

"而且人偶胸前还有一扇门，每次都会打开给客人看，里面只有机械部件。"

"嗯……"

"那老师，它就是梅泽尔的剑士了呀。"

雪子笑着说。

"唉，只可惜鹰科女士不答应。"

"啊，为什么？"

"鹰科女士已经给这台机器人起了名字。"

"哦？叫什么名字？"

雪子探出身体，越过父亲对艳子问道。

艳子笑了笑，告诉她："叫盲剑大人。"

3

指原教授邀请吉敷父女和艳子来到了实验楼的露台。露台位于一楼的角落，是个安装着玻璃幕墙、环境很舒适的空间，旁边还有一个小柜台，可以买到咖啡、红茶和果汁。四人各自点了饮料，教授声称有员工优惠，就统一买了单。

一行人来到窗边的小桌旁坐下，欣赏着校园里的绿色景观。

教授落座后开始介绍："从中世纪到近代是欧洲的魔术时代，人们想出了众多巧妙的机关结构，逐渐形成了一套传统工艺。大街小巷和剧场里遍布着各种各样的魔术表演，让许多人或是大吃一惊，或是乐在其中。而在进入十九世纪之后，这些工艺就开始由机械科学来支撑了。"

"科学支撑魔术吗？"吉敷问。

"没错。科学有点像万能的魔杖，并非只能应用在魔术这个领域。它在文学领域则发展成了推理小说、科幻小说和近代自然主义文学。"

"哦？"

"在思想上，科学还孕育了社会契约论，甚至可以说，在社会上逐渐抬头的科学家的合理设想，最终创造了选举、议会政治和总统制。在这些制度的影响下，此前教会的万能性和蛮横性都逐渐衰退了。"

"哦……"

"就连警部先生您所专长的犯罪调查，也源自伦敦苏格兰场宣言，也就是今后所有犯罪调查都要应用科学手段来解决，不再沿用老式警官调查法和通过拷问强迫嫌疑人招供的手段。同样，在魔术领域，得到科学支持的魔术表演不断进化，其中一部分最终变成了科技。"

"科学支撑的魔术都有什么啊？"

吉敷有点好奇，便问了一句。

"有好多种，比如会说话的人头。魔术师号称自己有一颗刚刚被砍下来的人头，就这么摆在小小的三角桌子上，然后魔术师点燃魔法香，人头竟然睁开了眼睛，开始嘀嘀咕咕地说话，还能回答观众的问题。

"另外还有秋千上的无腿女人。一个只有腹部以上躯体的女性被放在秋千上，对着观众摇摇晃晃。旁边会有人解释她天生便是这样一具身体，而她也能回答观众的问题。

"还有一种魔术，就是几个人在舞台上组装塑料人偶，装好之后，人偶突然动起手来画画。

"另外还有带电少女。一名少女握住灯泡，就能让灯泡发亮。要是把浸了油的布放到嘴边，就会啪地点着。观众还可以跟少女握手，真的会噼噼啪啪地触电。这些表演都应用了当时最尖端的科学。"

"这些全都有机关吗？"雪子问。

"嗯，当时开始发展的科学全都被当成了魔术背后的机关。因为十八、十九世纪的人还不知道科学是什么，因此人人都震惊不已。"

"哦。"

"还有巴黎的透明少女也很有意思。巴黎来了一个珍奇马戏团，他们把一个小小的玻璃柜用铁链吊在了天花板上。柜子前面安了一个带扩音器的话筒，假设一个观众朝柜子出示一本书，问这是什么，扩音器里就会传出声音，说是书，因此所有人都大吃一惊。"

"哦？他们认为玻璃柜里有个透明人吗？"

"对，对。"

"玻璃完全透明？"

"那当然。那是一个用真正的玻璃板组装成的柜子，透明少女会通过扩音器说，我就在这个柜子里，但是全身透明，所以大家都看不见我。"

"哦？"

"而且那好像是真的，因为少女的声音能够正确说明观众的情况，比如服装、相貌、表情，等等。这些都是不真正看到就无法说出来的东西。对于客人的提问，也能做出准确的回答。"

"这些都是机关啊？"

鹰科艳子问。

"没错，这些魔术手法现在都已经弄清楚了。"

教授回答。

"机械机关……"

"是的，所以我们今天的AI和机器人显然都来自那种技术，可见机械科技就是它们的原点。"

"欧洲的……魔法？"

"正是如此。不仅是欧洲，其实早在中东就已经出现过这类机关。"

"中东？"雪子问。

"具体来说是亚洲。魔术、音乐、乐器、文化、毒品、大学，甚至这样的咖啡厅，其实都是从亚洲传入欧洲的。还有印刷术、火药、罗盘、独裁，也都来自亚洲……"

"哦哦，这个高中教过。"

"嗯，亚历山大港的希罗就发明过砍不断的马首这种魔术。相传它曾出现在古埃及托勒密王朝的宫廷。这种就是纯粹的机械机关了，跟现在的机器人很相似。那是一个通过机械机关操作的会喝水的马形摆件，一次，国王挥刀斩向马首，刀锋径直穿过去了。"

"嗯。"

雪子应了一声。

"可是马首没有切断，放到水边就又开始喝水了。"

"哦？"

"那就是彻头彻尾的机器人啊。马身上预留了刀锋通过的路径，通过之后各个部件又会依次连接起来。"

"哦？"

"请问——"吉敷插嘴道。

"请讲。"教授回应道。

"刚才我在综合研究博物馆看到了鹰科女士的画，请问那幅画也跟您刚才说的有关系吗？"

吉敷说完，艳子笑着对指原教授提出了抗议。

"我小时候的经历既不是机关也不是机械哦。"

"您瞧，她一直坚持这个说法。"

教授苦笑着对吉敷说。

"不过，世界上绝对不存在科学无法解释的东西。"

他断言。

"您的意思是，可以用科学来证明盲剑大人的奇迹？"

艳子的语气游刃有余。

"嗯。"

教授苦笑着回答。

"您想说,盲剑大人其实是那样的机器人?"

"不,那倒不是。只不过,我认为盲剑大人的背后应该存在着什么机关。"

"那您倒是说说,那是什么机关啊?"

"这我还不清楚。"

艳子保持着笑容,缓缓摇起了头。

"那不可能。唯独那点绝对无法解释。"

"无法解释的魔法。古今东西,有许多魔术都标榜过这句话。可是现在,它们全都得到了解释。"

艳子又笑着摇了摇头。

"您这个说法本身就很奇怪。"

"为什么?"

"因为当时周围并没有魔术师,而且那也不是魔术表演呀。那可是真正的杀人。我觉得这件事永远都无法解释。"

"杀人?"

出于职业本能,吉敷对那个词做出了反应。

"是的。"

艳子说。

"鹰科女士,您真实体验过那幅画上的情景吗?"

吉敷对艳子问。

"是的。"

艳子斩钉截铁地点点头。

"小时候?"

"十岁那年。"

艳子说。

"您真的看见了那幅画上的剑豪?"

"是的，没错。"

"还目睹他杀了……人？"

"是的。"

"不过，当时是战后对吧。"

"大战刚结束没多久。"

"于是你决心一定要把他画出来……"

艳子用力地点头道：

"因为我亲眼看见那位大人斩杀了许多坏人。"

"哦！"

"那位大人挥着刀，用难以置信的速度……那根本不是人类能做到的动作。"

"那是什么？"

"神技。"

"他像画上那样，没有双腿吗？"

吉敷刚说完，艳子就看着虚空回答：

"他的双腿我不清楚，因为当时还小，记不清了。不过我记得事情发生在牢牢封死的房子里，窗户和大门都被钉上，还用衣箱和桌子堵住了，不让任何人进来。房子里只有艺伎……"

"可是，那位剑客却冒出来了。"

"是的。"

"他杀了一个人？"

"五个人。"

"你小时候目睹了如此大量的杀人行为，竟然没有留下阴影吗，比如PTSD……"

"是留下了，现在我也总会在夜里惊叫着醒来。因为当时真是太可怕了……"

"屋子里是不是成了一片血海？"

"是的，可是我们没有遭到恶人袭击，全都得救了。要是那位剑士没有冲进来，母亲恐怕就要被杀死了。如果我目睹了母亲的头被砍下来，精神状态恐怕会更糟糕。"

"那位剑士真的如此俊美吗？"

吉敷问。

"是的。"

艳子毫不犹豫地点头道。

"会不会在记忆中进行了美化……"

"没有，绝对就是那样。我双眼看得明明白白，绝对不会有错。"

"其他女人怎么说？"

"其他女人都没看见，她们吓得头都不敢抬。"

"只有你看清了剑客的面容。"

"是的。"

"他是幽灵？"

"除了鬼神，其他人都进不了那座被牢牢封死的房子。"

艳子说。

与教授道别后，三人来到大学校园内。雪子说她有事要去办公室，于是只剩下吉敷和艳子两人，朝着三四郎池的方向悠悠地走着。

经过安田讲堂，顺着石阶下到池塘边，吉敷边走边问：

"您住在什么地方？"

"一座旧式旅馆，名叫凤明馆。"

艳子边说边向吉敷伸出手。吉敷握住了她的手。石阶并非水泥制成，而是在圆石中间塞了泥土堆砌而成，对身穿和服的女性来说略有一些难走。

"那家旅馆的森川别馆就在大学正门附近，步行过去很快就到。里面住着一位金泽出身的女性，跟我是老朋友了。"

"哦？"

吉敷说。

"可能因为是金泽人,才跑到加贺藩的宅邸旁边住下了吧。"

艳子笑着说。

吉敷漫不经心地听着,渐渐理解了其中含义。原是花街艺伎,源流来自江户,若那人对此心怀骄傲,必定有着坚持江户规矩的意志,因此在加贺藩宅邸旁边落脚的想法也就变得极为自然了。

来到三四郎池畔,周围植物繁茂,寂静无声,也感觉不到学生的气息。池水浑浊,足见此地历史之悠久。

"这座池可是江户时期挖的呢。"

艳子说着,在一块石头上铺开了手帕。

"来坐坐吧?"

吉敷点点头,与她并排坐在石上。

"那边有红叶。"

艳子静静地说了一声。吉敷闻言,向对岸看了过去。

红叶并不多,只在树丛之中点缀着这么一棵,因为叶子都红了,反倒流露出孤寂的风情。停下动作后,空气也仿佛静止下来,隐约能闻到水和植物的湿气。吉敷觉得,那就像是历史散发的气味。

"金泽现在正是赏叶的时节呢,您可以过来看看呀。夫人也一直在等您呢。"艳子说,"小雪离开后,夫人一直都很寂寞。"

吉敷苦笑着点点头。这他很清楚,只是迟迟抽不出时间来。他听说新干线很快就要开到金泽去了,到时候往于两地就会方便许多。现在,金泽还是一座遥远的城市。

"您方才去指原老师的研究室,是因为对机器人感兴趣吗?"

吉敷问道。

"是因为老师邀请我去了,而我的确有些兴趣。"

"不过那个动作僵硬的机器怎么都不像您说的那位身手敏捷的剑客啊。"

艳子点点头。

"是的。"

吉敷心中"咦"了一声，因为他以为艳子会笑，却见她脸上毫无笑意。

"机器的动作的确一点都不像，只是……"

她欲言又止。

"该怎么说呢，那耸立的样子，一点都不像活人的姿态……"

"耸立？"

"是的。"

她扭了扭柔软的身段，轻声应着，总算笑了出来。随后，她瞥了一眼吉敷。

"那种体内没有热血流动的样子让我想起来，那位大人当时也好像机械一样。"

吉敷一时无法理解艳子的意思，因而不知如何回应，只能保持沉默。

"所以我看到那台机器时，心里突然想，那位剑士会不会真的是机器呀？"

"哦？"

"所以他才会这么厉害，一眨眼就接连杀死了五个男人。没有一个人能抵抗，那些坏人甚至连刀都来不及拔出来。他就像黑色旋风一样冲进房间里，转瞬之间杀死了坏人。如此犀利的剑法让我眼花缭乱，连在电影上都没看到过，因为电影演员绝对没有那样的身手。于是我就想，他会不会不是人呀。"

"当时是战后没错吧？"

吉敷又问了一遍。

"是一九四五年，跟现在一样是秋天，九月份的事情。"

"不是剑客出没的江户时代。"

"不是。"

艳子掩着口笑了。

"哪里来的刀？"

"楼的中庭有一座盲剑大人的小社，里面就供奉着日本刀……"

"剑客用的是那把刀吗？"

"是，因为后来去看，刀上沾着血。"

这意想不到的回答让吉敷吃了一惊。

他感到有点混乱，便沉默下来。他隐约觉得艳子的脑子可能有点不正常。

"坏人都带了刀？"

"是的，都是军刀。"

"军刀，原来如此。那警察……"

"战后一片混乱，警方也几乎没有年轻人，而且士兵还没完全复原，当时距离天皇陛下的玉音放送只过去了一个月。到了十月，美军的宪兵也开进了金泽。在八月之前，市里至少还驻扎着一些日本军，治安得以维持，但是唯独九月那一个月，金泽既没有军队也没有警察，可以算是无法地带了。听说哪个车站的站台上还发生了退役军人用铁锹打死警察的惨案。当时的警察都被禁止配枪了。"

吉敷一言不发地点点头。

他自己也熟知战后那个时期。

"那段时间真是太可怕了，大家心里都很绝望。我们楼还没恢复营业，艺伎也没有回来几个，而那件事就发生在战时与战后交接的那短短一个月时间里。"

"那位剑客这么强悍……"

吉敷疑惑地说。

"是的，那根本不像人。方才指原老师不是也说过吗？要是再过几十年，那台机器人说不定能胜过日本所有剑术高手。"

"的确说过。"

但是吉敷并不相信。因为国际象棋和将棋跟剑术不一样，下棋只需要用脑。

"于是我就猜测啊，那位剑士会不会就来自遥远的未来呢？一这样想,我觉得自己总算想通了。"

"从未来去到了一九四五年?"

"是的。虽然不太可能,但是如此强悍的人如此干脆地接连杀死了好几个坏人,这种事情同样不太可能。"

"那可是机器人的影子都看不到的时代啊,恐怕连想法都还没存在。"

吉敷说。

"是的。如果不是机器人,那就只能是鬼神了。是鬼神现身救了我们。"

艺伎的神吗——吉敷想。

"你十岁那年的家……还是花街的艺伎屋吗?"

"是的。"

"那里被占领了?"

"是的,被军队出来的恶霸一样的人占领了整整三天。不,恶霸都不会做如此过分的事情。镇上所有男人都会遵守花街的规矩,可他们却把艺伎的手脚捆住,当成了自己的玩物。"

"她们被强暴了吗?"

"是的。我听闻战区会发生这种事,而我们楼里就被弄成了战区的模样。"

"唔。"

"听说还有艺伎怀孕了,后来不得不去找医生堕胎,受了不少苦。"

"没有人去救你们吗?"

艳子摇了好几下头。

"那是镇上既没有警察也没有军队的一个月,而且楼里的窗户和大门都被钉上,又用桌椅和衣箱顶住了。虽然留有一道侧门,但总有一个年轻人在那里盯梢。"

"邻居都没有察觉吗?"

"我们的楼很大,是花街独一份。原本那里是武士的宅邸呢。"

"唔，在你们无处求援的时候，那位剑士独自一人冲了进去。"

"是的。他冲进了我们被捆起来囚禁的二楼大房间里。于是我们得救了。要是那些人再继续占领下去，我们不一定能活下来。"

"侧门盯梢的没发现那位剑士吗？"

"他说没看见，没有一个人从侧门进来。"

吉敷点点头。

"直到现在我都觉得很不可思议。这个谜一直没有解开，我真希望有人能在我有生之年把它解开。吉敷先生，您能明白吗？"

吉敷点点头，沉默着思索了一会儿，然后说：

"那座房子原本是武士的宅邸对吧？"

"是的。"

"既然如此，会不会地下有个秘密通道通往镇上呢？剑客可能就是从那里进入了房子。"

听了吉敷的话，艳子摇摇头。

"不是的。我们也考虑过这个可能，可是一九五九年盲剑楼闹了火灾，我们在废墟上找了一遍，完全没看到地道的痕迹。"

"哦，这样啊。"

吉敷说。

4

后来，吉敷就绕到樱田门去工作了。艳子说要去银座那边见几个人，两人便在本乡三丁目的车站道了别。她要见的好像都是画廊和演艺界相关人士。

雪子说晚上有空，吉敷就跟她约好，各自吃过晚饭后到汤岛的老酒吧"E"碰头。那个酒吧吉敷去过几次，调酒师是个资深行家，好酒者都知道那个地方。艳子也是那里的常客，一听吉敷提到E，便说她八点钟也会过去。

除了在东京见人，艳子还想去几个地方，所以她会在森川别馆再住两天，三天后乘早上的飞机回金泽。东大的展览会还有两天结束，她打算在最后一天去参加闭幕宴会。

E离本乡的森川别馆很近，所以每次在森川别馆下榻，艳子一定会去店里坐坐。这是她来东京的必去之处，雪子也是知道这点才提出在E碰头。这样一来，艳子应该能轻松许多。

可是吉敷八点钟走进酒吧时，却发现雪子一脸不安地坐在吧台旁。

"爸爸。"

雪子叫道。

"怎么，艳子阿姨没来吗？"

吉敷坐到旁边的高脚凳上问。

"艳子阿姨来不了了。"

"为什么？"

"不知道，我收到一个电话留言，是艳子阿姨说有急事要回金泽。"

"哦，这样啊。"

吉敷并没有多想，然而雪子的模样似乎与平时不太一样。

"而且，艳子阿姨的语气很奇怪，好像出什么事了。我给她打了好几个电话，完全打不通。她连电话都关机了，这肯定不正常。希望别遇到什么坏事吧。"

她说。

"艳子阿姨平时会像这样突然改变行程吗？"

"不会，以前一次都没有过。她这人行动起来特别悠闲，我还是头一次见她这样。"

"哦……"

吉敷点点头，但他认为目前事态还没有异常到需要他这个警官出马的地步。

雪子拿出手机，又拨打了一次，然后把手机放回包里，对他摇了摇头。

"不行，那边还是关机。"

她的声音听起来很不安。

"是吗。"

吉敷短促地应了一声。

常年出没于犯罪调查现场，让他感到那充满杀气的世界与自己家人就像隔海相望的东京与外国一样遥远。家人说话彬彬有礼，平静和善，丝毫没有暴力的痕迹。

父女俩坐在吧台边，气氛变得有些尴尬。选择这家店是为了方便艳子，如果只有他和雪子两个人，完全可以到月岛公寓旁边那几家吉敷常去的店里。如果在那边喝醉了，也能马上回家睡觉。

"总而言之，现在只能等她主动联系了。你别着急，她肯定会打电话过来。"

吉敷说。

"等会儿我给妈妈打个电话。"

雪子说。

父女俩交谈了大约三十分钟，雪子给母亲打了电话。

电话虽然接通了，但通子并不知道艳子出了什么事，甚至说："啊？她已经回来了？"

艳子还是行踪不明。

第二天早晨，事情向更坏的方向发展了。这完全出乎吉敷的意料。

因为雪子说今早不用赶时间，吉敷就一个人按照平日的时间出门，乘坐地铁有乐町线前往樱田门。结果，他在沙丁鱼罐头一般的满员电车里感到上衣内袋的手机震动起来。他反射性地看向窗外，地铁刚刚离开新富町，离樱田门还有一段距离。这个时机真不凑巧。

他好不容易掏出电话，看到上面显示着吉敷通子的名字。

"喂？"

吉敷夹在人群之中，压低声音接了电话。

"竹史吗？"

通子高亢的声音听起来近在咫尺。

"我在满员电车里，现在不方便说话。快到樱田门了，我等会儿再给你打回去。有急事吗？"

吉敷问。

"嗯……"

通子犹豫了一会儿。

"急，很急。"

她说。

"知道了，我在下一站银座一丁目下车，从站台上给你打电话。"

吉敷说完便结束了通话。

他等到电车停了便走下去，用力分开人流来到柱子旁，倚靠在上面拨给了通子。通子很快就接了电话。

"竹史。"

她一接通就无比忧伤地说。

"怎么了？出什么事了？"

吉敷惊讶地问道。虽然周围行人很多，但这次他毫不在乎地提高了音量。

"嗯。"

通子说。

"难道是鹰科女士？"

吉敷话音未落，通子就应道：

"是。"

接着，她解释道。

"艳子姐的孙女被绑架了。"

"啊？！"

他忍不住压低声音惊呼。

发生了刑事案件——吉敷的脑袋开始飞速旋转。假设这里是东京，他已经联想到了要派去现场的下属的脸。赎金数额，交接地点，搜索凶手藏身处，对方人数，是否可以使用手机……判断材料如同旋风般在眼前掠过。

"她有孙女？"

吉敷并不知道。

"对，竹史也知道艳子姐有个女儿叫赖子，对吧？"

"嗯。"

他应了一声，其实记不太清了。只能说隐约有点印象。

"赖子有个女儿叫希美，今年才三岁。现在那孩子不见了。"

"确定是被绑架了？"

"确定，因为凶手发了一个信封过来。"

通子说。

"一个信封？你是说书信吗？"

既不是电话，也不是即时通信软件？

"不对，是一个很大的信封，里面装着笔记本。"

"笔记本？"

"对，凶手好像在里面密密麻麻地写了不少东西。"

"你看过没？"

"还没有。听说笔记本封面上写着：绝对不准报警。这不是一般的恐吓，万一让我知道警方出动，就会立刻掐死孩子让她消失得无影无踪。我言出必行。孩子死了我无所谓，你想报警尽管去报。我的怨恨就是如此强烈。"

"嗯……"

吉敷忍不住闷哼一声，因为他觉得这很危险。从描述来看，犯罪行为本身就像愤怒驱使的报复，凶手做出了如此宣言，并且已经展开行动。如果他提出用东西来交换孩子，那这边也就能有办法，如果对方不提出，那就毫无办法了。因为凶手只需把孩子杀死，悄无声息地离开。

孩子才三岁，这点非常不利。如此年幼的孩子毫无抵抗能力，一旦被扼住咽喉，马上就会死亡。从他刚才听到的文字描述来判断，对方并没有做交易的意愿。凶手似乎已经自暴自弃，并且下了杀死孩子的决心。对方表现出了足以做出这种行为的强烈怒气，可是，他为何不直接行动，而是发起了联络呢？

"对方有什么要求？你刚才说的文字里没有要求。是要钱吗？"

这就是吉敷心中涌出的疑念。凶手声称要杀死孩子，还说自己怀有足以转化为杀意的强烈怒火。可是，他为何要等待，为何不直接动手，而是发起联络……

"好像不是钱，那上面完全没有提到钱。"

吉敷陷入了短暂的沉默。如果真是这样，那就有点棘手了。

"那他要求了什么？"

"我们搞不太清楚他的要求。"

"搞不清楚？"

吉敷讶异地反问道，同时开始搜索过去的记忆。他从未遇过这样的绑架案。

"笔记本上写了很长的文章，她目前正在读。"

那现在还什么都不好说。

"艳子姐完全不睡觉，都快担心死了，但就是不知道怎么办。今早她终于走投无路，来找我商量了。"

"凶手脑子正常吗？"

"从笔记本的文字来看，好像不太正常。"

"艳子姐有什么想法吗？"

"没有。"

"既然是怨恨，那应该跟她有关系吧。"

"就是呀，可她好像真的想不到。"

吉敷闻言，脑中立刻浮现出一个可能性：她曾经提到的，十岁那年发生在花街的奇怪事件，也就是被她表现在画作中的事件。可是，怎么会——

刑事案件充其量只是散文式的俗事，没有故事那样的纠葛与浪漫。那应该就是金钱了。凶手为何不提钱？还是说，其实笔记本上提到了？

"报警了吗？"

"艳子姐坚决不报警，因为一旦报警，凶手肯定会杀了希美。竹史，你不这样想吗？"

"我也觉得会。"

吉敷马上回答，因为这个想法无从隐瞒。

"无论如何保密，消息肯定都会泄露出去。就算是警方也一样。你说对不对？"

吉敷沉默了。他很想说警方不会让消息泄露出去，但是很难如此断言。

"艳子姐说，如果孩子死了，一家人都活不下去，所以绝对不报警……"

"可我也是警察啊。"

"所以才找了人在东京的竹史……请你不要告诉任何人，一个人记在心里，然后帮帮艳子姐吧。"

"我吗？"

"对，一个人。竹史一定能行。"

"别开玩笑了，这可是越权行为。"

吉敷说着，已经开始回想工作的现状。现在碰巧所有工作都告一段落，而且他还攒了不少带薪假期，倒也不是不能过去——

"竹史，你能马上过来吗？现在我们能依靠的人只有你了。"

"你再好好想想，应该还有别人。"

"不,没有了,只有竹史你一个人。"

吉敷仿佛听到脑中传来一个声音:万一失败,那就是你的责任了。

"现在艳子姐能求助的人只有我了,可是我读了凶手寄来的笔记也没有头绪。只凭我们两个人肯定应付不了,而这种时候我能求助的人,就只有竹史。你现在工作忙吗?一定很忙吧?能想办法帮帮我们吗?"

通子焦急地请求道。

他本想说自己很忙,可是说不出口。让他为难的是,自己的好胜心开始对这件事产生了浓厚的兴趣。这个凶手是什么人,为何不提出赎金要求?凶手究竟在想什么、想干什么?这个未知强烈地吸引着他。凶手没有用剪贴字,而是寄了一本笔记本。他很想见识见识这个不走寻常路的敌手,想理解对方的想法。只是,他并不想轻易承认这个想法。

假设,只是假设,这个绑架案与画作中表现的神秘现象有关,那真的可以放心交给别人处置吗?吉敷自问道。凶手寄来的笔记本呢?难道不想看看吗?

可是,那可能只是他一厢情愿的期待。目前无法保证这个绑架案与亡灵剑士有关系。他只是在东大展览会上看见了那幅奇妙的画作,听闻了作者的体验,因此产生了兴趣,想知道答案。然而,没有任何证据能证明他想知道的答案就在这起绑架案中。当他插足进去,得知两者毫无关系时,真的可以接受吗?不会大失所望吗?

吉敷站在熙熙攘攘的银座一丁目站台,陷入了漫长的沉默。各种思绪在脑中纠缠,早已错过了说话的时机。

"知道了,我一小时后给你电话。"

他好不容易挤出一句话。

"嗯,我等你。"

通子急切地应着,随后结束了通话。

最后，吉敷还是乘上了东京站出发开往新潟的新干线列车。他要在长冈转车，前往金泽。

5

都说军舰岛是地狱岛，不过这可能只是半岛来的人的夸张说法。在工作上，我从未感受过对朝鲜人的歧视。因为我十六岁那年被送到岛上的学校去上学了，而且朝鲜人也不会被要求去做安装爆破炸药这样危险的工作。更何况我还是个孩子。日本人教我读写日语，我倒不是特别想学，但是如果语言不通，那帮人肯定会很不方便吧。

因为什么《国家总动员法》，町内会的会长把我们从庆尚道领到了军舰岛，只是会长他们不知不觉间消失了，只剩下我一个人。

岛上有很多日本人，我每天都被他们欺负。他们总是喊着要打棒球，还张口就要拿我当球，把我朝着本垒那边推搡。打手还会拿球棒痛击我的腹和背。他们叫我跑去一垒，我就跑了，然后他们就喊：去一垒了！于是一垒手就大喊着出局，用力挥舞拳头向我的脑袋砸过来。每天都这样。

偶尔我会抱怨几句，他们就会笑着唱"朝鲜朝鲜莫嘲笑"，因为他们听了好多次，都记住了。最初听我说这句话的人，从那以后就开始管我叫"喂，朝鲜"。

要是我说话时稍微带着一点朝鲜口音，就会有人对我怒吼："你这样也配当陛下的赤子吗！"要是我被揍得进了医院，也只会听到一句："嗐，朝鲜啊。"然后被安排到最后一个，不得不一直等到太阳下山才能就医。

我一大早就要起床，整天在昏暗的隧道里劳动，已经咳得很厉害了，还总有人骂"朝鲜白痴"！因为一点小事就把我痛打一顿，害我头痛一直都不好。后来，上了年纪的人开始生病死掉，我开始感觉要是再不逃走就会被杀死。

可是,听说岛那边有一群"打河童"的人,如果我游到对岸,会被那些人用木棒打死。而且因为一直拼命游过去,人会很累,连躲都躲不掉。所以有人告诉我,要逃就得趁夜一个人逃走,因为很多人一起游过去太显眼了,容易让人杀掉。

我是被征用到长崎来的,不过大哥是自己到日本来赚钱的,我听他说目前住在金泽。所以,我一直想到金泽去找大哥。我还听说亲戚金昌男住在博多,便决定先到博多去投靠昌男。我用油纸包好一百元的钞票塞进口袋里,等到夏天便趁夜跳入海中,游过了海峡。

我是村里水性最好的人,所以没被海潮冲走,平安到达了对岸。由于害怕打河童的人,我没有立刻上陆,而是小心翼翼地确认了周围没人,才走到岸上。

上岸之后,我立刻逃进山里,把衣服拧干,在草地上睡到了天亮。清晨起身后,我故意避开大路,尽量沿着山路走到了车站。途中看见一座房子,我去偷了内衣和食物,继续往前走。

等我走到长崎站,已经偷了日本人的长裤和鞋子穿在身上,变得跟日本人一样了。而且我的日语也跟日本人差不多,没有什么问题。于是,我乘坐缓行列车去了博多。

找到金昌男家后,我得知昌男被征兵,已经不在家了。他有个媳妇,收留我在家里住了一夜,还给我做饭吃,答应等我恢复一些体力后,就带我到金泽去。

家里几乎没有吃的,昌男媳妇就用麦米做了饭团带上,领着我一路走到门司,在码头等待联络船,准备乘船到本州去。船来了,由于人太多,我跟昌男媳妇失散了,又想看看从未见过的本州,就坐在船头呆呆地看着前方,结果突然被打了。

我转过头,发现警官扑了过来。他大吼了一声"棒子",又把我给揍趴下了。紧接着,他还一脸鬼怪似的凶相怒吼:"你坐哪儿呢!"我不明白他的意思,便定定地看着他,于是他又喊:"棒子去船尾！快走！快走！"

由于浑身疼痛，我只能慢吞吞地起来，可是不知怎么招惹了他，又被他一脚踹倒了。我正要扑过去还击，却见昌男媳妇走了过来，紧紧抱着我拼命对警官道歉："对不起，对不起……"我不明白，她为何要道歉呢。

在山阴线的列车上，我和昌男媳妇都没有座位，只能在车厢连接处铺上报纸坐了下来。

我从连接处的裂缝看到了大海，是东海。海的那一头就是济州岛和朝鲜半岛。想到这里，我不禁有点想哭。要是这场战争日本打输了，情况会不会变好一点呢。

到达金泽车站，我们在大街上走了好久，我记得是去了卯辰八幡社这个地方。

找到金森金融这个金色招牌的建筑，我们走进去一看，发现里面有好多目光凶狠的男人，其中一个就是我大哥。好久不见大哥，我只觉得他特别威猛，特别气派。

大哥地位不低，穿着上好的衣裳，一见到我就大声说："哦，这不是正贤吗！你来得好，来得好！"接着又突然说，"去泡个澡，好好泡个澡，洗洗尘。"

我照他的吩咐泡了澡，出来以后，有人为我备好了上等的衣服，还强迫我穿上。昌男媳妇也去泡了澡，然后我们三人一道去了城里最好的饭店。好久没吃到这么好吃的饭菜了。大哥喝了酒，我还是孩子，就喝了汽水。

第二天，我们去了理发店，昌男媳妇则被领去烫头发，整得漂漂亮亮回来了。随后，大哥给昌男媳妇买了不少礼物，还给了她路费和辛苦钱，昌男媳妇连连道谢，然后回了博多。

后来，我就在金森金融干活儿。没办法，因为我没别的地方可去。虽说是干活儿，可我不会打算盘，也不知道金融业到底是干什么的，只能在大哥出门时帮他拎拎包、打打杂，拿着耙子在店门前打扫。

　　这里的生意是放贷。金森社长借钱时笑容满面，讨起债来就特别可怕了。整个公司的人会全体出动，到欠债的人家里揪着他衣服领子又踢又打。社长自己也不是什么好东西，揍起人来最凶狠。

　　比较有意思的是，不用跟大哥出去干活儿时，我就会做街头打广告的工作。不知为何，店里有个小哥专做街头广告，还创建了金森金融宣传广告部这么个部门。这个部门为找我们融资的公司尽心尽力，还会帮他们打广告招揽生意。

　　另外，比如车站门口新开了一家商店，过来找我们帮忙宣传，宣传广告部的小哥就会化上雪白的妆，顶着三度笠，叫上附近那两个弹三味线的姐姐，三个人一同出门干活儿。去的时候坐板车，而我就是蹬自行车拉板车的那个人。来到要打广告的店门口，他们就会敲起钲和太鼓，在路旁表演。

　　会有一大群孩子围过来鼓掌看戏，随后大人也会围过来，此时他们就会大声喊："新装开店，欢迎光临！"如果是饭馆，就会边跳边喊："好吃哒，好吃哒，快进来尝尝呀。"这时我也会敲着钲，跟他们一块儿喊："进来看看吧。"还向周围的人发传单。

　　我还挺喜欢热闹的，所以特别爱干这个，便提出想加入宣传广告部，最后到了那位小哥手下干活儿。小哥不是朝鲜人，但应该是部落民。他腿脚不好，还口吃，说白了就是个残废。店里的人都管他叫"鸡公"，我以为那是因为揽客的打扮花花绿绿，可他们都说那是因为小哥的"小哥"形状很奇怪。

　　我一直不理解为什么会有打广告的部门，后来大家一起喝酒时便理解了。那天附近的阿姨姐姐们都过来，大家喝得烂醉，齐声唱起了我都没听过的朝鲜老民歌。社长手下的人全都跳起舞来，阿姨们也都手牵着手转起了圈圈。平时一脸凶相的大叔小哥们都一脸喜色地载歌载舞。朝鲜人都很喜欢跳舞啊。

　　总之鸡公小哥就是个除了唱歌跳舞之外没有任何本事的人，而我一直都很想在这小哥手下干活儿，将来还想请他教我敲钲打太鼓，还有跳舞，最后成为一个街头艺人。可是社长突然大骂："咱们是正经的金融公司，整这东西多丢人，还要搞到啥时候去！"最后把广告部给撤了。于是鸡公小哥丢了工作，不得不离开金森金融，不知去了哪里。没有任何人对我这个打下手的做什么解释。我只跟小哥待了一两个礼拜，但他是我除了大哥以外最喜欢的人，所以感到特别可惜。

后来，我成了金森金融社长的跟班，到处给他拎包。大哥有时候也会干这个，那种时候我就得往下排，变成最底层的跟班。

社长名叫金森修太，喜欢逛游廊，经常到花街去。他这人没什么爱好，平时一脸凶相，唯独喜欢玩女人。东花街的盲剑楼是花街最大的艺伎屋，社长对里面的艺伎阿染爱得死去活来，三天不见就迫不及待地要去看她，对她偏爱有加，把她包了下来。

阿染好像也挺喜欢社长，刚成为艺伎时经常到公司的社长室来。有时候两个人会在社长室喝好长时间的酒。社长经常说，我要你来继承盲剑楼，你有这个本事，钱要多少我都出。

社长家里有老婆，但还是常说要让阿染为他生孩子。不过他又说，这要等阿染当上盲剑楼的女将[①]。白天他会带阿染上街吃好吃的，买好多女孩子喜欢的甜食，还带她去逛吴服店，管它是和服、腰带还是簪子，只要阿染开口，社长就给买。讨得阿染欢心后，社长晚上就会到楼里去跟她过夜。

阿染是个很漂亮的姑娘，跳舞和弹三味线都一流，公司的人都很喜欢她。她的技艺在楼里当然是首屈一指，在整个东花街也数一数二。为了让她进一步磨炼技艺，社长多少钱都愿意花。若是要敲击乐器，就给她买最好的；若是要到京都的祇园看表演学艺，社长就带她到京都去。

[①] 艺伎屋中有艺伎与娼妓，而中文词汇"老鸨"则单指管理娼妓的女性，故此处沿用日语词汇，称为"女将"以示区分。

每当社长领着阿染逛街,经过浅野川大桥时都会引来好多人。战前,阿染算是金泽的大名人。要是他们下到河边散步,看热闹的人也会蜂拥着跟下去,让那里变得寸步难行。甚至还有挤在边上的人掉进水里,闹出一番骚动。于是呢,我和大哥他们就要跟着社长,替他们开路。

这种事每周都会有一次,自然有人心生嫉妒。有时还有人扑过来说:"一个棒子竟敢穿这么好的衣裳!"这种时候便是大哥他们干活儿的时刻,他们会两个人联手把那人揍得半死,哪怕流着鼻血求饶也不管用,一直揍得他爬不起来,满地找牙,筋断骨折。我虽然不出手,但也看会了打架的招式。

社长以前是个任侠,特别会打架,剑道也很强,曾经用一根柴火棍把找麻烦的人打得半死。

跟员工混熟了之后,我发现他们全是朝鲜人。一提到过去,所有人就会特别生气,怎么聊都聊不完。因为所有人都吃过不少苦。有人说警察怀疑他们参与了布料走私,二话不说就把他们家抄了,所有财产全都被警官和町内的人没收,因为他们一家有四口人,就给他们留了四张榻榻米,让他们每人睡一张;有人眼看着自己母亲被强暴,还怀上了孩子;还有人说他小时候上学每天都要挨揍,还被打掉过牙齿,满脸是血。

战局快要不行的时候,我和大哥都被征兵了,公司在大客厅给我们办了壮行会。我们两兄弟披着绶带坐在上座,街坊邻居都来了,还有中学老师来唱军歌,高呼万岁万岁。我们在金泽车站坐上了火车,人们又在站台上高呼万岁万岁。后来,我们到了小仓的连队,然后坐船上了大陆战场。

大陆情况太糟糕了,不过这毕竟是打仗,也没有办法。我在这里也每天挨揍,脸都肿了,还要被派到最危险的前线去。因为长官太蠢,我每天都想给他一枪,然而我总是被安排在前面,所以打不着他。我强迫自己忍耐。新兵不就该到最前线去吗?

日军连补给线都确保不了，我们总吃不上东西。要是连队死了人，长官马上会要求火葬，只留下右手的骨灰装进盒子里，命令我们这些二等兵保管，之后就再也不理会了。这还算好的。进军快结束那阵子，我们甚至会扔下半死不活的战友，抓紧时间向前进。

每到一个新地方，我们就会开进老百姓家里要吃的。一开始还好言好语地讨要，后来越来越粗鲁，甚至开始偷盗。要是偶尔想吃肉，就去老百姓家里偷鸡，或是烤了吃，或是煮了吃。

要是在行军路上看见漂亮姑娘，我们就会一哄而上把她给糟蹋了。我真不知道我们到底在打仗还是当强盗。不过这就是所谓战争吧。大家都习惯了烧杀抢掠，过上半年就会彻底疯癫。尤其是强奸，我们做这种事越来越熟练了。

军队会挖战壕迎击敌人，子弹满天乱飞。敌人的数量很多，我好几次觉得自己要死了，没想到竟能活下来。

我们这些小兵根本不知道本土大本营的人要派我们打什么仗，只知道从北到南边走边打。我脚上磨出了泡，泡又被磨破，每天血流不止，痛得走不动路。可我还是只能拖着脚，忍着痛往前走。那就更痛苦了。

直到战后，我才得知那叫作"打通作战"。不过告诉我这么个气派的名字有什么用呢，直到现在我们都不晓得为什么要打那场仗。不过我们不晓得也无所谓就是了。

不过，可能有了我们在大陆作战，台湾和太平洋的守卫队才能免于被大陆的炮火和飞机攻打。这我明白。我们在阻止这些攻击。不过，真要我们到南方岛屿上去，那也做不到啊，一没有运输船只，二没有补给渠道。正因为待在大陆，我们才捡回一条命。

后来撤回到舞鹤，我幸运地见到了大哥。因为知道大哥所在的连队名，我便去那边找，结果真找到了。大哥安然无恙，让我吃了一惊。只不过，他的眼神比以前更凶恶了，已经完全是一副黑道派头。反正他以前也是做这个的。

朝鲜人渐渐聚集到大哥身边，后来商量起"组建朝鲜进驻军"的事情。大家都说："不只是美国，我们也是战胜国。我们战胜了可恨的日本。"还有人说："今后我们要把日本人对咱做的事加倍奉还。"又有人说："我们这就走遍全日本，尽情向他们复仇吧。"

聚集过来的人有的来自南方诸岛，有的来自大陆南部，有的来自大陆北部，还有人来自飞行联队，总之各种各样。他们都嚷嚷着要自己组成朝鲜进驻军。

后来有人捡回来一张报纸对大家说："听说东京的银座发生了这么一件事。"他说，一个朝鲜人在银座逛街，派出所的巡警说他态度很差，对他发出了警告。结果那个朝鲜人说他是朝鲜进驻军，走进派出所大骂你们这些战败国的人装什么大尾巴狼，头抬这么高干啥，说着就把警官揍了一顿，还把他衣服都脱掉，让他磕头谢罪，最后把警棍捅进他屁股里，扔到大街上示众。大家听了都捧腹大笑。

有人说："日本警官现在都被解除了武装，让美国大兵没收了手枪，个个赤手空拳。现在我们能为所欲为。"于是大家都边吃喝边说："我们朝鲜进驻军要开往全日本所有主要车站，进一步扩大占领，把他们的好土地全都占了。就这么办吧，等日本复兴了，我们就做土地买卖，变成大财主。"

大哥的梦想格外高大。

"金森金融因为打仗散了，今后我们要凭自己的本事往上爬，要让那些对我们为所欲为的肘巴里①见识见识厉害。我们要占领全日本的一等地段，开餐馆，开弹子店，开各种公司。他们的好女人也都要抢过来。我们要当大财主，支配这个国家，让所有大臣和总理都由朝鲜人来当。

"然后我们要把母亲接过来，好不好？还有父亲。我们要真正孝顺他们，让他们过上奢侈的生活，对不对？我们要当大财主，正贤

---
①朝鲜语对日本的蔑称。

啊，我也让你过上好生活，交给大哥吧！"

说着，大哥就仰脖咽下了日本酒。

大哥成了大家的大哥，因为他本来军衔就比大家高一些。大家坐上北陆本线，到各个地方的繁华街道上闹事，发泄自己的怒火。要是在废墟上看见做皮肉生意的漂亮女人，我们就把她抓到暗处去给糟蹋了，就像打仗时一样。后来我们作恶也腻歪了，便有人提出该回金泽去了。虽然只有我和大哥曾在金泽生活过，不过大哥说要带大家去看看金泽。

我们一帮人在金泽站下了车，发现金泽没有遭到空袭，房子全都完好无损，只是走在路上的人没什么精神。街上的店铺都关着门，一点意思都没有。女人都不化妆，找不出一个漂亮的。大家都怨声载道，于是大哥提出："好，咱去盲剑楼吧。"

盲剑楼就是金森社长常去的地方。

"这时节，阿染应该当上了女将，正在领着女人开店吧。我们之前这么照顾她，当然有权利去她那里玩儿。"大哥这样说。

"不过话说回来，阿染肯定早就把我忘了吧。"大哥又说。我们出去这么多年，再加上原本只是跟在金森社长后面保护他和阿染，又没持续几个月。因为有一天社长突然说："阿染不需要保镖了。"还说他一个人就够。

社长可能是想独占阿染吧。阿染恐怕也喜欢年轻一点的人，万一移情别恋可就不好了。于是社长就不再让她看见大哥他们这些年轻人了。

我们闯进盲剑楼，把窗户都封上，又在门口设了路障，把艺伎都关在二楼房间里。而我是里面最小的一个，就被派去看侧门了。

大哥他们占领了二楼，把女将也挟持了，整天为非作歹。不仅偷食物，还抢占女人的身体，可是大哥说这样一点错都没有。日本人偷走了我们的祖国,我们也要偷日本的东西,这有什么错?"

我也这么想。相比战前我们受的那些苦,这些艺伎能算得了什么?反正那些女人的工作就是陪客睡觉,能有什么问题。

可是第三天夜里,好像有个大刀贼人闯了进来,一切都完了。我当时一个人在厨房看门,所以什么都不知道,后来才发现大哥他们全都被砍死了。所有人都醉醺醺的,几乎没有抵抗。

我马上从楼里逃了出去,后来便流落到九州的煤矿工作,重新开始了最底层的苦日子。

大哥虽然是个恶棍,却也是我的好大哥。我们两兄弟,还有当时的伙伴们,一个个都是忍了又忍,好不容易等到日本打输了成为战败国,日本人终于不能对我们半岛的弱者逞威风随意欺凌了,好不容易等到我们的时代就要开始了,他们却被杀了。

大哥的梦想很伟大。他既有力量又有头脑,而且人望那么高,肯定能实现梦想。日本刚刚战败时,他虽然是个无恶不作的恶棍,但那也没办法。我们还能怎么做呢?不作恶,就只能被欺负。

是日本人让大哥成了那样的人。是日本人每天恣意拳打脚踢,让我们两兄弟,不,让所有朝鲜人意识到了只有力量大的人才能活下去。所以我们才会拼命打架锻炼身手,拥有了力量。结果日本人又派我们去打仗,要我们死在异国他乡,那我们不就只能当恶棍了吗?如果换作日本人,经历了那种境遇,肯定也会变成一样的人。

等到战后的混乱平息下来,我们应该占领了新潟或大阪的大片成为焦土的交通要道,摇身一变成为穿着西装的生意人,赚得盆满钵满才对。大哥就是有这个本事,我很肯定。

然后我们会把父母接过来,让二老住进带泳池的房子,对他们尽孝。要是有了钱,还能娶个漂亮女人,成为人生赢家。

然而,那只是转瞬即逝的大梦一场。大哥被人砍死了。我被那些女人叫到楼上一看,发现所有人都在血海里奄奄一息,已经没救了。我派不上一点用场。

我不明白事情怎么会变成这样。女将说你也小命不保了，赶紧逃走吧，于是我就跑了。我乘上夜行列车逃到博多，又找到了昌男媳妇，请她收留我。

后来，我一天天地看着大海思索，究竟是谁杀了大哥他们。最后只得出了一个结论，那就是金森金融的社长。除了社长，没人有这个本事。

而且那个社长对已经成了女将的阿染死心塌地，看见一群恶棍占领盲剑楼，把阿染和楼里的女人都糟蹋了，他肯定不会原谅，肯定会提着刀进去把所有人都砍了。没错，那个社长脾气这么暴，一定就是他了。社长以前是任侠，他也有那个身手。

而且阿染还生了孩子，那可是社长的孩子啊。换句话说，社长是为了保护自己的孩子。金森社长向阿染援助了那么多资金，想必也给了不少抚养费。见到一群恶棍可能对自己的孩子出手，那个人肯定不会答应。因为他以前总对手下说，自己是阿染的守护神。

再看大哥，撤回日本时早就忘记了对金森社长的敬意，偶尔想起社长来，也说他是个好色的肥猪，不要脸的守财奴。而且每次大哥喝醉了都会这样说，这话可能就传到了金森社长耳朵里，让他觉得被自己养的狗反咬了一口。

可是，无论我怎么打听，就是找不到金森社长的行踪。我完全不知道他如今在什么地方，过得怎么样。不过他是个守财奴，肯定有大把大把的钱。他已经不在金泽，可能去了大阪或神户，要么便是东京。虽说如此，像我这种落魄的人却没有能力把他找出来。

昌男战死了，到最后都没能回到博多。昌男媳妇被当地的几个恶霸侵犯，还被迫做了酒吧的女侍应。她家开始有二流子出入，每天大吵大闹，砸坏家具。我跟他们干过好几回，整天在巷子里厮打，打得双方浑身是血。我每天揍、每天揍，那是一场血染的自相残杀。最后对方甚至掏出了短刀，我觉得没意思，就逃到了饭塚。

后来我又去煤矿认认真真挖了一段时间的煤，因为我知道怎挖。每天赚点辛苦钱，好不容易攒到一定数额了，我就对同伴说：大阪可有意思了，跟我一块儿去吧。后来我就到大阪花天酒地，赌博输得身无分文，便又回去挖煤了。

后来因为三井三池纷争，我丢了工作，正好同伴来找，我就一路跑到了北海道。中间还跟酒馆的姑娘混在一起，后来她不喜欢我赌博，结果还是有缘无分，从此单身了一辈子。没老婆，没孩子，也没有房子。

庆尚道那边先后发通知过来告诉我双亲的死讯，我两次都没能回去，更何况没有路费，也没钱给亲戚买手信。

最近连身体都开始不行了，总要闹点毛病，我觉得这辈子快要走完了。原本开朗的我到末了竟成了一个阴沉沉的老头儿。

想到我人生明暗的分界线——便是一九四五年九月的金泽，盲剑楼的那几天。如果当时大哥没有被杀，那我可能早就成了有钱人，过上了优雅的生活。住好房子，穿上等西服，打高尔夫球，在客厅喝高级洋酒。战争结束后，再也没有对我们施展暴力的日本人，好日子已经快要到了。它就在眼前，只剩下伸手抓住了。

想到这里，我就无法原谅那年秋天杀了大哥的人。虽然现在杀了那个人报仇也换不回大哥，但是我反正就快死了，干脆跟那家伙同归于尽。我的人生从未有过梦想和希望，但是现在有了。这是我在死前产生的强烈的愿望。

如今到了这个岁数，整天只想着死亡，回首这一辈子，让我活到现在的理由只有一个，那就是恨。

对日本这个国家的恨，对日本人的恨，对《国家总动员法》的恨，对战争的恨。如果没有这些，我可能就在半岛的乡间过着贫穷而安稳的生活，走过平凡的一生，还能娶妻生子吧。自从被带到国外，我的人生就彻底被搅乱了。

最后，就是对杀了大哥和同伴的那个人的恨。这是我现在最大的恨。

我本来是个开朗的小伙子,喜欢大笑大闹,天真无邪。我还喜欢喝酒,喜欢女人,喜欢为他人尽心尽力。我本是这么一个善良的人,这个国家却无情地迫使我学会了无比阴暗的、血和暴力的感性,还教会我,所谓人生就是压迫他人,令自己绝望,带着恨活下去。我已经很努力了,可是回过神来,自己却沦为了一个人渣。

我这辈子身在异国他乡,碌碌无为地度过了毫无意义的人生,但即便如此,如果没有发生那件事,我也能够成功。如果没有那件事,我便能在日本这个地方出人头地,绝对能成为有钱人。我从小就被人那样虐待,这是我理所当然的权利。如果能这样,那我的人生便多少有了些意义。

结果那天晚上,一切都被轻而易举地斩断了。那可是我即将抓住的美好人生啊。

我越来越无法原谅,在人生的最后,我开始想杀了那个人,为这辈子算个总账。

这个想法渐渐成了我的信念,我已经无比坚定,谁也无法阻止我。如果不这样,那我的人生就太没有意义了。

所以我绑架了你们家姑娘,绑架了赖子的女儿、艳子的孙女、阿染和金森的曾孙女。

我跟孩子没有仇,只要你们不做奇怪的举动,我就不会对她怎样。我要你们这些女人把金森社长找出来,带到我这里。让他跟我决一胜负。

我有一把大刀,你们让金森社长也带一把大刀来,我们决斗。

决斗的地点就是我们相遇的那个地方。

不决斗也可以,让我杀了他就行。然后我就去上吊。

我可说好了,你们给钱也换不回孩子,现在钱对我已经没有意义了。我都快死了,要钱干什么。

要是你们报警,我就把孩子掐死,然后消失。那有什么办法,是你们不好。

我知道你家那台黑电话的号码,做好准备后给我的传呼机发消息,然后我就回电话。

号码是070-9994-××××。

6

读完笔记本上的内容,吉敷抬起头,看到了艳子憔悴的脸。她女儿赖子也在旁边惴惴不安地坐着。

如此一来,他就大致了解了事情概要。所幸,这件事果然跟那幅画有关。

"喝茶吧。"

后方传来声音,桌上多了三个茶杯。这里是东花街尽头、通子的店铺,店里有个小小的会客区,吉敷他们正坐在其中。

"金森修太啊……"

吉敷喃喃着这个名字。

"是的。"

艳子说。

通子略显犹豫地来到吉敷旁边坐下。店里没有其他客人。

其实吉敷想说原来闯进艳子她们被囚禁的房间,救了所有艺伎的剑客是金森,不过艳子似乎误解了他的话。

"看来……我生父……应该是这位金森社长了。"艳子说,"我现在才知道。"

她用沙哑的声音继续道:

"在得到这个笔记本,读到里面的内容之前,我一点都不知道……"

吉敷点点头,旁边的通子也无声地点点头。

"我吓了一大跳。"

"阿染夫人一次都没提起过？"

吉敷问。

艳子摇摇头。

"我一次都没听母亲对我说起过。"

"外婆一直瞒着这件事啊。"

赖子小声对母亲说。她母亲沉默地点点头。

"这位金森社长后来有下落吗？"

艳子又摇摇头。

"一直没听说过，所以我不知道。"

"那就有点奇怪了。他在金泽做了那么大的事业，还经常到东花街来，应该是当地的名人。"

吉敷说。

"是的，所以我想，他战后应该离开了金泽。如果在金泽，我肯定会听到一些传闻。"

"看来有必要找找这位先生的行踪啊。"吉敷说道。

既然要找他处理这件事，那么他迟早要知道事情原委，至于是否答应，那便是其次了。

"您知道金泽有什么人在战前跟那位先生很熟吗？"

"战前啊……不太清楚。也不知道这位金森先生是否还在世。"

"现在他大约几岁？"

"应该比母亲大，大约有九十岁了吧……"

"是否有人可能知道他的消息，或是跟他有过来往？"

"我昨天就一直在想这件事情，后来想到了一个人。我记得以前听别人提起过，小野家议员跟金泽先生在楼里共饮过几次。"

"他是金泽人吗？"

"好像是……"

"他住哪里？"

"我不知道，但应该能查出来吧。"

"去金泽市政府查？"

"对，那边应该还留着名册……"

"他们两人关系很好吗？"

"我也不知道，只记得两人认识……"

吉敷点点头，决定切入核心。

"艳子女士。"

"嗯？"

"一九四五年九月，闯进房间解救你们的剑客，他有可能是金森修太吗？"

艳子闻言低下了头。

"这个真的……不知道……"

"你见过他吗？"

"见过……不过是远远看到他坐在房间里……"

"你有他的照片吗？"

"有。"

艳子无力地点点头。

"昨晚我读了这本笔记，便在母亲留下的遗物中仔细寻找，从一本旧相册中找到了一张。"

说完，她从怀里抽出对折的厚纸，将夹在里面的发黄的旧照片摆在了桌上。

"就是这张。"

吉敷连忙凑近去看。

他第一个感想是很意外。那人长着一张方脸，眉毛浓黑，眼睛比较小，一副顽固的模样，看着并不像暴力团伙的老大。

"是他吗？"吉敷问，"他跟您画的剑士一点都不像啊。"

"是的。"艳子说完，接着肯定道，"面容完全不一样。"

这人长相并不差，属于那种意志坚强，内心埋藏着暴力冲动的，充满男子气概的脸。有的人甚至会感觉他很有魅力。只不过，他跟画上那位俊美的剑士实在差太多了。

"如果化妆……"

艳子说。

"就能变成那幅画一样吗?"

吉敷问。

"应该不会。"

艳子摇摇头。

"因为脸型很不一样啊。"

吉敷说完,艳子赞同了一声。

"那位剑客是不是背着婴儿?因为画上也……"

"是,背着婴儿。"

"那孩子到哪儿去了?"

"不知道……"

"他从哪里来?"

"不知道……我也一点头绪都……"

"是嘛。但不管怎么说,先找找这位先生的下落吧。我最好不要在明面上行事,还请你给市政府打个电话问问,可以吗?如果能在电话里打听到最好,不行就上门去问吧。"

"好。"

艳子说。

"假设这个凶手带着希美躲藏在金泽或周边地区,那不外乎待在酒店、旅馆、木钱宿①或是出租屋里。只要把这些都走访一遍,应该很容易查到带着三岁小孩的男人,因为孩子比较容易引人注目。要是找石川县警协助,行动力也能大增。"

"请您不要这样。"艳子立刻说道。

吉敷看向她,还瞥到了赖子恳求的目光。

---

①一种最廉价的住宿地,木钱指只收柴火钱,连被褥一类都要自备。

"他说,一旦得知我们惊动了警察,就会杀死希美离开。我认为这个人完全做得出来。"

赖子说完,吉敷也点点头。因为他也有同感。

"他不是要钱,所以我感觉只要不惊动警察,他就不会杀了孩子。"

孩子母亲赖子这样说道,吉敷又点点头。

"我一个人去找,行动力太差了。"吉敷说,"而且他可能住在朋友或熟人家里,那就很难发现了。就算让警察出动,也可能会失败。"

"是,所以——"

赖子说。

"只不过,凶手如果使用手机进行联络,我们可以马上联系基站局,锁定凶手百米之内的范围。"

"可是,如果他那时带着希美……"

孩子母亲说。

"可能会把孩子掐死,或是当成人质。"

通子说完,吉敷点点头。

"知道了,那就按照你们说的办吧。还有一点,写了这些内容并送过来的那个凶手……"

"嗯。"

艳子应了一声。

"他是一九四五年秋天袭击并占领盲剑楼的其中一员吗?"

"是的。"

"他说自己年纪最小,经常被派去看门,所以捡了一条命。"

"是的。"

"您对他有印象吗?"

"隐隐约约……"

"记得他的长相吗?"

"不。"

艳子摇头。

"不太记得了。"

"那声音和性格呢?"

"真的只是隐隐约约……"

"年龄呢?"

"当时应该只有十几岁,恐怕是一九二七、一九二八年出生的……"

"那他现在应该七十多岁了。"

吉敷喃喃道。

"是的。"

"这人在事发之后马上逃走了?"

"是的,母亲说你快跑,不然也要被杀了。他从厨房跑到二楼现场,看见所有人都被杀了,吓了一大跳,马上就跑了。"

"后来他有消息吗?跟楼里联系过吗……"

艳子摇摇头。

"后来就杳无音讯。母亲也从未提起过他。"

"那个人并不凶狠吧?"

"是的,看起来有点老实。不过可能是因为其他人太残暴了,对比之下才有那种印象。"

"死了那么多人,当时现场是怎么处理的?"

"当时有两个年纪比较大的艺伎跑去报警了……"

"嗯,那警察来了吗?"

"是的,但是我被要求留在屋里,于是我就钻进被窝睡了。当时还小,吓得发起了高烧,躺了好几天。"

"嗯,当时你们把这件事告诉金森先生了吗?"

"应该没有,但我不是很清楚。"

"战后金森先生到楼里来过吗?"

"没有,战后应该一次都没来。我不记得他来过,母亲没提起过，我也没见到过。"

"嗯……"

"所以我猜，他可能已经不在金泽了。"

"搬到别处去了？"

"是。"

"为什么要搬呢？"

"不知道。"

"找到小野家先生问问，应该就知道了。"

"是。"

"没时间了，现在就给市政府打电话吧？"

吉敷说完，艳子和赖子就站起来上了二楼。

"请打我手机把结果告诉我。"吉敷说道。

凶手可能在外面监视这座房子，他可不想四处走动被人察觉。艳子她们知道自己的手机号码。两人停下脚步，朝他点了点头。

现在最好保持低调，于是吉敷决定不离开通子的店铺。他喝着通子泡的茶，在座位上等待结果。

店里来了客人，通子起身去接待了。

她一直独自经营着这家店铺。雪子在这里时，也因为要准备考试，不允许她到店里帮忙。店铺很小，一个人也能看得过来，不过在旅行旺季，通子还是会招兼职女生来帮忙。

"赖子有点社交恐惧症，不适应大城市。真让人担心啊。"

客人离开后，通子对他说。

"是吗，那可有点糟糕啊。"

"好像还有点抑郁症，真希望她不要突然倒下了。"

吉敷点点头。

"关于赖子……"他开问道。

"嗯？"

通子说。

"她先生呢，怎么没看见？"

通子沉默了一会儿。

"我不太想八卦别人的事情。"

"嗯？"

"他们关系不好，正在分居。"

吉敷听完也沉默了片刻。

"分居不一定代表关系不好。"

"可是他们没有分居的理由啊。她先生也在金泽，为什么要分开住呢？赖子住过去不就好了？可是，赖子就是不愿意离开这里。"

"她先生是干什么的？"

"公司白领，在运输公司做文员。"

"你直接听她说过两人关系不好吗？"

"她没有明确说过，但是我能猜到，因为都认识这么久了。二楼还兼作艳子姐的画室，所以需要很大的空间，好在远处看效果。剩下的地方让一对带孩子的夫妻来住，实在是有点小。然而赖子就是不离开这里，结果她先生就走了。"

"孩子的事告诉他了吗？"

"不知道，应该会告诉吧。"

"你知道她先生的住址吗？"

"你要去见他？"

"嗯，我不认为他跟绑架有关，但他或许能帮上忙。"

"他工作的地方叫加越运输，在车站北边的西念町绿地旁边。住址离得很近，就是公司旁边的公寓，但具体地址我不知道。"

吉敷拿出记事本记了下来。就在此时，电话响了。

通子接起电话，很快便把听筒递给吉敷。

"是艳子姐。"

吉敷接过电话。

"市政府那边果然留了名册，还把地址告诉我了。"艳子说，"小野家先生的夫人已经去世,他本人目前住在内滩町的高级老人公寓里。我把地址报给您吧?"

"请说吧。"

吉敷准备好记事本,写下了艳子报的地址。

"那是个可以看到大海的、特别高级的老人公寓。看来那位先生过得很好呢。"

"我马上过去。"吉敷说,"现在过去应该还没到晚饭时间,不会打扰到他。"

"是吗,真是麻烦您了。不如我们一起去吧?"

"我一个人去最好,比较不起眼,也方便行动。对了,赖子小姐把孩子的事情告诉她先生了吗?"

"是的……"

不知为何,艳子的语气有点踌躇。

"应该告诉了。"

"我准备去完老人公寓就到他家去谈谈,因为方向一致。"

吉敷拿出了金泽的简易地图。

"啊,好的。"

"能把她先生的住址也告诉我吗?"

吉敷问完,抄下了地址。

"姓名是?"

"田畑勉。"

"知道了。"

吉敷把姓名记下来,却发现艳子沉默了片刻,似乎欲言又止。

"勉先生可能对我们印象不太好,因为发生过很多事。"

"他的手机号码是?"

"这我不知道,好像最近换了。"

7

吉敷走出通子的听香茶屋，缓缓关上木格子拉门。木条之间透出了继续看店的通子的身影。通子也在看他，还挥了挥手。游廊就是一条遍布着这种细密木格门的街道。

吉敷避开人多的地方，沿着小路走到浅野川岸边。太阳位置还很高，宽而浅的河水在阳光照射下泛着粼粼波光。水流被河底的石头扰乱，让波光碎成一片片光斑。

河这头的行道树已经冒出了红叶，在清风中微微摇曳，很有几分风情。艳子在三四郎池边对他说过金泽正是赏叶的时节，还邀请他过来，只是现在外孙女遇到了这样的事，她也顾不上赏叶了。

吉敷没走人多的浅野川大桥，而是在河边左拐，朝上游走去，从梅之桥过了河。相传这是过去常到游廊玩耍的风流人士才田幸次郎为了与相熟的艺伎一起来吹河风，专门建造的木桥。

吉敷来到桥中段，靠着扶手看向下游。左右是石墙，前方是石砌的浅野川大桥，左侧是桥场町的绿地，里面有座江户风格的木塔。视野中一时间没有了行人的身影，散发着浓浓的金泽气息。

他走到另一头，穿过小路来到大路上，拦了一辆出租车。窗外能看到加贺百万石的城下町风景。到内滩无须离开城边，车顺着大路拐几个弯，穿过闹市区驶向车站。

途中，出租车开过了一片有许多老店铺的地方，吉敷很喜欢这一带的风景。古朴的黑瓦下悬挂着貌似江户时期的旧招牌。有的屋檐重叠了三层，应该是三层小楼的设计。这便是加贺商铺的形制吧。

来到车站附近，车没有驶向站台楼，而是从右侧穿了过去。一条条轨道凌空跨越，出租车穿过高架来到了车站北部。这边的江户风情稍微淡薄一些。旅人心中的古都金泽，应该就是站南的浅野川流域、茶屋街一带，还有西花街、香林坊和城池周边吧。

站北有一些新的建筑物，然后也渐渐消失，变成了工业区之类略显单调、随处可见的平民景观。

吉敷看腻了风景，开始思考这次的事件。他并非第一次遇到这种事，看来跟战前和战中的纠葛关系很深。对异乡人的歧视、虐待，以及因此而生的反抗，性别上的反向歧视——这便是事件根基处埋藏的人类的愚蠢。它像锅底灰一样紧紧附着，污染了平静的生活，还影响到相关人士的子孙。

吉敷想了一会儿，感觉快到海边了。周围的建筑渐渐稀疏，连风都好像有些不一样了。

片刻之后，眼前豁然现出一片大海，接着是连绵的沙丘，开始有点海水浴场的感觉了。远处是一望无际的海平线。出租车沿着沙丘旁的公路一路行驶，来到一座气派的公寓门前停了下来。

到了吗？吉敷抬起头，从那些窗户里应该能看见大海吧。他查看了地图，发现周边有骑术俱乐部和高尔夫球场的绿地，想来这便是成功者安享晚年的环境吧。

他忍不住想起凶手在笔记本上记录的生涯。两者巨大的落差让他不禁有些沮丧。

吉敷事先没有预约，但好像没什么问题，因为这里可以自由访问居住者。他在前台报上身份和来意，工作人员帮他拨打了房间电话。可是无人接听。于是前台又到另一头的大厅看了一眼，发现小野家老人就在那里，便告诉吉敷就是那位。吉敷道了谢，踩着柔软的地毯朝他走过去。

靠近一看，老人似乎有九十岁了。吉敷很庆幸他还在世。如果这个人不知道金森的行踪，或是已经去世，那他的线索就断了。

吉敷来到老人身边，拿出身份证明，告诉他自己是东京警视厅的吉敷，对方立刻露出了警惕的目光。这也难怪，他已经见惯了。

老人眼窝深陷，鼻梁高挺，皱纹深邃。有的人老了就会体现出白人的面貌特征，他也是其中之一。

"这件事还请您保密一段时间，我来是为了调查一个案子。"

吉敷先来了一句开场白，然后递给他一张写有手机号码的名片。

"请问您还记得东花街那个叫盲剑楼的艺伎屋吗？"

老人想了想，很快点点头。

"我当然记得。"

他说着，示意吉敷坐在对面的沙发上。吉敷说了声谢谢，坐了下来。

"盲剑……楼？"

小野家老人催促他往下说。

"那请问您还记得女将阿染的女儿艳子吗？"

"嗯……算是记得吧。"

他用沙哑的老人嗓音说。

"她孙女被绑架了。"

老人惊讶地张开口，却没有出声。

"一九四五年秋天，有几个人袭击并占领了盲剑楼，您还记得这件事吗？"

"怎么又提起这么久以前的事了。"

老人说着，又一次陷入回忆，然后点点头。

"嗯，的确有过这么一件事。"

于是，吉敷慢慢把这次事件的概要告诉了老人。

"这可真是因果循环啊。"听完长长的故事，老人无奈地说，"你这故事讲的不是过去和现在的纠葛嘛。因果循环固然让人感叹，但是你找我想问什么？"

"战前，金泽似乎有个叫金森金融的组织，我想问的就是那里的金森修太。"

"金森修太……"

他闭上眼想了想。

"啊，对，的确有这么个人。"

"是的，我听说您跟他在盲剑楼一起喝过酒。"

吉敷说。

老人似乎不太想回答他这个问题。对当地的名士来说,可能不太愿意说起自己去花街玩耍的过去。想到这里,吉敷决定开门见山地提出问题。

"他是盲剑楼阿染的客人,也是艳子的父亲。可是,金森先生在战后一次都没去过盲剑楼。"

老人一言不发地点了好几下头,最后才缓缓开口。

"没错,因为他已经不在金泽了。"

"请问他去了哪里?"

"我听说是大阪。"

"大阪?"

"没错。"

"为什么?"

老人又沉默片刻,突然说道:"我马上要吃晚饭了。"

"啊?"

吉敷吃了一惊,手表显示现在才四点。

"现在才四点啊。"

"我吃饭早,因为睡觉早。晚上我要喝酒,太晚吃饭容易反酸。边吃边说吧?"

"好,如果您方便的话。"

"你也吃吗?"

"不,现在还有点早,我不饿。"

吉敷说。

这里的食堂很气派,桌椅都是厚重的实木,窗前挂着厚实的窗帘。墙上的摆钟也是实木制成,非常大气。整个环境有点儿像高级酒店。

工作人员为小野家老人端上来的晚餐亦十分豪华。有螃蟹,有刺身，还有海草色拉。

"如何，要来点吗？"

老人问了一句，吉敷婉拒了，只要了一杯红茶。

"金泽好就好在秋天也能吃到螃蟹啊。"

小野家说。

"那么，请问金森先生……"

"哦，对了对了。"老人说，"我跟他不是很熟，完全没有私交。警部先生，你来找我算是找错人了吧。"

"是吗？"

吉敷说。

"不过这件事都过去这么久了，可能也没几个人还活着。事到如今，恐怕只有我了。战前战中，那人算是这一带的大名人，他性格有点奇怪，导致他的传闻不绝于耳。过去就是存在这种让人惊讶的人，可能受到了时代阴郁气氛的影响吧。"

"那位先生不是以金泽为大本营做起了很大的生意吗，请问他后来为何要离开？"

老人享用着豪华的餐点，说出来的话却异常惊人。

"他啊，把夫人给打死了。"

吉敷倒抽了一口气。

"因为那个人喜欢寻花问柳，跟家里夫人闹了不少矛盾。他太喜欢玩女人了，加之不往家里拿多少钱，于是夫人跟他吵架，被他狠狠揍了一顿，还从二楼台阶推下去了。"

吉敷无声地点点头。

"夫人这么就死了。"

"那是什么时候的事情？"

"当时还在打仗，后来处理结果是脑出血致死，草草下了葬。那个时代连像样的警察都没有几个，这件事最后无疾而终了。"

"嗯……"

吉敷沉吟道。

"那个金森金融啊,说白了就是黑道操纵的高利贷公司。可是打仗的时候,除了他和二把手,手下全都被征兵了,公司也就变成空转状态。金森干脆把店关了,换了一笔钱,逃到大阪投靠朋友去了。"

"请问知道他去了大阪什么地方?"

"我听说是生野区,没记错的话,就在鹤桥站附近。他在那边又搞起了高利贷生意,然后定居下来。再往后,我就不知道了。"

"后来,他跟金泽,尤其是盲剑楼的阿染就再也没有联系过吗?"

"那肯定了。我听说他在大阪也干得很是起劲,可能顾不上这边了。我猜啊,他已经完全断了金泽这边的联系,毕竟他夫人出了那样的事。"

吉敷听完陷入了沉思。如果他是那种人,的确有可能闯进楼去把恶棍全部斩杀。可是他早已远离金泽,而且断了联系,应该收不到盲剑楼的消息才对。

"请问金森先生还在世,并且住在大阪吗?"

"这我可不知道,因为从某个时候起,就再也没他的消息了。"

"大约是什么时候?"

"东京奥运[①]那阵子。我也不知道他是不是还活着。"

"请问您知道有什么人熟悉大阪时代的金森先生吗?"

"这些消息我都是听在大阪当议员的谷村先生说的。他老家在这一带,金森应该也是去投靠了这个谷村。"

"谷村先生现在……"

"死了。不过他有个儿子,在天王寺经营一家叫作谷村建设的工程公司。"

"您知道地址吗?"

"地址不知道,但听说在天王寺车站前,应该一看就能找到。"

---

① 指一九六四年东京奥运会。

"他叫什么？"

"这我也不知道。"

"明白了，谢谢您。"

吉敷说着，心想他能提供的信息可能只有这些了。

"你说那个绑架怎么回事？凶手提出要钱了？"

"并没有。他要求孩子家人找到一九四五年斩杀了他同伴的人，并带到他面前。于是我就在找金森先生。"

"凶手觉得是金森？"

老人问道，吉敷点点头。

"金森的确会干出那种事……可是现在已经寻摸不到他的音讯了吧。你要去大阪？"

吉敷犹豫了片刻，然后点点头。没办法，如果想找到金森，可能真的要去大阪。这件事光用电话应该无法解决。

"您知道加越运输吗？我接下来准备到那边去。这附近能叫到出租车吗？"

"你要去加越运输的话，最好坐内滩线。在上诸江站下车，很快就到了。"

小野家老人告诉他。

"内滩线。"

"这附近有个内滩站，可以一直坐到金泽站，上诸江就在金泽前面一点。"

"谢谢您。"

说完，吉敷又想起一个问题。

"金森金融以前在什么位置？"

"卯辰八幡社的台阶底下，走到参道尽头右转，就在那附近。"

"现在已经没了吗？"

"现在变成卯辰酒造的酒窖和仓库了。"

"这样啊，谢谢您。"

8

　　吉敷乘上了内滩线。这条线路正式名称是北铁浅野川线,全线很短,列车只有两节车厢。车开出去时,窗外的日本海已经被西斜的残阳染红了。虽然夕阳被建筑物挡住看不见,但能感觉到那种气息。

　　列车经过一道狭窄水路上的铁桥,在蚊爪、北间这些小站停了车,一路缓缓南下,很快左手边又出现了浅野川,开始沿河行驶。

　　环视车厢内部,乘客很少。这只是一条往返于金泽站与海边的、玩具一般的小线路,而金泽市民刻意把它保留下来了。这条线路比东京的都电荒川线和井之头线还短。富山也有类似的城市电车线路,不过那边的更现代化,路线也更长。这段路途短暂得让吉敷忍不住喃喃自语,坐出租车不就好了,真是金泽特色。

　　他按照老人的指引在上诸江下了车。这是个无人值守车站,差不多是都电荒川线车站的放大版,周围一个人都没有。没有别的乘客下车,整个站就吉敷一个人。他走下崭新的石阶,前方是停车场,穿过去就是住宅区。

　　进入住宅区,太阳已经落下去了,只能靠路灯照明,但他没费多大工夫就找到了田畑勉的公寓。有个二楼房间到了晚上还没收走阳台晾晒的衣服,他猜测可能是那里,进去一看,果然没错。

　　可是,他明明看见阳台那头透出了淡淡的灯光,却怎么按门铃都无人应答。他又转了转门把手,是锁着的。难道人不在家?

　　吉敷不想就这样回去,决定到加越运输那边看一眼。他虽不了解田畑的为人,但那说不定是个认真勤奋的人,正在公司加班。

　　很快,他也找到了加越运输,因为就在大路边上。穿过停满卡车的停车场走进办公室,他发现空荡荡的房间深处亮着一盏灯,一名青年正在灯下加班。吉敷走过去亮出身份证明,说他来找田畑勉先生。

"他已经下班了。"

"我去他公寓看了,不在家。"

"哦,那应该在'葫芦'了。"

"葫芦?"

"是酒馆,他经常去那里。"

吉敷问了地点,青年提出带他到外面说。

两人走在停车场的卡车之间,青年问:

"出什么事了吗?"

"对,不过现在是机密调查,请您理解。"吉敷说,"也麻烦您不要对周围的人提起这件事。因为人命关天,能请您配合吗?"

"我知道了。那个,田畑跟这个……"

"哦,没有关系。"

吉敷马上回答。

两人来到了路旁。

"沿着这条路往前走,在那块某某借贷的招牌处右拐,再继续往前走,就能看见写着'葫芦'的灯笼。在右手边。他不一定在,但我猜测八成是在。"

他告诉吉敷。

"您知道田畑先生的手机号码吗?"

吉敷问。

"知道是知道……"

他有点犹豫,不知该不该交出来。

"是多少?"

吉敷并不理会,大咧咧地问道。

他记下号码,道了谢,然后向前走去。

来到"葫芦",吉敷拉开门,一个小姑娘的声音对他说了声欢迎光临。走进去一看,那小姑娘并非特别漂亮,但体形圆润,相貌可爱。厨房还有个弓着背的身影,看上去像是姑娘的母亲。

店里很小,只有一个年轻男客,喝醉了酒显得有些不稳,随时都要从高脚凳上滑落下来,让人很是担心。吉敷连忙走了过去。

"田畑勉先生?"

他问了一句,红脸男人惊讶地瞪大眼睛,不过好在,他重新坐直了身子。

"你是谁?"

看这个样子,他显然就是赖子的丈夫。

"欢迎光临。"

耳边响起声音,小姑娘已经走了过来。那声音之所以凑得那么近,是因为店里正在用大音量播放歌谣曲。

"一杯生啤。"

他说完,意识到自己还饿着肚子,便问:

"这里有炒面吗?"

他看到田畑面前就摆着一碟吃剩的炒面,便点了同样的东西,随后,他坐在男人面前。

"干啥啊,突然冒出来。"

田畑用烂醉之人特有的大舌头腔调问道。现在还这么早,刚下班就醉成这样,让吉敷不禁想到了艳子和赖子的脸。

"谁准你坐那儿了?"

他又大声说。

"你只要听了我的话,就会让我坐了。"吉敷说道。

男人不屑地哼了一声。

"我说,你最好别太闹腾。"

吉敷凑过去,压低了声音。

"我是干这个的。"

他趁里屋的母女转开视线的空当,掏出警官证凑到田畑鼻尖上,随即收了起来。田畑几乎没有看。

"要是你不想被人说三道四,就给我小点声。要不我们到你家里去聊也行。"

"我不想回去!"

田畑突然喊了一声。由于他的音量比刚才更大了,吉敷有些犹豫还要不要说下去。于是,他沉默着,等人把啤酒和炒面端上来。

啤酒来了,他拿起杯子,往田畑喝了一半的杯子上碰了一下。田畑没有拿起酒杯。

"警察?"

他问道,吉敷点点头。

"对,我不是来找你喝酒享乐的。你夫人赖子女士……"

刚说到这里,田畑突然高举双手,大喊:

"她才不是我夫人!"

接着,他用仿佛要压过歌谣曲的音量,大声说道:

"赖子和丈母娘都是外人!我跟她们一点关系都没有,我们都分手了!"

这句话又有点像是对店里的小姑娘说的。

"你要跟赖子女士分手吗?"

吉敷安静地确认了一句。

"对,我都拿了离婚申请。"

"是吗,为什么?"吉敷问,"她们好像都是性格温和的好人啊。"

"那只是表面功夫。"

"哦?"

"跟我没关系。那对母子是双生儿,轮不到我插足。一天到晚抱怨我,啰啰唆唆烦死了。无论她们聊什么,我都插不进嘴。既然如此,干脆她们两个过得了,难道不是吗?"

"是吗?"

吉敷疑问道。

"如果老公嗜酒成性,那倒是可以理解。"

因为压低了声音,吉敷以为他听不见。

"我是分居之后才开始喝酒的。"

田畑这样说，看来是听见了。

"是吗？"

他这样说着，心里却认为不是这个问题。酒品变差意味着精神不稳定，就算不喝酒，一个人也能看出配偶身上存在这种问题。酒只不过让那种问题更加凸显了而已。

"你仔细听，我有重要的事对你说。"吉敷说，"虽然我想在你喝酒前说这件事。"

"反正不是什么好事吧。"

"嗯，反正不是什么值得干杯的事。"

"那我不想听！我没有重要的事，我不想听！"

"别这么说，仔细听着。这对你很重要。"

"不要！"

他大叫一声，捂住了耳朵。

"不要听了！我受够了！"

他这样肯定听不见别人说话，于是吉敷耐心等待着。可他迟迟不放下手，吉敷便想凑过去硬把他的手拽开，就在那时，炒面上来了。吉敷决定先把晚饭解决掉。

他掰开一次性筷子吃起了炒面，只见那个紧闭双眼的青年缓缓放下了捂着耳朵的手。随后，他又拿起啤酒喝了一口，无力地倚靠在墙壁上。

"喝啤酒能醉成这样？"吉敷边吃边问。

"烧酒。"

他喃喃道。

"哦。"

吉敷点点头，继续吃。

酱汁炒面味道不错，他想起了小野家老人的餐桌。虽然食材的档次天差地别，但他并没有感到羡慕。他觉得自己只要有炒面和猪排饭就够了，向来如此。

"真好吃。"

他不自觉地说。

"对吧？这里其实味道很不错。"

听了田畑的回应，吉敷觉得他也有几分可爱之处。

一段沉默过后，田畑开口道："你要说啥？"

"怎么，你要听吗？"

吉敷惊讶地说。

"你不是来逮捕我的吧？"田畑说，"是丈母娘请你来的？"

"嗯。"吉敷说，"你很担心吗？"

"嗯。"

"那就改改这个生活态度。"

"我才不要。"

"要是你每天从傍晚开始，天天喝成这样，那我倒是真想把你铐走。"

"开什么玩笑！我又没犯罪！"

田畑大叫一声，从椅子上滑了下去，发出了挺大的动静。他掉下去时挥动着双手挣扎了一会儿，可吉敷不想理他，便吃着炒面冷眼旁观。

等田畑从地上爬起来，吉敷已经吃完了。他用纸巾擦擦嘴，又喝了一口啤酒。

"你是怎么长大的？"

吉敷问了一句。

"我？我家庭条件可好了，甚至能到处炫耀。算是个大少爷。"

"我猜也是。"

"你要说什么？"

"你女儿希美被绑架了。"

"啊？"

田畑瞪大了眼睛。

"你夫人没联系你？"

"我换了手机号，她打到公司去我也不接。"

"哦，那难怪。凶手扬言要是报警就杀了孩子然后逃走。请你不要把我来找你的事，还有绑架的事告诉公司同事或朋友熟人。"

"那跟我没关系。"

田畑突然说。

"啊？"

"那根本不是我孩子，是那对母女的孩子。"

"哦？"

"而且长得也不像我，那真的是我孩子吗？"

吉敷没有回答。

"游廊出来的人就是不一般，我听说孩子曾祖母也是个怪人。那些人长得好看，就是不让外人靠近。"

"是吗？"

"反正她们只把男人当成种马，随便什么人都行，等有了孩子就跟你说拜拜。她们完完全全在小看我。那种人，跟谁结婚都不可能顺利。"

田畑煞有介事地说。

"这是廊里的规矩。"

吉敷不以为然。他听说艳子的母亲不认同游廊的习惯，希望女儿艳子能够像普通人一样结婚生活。然而艳子丈夫早逝，一直守寡。孙女赖子的丈夫又是这个调性。

为何会变成这样？难道这与花街的血统真的有某种关系吗？吉敷思索道。现在，阿染的曾孙女又被绑架。她对平凡生活的追求，直到现在都迟迟无法实现。

"你知道一九四五年发生的占领盲剑楼事件吗？"

吉敷问。

"不知道,那是啥?"

赖子的丈夫一脸讶异。

"孩子被绑架了,你对凶手的要求一点都不感兴趣吗?"

"没兴趣。要钱?要我也没有。孩子外婆没有吗?"

"不对,不是钱。你看过鹰科艳子女士画的《盲剑大人》吗?"

"没看过,没兴趣。"他淡漠地说,"孩子外婆的画我一点兴趣都没有。"

"一张都没看过?"

"没看过。"

"凶手只有一个人,而且是个老人。"

"哦,挺厉害呀,是个大爷?"

"你只想说这些?难道不想拼上性命跟他决斗,把孩子救回来?"

赖子的丈夫哈哈大笑起来。

"你说什么胡话呢,别开玩笑了。这种好事哪能轮到我,这个世道啊,容不下那种装大男人的行为。"

"我知道了。"

"啊?"田畑看着吉敷站起来,问了一句,"你要走了?"

"嗯,我跟你已经没话说了。"

"好冷淡啊。"

"我可不想被你说这话。"

吉敷转身背向赖子的丈夫,走向小姑娘那边结了账,回头一看,田畑勉正红脸看着他。

"快回去吧,晾的衣服要被露水打湿了。"

他留下这句话便出去了,径直朝上诸江车站走。

本来电车班次不多,但他正好赶上了,只要再乘两站便是金泽站。

他想搭出租车回通子的住处,不过多看了一眼时刻表,发现还有去大阪的列车,零点刚过就能到达梅田。于是他毫不犹豫地买了票，快步穿过检票口。

电话响起，是通子打来的。

他对通子说了要去大阪找谷村议员的儿子，因为金森修太去大阪投靠过谷村议员。通子吃了一惊，但没说什么。

梅田有胶囊旅馆，吉敷打算去那里对付一宿。

9

吉敷本打算到达大阪后先去天王寺站确认谷村建设的位置，然后再找个旅馆休息，可是他在车上没睡着，实在太累了，就一头钻进车站附近以前住过的胶囊旅馆睡了下去。

第二天早晨，他在附近拦了车前往天王寺站。为了赶上谷村建设的上班时间，他九点前就到了，只是站在车站门口四处眺望，还是看不见谷村建设的招牌。他觉得可能要费一番功夫，就沿着站前大道走了一会儿，没想到立刻看见了招牌。那块招牌挂在一座细长的楼房中段，看起来不像八层楼都是谷村建设一家公司的地盘。好像只包括一到三层。

吉敷等到绿灯亮起便过了马路，走进公司一楼区域，隔着电梯旁边的玻璃门看到里面正在开早会。穿西装的人和穿工服的人比例约为一比三，会议桌对面站着一个五十几岁的男性，好像正在训话。吉敷猜测那就是社长谷村。他只知道姓氏，不知道叫什么名字。

门口有张桌子，上面放着一块写有"前台"的塑料牌。平时这里应该有个小姑娘，但是现在没有人。他看见一群男人中间站着两个女生，想来便是她们了。

吉敷看了一会儿，早会结束了，队列里的人四散离开，楼层变得嘈杂起来。他趁机快步走了进去，挤开员工靠近刚才那个训话的男人。

吉敷在房间一角拦住了快步走动的谷村，面向他问：

"请问您是谷村社长吗?"

吉敷出示了证件,那人顿时僵住了。

"你找我有什么事?"

他的声音里透着一丝胆怯。

"哦,您别误会,我正在处理一起金泽的刑事案件,这次来只是想找您问些问题。能请您空出三十分钟吗?"

"你从哪打听到这里的?"

"金泽一位叫小野家的先生,他以前是议员。据说跟令尊关系不错。"

"哦,小野家先生啊。"他说,"好的,希望我能帮上忙吧。三十分钟完全没问题,请到这边来。"

说着,他指向写有会客间的磨砂玻璃门。

"请坐。"

谷村打开门,右手示意屋里的沙发。

"我叫人倒茶来。"

"啊,您不必麻烦了,我一会儿就走。"

吉敷客气了一句,谷村还是让门外的小姑娘去泡茶了。

"您要问什么呢?"谷村快步走回来,问了一句,"金泽那边出什么事了?"

"实在不好意思,这是机密调查,请您理解。"吉敷说,"我想询问令尊生前与之来往过的、金泽出身的金融业者金森修太先生的事情。"

"金森先生?"

不知为何,谷村发出了尖厉的声音。

"您记得他吗?"

吉敷问。

"嗯,记得是记得……但是你说有过来往,老爸可能会不答应啊。"

谷村苦笑着回答。

"您的意思是？"

只见他的笑容更苦涩了。

"我也只是记得一些小时候的事情。老实说，金森先生这个人吧，实在太乱来了。"

"乱来？"

"是的。这么说吧，他一说就动手，性子暴躁，嘴巴不干净，酒品差，到处拈花惹草，总之坏事做尽，周围的人唯恐避之不及。恐怕大阪没有一个人会主动说是他的朋友。"

"那么，他是个黑帮分子？"

"黑帮是肯定的，只不过没有形成金森组这样的组织。至少在大阪没有。"

"但是他会拔刀乱砍吗？"

"嗯，我猜但凡有把刀，他就会干出这种事吧。但我还真没听说过他拿刀砍人，就是拳打脚踢而已。这位大叔体格健壮，身手很好，若是在全盛期，恐怕年轻人都很难胜过他吧。因为他很有魄力。"

"他在这边放贷吗？"

"没错，在鹤桥站附近。战争刚结束不久，那一带成了流民聚居地，有很多外国人。"

"他搞的是金森金融……"

"不，没有搞那样的招牌，就是靠口碑做生意。不过我听说他在这边搞的借贷生意并不顺利。那倒也是，因为时期不凑巧啊，战后那段时间太混乱了。当时到处都兴起了黑市，谁都做不成什么正经生意，而且我听说，那位金森大叔也被人骗了，好像是手下的人拿了他的钱跑了。"

"哦？"

"他怀疑底下有同谋，把一群手下揍得半死，金森自己也受了重伤，浑身是血地住了好几次院。等他出院后，就开起了豆腐店。"

"豆腐店？"

"对,因为手下都跑了,他就老老实实地卖了一段时间豆腐,一边做高利贷,一边沿街叫卖。"

"哦?"

"夏天还做冰棍,我记得自己吃到过。那个大叔其实挺喜欢小孩子的。"

"嗯。"

"但是过了一段时间,他在女人这方面又惹出了大问题。他不知从哪娶了个媳妇一起生活,等媳妇年老色衰了,又不知从哪找了个年轻的情人,让她住在隔壁的营房楼里,跟她一起生活。可是他媳妇就在隔壁啊,两个女人就吵起来了,听说最后还打成一团。"

"哦。"

"后来他再也受不了那两个女人,便在不知哪里的酒馆里骗来一个小姑娘,说要娶她当媳妇,两个人又在一起生活了。那女人有个孩子,孩子也整天跑来跑去,调皮捣蛋。"

"他没有自己的孩子吗?"

"有,他老婆生了个女儿,不过那姑娘不到二十岁就跳轨自杀了。"

"自杀?"

"是的,可能对自己的老爹绝望了吧。而且又是亲生女儿,总归是逃脱不了。那个带孩子的情人也生了孩子,但是因为生病早夭了。每次孩子死去,那大叔都大发雷霆,房子打烂,玻璃打碎,闹得可大了。"

"真是越听越惨啊。"吉敷说道。

如此一来,他还在世的孩子就只剩下艳子了吗?

"就是啊,真是太惨了。不过那块儿毕竟是贫民窟,恐怕也不稀奇吧,而且他老婆后来也死了。"

"死了?"

"对,脑梗死。她辛苦了一辈子,最后就这么死了。金森大叔总打她脑袋,可能因为那个吧,大家都这么说。"

吉敷叹了口气。

"于是他就成了孤家寡人。"

"没错,因为谁都不愿意搭理他,他就被孤立了。"

"也难怪啊。"

"我老爸那时也已经跟他保持距离了,实在来往不下去。他还时常叮嘱我,千万不要靠近那个疯老爷子。"

"哦。"

"后来他跟黑帮也闹掰了,又被人盯上,好几次差点儿没了命,要是他还活着那真是稀奇了。"

片刻的沉默。

"不过那时候还有点军国的氛围,人们整天喊打喊杀。只能说那个大叔不幸生在了那个时代,再加上一直怀有在日本被歧视的怨恨。"

"金森先生是打仗时来到大阪的吗?"

吉敷提出了核心问题。

"我是这么听说的。当时老爸属于那片地区的长老级人物,金森大叔就到大阪来投靠他了。老爸说他在金泽闹了点事,结果待不下去了。"

"令尊提到具体什么事了吗?"

"他没对我说。不过瞧大叔那个样子,我也能猜到……"

这时,有人打开会客室的门,把茶端了进来。放下茶水的空隙,对话中断了一会儿。

"你知道他为什么到大阪来吗?"

社长问了一句,等女员工离开后,吉敷回答道:

"金泽那边有传闻,说是因为夫人死了,而且根源在于金森先生的暴力。"

"啊,果然如此。"

谷村社长说。

"他平时表现出过惦记金泽的样子吗?"

"谁？金森大叔？没有，他绝口不提那边的事，还说已经跟金泽断了联系。"谷村喝着茶说。

"他没回去过吗？"

"金泽？"

"对。"

"应该一次都没回去过，感觉他特别忌讳那个地方。"

"他在一九四五年，也就是大战结束那年九月，有没有短暂返回过金泽？"

"啊，没有。"谷村马上回答，"一九四五年是最动荡的时期，那时他还跟我老爸合伙搞些奇怪的营生，好像是往黑市倒卖物资吧，还赚了一大笔钱，两个人都赚红了眼。那是个只要胆大就能发财的时代，大叔肯定不会放过机会。他根本顾不上想念金泽吧，更别说回去了。我老爸跟他在大阪东奔西走，整天想着赚钱。"

"哦。"

应该不是了，吉敷心想。不是金森修太。

"那金森先生现在还在大阪吗？"

如果他还在这里，倒是可以去见见。吉敷私底下对这个人产生了好奇，想看看这个如此了得的人。

"啊，您说金森大叔？"

谷村一脸惊讶，让吉敷也吃了一惊。因为他好像想说：你瞎说什么呢。

"他不在吗？"

吉敷问。

"不在。"谷村理所当然地说完，又继续道，"那人回朝鲜了。"

"啊？"

吉敷万万没想到听见这个回答。

"归国运动[①]那会儿回去的。他当时带着一大笔钱，把最爱的高级汽车和做豆腐的机器全都捐给了共和国，就这么回去了。别看大叔那样，其实也是个爱国人士啊。"

"他什么时候回去的？"

"记得是二十世纪六十年代后半期吧。"

"回朝鲜了……"

小野家老人说，在东京奥运会那段时间就听不到金森的消息了。看来他说得没错，因为金森当时已经不在日本了。

"那个大叔其实有梦想，也对祖国的社会主义抱有期待，原本到日本来就是为了扬名立万。所以他后来就带着在这里赚到的全部财产凯旋了。算是衣锦还乡吧，他原本就是这个计划。"

"哦。"

"不过以他那个臭名声，想在日本待下去也难。"

谷村苦笑着说完，吉敷也点点头。

"那他现在该在祖国过上了宽裕的生活吧。"他又问。

"饿死了。"谷村若无其事地说。

"啊？"

"他身上的钱全被祖国没收了，瞬间坠落贫困谷底，在一个冬天下雪的寒冷小村里，住着没有暖气的破房子，被埋在落进房子里的积雪中饿死了。"

吉敷一时哑然，不知如何回答。

"这是听别人说的，但应该没错。后来逃回日本的朝鲜人有个名册，他没在那上面，而且有个熟人逃了回来，这是那人说的，想必是真的了。"

吉敷点点头。

"在小破屋里孤零零地饿死，也算他自作自受吧。肯定是干那么

[①]指"在日朝鲜人归国运动"，即二十世纪五十年代至一九八四年，在日朝鲜人响应当时朝鲜最高领导人金日成的号召，从日本返回朝鲜的运动。

多坏事遭报应了。"

谷村社长笑着说。

10

吉敷静静地在金泽站下了车,乘坐出租车返回东茶屋街。在茶屋街路口下车后,他发现今天也有很多游客。

此行没有收获。也就是说,他们无法满足凶手的要求,孩子的性命可能面临危险。

他拉开通子店铺的木格子拉门,走进典雅大方的和式店铺内部。店里好像在焚香,弥漫着一股好闻的气味。虽然香气很微弱,但他还是感到旅行的疲劳和失望得到了治愈。再看墙上的时钟,已经快下午五点了。

"你回来啦。"

通子说了一声。因为吉敷一直保持电话联系,她也大概知道吉敷回来的时间。

"您回来啦。"

里屋又传来另一个女人的声音。只见艳子和赖子坐在茶歇区的沙发上,都在等吉敷回来。

两人今天都穿着和服。吉敷不禁想:田畑勉在这种时候会穿什么呢,也是和服吗?

"您辛苦了。"

吉敷走过去,艳子问候了一句,赖子也在旁边低头行礼。两人面前的桌子上摆着两只茶杯。

"我回来了。"吉敷说,"但是没什么收获。"

吉敷把昨天去内滩的高级老人公寓见了小野家老人,从他那里打听到在大阪跟金森有来往的谷村,又到天王寺去见了谷村的儿子,并从那人口中打听到了关于金森的消息,以及消息内容全盘汇报了一遍。通子在店铺那边也尽量靠近他们,隔着商品架听吉敷说话。

"金森先生已经不在日本……"

艳子喃喃道。

"是的。不仅如此,甚至不在人世了。他已经去世了。"

"这样啊。"

赖子沮丧地说。

"那么,就无法请他去见凶手了。"

"是的。"

吉敷点点头。

"那是什么?"

吉敷见赖子腿上放着一个东西,便问了一句。

"是固定电话的子机。我担心那人打电话来,我们却不在。如果待在这里,还能收到信号。"

赖子解释道。

"是吗?对方再次联系了吗?"

"没有。"

母女俩异口同声地说。

格子门被拉开,客人走了进来。通子招呼了一声,回到店铺去,静静看着挑选商品的一行三人。其中一位顾客提了问题,通子做了回答。

"待在这里可能不太好啊。要是凶手打电话来,可能听见客人的声音,客人也能察觉到气氛异常。"

"那就到楼上我家去吧。就是有点乱。"

艳子说完,吉敷点点头。

"这样更好,还能把通话切成外放模式。"

三人站了起来,一起走向后门。吉敷竖起食指,对通子比了个向上的手势,告诉她要去艳子家里。通子朝他点了点头。

他们从后门出去,走到画廊屋后,进入与邻居家之间的小巷子,从那里的狭窄楼梯到了楼上。

吉敷脱掉鞋,被请到了六七平方米的前厅。这里有擦得发亮的矮桌,周围摆着几个坐垫,桌上放着茶具。脚下的榻榻米色泽青绿,收拾得整齐干净。

前厅有扇玻璃窗,外面装着木格子,透过格子能够俯瞰游客在茶屋街的石板路上漫步。

"我这就去泡茶来。"

赖子说。

"哦,不麻烦了。"

吉敷说。

"金森先生原来是个这么凶的人啊。"

艳子坐在吉敷对面,喃喃自语一般说道。

"听说他很是了得。"

吉敷回应道。

"我也继承了他的血脉,好像能够理解。"

她说。

"哦,是吗?"

"是的。我这人不太擅长迎合他人,无论别人说什么,我都自把自为。"

"哦,这样啊。"

不过她走上日本画家这条路,倒的确算是不同寻常。

"我觉得我身为女人,这样已经很乱来了。"

吉敷点点头。

"您见到田畑勉了吗?"

听到艳子的问题,吉敷犹豫了一会儿,还是应道:

"见到了。"

"想必也听了不少我们的坏话吧?"

"嗯,他当时喝了不少酒。"

吉敷没有细说。

"那他果真不愿意来啊。"

艳子低声道。

这个话题好像不太受欢迎。从世间常识来看,赖子的丈夫算是个十分不靠谱的人,可是吉敷也无法轻易对那种没出息的男人置气。所以,他不想偏向任何一边。他正想着要不要把话题转向内滩的老人公寓,却见纸门拉开,赖子走了进来。

她给每个人端了茶,又把托盘上的电话子机也放到了桌上。随后,她又放下三盘糯米团子。

"我打算待会儿也给盆爷拿些团子过去。"

赖子对母亲说。

"你放进食盒里了?"

"嗯,放在这儿了。"

赖子转向身后,拿起放在包袱皮上的食盒,取掉盖子给艳子看。

"我还想请盆爷的室友也尝尝。"

"是啊,那样挺好。"

母亲赞同道。

"盆爷就是盲剑楼那位?"

吉敷问。

"对,是以前一直照顾母亲生活的人。他早在战前就住进了楼里,对我们也很照顾,算是我的父亲吧。"

"也是我的爷爷。"

赖子说。

"他现在住在后面的老人之家。"

"那是老人院吗?"

吉敷想起小野家,这样问道。

"哪有那么高级,就是一座普通的房子,每个房间有四张床,收容了许多老人。"

"哦,每个房间四张床?"

那应该很挤吧。小野家住的肯定是单人房。

"我们很欢迎他住过来,只是盆爷不愿意。盆爷本身就有点残疾,好不容易才求那个老人之家让他住进去了。"

"残疾?"

"是的。他说话结巴,腿脚又不方便,身体很不灵活,而且还有现在所谓学习障碍,计算都不太行,汉字也不认识几个,有时还会忘了片假名怎么写。"

"他曾经问我'ミ'是朝哪边斜来着。"

赖子笑着说。

"哦?"

"啊,请喝茶。"

赖子话音未落,桌上的子机响了起来。电话铃声并不大,但桌面还是随着声音震动起来。

瞬间,赖子表情出现了扭曲,害怕得几乎要哭出来。

"妈妈。"

她用恳求的目光看向母亲。

"请接电话。"吉敷冷淡地下令道。

艳子拿起子机,按下通话键。

"你好。"

说完,她看了一眼吉敷,将子机拿到面前按下外放,然后摆在桌上。

"怎么样,已经过两天了。"

电话机里传来男人粗鄙的关西腔。

"杀了我兄姆尼,不,杀了我大哥的人,你们找到没?"

"你是说金森修太先生吗?"

艳子微微倾向电话,这样问道。

"对。"

赖子在旁边垂下头,双手掩住了脸。

"我找了。"

艳子再次前倾身体,对子机说。

"嗯,然后呢?"

那声音听的时间长了,就能感觉出他是个老人。

"金森先生已经回朝鲜了。"

艳子说。

"什么?!"

那人语气突然凶险起来。

"你说他回去了?"

"是的。"

"那他不在日本了?"

他提高了音量。赖子感到威吓,愈加缩起身子。

"是的。"

"那怎么可能!"男人又大声说。

什么可不可能,这就是事实。他们无法控制金森的行动。

"是真的,请你自己也查一查。金森先生打仗时去了大阪生野区一个叫鹤桥的地方,其间做过高利贷和豆腐店,在东京奥运会那段时间回到了朝鲜。"

艳子极力传达吉敷打听到的消息。

"那他还在朝鲜?"

凶手问道。

"他已经在那边去世了。"

"你说他死了?"

"是的。"

"是谁说的?"

男人的语气越来越粗暴,变得像黑道上混的人了。

"是金森先生在大阪投靠的一个叫谷村先生的儿子说的。他目前在天王寺，经营一家叫谷村建设的公司。"

"搞什么鬼，开什么玩笑！"男人恶狠狠地说，"事到如今怎么会有这种事！"

"可是这都是真的。请你把希美放了吧，求求你了。"

艳子奋力恳求道。

"开什么玩笑，那我的心情怎么办！"

吉敷听了不禁感到奇怪。对方如此任性儿戏，莫非智力比一般人低下？

"请把希美还给我！"

赖子在旁边突然大叫一声。吉敷转头一看，发现她已经泪流满面。

"不给！"

男人冷冷地说。

"既然如此，那我就杀了小崽子，然后自杀！"

男人自暴自弃了。

"不要，把孩子还给我！"

赖子又大喊一声，对方赌气似的挂了电话。

吉敷听见扑通一声，原来是赖子倒下了。

她的母亲站起来，匆忙绕过矮桌抱起女儿。吉敷也凑了过去。

赖子的背部剧烈起伏，最后"呜"的一声，竟然呕吐起来。

"赖子，赖子，没事吧？！"

艳子叫道。

"我这就去铺床。不好意思，麻烦你把她抱进屋去！"

艳子对吉敷说。

"知道了。"

吉敷应道。

艳子站起来，小跑着进了隔壁房间。此时赖子大声哭了起来，边哭边哽咽，还用力抽着鼻子。但是一犯恶心，她就会停止哭泣，闷哼一声,接着背脊痉挛不止。

"可以了!"

隔壁房间传来声音。吉敷抱起赖子,快步走了进去,放她躺在铺好的被褥上。被抱进去的路上,赖子依旧哭泣不止。

"我去打水……"

艳子说着消失在走廊上。吉敷拉起被子,盖住了赖子的下半身。

不一会儿,艳子抱着脸盆回来了,还从隔壁拿了报纸来垫着,将脸盆放在赖子枕边。

"希美,希美会怎么样?"

赖子苦苦询问,吉敷却回答不上来。

接着,艳子也捂住了胸口。

"好痛,我可能也不行了。"

说完,她便倒在女儿旁边。

吉敷拿起手机,按了通子的号码。

通子接了电话,他马上说:

"你能过来一下吗,赖子和艳子倒下了,需要人照顾!"

"知道了,我这就关门,马上过去!"

通子大声说。

11

艳子母女与一位医生相熟,对方可以上门看诊。通子给医生打了电话,准备在医生来之前一边照顾两人,一边打扫屋子。吉敷把她们交给通子,拿起装着糯米团子的食盒走了出去。

食盒外面包着紫色的包袱皮,艳子提醒他尽量不要倾斜。她还吩咐道,团子放到明天就不怎么好吃了,希望今天晚饭后请他们品尝。于是,吉敷便替她把团子送了过去。

时值黄昏,天空还算明亮,街道上已经有些昏暗了。擦肩而过的人都看不清脸，再看时间，已经过了六点。现在正好是晚饭时间，此时拜访老人院难免有些失礼，如果实在不凑巧，吉敷打算马上离开。

他很快就找到了地方。那是一座老旧的二层小楼，墙脚覆盖着青苔，似乎已经腐朽了。屋顶铺的草也裸露出来，无论怎么看都像废弃的房子。窗口没有透出灯光，让他怀疑这里根本没有人。想来应该是有人利用这间破屋，为卧床不起的低收入老人搞了个集中看护的场所。

走进大门，旁边放置着电动轮椅。他朝屋里喊了一声打扰，只见一个中年男子走了出来。

"我给江原盆次先生带点东西，是鹰科艳子女士托我来的。"

"什么东西呀？"

"是糯米团子。鹰科女士说希望他和各位室友一起品尝。"

说着，吉敷解开包袱皮，拿开食盒盖子，展示了里面的东西。

那人点点头。

"现在正在吃饭，不过没问题，我带您过去吧。"

说着，他便等在那里。吉敷匆忙脱掉鞋子走了进去。

沿着狭窄的走廊往前走，左右房间都能看到拥挤的床铺和默默吃饭的老人。接着路过厨房，一名中年女子站在水槽前面。

盆次住在走廊尽头左侧的房间。其中一张床从纸门轨道突出来，摆到了走廊上。他觉得这张床应该睡得不舒服，没想到正是盆次的床位。

"这位就是江原盆次先生。"

说完，中年男子又指了指靠在墙边的折叠椅。

"您有需要的话，请用吧。"

吉敷对他道了谢，走到放置折叠椅的位置。

"盆次先生，我叫吉敷，鹰科女士母女俩托我给您送这个来了。"

他拉开折叠椅，然后把食盒递了过去。

盆次正坐在床上吃饭，胸前放着一块细细的桌板，应该是可拆卸的装备。

"啊——"

盆次应了一声，看向吉敷。吉敷缓缓坐了下来。

"呃、呃、呃、呃、你、你谁、哪、哪、哪位？"

他皱着脸，磕磕绊绊地说了一句，脸皱得更用力了，定定地看着吉敷，好一会儿才露出貌似笑容的表情。吉敷总算松了口气。

此时，他才仔仔细细地打量起了盆次。他满脸褶子，身体瘦削，额头和脸颊长满了大大小小的老人斑，眼睛很小，仿佛被埋在了眼睑的皱纹里，虽然定定地看着他，但应该没什么视力了。

他的鹰钩鼻让人印象深刻，鼻孔里还冒出了很多白色鼻毛。鼻子底下有数不清的竖向皱纹，嘴唇很薄，看起来很干燥。长长的白眉毛宛如无人打理的杂草。

"谁、谁、你、你、谁说？"

老人问。

"是艳子啊，艳子女士。"

吉敷发现他有点耳背，就加大了音量。

此时，他感觉到几道目光，便环视四周，发现另外三个正在吃饭的人也都盯着他看。

吉敷把椅子往老人那边拖了拖，凑到他耳边说：

"艳子女士和赖子女士要我给盆爷您送团子。"

他一字一顿地说着，打开食盒盖子给他看。

老人惊讶地瞪大眼，还用力朝他点头行礼。小桌板上的餐具顿时摇晃起来，吉敷差点忍不住伸手过去接。

"真、真、真、真、真是、太、太、太感、感、感、感谢了，不、不、不、不、不好意思，给、给、给、给我这种人。"

老人拼命皱着脸，全力挤出了一句话。吉敷实在心疼他，便抬手示意他不用再说了。随后，他转头看了一眼同室的老人，放声说

89

道:"请各位也来一起品尝吧。"

只有一个老人朝他点头致谢,另外两个人依旧顶着像在生气的表情,盯着他一动不动。吉敷不明白那是什么意思,心中有些疑惑。

吉敷看了一眼盆次老人的饭菜。盘里有两条烤焦的小鱼,吃起来应该很硬。这是盐渍的鱼干吗?除此之外,就只有两小块厚蛋烧,以及白米饭而已。对着这些饭菜应该没什么食欲,随之吉敷又想到内滩高级老人公寓的小野家的饭菜,心中更是悲凉。

"这里地方好窄啊。"

他忍不住低声说了出来,随即后悔自己太失礼了。

"我、我、我、我……"

老人似乎听见了他的话。

"我、我、我、是、是、是、残废。"

他想说这也没办法吗?吉敷不认为腿脚不方便是生活在狭小环境中的正当理由。

四张床中央摆放着一张小桌子,上面有个大水壶和市面上常见的带花纹的简陋茶杯。吉敷站起来把食盒放在桌上,然后拿起茶壶,发现里面装满了茶水,就摆开四只茶杯,分别倒上了茶。接着,他把茶杯分别放在了四位老人的小餐桌上。还是只有一个人对他道了谢。

最感谢他的人是盆次。见他拼命想弯下僵硬的脖子,吉敷连忙说:"啊,您别客气。"

因为他能做的也只有替老人倒茶了。

"啊、啊、啊、啊……"

盆次又想说些什么。

"嗯?"

吉敷反问。

"你、你、你、你……"

吉敷听了一脸呆愣,不知他想说什么。

"您要我拿什么吗？"吉敷问道。

老人用力摇头，拼命用手示意茶杯。

"啊，您是要我喝茶吗？"

吉敷恍然大悟，老人连连点头。

"不，不用了，我喝了才来的，所以不口渴。"

说完，吉敷不禁想到，这位老人究竟是什么样的人呢？这很难形容，因为以前从未见过。他处在这种状态，又即将走到人生的尽头，却依旧在拼命地为他人着想。这是一辈子在花街照顾他人形成的习惯吗？

吉敷感到心情低落，一时无法动弹，也不知该说什么。

"呃、呃、呃、呃、呃……"

老人扭曲着面庞，又要说点什么。

"您想问艳子女士吗？"

说完，吉敷就后悔了。果然，老人点了点头。

"她现在有点不方便，所以我替她……"

说到这里，吉敷更后悔了。他不该让老人平添担忧。

"你、你、你、你、你是自、自、自、自卫队的？"

老人问道。吉敷苦笑了一下，摇摇头。

"不是。"

"那、那、那、那、那是，警察？"

吉敷闻言吃了一惊。他怎么知道？他想了想，还是点头承认了。随后抬起头，发现老人正瞪大了眼睛看着他。见他表情如此僵硬，吉敷猜测他有所感觉。

过了一会儿，老人的表情突然扭曲，又说了起来。

"出、出、出、出、出什、什、什、什、什么事了、了、了、了吧。"

这回轮到吉敷像佛像一般僵住了。老人敏锐的感觉令他惊叹不已，他是怎么猜到的？

接着，吉敷又想了想该怎么回答。这件事真的可以告诉他吗……

"我、我、我……"

老人再次奋力挤出话语。

"呃、呃、呃、呃……"

这次，吉敷实在猜不到他想说什么。

随后，老人缓缓将手伸到枕头底下，拽出了铅笔和本子，用颤抖的手写下了"moukenrou"。①

盲剑楼——

接着，老人又写道："我预料到了。"

"您预料到了？"

吉敷重复了他写的字，老人皱着眉点点头，又写了起来。

"出事了？告诉我。"

吉敷绷紧身体，叹了口气。他太吃惊了。

随后，他犹豫了好久，最终下定了决心。他站起来，拖着椅子又往老人耳边凑了过去，告诉他：

"希美小朋友被绑架了。"

吉敷退开，老人用力瞪大的眼睛近在咫尺。他的眼白有些发黄，布满了红色的血丝。

老人把本子举起来，用铅笔敲了敲"告诉我"三个字。见吉敷不说话，他就敲个不停。

吉敷做出了决定，把事情经过和笔记本上的内容详细说了一遍。他暗自期待着，老人可能知道一些他没有掌握的事实。

"电、电、电、电、电话……"

老人奋力表述着。

电话？吉敷心想，电话怎么了？

老人拼命指着床头小桌上的白色电话。

---

①老人手书皆无汉字，为方便阅读，以下按照正常用语习惯翻译。

"您是什么意思？"

老人又拿起本子。

"让他打过来。"

他颤抖着写道。

"打过来，电话吗？您要绑架者打电话到这里来？"

这回换成吉敷瞪大眼睛了。他要凶手打电话到这里来？

老人瞪着眼睛，不断点头。

"打过来干什么？莫非您要跟他……"

老人用力点头，整张脸皱成一团。这是老人奋力想说话时的习惯。

"我、我、我、我、我、我来，跟、跟、跟、跟、跟、他说。"

"为、为、为什么？！"

连吉敷都结巴了。

"您要跟他说什么？"

老人表情扭曲了，但始终憋不出话了，便再次拿起本子。

"再这样，凶手要杀那个小孩。"

吉敷点点头。

"的确有那个危险，可是，您能争取到时间吗？"

老人不断点头，拿起本子。

"我认识凶手。"

吉敷大惊。

"我那时在盲剑楼。"老人写道，"见到过凶手。"

"您见到过凶手吗？"

吉敷惊问，老人使劲点头。

"这、这、这、这、这……"

老人结巴了一会儿，还是说不出话来。他一兴奋就更说不好话了，便又拿起本子。

"我知道是谁杀了凶手的大哥。"

吉敷看着老人，一脸震惊。

"您知道是谁斩杀了占领盲剑楼的恶霸？"

吉敷问。

"您要这样对他说吗？"

老人点起了头，一下又一下。

"这是真的吗？"

吉敷凝视着老人的脸。老人闭上了眼睛，并不作答。吉敷依旧心存怀疑。

莫非这老人想演戏？因为他认识凶手，打算谎称自己知道是谁杀了他的大哥，好争取时间？

"可是，如果您说的是谎话，就算凶手上当了，到最后也会让事情变得很棘手。"吉敷说道。

争取了时间，又能怎么样？他的手段都被限制了，因为不能惊动当地警察。

若问吉敷怎么办，他也不知如何是好。

老人又使劲摇起头来，拿起本子颤巍巍地写道：

"一直这样，小孩危险。"

"确实如此。"吉敷点头道，"您说得没错，可是……"

吉敷沉默下来想了一会儿。的确如此，这点当然不用说。现状是凶手没有丝毫希望，他随时可能因为绝望而掐死孩子，然后自杀。

他睁开眼。

"让他打过来。"

本子上的一行字被举在了他面前。

"知道了。"

吉敷从内袋掏出手机，打给了通子。

他先询问了那边的情况，通子告诉他医生来了，给两人打了针，目前情况稳定。赖子一直没睡，刚才已经睡下了。吉敷稍微放下心来，便请她跟艳子姐商量，让她给凶手的传呼机发消息，请对方打电话过来。

要是凶手打过去了,希望艳子姐告诉他,请拨打这个老人院的号码。通子闻言吃了一惊,明显屏住了呼吸。吉敷告诉她,盆次老人要跟凶手通话,他好像认识凶手。

吉敷问了一句"您是否知道这里的号码",还准备站起来查看,却见本子又被举到了眼前,上面写着一串数字,于是他照着念了。

通子说跟艳子姐商量一下,随即挂了电话。

"我已经告诉那边。"

吉敷对老人说。

"接下来就要看结果如何了。"

现在是决胜之时。

吉敷心想通子可能还会打过来,就一直拿着手机。

过了十分钟、二十分钟,吉敷越来越担心,不知那边怎么了。可能艳子内心踌躇,不愿意给凶手发传呼。若是如此,那还要等很长时间。

他往旁边一看,发现盆次只吃了半条鱼,其他都剩下了。米饭和厚蛋烧都没有碰。

电话突然响了起来,而且声音很大。吉敷猛地跳起,走向电话,拽着线将它拿到盆次枕边,随后拿起话筒,交给了盆次。

他一开始想,这电话更可能是别人打来的,但还是把耳朵凑到了听筒上。

那边的声音听不太清楚,但好像是磕磕绊绊的大阪腔,吉敷顿时紧张起来。盆次也静静地听了一会儿,然后宛如咳嗽一般说:

"是、是、是、是我啊,盆、盆、盆次啊。你、你、你、你、你是正贤?"

"是、是、是、是、是我啊,盆、盆、盆、盆、盆次啊。"

他表情狰狞地拼命诉说着,吉敷觉得老人的神色已经近乎癫狂。

"战、战、战、战、战前在、在、在、在金森的广、广、广告部、干宣、宣传的鸡、鸡、鸡、鸡公啊。"

对方说了些什么。

"是、是、是、是啊，后、后、后来我在、在、在盲剑楼，工作啦。你、你、你不知、知道吗。你、你、你这才知道？是、是、是啊，好、好、怀念啊。"

盆次说。

"你、你、你、你、你可不、不、不、不能杀了小、小、小、小孩啊。我、我、我啊，知、知、知道是、是、是谁杀了你大哥。"

对方似乎屏住了呼吸，声音停了下来。吉敷也不禁屏住了呼吸。可是他转念一想，这并非事实，只是把孩子救出来的手段。

"对、对、对、对啊，是、是、是歌舞伎演员，一个很、很、很俊、俊俏的男人，是、是、是歌舞伎演员。"

吉敷惊讶地看向盆次。

"是、是、是、是啊，真、真、真的，真的啊，他、他、他住在金泽，还、还、还活着。"

吉敷瞪大眼睛看着盆次。那张苍老而布满皱褶的侧脸充满了自信，丝毫没有动摇之色。他看起来并不像撒谎。

"是、是、是啊，我、我、我、我认识他，可以让、让他去见、见、见你。我、我、我知道他、他、他在哪儿。"

对方显然心生动摇，说了一长串话，声音里透着兴奋。

"地、地、地、地方知、知、知道了，什、什、什么？明、明、明天之前？那、那、那太、那太、早了，这、这、要花时、时、时间。什、什、什么？不、不、不对，绝、绝、绝对不假。真、真、真、真的真的。绝、绝对有人知道，你、你、你、要相信我。"

电话那头又传来兴奋的说话声。

"你、你、你也、也、也过来这边有、有什么用，再、再、再等几、几天。"

那边传来了挂电话的声音。

盆次呆呆地放开了听筒，然后筋疲力尽地合上眼睛，艰难地喘息了一会儿。

"这、这、这样，正、正、正贤就暂、暂、暂时不会杀、杀、杀她了。"

盆次说。

"可、可是盆次先生，您那样说真的没问题吗？您真的认识那位剑客吗？他怎么可能是歌舞伎的演员呢……"

吉敷一边放回听筒一边说道。可是盆次已经没有力气再说话，陷入了漫长的沉默。

盲剑楼奇谭

1

这里是金泽东茶屋街的艺伎屋老铺"盲剑楼"中庭，艺伎春驹姐站在长满青苔的石灯笼、假山、铺着圆砂的灌水池深处，面朝着宛如玩具般小巧的神社，垂首合掌，默默祈祷。外面传来了顶笼叫卖鲜鱼的吆喝声。

所谓顶笼，就是头顶竹笼沿街叫卖能登渔获的女人。大战中，花街熄火灭灯，艺伎们没了工作，有几个来自能登的艺伎就做起了这份生意，主要在相熟的花街女将和曾经光顾的客人所在的地区叫卖，所以大家都认识她们。

金泽自古便是军事重镇，大战期间，茶屋和艺伎屋都被要求接待军人，原本高傲的茶屋街不得不应予。不愿奉陪的艺伎们纷纷离开，完成挺身队的义务劳动后，就靠这种叫卖生意维生。

上个月，战争总算结束，艺伎们也慢慢回到了自己的楼里，可是最关键的客人和恩客老爷们并没有马上回来，许多店铺都难以为继。于是，花街的顶笼女还是要靠卖鱼过活。

"春驹姐。"

背后传来呼唤她的声音，她转过头，只见店里奉公的艺伎游戏丸正穿上木屐下到院子里来。

"哎。"

春驹应了一声，游戏丸咔嗒咔嗒地走过来，这样说道：

"妈妈从顶笼那里买了些七星鳢，叫我来告诉春驹姐。"

"哦，妈妈买了七星鳢呀？"

春驹转过身回应道。

"她说没别的鱼了,不买就没的吃,还说春驹姐知道怎么做。七星鳝好奇怪哦,长得似海蛇一般,我看了一眼,好吓人,都不敢碰。"

"不会啦,其实挺好吃哦。"

说着,春驹朝外廊的方向折返回去。

天皇陛下的玉音放送才过去一个月,城里一点物资都没有。金泽有幸逃过了空难,花街的房子都完好无损,单是这样便值得庆幸了。只是,年轻人都应征上了战场,渔民数量骤减,日本海捕获的鱼类也少了很多。再加上捞上来的好鱼都要被收走,能让顶笼拿来做生意的鱼都没什么好货色。要是再到东边来,更是所剩无几,只能见到七星鳝之流。

七星鳝浑身黏腻,长得又丑,再加上外观好似海蛇,着实吓人,女人们都不愿意买。只不过,要是太纠结这些,就没东西可吃了,春驹是能登渔村出身,她都说能吃,女将也就不再犹豫,咬咬牙买了下来。不过,她也说这种鱼得让春驹来料理。

"跟普通鱼的做法一样,还能做成刺身,盆叔知道怎么做。"

春驹说。

盆叔名叫盆次,是负责照顾女将阿染生活的人,早在战前阿染还是艺伎时,他就对她死心塌地,主动成了她的下人。这人怪模怪样,脑子愚钝,既不会打算盘,也不会简单的心算,到哪儿都派不上用场。而且他还口吃,话都说不出来,说两句话都要花好长时间。要是在繁忙时节,他总会让人心情烦躁,恨不得将他赶到角落里去。连女将也总会这么嘀咕他。

由于脑子愚钝,导致这人行动也很缓慢,加之天生笨拙、体形瘦小,没什么力气,腿脚还不灵便,搬不动重东西,连在挺身队锻炼过的艺伎都比他有力气。总之这人就是毫无可取之处,所有人都嫌弃。姑娘们背地里管他叫笨叔,也都瞧不起他。春驹一开始也不太喜欢他。

他时刻带着一脸智力低下者特有的傻笑，又总是点头哈腰，因为无力而显得卑微，别说与之交谈，哪怕让他看上一眼，也会令人毛骨悚然。她不喜欢盆叔那副傻笑得面部肌肉僵硬的模样，也觉得他笑起来嘴角积起白色唾沫的样子很脏很恶心。她很疑惑这种人每天究竟靠什么念想过活，所以不知不觉，她已经习惯当着盆叔的面更衣了。后来她一打听，原来其他艺伎也都这样，仿佛自己对着猫狗般，毫无害羞的感觉。

在娼妓当中，也有人喜欢故意露出胸部或双腿捉弄他，让盆叔又怕又羞。盆叔丝毫没有身为男人的自信，因此从不对女人见色起意，在这个意义上，他倒是适合住在都是女人的地方。春驹很不喜欢娼妓对他的捉弄，只是战前有规定，艺伎屋不仅要有艺伎，还要有一定人数的娼妓，因此不能将她们赶走。艺伎心里其实都看不起娼妓，几乎不跟她们说话。

然而来到了万事充满火药味、丝毫没有乐趣的战时，留在楼里的春驹倒是对盆叔那人畜无害的模样和丝毫没有恶意与攻击性的性格感到庆幸。他无依无靠，连可以回去的故乡都没有，就算给他休假，他也一直待在楼里。女将阿染实在狠不下心将他赶走，便让他当了牛太郎，在店里照顾自己的生活起居。

这里可能还要解释一下艺伎屋内部的情况。所谓艺伎屋，就是艺伎与娼妓们栖身的地方。艺伎接到指名，就从这里出差到花街的茶屋去表演吹笛、舞蹈、三弦和太鼓等技艺，给聚会助兴。娼妓接到指名，则会到客人那里去陪睡。艺伎屋二楼也有包间，一些恩客会直接到这里来，因此并不是单纯的等候处。

若艺伎长相漂亮，技艺一流，就有可能成为名伎，开创一个时代，并被廓中之人久久传唱。管理这些艺伎和娼妓的一屋之主便是女将，艺伎们称呼她为"妈妈"，而女将本身在年轻时多是名震一方的艺伎。

女将下面有艺伎和娼妓，屋中还另有一些女人负责照顾这些姑娘的起居。志愿成为艺伎的人从小就会作为养女住进来，由女将教会她们读书算数，另外每天送她们去学习吹笛或舞蹈等技艺，十几岁时便升格为艺伎。这些孩子被称为"多宝"，艺伎到茶屋表演时，她们要拿着乐器，还要打下手。因为孩子们都很忙碌，没有时间学习料理，因此有专门的人负责做饭。

艺伎也被称为艺者，意为拥有特殊技艺之人，但是这个词古时被用来称呼武艺超群的武艺者。江户中期以后，这种称呼就被降格为在茶屋表演技艺陪客的女性称呼了。

艺伎屋的艺者一到时间就会在脸上和身上仔细化妆，随后穿着盛装等候。一有人来唤，她们便离开艺伎屋，率领一群多宝赶往茶屋。若是别家也来唤，她们还要四处赶场。

艺伎们便是这样在狭小花街的各个茶屋表演技艺，每到一个宴会，便能拿到名为"花银"的酬劳。在一旁打下手的多宝也能拿到花银。本人会按照比例收下一部分，其余则上交给艺伎屋。花银与过节钱就是艺伎屋的全部收入来源，因此能否培养出花街家家都来请的卖座艺伎，决定了一座艺伎屋的沉浮。卖座的艺伎每天连吃晚饭的空闲都没有，只能在赶场途中匆匆扒上两口冷饭菜，四处奔波停不下来。

楼里负责做饭的通常是个老婆婆，被称为"饭婆"，基本上只在厨房里忙活。在游廓世界做下层工作的人，多数都是过往难以启齿，又无依无靠的人，饭婆更是如此。她们一辈子住在楼里，重复着单调的工作，慢慢老去。因此，也有心怀恶意的人管她们叫"楼畜"。

过去还有一种被称为"老手婆"的老人，她们专门负责监管年轻爱玩的艺伎和娼妓，有时还会进行惩戒。反过来，因为她们长年浸淫此道，也会为姑娘们解释如何待客，如何举止，教她们怎么增加收入。可是进入昭和时代，这种职业就慢慢从花街淡出了。

"平女"就是侍女，也被称为阿姐。她们专门负责打杂，根据情况帮忙一切事务。做饭、洗衣、打扫这些家务活都做，但主要是照顾艺伎和娼妓的起居，为她们穿着盛装。另外，她们也负责女将的起居杂务，一声令下就要替女将东奔西跑。这些人的年龄从十几岁到四十几岁都有，不客气地说，都是些相貌平庸、学艺不精，没能成为艺伎或娼妓的女人，只能干干这种下人的活。

但是平女不卖身，因此会有人找上门来谈亲事。老手婆有时也会从中看上有潜力的人，将她带到店里去培养。牛太郎和厨师只要手艺好，都会被别处挖墙脚。艺伎和娼妓将来会独立出去自己开个楼。唯一没有去处的便是饭婆，所以她们只能一边当饭婆，一边在楼里走过整个人生。

楼里紧缺男性人手，这些人被称为"牛太郎"，只要有需要就会承担楼里的力气活，但主要业务是在门前拉客。他们会对花街上来往的男人察言观色，巧妙地运用老爷、大哥、老师等称呼，揣测其内心意愿，判断其性格爱好，将他们劝入楼中行乐。这个行当关键要靠嘴巧，只要拉到了客人，楼里便有老手婆接应。牛太郎有时也会跟随艺伎出访茶屋，负责搬运太鼓。同时他们也负责监视在外面赶场的艺者，还给她们充当保镖。

盲剑楼的盆叔做不了那种灵巧的工作。他口吃严重，自然不能巧舌如簧，因此不适合做牛太郎，整日窝在室内，被女人们呼来喝去，做饭打扫，照顾起居，有时还会帮半裸的艺伎穿衣。换言之，盆叔就是个男阿姐。临近饭点，他又会到厨房去做饭，因此也是个男饭婆。

他原本在一个任侠组织底下干活，作为最底层的随从跟老大上过盲剑楼，对当时美艳的名妓阿染着迷不已，后来被赶出组织，便住进了盲剑楼干白工。他不懂得察言观色，又智力愚钝，不仅干活不利索，连说话都不利索，所以连十几岁的小姑娘都不把他放在眼里。尽管如此，他却对什么人都唯命是从，拼命干活。后来开始打仗，一个饭婆死了，女将关了楼，再加上食物不足，还把平女都打发回老家了。楼里的艺者散落各地，煮饭的也被军队征用，只剩下无处可去的盆叔一个人支撑着盲剑楼的日常生活。当初女将虽是不情不愿把他留下的，如今也十分看重他了。

话虽如此，盆叔却丝毫没有做饭的天分。他无论做什么都不如一般人，做饭也只是打杂时看得多了，能够照葫芦画瓢弄上两个菜，味道勉强能算普普通通。

盲剑楼是个历史悠久的艺伎屋，早在金泽花街发祥之时便已存在，女将自然也十分高傲。可是打仗的时候，东西各家花街，无论新店老铺，都被要求给军人陪睡，谈不上什么技艺，沦为了整天只能收取嫖资的军用卖春场所。由于金泽自古以来便是军事重镇，长年与军方有往来，故而无法违抗这个要求。

可是女将阿染不情愿做这种事，干脆打发平女回了老家，又让楼里的艺伎和娼妓穿上劳作服，加入挺身队到军需工厂劳动，自己则暂时熄了楼里的灯火。从那以后，无论是谁要求盲剑楼成为慰安设施为国防做贡献，阿染都坚称已经关张，从来不答应。成为慰安所固然能有比较高的收入，许多楼都因为这个赚了大钱，可是阿染没有选择那条路。她之所以能做出这样的决断，也是因为楼里有了盆叔这么一个无欲无求的凡夫俗子。

好不容易熬到战争结束，那些加入了挺身队，或是流落到外地的艺伎们都为了阿染陆续回到了楼里。如今，楼里的艺伎、娼妓人数已经达到六人，阿染四处招呼了一圈，决定再次亮起轩灯。可是战败的影响深远，客人迟迟没有回来，阿染不得不靠老本维持，照顾底下这些姑娘的生活。

"姐姐，好无聊啊。"

游戏丸说。

"到处的茶屋都不来喊，人家难得学了舞蹈，却没地方去表演。"

"上个月还在打仗，那能有什么办法？你再等等，到时候肯定有很多茶屋来喊。"

"嗯,可是大家都说,美军快要开进来了。"

"是啊。"

"现在京都啊,东京啊,太平洋沿岸都是占领军,还说马上就要翻过山头,开到日本海沿岸来了。"

"是啊。"

春驹点点头。

"我好害怕呀。美国大兵是不是很吓人?"

"听说也不是。他们很喜欢看咱们表演。"

"可是日本打仗输了呀,天知道他们会做出什么来?而且咱们又是廓里的人,要是他们一帮人拥进来,我们不得束手就擒吗?"

说完,两人都因为心中不安而沉默了。

"姐姐,你说点儿什么呀。"

游戏丸说。

"说什么?"

春驹问。

仔细想想,游戏丸才十五岁,还是个见习的孩子。若是普通人,她应该正是跟朋友四处玩耍的年纪吧,也难怪她感到无聊。

"到这儿来坐。"

春驹拉着游戏丸的手在外廊上坐了下来。她也坐在旁边,然后问:"你想听姐说什么?"

"我们楼为啥叫盲剑楼呀?小社里那位盲剑大人,为什么会在这儿呢?"

游戏丸指着刚才春驹拜祭过的小社问道。

"嗯……这个嘛,说来话长哦。"

春驹说。

"长也说。我一直都很想听,可是谁也不告诉我。"

"嗯。"

"姐你快说呀。"

"好吧。"

春驹应了一声,说了起来。

"我们楼名叫盲剑楼,那是因为很久很久以前的江户时代,曾经有个特别特别厉害的剑士。那个人长得惊为天人,女人都对他着迷,都说他美得像一幅画。"

"哦?"

"而且啊,他是个特别特别厉害的剑客,日本全国没有人能胜过他。"

"哇。"

"只不过,那个人眼睛看不见。"

"哦?眼睛看不见也很厉害?"

"没错,就算眼睛看不见,他还是能用心眼看穿对手的剑,啪地挡开,唰地将对手打倒。"

"哇,那是真的吗。"

"那个人啊,是个半神,所以他能做到。"

"他是神仙?神仙剑士?"

"对呀,所以人们都叫他盲剑大人。那座小社啊,就是祭祀盲剑大人的地方。"

"姐姐呀——"

游戏丸站起来,一路小跑着来到小社旁边。春驹也站起来跟了过去。

"姐姐,这是什么?"

游戏丸站在社前,指着剑士小木雕前面的铃鼓和襁褓问道。

"这是婴儿的襁褓吧?"

这时,春驹来到她身边解释道。

"是啊,别用手指。"

"为什么?"

"没礼貌。这位俊美的盲剑士背上还背着一个孩子。"

"啊？！"

"这是背小孩的背袋。"

"啊，可他是个男的呀。"

"这位神仙剑士是盲剑楼的守护神。不只是我们，他还是东茶屋街的艺者，还有西茶屋街的艺者的守护神。不论是艺伎还是娼妓，只要是金泽这个廓的人，全都对盲剑大人十分虔诚。"

"为什么？"

"啊？"

"他背着婴儿，还能比剑吗？"

"是啊，因为他是神仙。就算背着孩子，盲剑大人也很厉害。真的特别厉害，如果对手是坏人，转眼之间就会被他砍死。真的就是一眨眼，就能砍翻大约五个人呢，因为他是天才。所以啊，要是碰到坏心眼的客人受了委屈，这位盲剑大人就会现身来帮助我们。这在过去已经发生过好多次了。"

"啊？真的吗？"

"真的。"

"可我还是不相信。"

"你可不能不信，盲剑大人是神仙呀。"

"盲剑大人为什么背着孩子？"

"这……我也不清楚。"

"所以才有铃鼓吗？"

"嗯，这是供奉给盲剑大人背上那个孩子的东西。另外还有孩子喜欢的糖果点心、甜汤白粥，还有牛奶之类，从来都少不了。这可是我们楼的守护神啊，所以我们楼就叫盲剑楼。这个名字就来自那位天才剑士的传说。"

"盲剑楼就是说盲眼剑士吗？"

"没错，盲眼剑士，盲剑大人。你瞧，这里面还有一把刀对不对？"

春驹打开小社下方的对开小门，只见昏暗中摆放着一把大刀①。

"这就是盲剑大人的刀。他用这个来斩杀坏人，保护我们。所以啊，我们一直在替盲剑大人保养这把刀。妈妈也经常拿去擦拭打磨，要是生锈了就涂些防锈粉，每次保养完都放在这里面。如果刀锈坏了，就砍不了坏人了，对不对？那就保护不了我们了，对不对？如果没有锋利的武器，就算是我们的守护神盲剑大人也施展不开啊。"

"那要是美军打过来，我们也不会有事啦？因为盲眼剑士会现身，把他们都砍死。"

"没错，他可是很厉害的保护神。"

春驹笑着说。

2

"我们楼不是很大吗，周围有这么大一圈围墙。"

春驹说完，游戏丸点了点头。

"这里跟别家不一样，有大围墙，还有这么宽敞的中庭。"

"对呀，金泽花街这么大，除了我们就没有这么气派的艺伎屋啦。"

"院子里有春日灯笼、月见灯笼、枪灯笼，还有盲剑大人的社。姐姐，为什么唯独我们楼这么大？因为它很老吗？因为它历史悠久吗？"

"嗯，我们坐这儿吧。"

春驹又拉着游戏丸来到外廊，坐了下来。

"可是，我们楼并不是这一带最老的楼哦。"

春驹说了起来。

"更早以前已经有了茶屋。盲剑楼一开始不在这里，而在西边。"

"啊？真的吗，在西边？我都不知道。"

---

① 日本刀被称作"太刀"或"大刀"，刀术则被称为剑术或剑道，区分不明显。本文亦混合使用。

"以前在犀川边上，也是那边最大的楼。到了江户时代的文政三年，町奉行提了个主意，把茶屋集中在犀川和浅野川边上，分别称为西茶屋街和东茶屋街。后来官府发了通告，说东边有座空置的宅子，可以改造成茶屋。可是当时买得起那块地的只有盲剑楼，于是我们的先人就把这里买下来，搬到了东边。这就是为什么只有我们的楼这么大。"

"哦。"

"后来楼就渐渐发展起来，因为这里是加贺百万石的领地，前田家一直鼓励老百姓赏谣，还有人说当时金泽城下能听见天上落下的谣曲呢。茶屋街也越来越大，变成了现在这样。"

"开在西边的时候就叫盲剑楼了吗？"

"对呀。"

"为什么？"

"那也是说来话长了。江户初期，犀川上游有个地方叫红叶村，那里的红叶很有名，是个很漂亮的好地方。村里有座旅舍叫西河屋，里面开了赌场，有很多吓人的小哥，特别危险。不过那里也有艺伎和娼妓，给村民们表演助兴，特别受欢迎。"

"哦，后来就成了盲剑楼？"

"不是，那还早。因为是很早以前了，那些吃不上饭的老百姓和破产商家的可怜女儿都要被卖身成为娼妓。吓人的小哥就整天逼迫她们工作，让姑娘们整日以泪洗面，日子过得很苦。"

"她们那儿的妈妈是坏人吗？"

"不是，那里跟花街不一样，都是老板管着的，他们都是特别特别吓人的黑帮。"

"为什么男的要做那种坏事啊？"

"黑帮的人都是妖魔鬼怪，从来不把女人当人看。因为是很久以前了，那时没有警察，所以黑帮的人到处杀人抢劫，成了一方势力。"

"哦，他们是大坏蛋？"

"没错。后来啊,一群落魄的流浪武士从飞驒深山里奔袭过来,把开旅舍的人杀了,将其据为己有。"

"哦,他们是更大的坏蛋?"

"对,是更大的坏蛋。"

"好可怕,真的有过那种事吗……那旅舍的女人怎么办?大家都跑了?"

"怎么跑得掉呢。他们占领旅舍的目的就是为了女人和酒,所以那些坏蛋绝对不会让她们跑掉。"

"啊,原来是这样。"

"还有钱和食物。他们把女人都抓起来,强迫她们陪酒。"

"哦。"

"还强迫艺伎表演,在酒席上弹三弦、敲鼓,还要表演跳舞。那些留着脏胡子的流浪武士喝得烂醉,就看她们表演。"

"大家都乖乖跳舞了?"

"也有不听话的女人,结果被结结实实地捆起来吊在了房梁上,一直用竹条抽,直到她们听话求饶。"

"好过分。"

"要是还不听话,就直接捆着扔进牢里,又打又骂。"

"她们没有被强暴吗?"

"每晚都要遭罪啊。那些流浪武士让艺伎跳舞,自己喝酒作乐,还让娼妓在酒席上脱衣服,全身都被糟蹋,就像酒池肉林一样。"

"我可不想那样。"

"谁都不想呀。娼妓和艺伎都被他们糟蹋,所以大家每天晚上都泪流不止,就这么过了一天又一天。"

"换成我,我也哭。"

"不仅如此,流浪武士还跑到外面去,看见漂亮姑娘就抢回来,一哄而上把她给霸占。"

"啊……"

"那就是地狱。要是不听话,就痛打一顿,严刑拷打。真的是地狱一样啊。"

"好惨呀。"

"姐、姐、姐、姐姐,春、春、春驹姐、姐姐!"

就在那时,屋里突然传来男人的声音。那声音听起来战战兢兢,随之而来的脚步声也拖拖沓沓。只见一个人从光线昏暗的里屋晃晃悠悠地走了出来。

"啊,盆叔,干什么?"

春驹转向后面应了一声。那是见习牛太郎盆次。

"那、那、那个,鱼、鱼……七、七……"

盆次皱着脸,一字一顿地拼命挤出话语,但就是说不清楚。他嘴角的白沫眼见着越冒越多了。

"盆叔,你说七星鳢吗?"

春驹帮了腔。

盆次如释重负地笑了笑,然后点点头。

"是、是的,七、七、七……"

"知道啦盆叔,七星鳢嘛,鱼我知道了,那个七星鳢怎么了?"

"做、做、那个做……"

"做饭?"

"嗯。"

"你来不就好了。"

春驹若无其事地说。

"什、什、什么……"

"要做什么菜吗?"

"呃,是。"

"做成刺身就好呀。盆叔,你宰鱼不是很拿手吗?"

"女、女、女……"

"你说妈妈?"

113

春驹猜测道。

"她对你说,不想吃刺身吗?"

"是、是……"

盆次一下一下地点着头。

"我也不要生吃那种蛇一样的鱼!"

游戏丸皱着眉说。

"连你也是?"

春驹惊讶地说。

"可是鳗鱼不也差不多嘛。"

"可是……"

"生鱼都这样,有的鱼长相更丑呢。菜刀切下去还有好多血,做完都没胃口吃了。"

春驹说。

"是……"

不知为何,还站在一旁的盆次应道。

"要不然做成甜口的煮鱼吧,很好吃哦。"

春驹说。

"怎、怎、怎、怎么做……"

"把鱼切块,用砂糖、酱油和酒来煮。你懂吧?"

"啊、是……那、那、那酒,呃、呃、呃……"

盆次把头低到一半,却怎么都挤不出话来。

"盆叔,你想说谢谢吗?"

"是、是……"

盆次佝偻着身子说。

"辛苦你了,这道菜挺费时间,你先去弄,待会儿我去看看。"

"真、真、真的吗?那那那,姐、姐……"

"知道了知道了,待会儿见。"

盆次缓缓走进屋里,游戏丸哧哧笑了起来,春驹则长叹一声。

"真受不了,要是跟他把做法都解释一遍,天都要亮了。"

"真的。"

"还不如自己做更快。"

"姐姐,那些恶鬼霸占了西河屋,里面的艺伎后来怎么样了?"

"那些艺伎里啊,有个特别特别漂亮的姑娘。"

"哦,像春驹姐这样的?"

"我根本比不上她。那位姑娘可是三国第一美,京都和江户都见不到那样的美人。那些恶鬼都想霸占那位姑娘,便把她抓到宴会席上,也不顾姑娘反抗,将她死死按住,四处乱摸。"

"好讨厌,那么漂亮的姑娘,让恶鬼糟蹋了好可惜。"

"就是呀。"

"然后呢?"

"那位艺伎很喜欢盲剑大人。"

"哦?"

"喜欢得晚上都睡不着觉,每晚想着盲剑大人流眼泪。那可是真正的喜欢。那位艺伎被恶鬼压在身下,心里依旧念着盲剑大人,还哭着拼命唱歌,在歌声里融入了救命的哀求。"

"唱什么歌?"

"就是当地流传的摇篮曲。那首歌很老了,名字叫《犀川船头家摇篮曲》。你听过吧?"

"什么歌呀?"

"犀川船头家呀嚯咿,船头家撑着橹呀嚯咿,好孩子乖乖睡呀嚯咿。就这首。"

"啊,这个我也听过。"

"对吧。就在那个时候,纸门唰啦一声打开了,门口站着一位身背婴儿的俊美剑士,握着出鞘的大刀。"

"啊,是盲剑大人?"

"没错。"

"他听见艺伎唱歌了呀。"

"没错,听见了。于是他就冲进大宴会厅去了。那里有好几十个吓人的恶鬼,个个都把刀放在手边,可是盲剑大人一瞬间就把他们都砍死了。"

"啊?他不是看不见吗?"

"就是啊,可是他能用心眼看见,因为盲剑大人是神仙呀。就这样,盲剑大人救了很喜欢他的艺伎,还牵着艺伎的手走出西河屋,两个人去了很远很远的地方。"

"哦?"

"后来啊,就再也没有人见过他们。那些被困在西河屋里备受折磨的姑娘也都重获自由了。"

"真的吗,那太好了。"

"嗯,太好了。因为恶鬼全都被杀了,她们真的彻底获得了自由。"

"大家都逃走了吗?"

"因为艺伎和娼妓在西河屋工作,从来没拿到过一文钱的花银。"

"那太过分了。"

"她们只能混个饱肚。因为都是被卖到店里来的,所以没有办法。她们打开旅舍的金库,发现里面有好多金子,于是姑娘们拿着那些金子到了城里。那时犀川大桥旁边的千日町那一带正好有一些茶屋开起来,姑娘们就用金子盖了一座房子,自己搞了个艺伎屋住下。房子盖好以后,她们给它起名为盲剑楼。因为姑娘们都是多亏盲剑大人的拯救,才获得了自由身啊。"

"哦,这就是盲剑楼的诞生?"

"没错,是为了对盲剑大人表示感谢。艺伎们让年龄最长的人当了妈妈,大家拼了命工作,齐心协力生活。因为比起在西河屋一文钱花银都拿不到的日子,后来已经好太多了,所以大家都特别努力。"

"是啊。"

"正好加贺藩也在那个时候发展成了大商藩，再加上原本就是百万石的大藩，野町的广小路那一带开始出现越来越多茶屋。如此一来，就有好多人到盲剑楼去请艺伎和娼妓。盲剑楼生意做得特别红火，一转眼就成了大店。这样一来，有实力的艺伎也都慕名而来，每天收到的花银也特别多，盲剑楼的名声一下就在城里传开了。"

"哦。"

"后来啊，盲剑楼就成了金泽头牌艺伎屋。第一代的姑娘们身份都是平等的，不分上下，大家齐心协力把生意做大了。后来女将和艺伎虽然代代更替，也代代培养出了名伎，可大家都跟第一代那些人一样，不争不吵，互相帮助，继续让楼发展起来。后来啊，这就成了楼里的传统。就像我刚才说的，在这个过程中，茶屋要分成东西两条花街，正好东边有座不错的房子，盲剑楼就搬过来了。"

"然后还在院子里为盲剑大人盖了一座社吗？"

"没错，因为大家都信仰盲剑大人，供奉他为楼的守护神。只要每天虔诚祭拜，还能看见盲剑大人的真容哦。"

"真的？"

"没错，从古至今，有好几个人都见过。"

"在哪里呀？"

"就在这楼里。听了这些故事，花街其他人也来拜祭了——来啦！"

春驹听见屋里有人唤她，便大声应道。

"到厨房去吧，可能是做七星鳢需要帮忙。"

春驹说完，脱掉木屐走上了外廊。

那天晚上，阿艳和六个姑娘围着女将，在大桌上吃了晚餐。

女将阿染先吃完饭，拿起报纸开始看，没过一会儿脸色就阴郁了。她对坐在旁边的女儿阿艳说：

"哎呀，好可怕。阿艳，你在外面也要小心点儿啊，晚上也是。"

"怎么了？"

不到十岁的阿艳抬头看着母亲。

"报纸上说，警察叔叔被很可怕的坏蛋给杀了。"

女将抬起头，表情还扭曲着。

"妈妈，那是哪儿的事情，金泽？"

游戏丸也吃完了饭，放下筷子在另一头询问道。

"不是，在小舞子的车站那边。"

"车站？小舞子？是小舞子车站里面吗？"

春驹吃完了，开口问道。

"就是里面，在站台上。那帮坏蛋就在站台上闹的事。"

"嗯，然后呢？"

"为什么呀？为什么要闹事？"

阿艳问母亲。

"那我可不知道了，报纸上没写。有人上去阻止，结果那个人被坏蛋围着打，还受了重伤。后来有人叫来了警察，警察也去阻止了，怎知一个坏蛋举起铁锹就往警察头上敲，拼命敲了好几下，生生把人给打死了。"

艺伎们纷纷发出惊恐的低吟，每个人都皱起了眉。正在喝茶的人都停下了动作。

"现在的警察都被没收了手枪呢。"

"那些人呢？后来抓到了吗？"

一个叫阿福的艺伎询问道。

"没抓到，都跑了。"

女将不安地说完，叠好报纸放在了一旁。

"听说还有商店被偷了钱。真是太惨了，大家都不顾一切了。"

"就是啊，男人在战争中都受了不少苦。"

年龄稍长，身材圆润的阿种说。

"他们在外地每天杀人，回来了自然也下得去手吧。"

阿福说。

"现在啊,警察都没什么人手了。年轻警察都被征兵,还没撤退回来呢,剩下的都是老头儿,所以到处都人手不足。现在的坏人可是到处为非作歹,大家都要小心着点。"

女将说。

"好——"

所有人齐声应道。

"你们说,七星鳢是不是很好吃?"

春驹可能想调节一下气氛,这样问道。

"嗯,好吃。"

三津说。

"是你做的吗?"

"是我和盆叔做的,对吧,盆叔?"

"呃、呃、是……"

盆次一边慢吞吞地收拾大家的碗筷,一边点头应道。

"那是七星鳢吗?我都不知道。挺好啊,吃起来像穴子①一样。"

阿福说。

"哪有穴子那么夸张!"

叫阿华的姑娘笑着说。

"我对七星鳢另眼相看了,看来下次还能再买呢。"

女将说完,大家都点点头。

"不如下次做成刺身吧。我想看看那东西能不能拿给客人吃。"

"呃、呃、是。"

盆次说着,点了一下头。

"大家伙儿,今天有好事哦。"

春驹说。

---

① 星康吉鳗,俗称星鳗。

"啊？什么好事？"

人们七嘴八舌地说着，春驹卖了会儿关子。

"怎么了，你快说呀。"

"我拆了个沙包，发现里面装的是小红豆，我就煮了一锅小豆汤。你们要喝吗？"

"要要要！"

大家都凑过去，点着头说。

"我想吃小豆汤，好久没吃了。"

"就是呀！"

她们不知不觉都提高了音量。

"哎呀，不行不行！"

女将马上拍了一下手说。

"阿种，你别吃。阿华，你也是。三津嘛，可以吃半份。"

"妈妈，为什么呀。"

阿种气哼哼地说。

"妈，我呢？"

女儿阿艳问道。

"嗯，你这么瘦，又正在长身体，可以吃。"

阿染对女儿说完，又对艺者们说："阿种，阿华，轰炸机每天在天上飞的时候，你们两个不是都在训练竹枪吗。"

"是，不过轰炸机为什么没把烧夷弹扔下来呀。"

阿种说。

"因为金泽城里没什么军需工厂吧！"

阿福说。

"我听说是他们想等战争结束了到兼六园或是廊里去玩儿，所以没烧掉。"

"不对，是因为白山和大日丘那边儿起云，美军飞机视线不好，所以绕开了金泽，飞去富山那边了。"

"哦，这样啊，那真是得救了。"

"别说那些了。"

女将打断她们。

"总之，你们每天穿着劳动服在城里训练竹枪，被太阳晒得黝黑，后来又到军需工厂去了对不对？给飞机涂夜光涂料，还要造燃料坦克，每天都是体力活儿。"

"没错，因为国家在打仗，那也没办法啊。"

"嗯，嗯，就是。"

大家纷纷点头。

"结果你们回来一看，我吓了一大跳。"

阿染说。

"还以为是谁来了呢，是不是战时的兵爷啊（廊里的女人都管短发的士兵叫兵爷）。一个个脸都黑了，还特别壮实，肩膀都鼓胀着，好魁梧啊。简直比盆次这个牛太郎都可靠。"

大家闻言失笑出声。

"是盆叔太瘦啦。"

"对、对、对、对不起。"

盆次说完，大家又笑了。

"这副模样哪能出去会客呢。等恩客都回来了，看见全是你们这样壮实的姑娘，都要说这是不是要表演女相扑了。"

阿种和阿华闻言，都低下了头。

"我都没听过在这种大家都吃不上饭的时候，还有人能变胖了回来。你们几个不准吃小豆汤！"

女将一声令下，两个人抬头要争辩，却想不出说些什么，只好又沉默着低下了头。

"喂，打扰啦，这家有人吗？"

门口传来男人的声音。

"来啦——"

女将高声应道。

"阿华,阿种,你们去应门,可能是客人。"

她对姑娘们命令道。

由于楼里已经没有老手,只能艺伎自己出门迎客。阿华与阿种连忙站了起来。

3

阿种一路小跑来到玄关,在榻榻米上跪坐下来,按照规矩行了礼,可是在抬头的那一刻,心中骤然不安起来。

只见一群男人挤在玄关门口,人数比她想象的要多。里面有五个人,外面还有一个挤不进来。这些男人都穿着劳工服,看起来脏兮兮的,脚上则穿着部队的军靴。他们身上没有一丝风流气质。在东花街游乐的恩客都有一股风流气,不约而同地在话语中带着一种洒脱,而眼前这些人却一点那种感觉都没有。

"您几位有何事……"

阿种战战兢兢地问了一句,只见男人嘴角勾了起来。

"她问我们几位有何事啊,喂!"

站在前头的男人故意做出夸张的惊讶神情,转向身后的人。

"游廊的女人不至于这样嘴欠,竟要问客人来干什么吧。"站在后面的人笑道。

瞧他们那样子,是一丝人情都没有,浑身散发着莫名冰冷而带着刺的气焰。这帮人目光阴沉,似乎有些凶险,阿种不由得感到背后一凉。

"一帮男人来到你们这艺伎屋,不是为了玩乐,又是为了啥?"

前头那个男人说。

"这女人真蠢。"

后面又有一个人小声说。

"那个，我们这儿不接生客。"

阿种鼓起勇气说。

"什么？喂，你好不讲理啊，什么意思啊，没人介绍就不让来吗？"

"啊，那个，是的。这不是只有我们这儿……"

阿种低头解释，站在前头的男人却用低沉凶恶的声音打断了她。

"喂，这个世道变了，你还不知道吗？"

"还是学习不足啊。"

后面有人帮腔。

"以前在这个国家作威作福的人要么死了，要么没落了。三十年河东，三十年河西，现在世道的中心成了我们这种平民劳动者。战前榨取老百姓血汗钱花天酒地的人永远不会回来了，所以说，世道变了。"

"就是！"

有人附和道。

"从今天起，我们这些劳动者就是世道的主宰，要在这种地方玩乐了。你听懂没？这就是这次战争的成果。要是知道了，就让我们进去玩儿。花街不就是为了伺候老爷们儿吗？喂，大伙儿进去！"

一群男人纷纷脱掉了军靴。

"请、请等一下呀，我这就去问问妈妈。"

阿种正低头恳求，背后的纸门突然被拉开，女将阿染走了出来。

"哦，女将啊，你这头发做得不错，真是日本女人味儿十足。"

一个男人说着，其他人都哄笑起来。

她也在榻榻米地板上跪坐下来，恭敬地行了个礼。

"几位客人，欢迎光临。"

"对，没错，我们大驾光临了，路途可他妈远了。对吧？所以我们都累了，想赶紧进去坐着休息。快让我们进去吧。"

"实在对不起，小店……"

"不接生客？你想这么说对吧？这话已经听过了。而且我已经告诉了这个没头脑的女人，说这个世道变了。从今往后，女人也要好好学习，社会的规则也要改变。所以说啊女将，你也要把这里的规矩都变一变。"

"哦，是这样吗，那真是谢谢您的指教了。毕竟我们生活的世界很小，对世道的变化太不敏感。"

"有多不敏感？你总知道外面打仗了，日本打输了吧？"

男人说完，后面挤满土间的男人全都笑了起来。

"这座城里的房子一间都没烧，可见是没有遭到空袭，也就不太了解吧。"

"真的吗？女将，现今这个世界啊，打了一场大仗，日本招架不住，完全输掉了。那些作威作福的日本军人很快就要被绞死了。"

"哎呀，真的吗？那真是太吓人了。"

"就是真的。所以他们在社会上啊，也不能像以前那样作威作福啦。"

"反正从今天起，你得改改 rule，听见没？知道啥叫 rule 不？rule 就是规矩，懂不懂？这儿以前的规矩是不接生客，从今天起要改成不接熟客，这是新规矩。好，大家伙儿进去吧，让她们好好伺候伺候。你们不是专门伺候人的吗？"

前头的男人说。

"请等一等。不是这样，不是不接生客。"

女将拼命劝阻道。

"你什么意思？"

男人停下动作。

"我们还没开张呢，正在停业，关着门呢。"

"停业？"

"是，从打仗那时候起，都停业好久了。"

"瞎扯什么鬼。我告诉你，金泽花街不都给军队服务，赚了不少钱嘛。"

"那是别家的事情。"

女将说。

"少骗人了,这里肯定也成了军队的慰安所大赚了一笔,你们让当兵的睡艺伎,不让我们老百姓睡,这说不通啊。"

"那请您到处打听打听,我们打仗时一直闭楼停业,一点儿都没做那陪睡的生意。"

"你外边儿灯笼不开着吗?"

"那是我刚才开的,想看看通电没有。如此待到艺伎都回来了,才打算再开张。"

"那你今天开张,今晚开张!今晚搞个开张宴会,我们是第一批客人!"

"对啊对啊!"

男人们气势高涨起来。

"我们这不是还没准备好嘛。"

女将说。

"你这女将,啰啰唆唆烦得很,那些借口在这世道上已经行不通了。社会的中心已经成了我们劳动者,劳动者要你服务,你哪怕做不到也要做到。而且你们还是一群廓里的女人,这本来就是你们的工作。你知道什么叫 service 吗?就是工作,是劳动。"

"我们就是想工作,也凑不齐人手,实在拿不出手来呀。现在做饭的没来,就算自己做也没有刺身,没有鸡蛋。再加上没有点心水果,蔬菜鱼肉,啥都拿不出来。"

"什么点心,我们不要,又不是小孩儿了。有酒没有?再来点儿咸菜,还有茄子黄瓜,这些有吧?切了端上来就好。我们只要有女人就够了,对吧?"

男人们又哄笑着点起了头。

"我们一直在外面奔波,都是些灰尘漫天的地方啊,连个女人都见不到。所以啊，我们可想念日本的漂亮女人了。我们想看漂亮女人，我就喜欢阿染女将你这样梳着好看的头发，成熟稳重的女人，你知道吗。"

女将闻言面露惊讶，因为那人道出了她的名字。

"那真是谢谢您了，不过我们这儿的艺伎也都回乡或到外地去了，都没回来呢。房子里现在空荡荡的。"

"你这女人好烦，哎，我都走不动了。"

说着，男人蹲了下来。

"我们大老远地跑过来，一路都是靠这两条腿，现在是再也走不动了，你们说对吧？"

他这么一说，好几个人都故意蹲了下来。

"兄姆尼，我走不动啦。"

女将听见一个年轻人的声音，心中暗想：这些人不是日本人？

"女将，你这儿可是东街名声最响的楼，连周边的县都知道盲剑楼的大名啊。我们就是听说了这个，才专程坐火车来的。你对远道之客这么冷淡，会有损店里的名声吧。我们就是想耍耍，看看金泽头牌的艺伎唱歌跳舞，见识见识。只要能玩上一两个小时，我们就走了。你们这儿至少有个能跳舞的女人吧。"

女将默不作声，因为还真不是一个没有。

"要是没有，那就换你跳呗。盲剑楼的女将不都是一代名伎嘛，我们都听说了，对吧？"

他看向身后，所有人都点头。

"对吧，军曹。"

闻言，一个看起来像头领的男人走上最前排，对女将开了口。

"阿染，好久不见了。"

男人凝视着女将，平静地说道。

"是我，招贤啊。你忘了吗？我是金森社长那儿的。"

他用亲切的语气问道。

"经常给你当守卫的。"

"啊……"

"想起来了？"

"金森的招贤先生。"

"没错，你总算想起我了吗？"

"以前真是承蒙您照顾了。"

女将深深行礼道。

"看在这份情面上，东街的艺者也会请我们进去，对不对？"

那个被叫作军曹的男人说。

"是，既然如此……"

女将服软了。

"毕竟没了金森社长，你们楼也不会有今天。"

"是，的确如此。"

女将并无异议。

"只是，现在楼里真的什么都拿不出手。"

"这我知道，这我知道。战争才结束一个月，哪儿都找不到正经的吃食，这我早就知道了。"

"各位手中那是什么呀？"

男人们手上都拿着长长的布袋。

"该不会是刀枪铁炮吧？廊里有规矩，伤人的武器不可入内。"

"哪里伤得了人，这都是竹刀，我们都在练剑道。"

女将没吭声，似乎有些怀疑。

"你啊，啥都不用担心，我们绝对不乱来。"

"真的吗？"

"嗯，绝对是真的，我们可都是些绅士，对吧？"

"就是就是。"

大家纷纷点头。

"您可要说好了，我们都是女人家，乱来可不好。"

女将抹去笑容,严肃地说道。

"行,我答应你。男人的约定。"

"一个小时可以吗?"

女将问。

"哦哦,可以可以,一个小时可以。"

"那各位请进吧。我们把现有的吃食都拿出来,让楼里的几个艺伎为几位表演舞蹈和三弦。"

"哦哦,那很好。"

"请吧。"

男人们开始脱掉军靴。

可是,女将的判断可谓大错特错。

4

女将阿染领着一群男人走上涂朱的台阶,来到二楼最大的宴会厅。她让盆次拿来坐垫,又让阿种去温酒。

随后,她又让盆次切了各种腌渍小菜装在碟里,还准备了饭菜。准备停当之后,阿染、多宝阿艳和盆次三人便将温酒放在托盘上,从厨房端进了宴会厅。阿染亲自给坐成一排的男人们斟了酒。

阿染虽已年逾四十,却风韵未减,早在战前就深得恩客追捧,偶尔也会到宴席上露个脸,但平时基本上把陪客的事情交给年轻艺伎,自己则在楼下指挥工作。只是此时人手不足,她只能亲自上阵。艺伎们都在楼下忙着准备化妆和演奏。

她把舞台交给了春驹,因为春驹擅长此花舞。只是歌谣的人手不足。要是艺伎全都上场,倒是也能表演五人歌谣。一个吹笛、一个太鼓、一个小鼓、一个大鼓,还有一个演唱。但是大鼓和太鼓没有人手,而且按照那个阵容,能在客席陪酒的人就只剩下女将和她十岁的女儿阿艳了。盆次不能上席。若是楼里还有饭婆和平女,女将都恨不得把她们也动用起来。

阿染母女给客人斟酒的空当,春驹她们就在楼下拼命化妆、调乐器,做好表演的准备。少顷,盆次在纸门后探头出来,用目光示意下面已经准备妥当,阿染便站了起来,行至舞台前方,向男人们郑重地行了一礼。

"那么各位老爷,接下来请欣赏歌谣与此花舞。"

她缓缓低下头,男人们纷纷起哄,鼓掌催促。

"太好了,赶快表演吧,等不及啦!"

"这儿又没什么吃的,那就是最好的招待啦!"

阿染又说:

"舞蹈由目前楼里最好的艺伎春驹来表演,歌谣人手略有不足,已让所有人尽力而为,敬请欣赏。"

"好啊,好啊!"

"这出节目本为京都祇园传统演艺,后由学艺者在金泽不断磨炼发展出独特的韵味。战前,艺者们在梅桥脚下的女红场舞台竞相表演,精益求精,终成此果。"

"哦,是嘛。"

"好了别吹牛了,我们要看漂亮姑娘。"

男人们高兴地起哄道。

"歌词先是《罗浮仙》,后接《金泽四季》。这便是我盲剑楼目前最为精湛的演绎,敬请欣赏。"

说完,阿染站起来走回原来的位置,同时连通走廊的纸门打开,游戏丸、三津、阿福一行抱着乐器,文静地走了进来。

三人在舞台一角落座,开始弹奏,阿种配合奏乐朗声演唱起来。此时纸门又打开,妆容精致、服饰华丽的春驹翩翩入室,艳丽的舞姿让男人们欢声骤起。

"哦哦,真漂亮。"

"是人偶,人偶啊!"

"这下可不输京都祇园啊！"

他们拍着手说。

女将阿染内心不禁失笑。她虽然反复说人手不足，但如今能够做如此表演的，恐怕只有盲剑楼一家了。她心中怀有自负。眼前这场娴熟精彩的演艺，让一群脏兮兮的劳动者来欣赏，甚至有些浪费。

男人们痴痴地看着，阿染则不断给他们斟酒。其实女将本不必做这种事，只可惜人手不足。

表演时间很长，阿染心中也有算计。约定时间是一个小时，只要表演时间长，这群粗人喝酒喧闹的时间就相应变短。毕竟他们来历不明，又让她心里有不好的预感。喝酒的时间越长越有危险，还是早早赶出去为好。她之所以放这些人进来，是认识到如今刚刚战败，可能所有客人都是这副模样。

舞跳了很长时间，男人们似乎渐渐看腻了。这些人没有雅兴，欣赏不了高雅艺术，只想让女人簇拥着低俗玩乐。现在，他们已经有些微醺，开始跟旁边的人大声谈论在大陆的战斗经验。虽然弹唱的声音尚能压过他们一筹，只是这种举动丝毫感觉不到饮客对艺者表演的尊敬。阿染预料，如此应该撑不了多久。果然，没过多久事情就发生了。

一个人从坐垫上撑起身子，大声说道：

"好啦好啦，够了，别跳啦！"

"停止射击——"

另一个人接上一句军中口令，引得他们哈哈大笑。

"表演已经看够了，你们都过来敬酒吧。我们想跟女人说说话。"

"就是，想在近处看看女人的脸蛋。"

他们纷纷喧叫起来。对高尚歌舞不感兴趣之人往往很不耐烦。

艺伎们停下弹唱，春驹也愣在原地，个个都看着酒席上的阿染。

实在没办法，阿染只好点点头。她瞥了一眼手表，已经过了三十分钟，觉得还剩下三十分钟应该能撑过去。

"其实艺伎本来不上酒席,只是今夜人手不足,只能开个特例。你们都过来吧,给客人斟酒,别失礼了。"

"就是,你们可不能失礼了呀!"

一个男人大声起哄,声音已经透着浓浓的醉意。女将心想,这有点危险。假设是时常光顾的恩客,哪怕在酒席上稍有放纵,也不会丢掉对技艺优秀的女人那种敬意和客气。可是这些人并没有那种态度。他们的粗暴似乎无法只用战争来解释。

春驹从台上下来,跪坐在一个人身边,男人马上伸出酒杯让她斟酒。春驹笑着迎合了他。四下环顾,似乎没什么大问题,几个人都笑着喝起了艺伎斟的酒,起哄声也平息下来。阿染见状,稍微放下心来。看来席上不会有什么异常,是她杞人忧天了。

然而,平静只持续了十分钟左右。先是春驹被一把抱了过去,强吻了脸蛋和脖颈,让她忍不住发出惨叫。游戏丸也被拽倒在一个男人腿上,同样发出了惨叫。虽然她马上爬起身子,装作无事发生的样子,可是周围的姑娘也都遭遇了同样的事情。

"几位客人,请手下留情,艺伎不熟悉酒席上的应对。"

阿染大声劝阻,还想找个安全的话题,便问了一句:

"几位客人一直在外地打仗吧?"

很快就有了反应。

"没错,我们这几位客人一直在外地打仗。"

一个人说。

"我们都是为国拼上了性命的人,经历了无数生死险境,全都是九死一生回来的,对吧?不知有多少次,我们都以为自己这回真的要死了,对吧?"

"就是就是。"

所有人大声呼应。

"能活着坐在这里简直是奇迹。为了坐在这里,我们少说杀了一百人。"

"哦，没错没错。一百？不对，还得更多。要是变成鬼冒出来了都不稀奇啊。所以说，我们已经什么都不怕了。"

一个人大喊道。

"就是，我们得把死去的战友那一份玩乐也享受起来。"

"那是当然。"

众人纷纷赞同。

"那可真是劳累各位了，都是在大陆那边吗？"

"有大陆，也有南方，有步兵，也有陆军航空队。大家都活着回来了，都是一群八字够硬的人。"

"就是，就算干了这么多坏事，也没有丢掉这条命。"

"你们也都为国而战了吧。"

被人这么一问，女将也迎合道：

"我们这儿的姑娘们都到军需工厂去，为飞机制造燃料箱了。还给一种叫月光的飞机翅膀涂夜光涂料。"

"就是我。"

阿种说。

"是嘛。那是国土防卫的飞机，要跟老美的B29对抗，是超高度的迎击战斗机。"

"是。"

"那你也为国家尽了一份力，我们是同志，是战友，干杯！"

如此一来，事情便按照女将的心意发展了一会儿。

席上有个爱说话的男人，大声讲起了他在战场上的英勇故事。其他人在旁边听着，边听边插科打诨，一时平安无事。

待到离一个小时还有四五分钟的时候，阿染开口道：

"那么各位，今天非常感谢你们的光临，结束的时间快到了。"

"喂，等等，还有时间啊！"

领头的男人说。

"稍等一下，军曹阁下，我要去小便。茅房在哪儿？"

另一个人站起来,他旁边的人也跟着站了起来。

阿福起身拉开纸门,指明了茅房的方向。

"还不够还不够,我来教你们唱军歌吧。军歌,女将,怎么样?"

阿染没办法,只好点点头。

那人拍着手唱了起来。其他人也打着节拍加入他,很快就变成了大合唱,看来是早已熟悉的曲子。艺伎们也赔着笑打起了节拍,阿染只得配合。

上茅房的人回来了一个,还有另一个没回来。女将不禁疑惑,那人在干什么?刚才她暗中观察过,那人脸色还好,举止也正常,应该不是去吐了。

"喂,你站起来。"

领头的男人走向春驹,拽着她站了起来。

"怎么了?"

春驹笑着问。她的表情尚未流露出不快,阿染放心了一些。可是男人下一句话让她吓得顿时变了脸色。

"你,来跟我猜琼拳。"

男人顿时欢呼起来,连连鼓掌。

春驹大惊失色,愣在原地。她年纪尚轻,不知如何回避这种要求。

"不可以!"阿染站起来高声说道,"这位客人,您不可以做如此粗俗之事。"

女将忍不住拉下脸来。

"什么啊,你说什么粗俗?"男人说。

琼拳其实就是野球拳,在客人与艺者之间进行,输的人要脱一件衣服。这种游戏虽然粗鄙,但是很少发生,唯有经常光顾、已经非常熟稔的恩客,在给艺伎买了各种礼物,让艺伎特别青睐之后才能得到这种特殊待遇。头一次登楼的客人断不可能让艺伎答应做这种事情。

"搞什么啊,为啥不行啊女将。难道你在歧视我们?"

"哈?歧视是什么?"

女将是真的不知道。

"琼是什么,朝鲜人①吗?"

"啊?琼?那是什么意思呀?"

"那没什么了。总之我们为这个国家卖了命,你们却连这样的游戏都不愿意陪我们玩吗?连这点国民精神都没有?难怪会打败仗。"

"快点儿快点儿,剪刀石头布!"

其他人开始起哄,一个人走过来,按着阿染的肩膀强迫她坐下。男人扎起马步,下流地前后左右摇晃着下半身,随后伸出右手。春驹一时没回过神来,也跟着伸出了手。男人出了剪刀,春驹出了拳,男人输了。

"哦!"男人大喊一声,"唰"地脱掉了上衣。

"再来,剪刀石头布!"

坐在席上的人又齐声起哄,两个人便又猜了起来。这次春驹输了,不得不脱掉一件衣物。

"军曹,加油啊!"

后面有人模仿女人尖细的嗓音喊了一声。

人们已经酩酊大醉,开始鬼吼鬼叫,对彼此扔纸团。

"请停下!"

阿染大声劝阻,但是完全盖不过男人的喧闹。他们野蛮的吼声实在太大了。

一群人不顾阿染的劝阻继续游戏,男人终于脱掉了裤子,只剩下一件汗衫和一块兜裆布。春驹也只剩下了打底的长襦袢。

男人们的吼声几乎能震动四壁,阿染忍无可忍,愤然站了起来。然而旁边的人马上围过来,两人架着阿染让她坐下了。

---

① 日本人对朝鲜半岛人的蔑称为"チョン"(音"琼"),文中"琼拳"原文为"チョン抜け",故有此说。

"女将,你就安安静静地看着吧,别给大家添麻烦。"

就在这时,纸门拉开,方才去上茅厕的男人走了回来。他一进门就瞪大了眼睛,因为同伴已经半裸,而春驹也只剩了一件内衣。那人随即兴奋起来,怪叫着跑过去一把抱住了春驹,使劲揉捏她的乳房。春驹顿时高声惨叫起来。

"快住手!这里不是那种楼!我要报警了!"

阿染声嘶力竭地叫道。

半裸的男人似乎听见了她的话。

他转过头来,满脸涨红,大步朝女将走过去,揪着她的衣襟把她拽了起来,沉声怒吼:

"你去报啊!"

"不是那种楼,那是哪种楼,啊?!"

"装什么装,不就是个淫窝。"

坐在席上的人高喊。

"不对!"

"哪里不对了?"

"反正还不是跟恩客睡觉,卖身赚钱!"

有人一脸了然地高声道。

"我们都查过了,这里的警察人手一点都不够,就是群没有手枪的老头儿,整天坐在那儿咔嚓咔嚓下将棋。"

领头的人说完,周围的人大声哄笑起来。其中一人边笑边闹:

"有啥好怕的,年轻的警察都被征兵啦!"

"你叫得再大声,也没有人来救你。现下就是这样的世道,女将你就认命吧。"

"如此粗暴之举,真是太过分了。你们是什么人?来错地方了。我们不是妓院!"

阿染立在原地,大声说着,随后转向还坐在席上的女儿。

"艳,你到里屋去,跟盆叔待着。"

十岁的女儿站起身来,跑出了走廊。好在,这帮人并没有对孩子出手。

"请你们离开。花银不要了,请马上离开。下次再也别来了!"

"搞什么啊,就是要钱呗?就算你不说,我们也不打算给。因为我们一分钱都没有。"

半裸的男人说着,所有人再次哄笑起来。

"你们没带钱就来喝酒了吗?"

女将气愤地说。

"花银是啥?"

席上坐着的一个人问道。

阿染更是无奈了。

"你连这都不知道,还好意思到这里来。乡下人。"

半裸的男人火了,大步走向阿染,一把抱住她的上身,脚下横扫,将她掼倒在地。

阿染惨叫一声摔在地上,随后滚了几圈,撞倒了好几个酒壶。杯盘四散,发出巨响。

"一本[①]!"有人大喊一声。

"不知礼数,狂什么狂!"

"少逞嘴上功夫,区区战败国的女人!"

"就是,不知是谁一直多亏我们军人保护!"

醉客起哄道。

"什么乡下人!你以为我们是谁?天皇陛下的赤子,帝国陆军的军人!"

领头的再次怒吼。

艺伎们闻言,全都用膝盖撑起了身子。她们意识到这些都是歹人,顿时想要逃跑,可是男人们动作更快,瞬间便把她们抓住了。

[①] "一本"为柔道等比赛项目的得分形式。

艺伎们尖叫着拼命挣扎,但都被死死摁住,动弹不得。

"你们这些平民,口气这么大,是不是想被我教训一顿?"

"就是啊军曹,教训她们一顿!"

有人附和道。

"先是这家伙,从她开始。"

从茅房回来的男人将春驹死死扣住,从身后撕开她的长襦袢,让她只剩下了遮挡下身的腰卷。

两只乳房毫无遮掩,春驹惨叫着蹲下身子,其他人都在旁边鼓掌起哄。

"哦哦,还在身子上涂了白粉,好专业啊!"

男人边说边笑。

"求求你住手,别欺负我家姑娘!"

倒在地上的阿染勉力撑起身子恳求道。

"喂喂,你说什么傻话呢,这才刚要变得有意思啊。不对姑娘出手,我们还能干啥呀?"

被唤作军曹的男人说完,周遭的男人又哄笑起来。

"我们啊,要在这里待上三天三夜,尽情享受你们的身子,还要吃光你们的东西。"

"就是,我们可都饿坏了。"

从茅房回来的男人附和道,随后走向被人扯住双手无法遮掩胸脯的春驹,不顾她的惨叫,把她抱起来,放在地上,猛地推了一把背部。春驹跌倒在榻榻米上,连忙扯过旁边的襦袢遮住了身子,紧接着朝走廊逃去。可是另一个男人追了过去,将她逮住,又死死扣住了上半身。春驹惨叫连连,男人可能觉得她吵,就空出一只手捂住了她的嘴。

"喂,我找到好东西了。"

从茅房回来的男人像变戏法一样,从上衣各个口袋里掏出了五颜六色的绳子。

"我在房子里转了一圈,发现衣箱里塞满了这些,还有不少呢,我都拿不完。"

"好,大伙儿们,把娘们儿的双手都捆到身后去。"

被唤作军曹的领头人一声令下。

"要是还有多的,就把脚也捆上,别让她们跑了。要是太吵,就把嘴也捆了。女将,我还要把你也捆起来,然后为所欲为。廊里的女人肯定都不是黄花闺女了,做什么都无所谓吧,你说对不对?"

一众男人齐声哄笑。

"你们的工作不就是陪男人睡觉嘛。我们可是睡过不少女人,让你们也爽一爽。"

阿染面无血色,一脸绝望。

"这是我们的权利。以前啊,我们受了不少苦,到末了还要被派出去打仗,好不容易熬到了今天,该轮到我们作威作福了。我们再也不害怕任何东西,连杀人的事都干过不少了。杀了好多人,昨天还杀了个警察。"

女将和艺伎闻言,全都吃了一惊。原来这些人就是报纸上提到的恶棍。她们此时才察觉,自己竟让一群无恶不作的坏人进了楼里来。

"你可别小看了我们,哪怕有一点抵抗,我就像掐小鸡儿一样掐死你。听到没?你们几个现在开始要绝对服从,知不知道?从今晚开始,你们就是我军的俘虏。俘虏没有抵抗的权利!"

"我们对这种事可有经验了,早就习惯了防御战。在外地,我们也会杀到普通人家里,对娘们儿为所欲为,然后全都杀掉。"

旁边的同伙说。

"你可别以为这是说谎唬你,都是真的。不想被灭口,就给我小心点儿。"

男人们纷纷发出威胁。

"没错,就是这样。好死不如赖活着,告诉你们,咱们可是身经百战,厉害得很!谁都打不赢咱们!全城都找不到能灭掉我们的军队,除非美军上阵。"

"美军也打不赢我们。不然你叫来试试,看我用军刀把他们都砍了!"

男人拿起身旁的布袋,用手拍了拍。

"事情变成这样都要怪你们国家打输了。你们就认命了吧。只要过上几天,我们就走了,忍耐忍耐吧!"

军曹说。

5

他们在战场上似乎不是一个连队的人,只是回国后纠集在一起。但不知为何,他们的行动十分团结一致,只能说不愧是战斗经验丰富的复员军人,可谓进退有度。只要那个被唤作军曹的人一声令下,平时无论言语多么轻浮的人,都会立刻从命。他们似乎深知这样能保全自己的性命,而这位军曹则扮演了部队长官的角色。

他们用同伙上完茅厕搜刮来的腰绳①将所有艺伎的双手捆在背后,如此便已用完,没有多余的绳索可以捆绑双足。于是另一个人问出了更衣间的位置,从那里的衣箱又翻出了更多腰绳,这回将所有女人的双腿都捆起来了。这下,她们既无法逃脱,也无法向近邻求救了。

女将阿染也同样被捆了起来,可是她依旧不断抱怨,不肯闭上嘴巴,男人们干脆往她嘴里塞了一块手绢,用腰绳紧紧绑住,让她闭上了嘴。随后,她就被扔到了宴会厅角落。

一切动作做完,复员军人们把女人全都拖到大包间集中起来,随即动作娴熟地做起了困守的准备。他们把房子彻底扫荡了一遍,

---

①系在和服腰带之上,用以装饰和固定的彩绳。

在杂物间找到铁锤和钉子等木工用具,便四处收集木板,将一楼走廊所有窗户都闩上,然后钉上了板子。木板不够用,他们又把厨房地板撬出来继续封窗。这道工序结束后,他们又从房间里搬来了衣箱和书架之类,拿到走廊上堵住窗户。

接着,他们把玄关门也钉死,搬来衣箱、水罐、书架、桌椅、火盆、矮桌,层层堆到了天花板,把门堵得严严实实。然后,他们又找来绳索,把街垒跟柱子缠在一起固定住。如此一来,连通外界的出入口就只剩下一扇侧门,军曹又下令五个男人轮番看守。

判断外敌无法入侵后,军曹命令盆次烧饭,给每人捏了两个饭团。他们又从酒窖里搬出所有酒水,还在布草间找到藏在里面的阿艳,把她也带到二楼,捆住手脚扔到一边。

涂朱台阶底下的小房间是盆次的卧室,他们将盆次这个男性视为威胁,一开始准备捆起来监禁,但是看盆次言行愚钝,认为没有危险,便在他做好饭团之后,捆起来揍了两三拳,要他老老实实待着,随后一把推进那个小房间,关上了门。

结束所有作业,他们又回到二楼大包间,互相用日本酒犒劳辛苦。夜深了,他们把二楼大包间的照明和后门的电灯泡留着,其他灯都灭掉,以便万一要行动时快速适应黑暗。大包间也没开顶灯,只是将地上摆的几个雪洞台灯打开了。

男人们在一片昏暗的灯光中吃饱肚子,慢悠悠地喝着酒。从窗户望出去,花街还笼罩在夜色中,没有哪里亮着明晃晃的灯光。所有楼都还没开始营业。因此,盲剑楼也不能贸然开灯。

将门窗彻底堵住,又吃饱了肚子,男人们安下心来,开始对姑娘们动手动脚。他们走向被捆在地上的姑娘,一个个抱起来,拖到了酒桌旁。姑娘们吓得哇哇大叫,但没有一个人停下动作。他们抱着姑娘,又是亲嘴,又是揉胸,动作可谓娴熟,正如他们所说,在战场上早有类似的经验。

花街有花街的规矩,就算见到魅力十足的艺伎,馋她们的身子,也不是一下就能得到。客人得不停花钱光顾，请艺伎频频登台，还要给她买和服、腰带、簪子等百般讨好，跟艺伎打好关系，再得到女将允诺，然后才能同床。然而，一旦动用了暴力，这种规矩轻易就能省略过去。这些人的粗暴举动让姑娘们沉痛地认识到了女人的势单力薄。这便是战争时代的特殊性。习惯了杀戮的人总会表现出过剩的暴力，加之他们此前又是被人凌虐的阶层，而且镇压暴力的警察和治安可谓不复存在，于是声名在外的东廓楼内，就这样成了他们控制的战场。

性欲高涨起来，男人们就走进隔壁搬出棉被褥子铺好了床。随后，那个看似长官的男人就拖着自己看上的女人走进去，不顾姑娘哭喊，对其为所欲为。结束之后，便又回到大包间继续喝酒。接着，地位次一等的男人又站起来走进隔壁，继续糟蹋被留在里面哭泣的艺伎，其行为如同野兽。

这群人里似乎没有将校，但依旧保留着军队里的阶级意识，因此军衔高者可以优先挑选女人满足欲求。只要地位高的人宣称这是他的女人，他不说可以，下面的人就不会出手。最得宠的还是春驹，那个军曹将她糟蹋之后，便下令周围暂时不可碰她。

待到男人都满足了欲求，军曹便令最年轻的人去接替看守侧门的人，又让换回来的人也去糟蹋女人。这种性的仪式完成一轮之后，姑娘们又被拖回了大包间，被男人们或是放在身边，或是放在腿上，因为不得自由，只能任他们抚摩作乐。

如此过了四五个小时，时间已是深夜，因为春驹无论被怎么糟蹋都不减反抗的态度，军曹似乎厌倦了。

"喂，金原上等兵。"他叫了亲信的名字。

那人应了一声，来到近旁。

"这女人给你了。"

军曹满不在乎地说。

被唤作金原的男人一脸喜色地收下了春驹，似是与金原军衔相同的两个男人也走了过来，不顾金原反对，把手伸向了春驹的身体。春驹连连惨叫，三人并不理睬，硬是将她当成了玩物。

军曹看着此光景，一言不发地站起来，走向因为年老而无人靠近的阿染，将她抱了起来。阿染没料到有此一着，先是惊讶，随后开始激烈抵抗，尽管被堵住了嘴，依旧奋力发出尖叫。可是军曹不管不顾，抱着手脚乱扭的阿染走进隔壁，占了她的身子。

盲剑楼的酒池肉林一直持续到天亮，东方渐白之际，入侵者抱着半裸的艺伎，直接躺在大包间或隔壁的褥子上沉沉睡去。一开始他们还时刻把装有军刀的口袋放在手边，防范外敌入侵，因为一夜无事，众人胆子都大起来，放松了戒备。

暴行又持续了两天两夜。男人们饿醒了就到厨房，打开柜子寻摸一些咸菜或鱼板果腹。若是还不够，就把盆次揪出来令他煮饭，做成饭团吃下。还让他用现成的食材做成味噌汤，并给众人泡茶。

艺伎们得到男人的许可后方能如厕，没被松绑的人只能得到一两口饭团的投喂。反抗之人被扔在屋子角落，什么都吃不上。还有的人干脆被扔到走廊上，连茅房也不让去。

到了第三天傍晚，男人们终于厌倦了暴行，女人们也都疲惫不堪。

"你已经闹够了吧？"女将阿染被领头的军曹抱在怀里，开口说道，"对我们为所欲为了三天，你们已经闹够了吧。请把我们放开吧。"

由于缺乏睡眠，阿染的声音已经沙哑不堪，两眼也遍布血丝。

"这下你知道，我就喜欢像阿染你这样上了年纪又风韵犹存的女人了吧。"

男人说完，女将并不作答。

"不骗你，是真的。"

"要是再这样下去，邻居就该发现了。不，可能已经有人发现了。人们心里奇怪，可能要上门来问，你们还是快走为好。请放过我们吧。"

"也是啊。"

军曹慢慢悠悠地说。

"我们都让你给睡过了,睡了好几次。还能再怎么样呢?"

军曹闻言,又喝起了酒,随后对着阿染的嘴,把酒灌了进去。阿染并不饮下,任凭酒液从嘴角漏出。

"喂!"

军曹生气了,一把攥住阿染的前襟,张手扇了过去,随后将她扔在地上。阿染痛呼一声,无奈双手被缚,无计可施。

就在那时,走廊的拉门开了一条缝,在后门站岗的男人探头进来说。

"军曹,一个叫阿春的顶笼女说要见女将。"

"阿春姑娘……"

阿染倒在地上,喃喃自语道。

"顶笼女?她来干什么?"

军曹问。

"她说今天有不错的鲭鱼,没舍得卖给别人,专门拿来给女将。"

大包间的人顿时安静下来。他们都饿着肚子,一听见鲭鱼就馋了。

"鲭鱼啊,挺不错。"

军曹也咕哝道。

"好馋人啊。"

"咋办?"

廊上的男人等待长官的命令。

"鲭鱼是好,但是不能放女将下去啊。"

军曹嘀咕道。

"要是她让顶笼女去报警,那就不好了。"

"我不会说的。"

阿染说。

"但是你可以使眼色。"

"该怎么办？"

看门的又问。

"金泽的警察虽然缺人手，但是若叫了外援可不好。行，就让孩子去吧。我在后面盯着。找个人，把女将女儿的手解开。"

他对同伙下令，于是被扔在大包间角落的十岁的阿艳被领了过来。

"叫你女儿去买。"

军曹对母亲下令道。

"艳啊，你听好了。"

阿染撑起被捆绑的身体，对女儿说。

"厨房茶箱最上头左边的抽屉里有八张十元钞票，你把钱给阿春姐，将鲭鱼买下来。要是不够，就对她说下次补上。"

阿艳点了点头，随即被军曹牵着手走了出去。两人走到楼下，又顺着走廊朝侧门走去。

阿艳熟悉楼里的情况，走进厨房前面的房间，踮起脚尖从茶箱顶上的小抽屉里拿出一沓十元纸钞，随后拿着钞票走向侧门。军曹也跟了过去。

阿春就站在门口的台阶上。

"啊，小艳。"

见到女孩开门，阿春站了起来。

"给我一个大盘子，或是笊篱。我这儿有上好的鲭鱼，都不舍得卖给别人，专门拿给你家了。"

阿艳点点头，从架子上拿出大盘递过去。阿春从放在地上的竹笼里拿出鲭鱼，连盘子一块儿递给了阿艳。

"你可要小心哦。"

"嗯。"

阿艳说着,双手接过了盘子。

"小艳,这些人是谁啊?"

不明就里的阿春问道。

"是盆叔的朋友。"

阿艳聪明地答道,军曹闻言松了口气。随后,阿艳把八十元纸钞递了过去。

"唔。"

阿春点点头正要接过,却被军曹一把夺了过去。

"给多了。"

说着,他抽出一张,塞进自己口袋里。

"辛苦了。"

军曹假笑着送走了阿春,又从阿艳手上夺过装鲭鱼的盘子,放到灶台上。

"正贤,把门看好了。"

他吩咐完手下,抱起阿艳穿过走廊,走上涂朱的台阶,拉开之门,回到了大包间。

军曹放下阿艳,猛地将她一推。阿艳惊叫一声,跌倒在地。

军曹又拾起地上的腰绳,按住阿艳将她胡乱捆了起来。因为他动作粗暴,阿艳痛得嘤嘤直哭。

"女将,你胆子真够大啊。"

军曹对阿染大声说着,又从口袋里掏出刚才那张纸摊开,翻过来高声念道。

"救命,此处被恶人侵占,快去报警。"

艺伎们大吃一惊,双眼圆瞪。

"这是什么!"

阿染面色惨白,低头不语。

"竟然在钞票里夹了张纸。"军曹说,"真是一刻都不能松懈啊!"

男男女女都沉默了,夕阳西下,大包间渐渐笼罩在昏暗中,唯有军曹一人耸立正中。

"女将,真是不给你点颜色看看不行啊。老子现在就把这小姑娘开苞了。"

"别这样!"女将大喊一声,"我愿意受罚,你要怎么样都行,请别对我女儿出手!她还是个孩子啊!"

"现在是个孩子,将来还不是要被开苞,成为艺伎。"

军曹坏笑着说。

"我不让那孩子当艺者!我要供她上学,嫁个普通人家,所以你别对她出手!"

阿染表情狰狞地恳求道。

"喂,女将,你说真的吗?"

军曹问。

"真的,这门生意我打算做到我这一代就算了。"

阿染边说边点头。

"那你愿意接受任何惩罚是吧。"

"是的,我愿意,只要你别对孩子出手。"

"好,下面不是有绳索吗,你们去拿上来!"

军曹对同伙下令道。

绳子拿来了,几个男人用绳子捆住女将的胸口,把她吊在房梁上。

军曹走过去,扯住阿染的头发强迫她抬起头来,扇了她好几巴掌,把女将打得缓缓转圈。

接着,他又拿起军刀,摘掉口袋,用刀鞘狠狠击打女将的臀部。两下、三下、四下,女将发出痛苦的哀号,开始啜泣。

被捆在地板上的阿艳,见此情景也哭了起来。

散落在大包间里,被男人们为所欲为的艺伎们都齐声哭了起来。女人的哭声渐渐充斥了大包间。

"好难受,我呼吸不了,放我下来。"

女将哭着恳求道。

"喂，怎么这就哭了，刚才不是说愿意接受任何惩罚吗？"

"可是这样我会死掉。我喘不了气，放我下来，快放我下来。"

"难受吗，女将？"

军曹问。

"是的。"

女将拼命点头。

"像这样慢慢窒息而死很难受，对不对？"

"是的。"

"那我干脆把你头砍掉吧！"

男人大叫一声，抽出军刀。

刀身反射着骇人的光，姑娘们顿时尖叫起来。其中还有人担心女将的性命，忍不住放声哭泣。

"哼，还做个这么费钱的头发。这世道啊，平民老百姓可是连饭都吃不上。"

军曹煞有介事地说着，把军刀插进阿染发间，用力一切。女将浓密的发丝霎时垂落下来。

"你们这些人整天过着奢侈的日子，害多少人在外面哭泣，你知道吗？知道吗！"军曹大声说，"有的人连日本国民都当不上，只能被当成奴隶使唤，从来没停止过哭泣。就算去乘联络船，也只能待在船尾，走到前面去就要挨打。可是这些人上了战场呢，就要被派到最前线去。每次都要首当其冲进入最危险的地方，叫我们头一个去死！"

"你……"

女将呼吸困难，勉力挤出一句话来。

"干啥？"

军曹问。

"你，不是日本人。"

"要你管!"

男人怒吼一声,一掌劈向女将的脸颊。

"从小啊,老爸老妈就当着我的面被别人打,打得又哭又叫。你知道在自己孩子面前又哭又叫是什么感觉吗?啊?连这种事情都没经历过,你到底懂什么?蠢货!"

男人声嘶力竭的吼叫令姑娘们更加恐惧,哭声霎时高亢起来。

"好,既然如此,我就把你头给砍下来,给我站好了。还有你们,接下来就是你们。我把你们全都杀了,给我等着!"

军曹对艺伎们一阵叫喊,大包间的姑娘们也发出了凄厉的哭喊。

军曹握紧军刀,高高举起,然后——

"嗯?"

他轻哼一声。

因为被吊在房梁上的女将低声唱了起来。

　　犀川船头家呀嚯咿,
　　船头家撑着橹呀嚯咿,
　　好孩子乖乖睡呀嚯咿。

　　好孩子,快快睡,做个好睡梦,
　　好孩子,可别哭,天狗要来呀。
　　天狗要来呀,谁也挡不住,
　　大家伙儿都遭殃,
　　坏人全都下黄泉。

就在那一刻,走廊的纸门豁然敞开。

男人和姑娘们都朝那边看了过去。

黑暗中,站着一个美貌绝世之人。他身背婴儿,是个画一般俊美的剑士。

"你是谁!"

军曹大吃一惊,大张着嘴,放下了刀。

他离开阿染,朝剑士走了过去,再次高举军刀,踏出一步,朝剑士砍了过去。

剑士一个闪身,将军曹收回的刀锋格挡开,顺着刀势,军曹的胸膛应声而裂。

原来,剑士以难以捕捉的速度拔出了大刀。大包间的人一时间竟无法理解眼前的情况。

"啊——"

军曹发出野兽般的吼叫,胸前喷出一片血雨,仰天倒在地板上。

军曹尚未沾地,剑士大刀一闪,被吊在房梁上的女将也随着军曹的倒下,咕咚一声落在地板上。

"你这浑蛋!"

一群复员军人齐声怒吼,用力推开了身边的女人,随即抓过军刀,慌慌张张地试图解开绳子扯掉布袋。

可是剑士并不留情,宛如一股黑旋风般冲进包间深处,横劈竖刺,瞬时干掉三人。军人们莫说拔刀出鞘,连布袋都来不及解开,甚至没人能站起身来。

三人鲜血四溅,剑士已然抽身,与最后一人对峙。那人好不容易拔出军刀,尚未端至身前,便听得一声巨响,胸口被斜劈了一刀。

男人又是一阵血雨狂喷,径自向前倒下。女人们顿时发出凄厉的惨叫,双脚踏着地板,被捆绑的身体不停向后蠕动,纷纷靠在了墙边。

剑士动作迅疾,却也有些奇怪。这太不寻常,怎么看都不似活人。艺伎们惊恐万状,拼命挪动不自由的身体,在墙角挤作一团瑟瑟发抖。也因为这样,没有人认真端详过那名剑士。

唯有被捆绑在角落的阿艳目不转睛地看着剑士完成了那一连串动作。剑士经过她身边时,阿艳还抬起头,就着旁边的雪球灯光线看清了他的半边面孔。至于另外半边,则隐没在黑暗之中。她看见的那张侧脸竟如此俊美,令人忍不住倒吸一口气。那美貌仿佛并非当世所有。

那时,阿艳发现了剑士的不寻常之处。画一般的俊美容颜,澄澈美丽的双眸,但那双眸子竟像玻璃珠一般,丝毫不往她这边看。阿艳想,啊,这个人眼睛看不见东西,所以动作才会如此奇怪。那并不像活人的动作。

那么他究竟是谁?幽灵……或许如此,又或者是寄宿了灵魂的人偶。当然,这都是多年以后的想法,当时还是个孩子的阿艳只知道屏住呼吸,在强烈的恐惧中凝视着那绝世的美貌。

待她回过神来,风暴已经平息,大包间鲜血四溅,男人们倒在一片血海之中,蠢蠢蠕动,吐出濒死的喘息。那位飓风般瞬间斩杀五人的俊美剑士,早已不见踪影。

阿艳缓缓撑起身子,心想:我是做梦了吗?那位剑士在哪里?那位俊美的剑士,莫不是心中强烈愿望制造的幻觉?不过,这也是多年以后,阿艳长大成人时形成的想法。

半裸的春驹如同死人似的呆立在一旁。捆绑她双手的带绳可能松开了。

阿艳双脚未被捆绑,她也站起来,闷头朝春驹跑去,然后向她恳求道:

"帮我松开!"

春驹猛地回过神来,用冰凉颤抖的双手解开了阿艳手上的带绳。

双手恢复自由后,阿艳立刻跑向呼吸艰难的母亲,用小手拼命解开束缚双手的腰绳,以及捆住胸口的绳索。

阿染恢复自由后,缓缓撑起身子,对女儿说:

"刚才那个人是谁?"

再看旁边,艺伎们都被解放了双手,重新直起身子,但是个个茫然四顾,没有人说话。

环视四周，屋里弥漫着浓烈的血腥气。男人们已经不再发出声音，也不再动弹了。他们都死了。

这时，游戏丸喃喃道：

"盲剑大人？"

"是盲剑大人……"春驹也喃喃道。

"盲剑大人来救了我们。"

每个人都缓缓站起身来，在女将的带领下，宛如亡灵一般跌跌撞撞地穿过敞开的纸门来到走廊上。这是刚才剑士拉开的门。

她们缓步走下涂朱的楼梯。阿染边走边盯着脚下，没有发现鞋子留下的污迹。

女人们又顺着楼下的走廊来到楼梯背面，站到盆次屋门前。

"盆叔。"

阿染喊了一声。

"来、来、来啦。"

里面传出盆次好似睡迷糊的声音。

打开门，盆次果然躺在被窝里。

"来、来啦。"

他耸起下巴说。

"盆叔，有人来过这里吗？"

女将走进狭窄的房间问道。盆次掀开被子，缓缓坐了起来。

"什、什、什么东……东西呀？"

他问。

"你啥都没看见？"

春驹问。

"看、看、看见什、什么？"

他一脸呆滞地反问。

"好了，算了。"

女将说着，走出了盆次的房间，随后转向侧门。姑娘们也跟了上去。走廊上也没有看见足印。

闯入楼里的无赖中最年轻的那个,此时正呆呆地坐在门廊的电灯下,孤独地看守着侧门。

他看见一群女人,立刻站了起来。

"干、干什么?"

他问。

"你一直坐在这儿?"

女将问。

这个男人一直很安静,闯进来后从未言语嚣张,也没对女人动粗,所以女将才敢跟他说话。

"嗯。"

男人点点头,一副理所当然的表情。

"有人来过这里吗?"

游戏丸问。

男人诧异地摇了摇头。

"谁也没来过。"他说,"问这个干什么?"

"哎……怎么回事?"

春驹咕哝道。

"你还是快跑吧,其他人都被杀了。"

女将告诉他。

"啊?!"

他吃了一惊,瞪大眼睛。

"被谁杀了?"

"不知道,有个人突然冲进来,用刀把他们砍死了。"

女将说。

"我们都被捆着,不知道咋回事。"

春驹也说。

"你去二楼看看吧,他们都死了。你也快逃,别被杀了。"

阿染说。

他顿时跳了起来。

"大哥！"

他大喊着朝二楼跑去，脚步声从走廊一路延伸到楼梯。

阿染她们又凑成一列，把楼里每个角落都看了一遍。没有任何异常。窗子都被钉死了，大门也被堵住了，没有任何挪动过的痕迹。楼里所有阴暗的角落、壁橱和茅房、浴室和浴盆里都没藏着人。

女将想，无论那人藏得再好，她在楼里生活了这么长时间，肯定能察觉到气息才对。而且，如果是外来之人，肯定会因为没脱鞋而踩脏地板。可是走廊和楼梯上都没有发现泥印。

这太不可思议了。无论是木地板间还是榻榻米间，都没有发现半点污迹。莫非那真的是亡灵——

"盲剑大人从哪儿进来的？"

游戏丸问道。

"窗户都被钉着呢，门口这个样子，压根儿进不来也出不去呀。"

"能进出的只有一个侧门，可是那个男的一直坐在那儿，不是吗？"

春驹说。

"搞不懂了，难道是天上落下来的，地里长出来的？"

女将说。

"果然是幽灵吧。"

"啊，我们去中庭的盲剑大人那里看看吧！"

游戏丸突然有了主意，便带头一路小跑，来到了面朝中庭的外廊。她一蹦就跳了下去，双脚钩上木屐，咔嗒咔嗒地朝小社跑了过去。

春驹也下了地，穿上木屐，追着游戏丸朝小社跑。

女将和其他姑娘都下到了院子里，但是木屐已经没了，便光着脚跟过去。

游戏丸站在小社前，可是周围无光，什么都看不见。她拿起木雕前的火柴盒，擦着一根火柴，点燃了蜡烛。

接着，她把小社里里外外看了一遍，没有什么变化。背袋、口水兜和铃鼓都跟三天前一模一样。

"什么变化都没有啊。"

女将说。

"可是，盲剑大人一定是从这里来的。"

游戏丸说。

"是啊，我们还是好好拜拜吧。"

说着，阿染双手合十，姑娘们也跟着合了掌，低头祭拜。

游戏丸最先拜完，就地蹲下，打开了下层的双开门，接着伸手进去，取出了盲剑大人的刀。

"快放下，你这样要遭天谴的。"

女将责骂道。

可是游戏丸不知中了什么邪，竟抽出刀来，随即惨叫一声。

"啊啊！"

原来，刀刃上竟沾满了新鲜的血液。

她轻触一下，指尖沾上了一点红色。

"盲剑大人果然是从这里来的。他是来救我们的。"

说着，游戏丸眼中噙满了泪水。

疾风无双剑（上）

1

犀川船头家呀嚯咿,
船头家撑着橹呀嚯咿,
好孩子乖乖睡呀嚯咿,
船头家撑着橹呀嚯咿。

好孩子,快快睡,做个好睡梦,
好孩子,可别哭,不然不要你。
乘着梦的浪花,摇啊摇啊,
小小摇篮里啊,做梦的孩子,
伤心的世道啊,快快过去吧。

千代把村里的孩子召集到河边,教他们唱了不知是谁创作,但是在这片土地上自古流传的"犀川船头家摇篮曲"。这首摇篮曲是千代小时候母亲教给她的。

她先唱了一遍,让孩子们记住,随后又想让孩子们唱,但是被一个喊声打断了。

"喂——喂——是土左卫门呀——"

那是在犀川河面上打鱼的渔夫为二郎。

"喂——彦佐你听见了吗,漂过去啦!"

"什么?!"

彦佐正在钓鱼,闻言就把钓竿放到一边站了起来,千代也站了起来,朝彦佐那边走了几步。这时三个孩子都跟了过来,千代本能地感到事情不妙,便张开双臂,拦住了身后的孩子。

"有土左卫门,是真的吗?"

千代心里也有这个疑问。她知道土左卫门是指河面的浮尸,只是从未听说这条河上死过人。

为二郎把渔网挂在传马舟上,将船划了过来,对千代喊道:

"千代啊,不行不行,别让孩子看见。你赶紧领着他们到坝上去,要么打发回家,要么在另一头玩儿。"

千代转头对着孩子们说:

"我们到那边去吧,我教你们怎么玩剑玉。"

两个女孩听话地跟了上去,唯独那个男孩还好奇地看着河面。千代一把将他拽住。

"太郎,快走吧,你不怕我们丢下你呀?"

太郎闻言大喊:"不要!"

于是他跟了上去。

千代领着他们爬上河堤,来到一片草地上,从怀里掏出两个剑玉,一个自己拿着,一个分给孩子们,让他们轮流模仿自己的动作。可是,千代一直惦记着河堤那一头的死人,心不在焉地陪孩子们玩儿了一会儿。就在那时——

"太郎!"

有人喊了孩子一声,原来是他母亲走了过来。

太郎站起来,头也不回地朝母亲跑了过去,两个女孩子也跟了过去。千代总算能回到河边。

她穿过河堤上的路,小心翼翼地走下长草的斜坡,看见传马舟停在河边的一片砂地上,周围已经聚集了五六个男人。其中一个人拿着草席,蹲下来轻轻盖住了死人的身体。

千代小跑过去,木屐踩在沙砾上嘎吱作响,男人们远远就听见了她的脚步声。彦佐干脆转过身来对她说:

"千代，你来得正好。快回去告诉你爹，出大事了，小六死了。"

"啊？！"

千代惊叫一声，因为她知道小六这个人。小六个子不高，但是能言善辩，勤劳肯干。虽是百姓之身，但是喜好研习剑术，时常到村北郊外的道场去挥舞竹刀练习。他很喜欢小孩子，千代小时候也经常被他带着玩儿。小六娶了妻，但是一直没有孩子，便时常叫千代到地里帮忙，每次帮了忙，会给千代塞些自家种的芋头或茄子。

而且小六说话特有意思，在周围那么多老百姓里，他是千代最喜欢的那一类。惊讶过后，千代开始感到悲伤。

"小六平时可是最精神的人啊。"

干物店的文佐卫门说。

"他最反对西河组吧。"

"是啊，他总说这是我们自己开辟的村子，绝对不能交给黑道上的人。"

为二郎也说。

"可能就是因为这个，被那些年轻的混子盯上，结果成了这个样子。"

"你说他被杀了吗？"正吉说。

之前村里还没因为这个死过人。

"唉，我早就觉得有危险啦。"

与七喃喃道。

"这真的是被人干掉了吗，不是自己淹死的？"

彦佐说。

"不对，你看这里。平时那么精神的小六不可能淹死。"

针灸医师菊庵翻开了他刚盖上的榻榻米，底下露出贴附着凌乱头发的土黄色的脸。千代慌忙低下头，抓住了彦佐的袖子。

"瞧这儿，脖子，还有脸，还有手臂，都是瘀青。"

"这是被打了？"

"对，就是被打了。用的是木刀之类的硬东西。伤得有点深，恐怕不是空手打的。瞧瞧，还有这儿，打得皮开肉绽，还有出血的痕迹。"

红叶村的居民多数是从越前翻山而来，或是从中国地区迁移而来。因此，几乎所有人说话都带着一股西边的腔调。

"没有被刀砍，骨头也没有折。"

菊庵四处检查小六的身体，边看边说。

"那就是一开始不打算弄死啦？"

"是不是威胁了他？为了威胁小六，才把他打了一顿，还推到河里？"

"没错，他被打了一顿，然后推到河里。打他的人可能没想到小六会死。"

"可是小六死了，可能是淹死的。这下可不好，咱们大伙儿都得收拾细软趁夜逃跑了吧。"

正吉说。

"你傻啊，那不是正中西河组的下怀！那帮人就等着我们这么干呢。"

"可是，反正无论我们怎么硬撑，要是不会用刀，肯定敌不过那帮不要命的黑道啊。"

"也有人会用。"

"有几个人，能胜过他们吗？我在河边生活了这么些年，还是头一次见人溺死。"

与七嘴里说的这么些年，其实是千代的父母挖井出了水，先在这里住了下来，周围渐渐聚集起一群逃荒的老百姓。后来百姓们渐渐定居下来，开垦荒地，形成了一片比较像样的村落，细数下来也就三十年左右。村里虽然有老人，但还没有寿终正寝的故人，只有几个死胎，或是夭折的幼儿。所以，别处少见的丧葬店虽然搬到了这里，到现在还没开过一次张。这下可好，他家有生意做了。

千代认出了淹死的小六，其实村子里没有她不认识的脸，因为这儿顶多也就住了一百号人。她在村子里出生长大，一次都没有到下游的金泽城去过。她当然认得这里的人，若说不认得的人，就只有盘踞在西河屋那帮西河组的恶棍了。那些人总是进进出出，具体有多少人都不清楚。

"我们得开大会，把大家都叫来商量对策。这下真的要好好考虑如何抵抗了。西河那帮人怕是要动真格。"

彦佐说。

"嗯，他们已经把小六给杀了。"

正吉说。

"没错儿，他们宣战了。"

"要不要迎战，这可伤脑筋了。我们这里面有点功夫的人，也就那么三四个吧……"

"坂上师傅、新堂家的严三郎、保科家的义达，而且他们岁数挺大了，都六十了吧……"

"所以我们得开会，决定该怎么办。我和菊庵大夫先把小六的尸体装进棺桶里，然后去道场。千代，你回家告诉你爹，请他也去道场。"

"嗯，知道了。"

千代说完，朝彦佐用力点点头，然后跑开了。

2

道场里有一座师傅用的高台，师傅兼村长坂上丰信就坐在上面，底下铺着木地板的练习场上聚集了闻讯而来的三十多个村民，全都朝着坂上师傅，抱膝坐在地上。

"你们说小六被杀了，这是真的吗？"

坂上问。

"是真的，菊庵大夫说的。"为二郎说，"他全身都有被木刀殴打的瘀青，还有破皮流血的地方。"

"没有被砍伤吗？"

"没有刀伤，骨头也没折，所以西河那帮人应该没打算杀了他，只想吓唬吓唬他，但是小六后来被扔进河里，就这么溺死了。对吧，千代。"

为二郎叫了她一声，千代道了声是。

"确实是西河那帮人干的？"

一个叫加平的村民问。

"倒是没人见到他们动手，可除了他们还能是谁？"

为二郎说。

"会不会是自己人……打架？"

加平问。

"这里面谁跟小六打架了？"

千代的父亲——坂上向众人问道。没有人回答。

"那有谁听说过这种事吗？"

"小六脾气好，跟谁都不吵架。就是吵，也顶多是跟老婆吵。"

"这段时间，西河那帮人的威胁是越来越过分了，整天叫我们赶紧把地方让出来。"

"小六喜欢这片土地，总说他绝对不会到别的地方去。"

"都这个岁数了，还能到什么地方去啊，都吃不上饭啦。再说也融入不了其他地方的人群啊。我们毕竟是年轻时一起开垦土地的同伴嘛。"

名叫新五郎的村民说。

"就是，所以我们才能这么团结。现在跑到别的地方去，肯定行不通啦。"

"那干脆我们一块儿搬到新的土地上吧。"

正吉看着众人说。

"全村搬走？这么一大群？那怎么行。大家都上了年纪，个个不是腰酸就是背痛，哪还有力气开垦新的土地。"

新五郎说。

"说什么没出息的话呢。"

"再说了，别处哪儿还有这么好的土地？一挖井就出水，红叶又这么漂亮，春天还开花。"

"而且旁边还有条河。我们村儿之所以能变这么大，还不是多亏了这片土地。附近就是赏红叶的名胜，旁边有条这么大的河，水又清，鱼又多……"

为二郎说。

"就是，而且还能挖出井水。"

"这里水好，地肥，旅行的商人翻过山来，到金泽还有十里地，正好能在这儿住上一宿。这儿什么都有，是个顶好的地方，所以才发展起来了，还聚集了这么多姑娘。"

新五郎说。

"就是，还成了专出美人的地方。听说过段时间吴服店也要开过来了。将来啊，这儿还会继续发展，变成一片大宿场。"

加平说。

"这不也把黑帮给引来了吗？西河那帮人盯上我们这儿了，带来了不少坏家伙。若是这片土地稍差一点，如今也就能保持平静了。咱们可以再找一块儿那样的土地啊。"

正吉劝说道。

"再往山里去？"

新五郎问。

"没错。"

"没有女人，没有红叶，没有花，地上只有石头……"

"周围的活物只有野猪。"

加平也说。

"话是这么说……"

"那你一个人去吧。"

新五郎说。

"你怎么这么说话呢。"

"我就喜欢这儿。"

加平说。

"这儿再怎么好,也不及命划算啊。"

正吉说。

"西河屋还开了赌场,招了女郎,好多爷叔都跑到那儿去光顾了。"

为二郎说。

"听说那里还私下贩卖可疑的春宫画呢。"

"那帮人想把整个村子都弄成那种店,搞成一个赌徒和色鬼云集的享乐村庄。"

"那帮遭天谴的玩意儿。这里要变成赌场和妓院了吗?"

"没错,还有酒馆和戏院。"

"戏院?"

"没错,西河的旅舍不是特别大嘛,听说里面还有表演怪戏的舞台。"

"怪戏?"

加平问。

"就是看姑娘脱衣服的戏。"

"哦,那种戏啊。"

"如果让整个村子都做上那种生意,肯定能赚大钱。那些个没头脑的色老头儿,都会上赶着过来花钱。"

"他们可就赚得盆满钵满啦。"

"没错儿,赚翻了。所以他们就觉得先来到这里的人很碍事。"

"想赶我们走。"

"就是这样。"

"他们怎么盯上这种大乡下了。想做那种邪门儿生意,就该到城里去做啊。"

"城里有上头盯着,还有人管着,最好是在若即若离的地方做。加上这里还有条河,城里过来坐船也方便。"

"嗯……这么好的土地,别处可能真的没有啊。"

"就是因为太好了,才会让坏人盯上。早知道当初应该在更偏僻点儿的地方开辟村子。"

正吉说。

"已经晚啦,现在就两条路,要么走,要么战。怎么办吧?"

"战……"

"今后那边儿的挑衅会越来越厉害,不战怎么能行。现在已经有人死了,我们得横下一条心。"

"这要是还年轻倒好说啊,现在咱们年纪都大了,不想再喊打喊杀啦。"

"那边儿的人还一次都没来过呢。"

虎八在旁边插嘴道。

"你们家离西河屋远得很,都在村边儿上了。"

"西河组要赶走的就是这么几个。"刚才一直没说话的村中智多星文佐卫门开口道,"首先是剑术高明的人。如果有这种人在,等他们霸占了村子,事情就有点不太好办。"

"针对高手。"

"没错儿,怕那些人不听话。"

"是说村长?"

"我可没那本事,再说年纪也大了。"

既是道场主人,又兼任村长的千代父亲说道。

"还有脑子灵光的人,牙尖嘴利、总想着反抗上面的人,这些人都很危险。"

"那就是小六了。"

"另外就是农田或房子靠近西河屋的人,他们可说是西河屋的眼中钉了。而且那帮人今后肯定想把房子拆了,农田毁了,盖上戏院之类的玩意儿。"

"生意上跟西河屋有竞争的也不行。首先是村长的红叶屋,那帮人最眼馋的就是这个啦。因为红叶屋跟西河屋有点像,他们恨不得把它踏平,或是据为已有,弄成赌场。"

"已经来说过好几回了。"坂上说。

"要您卖?"为二郎问。

"没错儿。"

"您拒绝了?"

"那当然。不过他们很烦,总是追着我要。"

"那边儿给多少钱?"

"开的价还挺高,可我不想卖。"

"第一场厮杀应该在红叶屋发生。"

文佐卫门预测道。

"因为那是村里功夫最好的人开的店,还是他们最想要的店。"

"是啊。"

为二郎说。

"他们可能认为,要是红叶屋没了,我们就会溃不成军。"

"嗯……这可麻烦了。"

"那帮人觉得只要打掉这家店,剩下的人就是乌合之众。接下来是酒馆,有了酒馆就还想要酒铺,这都是他们做生意最需要的东西。女人和赌徒都会自己跑过来,要是连酒都得运过来,那就有点麻烦了。"

"嗯。"

"他们来过我家几回。"

开酒铺的留吉说。

"是吧？再接下来是吃的。就算他们是黑帮，没有吃的也不行。味噌、蔬菜、盐、米，做这些生意的店他们陆续都会想弄到手。"

"嗯，是来过。"

卖蔬菜给商旅客的文五郎无奈地说。

"没跟你找麻烦吧？"

"倒是还没动过手。"

"那只是时间问题，很快就该动手了。这是他们的套路，而且这毕竟也事关他们的生计。"

"哪有这么霸道的，这事关我的生计才对。"

"有个针灸医师也挺好，寺院学堂也不错，这些都没问题，不过师傅如果是高手就很难说了。另外，村里本来就没有神社佛阁这些地方。"

说到这里，针灸医生菊庵和彦佐走进了道场，身后还跟着两个手臂挂在脖子上的农民。

"哦，彦佐啊。"坂上喊了一声，"还有谕吉、泰平，你们俩胳膊怎么了？"

"村长，不好了。"彦佐说，"这两个人被西河组打断胳膊了。"

"什么？"

聚集的村民顿时爆发出骚动。

"真的吗？"

"是。"

两人痛得皱眉，连连点头。

"还不只是这样。千藏在我家躺着，他被打断腿了。也是西河组那帮人干的。"

"听说西河组的人都佩长短双刀。"

彦佐说。

"什么？他们是武士？"

"不知道，反正他们一副武士的模样在外面大摇大摆。"

"以前有那样的人？"

"不，都是新来的。他们有新人加入，人数越来越多了。"

"浑蛋，这下麻烦了。"

为二郎表情扭曲了，周围的人也吓得面无血色。

"事情闹大了，我们得好好研究如何对抗。"

"千万不能对抗啊。"正吉转过苍白的脸说，"一不小心就要被砍了。"

"要开战了吗？"文佐卫门问道。

"跟他们搏斗？很难啊。"

"就算不对抗，也只是等着被他们砍死罢了。"

"他们真的会打过来？"坂上问。

"听说已经有外面来的浪人被砍死了。"彦佐说。

"什么？真的？"

"对，不过好像是因为钱，浪人先拔了刀。"

大家都震惊得沉默下来。这里一直都是与血腥凶杀毫无关系的平静山村。

"我们也得武装起来啊……"

坂上喃喃道。

"没错儿，最好组个巡逻队，或者说自卫团。"

彦佐说。

"你们别说了，要是贸然抵抗，我们老婆孩子都活不下去啊。"

正吉劝说道。

"西河那帮人又不是妖魔鬼怪，应该能商量。"

"哪里商量得了。"

"我们不抵抗，他们应该也不会乱来。我这么说又不是要害咱们。"

"那正吉，你说该咋办。"

"咱们还是搬走吧？"

"到哪儿去？野猪住的地方？"

"我不喜欢争斗。"

"没人喜欢争斗,现在是你不讲理。"

"我这辈子都没拿过大刀啊。"

"还有人赞成我们搬走吗?"坂上问道。道场里举手的人只有正吉。

"家里有大刀的人都举个手。"坂上接着问道。六个人举起手来,义达、严三郎、时次郎、文佐卫门都在其中。

"好,你们把刀磨利,做好保养。"

"不要啊。"

正吉惨叫道。

"上过阵的人有几个?"

还是那六个人举起了手。

"不过那都是很久以前了。"

义达说。

"你们砍过人吗?"坂上继续问。大家都摇了摇头。

"我用长枪杀过人。"

文佐卫门说完,大家都跟着点头。

"我也是。全都用长枪吗?那你们家里有枪?"

大家都摇摇头。

"早就交上去了。"

时次郎说完,其他人跟着点头。

"六把刀,加上我的就是七把。"

坂上喃喃道。

"小六应该也有刀。"

"那家伙?那就是八把。西河组有多少人?"

所有人露出疑惑的表情。

"我看大约有三十人,如果有新人来,可能还要多点儿。"

文佐卫门说。

"三十个人……"

"今后还会更多。"

正吉说。

"正吉,你给我闭嘴。"

时次郎说。

"他们都有大刀,就是不知道功夫如何。"

文佐卫门说。

"如果只是一帮恶棍,功夫可能没什么大不了。"

坂上说。

"话是这么说,可我们也几十年没动过真格了。"

文佐卫门边想边说。

"好,现在要把训练改成实战演习,大家要回去多做点儿稻草捆,要一尺宽。那样正好跟砍头的手感差不多。"

"村长,你砍过头吗?"

时次郎问。

"没有。"

"那跟人对打过吗,不是上阵打仗?"

"没有。稻草捆我也是听人说的。我这人本来就不喜杀生。人啊,一旦砍死过人,自己也会变一个人,再也回不到从前了。我见过好几个这样的,一点儿都不想变成他们那样。"

六个人纷纷点头。

"好,有刀的人都把刀拿来,家里没刀的也要准备武器。木刀也行,竹刀也凑合。"

"真的要打吗?"

正吉一脸要哭出来的表情。

"还不知道,我得先见识见识大家的身手。"师傅说,"就这样,先散了吧,午时再过来集合。"

3

道场门外的空地上插了五根木棍,其上各有一个直径一尺左右的稻草捆。见稻草捆还不够,加平和新五郎又去做了一些,千代也帮了忙。

坂上丰信手持大刀出列,他将大刀挎在腰间,沉下身子,抽出利刃,向斜上方一挥,对准稻草捆横砍了一刀。

哦哦——三十几个老百姓纷纷惊叹。

"好身手。"为二郎说。

"为二郎,你那大刀哪儿来的?"

原来为二郎手中也提着一把大刀。

"我到小六家里取来的。"

"那你过来试试。"

说着,坂上把自己砍断的稻草捆抽出来,换上了新的。

"唉,可我从来没做过这个。"

"所以才要练。把刀挎在腰间。"

为二郎拗不过,只好把刀鞘插进腰带里。

"没错儿,就这样。然后扎马步,这样拔出来。"

坂上示范了一遍。

"我真的要试吗?"

"这里没有屯兵,咱也没有民兵,要是黑帮打过来,只能自己保护自己。你就当西河的恶棍已经打到眼前来了。"

为二郎缓缓做起动作来。他使劲伸长右手,好不容易把刀身整个抽了出来。

"双手稳稳握住刀柄,你要是摇摇晃晃的,刀就坠下去砍到自己脚了。没错儿,很好。"

为二郎把刀尖举到了脸的高度。

"你用自己觉得能砍到的动作,对准稻草捆砍下去。但是你要笔直地挥刀。要是心里犹豫，刀锋就会乱。"

"打横砍还是打竖砍？"

"怎么舒服怎么来，感觉到心气充盈的时候砍下去。随随便便可不行，心怀迷茫并不行，胡乱切砍也不行，动作太软更不行。"

"好难啊。"

"砍的瞬间往后收一收，这样才能积蓄力量，光敲下去绝对砍不断。这就是真刀跟竹刀不一样的地方。"

为二郎点点头。

"但是要一气呵成。"

"我脑子都乱了。这些全都要同时做吗？"

"没错儿，要用身体记住那种感觉。来吧。"

为二郎挥刀一砍，但是刀刃只是陷入稻草中，并没有穿透。

"唉，不行啊。"

为二郎晃了晃刀身，拔了出来。

"再来一次，动作要直。大家都试试。"

坂上话音落下，严三郎和义达也走上前去，拔刀砍向稻草捆。

"嗯。"

坂上满意地哼了一声。

"你很好，身手不错。"

他对严三郎说。

"在哪儿学的？"

"在浪速的道场那边学了几天，不过都好久了，现在年纪大啦。"

"是嘛。你也还可以。"

坂上又对义达说。

"其他人都试试。"

于是，文佐卫门与刚三便走上去试了试身手，坂上都没有说好。接着，他又做了个示范，让那几个人练习空挥。

"为二郎，你把小六的大刀拿给想试身手的人，你们都过来试试砍稻草捆。"

周围聚集的村民一个个上前来尝试,坂上的脸色却越来越难看。

"千代。"

听到父亲呼唤,千代应了一声,走到坂上身边。

"把稻草都换掉。"

千代把木棍上的稻草都拔出来,搬来新的插了上去。村民们也都过来帮忙。

"禹吉。"

千代的父亲喊了一声。禹吉是个十几岁的少年,在道场的学徒中属于资质特别好的一个。

"你到为二郎那儿把刀拿过来,砍一下试试。"

"是。"

他应了一声,从为二郎手上接过刀,插在腰间,模仿师傅的动作拔出了刀。

"这就是真刀啊,好坠手。"

他说。

"没错儿,你小心着点儿,别受伤了。"坂上说,"好了,禹吉,砍吧。"

禹吉唰地砍向稻草捆。

"好,还可以,你去练挥刀吧。"

"用这把刀吗?"

"没错儿。"

"让我也试试啊。"务农的马之助开口说道。

马之助原本生在武士之家,因为打仗而家破人亡,只身流浪到了这里。他在道场也是深受坂上欣赏的学徒之一。

他朝禹吉伸出手,禹吉看了坂上一眼。坂上点点头,他便把刀交了出去。

"禹吉,你用这个练吧。"

坂上从腰间拔出大刀,交给少年。

马之助拿着拔出的刀挥了两三下,随后一声暴喝,砍向稻草捆。

他的动作干净利落,稻草捆的上半部分应声落地。

"嗯,马之助,很不错。"

马之助似乎有点得意,一直凝视着地上稻草捆的断面。

"我还想练练。"

"可以,你再砍几下吧。你以前也练过吧?"

坂上师傅又问。

"以前在京城的道场练过几天。"

马之助说着,将只剩一半的稻草捆拔下来,接过千代递过去的新捆,插在木棍上。

"不过还是头一次砍这样的东西。"

说完,他又大喝一声,手起刀落。

那天吃晚饭时,坂上对千代说:

"这样下去不行。功夫好的人压根儿组不成巡逻队。"

"是啊。"

"村子里恐怕只有严三郎和义达能行。"

"马之助哥呢?"

"他只能砍砍不会动的稻草。敌人会四处乱动,他还欠点火候。"

"是。"

"所有人都一样。让那几个人组成巡逻队太勉强了。要是真的碰上佩大刀的恶棍,他们轻则受伤,重则丢掉性命。这可怎么办啊。"

"嗯。"千代应道。

翌日早晨,千代正在屋外的井口洗碗,发现为二郎一脸惊恐地跑了过来。

"千代啊,你爹呢?"

"在屋里。"

他也不回话，扭头朝着红叶屋后门一路小跑。千代也顾不上洗碗，追了过去。

"师傅，师傅！"

为二郎在后门高喊千代的父亲。

"怎么了？"

丰信说着走了出来。

"马之助被砍了。"

为二郎突然提高音量，千代也忍不住惊呼一声。

"你说什么？是西河那帮人吗？"

千代的父亲也大声问道。

"没错儿，有人看见了。因为马之助的地就在西河屋门前，他下地干活的路上遇到两三个西河的人，指着他腰上的刀说了几句话……"

"挑衅他吗？"

"对，他们把马之助狠狠调侃了一番，马之助一气之下拔刀跟他们打了起来，结果就被砍死了。"

坂上一时无言。

"师傅，这下已经有人被砍死啦。"

"早知道不该把刀给他。"

千代的父亲低下头，咬紧嘴唇。

"可是他说想把真刀带在身上，随时练习挥刀。"

"那家伙让师傅夸了两句，真以为自己是能人了。"

"马之助呢？"

"我们把他抬到了开丧葬店的善兵卫那里，他痛苦了好一会儿，最后还是死了。我们把他放进桶里了。"

"刀呢？"

"拿回来了。"

千代的父亲长叹一声。

"怎么会这样！接下来要搞葬礼吗？"

"善兵卫那边正在商量把他跟小六一起安葬了。人们都说要不把虎八那块地对面开辟成村里的墓地。那儿正好能看见红叶。"

"马之助有家人吗?"

"没有。大家都说,这下子他的土地和房子都要被西河组霸占过去,搞成赌场了。"

"毕竟就在西河屋跟前啊。"

"就是,马之助家就挨着西河屋,那帮人从一开始就盯上了他。而且他就一个人,霸占起来也方便。"

"我该替他着想才对。看来让马之助带刀,是正中那帮人的下怀啊。"

"不过那家伙也是,怎么挎着刀下地干活,这不是傻子吗?"

"总而言之,我们先去马之助家看看。"

坂上说着,为二郎也跟了过去,两人一同走向马之助家。千代本来也想跟过去,却被父亲拦住,只好坐回井边。

他们路上遇到彦佐,变成了三人同行。

"亲眼看见马之助被砍的人是你吗?"

坂上问。

"不是我,是正吉。我是从正吉那儿听来的。"

彦佐说完,坂上点点头。

"正吉肯定是帮不了他。"

为二郎说。

"不仅是正吉,村里的人哪个都帮不了他。对手是一帮恶棍,早已习惯了打打杀杀,手上还有刀。我们没有刀,就算有也没身手。"

坂上虽然点头,但暗自认为自己能够敌过他们。前面不远处就是马之助家,另一头的西河旅舍也能看见了。旅舍周围聚了一群明显不正经的男人,个个都穿着花纹夸张的衣服,梳着又细又奇怪的月代头,看上哪个路过的姑娘就开口调戏。姑娘们不愿搭理,都一路小跑避开他们。那帮人见状,也不知有什么好笑,都嘻嘻哈哈地大笑起来。

里屋走出一个脖颈涂着白粉，貌似游女的姑娘，对几个男人说了两句。他们都收起笑容，随女人走了进去。

"记得马之助以前还特别高兴，说搞到了河边的好土地呀。"

彦佐说。

"结果现在都白瞎了。"

为二郎说。

"就是，那块地实在太好了，把西河屋都招来了。"

"是啊，正好在渡口边上，又有大路，那种混混儿也都被吸引过来了。没过多久就建起赌场，冒出来许多艺伎和女郎，马之助那块地周围就成了混混儿的地盘儿。"

"那些混混儿整天游手好闲，吓得姑娘都不敢在路上走，全都绕到田埂上走小路。"

"这可是咱们的村子啊。"

"咱们能有办法赶走那帮白痴混混儿吗？"

为二郎说着已经来到了马之助家门口。他停下脚步，正要跨进门去，却看见一个男人走出来，还撞到了为二郎身上。

"喂，给我看着点儿！"

男人大喊一声，为二郎抬头一看，惊觉他特别高大。

三人吓了一跳，跟在后面的彦佐和坂上马上往马之助家里瞅，发现里面还有两三个男人。

"你们是什么人？"

为二郎问。

"这可是马之助的家。"

"啊？！"

里面传来凶恶的声音，两个满脸凶相的男人走了出来。

"你刚才那句话什么意思？你们又是谁？干吗随便走进别人家？懂点规矩！"

男人两眼圆瞪,连连怒吼,连眼眶周围的皱纹都充满了威压。这两个人都穿着崭新的和服,满脸横肉,也不像什么正经人。

"这里是马之助的……咱们朋友的房子。"

因为有师傅撑腰,为二郎壮着胆子说。

"朋友?"

男人失声发笑,另外三个人也跟着哄笑起来。

"你朋友在哪儿?好好看看,里面一个人也没有。你不知道吗?这里已经成了西河的房子。"

"等等,这是什么时候的事?"

站在后方的坂上问道。

"什么时候?从现在起!"

男人说完,其他人又哄笑起来。

"你们把主人砍死,夺走了他的房子和田地吗?"

坂上说。

"你说啥?!"满脸横肉的男人高声道,"瞎说什么呢?先拔刀砍过来的可是他,我们只是为了自保,不得不应战。"

"不是你们大肆调侃,极力挑衅,才逼得他拔刀了吗?我们可清楚得很,房子和土地都不能给你们。"

为二郎说。

"什么?!"

三人齐齐怒吼,同时把手按在了刀柄上。

"你这贱民,说话小心点儿。人就一条命,活着不好吗?还是说,你也想去见你朋友啊?!"

男人们凶神恶煞,两边对峙了一会儿。

"我们空手而来,若你们都是武士,应该不会做这等卑鄙之事吧?"坂上平静地说道。

混混儿们沉默了一会儿,慢慢松开了刀柄。坂上又说:

"马之助的事情就算了,可是房子和土地要还给我们。这是我们全村人辛辛苦苦开垦出来的土地。"

"要吵就去找老大吵,这里是老大的土地。明明是你们未经允许住了下来,还不赶紧给我滚。"

"你们那个老大不见得有地契吧!"

"你说啥?那你们难道有地契不成?你们几个,掏干净耳朵给我听好了——"

"干啥啊?"彦佐也壮着胆子说。

"这一带土地是越前、越中、越后并加贺、越州见回大人的辖地,你们这些平头百姓没有权利住在这里。我们大头领可是见回大人的亲信、直属,所以这一带都是我们西河的领地。听到没?听到了赶紧滚。"

彦佐等人头一次听闻这种事,实在难辨真伪,只能一言不发,面面相觑。

"跟你说啊,无论怎么开垦,这都不是你们的东西。抱歉啦,这就是世上的规矩。知道了就赶紧走人吧!"

片刻沉默之后,坂上说:

"知道了,今天暂且这样,不过马之助的房子和土地要还给我们。你们又种不好地。难道说,你们还能种出茄子和山芋来?"

"你这人怎么说都说不听,都说了这里是老大的土地,还要再说多少遍你才能听懂?谁要什么山芋啊,赶紧收拾收拾你们的山芋滚吧。"

混混儿们抬起右手,像赶野狗似的嘘了两下。

千代也到丧葬店帮忙准备了葬礼,负责给吊唁的人发线香。葬礼结束后,人们又要去道场集中,她便跟母亲做了饭团,两人一起搬了过去。来回搬了两趟,母亲便回去了,千代则坐在道场门口,听父亲和村里的男丁说话。

"听说西河那边的老大是越州见回大人的直属,这是真的吗?"

一个人问。

"应该不全是假的。想必是西河组接近过见回大人,给了他不少贿赂吧。就算我们搞上去也没用,他们暗中私通着呢。"

文佐卫门说。

"那该怎么办,只能认命啦?马之助就这么白死啦?"

"那能有什么办法。"

正吉说。

"那不是我们能斗得过的对手。我们连能使刀的人都没几个,聚在一起能有什么用,根本敌不过。西河那边儿有高手,没办法的。"

"那你叫我们咋办,还是只能认命吗……"

"认命没有用,咱们现在认命了,他们也不会善罢甘休。那边儿已经好几次放话赶人了,他们肯定还要再杀人。"

加平说。

"那只能走了。反正这里原本就不是咱们的土地。"

正吉说。

"那也不是他们的土地!"

新五郎嚷嚷道。

"这片土地实在太好了,咱们大伙儿再找一块不那么肥的地,好不好?就这样吧,毕竟好死不如赖活着,现在只能这样了。"

"正吉啊,咱们都干不动啦,哪还能挖大树、刨大石啊。"

"再过上三年,就更干不动了。"

"师傅,怎么办?"

正吉问。

坂上抱着胳膊,一脸苦涩地思索着。过了一会儿,他睁开眼睛,放开双手,缓缓说道:

"我曾经想组建一个巡逻队跟他们对抗,可是啊,村里能打的实在太少了。"

听了师傅的话,大家都沉默下来。

"靠现在这些人跟他们作对,只会白白受伤。"

正吉说。

"如果只是受伤倒还好……"

坂上小声说。

"喂,不好啦!"

一个叫忠吉的人大声喊着跑了进来。

"怎么了?"

坂上说。

"马之助家起火啦!"

他大声说完,指着大伙儿另一边。在场的人顿时发出绝望的骚动声。

"不好,被人放火了。"

师傅撑起一边膝盖说。

见此情景,所有人都站了起来,一股脑儿拥到了门口。他们跑到夕阳下,沿着道场外围转了半圈,走上微微向下倾斜的小径,朝马之助家赶去。

千代的父亲也追了过来,成了人群的中心。

村子很小,烧得噼啪作响的马之助的房子很快便映入眼帘。走在前头的加平大喊:

"喂,是谁放的火!"

同时跑向旁边的井口,想打水救火。

"喂,等等。"

有人喊了一声,只见不远处的松树林里走出几个西河组的年轻人。他们共有四五个人,领头的伸脚绊倒了试图从他们中间跑过去的加平。加平滚倒在地,那几个人哄笑起来。

另外一个人走过去,揪着他的衣襟把他拽起来,紧接着便朝着他的脸上揍了两三拳。

"加平!"

新五郎大喊着跑过去,却被另外一个混混儿赶上来揪住了后领,接着脚下一扫，撂倒在地。

接着，另外几个年轻人又转向方才赶来的老百姓，大摇大摆地走过去。村民都害怕得往后躲闪。

"你们不准靠近。这座房子没主，所以不需要了！"

一个人对坂上他们大声说道。

"不准灭火，谁也不准出手！"

大家都看向跟在后面的坂上师傅。实在没办法，坂上只好走上前去。

"哎，你不是白天那个道场主吗？"年轻人说，"怎么，想干架？"

"不想。"坂上说，"我没有武器。"

"就是。"

彦佐也在旁边帮腔道。

"可是，我们能否和平相处呢？"

"什么？和平相处？那是什么玩意儿？"

一群人又哄笑起来。

"我们住在同一个村子里，你们也不能光靠喝酒填饱肚子，要吃饭，要用味噌，还有酱油，偶尔还想烤几条鱼吃吃，不是吗？山芋和茄子都得需要吧。"

"关你啥事，我们爱吃什么吃什么，你问这干啥？"

"你们种不出茄子、山芋和稻米，但我们能。村里应该也需要有人种地。生活就该互相帮助，你们还要赶我们走吗？"

火焰噼啪燃烧的声音很大，坂上也提高了音量。

"我们这儿也有不少能种地的人，叫一声能来一群。"

"骗人。"

忠吉赶了过来，开口说道。

"你们就是一群在西河屋周围晃悠的闲人，种地可没那么清闲。"

随后，新堂家的严三郎，还有文佐卫门也赶了过来。

"老师！"

混混突然大喊一声，一个貌似浪人的武士闻声从大松树后面走了出来。

"我们才不跟平民讨价还价，没空！"

混混儿叫嚣道。

"你就是师傅吗？"

浪人平静地问坂上。

"没错。"

坂上回答道。

"空手无法决胜，这个拿去。"

说着，他朝坂上扔了一把木刀，自己手上拿起另一把木刀。

"我无意胡乱杀生，今日且用木刀对决。劝你趁早召集村民，老老实实离开这里。"

说完，浪人身形一晃朝他刺来，坂上一把挡开。

"来吧，若是能胜过我，再听你讲话也不迟。"

话音未落，浪人转手刺向坂上手背，继而横扫身躯。坂上用木刀一一化解，但他似乎并未用上真本事，只是虚晃着架势，试图引坂上出手。

坂上心想，此时只能以攻为守，便从上段直捣天灵，又转手斜劈一刀，只是对方功夫了得，轻易便化解了招数。两人以木刀对峙，互瞪了片刻。

"非要做这种事吗？"坂上说着，缓缓放下木刀，"你我立场不同，说了也没用，可这里的确是我们亲手开垦的村庄。"

浪人并不言语，再度向他刺来，坂上只好重新举刀招架。

浪人松开架势，往后一退，双手持刀端在身前。

"同为习剑之人，能否相互谅解？"坂上劝道，"请住手。村民若被赶出村庄，将何去何从？我要对他们的将来负责。"

浪人沉默了片刻——

"这与我无关。"

说着,他缓缓抬起木刀尖端,举至体侧端平。

"八相吗?"

坂上喃喃着,同时猛刺过去。

浪人的木刀尚停在身体上段。除真剑对决以外,一对一的战斗通常不使用八相。这种架势在面对数名敌手时,能够灵活应对各个角度的攻击,但对上段进攻反应较为缓慢。坂上认为这是见识对方身手的好机会,毫不犹豫地刺了过去。这一招能测出对手的功夫和招式习惯。

浪人瞬时抽身,并向侧面下沉,坂上如愿击中了对手的肩膀。他心想胜负已定,下一个瞬间却突然疑惑万分。

原来,对手同时击中了他的侧腹。虽然没有疼痛,但是这一招来得出人意表,让坂上感到了另一种形式的疼痛。他从未见识过这样的动作。

再加上刚才的八相,他意识到眼前的敌手神秘莫测。唯有一点他能看出,那便是此人定然经历过炼狱般的体验。

"平手。"

坂上说。

"不。"浪人说,"你已经死了。"

"什么?"

"不过身手确实了得。"

坂上闻言,将木刀还了回去。浪人左手接过,唇边勾起浅笑。

"放在乡下可惜了。看在你的分儿上,今日我且退去。可是,你没有真剑经验吧。真剑可不一样,下次再会注定要使用真剑。我好话说在前头,老老实实从命。这是最后一次商谈,切记惜命要紧。"

坂上闻言呆住了。与此同时,马之助家的房顶轰然倒塌。

"你叫什么名字。"

"猿田。"

浪人说完转过身去,并未询问坂上的姓名。

4

翌日早晨，坂上走进道场，独自用真剑练习。他依旧惦记着昨日猿田的话，一宿没睡。

他从未见过任何人能如此迅疾地以八相之姿挥出木刀，而且，他被击中的疼痛并不强烈。换言之，木刀并没有横扫到他，而是擦身而过。是猿田刺出的剑锋划过了侧腹。

当时他说："若是真剑，你已经死了。"坂上起初还以为那是受聘的保镖虚张声势，并未当真。只是昨夜躺在被窝里想了一宿，他渐渐觉得这话有几分道理，反倒睡不着了。因为他发现，猿田说得没错，是他自己错了。

错误源自经验不足，强烈的自卑霎时涌入脑海。他感到身心迅速萎蔫，站都站不起来了。他被追随他的人过度捧杀，不知不觉沦为了只想维持现状的腐朽之人。平稳的日常令他渐渐放松警惕，松懈随之变为怠惰，继而导致误判。他竟然忘却了一旦走上剑术之道，死亡就常伴左右这个道理。简直不可原谅。

德川取得天下后，如今已是太平年代，再也无须挥舞真剑上阵杀敌。然而，世间还有许多战国乱世中出过兵阵的人，连红叶村也有好几个，包括他自己也是。虽说上过阵，可是像关原之战那样的战场上几乎不存在一骑当先的机会，始终是抱团的阵地战。他手上的长枪或许令敌军士兵受过一些伤，但后来生死与否，他无从知晓。因此，他也没有自己杀过人的认知。

其后，他流浪到这片土地上弃刀从商，也开始务农。加之年龄渐长，他开始由衷喜欢上了这种生活。不知为何，他渐渐明白了以杀生为业的人为何如此淡漠。只要杀过人，就一辈子摆脱不了杀伐的心境。活过一天是一天的西河那些人，恐怕也都怀有这样的心境。他不希望自己变成那样。

察觉到身体开始衰老后，坂上开始庆幸自己从未与人结怨。若是年轻时，制造一些怨恨倒也能为自身的勇武增添几分颜色，可是年老之后，万一遇到往昔的仇人来寻仇，那可不是件让人愉快的事。

然而，昨天傍晚与浪人猿田比拼过木刀之后，他就再也无法保持这样的想法。那个人周围环绕着亡者的怨灵，这点绝对不假。可是，他依旧冷静异常，丝毫看不见痛苦。他明明整日拼命只为了赚一口饭菜，生活不可能顺遂，却不像舍弃信念之人那般堕落。

无论长到几岁，人都无法完全远离争斗。因为生活本身就是如此。若实在讨厌争斗，只能躲到深山去，过仙人般的生活。不知不觉间，他已经站在了保护全村众多人命的立场上。莫非这便是他生活比别人稍微富裕一些的代价吗？他一点都不想争斗，早以舍弃了刀剑，却不得不挺身作战，因为他是村里身手最好的人。

然而，纵使身手好，总归有个极限。他不过是个擅长挥舞竹刀的外行，从未有过真剑厮杀的经验，而且之所以成为师傅，也不过是因为西国扬心流的道场主去世，众人推举他当了新师傅，将道场又维持了一年而已。扬心流在战国时还算广为人知，可是到了德川的治世已经派不上用场，因而渐渐衰微。他成为师傅也并非众望所归，无非是没有其他人选罢了。以他的身手，只能一边指导年轻人练剑，一边祈祷不要有人来踢馆。

一年来虽然平安无事，这次却不那么幸运了。若要守护村庄，只能凭借手上的大刀。如果对手只是西河那帮混混，或许也算不得什么，他一开始也没怎么放在心上。可是，现在来了猿田这个帮手，事情就不一样了。

那个浪人说得没错。他用长剑比画了两下，总算明白了。真剑的上段挥砍跟木刀全然不同，猿田说对了。真剑很重，砍到对方肩膀的时机会变慢。而猿田从八相转过来的剑锋极快，他尚未碰到对手，恐怕已经被他划开了腹膛。

得知这一事实，坂上感到一阵恐惧，浑身颤抖起来。他意识到自己敌不过这个人，突然陷入了深不见底的无力感之中。在这段平稳的日子里，自己已经过于习惯竹刀。他可以自由掌控竹刀和木刀，可真剑与这两者不同。那是一种可怕的道具，会让人不知不觉心生畏缩，两腿发软。猿田拥有丰富的真剑对决经验，自然一眼就能看穿竹刀武士，而且他的招式中显然可见真剑的套路。他没看错，若换作真剑，自己昨天傍晚已经死了。

昨日他手下留了情，只让木刀轻轻擦过坂上的侧腹。虽然不知为何，但这个事实让坂上感觉异常屈辱。那又该怎么办？坂上忍耐着略有些急切的喘息，缓缓坐在地板上陷入沉思。对方多了猿田这个高手，而且手下的混混就算再怎么不堪，身手也比村里的百姓要好。

既然如此，他们眼前就只剩下让出土地这条路。因为包含他在内，村里没有一个人能敌得过西河那帮人。换言之，事态已经走到了尽头。若是抵抗，轻则受伤，重则殒命。正吉说得没错，假设保护他们的性命才是自己的职责，那就应该由他做出决断，说服村里的人，离开这片土地。

想到这里，门口传来动静，原来是新堂家的严三郎来了。他微微颔首，走进道场，身上带着真剑。

"你在练剑吗？"他问了一句。

严三郎过去好像身手也不错，应该明白坂上在想什么。

"昨天你也看到了吧。"坂上说，"猿田身手了得，你觉得自己有胜算吗？"

"不，我已经上年纪了。你干得挺不错。"严三郎静静地回答。

坂上又思索了一会儿，然后开口道：

"不，我输了。你应该能看出来，昨天若是真剑，我如今已经不在这儿了。"

严三郎没有说话。

坂上渐渐意识到，猿田昨天之所以有所收敛，是为了当着一众村民的面用真剑取他性命。村民们见到他被斩杀，必然会瞬间溃退。

"那是什么流派?"坂上问道。

严三郎摇摇头,并不打算作答,但是见坂上不说话,他又说:

"他一直在招架,等着你出招。"

"是吗?"

"没错儿,他虽然先出手挑衅,但并非真心。"

"嗯。"

"待到对手动真格了,他才认真起来。"

"然后呢?"

"我听说北辰的一刀流便是这种套路,但不能肯定。"

"哦,北辰?我听说这个流派很强,原来他就是吗?"

严三郎摇摇头。

"我也没见过,只是推测而已。"

"他用真剑与人对决过很多次。"

"应该是。"

严三郎也表示赞同。

"你是什么流派?"

"我的流派号称无双直传,但已经是过去的事了,我也不过是侥幸得占道场末席之人,不足为道啊。"

"可用过真剑?"

"不,没有真剑对决的经验。"

"不过你身手很不错,不如代我训练村中人……"

"别开玩笑了,我如今只是一介平头百姓,身手怎么都比不上你啊。"

严三郎也坐了下来,两人并肩思索。

"新堂家的。"坂上说,"这样下去可不行,一个搞不好有很多人会送命。到时候剩下的人只能战战兢兢地离开村子。若西河组果真与越州见回关系亲密,届时他们也不会受到任何责罚。"

"只要他们好处给到位了。"

"这样一来，死伤者就算是白白牺牲了。照现在这个情况，还是做一回识时务者，保住所有人的命，大家一起离开更为稳妥吧。你觉得呢？"

严三郎闻言，想了想，然后说：

"师傅，你这是示弱了啊。"

坂上只能点点头。昨天傍晚那一场比试让他猛然认清了太多事实，感到全身的力量都流失殆尽。一想到自己被残杀，就只能让女儿千代和老婆阿米苟活于世，他便觉得无论什么屈辱都要忍耐下来。

"没错，我示弱了。但是……"

他说到一半，没有继续下去。如今已是毫无办法，可谓走投无路啊。

"真的毫无办法吗？"

严三郎说。

"你有主意？"

坂上问道，严三郎并不回答。

千代独自站在门边听了父亲他们的对话，最后实在受不了，悄然离开了。

她漫无目的地走下了坡，去到埋葬小六和马之助的墓地。

那是红叶村与大山交界处的一片空地，今晚村民就要把装了二人亡骸的棺桶搬过来烧掉。这是这一带的习惯做法，名叫"送野边"。人们会将骨灰装入瓶中，并排埋进地里，今后那里也将成为村子专用的墓地。

现在离红叶的季节还早，周围的叶子都是绿色。她站在满是草木竹枝的山脚下，呆呆地看了一会儿，随后缓缓蹲下身子。她思索着父亲方才那番沉痛的独白，又想象着父亲去世后在这里焚烧亡骸的情形，深感自己一定会不停哭闹。其后，她与母亲二人就要离开这个村庄。可是，能到哪里去？到深山里，还是金泽城？

母亲以前说过，她有远房亲戚住在金泽城。如此一来，她们应该会去金泽城投奔亲戚吧。

千代不愿意做这种事。既然如此,不如趁父亲还留有性命,苦苦恳求他带一家人离开此地。到城里也罢,到深山也罢,只种能糊口的粮食也罢,有了父亲这个男丁,应该不会那么辛苦。山上其实也有很多食材,大自然会给山中的鸟兽和人类带来恩惠。栗子、木通果、石榴、山药豆、蕨菜、紫萁、蘑菇、松茸、楤芽、九眼独活、七叶树果……父亲还能外出打猎。如此一来,就算不种地也能生活一段时间了。

可是,这种生活一定要有男丁,只有她跟母亲二人断然过不下去。既然如此,那就要尽早说服父亲。虽不知父亲会不会听她这个小姑娘说话,但如果不尽早,恐怕就要酿成无法挽回的大错。西河组的人一天比一天蛮横霸道,连千代自己都数次感觉到危险逼近。父亲可能随时都要面对与他们真剑对决的命运。

要什么时候开口,如何劝说父亲?他是村长,又是师傅,恐怕不会轻易被她说服。一想到西河那些混混,身为师傅又不能领着自己家人单独逃走。再加上红叶屋还有不少女人在工作,也要照顾她们的生活。如果要离开,必须大家一起离开,否则父亲绝不会答应。而且,站在父亲的立场上,还要为全村人考虑口粮的问题。若只是一家三口,在山上觅食倒也能对付过去,要是换成全村人,那就很难了。

千代站起来,漫无目的地行至河边。她拨开河堤的草走上堤岸,穿过街道,在能看到河水的另一侧斜坡上蹲了下来。清澈的河水缓缓流淌,水面上有一条船,正在往下游漂去。那是要去城里吗?

千代很喜欢这片从小看到大的风景,只是不久之后恐怕要永别了。一家人只能在深山里觅食的日子越来越近,今后怕是再也吃不到河鱼,也尝不到旅馆美味的饭菜了。

但是,这依旧比失去父亲要好。村里人也会四散离开吗?这里有她的好友,若是分离必然会感到寂寞,但是许多人生活在一起终究会引发争斗，倒不如谁也不见，一家人住在远离人烟的地方，反而没有争端。

千代站起来，背向水面，再次爬上河堤，穿过道路。她顺着另一条小径朝山那边缓缓走了过去，想看看这个时节的山上能有多少能吃的东西。她从小被父母带着在山上走，自认为认识许多能吃的野生植物。

穿过村庄最边缘的虎八的农田，千代独自走向大山。远处有一片尚未开垦的空地，长满了一人高的杂草。村里人常说，土地肥沃了才会长杂草。这个村庄的土地都很肥沃，还有许多发展的空间。因此，她也理解坏人为何会盯上这里。再过几年，肯定有更多人搬过来，村子也会扩大到现在的两倍甚至三倍。也许，还能成为全藩数一数二的大宿场。自己无法看到那一幕实在有些遗憾，尽管如此，他们还是要离开。

小径融入山中，左右开始出现树木的枝丫，走着走着就要弯身躲避。脚下的路也越走越窄，开始变成上坡，正式进入山里。千代一边向上走，一边不断注意脚下。她在寻找地上是否生了紫萁或蘑菇，但是没什么收获，便决定再往深山里找找。她记得前面有一片草地，长着石榴和木通果的藤。

她走累了，便停下脚步，突然看见右边有一片草地，草地另一头挨着林子的地方仿佛生了蘑菇。她想看清楚，便走进了草地。

凑过去一看，千代发现树丛里长着五叶木通的藤蔓，便觉得仔细找找应该能找到果子。她一边四下张望，一边往林子里走，果然发现了一颗已经成熟裂开的木通果。千代踮起脚尖摘下果子，放进了袖笼里。

她又低头一看，发现草丛里还长着紫萁。想到母亲高兴的模样，千代便蹲下身子摘了一些，也放进袖笼里。她还想再找，突然有人从背后将她紧紧抱住，吓得她魂飞魄散。她闻到汗水的气味，耳边又传来了高亢的笑声。

"一个小姑娘怎么能跑到这种地方来。"

她听见一个黏糊的男人声音，又见前方林子里走出两个吊儿郎当、一看就不正经的男人。那两个人都朝她咧嘴坏笑着。

他们是西河组的混混。那帮人总是待在西河屋门前无所事事，千代万万没想到竟会有人跑到山里来。加上从背后制住千代的人，这里共有三个无赖，个个都穿着大花纹的夸张和服，至少两个人腰间插着大刀。

千代尖叫着拼命挣扎，用尽全力扭动双手，手肘无意间戳中了背后那个男人的侧腹。男人闷哼一声，双手的力气松懈下来，千代趁机闪身逃脱，朝小路跑了过去。瞬间，后方爆发出嘲讽同伴的笑声。

然而，那两个男人全力追了过来，不一会儿便将千代抓住，一左一右架住了她的手腕和小臂。千代被用力摁得弯下了腰，再也无法前进。方才被千代击中的男人晚一步追了过来，一把钳住她的腰。下一个瞬间，她感到两脚离地，猛地被翻了过来。一只脚的草鞋飞了出去，不知消失在何处。

千代大声求救，然而山中杳无人烟，喊了也是白喊。她上半身被两个人抬着，下半身被一个人抬着，三人朝千代刚才来的路走了回去。抱着千代两腿的男人还顺着和服开口把手伸进去，摸了摸千代的腿。

"你瞧你，就是因为挣扎，这种地方才会露出来，太不正经了。"

说完，男人发出了下流的笑声。这下千代知道自己面临着什么样的命运了。

另外两个男人也跟着笑了起来，千代哭着被抬进了林子里。眼前的天空被遮蔽，出现了恣意伸展的枝丫和行将枯萎的树叶。他们走进了林子，光线昏暗下来，千代突然被扔到草地上，背后传来一阵剧痛，让她的惨叫都哽在了喉咙里。

一阵胡乱拨动草丛的骚动，一个男人竟然也跌倒在草地上。他马上撑起上身，发出近乎野兽的怒吼。

"你干什么！"

千代在长草中抬出头来，莫名四顾，连背上的疼痛也忘却了。

还站在原地的两个男人一左一右同时冲向某个人。可是他们都来不及发出叫声便被掀翻，其中一个还跌坐在草地上。另一个还在挣扎，但是千代听到几声巨响，最后他也闷哼一声，倒在草丛中。

她转过脸，发现一丛木通的藤蔓下站着个红脸的天狗，顿时吓得大叫起来。那赤红的脸上圆瞪着两只眼睛，还耸着一个长长的鼻子，手上虽然拿着刀，但没有拔出来。原来天狗是用刀鞘打倒了三个男人。

第一个跌倒的男人站起来，龇牙咧嘴地吼叫着，拔刀袭向天狗。可是他连刀都没举起来，就被天狗先用刀鞘刺中喉咙，继而刺向腹部，再次被打倒在地。天狗的动作宛如雷霆，千代甚至不明白发生了什么，只能瞠目结舌。

接着另一个人也站起来拔了刀，但是还没端好，就被刀鞘挡开，继而被戳中面门。另一人则被击中脖颈，狠狠撞到一棵树上。两人同时倒下，被草丛埋没，霎时不见了身影。

一个人被打出了鼻血，摇摇晃晃地站起来，已是战意全无。他怯怯地提着刀，一点点往后方退却，接着又有一个人站起来，也是被打蔫儿了，弓着背往后退，与第一个人面面相觑。随即，三人达成共识，一齐转身朝小路跑了过去。待到跑出树林，他们就头也不回，顺着小路拔腿跑下了山。

山间重归静寂，千代转头看向天狗，发现天狗竟软绵绵地倒在了草地上。千代大惊，连忙跳起，早已忘了方才的恐惧。因为她见这人倒下去的样子甚是虚弱，又已发现赤红的天狗脸只是面具，便鼓起勇气撑起身子，拨开长草膝行过去，凑到天狗身边。

"你没事吧？"

千代叫了一声，跪倒在天狗旁边。天狗优哉游哉地躺在草丛里。

她轻触那人的双肩，总算意识到了自己被天狗相救的事实。

她轻轻掀起天狗的面具，随即惊讶地抽回了手，以为自己在做梦，因为面具底下露出了一张宛如女人般美丽白皙的面孔。

千代屏息凝视着，男人唇间突然吐出一声叹息，露出了雪白整齐的牙齿。他就像完美无瑕的雕像，让千代看得出神，忘却了所有恐惧，也忘记了动弹。不一会儿，她感到身体开始颤抖。

他还年轻，是个眼角尚残留一丝稚气的青年。青年咬紧一口玉齿，仿佛在强忍苦痛。他刚才为了救她打退了三个男人，莫不是身上受了伤？千代觉得那都怪自己，顿时愧疚不已。

再一看，青年睁开了眼睛，正呆呆地看着她。两人对上目光，千代含羞，不敢看他，便轻轻点了两下头。她想对这人道谢。

"你是谁？"

男人轻声耳语，千代知道他在问自己，便忍住羞怯，鼓足勇气做起了介绍。

"我是山下河边一个叫红叶屋的旅馆家……"

青年微微摇头，似乎在说他不想问这个。

"你一直待在这里？"

啊？千代心里一惊，随后回答：

"是。"

她想，这人刚才不是救了她吗。可是青年什么也不说。

"你不知道吗？"

千代问。

"我戴着面具，只看见几个男人。"

他说。

"你为什么戴面具？"

千代问道。

青年沉默了一会儿，才回答：

"别人给的。这样好睡觉。"

说完,他深吸了一口气。

"谢谢你救了我。"

千代郑重地道了谢,再次低下头。事实上,她依旧不相信自己得救了。刚才她只觉得万事休矣,如今反倒像个奇迹。但青年并不回答。

"为……什么?"

千代很想问他。他大可不必出手,毕竟那三个不是正道上的人,还都佩着刀。一个搞不好,连他也可能丢掉性命。但凡惜命之人,绝不会多管闲事。

"因为他们踩我脚了。"

"我好不容易才睡下,结果被惊醒,就生气了。"

"哦,是这样吗?"

千代有点失望,原来他不是为了救她。

青年闭上眼,仿佛睡着了。可是,他嘴角还残留着一丝痛苦。

"你睡着了吗?"千代问了一声。

青年好久没有回答,又等了一会儿,他才闭着眼睛说道:

"昨晚走了一夜的路,都没有合过眼。"

"谢谢你了。"

千代再次道谢。

"谢我干什么?"

青年轻声反问。

"你救了我……"

"你不必道谢,因为我压根儿不知道你在这里。请你别管我了。"

说完,青年再也不动弹,还发出了鼾声。

千代实在无法就这样离去,便一直坐在那里。过了一会儿,她站起身来,轻手轻脚地找到方才丢掉的草鞋穿上,又轻手轻脚地折了回去,继续坐在青年身边,思索自己能如何感谢他。她想了好久,坐了好久,太阳已经挪过头顶,往西边倾斜了。

草丛猛地一震,青年坐起身来,左手握着刀。

"你怎么了?"

千代惊问。

"原来是你啊,我以为又有谁来了。"

他说着,又啪嗒一声倒在草地上。

"你怎么还在这儿,没回去吗……"

"我要找草鞋……"

千代话音未落,却听见他咬紧牙关闷哼起来,连忙凑了过去,俯身看着他。

"你受伤了吗?"

若是受伤了,她得照顾他。

"刚才那些人……"

"把你弄伤了?"

青年猛地睁开眼,突然拔高了音调。

"跟那种人交手,叫我如何受伤?"

"那你为什么这样?"

"怎样?"

"看似很痛苦。"

"我整整两天没吃饭,肚子饿坏了。"

"啊?"

千代吓了一跳。

"然后呢?"

"饿得腿软,一动更饿了。"

"那我这就去拿吃的来,饭团之类。"

"不。"他立刻说,"我不受施舍。"

"不是施舍,是谢礼。方才救了我的谢礼。"

"我没救你。好了,你别管我。"

"那你一个人要怎么办?对了,我这儿有木通果。"

她立刻从袖子里拿出木通果,递到他面前。

他愣了一愣,很快发现那是什么,便猛地坐起身子,掰开果实,迫不及待地咬了一口。

"这是我刚才找到的。"

"感激不尽。"他边吃边说,"我也到处找了,但是找不到。"

"我很擅长找东西。跟家人朋友比赛谁摘得多,我总是能得第一。"

千代为一点小事得意地夸耀起来。

"我好像只能注意到会动的东西。"

他继续吃着说。

"这样不够吧,你等等,我去拿吃的来。"

千代说完飞快地站起来,不等他回答就跑出林子,拼命往山下赶。

就算青年不要,她也坚持要拿来,所以千代使劲奔跑着。

她来到平地,穿过农田,绕过西河屋门前的危险街道,沿着田埂向左转弯,一直跑到了红叶屋。在院里打水洗手后,她走进后门,跑到灶台前掀起锅盖看了一眼。锅里没有米饭。她又坐在木地板上,拽过饭桶一看,找到米饭了,便也顾不上把气喘匀,呼哧呼哧地握了一把盐,飞快捏好了三个大饭团。

再往案桌上一看,那里摆着鱼干和腌萝卜。千代又用竹叶包了一些,双手捧着,再次飞身跑出后院,沿着田埂走进山道,返回了刚才的林子。

因为一直奔跑,她感到口干舌燥,这才意识到干吃饭团可能会噎着,早知道应该带点水或放凉的茶过来。刚才实在太急,她一时没想到,顿时感觉自己真是个愚钝的姑娘。

可是,等她回到青年刚才躺的草地一看,那人却不见了。千代茫然呆立了一会儿,缓缓跪坐下来,大失所望。她带吃的来了,那个人却走了。

不过她转念又想,或许这也不奇怪。她对青年一无所知。那人是剑客，可能怀有她不知晓的隐情。说不定他满世界都是敌人，每天都面临生命危险，所以不能一直待在同一个地方。可是即便如此，千代气愤地想，即便如此，他也可以说句话啊。亏她拼命跑了这么远的路，专程做了饭团带过来。

千代大失所望地在草地上坐了一会儿，撑起身子准备回家去。当她转向小径，刚要站起来时，却听见有人说话了。

"你给我带饭来了吗？"

只见青年从不远处的大树背后现出身来。

"你刚才躲起来了吗？"

千代说。

"因为我不想被卷入无益的纷争。"

说着，他走到千代身边。千代举起包着饭团的竹叶递了过去。

他接过竹叶包，坐在一旁，揭开看了一眼。

"好馋人啊，我真的能吃吗？"

千代无声地点点头。

"我忘了给你带茶水来。"

"那个我有。"

他展示了自己带的竹筒。

他捧起饭团美美地吃了起来，千代见状，不由得感到特别高兴。这种感情让她自己都吓了一跳。因为她还没有过为所念之人做饭的经历。此时她意识到，这点小事竟能让人如此欣喜，顿时惊讶不已。

"感激不尽，这下能撑一段时间了。"

青年说道。千代看着青年，心中再次感叹，这是一张多么俊美的脸啊。他究竟从哪里来？村里没有这样俊美的人，千代也从未见过这样的面庞。莫非是从唐天竺那边来的？世界上真的存在这样的美貌吗？

"你说……一段时间？"

千代试着问道。

"两三天吧。"

"每天都要吃饭,不然对身体不好。"

"我可不觉得。"他马上反驳,"每天吃饭不好。"

"为什么呀?"

"感觉会变迟钝,人也容易困顿。"

"啊……"

"野兽哪有每天都能吃饱肚子的。"

"哦……"

她不禁想:你是野兽吗?

"也不能一次吃太多。我能收下这些吗?"

千代点点头。青年吃掉鱼干和腌萝卜,然后包起竹叶,塞进了怀里。

"这是什么鱼?"

青年问。

"是鲭鱼吧……"

千代想也没想就说。

"鲭鱼?"

青年吃惊地重复道。

"你要去哪里?"

"到城里去。"

"着急吗?"

青年看了看天,然后说:"嗯。"

"有事吗?"

"没什么。"

"那请你帮帮我们。"

话说出口,千代也吃了一惊。直到此时,她才意识到自己脑子里在想这种事。

"帮什么?"他诧异地问。

千代犹豫了一会儿，在想要不要告诉他自己村子里的人要被西河组那帮坏人赶走了，但是突然不太想说。因为她担心，如果一下把这件事说出来，会把青年吓跑。千代不禁对自己的狡猾感到万分困惑，同时也意识到，她已经被逼到了走投无路的地步。

"你不是不着急吗？"

他沉默了一会儿，摇摇头说：

"我着急。"

"你骗人。"

"人生苦短，若不着急就要变成老头儿了。"

"你想做什么？"

青年沉默了。

"你叫什么名字？"

"我姓山县。"

"山县……那名字呢？"

"鲭之进。"

"啊？"千代说，"可是刚才那条鱼不是鲭鱼，是鲇鱼。"

"那就叫鲇之进。"

青年说完，千代一时无语。

"你这人真有意思。"

"是吗？"

"你没地方睡觉对吧？"

"我在哪儿都能睡。大树底下，小祠堂里，都没问题。"

"那样还会被人踩到脚哦。"

鲇之进抱起了胳膊。

"鲇之进大人，到我家来住吧。"

千代开门见山地恳求道。

"那可不行。"他大吃一惊，匆忙说道。

"你不用客气……"

"不是客气,我没有住店的钱。"

"那就住杂物间,干活儿赚钱。"

"我不是乞丐,性格也不适合在旅馆干活儿。"

"还能洗澡。"

"我讨厌洗澡。"

"门前就是河,这个怎么样?那里水很清,还能钓鱼。"

"哦哦,是嘛!"

说到这里,他好像有些动心了。莫非他喜欢钓鱼吗?

"我要劈柴吗?"

"不用,柴我来劈,我可拿手了。"

"那你为什么要留宿我这个啥都不做的人?"

"我父亲在村里开道场,教大家剑术。"

"那个我不干。"

他当场拒绝,把千代吓了一跳。这人不是擅长使剑吗?

"为什么?"

"浪费时间。舞竹弄棍毫无意义,根本派不上用场。"

"啊,真的吗?"

"没错,那不是剑,是别的东西。"

"别的东西?我不太懂。"

"你不用懂。要是要耍那种东西就觉得自己的剑术有所精进,过后肯定要吃苦头。"

千代沉默地想了一会儿。她觉得父亲遭到了批判,心里有些不愉快,同时还有些疑惑,这是真的吗?

5

红叶屋的人来到道场院子里挥舞真剑,练习砍稻草。他们表现得不太好,因为严三郎、义达和文佐卫门都不在,只有为二郎、刚三和禹吉在练习。

为二郎大喝一声砍向稻草捆，旁边突然传来一声大喊：

"啊啊啊，痛死了！"

他惊讶地往旁边一看，只见两个西河组的混混儿不知何时冒了出来，其中一个正蹲在地上。

"忠兵卫，你没事吧？"

另一个同伙做作地喊了一声，也蹲了下来。

为二郎惊得愣了一会儿，然后说：

"谁叫你站在那儿了，我根本没发现。"

"少胡搅蛮缠了，你就是故意的！"

叫作忠兵卫的男人嚷嚷着站了起来。只见他袖子裂开了一条缝，露出的手臂上渗出一点血。

"你看看，都受伤了。你要怎么赔我！"

"那真是对不起了。"

为二郎低头道歉，可心里还是不服。

"你明知道我在砍稻草，走过来当然很危险，自己也得小心啊。"

"你说啥？把人砍了，还反咬一口，脸皮好厚啊！"

一个人说着，另一个人也露出了凶相。

"谁会信你们这些平民在用真剑砍稻草啊。平民就该在地里挥锄头。"

"你们这些平民啥都不懂，非要拿着把刀乱砍，才会出这种事。"

"还胆大包天敢还嘴，信不信我教训你一顿。"

说着，忠兵卫拔出了腰间的大刀。

"听好了，是你先动手的，被我砍死了也无话可说！"

忠兵卫不讲理地怒声道。

"等等，我们不想跟你们打。"

"师傅不准我们私斗！"

禹吉也叫道。

"什么不准,那你就别还手。明明是你先砍过来的,跟我胡说什么呢!"

混混说完,猛地手起刀落,砍向为二郎。为二郎连忙向后逃去,结果刀锋劈向了旁边刚三的肩头。刚三一时气愤,挥刀横砍,架住忠兵卫的攻击,发出鸣金之声。

"哦,你要跟我打吗?"

忠兵卫说着,转向了刚三。

"你这是在找碴儿,把刀放下。"

禹吉说。

"我啥都听不见啦,已经开打啦。"

忠兵卫说。

"今天,我的娑望丸要是喝不到人血,可不会善罢甘休。"

"告诉你们,娑望丸可是忠兵卫这把名刀的大名,你们死到临头了,赶紧拜看两眼吧。"

忠兵卫的同伙说。

忠兵卫再次出刀,刚三勉强招架,还是被砍到了上臂。他惊呼一声,失手掉落了大刀,便转身要逃。忠兵卫乘胜追击,照着刚三的背后就是一刀。

刚三大喊一声,颓然倒地,痛苦地蜷起了身子。大量鲜血喷涌出来,在干燥发白的地面上渐渐扩散。

"刚三!"

为二郎见朋友受伤,忍不住大叫一声,不管不顾地跑了过去。忠兵卫趁他毫无防备,一刀劈向为二郎肩头。为二郎顿时鲜血四溅,仰倒在地。

两人在地上挣扎惨叫,鲜血将地面染成一片红黑。

"哼,活该。"

忠兵卫说。

"把你也一起干掉吧!?"

说着，忠兵卫端起沾满鲜血的长刀，对准了禹吉的鼻尖。血液顺势飞溅到禹吉的脸上。

"住手！"

远处传来一声大喊，忠兵卫转过头去，看见坂上师傅面色凶煞地跑了过来。

"你们把为二郎和刚三给砍了？！"坂上边跑边叫，"为何对毫无抵抗能力之人行这等残暴之举！"

"什么毫无抵抗，明明是他们俩先动手的！"

忠兵卫怒吼道。

"就是，我们没有办法，只能拔刀自保。"

西河组的同伙叫道。

"不对，是这些人故意靠近正在砍稻草的为二郎，撞到刀口受伤了，然后找我们麻烦。"

禹吉大声控诉道。

"不准瞎说！"

两个混混儿喊道。

"禹吉，帮他们包扎。"

坂上一声令下，随后转向忠兵卫，大声质问道：

"你们就这么想要这个村子吗！"

他涨红了脸，可见是怒气攻心了。坂上向来冷静，鲜少会有这种反应。

"我说想要又如何？怎么，你也要拔刀？"

混混儿挑衅道。

"师傅，他们伤太重了。"禹吉悲痛地说道。

仔细一看，只见刚三已经翻了白眼，身体开始濒死的抽搐。

"你们竟对无意伤害他人的善良之人下这种狠手。他们只是平民百姓，只想默默无闻地种地养活自己一辈子。我对你们忍无可忍了！"坂上怒喝道，"我虽然上了年纪，但收拾你们还绰绰有余。"

说着，坂上拔出大刀，也不摆架势，沉着刀尖便朝两人逼近。

"得了吧，老头儿。"忠兵卫轻蔑地说，"你的身手我已经听猿田老师说过了，不过是躲在乡间耍耍竹刀的主儿，还拿真刀装什么样子，小心受伤啊。"

同伙高喊着，正面刺向坂上。坂上一提刀，不费吹灰之力将那人的攻击架开，又趁他乱了阵脚的瞬间，飞快地劈向其身体。那人顿时喷出一阵血雨，跌倒在地，随即惨叫起来，满地打滚。

坂上收刀转刃，对准忠兵卫，平端着刀身朝他逼近两步。

忠兵卫吓得哼哼唧唧，缓缓垂下染血的刀，缩起上身，面朝着坂上如螃蟹般打横跑开，随即转过身来拔腿就跑。他纵身跳到下坡的小路上，头也不回地一路飞奔。

"禹吉，为二郎和刚三怎么样了？"

坂上把刀一挥，抖落上面的鲜血，转身询问禹吉。

"不行，身子都凉了……"

禹吉含着泪说。

西河那个混混儿还在痛苦挣扎，红黑的血液在发白的地面上一点点弥漫开来。

"要开战了。禹吉，你去丧葬店，叫善兵卫搬三个桶来。我看着这里。"

"知道了。"

禹吉说着站了起来。

他们先把死去的为二郎和刚三殓入桶中，又将西河组的人也放进了桶里。接着，他们用丧葬店善兵卫拿来的长杆挑起棺桶，合力搬到村外去准备火葬。

另外的人随善兵卫回到丧葬店，把安置在其中的小六和马之助的遗体也搬了出来。亡骸一共五具，所以需要大量柴火。村民全体出动去拾柴，所幸已经临近秋季，附近的山脚下能拾到许多干枯枝叶。

拾着拾着柴，正吉有点害怕，就对新五郎说：

"西河那家伙咋整，咱不能擅自把他给烧了吧？"

"也对啊。"

新五郎回答道。

"这下可闹大了。西河组被砍死一个人，肯定不会善罢甘休，要跟我们开战了。我们还是想想怎么趁早逃走吧。"

"也是啊。"

"唉，毕竟留得青山在不怕没柴烧。"

太阳几乎沉到了山脚下时，人们开始商量点火。坂上正跟弟子禹吉说话，严三郎和丧葬店的善兵卫又拿来了空的骨灰罐，这样问道："西河那边的人怎么办？一块儿烧了，还是连桶一起抬到西河屋去？"

坂上抱着胳膊思索片刻，然后说：

"我到西河那边把话说清楚，看那边如何打算。"

"他们能好好商量吗？"

"我找猿田说。"

坂上答道。

"是吗？"

严三郎点点头。就在坂上要离开时，突然听到一个声音——

"师傅！"

他停下脚步，转头一看，发现卖菜的文五郎正顺着田埂朝这边跑过来。他背后还跟着一个背了大包袱、牵着一个小孩儿的女子。

"文五郎，怎么了！"

从地里出来的虎八叫道。

"不好啦！"

文五郎喊着，加快脚步走了过来。

"是留吉，留吉！"

文五郎边跑边叫,身后的女人也加快速度一路小跑,渐渐能看清模样了。原来她是酒铺留吉的老婆。

"留吉怎么了?"

坂上大声反问。

"他被杀了,被人给杀了!"

文五郎跑到近处,呼哧带喘地道出了事情。

"为什么?"

严三郎严肃地追问。

文五郎弯着腰一个劲儿喘气,好不容易支起身子说道:

"留吉那家伙好像去了西河组的赌场。"

"什么!"

正吉、新五郎和虎八齐声惊呼。

"我咋压根儿没听说过这件事,真的吗?"

"真的,刚才他老婆说的。一开始那家伙好像赢了不少。"

"真的吗?然后呢?"

新五郎催促道。

"后来渐渐不走运,开始输钱了,后来越输越多,欠了一屁股债。西河组还让他抱女人,结果留吉那家伙彻底沉迷,乐不思蜀啦。"

"蠢货!"

坂上骂了一声,严三郎脸色也不好看。

太愚蠢了,坂上心想。西河那帮人最先盯上的地方肯定是旅舍、酒铺和酒馆。他对此早有预料,本打算找留吉提醒一句,结果就出了这样的事。对手动作实在太快,把他给超过了。

"他们打算连夜逃走吗?"

文佐卫门凑过来问。

"嗯,好像是这么说的。"

文五郎喘着气说。

"那就是他们的手段。先把主人赶走,然后霸占店铺。"

深谙世事的文佐卫门说。

"他一开始赢钱也不是走运,而是人家出老千。先让他大把赢钱,随便抱女人,将他拉进赌博的深坑,再让他欠下一屁股债。留吉在别处根本搞不到钱,肯定会走投无路,连夜出逃。"

"那帮人太狡猾了。"

"错就错在不该上他们的当。这下安一的酒馆也危险了。"

"还有秀作的荞麦店。"

"因为荞麦店也卖酒啊。"

人们正在议论,留吉的老婆牵着孩子跑了过来。

"西河那帮人到你家店里来了?"坂上问道。

她先喘了会儿气,随后表情狰狞地开口回答:

"是的,我当时在里屋,他们在店里吵了起来,我往外一瞧,发现西河的几个年轻人已经把我家的按在地上,暴打起来。"

"嗯。"

"结果我家的不知从哪儿搞来了一把匕首,突然拔出来乱挥,就被那帮人……"

"给砍了?"

"对。"

"然后呢?"

"后来,西河那帮人大摇大摆地走进来,塞给我一张纸,说是店主写的借据,把店给抵押出去了。现在店已经成了西河组的东西,叫我赶紧带着孩子滚出去。"

"一帮浑蛋!"

文五郎愤慨地说。

"他们说要恨就恨自家老公。"

"那真的是借据吗?真的写着把店抵押出去吗?"

文佐卫门问。

"我不识字。"

留吉老婆说完,所有人都点了点头。

"也对啊。"

正吉低声道。

"那他们随便造一张字据就能充数。"

文佐卫门说。

"师傅,我们母子俩今晚已经没地方住了,求您收留我们在道场一角留宿吧。我只来得及把被子背出来,身无长物啊。"

坂上点点头,对她说:

"到我家来吧。道场太危险,在那帮人眼里那是我们的大本营,随时都可能打过来。"

"是,谢谢您。我愿意为您做饭打扫,什么活儿都能干。"

"你别在意那种事,照顾好孩子就行。留吉现在怎么样了?"

"被扔在店门口了。"

"善兵卫,禹吉,你们准备好棺桶,搬到那儿去。"

"我可不干。那儿都是西河的混混儿,太危险了。再说他们现在杀气这么重,不知道会干出什么事来。"

善兵卫说。

"严三郎兄,还有文佐卫门,两位能当当护卫吗?"

"知道了。"

严三郎说。

"正吉,新五郎,你们再去找点柴火来。"

"好!"

说完,坂上便离开他们,只身前往西河屋。

来到西河屋门前,他见店门口摆了张台子,两个混混儿正在谈笑。坂上大步走过去,停在两人面前,那两人带着笑转过来,一认出坂上,都吓得往后退了两步。他们早已知道坂上的模样,也知道他是对面的头领,身手了得。

"搞啥啊，搞啥啊！"

两个年轻人按捺着恐惧，故意装出凶狠的模样。他们似乎已经听说坂上今天砍死了一个人。

"你来砸场子？"

坂上摇摇头。

"不，你们去告诉猿田，说我想见他。我在这里等着。"

两个年轻人战战兢兢地往后退去，绕过门口的台子，转身逃进店中。看来，无论是村民还是混混儿都很惜命，同样害怕自己被砍。不过这些混混儿既然加入了西河组，就只能遵照上头的命令四处施威，虚张声势。想必组里这些人也都生在贫穷人家，与文五郎和正吉他们本来就没什么两样。

坂上独自留在店门口耐心地等待猿田。几个旅行者从他眼前经过，里面走出两个女人，抬手伸向旅行者的行李，想把他们往店里招呼。可是旅行者看见门口挂着奇怪表演的介绍，又对揽客女人莫名夸张的打扮心生警惕，转头就跑了。旅行者也不是笨蛋，知道这座旅馆气氛不对劲。

"哦，这不是红叶屋的嘛。"

店里传来声音，猿田走了出来。如今在太阳下一看，他比两人比试木刀时更显年轻，也比那天面相凶恶了几分。那是一张以拼命为日常的脸。坂上不禁想起，对阵前夜，他在自家阵营看到的都是这样的脸。

"劳烦你了。"坂上微微颔首道，"我实在不认识其他人。"

"听说你把我们家一个小年轻给砍了？"

猿田并没有用谴责的语气，唇边反而带着一丝笑意。

"我有两个长年交情不错的朋友被砍了，而他们又不像要收敛的样子。"

猿田闻言，点了点头。

"然后呢？"

"村里已经死了四个人,不,五个人。刚才酒铺的留吉也被砍了。听说他经常出入这里,在赌场欠了不少钱。"

猿田点点头。看来他知道。

"酒馆的安一和荞麦店的秀作也来这里吗?"

"名字不认识,但有几个人。"

坂上不禁大失所望。村子如今面临如此危急的事态,他们又是怎么想的?

"你肯定觉得他们都很蠢吧。"

"人性如此,难道你就很聪明吗?"

坂上被他这么一问,便闭上嘴想了想。

"是啊。"

他应了一声。

"我也一样,你也一样,全都守护着毫无意义的东西,甚至不惜舍弃性命。我们都相信这是正当的人生,真是好笑。"猿田又说。

"其实也差不多。"坂上说,"我们要在墓地送那五个村民上路,就来问问,要不要把你们家的小年轻也一块儿烧了,完事之后我把骨灰送回来。还是你要连桶带尸给你送过来?"

"火葬?我决定不了。"

"帮我问问你家老大好吗?"

"知道了,等着。"

说完,猿田便掀开门帘,走了进去。

坂上又站在路边等待,同时呆呆看着不停招呼路人的女人。他感觉,这种活计也不太有意思。不一会儿,猿田又走了出来,这样说道:

"让你送骨灰过来就好。"

"是嘛。"

坂上说完,马上就要走,却被猿田叫住了。

"等等。"

他回过头去。

"怎么?"

"骨灰的事就这么定了,可是咱们的人被杀了,组里可不会再跟你们客气。"

"我们可是被杀了五个人,还有三个被打断了手脚。都这样了,还不能反抗吗?"

猿田并不说话。坂上又等了好久,他依旧沉默不语。

"如果换作你,也会做同样的事。"

猿田闻言,默默点了一下头。

"猿田。"坂上说,"我不知道你以前是怎么活过来的。但是你身手如此了得,何必跟这帮恶棍混在一起,替他们斩杀善良之人呢?这样你难道就满足了?"

猿田不回答。

"我看你跟这里的混混儿也聊不来。整天一个人待着,难道你会快乐吗?"

猿田还是什么都不说,但好像被坂上说中了几分,并不反驳。

"这跟你没关系。"他只是说。

"嗯,对啊。"

坂上说。

"不过你有一天也会老。你知道吗?转眼间,你就会变成我们这样的岁数。"

猿田不说话。

"年轻时造的孽,老了会让你很痛苦。"

"那你要我怎么办?"

猿田低声道。

"到我们这边来,教我们剑术。"

猿田轻蔑地笑了笑。

"耍竹刀、挥木棍吗?用那种玩具能教什么。剑可不是小孩子过家家。"

"你要一辈子继续现在这样的生活吗？"

"人各有志。"

"也对。可是，这个村里的一百口人也各有其志。今天留吉老婆只背着一床被子，拉着孩子的手到我家来了。因为她丈夫被杀，房子也被霸占了。那对母子也有志。你也有母亲对吧？让自己的剑帮这种恶棍，你觉得满足吗？"

猿田嘴边又勾起了一丝笑容。

"跟你说了，你可能也不懂。宿场可是活物。"

"什么意思？"

"它有自己想要变成的模样，不能总照着你们的意思来。"

"西河可是要把这里变成黑帮的地盘啊。"

"总之这个组宣战了，我就跟你说一声。"

"知道了。"

坂上背过身去。

"不管怎么看，你们都没有胜算。这你知道吗？"

"我知道。"

坂上点点头。

"连你也要没命。如果不想这样，就带上村里人走。"

坂上惊讶地回过头。因为他想，这不也跟你没关系吗？

"我们已经商量了几次，可是大家都上年纪了，无处可去。"

"无处可去就只能魂归地狱。如果非要留下，你我就得交手。"

猿田死死盯着坂上的双眼，目光凶险。坂上感到了浓浓的杀气。

"结果已经一目了然。"

猿田低声说完，坂上也点了点头。随后，坂上说：

"你比我强，这点我承认，毕竟我不是瞎子。你说得没错，那天傍晚如果比的是真剑，我已经死了。可是村民说要留下来，我不能扔下他们独自离开。"

说完，他又要背过身去。

"说服他们！"猿田厉声道。

坂上转了回来。

"我也不想大开杀戒。你不是村长吗，说服他们。你的话大家都会听。"

坂上听了，感到很意外。

但他想不到如何回答，便默不作声地再次转身走开了。

6

六个桶被排成一排，枯枝枯叶一直覆盖到了顶部。人们点起火来，高高的火焰另一端是夕阳西下的橙红。那片暖色仿佛被火焰的颜色压倒，渐渐转成了暮色。

坂上看着这片光景，把严三郎和义达喊到了身边。他要把有点身手的人叫过来准备应战。除了这两个人，其他村民顶多只能在旁边扔扔石头，与孩童没有两样。加上他自己，村中剑客仅有三人，却要抵抗猿田率领的西河势力三十人。而且这三个人中，曾经以真剑对决过的人只有坂上。无论怎么看都无力抵抗。

"我跟猿田谈了。"

坂上说。

"嗯，他说什么？"

严三郎问。

"他告诉我，那边的老大要我们把骨灰送过去。"

"嗯，这我听说了。"

"猿田在西河屋的赌场看见好几个村里的人。"

二人大吃一惊。

"真的吗？"

"我猜是安一和秀作吧。"

"真是那两个人？您确定吗？"

义达问。

"猿田知道那两个人，但名字对不上号。"

"也是啊。"

"那安一他们也要变成留吉那样啦。"

严三郎说完，坂上点点头。

"他们俩的店和房子等同于落入西河之手了。"

"等把人杀了，字据随便怎么造都行。反正他们俩的老婆都不识字。"

严三郎说。

"还说了什么？"

义达仿佛不想听那种闲话，继续追问道。

"要开战。"

坂上说。

"那猿田也会出阵。"

"应该是。"

义达说。

"他就是为了这个才被雇来的。"

"怎么样，你们能行吗？"

坂上问完，两个人都沉默了。

"咱这边能派上用场的就这三个人。所以我要问的是，咱们仨有没有同死的觉悟？"

三人愈加沉默了。

"西河正在不断侵占我们的地盘。马之助家被霸占了，为二郎和刚三被砍了。他们的鱼店、房子和土地也会被霸占。现在情势很不妙。能战斗的只有我们三个，再放宽一点，也只能加上文佐卫门和禹吉两个，一共就五个人。"

"那些混混不值得害怕，他们根本不懂剑术。他们只把剑当成了砍人的菜刀，胡乱挥舞罢了。"

义达说。

"可是他们人数多，还有猿田在。"

坂上说。

"如果是年轻时还好说……"

严三郎说。

"就是，我们都上了岁数，要是演变成鏖战，体力坚持不下去啊。"

"要是有种子岛①就好了。"

"哪有那种玩意儿，也没有马。再加上几乎所有人都有老婆孩子。"

"嗯。"

"这就像把老婆孩子拉到了战场上啊。"

义达说。

"我们没有炮，也没有炸药，没有城寨，也没有足够的储粮，连刀都没几把，这怎么定战略啊。"

"就是。"

"要是有十个身手可以的人，倒也能勉强作战。"

"可是哪怕有点身手，我们可都是五十多岁的人了。"

"就听你们的判断吧。"

坂上突然这样说。因为他想，在这里对彼此抱怨并没有什么用。

"你们俩说要打，我就甘愿在此地殒命。如果你们要考虑全村妇孺的性命，那咱们就忍痛让出这片土地。那也不失为一种选择。"

"你说逃走吗？"

义达愤慨地说。熊熊火焰映照在他脸上，枯木开始噼啪作响，这个时候很难听清彼此在说什么。

坂上点点头。

---

①此处指日本战国时期从种子岛引进的火枪。

"没错。这对武士来说是比死还屈辱的事情。可是一家之主若是死了,老婆和女儿注定要遭到恶棍蹂躏,我觉得,这才是最屈辱之事。"

"西河那帮人很可能这么干啊。"

严三郎冷静地说。

"西河屋还开妓院。"

坂上说。

"那里需要女人,所以他们干得出来。"

"确实,一般女郎都不愿到这种乡下地方来。"

义达说。

"这就叫就地取材吧。"

"村里的老太婆做不了生意吧。"

"还有女儿啊。"

"的确不能让他们这么干。这也是咱们的责任。"

义达说。

"可是带着上百个村民背井离乡,能上哪里去?"

"我一直在想这个。"

坂上说。

"到城里去。只要去了金泽城里,应该能找到营生。"

"我们也去?"

严三郎问。

"当然。"

"怎么搞?"

"我去跟西河组谈,让他们给三天时间。在此期间,大家收拾收拾家当,都堆到手推车上去。再做上够吃十天的粮食,也放到车上。可以让女眷来做。"

"十天啊。"

"没错。我们到城外去找一块无人的土地,在那里落脚。"

"要还是河边就好了……"

"就是。"

"还有那样的土地吗。我们这儿可有上百号人。现在河边的好地应该都有主了,到时候肯定还要争起来。"

严三郎说。

"有能力的人就到城里找长屋住下,其他人在新土地上盖间小屋,住下来继续种地。"

"那也得有地可种才行。"

"能在河里捕鱼的也都可以下河。村里还有盛泰这样的木工。他虽然还不算独当一面的木工,但总归知道小屋要怎么盖。大家齐心协力,掘土建房,开店做生意。鱼店、蔬菜店、干货店。其他人就到城里的大店去找工作糊口。"

"我们该咋办?您大可以再开旅馆,可是要我们在新土地上开垦……"

"这要是能挖出温泉便也罢了,重新开旅馆,不太可能。"

坂上说。

"那咋整?"

"干脆我们仨开个道场吧。"

"那更不行了。三个老头儿开道场,谁来学?难道躺在地板上晒太阳聊天儿吗?顶多就是做做糊纸伞的活计吧,还有编虫笼,正月糊风筝。"

义达说。

"那不也是一门活计嘛,总比喊打喊杀要好。"

"过去我在江户给火锅店、版画店和酒铺当过保镖,见过各种生意。"

"是吗,那可真了不起。"

听了坂上的话,义达摇摇头。

"保镖不过是表面上的称呼,其实就是打打杂,帮忙做生意,在后院劈柴。"

"哦。"

"不过,我也见识到了各种生意的内容。不管做什么生意都很累人,我觉得自己肯定做不来。白手起家让生意稳定下来,这可是很辛苦的事。"

"这我倒是知道一点。"

坂上说。

"那你这是知道各种生意的做法啦?"

严三郎问义达。

"嗯,知道是知道……"

义达不太自信地说。

"这应该不行啊。"

坂上说。

"离开村子活不下去,留下来战斗也没有胜算。"

坂上默不作声地凝视着火焰,然后开口道:

"没希望了,只能挺身而出,一死了之。"

义达和严三郎也点了点头。

"就算到城里去,咱也不懂得做生意,只能贻笑大方。最后恐怕要沦落为乞丐。既然如此,我至少要死得像个武士。"

"就是啊,我也一样。"

"好,那咱们一同赴死吧。"

坂上决意道。

"咱们三个就战死沙场吧。不过在此之前,得先想办法让老婆孩子逃出去……"

"是啊。"

其余两人赞同道。

"女眷们齐心协力,应该能找到活路。"

六个人的遗体一直烧到了深夜。灭火之后,人们用长箸拾起骨灰,装进壶中,又套上了白木盒子。文佐卫门拿出笔笼,在盒盖上写了亡者姓名。因为不知西河那人叫什么,便留空了。

丧葬店的善兵卫、彦佐、医师菊庵、新五郎和文五郎、虎八、正吉等人,以及留吉的老婆孩子各捧一盒骨灰,朝善兵卫的店走去。坂上、严三郎和义达留在原地指挥村民收拾火葬的痕迹。秋天干燥,万一火星引发山火可不好。

根据善兵卫的提议,人们决定把五个村民的骨灰盒放在丧葬店里屋安置一晚,明天有空的人再到店里去,将骨灰带到准备作为红叶村墓地的荒地去埋葬了,再安上墓碑。

安置好骨灰盒,善兵卫和菊庵留了下来,其他人则带着西河屋的盒子往红叶屋走去。留吉的老婆孩子被收留在红叶屋落脚,人们决定先送他们过去,再各自回家。

人们提着丧葬店的灯笼走过红叶屋旅馆正门,穿过水井的时候,突然听见后院昏暗处传来奇怪的骚动,还有许多纷乱的脚步声。他们停下来侧耳倾听,突然间一个尖厉的女人惨叫响彻黑暗,把所有人都吓得呆住了。

片刻之后,一群男人绕过拐角跑了出来。哪怕只有红叶屋小窗里透出的一点烛光,也能看出他们都涨红了脸。他们面目狰狞地跑出来,发现前方竟有一排灯笼,彦佐、文五郎、虎八、正吉和妇孺默不作声地站在那里,一帮人顿时惊得停下了脚步。

双方对峙了一瞬,就在此时,后面追来一个女人,扑向那帮面目狰狞的男人,大喊一声:

"把女儿还给我!"

刚才天太黑看不清,现在仔细一看,人们才发现有个人肩上扛着一个姑娘,而扑向那个人的女人正是坂上的妻子阿米。男人发狠一甩,姑娘惨叫起来,但是不成言语。再仔细一瞧,原来她被堵了嘴,双手也缚在身后。

抢姑娘？彦佐等人终于察觉了事态，顿时战栗不已。这帮杀气腾腾的男人应该是西河的人。光线虽然昏暗，但双眼渐渐适应之后，便能发现里面也有几张熟面孔。被人扛在肩上的姑娘，好像是阿米和坂上的女儿千代。

阿米死死扒在男人背上，想拉住千代。可是那人左右两旁的同伙拽住了阿米的手，一脚踹得她滚翻在地。阿米惨叫一声，提着灯笼目睹了这一切的新五郎和文五郎齐声怒吼：

"你们干什么！"

彦佐边说边走向阿米，新五郎则大喊：

"把千代放下来！"

空着手的混混儿唰唰地抽出刀来，其中一个人威吓道：

"你们这帮平民给我退下！"

彦佐他们没带武器，在黑暗中对着林立的刀锋，是一点办法也没有。西河那帮人缓缓前进，彦佐等人被逼得一点点退了下去。

"你们可别一时气盛跑过来送命，都给我缩着！"

西河的混混儿大喊道。

"再挡路就砍人了，退下！"

另一个混混儿也附和道。

"区区平民出什么头，只会白白送死。这可不是吓唬你们，谁往前一步试试，当场砍死！"

另有混混儿说。

"师傅呢，师傅还在墓地那儿吗？"

彦佐压低声音问周围的同伴。

"找个人把师傅喊来。"

"现在去喊根本来不及。"新五郎说道。

就在此时——

"喂，把那姑娘放下。"

不知何处传来一个声音。

"好了，姑娘放下，你们离开。"

转头一看，西河那帮人身后突然冒出了一个黑影，还大摇大摆地走了过来。

"你想干什么，别靠过来送死！"西河的人威吓道。

混混儿们一齐转身，背向了没有武器的彦佐一行人。

那人走到凶神恶煞的混混儿跟前，被红叶屋窗里透出的烛火一照，只见他面孔赤红，鼻子高得异常。

"喂，是天狗啊！"

正吉怯怯地说。

"哪有鼻子这么大个儿的人啊。"

"你脑子有问题吧，戴着面具能看见前面吗？瞧你这傻样，怎么敢说那种大话？！"

一个混混儿骂道。

"你是谁，报上名来！"

另一个人说。

"我叫什么不重要，总之先把姑娘放下，然后再说话。"

"我要是不放呢？！"

"那就得死了。"

天狗说完，西河的人顿时面色大变，哗啦一声在天狗面前围成了扇形。

"赶紧报上名来，不然砍人了！"

"冷静点，别整天砍这砍那的。"天狗说完，又继续道，"哦，你们是山上那几个人啊。怎么，刚才被我搅了局，干脆就来抢人了？明明一天到晚待在妓院里，怎么还馋女人啊？"

"少废话！"

"原来都不识货啊。"

"啰唆死了，与你何干！"

"刚才没被我砍死，你怎么就不知收敛呢。"

"赶紧报上名来!"

"你好烦啊,我啊,叫红叶山的天狗。"

"开什么玩笑!"

"竟敢小看我们,拿命来吧!"

一人怒火攻心,挥刀便砍,却被天狗用刀鞘挡开了。

"喂,你觉得一个人能打得过我们这么多人吗?"

"嗯,是有点多。"

天狗说完,混混儿们顿时像得了势一般,纷纷朝他砍了过去。天狗把刀一挡,以疾风之势刺出刀鞘,连连击中混混儿的面门喉头,将他们一一击退。混混儿们全都跌坐在地。

"看见没?"天狗说,"这下你们知道都不是我的对手了吧,把姑娘放下。"

"你是这女人的亲人吗?"

听闻此言,扛着千代的男人立刻翘起刀尖,意图对准千代的脖颈。

"既然如此,那你就把刀扔了,否则……"

他话音未落,天狗身形一闪,刀如雷霆,刺入男人心脏。

随后,天狗收刀甩血,男人胸口顿时腾起血雾。周围的人一片哗然,齐齐退后避开了血花。

男人惨叫一声向前摔倒,天狗趁机夺过千代,闪身退开。

男人缓缓瘫倒在地面上,身体开始痉挛,血液弥漫在黑色的土地上,蒸腾出浓烈的腥气,笼罩了整个后院。

"我的忍耐可是有限度的。"

天狗边说边退,让姑娘靠在红叶屋墙边。她母亲马上跑了过去。

"你瞧,现在已经杀了一个人。虽然杀人无益,可是这人不是好几次把刀放在女人脖子上,威胁我放下刀吗?在酿成麻烦之前,我只能先把他干掉。"

那个人仿佛在对混混儿们辩解。

"这下学乖点,生死只在你们的一念之间。我不想杀人,明理的今晚就把刀收了。你们都不想死吧?"

"你想得美。同伴被杀了,我们还会善罢甘休?"

"他值得被称作你们的同伴吗?"

天狗惊讶地问,同时又甩了一下刀。

"你们能为这个同伴舍弃性命吗?你们明天也想继续抱女人吧?那我就姑且放过你们,惜命要紧。"

说完,他收刀入鞘。

"杀了他们。"彦佐低声说,"他们杀了好多村里人,请您一定要杀了他们。"

"没错,杀了他们。"

新五郎也恳求道。

"求求您,杀了他们。请您把他们都杀了。"

文五郎也说。

"他们欺负咱没有刀,又没有身手,一直在村里为所欲为。他们杀了马之助,杀了为二郎,杀了刚三,杀了留吉,打断了谕吉和泰平的手,打断了千藏的腿,现在还来抢姑娘回去糟蹋。这帮人不是人,是恶棍!"

"就是,这帮人都是欺负弱者的野兽。求求您了。"

"听见没?"天狗说,"你们都是野兽呢。野兽就该死吗?野兽就没有父母吗?"

天狗对那帮混混儿问道。没有人回答他,而是抬起刀尖,朝他逼近了几分。

"我真的能把他们杀了?"

天狗又转向村民的方向。说完,他转回去数了数对准他的刀。

"一、二、三、四、五个。"

"这五个人都死了,我们就能轻松很多,而且正好是一命还一命。"

彦佐说。

"那好像不太对吧。"

新五郎说。

"是六个人。"

"为啥？"

"这不是已经死了一个嘛。"

"啊，也对。"

"加起来就是六个人。"天狗沉声说道，"说得倒轻巧，我一招顶多只能干掉四个，五个就不轻松了。若是让一个人跑了，这里发生的事就会传到那边，过后可麻烦哦。"

"哦，是吗？"

"先准备好撒丫子跑吧。"

那个瞬间，一个西河组的人发出近乎惨叫的喊声，朝天狗砍了过去。天狗身子一沉，再一舒展，从下往上挑了一刀。咯吱一声异响，把彦佐几个吓得脚都软了。

天狗落下刀身，转手刺入旁边那人的身体，随即拔刀转了半圈，架开左边那人砍下来的刀，趁势直刺其暴露出来的侧腹。

惨叫伴随着巨响，围观者都害怕得向后退去。一连串动作疾如雷霆，村民们看得目光呆滞，连声音都发不出来。

两个男人惊恐地大叫着，转身就跑。天狗一刀劈倒其中一人，另一人吓得直号，脚底抹油一般死命逃跑。

"别让他跑了！"天狗对村民下令，"放走一个，后面就会有大军过来。"

众人闻言纷纷放下灯笼，朝那个人追了过去。再看他们身后，混混儿们血如泉涌，倒作一团，发出濒死的惨叫并开始抽搐，伤口里喷出的黑血融入地面的血泊，眼看着越来越大了。

村民们边走边弯腰捡起石头，用力朝那个人扔过去。男人被追到了大路上，朝着西河屋一路狂奔。

彦佐拾起一根木棍，拎着它全力追上去，对准那人的脚下扔了过去。木棍果然绊到他的脚，男人轰然倒地。此时天狗追了上来，一刀刺穿他的心脏。那人像蛤蟆似的在地上扑腾了一会儿，声音倒是一点都没发出来。

天狗甩掉刀身的黏稠血液，收刀入鞘。

"你们把他抬起来，咱们回红叶屋后院去。"

天狗一声令下，彦佐、新五郎、虎八、正吉四人抬起混混儿的四肢，开始往回走。随后，他们把尸体都收拾到了后院一角。此时的后院已是血腥气弥漫，村民们个个面无血色。

"趁今晚埋了吧，不然该被发现了。"

天狗说。

"埋到哪儿去？"

彦佐小声问。

"不能埋这里，挑个远一点儿的地方。"

"河边？"

"河边不行，过往的人太多了，一看土色就知道有问题。"

"那埋到哪儿去？"

正吉问。

"干脆放到板子上，扛去墓地埋了？"

新五郎说。

"不错，那儿的土软。"

"天狗兄，这样可以吗？"

新五郎问天狗。他点点头。

"可以。那地方刚刚搞过火葬，应该不会有人想到又多了几个死人吧。"

说着，天狗大步走向井口，卷起袖子准备洗手。此时，一个人从旁边的黑暗中跑出来，原来是千代。她先是俯伏在地，随后膝行过去，抱住了天狗的双脚，说道：

"谢谢你，鲭之进大人。"

"你说谁呢？"天狗对千代说，"不是鲇之进吗？"

"鲇之进大人。"

"这回对了。"

"鲇之进大人，你是我的救命恩人。"

"没什么大不了的，毕竟刚才吃了你的饭团和鱼啊，这下我们扯平了。"

母亲阿米也走过来，跪坐在地上朝他道了谢。随后，她又急急忙忙站起来，提起水桶往天狗的手上倒水。

"您请到屋里坐坐，里面准备了饭菜，还有热水洗澡。我们这儿是旅馆。"

阿米说。

"没必要，我这就走了。"

天狗短促地说完，千代母女都不知如何应答。

"这么晚了，您这是要……"

"这样更好，我待在这儿肯定没有好事。"

"是吗？"

"我可不打算明天再去见那帮来寻仇的混混儿。"

"啊、喂，您可别开玩笑了！"

新五郎等人闻言，霎时间围了上来，个个都跪在地上，以头抢地恳求道。

"您现在可不能走，那得出大事了。难道您要扔下我们不管吗？"

"就是呀，就算埋了那几个人，总有一天也会败露的。西河那帮人肯定要过来寻仇啊。"

文五郎说。

"谁也不会觉得那是你们干的，只要看看伤口就知道了。你们就说是路过的浪人出手了，而浪人早就离开了。"

"那他们也不会放过咱啊。"

虎八说。

"就是，我们快要被赶出这个村子了。这可是我们辛辛苦苦，花了好长时间开垦的农田啊。现在好不容易有收获了，他们却整天要赶我们走。"

新五郎说。

"那跟我没有关系。"

"不不不，我看您是老天的使者啊，是佛祖的化身啊。"

彦佐说。

"你怎么看不关我事。"

"您瞧那张天狗的脸就是证据。您就是来拯救这个村庄的，还请您救救我们吧。求求您了，行行好吧！"

"喂，别开玩笑了，我有地方去，没那么多闲情在这里打发时间。"

"杀了那么多西河的人，我们肯定要被寻仇的啊。"

"所以我说不杀啊。杀生无益，是你们说那六个人死了村子就会有救，非要我杀了他们。忙我已经帮过啦，剩下的你们自己解决。"

"总之请您先跟师傅见一面，他是旅馆的主人。"

彦佐说。

"那是我丈夫，名叫坂上丰信。他马上就回来了。"

阿米说。

"我丈夫被杀了，我恨西河那帮人。求求您，就听听他的话吧。"

留吉的老婆也走过来，流着泪恳求道。

"你饿了吧，家里有好吃的鱼和萝卜，还有九眼独活，可以煮鸡肉火锅。"

千代说。

"时间不早了。"

"家里还有酒。"

"不要。"

"请您取下面具,让我们看看脸。"

新五郎说。

"不看更可相安无事。"

天狗说。

"那请您留下来用膳,并见见家父。如果您实在不想留下来,大可以明日一早再走。请您先听听村子的处境,听听我们说话吧。求求您了。除了您,我们再也没有别的人可以依靠。求求您了。"

千代说完,深深低下了头。

7

"鄙人名叫坂上丰信。"

坂上端坐着,郑重其事地深深行礼。这里是红叶屋里间,他对面坐着取下了面具的鲇之进。鲇之进面前摆着大小众多碗盘,都装着菜肴。

"很荣幸认识阁下。您的身手着实令人敬服。在下已将所有恶棍的伤口检查过,果然刀锋凌厉。在下经历过种种战阵,亦未曾见过身手如此了得之人。我见阁下年纪尚轻,不知修行何处?"

坂上严肃地询问道。妻子阿米和女儿千代跪坐在其后方,每次父亲低头行礼,她们就做出同样的动作。

"坂上阁下,您无须多礼。"

鲇之进说。

"毕竟我也不熟悉武家流的作风。"

"不,还请您随意。"

坂上连忙说道。

"这只是鄙人的一些心意。敢问今天的鱼、咸菜和九眼独活都不合您胃口吗?"

鲇之进只吃了一半。

"这九眼独活是后厨地下长出来的,很好吃哦。"

千代说。

"这个嘛?哦,好稀罕啊。"

"嗯。"

"请您喝酒。"

妻子阿米在坂上身后恭敬地说。

"我给您热起来。"

她扶着旁边的火盆说。

鲇之进为难地闭上了嘴,过一会儿才说:

"酒我不太……"

"那您还有什么嗜好之物,敬请吩咐。"

"没有。"

鲇之进摇摇头。

"阁下还没有敞开胸怀……"

"现在正是拼命的时候。"

"但我等都是同伴,请您……"

"问题不在那里。"鲇之进斩钉截铁地说,"如果能收留我在这里睡上一宿,这些东西我想留到明早再吃,可以吗?"

"哦,当然可以,请您随意吩咐。"

"我好久没吃到这么好的东西了。只是今晚……还不能放松警惕。刚才那帮人的同伴可能追过来报复,我不能让饱腹影响行动。"

"原来如此。"

坂上不禁想,这根本是野兽的习性,也是他早已忘却的习惯。

"可是西河那帮恶棍的尸骸已经全部埋在山边了,后院的血也早已洗净,并盖上了土。没有人会想到西河的人死在这座旅舍屋后,还是被您干掉的。"

鲇之进听了摇摇头。

"如果是一两个人,倒还能解释为心虚逃走。这次人数众多,若都不回去，只能解释为被杀了。"

"可是有谁能杀他们呢？听小女说，见过您的人都已经被干掉了。"

鲇之进点头承认。

"在山里碰到的都干掉了。"

"既然如此……"

"对手那边不是有高手吗，肯定过不了多久就会察觉。除了这里，他们还能死在哪里？所以我还是先走为上。"

"我等正站在生死两难的境地。"坂上双手撑在榻榻米上说，"西河人多势众，当中还有高手。村里的土地是我等多年以来亲手开垦的，后来西河组那帮恶棍来到这里，未经同意就落脚在河边，先后建起了赌场、戏院、旅舍和妓院，开始筹划将全村弄成游玩享乐之处。这里是个好地段，能采到各种果实蘑菇，还是赏红叶的好地方，土壤又肥沃。加之河里有渔获，街道上人来人往，容易引人逗留。所以，那帮恶棍便要把我等赶出去。因为村里人先来，妨碍到他们发财了。我等万万没想到，这个村子竟渐渐成了一棵摇钱树，是个足以成为大宿场的地方。西河那帮人打算把这里完全据为己有。若是有人不服，就嚷嚷开战，嚷嚷砍人，嚷嚷打断手脚，接连对我等发出威胁。事实上，村里已经有好几个人被杀。现在他们又请了个身手好的保镖，我等实在无力对抗。现在要么离开村子，要么明知敌不过也硬着头皮战斗，已是进退两难之时……"

"店主人……"

鲇之进想打断他的话，却被坂上抬手挡了回去。

"在下深知此举有失礼数，但请阁下继续听下去。若要开战，在下恐怕命不久矣。烦请阁下把这当成濒死之人的话语，再忍耐片刻。我等年纪大了，不怕您笑话，村里有点本事的人全都五十多岁了。现在离开这片土地，村民哪还有活下去的办法。压根儿没有力气重新开垦农田。大家互相扶持了这么多年，就这么各奔天涯也实在不舍。像我家这种一直做生意的地方，还雇了许多用人。在下有责任保障这些人的生活。可是一旦离开熟悉的土地，在下也就无能为力了。"

"您这些话我已经……"

鲇之进说。

"听过了？"

"在后院听过了。"

"那您一定理解了吧。"

"我理解了。可是那又如何？我只是个外人。"

"这个在下知道……"

"我碰巧经过后院，看见六个混混劫走了一个姑娘。那个姑娘拿过饭团给我吃，而她不愿跟混混走，我就把她抢回来了。"

"谢谢阁下，您是我等的恩人。"

阿米说。

"我不是要您道谢。我只是还了一饭之恩，仅此而已。可是村里人缠着我，非要我杀了那六个混混，还说这样能削弱对手的力量，算是帮了大忙。所以我虽然不情愿，也还是照做了。"

"非常感谢，您真的帮了大忙。"

坂上低头道谢。

"我只是碰巧路过此地，不想再掺和进来了。"鲇之进坚定地说，"我不喜杀生。您可能看不出来，在此之前，我一直尽量远离可能出现争端的地方。"

坂上默默地听着，深深点了一下头，因为他也是这么做的，所以非常理解。最后，他做出了决意。

"事已至此，在下也顾不上羞愧，直接跟您摊牌吧。能否请您救救村民，救救这个村子？"

他弯下腰，额头抵在榻榻米上，身后的两个女人也跟随他行了大礼。

鲇之进万般无奈，一时无言以对。若是武士，一般不会说这种话。坂上直起身子继续道：

"鄙人知道此事与阁下无关，刚才在下也已经决定放弃坚持。离开村子很难，要留下来只能迎战。既然如此，干脆舍弃这条性命。方才在火葬的烈焰前，我等三名前朝武士都已下定决心，要一同战死沙场。可是，现在阁下出现了，可见老天并未舍弃我等。"

"请等一等。"鲇之进惊讶地说，"您说的老天，跟我可没任何关系。"

"阁下是我等的救世之神。若阁下愿意加入，我等老朽军团便也能与敌对抗了。恳请阁下伸出援手，我等必当重谢。虽然村子贫乏，哪怕花上一些时间，也一定尽我等所能酬谢阁下。无论花多长时间，无论是什么事情……"

"您这样自顾自地说，我可为难了。我不认识老天，也不是神仙。"

"您就是神仙！"

千代叫道。

"啊？"鲇之进哑然，"我怎么成神仙了？"

"您戴着天狗面具呀。"

"那是别人给的。睡觉正好遮光，所以我就戴着了。除此之外别无他意。"

"您在危急时刻现身救人，就是神仙啊。"

鲇之进叹了口气，开口道：

"快把头抬起来吧。"

"那阁下是答应……"

"我拒绝。我已经救过人了。"

"的确如此。"

"不止一次，还是两次。"

"您说得没错，小女多亏您出手相助，为此在下感激不尽。我们都老了，虽然有些人上过战场，但从未有人以真刀对战过。若是战局久拖不决，就会体力不支，所以还请阁下……"

鲇之进不耐烦地说："您说什么都与我无关。我无意在此久留，明天一早就……"

"不，请等一等。"

"不等，我就要走。救人已经救得够多了。"

"的确如此，为此在下感激……"

"尽不尽都无所谓了，您只需让我离开即可。"

"你不是人！"

千代说。

"喂，怎么就不是人了？"

"求求您了。老朽身为乡间道场主宰，多少也有些颜面。如今已是顾不上这些，甘愿丢人现眼，也要恳求阁下出手相助。在下虽早已抛却武士身份，然而……"

"在此前的旅途中，我听过好几次这样的话。可是若一个个去答应他们，我有多少条命都不够。"

"的确如此，阁下说得没错，鄙人十分明白。可是一旦阁下离开，我们只能徒劳战死。而且正如阁下方才所见，剩下的姑娘们都要惨遭凌辱。所以我才会不顾脸面，向您恳求帮助。"

"你要用一食一寝坐地起价吗？既然如此，我这就离开……"

鲇之进撑起身子。

"你这些饭菜我也没吃多少。"

坂上抬起一只手。

"不，阁下不必如此。我等绝不会做出如此小气之事。"

"鲇之进大人！"

千代叫道。

"干什么啊？"

鲇之进不耐烦地回答。

"您到城里要求什么？"

"我毕竟也是武家一员。"

"您要求名、立身、拥城吗?"坂上接过话头问道。

鲇之进不说话了。

"果真如此。阁下的确有成大业的器量。"坂上又说。

"是吗?"鲇之进说,"周围的人总这么说,从小养育我的人也这么说,连被我打伤的人也这么说。他们都说我有器量,能拥一城。"

"他们说得没错。"

"我从来不这么想。我只是比剑从来没输过而已。"

"想必如此。"

"但是时代不一样了,我错失了时机。"

"的确如此,鄙人也这样想……"

"如今已不是乱世,凭一把剑何以拥城。"

"如今已是治世。"

"然而你却要应战。"

"确实如此……两者彼此矛盾了。"

"无论何时,都没有无须仗剑之说。"

"您说得对。"

"我不喜欢剑这种东西,但不知为何,别人见到我的脸便要动手,甚至挥刀砍我。明明没有任何理由。所以我只能抵挡,因为全天下都没我的同伴。"

"女人如何?"

千代问。

"哈?"

"女人都愿意做您的同伴不是吗?所以,其他人才要杀您。"

"女人成了我的同伴也派不上用场。等我回过神来,连敌人都没有了。"

"洗澡水烧好了,不如好好泡一泡吧。"

阿米突然说。

"趁您泡澡的时候，我先把被褥铺好。这些复杂的问题，不如明早再谈。"

"一点都不复杂啊。"

鲇之进喃喃道。

他在黑暗中泡着热水，更衣处传来千代的声音。

"我为您擦背。"

"不要，不用了。"

尽管他马上拒绝了，千代还是推开木门走了进来。她上身用布绳系起长袖，翻起一侧下摆系在了腰间。

千代请他起身，鲇之进没办法，只好跨出浴盆，坐在浴场的圆木上，背朝着千代。

"您的背好硬，还有许多伤痕。这些都是刀伤吗？"

千代一边擦背一边问。

"那都是过去的事了。以前技艺生疏，常常受伤。"

"现在呢？"

"不谈这个了。"

"那谈别的吧。不如我来说说自己？"

"不用了，反正没什么大不了。"

"那倒不会。"

"村子的困境我已经听够了。我一会儿就洗完，然后到房子周围转一圈。"

"您不是看过了吗？"

"再看一遍。熟知地利能够保命。我还要略微跑两步，再挥挥剑。好，够了，洗得太过也不好。我再泡一会儿马上出去，你先走吧。"

之后鲇之进跑到河边练了一会儿剑，回到坂上给他安排的房间，里面已经铺好了被褥。让人为难的是，被褥里还多了点东西。

"鲇之进大人。"

千代在被窝里说。

"你干什么呢?"

鲇之进说。

千代怎么躺在他的被窝里?

"这是我的被窝,你这样我怎么睡。"

"鲇之进大人,请抱我。"

鲇之进无言以对。

"你要学西河的女郎吗?"

鲇之进说完狠狠掀开被子,千代只穿着一件长内衣躺在上面。

"鲇之进大人不喜欢我吗?"

"问题不是那个。我不能中有心之人的奸计。"

"这不是奸计,我也不是有心之人。我真的喜欢鲇之进大人。"

"我们才认识两天吧。"

"足够了。"

"你做过这种事吗?"

"没有!当然没有,一次都没有。"

"你父母知道吗?"

"当然不知道。"

"那你就回自己房里去睡。不然要被父母责骂了。"

"他们应该不会责骂我。父亲和母亲都很需要您的力量。"

"所以我才说这是奸计啊,你要用身体引诱我成为同伴吗?"

"不是的,我没有那个意思。"

"那我要是说今晚把你睡了,明天一早还是要走,你也愿意吗?"

"可以。"千代马上回答,"我已经做好准备了。"

"此事与彼事不相干。若父亲战死,我也不活了。既然如此,不如在死之前与心爱之人……尝试一番。"她低声说。

鲇之进惊得呆住了。

"我深知这样恬不知耻,也不认为自己是能说出这种话的姑娘。

其实我也很惊讶。可是，我现在赌上了性命，确信自己不后悔。"

"我还不确信。"鲇之进说，"我根本没时间考虑这些，你突然来这一出我很为难。"

"那请您现在考虑。"

"不行，考虑这种事要花时间。"

"我等您，我会一直等您。"

"不行，我困了。"

"是我不好吗？我自认姿色不差，也有村民来勾引过我。"

"喂，你是那种大言不惭的女人吗？"

鲇之进一把将她拽了起来。

"不是，但我不说，您就不明白呀！"千代叫道，"平时我不会说这种话。只是在今晚才这样。"

"什么今晚不今晚，够了！"

鲇之进说完，照着千代的屁股打了一下。

"好痛。"

"你还是小孩子。去睡吧，明天见。"

千代的表情一下就亮了。

"啊，那您明天也会留在这里吗？"

说完她就坐在了旁边。鲇之进钻进被窝，把刀放在左侧伸手便可触及的地方。

"我不能保证。"

"那我就再到您被窝里去。"

"别胡闹，够了。你再来我可就走了。我从不吃主动送上门的东西，因为有几条命都不够玩儿的。"

"我知道，您不会输给任何人。"

"别奉承我了。世界这么大，厉害的人数不胜数，还有种子岛的火枪。"

"那明天晚上就拜托了。"

"什么？喂，你瞎说啥呢。"

"如果您明天也留下来，我就出去。"

"嗯？"

"怎么了？"

"什么？"

"您不是希望我离开吗？"

"好，我知道了，那我留下来。"

"太好了，那您好好休息。"

"但我可不答应帮你们。"

"那件事明天再说。"

"你这女人还挺狡猾。"

"不，我忠实诚恳。"

"自卖自夸。"

"您将来会明白的。"

"哦，是吗，那到时候再说吧。"

"鲭之进大人，晚安。"

千代说着，鞠了一躬。

"是鲇之进。"

鲇之进说。

8

他在黑暗中睁开了眼，离卯时还有段时间。

他起身套上袴裤，整理衣冠，把双刀插在腰间，又拿起天狗面具，也系在腰间。

他端坐在地板上，一心想着干脆就此离开。若他留下来，村民就会产生过度的期待。若他离开，他们或许还能做出一齐出逃的判断。那样反倒对他们更好。

他轻手轻脚地走过房间，无声拉开纸门，然后吓了一跳。

"您休息好了吗？"

走廊有个人对他鞠躬。

原来，那个在木板地上深深行礼的人就是坂上丰信。他旁边跟着老婆和女儿，三人一起匍匐在地。

再看右边，他更是大吃一惊。村里人竟在墙边端坐成一排，朝他低头行礼。

"你们都不睡觉吗？"

鲇之进问。

"殊死之战将近，哪能无忧无虑地安眠。"

一个年龄稍长，声音沉稳的男人说。

"你是谁？"

"在下新堂严三郎，本为播磨武士出身，如今只是一介老朽。"

严三郎抬起头，仰视着鲇之进。

"在下早已做好舍命的准备，可是，若阁下能助我等一臂之力，将是无上之幸事。万望拨冗。"

说完，他又低下了头。

"鄙人保科义达。"他旁边又有一个谈吐貌似武士的男人说，"原本习得一些剑术，无奈年事已高。但是为了这片扎根已久的土地，在下也做好了必死的准备。万望您出手相助。"

"在下吉田文佐卫门。"端坐他旁边那个头发花白的男人说，"在下本也是武士出身，只是剑术不精。以前略懂一些医术，但也是些皮毛。不过，若要开战，我也准备舍命拼搏，绝不拖众人后腿。万望阁下慷慨相助……"

说着，他低下了头。

"你是天狗。"

远处传来尖厉的声音。

"我就是个老百姓，压根儿不会舞刀弄枪，可是要论种山芋，绝不输给其他人。土地有灵，有丰收之年，也有徒劳无功的年份。每到丰收的年份，播种时总能看到天狗站在田边。"

"什么？"

鲇之进好奇地问了一句。

"我能看见天狗。你就是拯救村子的天神。既然你来了，既然你在这里，村子就能保住。我清楚得很。"

他话音刚落，村民们争先恐后地说了起来。

"天狗大人，求你留下来吧。"

"你别走啊天狗大人，救救我们一家人吧。"

"救救我们这对穷夫妻，救救孩子们，救救村子吧。"

"再这样下去，咱全都得死。天狗大人，求求你，救我们一命吧。"

有人把头磕在地板上说。

"要是开战了，面对一百个敌人，我一个人能管什么用？"鲇之进反驳道，"你们别误会了。我不是天狗，只是个普通人，会喘不过气，胳膊也会累。"

"那请你训练我们。"一个人恳求道，"我们也要战斗。我们要拼上性命为您助阵。"

"能不能行啊。"

鲇之进摆出一脸你们肯定派不上用场的表情。

"要是被赶出去，咱们可就无处可去了。到时候只能在城里乞讨为生。与其变成那样，我甘愿誓死守护这块土地。"

"你们要在哪儿练？"

"村里有道场。"

"没有武器啊。"

"咱们翻出了十条长枪。"

"不够，对手有三十个人。"

"那就做竹枪。"

"大刀多了几把。"

严三郎说。

"我们手上多了六把大刀,都是从西河那帮人身上收过来的。"

"对,没错。"

大家纷纷点头。

"再加上短刀就更多了。"

"我们也要上阵。"一个中年妇女在人群中说,"我老公被他们像打狗一样活活打死了。我独自活在世上没什么意思,甘愿战死。"

"你不行,你还有孩子。"

坂上说。

"我也要上。"

千代说道。

坂上表情复杂地盯着女儿看了一会儿,然后说:

"山县阁下,在下已经令人准备好了一些早饭,请您移步用膳。然后,请在道场指导我们和村中男丁练习剑术。"

鲇之进没能溜走,只得吃了早饭,被一群村民簇拥着来到了村边的道场。他走到场内,接过坂上递过来的竹刀,单手握着上下左右唰唰挥舞了几下,露出苦涩的表情。

可是村民见状却纷纷感叹起来。

"不愧是高手!"

文佐卫门说道。

鲇之进面露惊讶,但并不回话。

千代跟在男人们身后悄悄走进道场,缩在墙角远远看着这一幕。

"你们这儿用的是上州产的竹刀玩具啊。最近这种玩意儿开始多了起来,连武士也总拿来用。"鲇之进说,"我无意在此地久留,毕竟我也是个忙人。没办法,你们谁过来试试吧,让我看看身手。"

"禹吉。"

坂上命令道。

于是禹吉把竹刀握在身前，随即举高，砍了过去。

鲇之进寸步不动，举起竹刀招架，先敲一下手背，随后打向禹吉的天灵盖。禹吉失手掉落了竹刀。

"这玩意儿不行。"鲇之进说，"这种轻飘飘的竹子随便怎么施展都行，可是对手连道擦伤都不会有。不能让身体和眼睛习惯这东西，在实战中只会造成恶果。"

时次郎站起来行了一礼。

"请老师指教。"

说完，他一刀横劈过来。鲇之进急转竹刀挡下，旋即向前刺出，时次郎被掀翻，一屁股跌坐在地上。

"还有谁？"

正吉起来行礼，然后挥起竹刀，也没摆什么架势，径直打了过去。他被敲了一下腰杆，敲了一下上臂，也跌倒在地。

接着是彦佐，他连竹刀都没打出去，就被狠狠敲到手背，失手掉落了武器。

新五郎站了起来，被击中天灵盖后，痛得蹲在地上。

加平也一样，刚摆好架势就被狠狠打中上臂和脖颈。

"你们啊……"鲇之进长叹一声，"这也叫有心应战？"

说完，他把村民扫视了一眼。多数人的头发都已斑白，鲇之进顿时露出不耐烦的表情。

"你们这样连小孩子都打不赢。身子这么虚，没问题吧？刚才见你们说得好听，我还以为有多大的本事呢。"

随后，他烦躁地来回踱起了步子。

"这样不行，别怪我说话难听，你们还是放弃吧。你们一开战就会死光光。还是大家让出村子，早早逃命更好。"

道场一片死寂。

"你们这样我没法教。"

"那么，在下也来献献丑……"

义达站起来行礼，摆好架势之后，竹刀直刺面门。

鲇之进依旧从容地举刀招架，见义达向后跳开一步，他也向前逼近一步。

义达继而刺向面门、身体，恢复上段持刀，再次刺向面门。鲇之进一一招架，义达又闪向旁边，朝身体一侧打去。

鲇之进竟用左手上臂架住攻击，同时刺出一刀，将义达掀翻。

"这是？"义达忍着痛惊问，"恕我直言，这算是平手吗？"

鲇之进摇摇头。

"不算。"

"那算是……"

"如果是真剑，就不会变成这样。你早就死了。"

说完，他垂下竹刀，转向众人，气愤地说：

"我再问一遍，你们当真要战？"

说完，他再次环视村民。

"就算对方只是乌合之众，他们也年轻气盛，身强力壮。这话说来不好听，他们跟你们这帮老头儿不一样！"

众人低头不语，随后一个个抬起头来，对他点头。

"我们已经死不足惜。反正都一把年纪了，离开这里迟早也是横死路边。"

"就是，我也一样。反正都是老头儿了，死就死呗。只要一刀就够了。只要能砍上一刀泄愤，就算砍不死也成，请您教教我们能砍中一刀的剑法吧。就算我转头就被砍死了也无所谓，我就想砍上一刀，这样就够了。"

"就是，一刀就好，只要能在死前砍上一刀就好。天狗大人，您会那种剑法吗？"

鲇之进一言不发地愣住了。周围的声响渐渐平息，人们不再说话后，外面传来了伯劳的叫声。

"你们说这些是真心的吗？"

大家都无声地点点头。

"这觉悟是真的吗？等到了最后关头，不会改主意逃跑吗？"

大家又摇摇头。

鲇之进突然咔嗒一声把竹刀扔到了地上，随后发出威严的声音。

"那就把这些竹子玩具都扔掉。它在实战中派不上用场！"

随后他问坂上：

"有木刀吗？"

"有。禹吉，拿木刀。"

禹吉跑向道场后方，拿来三把木刀。

鲇之进接过来挥了挥——

"这个不行，这个也不行，就这个可以。"

他挑了一把。

"你们什么都不懂。你们马上要做的事情才不是玩竹刀，也不是对决，而是单纯的厮杀。什么礼数，什么形制，什么驰名世间的某某流派，这种冠冕堂皇的玩意儿，在白刃战里都不管用，都给我忘掉！"

"真的吗？"

"真的。合战就是杀人，一群人混在一块儿，呼哧带喘，受伤吐血，打个不停，就是无聊的消耗战。这可是漫长的斗争，所有人都会心生退意。战争会一天到晚打个不停，说不定一年都打不完。你们有这个觉悟吗？"

鲇之进在道场里大声说着，周围几十个人则安静地倾听。

"一对一的对决可以像刚才那样互砍就好。因为只需杀死一个人，一会儿就结束了。可是战争不一样。听好了，都给我记住。打仗的时候不能砍敌人。"

"什么？不能砍吗？"

义达和严三郎齐声问道。

"没错。打仗和对决完全不一样，那是两码事。这种竹刀互敲，假装对决的招式，你们全都给我忘掉。这东西在打仗时派不上用场。在战场上，绝对不能砍敌人。"

"那到底要……"

"如果你们真心要学，那我就教一个你们这种白丁也能使出来的必杀技。多的我不说，说了你们也记不住，而且对战近在眼前，已经来不及了。你们只要记住一点就好。"

"是什么？"

新五郎说。

"敌人不是光着身子上阵的。他们都穿着衣服。快入冬了，衣服还会变厚。面对这样的敌人，只要砍上四五个，刀就会废了。"

严三郎、义达、坂上都默不作声地听着。

"要是刀钝了，对方就不会死。对方不会死，你就会死。"

"那……"

鲇之进扎起马步，刺出刀刃，然后说：

"要刺。"

"刺？"

"没错，打仗就要这样。不能跟敌人大开大合地拼刀子，别傻乎乎地跟人家对砍。想活命就刺，拼命刺，使劲刺，见人就刺。在战场上，你们就把刀当成长枪来使。"

"原来如此。"

坂上点点头。

"也不能挥舞，那样会累。这种竹条玩具很轻，怎么挥都无所谓，胳膊也不会累。可是真刀很重，胳膊一会儿就累了，到时候腰都直不起来。"

大家保持着沉默。

"可是挥刀的人察觉不到，这就是打仗的可怕之处。所有人都因为恐惧和兴奋而失去了平常心。只有被敌人打过来，想要防御的时候,才发现胳膊抬不起来了。"

"是吗……"

"可是那时候已经晚了,还没反应过来,你就会死。"

众人闻言,顿时哗然。

"越是胆子大、血气盛的初战新手,在战场上死得越快。还没习惯打仗的时候,胆子小点反倒更好。因为那样可以尽量体验到战场的情况。所以你们开打之后,等一刻钟,先找到那些勇猛生疏的人杀掉。那种人就算朝你冲过来了,也像萝卜似的好杀。因为他们根本连刀都举不起来了。"

"原来如此。"

义达感叹道。

"接着去找刀砍钝了的人。对方用那种刀,隔着衣服怎么砍都伤不着你。"

"是嘛,原来合战是这样的。"

"战场可不是什么好看的东西。它既不是锻炼自己的地方,也不是展现武勇的地方。那些全都是骗人的。战场就是一群人吓得尿裤子、边哭边厮杀的地方。谁先示弱就得先死,都给我记住了。"

众人沉默不语。

"扬沙障眼,掘土为陷阱,扫腿,猛踹,投掷武器、扔石头,有什么来什么。死人不会说话,丢了性命就没法抱怨什么。只要能活下来,过后随便编造多少勇士传奇都行。"

"是……"

"见到火枪马上跑,弓箭也一样。那种时候别顾什么脸面,掉头就跑。人死了可就啥都没有了。还有问题吗?"

"明白了。"坂上说,"真是太令人吃惊了。那我们只需要练习刺人就好了吗?"

"凭在场这些人的身手,除此以外没别的办法。你们从早到晚练就是了,但是不能用竹刀,最好找一根与真剑同样重量的棍子。"

"这就去准备。还有呢？"

千代听见这番话就站了起来，准备去寻找棍子。

"如果对方不是高手，有一个办法可以一招制敌。等棍子拿来了，我就教你们。想在混战中存活下来其实不难，只要稍微有点经验的人必然能做到。其实只要懂得一个诀窍就好，非常简单。"

千代与众人寻来了木棍，发给禹吉、新五郎和时次郎三人。

"听好了，这里不是学堂，我可不会多做解释。想活下来就仔细听。"

鲇之进说完，对禹吉招了招手。

"多数人近来都用竹刀练习，基本上都会这样大开大合地挥舞。这是因为人们都把剑当成了砍人的菜刀。遇到这种人，一刀刺过去往往会让他们大吃一惊。对方不会预料到这种攻击。"

鲇之进以禹吉为对手，示范了一下戳刺。

"所以，要尽量避免对方察觉自己的招式。"

鲇之进从上段到下方，连续移动了好几次刀。

"然后突然刺出去。刺的时候对准胸口或是咽喉。"

鲇之进猛然刺出，禹吉向后躲避。

"没错，对手会这样躲避。要是你的刀被对方挡开了也不要慌，只要用力把刀尖刺出去，对方肯定会这样躲避。对方躲避之后，就会觉得已经避开了敌人的攻击，脑子里会想着展开下一段攻击，身体也会随之行动起来。也就是说，对方会绕过弯，开始直起身子。你们要看准这个瞬间，再刺出去。"

"就是要二段刺吗？"

义达问。

"没错，二段刺。别收刀，从刺出去的地方直接往前再刺一下。"

鲇之进又示范了一遍。

"这样肯定会出乎对方意料。只要敌人不是高手，被刺一下已经吃了一惊，再来第二下，脑子就会一片空白。以西河那帮混混的水平,再加上是第一次对阵,用这招基本就能解决掉了。听见没?"

"是。"

禹吉说。

"目前为止,我与之对决过的西河之人,无一例外都是会吃这一招的对手。"

"原来他们的水平便是如此。"

严三郎说。

"没错。碰上不是武士出身的人,只管刺就好。等练好了二段刺,就接着练三段刺。好了,你们试试看。"

鲇之进让禹吉与新五郎面对面摆好了架势。两人各自练起了戳刺。

"如果第二段把刀刺进了敌人体内,就继续用力刺透。只要刀没有卷刃,就能刺进去。如果能完成这个动作,那随便怎么贴近都行了。哪怕钻进对方怀里,对方也绝不会还手。因为他已经动弹不得。"

"是。"

禹吉说。

"如果伤得不够重,对方就会疯狂挥刀,你自己就要被砍到了。这是舍身战术。第二段戳刺要用全身力气撞过去,真的用必死的决心去干。把刀柄顶在自己身上,只要撞上去就能刺进对手身体里。如果刺得太浅,自己就会死,这点别忘了。做完二段刺,一定要把对方杀了。一旦有人活下来,对方就会知道我们的战术。到时候就得再想别的办法了。"

"是。"

"刺透之后一定要抽刀,用尽全力抽回来。如果抽不动,就踩着对手的身体往外拔。只有把刀抽出来,人才会喷血,喷了血才会渐渐死去。刀没拔出来的时候,对方可是活着的。"

"是。"

"要凭这帮老朽开辟一条活路,办法只有这一个。"

听到这番宣言,头发花白的村民全都严肃地点了点头。

"要是开战了,准备怎么打?"鲇之进问坂上。

他们已经来到了后院,村民都在道场里练习戳刺。老人们拼尽全力的喊声从窗口传了出来。

"我们准备把这里当成大本营,也就是城池。"

坂上旁边的义达说。

"虽然坡道比较平缓,但道场好歹也坐落在一座小山丘上。按照中国的兵法,大本营一定要设在山丘之上。另外也有说法,就是不可攻打高处的敌人,否则必败。"

"嗯。"

严三郎也点点头。

"在道场门口盖石墙、堆沙包、缠荆棘,周围派人防守。"

"妇孺会被掳作人质。"

鲇之进说。

"那就让村里的妇孺都到这里来,开战期间就在道场里生活。要是住不下,就在道场背后盖小木屋,暂时在里面起居。"

义达说。

"这样就没法在道场里练习,不过大伙儿可以在外面院子里练。"

坂上说。

"如果要打攻防战,就需要远程武器。"

鲇之进说。

"丧葬店的善兵卫说他有门路,现在进城去搞弓箭了。"

"那还需要射箭的练习场。"鲇之进喃喃道,"还要磨刀的工具。"

"磨刀石这里有,等弓也搞来了……"

"如今不是乱世,肯定搞不到多少弓。就算能搞到也不是上手就能用。不懂射箭的人就算射了也不中,要射中得长年累月练习。"

"那我们再建一座弓道场。"

鲇之进摇摇头。

"远程武器要是被敌人夺走了,反倒会成为麻烦。如果对方不准备,那我们也没必要准备。"

"可是这……"

鲇之进抬手打断他的话,指向道场窗户。

"你把弓箭交给一群连木刀都耍不好的老人,他们能射中吗?"

坂上等人闻言,不再说话了。

"等他们能把箭射到靶上,仗早就打完了。"

"可是我们这边只有这样的人手。"

"那些人靠不住。"鲇之进说,"你也看见他们挥竹刀的样子了吧,简直是老太婆跳招魂舞。就算能练一段时间,那帮老头的身手也不会有所长进。无论是刀还是弓都一样。你要给他们佩上刀弓守城?那帮人舞起剑来苍蝇都能停在上头,一定特别可靠吧。"

"那您说该怎么办?"

"困守这种想法本来就不对。如果是坐拥广大领土和老百姓的藩主,那当然只能在城中作困兽斗。可是你们两方都只有几十个人,造个大本营躲在里面,那不就是故意让自己打输吗?"

"可是如果没有大本营,万一房子被偷袭,一转眼就没命了。既然我们是弱者,那至少要聚集在一起互相帮助啊。"

严三郎说。

"那也得是更能打的人才能这么干。你们还要配备一圈兵力防守?兵在哪里?"鲇之进指着道场窗户,"如果你是说在里面跳舞的人,那不如抓几只猫来守。他们一转眼就会被冲破。把所有人聚集在一个地方,根本是主动请敌人来个一网打尽。"

鲇之进把木刀架在后颈上,双手搭着刀身,走了起来。

"这种战法不对,只有找死的人才这么干,还是分散到广阔区域更能争取时间。"

"那您是说，不需要大本营？"

"不需要。"

"那要怎么打？"

"如果想打赢，你们不能干等着。"

"说得倒容易！"义达略微加强了语气反驳道，"光骂人谁不会，三岁小孩儿都会。您得给个具体的策略……"

"我当然有，只是不想说。"

"请您说来听听吧。"坂上鞠躬道。

即便如此，鲇之进还是原地转着圈，并不说话。

"我不想说，因为一旦说出来，这就成了我的负担。我不喜杀生。"

"我们也一样，可是如果不反抗，我们自己就没命了。"

"那是你们的事情。你们的房子和土地在这里，家人也在这里。可我并没有。"

"您不情愿？"

"没错，你们不明白杀人的痛苦。"

"早点解决这件事，您就能早点离开。"

"所以我在想，为何不能现在就走呢？我到底欠了谁的？"

"如果您现在就走，我们就都得死。要是您可怜我们，就请说出那个对策。"

坂上说完，严三郎接过了话头。

"虽然说来俗套，但您也可以把这当成扫荡世间之恶。如果这里沦为黑道的宿场，善良的平民百姓还有旅行者，最要紧的是妇孺就会遭受巨大的折磨。只要附近有那样的女郎屋，穷人家的姑娘就会被卖进去。还会有人拐卖姑娘。我们就是要防止这种事发生。"

鲇之进依旧兜了一会儿圈子，然后才咂舌道：

"勉强能战斗的只有在场这四个人，如果想凭四个人取得胜算……"

鲇之进说到一半，看向天空沉默下来。

"是，如果要取得胜算……"

坂上等着他继续往下说。鲇之进收回目光，说了下去。

"要想取得胜算，就得靠我们四个把所有敌人都干掉。"

众人闻言，都为这困难的策略咬紧了牙关。

"没错吧？除此之外别无他法。"

过了一会儿，他们渐渐想明白了，各自点了点头。

"既然如此，策略就只有一个。要一次性干掉所有人肯定不行。要每次从西河屋引诱五六个人出来，每次都把他们赶尽杀绝。"

众人闻言，都沉默了。

"一个都不能放过。杀死所有人之后，马上隐藏尸体。西河那帮人现在还不知道我加入了。他们满以为对手只是一帮老朽，随便什么时候动手都不迟。"

坂上等人点点头。

"就这样渐渐削弱敌人，等他们人数变少了，就一口气打上门去。要一夜之间解决问题，没别的办法。"

众人继续沉默不语。

"困守在城中等敌人进攻，不过是拖延了打败仗的时间。一旦让敌人得了势，他们就所向披靡了。哪怕对方只是不懂剑术的混混，得了时势便能稳赢。如果你们真的想赢，就要主动出击。你们早就下定了必死的决心，心里根本没想着要赢。"

坂上闻言，顿时蔫了。

"的确如此。"

"咱们只有一帮糟老头子，的确从一开始就把这当成了必败的战斗啊。"

严三郎也表示赞同。

鲇之进说："要赢，就要压制敌阵。为此，你们早晚都要打到敌阵深处去。只是愣愣地隔岸观火，绝对不可能打赢。"

"您说得对。"

"既然如此,不如速战速决。现在敌人还没有动真格的,一心顾着赌场和妓院的油水,把打仗当成了将来再做的事情。此时出击,能够出其不意。"

"您说得太对了。"

严三郎说。

"西河屋也是这样想,才雇了猿田吧。毕竟经营赌场和旅舍需要一定人手。"

坂上说。

"越等越对我们这边不利。一旦拖延时间,必定要被干掉。那帮老头的剑术不可能有长进。"

"您的意思是,我们不需要准备?"

义达问。

"不需要。反正准备了也没两样,这种阵容再怎么努力也打不赢别人。既然如此,干脆只靠几个能战斗的人制定策略。不需要弓箭,也不需要很多把刀。那样只会让战斗变得太复杂。但是,总攻的时候必须有长枪。"

"您说要一点点引诱敌人出来,这到底该怎么……"

"那可需要特别吸引人的诱饵,让敌人一看见就忍不住扑过来那种。不过这座村子这么穷,没有那种东西。"

"我来!"

远处传来千代的声音,原来她一直在听。

"退下!"父亲坂上怒吼道,"这里没你什么事!"

千代不说话了。

9

从入夏开始,西河门前就摆出了乘凉的露台,此刻正有六个混混坐在上面喝着冷酒谈天说地。只要有年轻女人走过,他们就会大声调戏，然后哄堂大笑。

"不过话说回来，店里的女人都玩腻了啊。"一个人说。

其他人虽不回话，但都露出了赞同的坏笑。

"现在是一个都不想抱了。那根本不算女人。好想知道哪儿有更漂亮的女人啊。"

"嗐，就凭我们这儿的婆娘，客人也不愿来啊。"

"丑婆娘涂白粉，还是饶了我吧。那货色哪好意思收人家的钱。"

"那帮婆娘最近可都上了年纪啦。"

"就是，本来只有年轻这个优点，这下可好，都成老婆子了，哪儿还卖得出去啊。"

"上回有个外地来的老头儿，说要看看咱家的女人，被我领进去了，他竟然说这难道是鬼屋吗，还说都这个货色，还是趁天气暖和赶路去吧。我听了真是气不打一处来！"

"这么个乡下地方，好女人也不来呀。还是别痴心妄想了。"

一个人说着，在台上躺倒了。

"所以才要把那帮农民赶走，将这里搞成大宿场啊。到时候就有好女人愿意来了。"

"在此之前只能用老妖婆来充数啦。"

"也得考虑咱们每天抱老妖婆的心情啊，真是太想哭了。"

"哦，小姐姐！"一个男人朝路过的女人喊，"你好漂亮啊，要不要到咱这儿来？"

女人快步走了过去。

"那女的好冷淡，要不咱到别的妓院去抢几个过来得了。"

"抢女人？别蠢了。要干找别人去干。"

就在此时，屋后又走出两名青年，加入了他们的谈话。

"喂，你们知道哪儿有好女人吗，像太夫[①]啊公主那样儿的，北

[①] 此处的太夫指游女、艺伎中最高阶层的人物。

国第一的好女人?"

一个人问道。

"谁家要是有那样的女人,我早就过去了。"

从里面出来的人说。

"咱这儿的女人全是些下等货色,只有吃饭第一名。"

另一个人说。

"不是还有压根儿揽不到客的女人吗?"

"啊,是有。"

"偏偏那种人最能吃。要不把那婆娘赶走吧,她一个人的饭量都能顶三个人了。"

"那婆娘最近变得像女相扑一样了啊。"

"你们想要好女人?"

就在那时,头上突然传来声音,几个男人惊讶地抬头看去。

"越前鲭江有个叫龙宫楼的游廓,你们知道吗?"

"你什么人?"一个混混儿拉着脸问道。

搭话的男人又瘦又小,满脸皱纹,黝黑的皮肤粗得像草纸一样。只见他露出黑黄的门牙,坏笑着看了过来。他这副模样看着就挺蠢,西河的混混儿也都用上了鄙夷的语气。

"搞什么啊大叔,别在大马路上晃悠,赶紧走开。你一个人到处晃,别等会儿被贼人给收拾了。"

"那不会,这家伙一看就没几个钱。"

另一个人说完,所有人都笑了起来。

那男人说:"就是啊,我身无分文。这不,快入冬了,这样恐怕得染上风寒啊。几位大爷可怜可怜我,赏我几个钱吧?"

"这家伙搞什么鬼,是个乞丐吗?"

"这老头儿好烦,不干活儿就想要钱。快滚。"

"我不。你们几个不也没干活儿嘛。"

"你、你还嘴硬是吧?"

"这老头儿好嚣张。"

"喂,谁给他两三文钱,这家伙太臭了,赶紧把他打发走。"

"少说蠢话。啥也不卖就想收钱,你脸皮也太厚了。"

"大叔,你想要多少?"

"别给他,不然他该得寸进尺了。"

可是那个人说:

"我不是乞丐,有东西卖给你们。"

混混儿闻言,便追问道:

"你有啥?"

"卖多少钱?"

"给几位大爷做个大人情,只卖十两。"

他话音落下,三个人惊得从台上滚了下去。

"十两?!你没事儿吧?这辈子见过这么多钱吗?"

"我可没见过。"

"我也没。"

混混儿们开口道。

"我连小判①长啥样都不知道。"

"没问你们。老头儿,你要卖啥?"

最年长那个混混儿问道。

"女人。"

"啥?你说啥?"

"我说女人,女人。那可是你们这辈子都没见过的漂亮女人。"

"喂,你听见没?"

他转头问同伴,大家又哄笑起来。

"好大的口气。就你这模样,还卖女人?你卖的是人吗,不会是母猪母牛吧?"

---

①江户时代流通的一种金币。

众人又笑了。

"你说漂亮女人？这么贵的女人在哪儿？"

"越前的鲭江有个叫龙宫楼的游廊，那可是越前数一数二的地方。他们那儿有个极品女人，号称千两太夫。那可是北国第一的美女。上方浪速那边的有钱人都竞相出价，你出一千两，我就出两千两，全都争着给她赎身。"

"骗谁啊，老子就没见过那样的。"

"行了，你且听我说。你们猜，那个大美人后来怎么了？"那人继续道，"她啊，从龙宫楼跑啦。"

"跑了？"

"竟然跑了？！"

混混儿们大吃一惊。

"这么一个绝世大美女，当然不愿一辈子待在同样的地方。谁不想去富饶的都城，甚至唐天竺见见世面啊。"

另一个人笑着说。

"于是游廊来找我，我就翻山越岭追过来了。"

"结果你找着她了？"

男人点点头。

"找着了，就在前边儿的山里面。"

"真的吗？还真亏你找着了。"

"你要拿她怎么办？带回鲭江去吗？"

"我本来是这么想，现在改变主意了。"

"改变主意了？"

"是啊。我上年纪了，腰腿不行了，女人又爱挣扎。拽着一个活蹦乱跳的年轻女子，我一个老头儿翻山越岭的太艰难了。所以我就想，干脆把她拉到这附近卖掉得了，说不定附近就有哪家店想搞个绝品游女啥的。"

混混儿们听着听着神情就变了，因为喝了点酒，还有点兴奋起来。

"再说我也不想回那种地方去了。我想啊,这生意做到这时候就该收山了。更何况那家店以前没正眼瞧过我。如何,你们店里要来个美女吗?"

"那当然要了,还用说吗?咱们早就待腻了妖婆屋。我说,你那个真的是美女吗?"

最年长的混混儿问。

"那种美女应该不多见吧。"

另一个混混儿说。

"要是不信,你们就去看看呗。"男人很是自信地说,"要不要看看,北国第一的千两太夫?"

"如果真有你说得那么厉害,那当然想看。"

一个人色眯眯地说。

"看一眼肯定没损失。"

"那个千两美女在哪儿?"

"就在前头的祠堂里,让我给捆上了。"

几个混混儿同时站了起来。

"在哪儿,让我看看。"

"你要买不?"

"行,先让我看看货色,赶紧带路。咱们先瞧瞧是不是真的美女。这叫实地考察。"

几个人提着酒壶,跟在那人后面走了起来。最年长的回过头,对一名同伴说:

"哥几个去看人,你去跟老大说一声。"

他们留下一个人,剩下的都穿过大路走了。剩下那个走进通往西河屋后门的小路,正要加快脚步,却发现一个男人挡在前面。

"小哥儿,这是要到哪里去?"

那个人问。

"你什么人？"

混混儿露出凶相。

"回去照顾女郎吗？"男人又问，"还是找头领有事？"

"我干吗要告诉你？别挡路！"

混混儿吼道。

"真抱歉啊，我不能让你过去。"

男人说着，手已经搭在刀柄上。混混儿吓得缩了一下，很快就打起精神，也握住了自己的刀。见对方把刀推出一寸，混混儿也慌忙要拔刀，但是还没拔出一半，就被男人照着肩膀一刀斜劈下来。他正要惊呼，瞬间就被刺穿了心脏。

那人动作快如惊雷，竟是鲇之进。混混儿口吐鲜血，缓缓倒地。鲇之进用力甩掉刀上的血，收刀入鞘之后，朝背后挥了挥手。

新五郎与时次郎全速跑过来，抓住了这混混儿的手脚。加平和禹吉紧随其后，把濒死的混混儿整个抬了起来。接着，他们追在鲇之进后面，抬着混混儿跑了。

一行人在小巷间穿行，最后来到河边，越过河堤下到了水边。鲇之进指着一棵大树让他们把人埋在底下，然后独自走向街道。他趁周围没人，快步穿过大路，走到田埂上，再次跑了起来。

七个混混儿排成一行，走到了村边的祠堂门口。带路的人走上三级台阶来到外廊，透过格子窗朝里面张望。

"还在，没跑。如何，你们要不要过来看看？"

他招了招手。

于是，几个混混儿全都走了上去，朝里面窥探。

一个年轻女人被捆住了上身和脚脖子，嘴里塞着手巾，躺在破烂的地板上。尽管被捆了，可她还是涂着白粉，妆容精致，的确是个太夫级别的漂亮女人。

西河的人直起身子，个个瞪大了眼睛。

"喂，这还真是个美人。"

可能因为被人粗暴对待，那姑娘的和服下摆凌乱地敞开着，露出了膝盖。

"嘿，这让人怎么受得了。"

一个人说着，把手伸向格子门。

"要不把这门开了，走进去看吧。我长这么大还是头一回见到这么美的女人。这是做梦还是幻觉？这不是唐天竺的天仙大人吗？"

男人打开格子门的瞬间，姑娘背后的拉门咔嗒一声被拉开，一个提着刀的男人走了出来。那人就是坂上。只见姑娘撑起身子挪到了一边。她胸口虽然被绳子捆住，背在身后的双手并没有被捆绑。

坂上提着已经出鞘的刀，快步上前一脚踢开了格子门，照着正要走进去的混混儿就是一个斜劈。混混儿惨叫一声，从台阶上滚了下去。

众人顿时恐慌，纷纷大叫着拔出刀来，退到身后的空地上摆好架势。

"这边！"

有人喊了一声，转头一看，原来那里也站着两名拔刀的武士，正是严三郎和义达。

余下的六个混混儿中，有好几个同时朝他两人砍了过去。两人举刀招架，顺势砍向混混儿。那几个混混儿勉强躲开，以三对一朝他们举刀砍了过去。严三郎无法同时招架三人，只得向后退去，此时坂上从祠堂跳下来支援，砍倒了其中一人。

混混儿剩下五人，其中三个与坂上三人开始对峙，此时便多出了两人。一人离开人群朝田埂走了过去，中途还转过身来大声喊道：

"你们等着，我去叫帮手来，还有猿田老师。大家伙儿撑着点！"

随后，他收刀入鞘，背过身去。只见前方出现一个人影，原来是鲇之进顺着田埂朝这边跑了过来。

试图逃跑的人见状大惊，不知不觉放缓了脚步。另一个人也逃了过来，一把推开他拔腿就跑。先跑的人也回过神来，朝鲇之进冲了过去。

鲇之进的身影越变越大,渐渐缩短了与两人的距离。他边跑边拔刀出鞘,两个混混儿也拔出了刀。西河的二人左右分开躲过鲇之进,跳进了农田里。鲇之进跑过去一个闪身,轻而易举砍倒了一个人。

另一个人见状惨叫一声,头也不回地往外跑。鲇之进追过去,在农田中央一刀砍向他的后背。那两个人吓得只顾逃跑,连刀都没怎么挥起来。更何况他们本身就没有练过剑,刚才喝的酒又上了头。

鲇之进没有停下,径直跑向了正在对峙的六个人。与严三郎交锋的混混儿感到鲇之进的杀气逼近,涨红的脸顿时扭曲,发出了尖厉的惨叫。接着,他背过身去,放弃了战斗,开始全力逃走。严三郎追上去砍向那人后背。男人大叫一声,一头栽倒在地。

见此情景,与义达对峙的人显然战意全无,尖叫着朝鲇之进胡乱砍了过去。然而,他被死亡的恐惧蒙蔽了双眼,丝毫看不见前方。鲇之进一动不动,以刀背挡开攻势,把对方的大刀往上一撩,同时沉下身子,砍向他的侧腹。

一时鲜血四溅,他也惨叫着栽倒在地,随后连连哀叫,在地上不受控制地抽搐。

最后只剩下与坂上交锋的人,他见状也是吓得大叫一声,意识到只剩自己还活着,干脆垂下刀尖,双手撑在地上,带着哭腔喊道:

"饶了俺吧!"

他已经把刀扔开了。

"俺这就回老家。俺家还有爹娘,俺回家种地去,求你们饶了俺吧!"

他哭喊道。

抹着白粉的千代站在祠堂外廊上,无声地看着这一幕。她旁边那个人,便是在西河混混儿面前演了一场大戏的正吉。

鲇之进收刀入鞘,看着滚倒在地的酒瓶,走过去踹了一脚。

"原来你们在喝酒啊。才傍晚时分就满脸通红，何等愚蠢。"

他咕哝道。

"如果放过你，西河那帮人就会得到消息。我不会让你这么做。还不赶紧像个武士一样站起来，与我对决。"

坂上说。

"俺不是武士，俺是农民。求你饶了俺吧。俺不回西河屋了，真的，俺发誓。俺直接回老家，饶了俺吧。"

他哭喊着把头磕在地上。

远处传来几声乌鸦的鸣叫，夕阳已经落到了远山之下。

"你加入那帮亡命之徒时，早就该有落得今天这个下场的觉悟了吧。"

严三郎说。

"没有！俺从来没想过，真的！"

那人额头顶着地面说。

"咋办？"

严三郎问义达。

"他都那样说了，要放过吗？"

义达说。

"此时放过他，你们村就没了。"

鲇之进马上做出决断。

"俺不回去了，俺绝不再回西河屋了，俺发誓！"

男人哭着说。

"站起来！"

鲇之进走过去，把他拽了起来。这下所有人都看见了那个混混儿的哭相。那人看上去也就二十左右，还很年轻，不比千代大多少。

"跟我儿子一般大啊。"

严三郎喃喃道。

男人空着手，害怕地捂住了脸。那个瞬间，鲇之进抽出短刀，刺透了年轻人的心脏。

那人大张着嘴,惨叫一声,鲜血顿时从口中喷涌而出。

鲇之进拔出短刀,一阵血雾腾起,男人跌倒在地。

"打起精神来!"

鲇之进收起短刀,朝周围大喝一声。

"既然已经动了手,就别再犹豫。事情定好了,就做到最后!"

坂上等人低头不语。

"我早就告诉你们了,杀人的滋味不好受。"

鲇之进说完,坂上缓缓抬起头。

"的确如此,您说得没错。"

"是啊,一点没错。"

义达也说。

"我们没有选择卷铺盖逃跑。如果做不了这种事,那一开始就应该逃之夭夭。"

严三郎说。

"哪怕最后沦落为乞丐。"

"没错。好了,把大家叫来,埋了他们吧。"鲇之进说。

10

"冷吗?"鲇之进问千代。此时,他们站在犀川的岸边。半轮明月挂在空中,冰冷的空气里充斥着水的气味,千代瑟瑟发抖。时间已是晚上,他们刚用过晚饭。

"不冷。"千代说,"可以坐下吗?"

听到千代这么一问,鲇之进便坐在了草地上。

"我今天亲眼看见好多人死去,心里很害怕,所以才抖得停不下来。"

"都跟你说了别看。"

"几个跟我差不多大的小伙子都死了。"

"没错。"

"他们一直很痛苦,一直挣扎到慢慢死去。如果他们能活下来,肯定会像我一样继续现在的生活吧。他们会喜欢上某个姑娘,与她结为夫妻……"

"或许还会生孩子。"鲇之进说,"说不定他们还会浪子回头,开始帮助别人,成为像你父亲那样受人景仰的人。"

"是啊。一想到这里,我就忍不住颤抖。"

"如果他们走运活了下去,说不定能拥有值得书写的后半生。我也这样想。"

"是吗?"

"是的。我挥刀砍人的时候,时刻会想此人是否真的毫无拯救的价值。"

"您一下就能看出来吗?"

"倒也不会看不出来。可是像今天这样,既然已经决定了要干掉西河组所有人,那即便对方还有希望,我也不能留情。哪怕他是个善良的人也不行。我只能祈愿,希望他是个彻头彻尾的恶棍。"

"嗯。"

千代用颤抖的声音应了一声,双手抱住自己。

"那些人加入西河应该也有苦衷吧。或许他们家境贫寒,父母食不果腹,只能离开家省下一份口粮。可是到处都找不到工作糊口,不得不四处飘零,最后没办法,才加入了西河。"

"是。"

"也有可能,他们本以为自己是去西河的旅舍帮工,结果一进去就被塞了大刀,还被命令去威胁村民。"

"是吗……"

"大致就是这几种吧。世上很少有人年纪轻轻就成了彻头彻尾的恶棍。"

"我头一次看到人死的光景。而且还死了这么多人。"千代垂下头说,"真的,真的很痛心。而且他们还不是老人,都是将来路还很长的年轻人。"

"你可以不用看了。你父亲不也这样说吗?"

"我可以不用看了吗?"

千代看向鲇之进。

"是的。"

"我可以若无其事地躲在家中闭门不出吗?"

"没错。"

"就算没了我……"

鲇之进哼了一声,似乎在笑。

"我会想办法。"

"真的有办法?"

"喂,你别太得意忘形了。"

"鲇之进大人应该能行。可是我们只有四个人,对方……"

"应该还有十七八个人。当中还有猿田这个高手。"

"那……"

"是的,以我们这个阵容,还不能搞突袭。还得再来一次诱敌出洞,再干掉五六个人。要是敌人只剩下十个,就算村民实力堪忧,也可以凑成长枪队,一口气杀上门去,结束战斗。"

"我们就能赢吗?"

"当然,能赢。"

"那下一次该怎么诱敌出洞?"

"我会想办法。"

"鲇之进大人,您为何要这样帮我们?"

"谁知道呢。"

鲇之进含糊地说。

"莫非跟我想的一样吗?"

千代问道,但鲇之进默不作答。

"您不说话太狡猾了,一点都不像个男人。"

鲇之进哼了一声,还是不说话,转而看向倒映着月光的河面。

"这里是我最喜欢的河边。"

千代说。

"为什么?"

鲇之进问道。

"那边不是有几棵大树吗?那是变红叶的树。树枝朝水面垂落,红叶就会映在水中。那片阴影底下会聚集很多鱼,要是有船开过,风景会特别美。"

鲇之进点点头。

"一定很美吧。"

"现在天黑了,看不出有多美。"

"不,我能看出来。"

"您知道这里白天很美吗?"

"当然知道,因为有月光。"

鲇之进点点头。

"原来厉害的武士也能分辨景色好坏与风雅……"

"那当然,这是最重要的涵养。"

"真的吗?"

千代惊讶地问,鲇之进点点头。

"鲇之进大人,您想过娶妻安家吗?"

"没有。"

鲇之进立刻回答。

"真的吗?您一直这样可不行。我听说啊,正经的武家人都要有宅邸,有下人,还要有夫人。"

"我还在修行,算不上独当一面的武士,所以没有家宅。"

"我在说将来呢。鲇之进大人是能成为一方武士的人。"

"谁知道呢，现在时代不同了，就算有点身手，也不能单凭这个立身。"

"那您为何要到城里去？就是为了在那里寻找出世之道吗？"

"我一直认为武士应该这样。"

"那我也去。"

"什么？"

"去城里。"

鲇之进凝视着千代。

"可以吗？"

"不行。"

"为什么不行？"

"这不是女人能受得了的行程。饥一顿饱一顿，晚上没有地方睡，过的日子跟乞丐差不多。"

"您那样会弄坏身子。我能照顾您，为您做饭、洗衣服。我还会洗沾了血的刀。我是在旅舍长大的，做饭可好吃了。娘……不，母亲教了我许多东西，我什么饭菜都会做。真的很好吃哦，我想让鲇之进大人尝尝。"

"不用了。"

"为什么呀？！"千代惊讶地问，"为什么？身边有个会做饭的人能方便很多哦。只要有店面，还能开饭馆。或者我到饭馆去干活儿，赚盘缠。"

"你要我被女人养吗？那我就再也不是个男人了。"

"怎么会呢，您不必在意。"

"我如何不在意。带着一个女人赶路，转眼就会没命。你也是，跟在我这种人身边，性命堪忧。"

"我早就做好了舍弃性命的决心。或者，鲇之进大人可以留在村里。"

"那不行。"

"您娶我为妻吧。"

"你说啥呢。"

"如果正妻不行,那就当侧室。"

"喂,你这话锋转得也太快了。正室都没有,我要侧室干啥。"

"那您留在村里,与我结为夫妻!"

"你疯了吧?这种话不应该由女人说出口。"

"可我不说您就不明白呀。请您拯救这个村子,在村子里当首领吧,鲇之进大人。"

千代说着,用力抱住了鲇之进。她纤细的手臂瑟瑟发抖,也传到了鲇之进的手臂上。

"我早就舍弃性命了。我喜欢鲇之进大人,喜欢得不得了,都快要疯了。我生下来就是为了遇到鲇之进大人。鲇之进大人也喜欢我吧,对不对?"

鲇之进一言不发。

"您喜欢我吗?"

实在按捺不住,鲇之进点了点头,然后说:

"没错,是的。你说得没错。"

"我好高兴!"

千代抱得更紧了。

"我不该对您提出这种要求,可是谢谢您。我一心喜欢着鲇之进大人,哪怕要我赴死也不怕。所以,请您在这里要了我吧。"

鲇之进愣住了。

"啊?什么意思?"

"让我成为鲇之进大人的女人。"

"你、你说啥呢,我听不……"

"您应该懂得。"

"在这里吗?"

"是的。"

说着，千代开始颤抖，连咬字都不清楚了。

"您不喜欢这样吗？鲇之进大人是不是觉得，我过于兴奋，宛如动物一样？可是，女人一旦动了情，都是这样的。"

"千代，你冷静点。"

"您愿意叫我的名字吗？啊，鲇之进大人，我好高兴。我并非只是欲火焚身，这是非做不可的事情。"

"什么非做不可！为何非做不可？"

鲇之进虽然这样说，还是无法忍耐，把千代按倒在草地上。

结束后，千代静静地说：

"谢谢您。"

她已经不再颤抖，坐起身来。

"这样一来，我就是鲇之进大人的女人了。"

鲇之进默不作声。

"明日一早，请将我捆起来，扔在铃见桥头。"

"什么？！"

鲇之进大吃一惊。

"请您用加贺藩士之妻枉法通奸的罪名处罚我。"

鲇之进惊得张大了嘴，然后说：

"你没问题吧？莫不是傻了吧？"

"我守身如玉，绝不会犯通奸之罪。可是，我想当当枉法通奸的罪恶女人。"

"你知道一个女人被扔在水边示众是什么意思吗？行人与孩童都会来伤害你。"

"我早有觉悟。"

"我的意思是，会有人碰你的身子。"

"我早有觉悟。那天我在山中，也被西河的混混儿碰了身子。现在的我已经可以忍耐了。我已经不是黄花闺女了。"

"要是你被扔出去示众,会有很多人围观。"

"不会。我会请人知会村民,叫他们不要到桥那边去。"

"嗯?"

鲇之进思索着她的意思。

"如此一来,看热闹的便只有西河的人。"

鲇之进闻言沉默下来,因为他渐渐猜透了千代的想法。

"你要把西河的人引出来?"

"是。"

千代点点头。

"西河屋将会暂时无人看守。经常出入赌场的安一叔和加平叔应该知道西河老大的长相。"

"你叫我们带着安一和加平,一口气杀到西河屋干掉他们老大?"

"是的。"

鲇之进在黑暗中陷入沉思。

11

"嘿,这姑娘是个上等货色啊。"

西河的混混儿走过来,低头看着被捆在桥头的年轻女人。绳子另一头被固定在了栏杆上。

"这上面说啥?旗本工藤助佐卫门之妻阿娟,犯通奸之罪,罚在铃见桥头示众一昼夜。倒也是,这么漂亮的女人,是男人都馋啊。"

男人念出了女人旁边竖的牌子。

"你瞧,通奸对象还是个和尚。"

另一个人也看着牌子说。

"这上面写,她与做法事的庙里的英俊住持私通,男的已经被斩首了。"

此时,又有几个西河屋的同伴加入进来。

"喂，是真的，有个女人被捆在这儿示众呢。还是个大美女。"
后来的人说。

"喂，你们咋也来了。我说人咋突然多了起来。"

"就是呀，店都空了。"

"这女人可惜了，干脆弄到店里去吧。她是不是要被处死？"

"有可能啊。"

"那真的可惜了这么上等的货色。"

"你们几个怎么回事，都跑过来干啥？"

最开始那个人对同伴说。

"听说铃见桥头有个大美人被扔出来示众，就来看热闹了呗。"

"挨了这么重的罚，恐怕干了不少坏事吧。"

"好像是跟庙里的和尚通奸了。自己明明是旗本家的夫人。"

同伴解释道。

"和尚？真便宜他了。"

"你们来了几个人？一、二、三……喂，怎么九个都来了。这下西河屋不就空啦？店里那些娼妓不用管吗？老大要生气的。"

"那些老妖婆跑了更好，还能省点粮食。"

鲇之进、坂上、严三郎和义达四人躲在暗处，隔着大路盯着西河屋的正门。一众武士背后还跟着加平、正吉、时次郎和文佐卫门等人，他们背后还有几个村民。所有人都用布绳束起了宽袖，准备战斗。

"可以了吧，店里的混混儿走了不少。"

坂上担心女儿，焦急地说。

"里面还有七八个人。要是人数超过五个，收拾起来就会花时间。一旦拖延了时间，千代就很危险。我们必须在强袭之后马上赶到桥那边。喂，该你上场了。"

鲇之进朝正吉努了努嘴。

正吉点点头,大大咧咧地穿过街道,行至西河屋正门,撩起短帘朝里面喊了一声。

"喂——你们不去看吗?一个大美人被捆在铃见桥头啦。那可是城里也不多见的上等货色呀,现在成了一副衣衫不整的样子,不赶紧去看可就错过啦!"

说完,他便逃进了旁边的小路。

片刻之后,一个混混掀开短帘走出来,后面又跟来了四个人。他们往门口一站,开始左右张望,仿佛想看刚才是谁在说话,但是看不见人。于是众人快步朝铃见桥的方向走了过去。

现在还是清晨,路上没什么人,平时在门外揽客的娼妓也没露面。

"好,走吧。你跟紧我,别丢了。"

鲇之进压低声音对加平说。加平点头答应。他时常出入赌场,知道老大长什么样子。

"那些女郎就交给你们了。她们可能还在睡,如果从屋里跑出来闹,那就麻烦了。我这边完事之前,绝不能让她们出来。"

"知道了。"

文佐卫门和时次郎应了一声。他们腰间也佩着大刀。

"别对女人动粗。"

义达嘱咐道。

"知道了,你不用操心。"

文佐卫门回答。

"其他人按照计划,别松懈了。"

鲇之进命令道。

"是。"

禹吉回答。

鲇之进走到路上,小跑着穿了过去。加平、时次郎、文佐卫门紧随其后。另外三名武士也跟了上去。

鲇之进在门外停下脚步，躲在一旁窥视内部，见没有人，便攻了进去。门前摆着几双木屐，但不像有人的样子。一行人由鲇之进打头，穿着草鞋就走了进去。

"带路。"

鲇之进按住刀柄，对加平低声说。

加平换到前面，快步穿过走廊。一路上都没见到人。前方出现一段楼梯，加平低声道：

"楼下就是女郎的房间。"

时次郎和文佐卫门点点头。

"老大的房间在二楼尽头。"

鲇之进点点头，再次换到前面，悄无声息地上了楼。

"干什么，你是谁？！"

刚上到二楼，挨着楼梯的房间里就传来浑浊的声音，一个满脸横肉的中年男人唰地拉开了纸门。

此人果真一副黑道中人的模样，见到近在咫尺的鲇之进，顿时露出惊讶的神情。只见那凶煞的面孔越涨越红，表情愈加狰狞起来。

下一个瞬间，他就大张着嘴愣在了原地。原来鲇之进已用大刀刺穿了男人的心脏。他发出苦闷的呻吟，已然没有了气力。

坂上与义达从他两侧闪出来，纷纷闯入房中。

"是老大，那就是老大！"

义达身后的加平喊了一声。

只见一个半大老头正在被褥里撑起身子，枕边还放着酒樽。

他一脸惊讶，慌忙爬向旁边的刀架，一边伸手拿刀一边声嘶力竭地喊：

"来人啊，快来人！猿田，猿田去哪儿了？！"

坂上从他身后逼近，一脚踩在雪白的上等被褥上，朝他背部砍了下去。

那人大喊一声仰倒在地，义达绕至前方，将刀深深刺入他的胸口。白绸寝具顿时溅上了深红的血点,西河组老大颓然倒地。

与此同时,分隔房间的纸门猛然打开,一个形似浪人的高大男人冲了进来。他正要拔刀,已经被严三郎砍中了侧腹。

这三名武士通过几天的实战,已经找回了砍人的手感。他们动作准确,行动迅疾。

"这就是猿田吗?"

鲇之进问。

"不对。猿田不在这里。"

坂上回答。

"猿田在哪?"

严三郎问道。但是没有人回答他。

鲇之进拖过被子,盖上了濒死的三个人。

"不用把他们藏起来吗?"

义达问。

"不用,快去桥头。"

鲇之进做出指示。三人点点头,走向楼梯。

"小心点,宅子里可能还有人。"

鲇之进说。

可是三人走到楼下,都没看见有人跑过来。看来千代的主意果然奏效,西河的人都跑去铃见桥那边了。

"女人都不用管了。"

鲇之进说完,加平就赶到娼妓房间门前大声说道:

"时次郎,可以啦!"

门开了一条缝,时次郎探头出来,右手还提着出鞘的刀。他转向背后,对女眷说道:

"你们听好了,数到一百之前不准离开这里。我们都在门外看着,明白没有?"

"我们数不到一百呀。"

里面传来女人的声音。

"那你们能数到多少?"

"三十。"

"好,那就数两遍三十。"

时次郎说。

"白痴,是三遍。"

义达说。

"连算数都不会。"

一行人来到门口,掀开短帘走了出去。所幸外面还没有人。时次郎与文佐卫门关好娼妓的房门,也跟了出来。

"还挺简单啊。"

走向铃见桥的路上,义达说道。

"别松懈,事情还没结束。真正的战斗还没开始呢。"

"敌人还有十三个,加上猿田就是十四个。"坂上又说,"收拾完他们就算结束了,可是一旦松懈,咱们就要没命。"

严三郎答道:

"敌人数量虽多,但是没了头领,只能算乌合之众吧。"

这些曾经的武士已经有了些自信。随后众人小跑起来,赶往桥头。

穿过巷子,他们便来到了河岸边。众人猫低身子走上河堤,探头查看情况。桥上挤满了人,由于西河的混混挡住视线,他们看不清千代的情况。

"加平。"

坂上叫了一声。加平点点头,从怀里掏出哨子,用力吹了起来。众人盯着桥那边的变化,然而那边没有反应。千代已经被一群男人压住了。

"混账!"

坂上撑起身子就要过去,鲇之进一把抓住了他的手臂。

"还不是时候。"

"至少不会害她性命。"

严三郎说。

此时,桥上传来喧哗,只见千代推开围观的男人现出身形。她上半身被捆绑着,全力朝这边奔跑过来。跑下桥后向左拐,便是鲇之进他们躲藏的河堤。

千代两腿露出了大半,因为和服下摆一直扯到了大腿上。从她的模样可以猜到,西河的混混刚才对千代做了什么。

混混也欢呼着追了过来。千代边走边解开缚在胸口的绳索,完全松开后便随手一扔。然后她转头一看,惨叫起来。

坂上又要起身。

"还不行。"

鲇之进伸手拦住了担心千代安危的坂上和其他人。他要等千代靠得足够近才行。千代虽然在全力奔跑,但是那帮混混只要认真起来,追上一个女人的脚程显然轻而易举。那帮人原本又笑又闹,踉踉跄跄,但渐渐加快了脚步。最前面那个一口气追上去,想伸手抓住千代的肩膀。

还有一段距离,千代还没来到眼前。可是鲇之进做出了决断,万一千代被抓住就麻烦了。

"上吧!"

他一跃而起来到河堤上,拔刀朝着千代跑了过去。三名武士也紧随其后,千代的父亲坂上更是一脸凶煞,杀气腾腾地拔出了刀。时次郎、文佐卫门、正吉等人则沿着河岸边朝桥的方向跑去。一切都在计划之中。

西河那群人见到女人对面突然冒出几个凶神恶煞的武士,顿时面色大变。他们为这出乎意料的发展大吃一惊,不自觉地放慢了脚步,速度变得与步行无异。

千代一脸哭相,看见鲇之进便更加拼了命地跑过去想抱住他。

鲇之进抬手将她拦住。现在还不是做这种事的时候。

跑在前面的混混儿猛地停下来，转身沿着来路跑了回去。然而满脸涨红的坂上哪能让他轻易逃脱，一口气追上去，怒斩其后背。

那人惨叫一声滚下堤岸，后面跑过来的人也停下脚步，吓得腿软，一个个面露怯色，顿时慌了手脚。有几个人已经转身作势要逃。可是有个貌似有点身手的人拔出了大刀，其他人也纷纷记起了身上带着武器，便稳住身形，匆匆拔出了刀，同时朝身后招起了手，呼唤同伴们赶紧过来。

"喂，喂，快过来！"

就在那时，一台堆满了大米的板车从巷子里猛然冲了出来，堵住了河堤上的道路。紧接着，由村民组成的长枪部队也跟着板车怒吼着跑了出来。所有人都用布绳系紧了衣裤，额头包着一字巾。他们对准了翻过板车的河西恶棍，哇哇叫着轮番出枪。

文佐卫门和时次郎从河岸边跑上来，加入了长枪队伍。

察觉到后方战况，追赶千代的几个人又一次大吃一惊。他们被这意想不到的发展惊得连架势都忘了摆好。严三郎冲上前去，毫不犹豫地斩杀了一个手足无措的恶棍。义达也紧随其后，斩向另一个人。如此一来，西河的先头部队便只余下三人，而且处在孤立状态。

他们也总算想起了自己的刀，正要端起来，然而终归是一帮尚未决定要逃走还是战斗的胆小鼠辈，哪里敌得过笔直冲向他们的鲇之进。三人瞬间就被斩杀，顺着河堤滚落下去。

四名武士继续突进，朝板车冲了过去。此时已经有个混混儿翻过板车杀死了一名长枪队的村民，坂上首先冲上前为同伴报仇，将其斩杀。

严三郎与义达绕过板车跑到对面，各自解决了一名正在挥砍村民的恶棍。鲇之进跟了上去，一个男人突然发出盖过同伴惨叫的大吼，朝他迎了上去。他挥刀一挡，随即将他斩杀。

此时，旁边传来男人的惨叫，只见新五郎、彦佐等三人大吼着刺出长枪，同时贯穿了三个男人的胸口，令他们毙命。被刺中的三人都发出了尖厉的悲鸣。

再看脚下，一个西河混混已然奄奄一息。铃见桥上早已化作阿鼻地狱。

"你们老大死了，西河屋完蛋了。没人给你们发饷钱了！"

坂上高声宣告。

"你们都在白费功夫！"

此时，两个混混儿转身就逃，严三郎和义达追过去，在另一边的桥头将他们斩杀。那两人倒进草丛，发出痛苦的哀号。

下一刻，静寂突然降临，众人都愣住了。严三郎与义达喘着粗气，从桥头折返回来。他们微弱的脚步声和喘气声，河风扫过桥面的声音，在众人耳中都清晰可闻。

周围还传来将死之人痛苦的喘息，可是已经见不到哪个西河的混混儿还能站立着了。

"我们赢了？"

坂上喘着气说。

"喂，义达，我们赢了吗？"

坂上对走回来的义达喊了一声。

"啊，嗯。"

义达也喘着气点了点头。红叶村的人都瞪大了眼，对这个突如其来的事实有些失神，一句话也说不出来。

"我早就做好了必死的决心，唯独没想到会这样。我们赢了吗？这不会是做梦吧？"坂上说。

"有可能。"

一个声音传来。几名武士、长枪队的村民，还有鲇之进都循声望了过去。

树荫里悠然走出一名浪人，缓缓朝这边走来。

"猿田……"

坂上喃喃道。

"你们竟能做到这个地步,真让我吃惊。可是还没结束,这里还剩了一个人。你我还要了结这场恩怨。"

说着,猿田拔出了刀。

"等等,猿田。"

坂上抬起一只手说。

"你胆怯了?"

"不是。"

坂上断然否定道。

"西河组的都死光了,连组长都死了。他们已经不复存在,也不会有人付酬劳给你。你的工作,还有你拼命的理由,全都没有了。这一切已经没有意义,把刀收了吧。"

"我寻思不能让身体怠惰,便到后山去出了出汗。没想到竟有人会一大早来袭啊。被你们算计了。所以,这个组全灭也有我的责任,如果不干掉敌人的头领,我情面上说不过去。"

"猿田,这没有意义。你把刀收了,就这么走吧。西河组的要求本来就不合情理。你收手吧。为了这些老实本分的平民百姓,收手吧。啥也别说,就此离开吧。"

鲇之进走上前去,按住坂上的肩膀。

"坂上兄,这里交给我吧。"

"不,鲇之进阁下,这是我的问题,也是我的战斗。请你不要出手。"

"爹,别这样。求您让鲇之进大人来处理吧!"

千代在远处哭喊道。

"你也听见了吧,坂上兄。把刀收了,你还有家人。"

"不,鲇之进阁下,这次得你出手相助,我由衷感谢。如果没有你,我们绝对没有胜算。能得此完胜,我是做梦都没想到。我早有在此一役断送性命的觉悟,所以请你……"

"这家伙是猿田千人斩，你赢不了。"

鲇之进断言道。

"山县，原来你小子跑到这里来了。"

猿田对鲇之进说。

"真是走狗屎运的家伙。"

"我们彼此彼此。"

鲇之进回应道。

"你们听好了，谁也别出手！"坂上对伙伴严厉地说，"就算我被砍了也别出手。还有猿田，要是我死了，你别对村里人动手，直接离开。这事本与你无关，没必要伤害村民。"

猿田一言不发。

"猿田，你答应我。只要你肯答应我，我就跟你决一胜负。"

猿田点点头。

"好，我答应你。"

"感激不尽。"

说着，坂上缓缓拔刀。

"爹！"

千代叫道。

"坂上兄。"

鲇之进说。

"鲇之进阁下，你就在一旁看着吧。若不打倒这个人，我的战斗就无法结束。在你眼中，我可能只是一介老朽，但我也有我的想法。我已经过深思熟虑，并非一时意气用事。让我上吧。若我死了，女儿就拜托你了。"

说完，坂上看了看鲇之进等人，随后转向猿田，摆好架势。鲇之进见状，后退了两步。

"来吧，猿田。"坂上喊道，"让你见识见识竹刀武士临死的觉悟。"

"爹，我不要你死！"

千代大叫。

猿田微微抬起刀尖，收至身侧。

"八相吗？"

坂上喃喃着，立刻从上段发起攻击。猿田轻松招架。坂上猛然抽刀，朝侧身砍了过去。猿田也面不改色地招架了。坂上继而从上段斜劈下去，猿田抽身躲避，他又从另一侧再砍一刀。

猿田也改为上段持刀的架势，用与坂上类似的刀法砍了下来。坂上以刀背招架，顺势凑到近前，两人隔刀对峙。

"我记得你不会主动攻击，对吧？"

坂上朝近在咫尺的猿田说。

"坂上，你倒是有了点功夫啊。"猿田好似在感叹，"杀了不少人吧？"

坂上没有回答。

"不过你这真剑的招式还差了点。这么大开大合，肯定砍不到我。"

猿田说完，又嘲讽了一句：

"竹刀武士。"

猿田刚一退开立刻刺出，坂上没有预料到这一招，慌忙以刀招架，勉强挡住。然而下一个瞬间，左肩竟被砍到了。

坂上一时茫然。为何会这样？猿田的刀势极快，但并没有显露出砍向肩膀的势头。他完全没有想到。若是凡庸之人，绝对无法完成这个动作。

他几乎感觉不到疼痛，但不知为何，膝盖径自软了下来。一旦露出空隙就会被干掉。脑中闪过这个想法，他慌忙撑起膝盖想站直身体，然而左半身竟渐渐麻痹，使不上力气。他头一次意识到，原来这就是被砍到的感觉。

坂上举起刀，但只有右手能使出力气，左手只能勉强扶住。猿田的力量比他大上几倍。他心里本就清楚，如今却用身体感知到了。

此时，他突然被意想不到的恐惧所侵袭。那阵恐惧伴随着麻痹，从脚尖迅速上涌，紧接着剧痛也涌了上来。坂上知道，自己快要站不住了。

他拼尽全力，举起大刀。这刀如今竟变得无比沉重。他意识到，原来就是这种感觉啊。血液渐渐流失，疲劳越来越强烈，连刀也举不起来了。

坂上挥刀砍下。猿田浅笑着躲了过去。他的刀势已经不再凌厉。他自己也很清楚。猿田此时肯定在想，胜负已定了。

坂上咬紧牙关，再次斜劈下去，然而力量不足，刀势中途断绝。于是，坂上便从那个位置连人带刀刺了出去。

猿田向后一仰躲过攻击，扭身试图直立起来。坂上瞅准那个瞬间，又往前跨出一大步，用二段刺径直撞向猿田的喉头。

猿田瞪大双眼，坂上的刀尖已经刺入他的右颈。瞬间，伤口像水枪似的喷出了鲜血。

猿田踉跄两步，大刀一挥，轰然栽倒在地。随后他翻过身来，右手捂住伤口，然而鲜血依旧从指缝间喷涌而出。

坂上也无法站立，跪倒在他身旁，随后倒在地上。

"爹！"

千代大喊着跑过去，伏在父亲身上。

猿田只有出的气没有进的气，千代伸手夺过了他的刀。

"竟然是、二段刺……意想、不到啊……"

猿田断断续续地说。

"大意了……"

说完，他就再也没有动静了。

"你爹一开始故意大开大合，就是为了不让对手看出他要用二段刺决胜负。干得漂亮，快去给他包扎吧。"

严三郎对千代说。

283

12

在鲇之进、义达和严三郎等人的指挥下,红叶村的村民分头收集了大量门板,把散落在街头、河堤上下和桥面上的死者放在上面,抬到了村边的坟场。里面有西河屋的老大和所有成员,也有两名牺牲的村民。反过来说,他们这边的牺牲者只有两人。虽然令人难以置信,但的确是完胜。

尽管如此,还是有许多村民负伤,不少人还身受重伤,不得不像坂上那样卧床休息。医师菊庵把他们早早打发回家,完成治疗后,又令其家人好生照料。

村民又立刻进入西河组的旅舍,将老大及其心腹、猿田等人的尸体也放在门板上抬了出去。死者合计二十名,坟场成了一片合战结束后的战场光景。人们本想将所有人火葬并祭奠一番,无奈人数众多,怎么也要烧个一天一夜,烟会过于惹眼,于是村民们合力挖了个大坑,将他们土葬了。他们不想让路过的旅人看见吊唁死者的光景,把消息传到城里去。

将指挥吊唁的工作交给文佐卫门和时次郎后,义达、严三郎连同加平和正吉等人返回西河屋,又动员了红叶屋的女佣,将老大房间的血污清洗干净,收拾整齐,该洗的东西都拿去洗了。

没受伤的村民分头到街道、河堤和铃见桥上,提着水桶冲掉了血迹,然后盖上一层土,掩饰了战场痕迹。鲇之进、严三郎及坂上的指示来得迅速,只消一个时辰就完成了所有工作,旅人尚未走上街头,杀戮的痕迹就已经被抹去。

在西河的房子里一翻,头领房间的暗格里发现了疑似赌场收入的数百两巨款。人们给西河家的娼妓每人十两作为封口费和盘缠,将她们遣散,还劝告她们莫要再当什么娼妓,老老实实回乡成家。

有两个女人无家可归,也没有可投靠的亲人。因为她们能弹三味线,又会跳舞,人们准许她们先住在西河这边,过后再与经营旅社的坂上夫妇商量对策。

住在西河屋打杂的男女仆人和厨娘似乎没有组里的关系，便也各得了十两封口费，留下来继续做事。人们正在商量让西河屋也成为红叶屋那样不设赌场的旅舍，同样由坂上来打理。但是为了让艺伎有工作，可以将宴会厅与舞台保留下来。

千代也受了点伤，便遵照母亲的吩咐卧床休息，然而她很在意鲇之进的动向，没躺多久就爬了起来。她担心鲇之进会趁机跑了。

鲇之进借了磨刀石，几乎一整天都在保养卷了刃的爱刀。千代守在他身旁，帮忙拿这个递那个，也挺忙活。

"伤已经没事了吗？"

鲇之进问。

"没事了，本来就不是重伤。"

千代回答。

"哪儿受伤了？"

鲇之进问了一句千代不想回答的问题。她没有作答，过了好久才说：

"我很害怕，所以得了心病。不过躺了一会儿，已经好多了。"

说完，她便没再说下去。

"村里人已经把桥面和岸边的死人都搬走了，还说马上要在空地上埋掉。"

千代说完，鲇之进点点头。

"包括西河组的人。"

"是嘛。"

千代一边帮忙，一边小心翼翼地问鲇之进今后打算怎么样。她很害怕鲇之进说要离开。

"战斗已经结束，村子重归安泰，你们已经不需要我了。我要按当初的计划，到城里去。"

鲇之进一边磨刀一边回答。

"我也要去。"

千代马上说。

"别说傻话了。带着女人修行，简直闻所未闻。"

"我可以照顾鲇之进大人，我做饭特别好吃。"

"你已经说过了。"

"我还会唱歌跳舞。"

"那种本事我要来没用。你父亲怎么样了？"

"有点发烧，不过好很多了，现在正安静休息呢。"

"我看那伤口不浅，搞不好连命都会丢掉。你就不担心吗？"

"娘在看着呢，我更担心鲇之进大人。要是您变成那样，又有谁能看护呢？"

"我不会变成那样，你少担心。"

"没人照顾您，对不对？那我来照顾您。谁能保证您一定不会受伤呢？说不定会中了别人的奸计。我听说，城里那种地方有好多可怕的人。"

"如果我中了别人的奸计，证明自己器量不足。那种人再修行也没用。"

"那您会回来吗？"

"你问这个干什么，我的意思是就算死了也活该。"

鲇之进抬起头说。

"要是您受了伤，让别的姑娘照顾，我可受不了。"

"什么？"

鲇之进无可奈何地看着千代。

"你要跟过来？"

"我怕您被别人偷走了。"

"像那根萝卜一样吗？"鲇之进指着晾在屋檐下的干菜说，"我跟萝卜一样？"

"那倒不是。"

"所以你要监视我?"

"您不愿意吗?"

"那当然了,我拒绝。这又不是游山玩水。"

"可是……"

"别啰唆了,一切到此为止。"

"什么意思?"

"该道别了。"

"不要。"

千代死死盯着鲇之进。

"……真的吗?"

"没错,是真的。"

"您不会寂寞吗?"

"要是感到寂寞,还不如不要修行。剑道就是讲究内心的强悍。"

"您大可以不用如此努力呀。"

"是吗?要是不努力,现在这个村子会落到谁手里?"

千代沉默了一会儿。

"是啊,但是我希望鲇之进大人答应我,以后还会回来。您能答应我吗?"

鲇之进默不作声地磨着刀。

"您不要我了?可我要您啊。我们才刚开始呢。要是您不答应我,那我没办法,只好跟着去了。就算您不愿意,我也要跟着去,无论您到哪儿都跟着去。哪怕去京都、去江户我也不怕。谁叫您不答应我,我偏要跟在您后面。鲇之进大人,您选哪一个?"

"你别妄想了,我才不去那种好地方。"

"那您要去哪儿?"

"天涯海角,野熊出没的深山,狒狒出没的丛林,野兽的世界。还有鬼怪。这你也要跟来吗?"

"虽然很吓人,但我会忍着。"

"你还是待在村里吧。这是个好地方,风景好,吃的也好。你可以在这儿练练唱歌,平静生活。"

"那您会回来吗?您不怕我被别的男人偷走吗?"

"好吧,我以后会回来。"

"以后可不行。"

"你别太任性了。"

"您会来接我吗?"

"啊?嗯,会。"

"那请您与我结为夫妇。"

"又来!这次又要干什么?"

"办婚宴。"

"什么玩意儿?"

"我们只要用一只大杯子,一同喝下神酒就好了。"

"无聊。"

"您不答应吗?"

"不答应。我不喜欢那种女人的游戏。"

"婚宴不是女人的游戏,世上的人只要长大了都会这么做。"

"是吗,我怎么不知道。"

"您不愿意与我结为夫妻吗?"

"我从来没想过那个,也不需要那个。"

"莫非是因为我在桥头被那些混混儿糟蹋了?"

"什么,你被他们糟蹋了?"

"因为我被捆住了,跑也跑不掉。"

鲇之进默默地看着千代。

"他们对你做什么了?"

"他们用力拧了木津桃,特别痛。"

"木津桃是什么?"

"能登木津产的桃子,长得很像姑娘家那个地方……"

"哦,原来是这样啊。"

"不过,除此之外就没有了。您讨厌我了吗?"

"没有。"

鲇之进摇摇头。

"我不是说那个。多亏千代当了诱饵,我们才能轻易解决掉老大。"

"对不起,我被男人轻薄了。他们的手好脏,真的好讨厌。我特别生气,又特别害怕。"

"也是啊。不过这都多亏了千代。"

"但我是鲇之进大人的女人,换作哪个男人都绝对不愿意,您明白吗?"

"嗯,我明白。"

"鲇之进大人,饭菜准备好了。"

旁边传来千代母亲的声音。

"吃饭了,快走吧。"

千代说道。

高远的天空中,传来了云雀的歌声。

那天夜里,鲇之进依旧没有喝酒。一半也是因为千代的父亲坂上一直在隔壁房间痛得直哼哼。

严三郎、义达、文佐卫门、时次郎、正吉、加平等人过来看望坂上,后来便开起了庆祝宴会,然而总是他们齐齐俯身低头道谢,劝鲇之进饮酒。鲇之进只是摇头,没有拿起酒杯。

"阁下不能饮酒吗?"

被人这么一问,鲇之进含糊地点了点头。

他并非不能饮酒,只是不喜欢宿醉的感觉,因此才拒绝。加之他也觉得别人劝酒甚为恼人,更何况酒席通常容易变为不分上下君臣的狂欢,着实无聊得很。一旦喝醉,搞不好有人突然反水,害了自己的性命。

鲇之进喜欢一个人待着，也决心在这充满敌人的世界随心所欲地生活。身在严酷的世界中，无论何时都要靠自己的判断保命。一旦被人砍了，就无处去喊冤。别人说的话听多了没什么好处，毕竟他们的身手都不如自己。

尤其在杀了很多人的夜晚，他更是滴酒不沾。因为他感觉横死者的亡灵就在眼前飘荡，不时朝他露出怨恨的表情，这叫人如何能喝得下去？他无意屠戮，而那些人想必也不想死去。

正吉喝醉了，这样说道：

"我劝了大家伙儿好几次，让他们赶紧把村子交出去，各自逃命。因为我感觉啊，一帮老头儿无论如何都胜不过西河的暴徒。"

"是啊，这种丧气话你说了不少。"

时次郎说。

"是我错了。西河那帮人只会吓唬弱者而已，剑术一点都不高明。"

"这能轮到你来说？"

义达调侃道。

"你得意个什么劲啊，人家至少比你高明。"

时次郎说。

"这还是多亏了我们的山县阁下。要是没有他，这会儿被埋在土里的，就变成我们啦。"

义达说。

"就是。"

大家说完，全都推开膳台，再次朝他深深跪拜，把额头都抵在了榻榻米上。接着，他们齐声说：

"感谢阁下！"

"行了。"鲇之进摆摆手说，"我不喜欢别人对我低头，因为低完头准没好事。现在村长受伤了，今后可要劳累你们了。这个村该怎么办？西河屋该怎么处理？"

大家陆续抬起头来,纷纷表示赞同。

"也对啊。"

时次郎说着,把背后的小膳台拿过来,往前一推。

"不过现在该做的事情是这个。"

小膳台上摆着三个纸包,看形状像是小判。

"这是啥?"

"钱袋。"

"什么钱袋?"

"这是在西河屋发现的小判。请您收下吧,一包有二十五两,反正都是赌场赚的赃钱,您就当作路上的盘缠吧。"

"我不要。"鲇之进说,"我是在修行,又不是出来游山玩水。"

"但这是村长的吩咐……"

"这玩意儿我用不上。到荞麦店吃面条,拿了小判别人也没钱找。而且带在身上太重了。"

"那您就寄放在我们这儿吧。"守在后方的千代母亲说,"今后,我们一家无论遇上什么事情,都不会动这笔钱。因此,请您一定要回来取。"

说着,阿米低下了头。

翌日早晨,鲇之进天未亮就起了床,准备离开。他正要踏出走廊,却见与旁边隔开的纸门被人拉开,千代与母亲阿米齐齐朝他低下了头。

"鲇之进大人。"

千代说。

"干什么啊。"

"请与我同饮神酒?"

"又来了。"

鲇之进厌烦地说。

"你怎么纠缠不休。我不是那种人,说不准哪一刻就被人从身后一刀砍了,哪里提得起心情跟女人喝酒作乐。"

"正因为这样才要做。"

黑暗中传来沙哑的声音。只见左半身裹着白布,左手还吊在胸前的坂上艰难地爬了过来。可能因为失血过多,他一夜之间消瘦了不少,而且面如死灰。

"坂上兄,你赶紧躺下。"

鲇之进说。

"不,鲇之进阁下,这是我身为父亲的请求。我不求什么婚宴,什么嫁娶,只求您做个形式,装装样子,跟小女喝一杯神酒……"

说完,坂上开始痛苦地呻吟。

"如此一来,小女就会安心,我和内人也能放心了。而且,今后阁下也有了一个归宿。小女不肖,我等夫妻也不是什么大户人家,还是万望您听了这句老人的呓语,就当是陪我演一场戏。拜托了。"

鲇之进愣在当场。

"这边已经准备好酒杯,若今后时光流逝,世事难料,此事竟不能成,那也是天意,不可强求。我们绝不会有半句怨言,也不会强迫阁下做任何事情。我当着天地神明发誓,无论出什么事情,都不会连累到阁下。这只是我一介老朽的呓语,请您答应我这一次……"

说着,坂上颓然倒地,晕厥过去。阿米急忙凑过去,千代也扶起了父亲的身体。鲇之进上前帮忙,将坂上抬到被褥上躺好。

"我不懂规矩。"

千代换上华服,来到大厅与鲇之进并肩而坐后,鲇之进这样说道。他前方是昏睡的坂上,不时还发出轻微的鼾声。

"这不怪您。"

阿米说。

"请您放轻松。贸然提出这种不情之请,还请您见谅。"

鲇之进板着脸不说话。

"看见女儿这副模样,是愚母一生所愿。"

"哦,是嘛。"

鲇之进用她听不见的声音喃喃道。

"鲇之进大人,我好高兴。"

千代兴奋地说。

"只是做个样子而已。"

"嗯。"

"搞快点,我喝完就走。"

"早饭呢?"

"不要。"

"我猜到您会这样说,已经准备好了饭团。"

阿米说完,往素陶大杯里斟了酒,递给鲇之进。

鲇之进右手接过来喝了一口,千代朝他伸出手,示意快把杯子给她。

"千代。"

母亲斥责了一句。

千代接过酒杯,喝了一口。

"真好喝。"

"好,结束了!"

鲇之进说着撑起了身子。

"还有两杯。"

阿米这样说,鲇之进只好又坐下来。

就这样,两人又喝了两杯神酒,仪式才算结束。

鲇之进站起来,大步走向玄关,下到地上穿起了草鞋。阿米拿着杯子走过来,砸在地上摔碎了。鲇之进不知道那是什么意思。

接着,阿米又拿出饭团,鲇之进道了声谢接过去。

"受你关照了。"

鲇之进留下一句话,低头致意,随后走到了已经大亮的街上。

此时，千代一路小跑追了过来，说要送送他。

"送得越远越舍不得。"鲇之进说，"还是就此分别吧。"

"我不在乎，就送一小会儿。"

千代说完，跟在鲇之进后面走了起来。

"就到桥头。"

听了鲇之进的话，千代点点头。

来到铃见桥上，千代从袖子里掏出几枚碎钱放在掌心里，递了过去。

"鲇之进大人，我拿碎钱来了。这不是小判，您可以带走吧？"

"这是四文钱①吗？那这是什么？"

鲇之进问。

"是豆板银。"

"豆板银是几文钱？"

"一粒差不多二百五十文。"

"那我拿一粒就好。"

鲇之进拿了一颗豆板银。

"你父亲疗伤还需要钱不是吗？"

"这个也拿着。"

千代又塞给他几枚四文钱。之后，她紧紧抱住鲇之进的手臂，嘤嘤哭了起来。

看见她这个样子，鲇之进吓了一跳。两人才相识几日，她竟能如此动情。

"这里是你被示众的地方啊。"

千代闻言，涨红了脸。

"我也不敢相信自己竟有那种勇气。"

她低下头，然后抬起脸，看向河面。

---

①指一枚可以算作四文的铜钱与精铁钱。

"我想听到您的消息。"

她带着哭腔,说了一句。

"知道了。你要好生照顾父亲。"

"是。"

千代用力点了点头,目光里充满决意。

看到她的反应后,鲇之进转过身,一路朝金泽城而去。

m

—— 阅读之前 没有真相

午夜文库

盲剑楼奇谭（下）

[日]岛田庄司 著
吕灵芝 译

新 星 出 版 社　NEW STAR PRESS

目 录

1	疾风无双剑（下）
241	前往金泽（下）
263	尾　声

疾风无双剑（下）

13

他先后在两座寺庙的山门底下过夜，吃掉了饭团，在河里钓鱼来烤，走了两天两夜的路，最后来到金泽城中。因为没有赶路，而是慢悠悠地走，来到能看见城墙的距离时，太阳还高高挂着。

加贺藩不愧是出了名的富裕之藩，一走进城中便能看到许多新盖的房子，越往里走就越拥挤热闹，随处可见屋顶上挂着锃亮金字招牌的商家，还有传授技艺的格子窗房子，也有饭馆、糯米团子摊、使用了茶汤的点心铺，以及居酒屋。

基本上所有房子都很新，整座城散发着蒸蒸日上的活力，热闹程度媲美京城。但是越往城池的石墙边上走，房子就越老旧，可见这边便是老城区。

路上走着许多花枝招展的姑娘，有的三五成群，有的独自一人。这种光景在别处可看不到。大店看起来生意兴隆，过半人家也呈现出富裕的模样。将脖颈涂得雪白的姑娘应该都是艺伎，看来城里开设了花街。

然而，这里不愧是武家之城，随处都能看见道场，应该都是加贺藩身手不错的下级武士开办的。透过道场的小窗，可以看见里面有好些个年轻男人正在习武，还传出了富有气势的喊声。鲇之进随意走进了其中一间。

他站在门口一看，几个徒弟正在里面高声发力，挥舞竹刀练习。外面的风已经有点凉，里面却充斥着让人流汗的热气和活力。道场一侧设有高台，上面铺着榻榻米，一个头发花白、貌似道场主人的男人正坐在上面看底下的年轻人练习。他旁边有一幅挂轴，还插着杨桐枝。

徒弟们以两人为一组，正在练习对战。动作虽然鲁莽，但是具有年轻的气势。他们比红叶村那帮老头好上一些，但是目光所及之处，似乎没有可圈可点之人。鲇之进看了一会儿，突然听见有人喊了一声：

"喂！"

一个略微年长、看似代师傅的男人大步朝他走来，手上还提着竹刀。他刻意停在了鲇之进跟前，挡住他的视线。

"你是什么人，默不作声站在道场门口，太无礼了！"

他发出恫吓的声音，几个比试竹刀的人朝这边看了一眼，很快又转了回去，继续大声练习。

"那真是失礼了。"

鲇之进微微低下头。

"鄙人山县鲇之进，乃是修行之人，不知可否与阁下比试一番？"

男人闻言说道：

"什么？我们不与外流比试。"

随后，他又轻蔑地看着鲇之进，用毫无必要的大音量说：

"你快走吧！"

"阁下可是道场代师傅？还望指点一二。名目随意即可，若贵道场另有高手，请务必让在下见识一番。"

他格外恭敬地说。

"你想入门吗？"

由于背后充斥着各种声音，那人大声问道。鲇之进险些嗤笑出声，还是忍住了，这样答道：

"若在下落败，当然希望能够拜入师门。"

"哈！我看你如此不知好歹，难道自以为能胜过市川道场的门徒吗？"

鲇之进犹豫片刻，一时不知如何回答，便说：

"在下尚未在剑术上败给过任何人。"

对方似乎拿他没办法，沉默了一会儿才说：

"你如此年轻，倒是挺自信啊。从哪座深山里出来的？"

说完，他把鲇之进上下打量了一番。

"周围有几个正经剑客？"那人咧嘴笑道，"你是跟附近的小孩儿耍了几下木刀，才得到如此大的自信吗？"

背后那些挥舞竹刀的人闻言，都配合地笑了起来。

"真正的剑道可不是在田埂上用木棍打架。你这不知天高地厚的小子，让你吃点苦头倒也应该啊。"

说完，他转向背后的门徒，大声喊道："大家伙儿！"

所有人顿时停了下来，等代师傅说话。

"我们这儿跑来一个特别有自信的家伙，上门找打啦。"

众人哄笑起来。

"进来找个地方等着，我看谁有空了就跟你比试比试。"

说完，他便背过身去。

"那烦请您叫道场最好的高手来。"

"蠢货，你还早十年！"

那人立刻大吼一声。

随后，他用竹刀毫不客气地指了个地方，让鲇之进过去等着。鲇之进坐下来，开始看人们练习。

徒弟们继续练习，迟迟没有人过来找他，看来是有意为难。鲇之进等不下去，便站了起来。

他绕过大声练习的人群，去找方才那个代师傅了。

"代师傅，我也不是闲着没事干的人。太阳快下山了，快些找人跟我比试吧。"

鲇之进话音刚落，那人便大声说起了意义不明的话。

"剑即是心！"

"哈？"

"你这样已经被敌人占了上风！"

"为什么？"

鲇之进不明就里。

"你急什么。习剑之人要始终心如止水。与你比剑的对手，可能会故意迟到啊。"

"哦，哦，是啊，这我明白了，请阁下快点吧。"

"你这愣头小子！"

他似乎气愤难当。

"真拿你没办法，那我就网开一面，给你找个对手吧。甚八！"

代师傅先卖了一会儿关子，才大喊一声。众人练习的声音顿时安静下来。

"你过来跟这家伙比试比试。"

鲇之进很不服气。

"阁下不与我比试吗？"

"蠢货，你还早了十年！喂，给他拿把竹刀。"

他气势汹汹地对旁边的人努了努嘴。

"我想要木刀。"

鲇之进说。

"不行！"

那人一声喝。

"道场内只准用竹刀。把你腰上那玩意儿解下来，放到刀架上。你们所有人都退到墙边去，把地方让出来！"

他抬起竹刀指着墙壁说。

"腰上这玩意儿挂着就好。"

鲇之进说。

那个叫甚八的年轻人已经拿起了竹刀，摆出蹲踞姿势。鲇之进走上前，直立着面向他。

"无礼,还不给我坐下!"

代师傅又是一声怒喝。

"你们这儿也用这种竹子玩具吗。这样就行了,开打吧。"

鲇之进安静地说。他渐渐觉得这里规矩太多,麻烦得很。因为他压根儿不在乎什么礼数,只对实战有兴趣。

"你连礼数都不懂吗?甚八,别管了,把这个乡巴佬教训一顿!"

代师傅大喊一声。甚八点点头,站直身子之后一声暴喝,举刀用力打了下来。鲇之进提起竹刀架住,继而狠狠抽打对方手背。甚八险些掉落竹刀,好不容易抓住了,胸口却被狠狠一戳,打得他向后仰倒。

甚八跌坐在地,瞪大了眼睛,一时间动弹不得。

"不打了?"

鲇之进问了一句,甚八立刻站起来,再次举起竹刀,从右上方"嗖"地斜劈下去。鲇之进避过那一击,随即用竹刀招架住后面的攻势,最后趁机狠狠打了他的脑袋。

甚八轰然倒在地上,好一会儿都没有动弹。他被打晕了。

鲇之进走过去蹲下来,抱起他的上半身,甚八缓缓醒来。

"站起来走两步,很快就好了。"

他在耳边指示道。

"如果是木刀,我不会这般朝他面门上打。因为手上拿着竹子玩具,才这样做了。"鲇之进转头对代师傅说明道。

"那么,接下来能请阁下出手吗?"他又问。

"等等!"

代师傅抬起一只手,本打算气势汹汹地喝住他,眼中却闪过一丝胆怯。

"你刚才那是什么,剑法?"

他这个问题还是让人搞不懂意义何在。

"你不是看见了吗,那不是剑法是什么?"

鲇之进反问。

"不能用竹刀刺人。"

代师傅一本正经地说。

"哈？"

鲇之进怀疑自己听错了。

"为什么？"

"那样竹刀会坏。这些道具可不便宜，要好生爱惜。"

鲇之进无言以对。

"所谓剑术，首先要讲礼仪……"

"你说什么呢，这是在泡茶吗？"鲇之进说道。

代师傅好像没想到他会反驳，一脸惊讶的表情。他好像真的在阐述心中的信念，这反倒让鲇之进吃了一惊。

"我们修习的不是剑术吗？剑是害人性命的东西。"

"不对！"

一个凛冽的声音响起。他回头一看，发现是坐在高台之上，头发花白的道场主在说话。

"剑乃心之修行，切不可贸然伤害性命。"

鲇之进大惊失色。

"喂，那你们整天挥舞竹刀是为了什么？"他对两人问道，"武士存在于这个世界上，究竟是为了什么？"

"休得无礼！"

一个围观的门徒喊道。

"你什么语气！"

"不准对老师口出狂言！你太狂妄了！"

"你这愣头青，不许犟嘴！"

周围的人纷纷朝他叫喊。

鲇之进大张着嘴，接不上话。

"如今已不是那种世道了。"道场主坚持道，"合战的时代已经过去，莫再痴心妄想。"

鲇之进愣在当场，竟无话可说。既然他认为合战的时代已经过去，何不干脆舍弃刀剑？何不把刀换作锄头，去开荒种田？何不拿起算盘，经商赚钱？若有人这样下令，他想必不会愿意吧。因为他还想把双刀插在腰间，对老百姓作威作福。

此前的旅途中，他见过许多这样的人。红叶村西河屋那帮人也一样。没本事的人大都能说会道。

"随你的便罢。"

鲇之进无奈地说。

"我来这里不是为了听大道理。若你是代师傅，就与我一决胜负。"他转头对代师傅说。

"你没听见老师方才说的话吗！"

他愤然挺起胸膛。

"听了，怎么？"

鲇之进说完暗想：虽然都是些没有意义的高谈阔论。

"你对剑的修行有误解。像你这种肮脏之人，怎能踏入这神圣的道场半步。赶紧给我滚出去！"

鲇之进无语地看着代师傅。只见他涨红了脸，俨然把自己当成了正义之怒的化身。

"你不敢跟我对决，所以要赶我出去吗？"

"说什么蠢话！"

他立刻大声反驳。

"你说的话不明不白。"

听了鲇之进的话，代师傅表情一僵，站在那里不动弹了。

"大道理怎么说都可以。然而，这里不是剑术的道场吗？不管是木刀还是竹刀，这里教的就是用那些东西战斗。所以只要一招就好，跟我过上一招吧。"

"我拒绝！"

"哦，果然是害怕了吗。"

"蠢材！我是说我绝不与身染污秽之人过招。"

"我身上哪里脏了？"

"问问你自己。"

"你好会糊弄人啊，是不是只有嘴上功夫厉害？"

鲇之进嘀咕着，又转向高台。

"既然代师傅害怕了，那没办法，请恕我失礼，烦请道场主阁下来请教一二。"

他话一出口，周围立刻响起一片骂声。

"休得无礼！"

"不知好歹的野猴！乡巴佬！"

"你还早十年！"

"你们只会说那些话吗？"鲇之进对那帮门徒说，"唉，这下我走也不是留也不是，谁来想想办法啊。"

"义克。"

道场主叫了一声。

"在！"

代师傅一脸忠诚地应道。

"没办法，你就跟他过两招吧。"

代师傅的脸瞬间阴沉了。

"可是……"

他一时想不到如何拒绝。

"这小子要是在城里乱说也麻烦。不要客气，反正他也是个来历不明的家伙，杀了也无所谓。尽管上！"

道场主补充道。

"你们不是不轻易杀人吗？"鲇之进咕哝道，"太随意了。"

他有点气愤。就是这帮人歪曲了剑道，还用冠冕堂皇的话来掩饰自身的幼稚。他们每天挥舞着安全的竹刀，假称这是心的修行，还堆砌各种各样的礼数仪式让门徒去背去记，当成教育糊弄他们。

教育弟子就说心的修行，不能过于较真儿。一旦要教训什么人了，就改口说出"尽管上"这种话。真是笑死人的利己主义。朝不保夕之人手中的真剑可不是闹着玩儿的，他们才没时间搞什么心的修行。这帮人莫非从未见过真正的合战，从未经历过尸山血海的修罗场？

乂克代师傅涨红了脸，端起竹刀朝他摆好架势，并不说话。

"我能打了吗？"

鲇之进问。

"来、来啊！"

他虚张声势地大喊一声。

鲇之进摆了个八相的架势，对这种程度的人很有效果。八相在自以为是的人眼中是一种肤浅的表面功夫。他们认为这个架势有太多可乘之机，必定会抢先出手。

果然，乂克砍了过来。鲇之进用竹刀挡开，对方立刻瞄准他手背击打，他闪身躲避，顺势击中对方右肩，继而用力抽打右侧脖颈。乂克慌忙抽回身子，鲇之进紧追不舍，竹刀直刺喉头。乂克被击中咽喉，疼痛难耐地向后仰倒，捂着嗓子一边打滚一边剧烈咳嗽，原本就涨红的脸更是红得像要滴血。

鲇之进转向道场主。

"他没有手感。道场主，恳请一试。"

"无须对决！"

道场主大喝一声，同样涨红了脸，不知为何神情愤怒。

"你怕是没有流派吧？"

他问道，"你那一手是彻头彻尾的打架剑法、杀人剑法。用那种东西打倒对手毫无意义，根本不是剑道。"

鲇之进想：他又在糊弄人了。过去扬名立万的剑客，无不是自创的一套功夫。难道他想说，那些强者也必须要属于哪个现成的流派才可以吗？

"打倒对手没有意义？"

那剑术究竟是什么？难道除了面对面用竹刀对打，别的都不能做吗？

"因为那不是心的修行？"

鲇之进对台上之人问道。

"没错。"

道场主回答。

"因为我不懂得礼数规矩？"

"你说对了。"

"那你为何仗剑？"

鲇之进问。

"你说什么？"

"你大可以去点茶，那才是心的修行。先点茶，然后转碗，再用指头轻轻擦一下碗口，规矩可多了。"

道场主依旧涨红着脸，沉默了片刻。

"那东西不需要什么道具，也不用担心什么东西会坏。如今世道太平了，你们就想把剑术变成茶道。"

"滚出去，这里不是你来的地方！"

道场主越发声嘶力竭地大吼一声。那是他到目前为止说的唯一正确的话。

鲇之进把竹刀扔到地上，转身朝门口走去。

的确没必要过招，这种道场主肯定不是他的对手。这里真的不值得他来。

14

日头尚高，黄昏应该还早，鲇之进朝护城墙那边走了一段路。来到临近石墙的地方，他听见某处传来竹刀碰撞的声音，便停下了脚步，转而循着声音走进小巷。

往前走了一会儿，路变宽了一些，周围出现了卖甜酒和茶水的小店，还有一座貌似道场的房子。走到那里，声音越来越大了。

小窗里面传出许多人呐喊的声音，几个男人围在旁边看热闹，几个姑娘也好奇地走了过来，似乎很想看看里面，但又忌惮那几个看热闹的男人，没一会儿就抬脚走了。

鲇之进混进他们中间朝里面看了看，习武之人都散发着刚才那间道场没有的气势，于是他又走了进去。虽然他在刚才那间道场碰了壁，但现在也没什么事情可做。同为习剑之人，他还是很想进去看看。

鲇之进来到门口，看见一个手提竹刀的背影，貌似是这里的代师傅。那个背影十分高大，挡着他观看门徒练习，于是他喊了一声：

"打扰了。"

那人缓缓转过身来，问道：

"阁下有事？"

他用了尊称，鲇之进觉得多少有些靠谱，便问了一句：

"在下正在修习剑术，想来贵宝地请教一二。"

"外流比武吗？"

他问了一句，鲇之进有点整不明白，便想了想该如何回答才最不容易被赶走。

"敢问贵道场是否接受外流比武？"

"此处不搞那种比武，若你要比，还是走吧。"

鲇之进闻言，心想果然如此。

"我并非要外流比武，也不是来砸场子。若贵道场有高手，只想请教一二。"

"那你可找对地方了，我们这儿多的是高手。"他说，"不过请教费很高哦。"

他说了句奇怪的话。

"要收钱吗?"

"我们可是大名鼎鼎的铃木道场。你不是要请教吗?请教当然要准备谢礼吧。"

"多少钱?"

"要看身手。身手好的人便宜。"

"那我就不用给钱了。"

鲇之进只是开个玩笑,男人歪着嘴笑了起来。

"你说这种话,不会后悔吧?"

"后不后悔很快就知道了。我在别的道场还没输过。"

鲇之进回答。

"你去的都是娃娃道场吧?"

鲇之进哼了一声。

"此地也有那种道场吗?"

男人闻言收起了笑容,严肃地说:

"你去过哪个乡下道场了?"

"我在乡下从来不进道场的门,只在城里拜访,而且都是出名的道场。"

"你这人吹牛倒是很行。那就收你一朱[①]吧。"

"要是我输了,就给你二朱。这样如何?"

鲇之进说。

"好,进来吧。"

"我是这里的代师傅佐佐木。请问阁下?"

"山县。"

"好,在这里等着。"

他也用竹刀指了指墙壁。

"等等,既然我给钱,就得提点要求。"

[①] 日本江户时代流通的一种金币。

鲇之进说。

"你说吧。"

"太阳快下山了，我想尽快比试。"

"唔……"

佐佐木阴沉着脸。

"要不我跟阁下比也行。"

"说什么蠢话，我可是代师傅，没有老师允许，不能跟门徒以外的人比试竹刀。"

"又是礼数规矩吗，太烦人了。那只要老师答应了就可以，对吧？"

鲇之进指着同样坐在高台上的半老男人说。

"你少担心，我这就给你找个愿意让你掏出二朱的人来。"

说完，他朝道场大喊一声："好，停下！"

"所有人退到墙边，休息片刻。樱庭，你跟这人过两招。"

他对一个年轻人说。

"不能跳过头盘吗？"

鲇之进小声道。

被唤作樱庭的男人端着竹刀走上前来，立刻摆出了蹲踞的姿势。佐佐木把自己的竹刀递给了鲇之进。

"你腰上的玩意儿……"

"挂着就好。"

佐佐木说到一半，就被他打断了。

"怎么又是这种竹条玩具。"

说完，他也分开双腿，摆成蹲踞的姿势。

"开始！"

佐佐木一声令下，樱庭把竹刀收至腰间正要站起来，鲇之进已经朝他踏出一步，打了个漂亮的横斩。

"一本！"

佐佐木抬起右手做出判定。樱庭被人得了先手，气得不管不顾地举刀劈了下来。鲇之进只好用竹刀招架，随即狠狠刺向对手胸口。樱庭由于势头过猛，被他这么一刺，顿时稳不住身形，跌坐在地。

"停下！停下！"

佐佐木高声喊着，拉住了鲇之进。

"你没听见我说一本吗？！"

他对着鲇之进的耳朵大声说。

"喂，你干吗拉我？明明是他比完了还要缠着我打，你对他说去。"

鲇之进说。

"那你也应该点到即止制住他。"

"瞎说什么呢，我点到即止就是我被砍了。这要是在合战或者对决，你喊'一本'，敌人会停下吗？我可不想死。"

"那不对！"有人大喊一声。扭头一看，又是高台上的道场主。鲇之进烦不胜烦，转过去说："剑道不可轻易伤人性命。剑道是心的修行。阁下要说的就是这个对吧？"

鲇之进说完，道场主没再说话。

"我顺便替你说了吧。我的剑法是打架剑法，不能称作剑道。这些我都听腻了。"

"山县，你这样说有点过分了！"

佐佐木斥责道。

"你们这儿搞的也是茶道啊。剑术啥时候变成茶道了？我是来练剑的，不是来学姑娘手艺。喂，你跟我比试比试。"

他对佐佐木说。

"金子！"

佐佐木不理睬他，而是大喊一声。被叫到的男人走了出来，摆出蹲踞姿势。鲇之进愤愤不平地站着不动，后来实在没办法，只好走到那人面前蹲了下来，然后扭头对佐佐木说：

"要是我赢了这家伙，下一个就换你了！"

"开始!"

佐佐木一声令下,方才旁观了对决的金子早有警戒,迅速站起来向后躲闪,随后缓缓绕着圈子来到鲇之进前方。这么一看,他还真没什么空隙。

鲇之进一边前进,一边用竹刀摆出八相的架势,金子果然猛刺过来。他闪身躲过,架开竹刀,对方又狠狠劈了过来。鲇之进再次招架,对方转为戳刺。鲇之进挡开攻势,对方立刻斜劈下来,紧接着迈出一步,重新把竹刀举至上段,再次狠狠劈了下来。他的攻势丝毫不给人歇气的机会,鲇之进不禁想,真是个急性子。

鲇之进一边招架,一边找准他的呼吸节奏,迅速踏出一步,顺着他的竹刀向前滑动,转眼便击中了金子的脖颈。

"哦?"

他感到有点意外,因为佐佐木没有说一本。

如果是真剑,这招已经能让对手毙命。不过按照近来的这些规矩,这恐怕不能算招数吧。果真是茶道啊,鲇之进想。

金子一边向前踏步,一边不断从上段发起攻击。他的动作很快,可见平时做过不少练习。一旦大意,恐怕会被他击中。然而击中了也没什么意义,因为这种动作在实战中不会出现。只是因为竹刀轻盈,才能打出这种花拳绣腿的招式,真剑不可能这般动作。虽说如此,要是被击中,佐佐木必定会判一本,所以鲇之进把那些攻击都招架住了。

他瞅准对手动作的空当,趁机沉下身体,击中金子的腿。可是,佐佐木依旧不判一本。原来这也不算道场的规矩吗,鲇之进了然,然后又想,像你这般下半身空无防守,在实战中可是不堪一击。因为厮杀不存在什么技法和规矩。

鲇之进想,这一战拖的时间有点长了,金子身手还算不错。然而他不能因为一道前菜费这么多功夫,他的目标在更高处。于是鲇之进站稳身形,一边顺着对方的刀势招架,一边向前逼近,一步又一步。随后两把竹刀架在一处，鲇之进已来到与对方近在咫尺的位置。喘着粗气，紧咬牙关的金子就在眼前。

他又往前猛推一下，金子向后倒去。鲇之进乘胜追击，用刀柄捅了一下金子的手臂，并看准对方进一步失去平衡的瞬间，用力击打其天灵盖。

"一本！"

佐佐木总算开了口。鲇之进停下动作，收回竹刀。

"你输了。"

佐佐木面向鲇之进，如此宣言。

"什么？"

鲇之进惊讶地问。

"为什么？"

"你刚才那个动作太卑劣了，完全不合规矩。剑术可不是小孩子打架。"

鲇之进不知说什么好。

"别傻了。那是因为你只耍过竹条。在实战中，这才是常态。"

"蠢材，这不是实战！"

道场主又大喝一声，鲇之进再也忍受不了。

"那为什么？你们为什么每天练习？难道我还不能赢吗？"

鲇之进说。

"你叫我怎么做？永远拿着一根竹刀噼噼啪啪地对打？那叫跳舞，那才是小孩子耍棍棒。"

坐在墙边的门徒爆发出反驳。

"你对老师怎么说话的，无礼之徒，还不赶快谢罪！"

"赶紧给我跪下，你个蠢货！"

"你以为你是谁，乡巴佬！"

"脏兮兮的乞丐武士！"

道场被一阵怒吼裹挟其中。

"你的想法有问题。"道场主平静地说,"近来世间有很多像你这样的人,把神圣的刀剑当成了杀人的菜刀。那种人应该回到平安时期去当夜贼。现在我们有武士道这种高尚的精神。"

道场主一开始说教,佐佐木就换上了直立不动的姿势,低头听讲。

"经过磨砺的刀刃是武士之魂,是鉴己之镜。心宿猛兽之人,只会在上面投映出丑陋的相貌。习武之人务必时刻审视自身的面容。"

"喂,你开始修身讲道了吗?"

鲇之进说。

"你真可怜……"

佐佐木看着鲇之进,面带怜悯地说。鲇之进不等他说完就开口道:"可怜也好,什么都好,反正我不想被你拯救。你不是代师傅吗,跟我比试一把。我这么赶时间就是为了这个。"

"不行。"佐佐木说,"你刚才战败了。代师傅不会教导战败之人。"

"什么!你觉得这是在教导我?!"

鲇之进很无语。

"真是不知好歹。井中之蛙不知大海。"

"你说啥?!"

佐佐木瞪大了眼睛。

"你就是不想跟我比,才判我输了对不对?你害怕了?"

"蠢货,你急什么!"

道场主又在台上喊道。

"那么老师,换你来也行。别在上面嚷嚷了,请下来指教一二。"

周围的门徒又骂了起来。

"换你来也行是什么意思!"

"不识礼数,怎么对老师说话的!"

"你太狂了,成何体统!"

"乞丐浪人，赶紧滚出去，回去睡桥底！"

"好烦啊……"鲇之进咕哝道，"这里是小屁孩儿的学堂吗？"

鲇之进看着那帮徒弟。

"你想要什么？"

道场主问鲇之进。

"这个嘛，我想出仕。"

他如实回答之后，道场主竟忍俊不禁，咧嘴大笑起来。徒弟们也跟着发出笑声，道场内顿时一片哄笑。再一看，佐佐木也笑了。

"你真是什么都不懂啊，从哪座深山里爬出来的？你以为山下还在打关原之战吗？"

他又笑了一会儿。

"世道已经改变，合战的时代过去啦。乱世早已终结，如今已是治世。就算你身手了得，城中也不再需要使剑的高手。你还是回去跟熊比剑吧。"

道场内又是一阵爆笑。

"你会打算盘吗？"

道场主笑够了，继续问道。

"不会。"

鲇之进摇摇头。

"你懂得经商吗？"

"不懂。"

"你能给领地绘图吗？"

"那是什么玩意儿？"

"你会画屏风画吗？会写书法吗？如果会倒是可以商量。"

"我是剑客，不是画师。"

"能乐呢？"

"那是啥？不知道。"

"你啥都不懂，就敢到城里来吗？现在城里要的就是那些人。剑术的教头已经足够了。前田家中有传承柳生血统的尊贵一族，你不知道吗？更何况像你这种打架剑法，早就过时三十年啦。"

道场主说完又笑了起来，道场再次陷入哄笑的旋涡。

"回去吧。"佐佐木咧嘴笑着，来到鲇之进身边说，"竹刀还给我。"

他归还了竹刀。

"山县，这种事干多少次都没用。别怪我说话不好听，你这人身手还不错，倒不如别这么心高气盛，找找其他活计吧。我见你也不像有钱的模样，二朱就免了。"

说完，他用竹刀指着门口。

鲇之进老老实实地朝那边走了过去，但转念一想，决定再说上句话。

"你也醒醒吧，佐佐木。世上还有强者。要是你被武士道这种嘴上功夫蒙蔽，觉得自己是个高手，今后可是要吃苦头的。"

随后，他又对众门徒说：

"你们也是，别光顾着磨炼嘴上功夫。要是真的想钻研剑道，就别玩儿这种女人过家家的东西，把手上的竹条扔了，拿起真剑试试。"

"什么？！"

一个人气得站了起来，从他那边开始，陆续有大半的人站了起来。

"这话可不能听完就算了！"

他们嚷嚷着，拿起竹刀跑了过来。

"区区乞丐竟敢大言不惭，不教训你，我铃木道场颜面何在！"

"别跟他客气，教训他！"

大多数人都加入了行动，顿时呈现出暴徒之态。再看佐佐木，他一言不发地站着，毫无阻止的意图。

鲇之进重新转向朝他拥来的门徒，扎起马步，连刀带鞘拔出了腰间的大刀。他先架开第一个人的竹刀，以鞘尖直刺那人面门。在他喷着鼻血倒下时，鲇之进转而击打旁边那人的脖颈，继而用力砸向另一个人的天灵盖。

他主动冲进人群,飞快戳刺人们的胸腹和膝盖,不时扫上一腿,对准倒地之人的腹部狠狠践踏,同时刺向前方敌人的面门,继而击打旁边那人的头。

道场地上转眼便多了十几个门徒,个个都在打滚惨叫。留在原地的门徒都愣了,一言不发地看着这副光景。道场主似乎也说不出话来了。

"佐佐木,看到了吗,这就是实战。如果是真剑,场面还会更加惨烈。那些大道理就交给女人去讲,你们对待剑术得再认真一点。"

说完,鲇之进便走了出去。

15

那天晚上,鲇之进在郊外山脚那座孤零零的寿经寺山门下过了一夜。那是一座几近荒废的小破庙,也不知道里面究竟还有没有住持,不过简陋的山门上有两扇破门板,打开进去就有一小块空间,可以遮风挡雨,着实难得。

翌日早晨,他在犀川钓了几条鱼烤来果腹。红叶屋的千代母亲给他的吃食早已见了底。稍微吃了点东西,鲇之进又坐在大树底下冥想了一会儿。昨日他去了两座道场要求比武,全都被人冷眼相看,他也忍不住大放厥词了。身为修行之人,或许应该注意自身的言行,然而对方如此嚣张,他若一直唯唯诺诺,只能学会圆滑处事,却无法当作剑道的修行。若不刀锋相向,就学不到东西。他可不是专门跑过去听那些愚蠢说教的。鲇之进虽然有几分反省,却想不到别的办法。

他站起来,再次朝城里走去。今天还要继续寻找道场。之前那些道场之所以是那般反应,可能因为他看起来显年轻。若今后还是这样,再去别的道场可能只是浪费时间而已,然而他也没别的事情可做。现在改行修习书画，恐怕也来不及了。

他选择了与昨日相反的城北方向。本以为这边道场数量较少，但很快就找到了一间。那是一座大房子，比昨天那两间都大，因此练习的吆喝声也更大。这里的门徒人数可能很多。声音还是从小窗传到了街道上，不过这里倒是没有看热闹的人。

他走进门去，先与坐在台上的道场主对上了目光。这道场主不知为何脸色大变，立刻撑起了身子。那人表情如同见了鬼，说不清是愤怒还是胆怯，于是鲇之进朝他低头行了一礼。道场主嘴巴动了动，像是喊了一声旁边的人。因为道场内充斥着挥舞竹刀的声音和吆喝声，他听不见道场主在说什么。

被他呼唤的年轻男子朝道场主看了一眼，又循着他的视线转过头来，发现了站在门口的鲇之进。他的脸上也露出了与道场主相似的表情。

喂——他对周围大喊一声。近处的五六个徒弟停下了竹刀。只见他表情扭曲，朝几个徒弟努努嘴，示意了门口的鲇之进，随后大步朝他走了过来。那五六个徒弟也面带愠色，快步跟了过来。

与此同时，道场主似乎放心了些，又一次缓缓坐在了榻榻米上。他那副样子一看就胆小如鼠，鲇之进感到有些失望。

"喂，你在那儿干什么！"

貌似代师傅的男人走到入口边缘，一上来就声如雷霆。

"什么都没干。"鲇之进安静地回答，"在下正在参观练习。如能赏脸，还望指教一二。"

"少说漂亮话！"

这人也很喜欢毫无意义地提高音量。周围的门徒个个都扬起眉毛俯视着他，纷纷点头称是。

"我们早有准备，你这恶棍，果然现身了！"他说。

"何等卑劣，简直不配武士的称呼！"旁边那人也恶狠狠地说了一句。

鲇之进满心疑惑，不明白他们为何要恶语相向。

"你的事我都听说了。花言巧语混进神圣的道场，说白了就是个砸招牌的吧。"

"砸招牌？"

鲇之进有些惊讶。

"那是什么意思？我一点都不想砸招牌，再说门外也没有招牌可砸。"

"那就是来索要钱财吗？"

"你有什么目的！"

旁边那个人大声质问。

"就是，坦白交代。你为何要四处危害善良的人！"

一个略微年长的人也说。

善良？鲇之进不禁想。善良的人会不由分说把别人当成乞丐，为自己的羸弱找借口，还大放厥词吗？

"我没有那种俗念。"

鲇之进不耐烦地说道。他开始想到，这里也跟昨天那些道场一样啊。

"我不要钱。在下正在修行，若贵道场有高手，希望能过上两招，请他指教一二，仅此而已。"

"高手当然有，我们可是加贺的并木道场！"貌似代师傅的男人嚷嚷道。

可鲇之进并没有听过这个道场。

"既然如此，请与我过招。"

"不行！"

他又大喊一声，脸已经涨得通红，额头还暴起了青筋。

"你的事情已经在城里传开了，不就是不入流的打架剑法吗？你想靠这种剑法羞辱代师傅，毁了道场名声，还威胁要四处说道，以此敲诈金钱吧。一旦进入太平盛世，总会有你这种人冒出来为非作歹！"

"喂，你这么说我可听不下去了。你亲耳听到我在铃木道场敲诈钱财了？"

鲇之进问。

"我清楚得很。到处都在说，有个像小孩耍棍棒的下流乞丐剑浪人在捣乱，绝对不能理睬他。"

"嗯，若是明知会输，还是不要理睬为好。"

鲇之进说。

"什么？"

"如果我只会打架剑法，不过是孩童耍棍棒，下流乞丐剑，那应该很容易攻破吧。难道不是吗？"

闻言，貌似代师傅的人沉默了。

"那当然。"

另一个人这样说道。

鲇之进转过去对他说："那你跟我过两招吧，用竹刀就行，看能不能攻破我。何不亲眼看看这究竟是不是打架剑法呢。"

代师傅又开口道："再怎么精于剑术，只凭一把剑也挡不住扬沙障眼、投石暗算。"

"这道场里有沙吗？"

鲇之进惊问。

"蠢材，这只是打比方。若是用了不入流的招数，入流的剑士会被打乱动作，就算身手强悍的剑豪，若是遇见意想不到的动作，也会措手不及。你靠这种投机取巧之术在城内四处捣乱，只会给道场制造麻烦。"

"对，给道场添麻烦了。"

另一个人说。

"麻烦到什么了，生意吗？"

鲇之进问。

"不准说那种卑劣言辞。你这种人，想必满脑子都是铜臭味吧，我劝你有点廉耻之心。总而言之，流派是必需的，胜负只能以既定的动作来决出……不说了，总之剑法就是这样。"

"你有资格说剑法吗？"鲇之进咕哝道，"我何时在城里捣乱了？又向什么人索要钱财了？"

他越来越气。到底是谁卑劣？这世道究竟怎么了！进入德川的治世，无论去哪儿都只能碰见这种大嘴武士。莫非真正的剑法已从世上消失了？真正有本事的人，已从世上消失了？

"我一文未取，是铃木道场的佐佐木自己说要出一朱的。"鲇之进说，"这里也不讲比剑，只讲究女人的歪理吗……"

"你说什么？"

男人语气凌厉起来。不过是弱犬善吠，这种人只知道靠气势掩饰自己的无能。

"你在合战和决斗时，也要向对手说这些大道理吗，还是只能在既定的动作范围内砍我？"

"当今世道已经禁止私斗，早已不是合战的年代，说那种过时的话有什么用。"

"我说东你就说西啊。那你告诉我，既然没有战争，也没有对决，还要武士做什么？"

"什么？若没有我等武士，如何治理天下？到时候贼人强盗不就跋扈于世了？没有武士，你要谁来对付那种恶人？"

"哦，那么强盗就会遵守剑术的规矩了？"

"少给我讲歪理！"

"你讲的才是歪理。我说的就是这个意思。你们用真剑对付过那种登门入室的强盗吗？"

"滚出去。你这种不净之人，不准踏足神圣的场所！"

"我对付过无数次了。别把剑道扭曲成歪理，少说这些废话，先跟我比试一场吧。要是能胜过我，说多少我都愿意听。"

"废话少说，滚出去！"

一众门徒跳到地上，纷纷伸手推搡鲇之进，把他给推了出去。门板擦着他的鼻尖轰然关闭，里面还传来棍棒顶门的声音。

鲇之进伸手去推门，但是放弃了。他知道自己留在这儿也没用，便转身走了。那些人不配当他的对手。

莫非是他生不逢时？如果现在还是乱世，他肯定大有用武之地。昨日那些事情似乎已经在城里的道场传开了，还真够快的。而且还被人添油加醋，歪曲得认不出来了。在这个钻研剑道的道场世界中，竟然弥漫着女人似的自保和抱团心理，实在太不自然。不过如今已是太平世道，这恐怕也是无奈之举吧。鲇之进想，光顾着做这种事，剑道可就要彻底毁掉了。

他走了一会儿，在护城河的石头上坐下来休息，同时陷入了沉思。他觉得自己可能在做无用功。既然消息已经传了出去，就没有人会与他过招。就算去找别的道场，要是对方不愿意过招，那也没有意义。

他站起来，又走了一会儿，思索今后该怎么办，却一点主意都没有。等他回过神来，目光已经在不自觉地寻找道场了。就在这时，不知何处飘来一股香味。那是烤糯米团子和酱油浇汁的香味。只见两个小孩儿拿着串子边走边吃，与他擦身而过。

他似乎好几年没吃过糯米团子了。鲇之进突然有点怀念那个味道，便扭过头去寻找传出香味的地方。只见房屋中间有个狭窄的间隙，里面撑起了小小的糯米团子摊。小摊前面摆着一张歇脚的台子，上面铺着红布，两个青年坐在上面，正在吃团子。

鲇之进走进挂着灯笼的小摊，点了一串糯米团子。脸颊绯红的姑娘见到他似乎吃了一惊，接着便应了一声，拿起刷子刷了两道酱汁，然后递给他。鲇之进照她说的金额给了钱，接过团子，离开小摊，边吃边顺着百间堀[①]悠悠地走着。

[①]金泽城宽度最宽、规模最大的护城河，现在已经填平，改建为公路。

"武家的。"

他突然听见身后传来声音，便回过头去。只见刚才那个红脸蛋的姑娘追了上来。

"你要再来一串吗？"

说完，她又递过来一串糯米团子。

"男人吃一串肯定不够吧。"

鲇之进觉得有道理，便接了过来，伸手进衣袖里翻找铜钱。

"不要你钱。"那姑娘说，"我正好多了一串，就拿过来了。反正烤太久只会变硬。"

"你真是有心了，不过……"

鲇之进说到一半，姑娘就摇了摇头。

"下次再来。"

说着，她便转身一路小跑回去了。鲇之进扔掉吃完的木扦子，开始吃第二串。

他靠在一棵柳树上，边吃边眺望尾山城。外墙雪白崭新，看起来的确漂亮，却见不到能够俯瞰百姓生活的阔气天守阁。听说庆长七年一道落雷把天守阁给烧毁了，现在改成了高约三层的瞭望楼，城也改叫了金泽城。与名称相比，这座城池倒显得挺朴素。

他刚才一路走来，感觉与金泽城相比，反倒是城下的街道更加规整漂亮，体现出藩内商业的兴隆。那些没胆子的武士和城里的小姑娘都充满了活力。鲇之进感到，这里不是一座武士之城，而是平民之城。

吃完休息了一会儿，他又漫无目的地走了起来。现在他已经不想寻找道场，却也想不出要做些什么，只能百无聊赖地走着。由于实在不想再看见那些只会虚张声势、实际没什么本事的武士，他尽量朝远离金泽城的方向走。然而没走一会儿，竹刀的声音就越来越大，他又来到了一间道场附近。许多平民围在道场的小窗外，看里面的人练武。

他往里一瞅，心里有些吃惊。这只是一座比普通门面稍大一些的房子，没想到竟是个道场，比红叶村坂上的道场还要小一些。这种规模的道场挑不起鲇之进的兴致，他准备径直走过去，却听见围观的人一阵惊叹，又折回去再往里面看，只见一个头发全白的小个子老人脚下一滑跌倒在地。他的模样让鲇之进突然想起了红叶村，便一时兴起走了进去。

他站在通往场内的土间向内张望，这里比他想象的还小，可能因为这样，里面没有道场主专用的高台。不知是不是来得凑巧，人们没有吆喝着挥舞竹刀，而是沿着墙壁站成一圈，看中央的两组人比试剑术。周围的人和中间的人年龄普遍都挺高，就算是年轻的，看起来也像城里的平民。这显然跟他之前看到的道场很不一样。

"啊。"

正在看比试的老人喊了一声，朝鲇之进一路小跑，反倒把他给吓了一跳。紧接着，他大声说：

"我猜您就是山县阁下！"说完，老人便在内室的地板边上端坐下来，朝鲇之进深深低下了头，又把他吓了一跳。

见此情景，正在比试的四个人也停下来，还有五六个站在墙边的人也加入进来，全都跑到门口朝他跪拜，齐声喊道："我等乃横山道场门下弟子。"

"这、这究竟是什么情况？快请起吧。"鲇之进惊讶地说，"我可配不上这等大礼，请问究竟是怎么回事？"

"我们一直在等您。"

打头那个貌似道场主的老人代表众人回答。鲇之进听了，心中不免有些苦涩。

"你是不是听了外面那些不好的传闻？"

老人保持着跪拜的姿势说：

"绝非什么不好的传闻……听闻您与藩内有名的铃木道场十几名高徒对阵，一击就把他们打倒了。"

他们才不是高徒。鲇之进内心嗤笑一声。那只是一帮嘴上功夫了得，连真剑都没碰过的小人物。

"在下是这间道场的师傅，名叫横山克彬家信。"

第一个跑过来的老人说。

"幸会。在下山县，名鲇之进。"

鲇之进说。

"鄙人虽号称道场师傅，实际只是表面称呼，没有拿得出手的功夫。我家代代只是足轻①，并非什么大人物，堪比蝼蚁，实在惭愧。"

说着，他又咚的一声把头磕到了地上。

"这间道场也远远比不上城下的铃木和市川等师傅掌管的道场，只是平民玩闹，聚集起来有样学样地学着挥舞竹刀，与孩童玩耍没有两样，实在是惭愧至极。"

"哦。"

鲇之进应了一声，心说那又如何。

"门下弟子多为平民，还有城外耕田的农民。"

"哦。"

这个一看就知道了。

"无须对决，凭阁下高超的踢馆身手，注定是一击即溃。然则我们这种乡下道场的招牌，您要来又有何……"

"等等。"鲇之进说，"虽不知道你从铃木和市川的道场那边听到了什么，可是在下并不是来踢馆的。"

"您太客气了。"

"不是，我没跟你客气，真的不是。我只是一名修行的剑客，若有高手，希望能请他指教一二……"

"是，小小道场承蒙您的青睐，实在光荣之至，然而此处并没有您要寻找的高手。我等与铃木和市川不一样，并非山县阁下这般高

---

①步兵的一种。

手能看得上的地方……那个，请您……喂。"

他对身后的人说了一声，后方传过来一个给神龛上供时用的白木三方台，师傅将其接过，又从怀中掏出白纸包的东西放在上面，恭恭敬敬地朝他呈了过来。

"还请阁下收下这个……"师傅拘谨地说，"今日且放过本道场，我等将不胜……"

仔细一看，包在白纸里的东西显然是一枚小判。

"阁下怎么回事！为何拿出这种东西？"

鲇之进大吃一惊。

"区区一枚一定不合您心意，在下实在是羞愧不已。然而在下经营这家道场，实属捉襟见肘，又狠不下心收取贫苦百姓的钱财，还请您——请阁下多多谅解。"

师傅把三方台放在地板上，再次朝他跪拜，闷着声音恳求道。

鲇之进无言以对，一屁股坐在了地上。

"既然如此，就不能轻易拿出这么一大笔钱啊。"他说，"道场需要修缮吧，道具和防具需要配齐吧？我见阁下似乎有所误解。我既不是踢馆的，也不是来勒索钱财的。我没有那种俗心，所以不要这东西！"

他说到后面，声音已经有点不受控制了。自己纯粹的指向竟被扭曲成了奸邪之举，令他气不打一处来。即便战国时代已经结束，但也还没过去几十上百年。人们至今还铭记着关原之战。然而，武士的心竟然腐朽到了这种境地？实在是太快了。这些人全都舍弃了剑道吗？他们都忘却了剑心吗？因为身在治世，就不再渴求自身的强悍了吗？

"啊？"

听了鲇之进的话，道场主抬起头，表情宛如受了惊的鸽子。

"那、那个，阁下的意思是……"

"我已经说过了，你没听见吗？在下乃修行的剑客，不是打家劫舍的山贼。我只是想与高手过上两招。贸然前来让您受惊，实在是对不住。请原谅我，告辞了！"

说完，他原地转身，快步走了出去。

16

鲇之进意气消沉，又回到了寿经寺的山门下。他已经彻底虚脱，实在不知道今后该如何是好。之所以会到这里，是因为他喜欢这个栖身之地，然而无论他喜欢与否，反正别处也找不到不要钱的落脚地吧。

快要入冬了，听闻金泽会下雪。要是下了雪，就算能遮风挡雨，这座山门也不能再供他过夜。一个搞不好还会冻死。待到凛冬到来，他只能进城找一家廉价的长屋栖身了。

鲇之进找来枯枝野草，捆在一起做了枕头。随后，他躺在冰冷的石板上，枕着草枝试图展开思索，脑子里却一片空白。他只能想到一句话——这个世界不需要自己。像他这种乞丐武士，恐怕只有红叶村的千代能看得上了。然而虽说如此，他就是不想回到那个村里去。因为他始终认为，既然自己生在世上，必然有一份天职等着他去完成。

虫鸣声消失了，一阵脚步声悄然接近。鲇之进察觉到气息，便在黑暗中凝神倾听。破门板突然嘎吱一声动了，那个声音在一片静寂中显得十分突兀。鲇之撑起身子，抱住大刀，一直退到墙边。

接着又是一阵动静，门板终于被打开了。一道提灯的光亮透进来，照亮了鲇之进简陋的落脚之处。灯光背后是个盖着白色东西的小个子身影。鲇之进拇指顶住刀镡，右手握住刀柄，绷紧了身子。

"您睡在这里不冷吗？"

一个尖细而柔和的女性声音突然响起。

"请到寺里去吧，里面有火盆。您一定饿了，里面也有吃的，虽然只是粗茶淡饭。"

鲇之进紧握刀柄的右手稍稍松懈下来，犹豫了片刻是否应该发出声音，然后这样回答：

"不麻烦您了。放一个陌生人走进住处，想必您也心有不安。请不要在意在下。"

"您不是陌生人。早上我远远看见您好几次，而且白天在城里也见过您了。就在阿园的糯米团子摊旁边。"

"哦。"

鲇之进应了一声，意识到自己无意中已经被旁人观察了许久。

"原来是这样。未经您允许就使用山门，实在是失礼了。"

鲇之进郑重地说。

"没关系，您无须介怀，快请进吧。"

尼师说。

"在下感激不尽，但是不能进去。"

鲇之进恭敬地拒绝了。

"为何不能进？"

"您的好意在下心领，只是在下乃修行之身，只求您暂借此处栖身便已足够。这里能够遮风避雨，也无须给住持师父添麻烦。"

"不会麻烦，我希望您进来。"

尼师说着沉默下来，似乎在等他回应。

"敢问为何？"

"我想请您帮我劈柴，房子也有几处地方需要修缮。另外，打水和除草都需要男人的气力。当然，若是您愿意的话。"

鲇之进默不作声，心中还是犹豫不决。他自然是有些客气之意，关键在于这种无来由的善意让他毛骨悚然。

"不行吗？这种破庙对一个女人来说未免太大了。里面有客人落脚的偏房，还有被褥。"

鲇之进闻言，依旧保持着沉默。他心中的警惕迟迟无法消除。

"天空无星无月，空气潮湿沉重，今夜可能有雨。您若是待在这种地方，恐怕要得病。请进来吧……"

"只要您说一声，劈柴的事情由我来做。若是您需要男人的气力，我愿意帮忙。挑水、搬运、修缮墙壁，我都会做。不过睡觉的地方，我只要这里就足够了。请您不必劳心，我不会给寺里添麻烦。"

"我已经说了不会麻烦呀。"

"您说不会麻烦，然而在下是个落魄武士，一副流浪汉的模样，每日风餐露宿，许久没有洗过澡。一个形同野兽的人，又怎会不给您添麻烦呢。"

"洗澡水也烧好了，请进去洗洗身子吧。"

"骗人……"

鲇之进忍不住咕哝。

"为何说骗人？"

"啊，没什么。"鲇之进慌忙说，"在下不是说师父您。只是自从来到这座城中，到处都对在下恶语相向，从未有人如此亲切，因而吃了一惊。"

"唉，您也是个可怜人。"

貌似尼师的人如此说道，鲇之进不禁苦笑起来。

"您饿不饿？"

这又是个让他不知如何回答的问题。

"嗯？"

"老实说，其实在下挺饿的，但已经习以为常。毕竟饥饿亦是修行的一环。"

"唉，多可怜呀。"

尼师又叹了一声，嗓音竟有些颤抖，没有提着灯笼的手抬起来，用袖口擦了擦眼睑。鲇之进在黑暗中看着那副光景，内心不禁疑惑。他甚至怀疑自己被妖狐缠上了。

"您在这里很危险，晚上可是要遭贼的。"

对于这点，鲇之进嗤之以鼻。

"夜盗算不得什么，我已经早有觉悟。"

"哦，那您真是厉害。"

鲇之进闻言沉默了。他本就不打算自夸。不为话语所动也是一种修行。

"夜里很冷，您还是快进屋吧……"

"恕在下失礼，我不打算进去。"

"为何？"

"因为不明所以。您为何对我如此亲切？在下只是一个来历不明的人，又是一副乞丐打扮的流浪武士，在城中道场也受到了不少冷嘲热讽。在下浑身汗水污垢，师父对我这种肮脏的人再怎么亲切，也得不到什么好处。"

"您为何如此逞强……想必见识了许多世间冷漠吧。太可怜了。"

尼师的声音又颤抖起来。

"哼，区区小事，在下早已习惯了。"

"那您真是太可靠了。身为礼佛之人，这种善举也算是一项功德，您无须多虑。我也跟您一样，同是修行之身。好了，请您跟我来吧。"

说着，她便走进门去，灯笼的亮光也消失了，周围重新被黑暗笼罩。

"来呀。"

细细的声音在黑暗中催促着他，鲇之进没办法，只好站了起来。他走到破门板前，悄然跨了进去。眼前是一座寺庙，纸窗里透出一片黄光，门前长满杂草，一个小小的身影提着灯笼，静悄悄地站在那里。

她是魔物？鲇之进心想。若是跟了过去，会不会连魂魄也被吃掉？若是如此，他倒是想挑战一番。见到鲇之进走出来，灯笼缓缓移动起来。鲇之进只好跟了过去。

尼师顺着房子外廊行走，鲇之进跟在后面。她在后门脱下木屐，行至走廊上。在她的催促下，鲇之进也脱鞋走了进去。

顺着外廊走了一会儿，两人又来到一间地板与地面相交的房间。这里貌似后厨，搭了两个灶台，旁边有个大水缸，还有水槽。另一头摆着萝卜长葱等几样蔬菜，再打开角落的门，里面有个简陋的浴室。

冲水的地方有块石头，上面点着一根蜡烛。在残留着雾气的浴室里，鲇之进总算看清了尼师的面容。

此人眼角和嘴角带有几丝细细的皱纹，显然已经不再年轻。然而，她的五官异常深邃，透着艳丽的风情，显然与一般人家的妇人气质不同。看她的模样已经有五十多岁，但完全能以美丽来形容。不知她是何来历，为何住在这偏僻山中的破庙里。如此想来，似乎颇有一些内情。

"水已经烧好了，应该还热着。虽然我已经用过，如若不嫌弃，请您在这里冲洗身子吧。我在前面那间房等着，就是点了蜡烛的屋子。您洗好了请叫我一声。"

"师父，在下实在不好意思……"鲇之进说，"这已经是得寸进尺了。"

"这里有浴衣和褊袍，请您随便用。"

"可是这……"

"您若要进屋，得先把身子洗干净。我去准备好饭菜，等您出来。"

说完，尼师便离开鲇之进，朝后厨走去。与她擦肩而过时，鲇之进闻到一股香味。

他愣愣地站了一会儿，最后还是只能走进浴室关上门，解开了身上的衣物。刀则放在了伸手可及的地方。

他冲洗了身体，洗了把脸，用丝瓜瓤搓了搓身子，又用糠搓掉了身上的污垢。随后，他掀开浴缸盖子，泡进热水里，不动声色地待了一会儿，外面的虫鸣声便传了进来。他没有泡很久，马上就出来了。

尽管犹豫了一会儿，鲇之进还是穿上了尼师拿出来的浴衣，系好腰带，插上长短双刀，又套上了褊袍。他打开门，穿过后厨，登上地板，来到了外廊。顺着通廊走了一会儿，便能看到右手边透着黄色烛光的纸门。

"我洗好了，可以进去吗？"

他朝里面问了一声。

"请进。"

一个声音回答了他。

鲇之进缓缓拉开了纸门。榻榻米上摆着黑漆小膳台，上面放着汤碗，还有盛了玄米的饭碗。旁边的小碟子里盛着煮萝卜。尼师从火盆上取下铁壶，在茶杯里倒上热水，大号的茶壶冒出了蒸汽。

"来，请用膳吧。"

尼师说着，以手示意盛着玄米的饭碗。

"只可惜没什么能招待的。"

"我泡了澡。"鲇之进说，"很是舒爽。"

说着，他双手撑在膝前，低下了头。

"然而在下不懂得这种场合的礼数，也不知该如何表示谢意。毕竟天生粗俗，可能有失礼节，请您见谅。"

"没有那种事，您无须在意礼数，请用膳吧。"

"感激不尽。可在下还是想不明白，直到现在都摸不着头脑。敢问您为何要这样善待在下？莫非是需要一名保镖？"

"边吃边说吧……"尼师说道。

于是，鲇之进夹了一筷玄米饭。许久没有吃到正经饭菜，肠胃似乎非常受用。屋外又响起了虫鸣。

他默默地吃着，听见尼师说：

"虫鸣声……"

"是啊。"

鲇之进喝了一口汤说。

"真安静。"

"您在这座山寺独自生活了很久吗?"鲇之进边吃边问。

尼僧点点头。

"您有兴趣听吗?"

她问了一句,鲇之进摇摇头。

"不。"

他瞥了一眼尼师的脸。她露出了柔和的微笑。

"插足他人之事实属无礼,在下绝不会妄加打探……"

"您从我的话中听不出来吗?"

鲇之进露出略显讶异的表情。

"不能。"

他说。

"若是此地之人……我在此地出生长大,因为种种事由,年过三十落饰为尼,拜佛修行,处于某种因缘来到此地。此处与我甚为相合,虽说多少有些寂寞,所幸还有上门帮忙干活的姑娘聊以解闷,如此一来,倒也无须烦恼与人来往。"

"想必也是。"

鲇之进说着,心中升起了一丝艳羡。

"您在做剑术修习之旅吗?"

鲇之进闻言点点头。

"出来多久了?"

"十七岁那年春天,在下已无法继续待在故乡,从那以后,便是四处漂泊。"

"您四处旅行,是为了寻找剑术高手吗?"

嗯?鲇之进心中一惊,抬起头来。

"我在城里听说了。您一击便打败了铃木道场十余名高徒。"

"变成这种传闻了吗?"

鲇之进吃惊地问,他还以为那只是道场之间的传闻。

"恐怕是的,毕竟连我这种人都有所耳闻。"

"在下不想多做解释,但那并非本意,绝非我有意为之。正因为有了那种传闻,在下才被当成了踢馆的人。"

"原来您不是吗?"

"当然不是。在下对踢馆这种事毫无兴趣。"

"那为何去道场?"

"因为没有别处可去……您把在下叫进来,就是为了问这些吗?"

尼师摇了摇头。

"不是。若您不想回答,大可以不谈此事。我只是见您心事重重。"

鲇之进放下筷子,定定地看着尼师。

"在下是那种样子吗?"

"是的。"

鲇之进沉默了。虫鸣又一次飘入耳中,他便听了一会儿。

"在下的确有些迷茫。"

"为何迷茫?"

"迷茫于今后应该走的道路。在下一直追求的目标,突然消失了。"

"消失了?"

"是的,已经不复存在。不,或许从一开始就不曾存在。"

"哦,您是说……"

尼师说了句奇怪的话。

"我也对此有所记忆。"

"师父也是?"

鲇之进感到意外。

"是的。我因为这个有过不少苦恼,因此也……有了答案。"

"答案?"

"是的。"

"您还有答案吗?"

"恐怕是的。"

"请告诉在下。我今后该怎么办？"

鲇之进双手撑在地上，低下了头。

尼师说："铃木道场号称金泽第一的道场，这一带无人能胜过他。因此，道场的门徒也都甚为自信。"

鲇之进听了，感到很意外。那种程度的人，竟是本地头号高手？

"在您看来，那些人恐怕不值一提吧，对不对？"

鲇之进缓缓点了一下头。

"若要直言，确实如此。他们都不是在下的对手。"

"换言之，您已经远远超越了他们。"

"超越？"

尼师点点头。

"您如同一头正值巅峰的猛兽，毛色鲜亮。"

"啊？"

鲇之进万分疑惑，不知她在说什么。

"您的意思是……"

"您一直过着野兽般的生活，对不对？我能看出来，因为您全身散发着强烈的杀气。"

鲇之进默默地听着，他早已猜到是这样。

"这是城中任何一名武士都不可能有的气息。我曾帮许多人走上过觅死之旅，一直与人的生死相伴，所以能看出来。您那把刀吸了不少人血吧？方才那身衣服也是。"

鲇之进茫然注视着眼前的虚空，过了好一会儿，才缓缓点头。

"在下无心辩解，只是本意不想杀人。在下一直在拼命躲避杀生之事。只在无可奈何的情况下，不得已而为之，而且所杀之人必定是为害世间的恶棍。"他用极小的声音回答了。

尼师又说：

"我相信您的确是这样的人。可是这在佛祖面前，并不存在差别。"

她静静地说着。鲇之进备受打击,不由得想:真的吗?

"如今这一带的道场中,年轻人已经没有杀人的经验,甚至没有人拔出过真剑。他们今后的漫长生涯,肯定也无须拔刀,就能平安度过。"

"真的吗?"

鲇之进问。

"是的。"

尼师点头道。

"若是拔刀,唯有切腹之时。除非碰巧遇上杀害妇孺的夜盗,否则必然如此。城中供职就是这么回事。"

"城中供职就是……那要武士究竟有何用?"

"武士乃治世的镇石,牢不可破的镇石。合战时代已经过去,武士们主动封印了刀剑。他们收敛了自身,也收敛了腰间的刀剑,决心再也不将其拔出。正因为武士最清楚刀剑相残的悲惨,才做出了这样的决定。"

鲇之进一脸茫然。

"您想必是从深渊中挣扎着走到了这一步。我深知那是一个痛苦而悲惨的世界。我身为女人,也熟知一个与之相似的世界。"

"师父也是?"

尼师掩嘴笑了笑。

"我的经历与您相比,肯定是贻笑大方了。虽说如此,我也曾有过赌命的时刻。总而言之,您在那个世界中一路厮杀出来,与那些从未经历过战事与对决的年轻人不可同日而语。您的剑真正吸过鲜血,他们不可能胜过您。"

鲇之进无言以对。

"现如今,这座城中恐怕没有一名武士能胜过您。我很清楚,毕竟看透男人的真实面貌,可是我曾经的维生之道。"

鲇之进继续沉默不语。

"您今后还要造访城中道场吗?"

鲇之进摇摇头。

"方才在下也在想这件事。可是,恐怕已经不行了。消息已经传遍全城,我在门口便要被赶走,连道场都进不去。"

"您的目的是出仕吗?"尼师问,"在知名道场展示身手,等名声传入城中,然后得到城主青睐,获赐家宅俸禄?"

"是的……"

鲇之进犹豫了片刻,还是老实承认了。既然被说到这个份儿上,他已经无法隐瞒。这的确是他的真实想法。

"生为武士,在下自幼便被灌输了这种想法。然而如今已经没有合战,也就没有了立功的机会。既然如此,除了不断挑战城中有名的道场,便没有别的办法。"

"不。"

尼师摇摇头。

"当今世道,您的做法已经行不通了。"

她断言道。

"与人竞争,敢当天下先,这都是自身与他人力量相差无几之时方能完成的事情。若是力量悬殊,已然成为天下第一,您只会招来众人嫉妒,成为争端的导火索。时代已经发生了很大变化。"

鲇之进叹息一声。

"那我该如何是好?"

"明日早晨请坐禅冥想。我来教您。然后,您要聆听佛祖的教诲,雕刻佛像。只要持续一段这样的生活,想必能有所发现。我认为,现在的您就需要这个。"

尼师说。

"我是剑客,不是雕刻师。"

"可是您会用木刀或竹刀与人比试,对不对?绝不使用真剑,两者道理相同。"

尼师说完，鲇之进觉得她的话莫名有些道理。确实，真剑与竹刀的拟战截然不同。但是他身在道场，仍然不得不使用竹刀。

"漫长的合战时代已经结束，百姓正在寻求救赎。他们寻求的，就是如何在这个世上生存，这个难题的解答和引导。"

"您要在下向百姓传达那个答案吗？那不是在下的使命。"

"那不是任何人的使命。学堂的老师和僧侣都不行。那个答案并非三言两语能够道出。只能通过一幅画、一幅字，或是一个故事，让百姓亲眼看到，亲自寻觅，自然理解。"

鲇之进静静沉思，试图理解尼师的话。

"答案就在空中。我常年参禅，痛悔年少时的业障，也一直在努力参透那个答案。"

尼师凝视着虚空，低声说道。

17

那天夜里，鲇之进睡在了寺庙后院的用人小屋。空气虽然充满水汽，但雨终究是没有下下来。

翌日早晨，尼师拿出了吴服店施主施舍给寺里的、供用人使用的男子衣裤，鲇之进照她的吩咐穿上。彼时，尼师告诉他自己法号叫寂莲。

鲇之进吃了一个饭团当早饭，随后走进寺院后山的灌木林中跑了几圈，做做伸展运动拉伸肌肉。这些都是他平时的日课。随后，他走下山来，在寺院外围挥舞真剑练习了一阵。院内乃是佛门圣地，鲇之进不想在里面拔剑。

回到寺内，他按照寂莲的吩咐将正殿背后堆积的圆木劈成木柴，又将木柴搬到浴室的炉子旁堆起来。其间，寂莲清洗了鲇之进的衣物。他本想自己洗，但尼师说他来砍柴更能帮上忙。

砍好柴，他就走进正殿，在佛像前开始打坐。寂莲教会他结跏趺坐的方法与法界定印的手印，还教了冥想呼吸法，包括舌在口中的位置、视线的方向等细节。

打坐时视线与下巴的角度有详细规定，若姿势过于扭曲，或是睡了过去，就会被名为警策的棍子敲打肩部。按照尼师的说法，这不是惩罚，而是佛祖鼓励继续冥想的手段。

对鲇之进来说，坐禅竟意外地神清气爽。至少在开始那段时间是如此。若说神清气爽可能有些奇怪，但这种脑中空白的半入定感觉并非头一次体验。这不是睡眠，但也不是惊醒，丝毫没有紧张感。在合战的杀戮中，若是胜负久拖不决，耐心等待敌人现身同时屏气凝神的感觉跟这个很相似。

可是随着时间流逝，坐禅变得越来越痛苦。痛苦的闷哼就在嘴边，他却一直忍住了。鲇之进只感到心绪纷乱，对以往杀戮的悔恨如同旋风般肆虐，眼前不断流过鲜血淋漓、行将死去的人的身影，让他不得安宁。这与身处佛门清净日常的人相比，恐怕远远算不上清澈的冥想境界。随着坐禅时间的延长，血腥的光景也纷纷涌出。不仅是视觉，还伴随着血腥气侵袭鲇之进的大脑。不快与痛苦渐渐变得强烈，听到寂莲宣告结束的声音时，他不由得长出了一口气。通过坐禅，鲇之进深深意识到自己此前的生活过得多么残酷。

"您怎么了？"寂莲问道。

鲇之进眼中的疲劳、不快与恐惧，还有额头的汗水，都被她看在了眼里。

"在下想到一些痛苦的回忆。"

鲇之进自认瞒不过去，便如实说了。

"我看到了很多东西，多数都很痛苦。这就是佛陀的力量吗？"

他边说边抬头看着佛像。

"太不可思议了。我明明不会梦到这些事，却在打坐时看见了。"

他半是感叹，半是无奈地说。

"那便是空，是缘起之姿。"

寂莲说。

"空？缘起？那是什么？"

"有烦恼则有苦，无烦恼则无苦。烦恼生则苦生，烦恼灭则苦灭，就是这个意思。是名缘性缘起。是佛的教诲。空很难解释，那是无我无相的境地。如同夜空，通透清澄，无一物之地。"

"禅就是通往那个境地的东西吗？"

"我是这样理解的。"

"既然如此痛苦，那我可能要改变以往的活法。"鲇之进说，"能让我参透这一点，已经……"

"您参透了吗？"

鲇之进用力点头。

"这并非易事，而且我听闻，若要开悟，弟子必须出家修行。"鲇之进说，"遁入佛门需要进行那种修行吗？"

"不。"寂莲马上摇头道，"净土真宗不做这种要求。亲鸾上人不要求弟子出家，只要我们这些与烦恼同生的人保持原状，没有任何要求。"

"什么？"

鲇之进大吃一惊。

"因为真正的开悟唯有佛陀一人能够达到，常人是不行的。"

"那禅是什么？"

"禅大可以坐，为了观照自己心中的缘起，坐禅是必需的。可是不强制。在经营人世方面，也不做任何禁止。对金钱的执着，成为夫妇的愿望，传宗接代的愿望，都不禁止。因此男女之间的情事，只要不过分，便也不禁止。可谓大方超然。"

"哦，那就是亲鸾上人的教诲吗？"

"是的。因为这个，我才得以信奉亲鸾上人。其实，我年轻时曾在花街游廊里生活，也曾有花街第一的美誉，被各种宴席争抢过。

说来惭愧，我也因此做了许多罪孽深重的羞耻之事……不知为何，身在花街之中，想法也被其左右，无论什么样的羞耻之事，身体都轻易接受了，甚至主动去追求那种事，这让我开始害怕自己。您是男人，想必不了解这种心情。"

因为实在听不懂，鲇之进便沉默不语。

"我曾经确信自己是身心坚定异于常人的女人，后来才恍然大悟，惊觉这样下去会自我毁灭，便在完成奉公年限之后，没有选择嫁人，而是遁入了佛门。在此之前，我从十四岁起就一直在廓中度过。"

鲇之进点点头。

"亲鸾上人连我这种人也欣然接纳了。上人说，佛陀从一开始接纳了像我这种人，所以只需时刻诵唱南无阿弥陀佛即可。"

"这样就够了吗？"

"是的，这样就够了。只需有这般谦逊即可。"

"如此一来，我的杀生罪孽也能得到原谅吗？"

"是的，能够得到原谅。可是，您今后再也不能杀生。"

鲇之进叹着气点了点头。他扪心自问是否能过得了那种生活，可他自己也不知道。

随后，鲇之进又按照寂莲的吩咐去井边打水，倒进水槽底下的大缸里。接着他主动切了萝卜，又问了如何化开味噌。鲇之进早就想学习烹调技能，因此向尼师请教了不少。此前的旅途中，他就算弄到食材，也不知如何烹调，虽然常常想做些简单的饭菜，但一直未能如愿。

他先淘米，然后在灶台底下生火，将饭锅放在上面煮了米饭。正忙着，突然听见一个年轻女子的声音说"打扰了"，转头一看，发现那是一张熟悉的面孔。

"啊。"

女子也叫了一声。她就是百间堀旁摆糯米团子摊的阿园。此时她手上还有一捧蔬菜。

"武家的,你怎么在这儿?"

阿园把蔬菜放在水槽里说。

"嗯,我在这里歇几天脚。你专程把这些东西送来了?"

"是的。这些可好吃了,你尝尝吧。"

鲇之进见寂莲还在远处,便压低声音问道:

"我不能一直叨扰住持,你知道城中有什么便宜的长屋吗?"

"嗯,我知道呀。"

"那等我离开这里,你能带我去看看吗?"

"好,我带你去看。"阿园干脆地应道,"到时候你到团子摊去找我,我一直在那儿。"

随后,阿园也加入进来,三人一起准备了晚饭。原来阿园一直在帮寂莲采买每天的食材和用品,同时还在寺里做些杂务。寂莲则教她各种学问和技艺,如修禅、礼仪、料理、裁缝、书法、歌咏和茶道等知识。

阿园帮忙做好晚饭,分得一些鱼干和泡菜,便拿着回家了。她还说明天可以再来。

做好晚饭,鲇之进把饭菜盛好放在两个膳台上,端到了昨夜的房间。就在此时,外面下起雨来。尼师问他要不要喝点酒,鲇之进说自己是修行之身,拒绝了她的邀请。尼师笑了笑,表情有些意外,然后说:

"我是在想,如果您要喝,我可以陪您喝上几杯。"

"师父请自便。"

鲇之进说。

"在下不喜饮酒。"

他又补充道。

尼师犹豫了许久,还是热了一壶酒拿进屋里。

离开后厨走上正殿外廊时要淋一小段雨。冰冷的雨水滴在脖子上，寂莲忍不住发出尖细的叫声。鲇之进不知她会发出这种声音，心里有些吃惊。

听着雨声，两人相对而坐，吃起了简单的晚膳。

"这一下雨，虫子也不叫了呀。"

寂莲说。

"是啊。"

鲇之进一边扒拉玄米饭一边说。

"啊，好开心。"

尼师小声说着，露出好似羞怯的笑容。

"好久没喝酒了。"

她从火盆上的小锅里拿起酒壶，往大酒杯里斟了一些。

"与鲇之进阁下相识之后，我久违地想饮上两杯了。在此之前，我已经几年未有饮酒。一是因为遁入佛门，再者，孤身一人也生不出喝酒的兴致来。"

"在下来为您斟酒吧？"

鲇之进问。

"哦，真的吗？"

"您如此关照在下，还教会在下许多事情，实在是感激不尽。斟酒而已，小事一桩。"

说完，鲇之进拿起了酒壶。

"我好高兴。"

寂莲说着，低头道谢。

放了许多蔬菜的汤和咸菜，一条鱼干，另外便只有玄米饭。这顿晚膳虽然简陋，但鲇之进想到自己也参与了烹调，便觉得分外美味。

"您吃过野兽的肉吗？"

鲇之进尚沉浸在惊讶中，尼师又问道。

"吃过山鲸，还有雉子……"

鲇之进回答。

"山鲸？那是什么？"

"野猪。京城也有吃那种肉的店。"

"哎呀！"

尼师表情扭曲了，似乎十分恐惧。

"那种东西好吃吗？"

"很好吃。还有炖狸猫肉也很不错……"

"我一点都不想吃那种生腥之物。鲇之进阁下，给我斟酒好吗？"

"哦，好。"

鲇之进给她斟了酒，尼师缓缓把酒杯举到嘴边。她没碰饭菜，而是一直喝酒。

"啊，好酒。"

尼师脸颊绯红，已经有了醉意。

"鲇之进阁下，您不能喝酒吗？"

"那倒不会，在下只是不喜欢酒醉的感觉，加之喝醉了剑法就会有疏漏。"

"哦，原来如此。我以前在廓里是出了名的爱喝酒，也因为这个，遭受过不可告人的失败。"

"哦，是嘛。"

"您不想问吗？"

"不想问。"

"这样啊……鲇之进阁下。"

"嗯？"

"您能一直住在这里吗？"

"哈？呃……"

鲇之进有些困惑，不知如何回答。

"知道我以前在廓里待过的男人偶尔会到这里来，有时还试图对我出手。我很害怕。"

"真的吗？他们竟对佛门之人出手？真不怕遭天谴。"

"是的。等天气暖和了，他们还会来。如果有您保护我，那我就能放心不少。"

"那很简单，可是在下也不能一直赖在这里。"

"这是为何？"

"哪有什么为何，这样一定会给您添不少麻烦吧。"

"不会添麻烦。"

"在下乃修行之人，还是得进城去。"

"您要去找道场吗？"

鲇之进想了想，然后摇头。

"道场恐怕不行了，毕竟在下已经臭名昭著，连门也进不去。"

"那您到城里去做什么？"

"唔……"

鲇之进陷入了沉思。被她这么一问，他还真不知如何回答。自己今后应该做些什么？他只知道，不应该只在这里砍柴过日子。

"师父，敢问您是否懂得书画？"

鲇之进问。

"书画？何故有此一问？"

"如果您懂得这些，可否教给在下？"

"我懂一些咏歌和书法，绘画则不行。可这些也不是足以教授别人的水平。"

"哦，是吗……"

鲇之进喝了口汤，端起玄米饭吃了起来，不时给寂莲斟上一杯酒。他觉得给尼师斟酒着实很奇怪，不知佛门之人是否能这样饮酒。

"鲇之进阁下。"

"嗯？"

"明日您能教我使薙刀吗？"

"薙刀。您还有那种东西？"

"我有薙刀,也有木刀,还有薙刀的木刀,都是练习用的。"

"我拒绝。"

"为什么?我独自一人生活在这里,哪怕是个女人,总得学一些薙刀防身的本领,否则遭到袭击就危险了。"

鲇之进点了一下头,然后说:

"剑法并非传授之物。在下的剑乃真剑,不是耍茶汤。"

尼师沉默了。

"您的意思是,那些下流之人可以对我为所欲为……"

"实在抱歉。在下想在这里修习佛道禅义,不想在院内拿起那种害人性命的不洁之物。"

"哦,是这样吗?"

尼师寂寥地说。

吃过晚饭,寂莲从怀里拿出了笛子。

"我给您吹奏篠笛吧。"

鲇之进点点头。他此前已经发现寂莲怀里露出了笛子一头。

"我以前在廓里还能表演舞蹈和三味线,但是与这清净之地不相称,所以不再接触。唯独这笛子……"

说着,寂莲开始吹奏。

她的技艺惊人,笛声融入淅淅沥沥的雨声,抚平了鲇之进的杀伐之心,带他进入从未有过的境地。

鲇之进陶醉地听了一会儿,由衷感到听听笛声也很不错。

18

翌日整天都在下雨。早晨,鲇之进趁雨势变小,在后山跑了许久。无论下雨或是下雪,刺客都不会休息。他沿着山路上下奔跑,结束后待气息平复,又做起了伸展,拉伸完肌肉,就在大树底下练剑。

回到寺里,他在井边洗了脚,晾干以后走进正殿,在寂莲的指导下整日打坐。待到身心适应了禅修之后，他渐渐得以进入摒除杂念的境地，并开始觉得这种修行很有意义。下午过后，他结束禅修，走到外廊休息，一边看雨一边与尼师交谈。

尼师讲了年轻时的回忆，那是鲇之进完全陌生的世界，内容含蓄而充满趣味，有时也奇怪得完全无法理解。

后来，他们一同走进雨中，去井边打水抬到后厨。途中，寂莲或是绕开水洼，或是蹦跳过去，同时这样说：

"您瞧，我脚上穿的是雪木屐。"

鲇之进看了一眼。

"嗯，是啊。"

"男人总说雪国女子好，您知道他们为何喜欢雪国女子吗？"

"不知道。"

"因为雪国女子为了走路不打滑，穿着雪木屐迈步子都要腰上使力，不知不觉就做了夹紧的练习。"

"嗯？"

"这样能让女人味更足。于是，我跟几个艺伎伙伴总是在积雪的路上比赛走路。"

寂莲说完，哈哈笑了起来。

临近黄昏，阿园又顶着红脸蛋送来了长葱和茄子，还帮忙做晚饭。寂莲详细教了她切菜和烹煮的方法。

后来寂莲离开了，只剩下阿园一人。鲇之进一边把潮湿的柴火塞进灶台底下辛苦生火，一边问了她城里的种种情况。阿园告诉他，城里的长屋有空房，如果他想过去看，可以随时去找她。鲇之进说知道了，等时机合适就去找她。

差不多做好晚饭，阿园就回城去了。她没有父亲，独自赡养多病的母亲，整天都很忙碌。尼师叫她带了一点煮物和汤水回去，算作阿园自己和母亲的晚饭。阿园的父亲以前是四处给人做工的匠人，但是嗜酒好赌，从来都坐不住。自从那次离家，已经十年没有音信。

两人觉得把饭菜端到屋里太麻烦，就在后厨地板上铺了草席，把晚饭摆在上面。

"鲇之进阁下。"

寂莲起来温酒，同时唤了他一声。

"嗯？"

"您不去城里找道场了吗？"

鲇之进点点头，想了想，然后对她说：

"我正在想，一直过这种日子是不是真的好。可是即使去了道场，恐怕也不会有人与我比试，加之现在修禅于我而言已经有了意义。"

尼师闻言，满意地点点头。

"那真是太好了。"

寂莲今夜也温好了酒，开始谈论游廊时代的回忆。当时似乎也有无数不堪回首的事情，但她并不厌恶花街的生活，反倒有些怀念。也可能因为她十四岁就进了游廊，压根儿不知道游廊以外的世界是什么样子，所以只能谈论那里的往事。

"现在我虽然在教阿园做饭，其实这也是遁入佛门之后现学的。"

"哦，是吗？"

鲇之进动着筷子，有点意外地问。

"是的。完成奉公年限后，我三十出头离开了游廊。那在廊里已经算老人，差不多是女将的年龄了。遁入佛门之后，我真是干什么都找不着北。明明已是相夫教子的年纪，我却丝毫不懂世上女人皆会做的事情。做饭、打扫、洗衣、裁缝，什么都不会。因为这些事情原本都是饭婆和平女做的。"

"饭婆？平女？那是什么？"

"就是住在艺伎屋打杂的女人。饭婆负责做饭，一般都是些无依无靠的老婆子，所以姑娘们就这样叫了。平女就是侍女，主要照顾女将的生活。但是如果有吩咐，也会照顾我们这些艺伎和娼妓的生活。洗衣、做饭、裁缝，什么都做，就是艺伎屋的下人。平女多是年轻姑娘，也有人称呼她们阿姐。"

"哦。"

"艺伎绝不能插手这些家务，否则要被女将训斥。艺伎就像城中的大小姐，连一天要换两次的足袋也从来不自己洗，至于针线更是碰也没碰过。不过，我们刚开始奉公，还在当多宝的时候，就要整天忙于学艺。早晨天没亮就开始练习三弦、舞蹈、唱歌、击鼓、横笛，天黑了还要学化妆、穿戴、男人喜欢的各种游戏，反正只学这些，一心要成为宴席上的抢手角色。"

"原来如此。"

"艺伎屋的生计全靠培养出一个抢手的艺伎，所以那些修习十分严格，每天都要拼命完成。我们光是磨炼技艺就已经忙不过来，所以别的什么事情都不做。除了表演和练习，每天只是勉强有时间吃上早晚两餐，要是成了抢手的艺伎，那更是连吃饭都要顾不上。我们早就忘记了世上还有许多做饭、打扫、洗衣这些普通女人的工作。等到奉公结束，走到外面一看，才发现自己什么都不懂，到处遭人嫌弃，说你'到底是从哪个极乐世界出来的人'。连我自己也万般无奈。"

"也是啊。"鲇之进边吃边应道。

"要是论才艺，我自信不输给别人，然而论做饭的手艺，那就不行了，连小孩都不如。我只能跟随领我进门的师父从头开始学，学得特别拼命。佛门的料理乃是从唐代传承，竟然流传到了加贺这般遥远的地方，并在这里独自发展，调味方法也有所改变，特别有意思。跟廓里的吃食完全不一样。"

"花街的吃食一定都很豪华吧。"

"那是做给客人的东西。我们这些艺伎，尤其是抢手的艺伎压根儿没有好好吃过饭的，甚至没时间睡觉，只能在赶场子的路上匆忙吃点冷饭冷菜。因为我们都得赚花银啊。"

"哦。"

"遁入佛门之后，我总算能早晚好好吃饭，因而特别高兴。修习佛法固然辛苦，无论男女都要做寒中修行，还要爬到深山里。尽管如此，用膳的时间还是能细嚼慢咽，所以我还是很高兴。后来，我总算也能做出让许多修行僧合胃口的饭菜了……请问合您胃口吗？"

"嗯，很好吃。"

"学了好几年，我做的饭菜总算有人夸奖了，我这才松了口气。"

虽然味道清淡，但他并没有过分奉承，是真的觉得好吃。

"身边有个人吃自己做的饭菜，对我来说是一种激励。然而这座山寺周围都没有人家，独自一人生活在这里，就觉得没什么意思了。"

"哦。"

"男人不是通常觉得花街的女人都一样吗？其实完全不一样。无论是技艺，还是在廊里的言行举止，虽然我们都要被女将严加管教，可是一下就跟男人同床的姑娘被称作娼妓，一般技艺不精，也不擅长读书识字的姑娘才会做娼妓。姑娘们刚到艺伎屋奉公，都会被女将仔细观察个一两年，看她有没有才华。要是得不到人气，就会被改为娼妓。有的姑娘即使不太漂亮，但是聪慧有才华，女将就会让她学习击鼓等技艺，去宴席上当配角。"

"哦。"

"要是技艺超群，有时也会不可思议地得到人气。所谓艺伎啊，就是舞蹈、击鼓和三味线的技艺都数一数二，长相又好看的孩子才能当上。而且，她们还要支撑艺伎屋，成为店里的招牌。艺伎屋通过她们打响名声，客人就都跑过来玩儿了。这都要看艺伎屋的女将是否能培养出卖座的艺伎。"

"嗯。"

"要是艺伎屋只能拿得出娼妓，就会被人嘲笑这家店只卖肉，不如改行开妓院。艺伎与娼妓全然不同。艺伎心高气傲，绝不会轻易委身于男人。无论是在宴席上还是回到艺伎屋,艺伎与娼妓都几乎不会交谈。"

寂莲用过晚膳,又吹起了篠笛。那音色果然美妙,不愧是从当卖座艺伎起就引以为傲的技艺。

第二天雨停了,鲇之进照旧上山跑步,舒展身体,然后练剑。

下午还是修禅。寂莲一直坐在鲇之进背后,发现不自然之处,就会用警策敲他的肩膀。

一直打坐到太阳西斜,寂莲叫他停下,两人又交谈了一阵。尼师问他今日打坐感觉如何?鲇之进便回答很是畅快。

寂莲又问他想了些什么,鲇之进答什么也没想。实际回想方才的坐禅,他脑中没有浮现出任何话语,也没有过去的记忆,更遑论什么思索。鲇之进闭上眼,回忆了一会儿今天究竟思考过什么。

"没有想到任何话语吗?"

鲇之进摇摇头。

"没有。刚开始打坐时,脑中总是充满悔恨,让在下十分痛苦。可是现在……"

"现在如何?"

"现在已经没有话语,唯有画面。一些光景从眼前掠过。"

"哦,那都是些什么光景?"

"云起云散,青葱树林。"

"树林?"

"是的。那是我从未见过的幽深树林,覆盖了天地左右,一直延伸到地平线。那应该是更往南边的地方,因为我感到拂过脸颊的风很温暖。我定定地俯视森林,一直浮在半空中。"

"哦,您是从空中俯视?"

"是的,从高处。森林在我眼下缓缓移动,就像鸟儿看见的世界。"

"哦,是吗?那真是有意思了。"

"要是一直看,就会发现林间有一条小路,几个身穿数重白衣的人排成一列走在上面。"

"哦?"

"我超过他们,继续往前飞,森林突然没了,随即听见水声。然后,我就看见了悬崖。"

"悬崖?"

"是的,褐色岩石的断崖。悬崖上雕刻着巨大的佛像。那是独自坐禅的大佛坐像。那尊坐像占了一整面悬崖,左侧是瀑布,飞溅着白色水雾。我完全折服于那副光景,一直在上空转着圈凝视。"

再看寂莲,她惊讶得张大口,过了好久才说:

"您只修了三日禅,就看到接近佛祖的景色了吗?那一定是大陆南方,唐天竺之地。然后呢?"

"云涌出来,堆得很高,然后开始下雨。底下的森林腾起白色雾气,渐渐看不到了。风越来越冷,空气里都是水的气味,悬崖上雕刻的佛像也渐渐笼罩在白雾中了。"

"后来呢?"

"后来就没有了。我一直等,可是始终处在一片白茫茫的雾里,什么都看不见⋯⋯"

尼师长叹一声。

"您身怀宝贵的天赋,我劝您今后继续坐禅。您可以看见他人不可见之物,一定是拥有飞往佛祖世界的羽翼。如果您继续修行,一定能掌握那个宝贵的天赋。"

"像我这种人,佛祖真的会让这双沾满血污的手抓住什么东西吗?"

尼师点点头。

"正因为您是这样的人。唯有目睹过黎民百姓真正苦难的人,方能拯救弱小的民众。这就是特别之处。"

鲇之进默默听着。

"不会有错。我已经修行了二十年，但苦于凡人之身，从未在禅定中目睹过那样的世界。可是指导我们的高僧就能看到那个世界，看到唐天竺的各种景色。"

"哦，我可能只是碰巧走运。"

"不，您是天选之人，来到地上是为了解救深陷痛苦的黎民百姓。我很清楚。从远远看见您第一眼的瞬间，我就知道了。纵使您浑身脏污，依旧散发着淡淡的光芒。"

"哈哈哈……"

鲇之进笑了笑。他已经斩杀了无数人，不可能是她说的那种人。他只能在卑微俗世的更深层，在地狱的釜底徒劳挣扎，一心只想挥出比任何人都快的利刃，将宛如阿修罗般凶煞的对手沉入血池。他一直是这样生活的。他才最不可能是那种人。

沉默了一会儿，尼师突然说：

"鲇之进阁下，您曾想过娶妻吗？"

"娶妻？"

"是的。"

"您是说成家吗？"

"正是。"

"我从来没想过，也从未对那种事有过兴趣。"

尼师深深点头。

"我猜是这样。"

她笑了笑，再次陷入沉默。

"不过，您曾经有过女方主动的经历？我没说错吧？"

鲇之进想了想，很快想起红叶村的千代。

"是的，有人曾让我与她同席而坐，共饮一杯酒……"

"您说什么？！"尼师涨红了脸，高声问道，"在什么地方？"

"犀川上游一个叫红叶村的地方，那姑娘名叫千代……"

"您不能做这种事！"

寂莲激动万分。

"您可是被选中之人,远比任何人都珍贵,万万不可行那种轻率之事。您可是黎民百姓的依靠啊。"

"哦,是吗?"

鲇之进疑惑地说。

"正是。若是像俗人那般成家,您就会失去资格。"

"啊?"

"共饮一杯酒对女人来说意义深刻。一位引导黎民百姓得到救赎的贵人,怎能与一个女人做那种……被选中的人绝不能娶妻成家!"

"我从未想过娶妻。"

"就算您不想,与您并席的女人也会想!"

"哦,是这样吗?"

就算男方没有那个意思?

"是的,女人就是如此。"

鲇之进很是疑惑。亲鸾上人不是允许娶妻吗?

"您的意思是,让我舍剑求佛吗?"

他转而问了最关心的问题。寂莲闻言陷入沉思,随后深吸一口气,好一会儿才说:

"像我这种低等僧人很难立刻回答这个问题。但是我一直认为,您有这般悟性,全都用来领悟杀人的剑法,未免过于浪费了。"

"您过誉了。"鲇之进马上说,"我只是连当地道场都不予理睬之人,连进城出仕都不得其法。现今若是战国乱世,尚存一条立身之道,而且我对自己的剑法也有一些信心……"

"正因如此!"

寂莲用强硬的语气打断了鲇之进。

"我才说您与我一样。与您的武艺相比,我虽然自惭形秽,可我曾经也是此处花街的头号女子,无人能望我项背。无论跳舞、击鼓还是吹笛,可以肯定地说,若是我不上宴席,金泽的花街就开不下去。金泽的风流公子全都争着与我相见，甚至有人为此丢了性命。"

"是嘛。"

"是的。于是我陷入了绝望，不能允许自己再造这样的孽。这点与您一样。"

两人又陷入片刻的沉默。

"您还是过誉了。承师父贵言，我自然很高兴，但我只是一介末端浪人，连是否有资格称武家都很难说。"

"世间约定俗成的规矩与我无关，我只是有一双鉴定真伪的眼睛。"

"师父，您是否能在城中……"

"实在抱歉，我只是一介僧侣，无法为您传话到城中。"

鲇之进点点头。

"那我该如何是好……"

"且不管那些，专心坐禅便好。"寂莲马上说，"不如再去坐禅吧，佛祖可能会给您答案。"

鲇之进闻言，转向佛陀的方向，在榻榻米上盘起双腿，双手结印。此时，寂莲在背后用低得异常的声音问道：

"鲇之进阁下，您与那位叫千代的姑娘，合饮了神酒是吗？"

鲇之进犹豫了一会儿，但想到佛陀在前，不可打诳语。毕竟坦诚一切才算修禅。

"我并无那个意思，可是在那姑娘父母开的旅社里受到了照顾，加之对方反复恳求我只是做个样子，我看他们迟迟不愿放我离开，连姑娘身受重伤的父亲也向我低头恳求……"

"您就喝了？"

"是的，我心想只喝一杯便是了，还百般强调喝完立刻就走……"

背后突然传来尖利的惨叫。鲇之进大吃一惊，紧接着就被警策使劲抽打了好几下肩背。

"好痛，好痛，好痛啊！"

鲇之进忍不住大声喊道。

"寂、寂莲师父,您这也是佛陀的激励吗?!"

鲇之进一边挨打一边问。警策如雨点般毫不停歇,到最后尼师一声尖叫,扔掉了警策,自己也倒在榻榻米上,放声痛哭起来。鲇之进震惊不已,一时间愣住了。

他默默地听尼师像孩子般哭了一会儿。激烈的哭声渐渐平息,变成了低声呜咽。

随后,尼师又抽噎了一会儿,接着用浓重的鼻音说道:

"鲇之进阁下,不如在此处坐禅吧?"

"哈?"

鲇之进心想:我这不是正在坐禅吗?只不过挨了一顿打,不得已才停了下来,并非他自己放弃。

"我问您是否愿意到这里来坐禅。不必每天都来,因为勉强反倒不好。您只需要有空闲时过来。"

"啊?"

鲇之进不明就里,反问道。

"我是个业障深重的女人……"

寂莲倒在榻榻米上,用模糊的声音说道。

"无论到什么时候,无论修行多少年,都无法熄灭烦恼之火。这可能也是因为在游廊的生活太长吧……"

"哦?"

"到最后,我都没有遇到一个足以奉献全部身心的男人。始终都没有遇到……"

"哦……"

"不,那是因为我的身体。这是一具罪孽深重的身体,一切都是我的罪孽,不能怪任何人。"

"嗯。"

鲇之进不知她究竟想说什么。

"刚才让您见笑了。此乃佛门之人不可原谅的丑态，实在是羞愧不已。若您怜悯我，请忘掉刚才的事情。我还是修行不足啊，如此怎能称得上侍奉佛祖之人，这样如何见人呢！我决定，今后要孤身一人精进修为。请您去找阿园，叫她在城中给您寻觅一处长屋栖身吧。"

"啊？哦，这样啊。"

鲇之进略显吃惊。原来她知道啊。

"您怎么想？"

"我听您的。"

鲇之进马上回答。

"是吗？"

尼师略有一些失落，难掩声音的颤抖，又哭了一阵。

"不，没关系。请您、请您不要担心。我时常如此，尼僧每日不哭上一哭就难受啊……"

"哦。"

"不过，若是您有空闲，请到这里来坐禅。我时刻都等候着。"

寂莲好不容易挤出这句话，就再也不作声了。

19

翌日用过早饭，鲇之进谢过尼师收留之恩，便离开寿经寺，往城中走去。寂莲只让他保重，随后深深低下头，不再多说什么。鲇之进借了四天的衣裳，她也包起来让他拿着了。

这天万里无云，阳光洒在身上很暖和，让鲇之进感到身心舒畅。走进城里，他看着左右的房屋，悠闲地漫步了一会儿，但没再寻找道场。他已经放弃在道场请求比试了。可是若问他要做些什么，他也答不上来。

他沿着尾山城的护城河转了半圈，见水中有鱼影，便蹲在石墙边缘看了一会儿鱼。不知何处传来犁雀儿的鸣叫,鲇之进又听了一会儿,然后起身去找阿园的糯米团子摊。

见到鲇之进,阿园笑着鞠了一躬,对他说等把现在烤的团子卖完了就休息一会儿,领他去看长屋。接着,她又递过来一串刷过酱油的团子,鲇之进便接了过来。他要付钱,阿园却不要,他说这样不行,坚持付了钱。

鲇之进走到护城河边的柳树下,边吃团子边看水面,突然听见远处传来特别响的声音,便朝那边望了过去。只见五个身穿花纹和服,扎起下摆露出两条粗壮白腿的男人站在阿园的摊子旁边,正对在隔着两扇门的荞麦店门口摆摊卖串烧鳗鱼的老板说着什么。

那几个人中,有三个腰间插着长刀。其中一人把手伸进了貌似用来装收入的笊篱里,抓出一把小钱塞进了腰包,还像黑帮一样大声威吓。

在座榻和石头上坐着吃味噌烤鳗鱼的客人纷纷站起来躲开了。鳗鱼摊的老板似有不平,但那几个貌似黑帮的人只以哄笑回答他,最后还施展了一记扫堂腿,将老板踹倒在地。

一群人大摇大摆地走向了阿园的团子摊。他们在摊前站定,其中一人一言不发地拿了一串正在烤的团子塞进嘴里。阿园哪里敢抱怨,甚至对他连连点头哈腰。

"阿园,生意怎么样啊?"

那个看似高利贷打手的人态度轻浮地问了一句。阿园并不说话。鲇之进慢慢朝团子摊走了过去。

阿园指了指炭炉旁边那个贴了纸的笊篱,男人粗鲁地伸过手去拿起来,一脸理所当然地要把钱装进腰包里。鲇之进抬起右手,抓住了那人的手腕。

"喂,等等。"

鲇之进把男人的手摁回原处,然后一拧,强迫他放下了笊篱。

"你辛苦赚的钱,真的要给他吗?"他问阿园。

她绯红的脸蛋上满是紧张的神情，似乎不知如何回答，只能怯怯地看着鲇之进和那个人。

"给我放手！"

男人大吼一声，其余四人也同时发出了野兽似的吼声。

"你小子想干啥？我看你像是外来的人啊，不知道这儿的规矩吧？这叫场地费，全是他们主动交的。这就是世间的规矩，你个蠢货连这都不懂吗！"

"白痴，这叫礼数懂吗？你小子要是想在姑娘面前逞威风，小心吃不了兜着走。给我躲开！"

"你被女人迷了眼吗？连这种小姑娘也想下手。白痴！想睡女人就去妓院！"

那些人个个口吐粗言秽语，还要伸手过来揪他。鲇之进反手将一个人撂倒在地上。

"阿园，那是你自己辛苦赚的钱，肯定不愿给他们吧？"

鲇之进一问，阿园哭丧着脸点了点头。于是鲇之进便拽着男人的手，从摊前走开了。

"浑蛋，放手！"

一个人边说边朝他抓过来，鲇之进肩膀一顶把他拱开了，旋即把他抓住的人一个过肩摔，掼到了地上。

"啊！"

男人尖叫一声。

"你是哪来的乡下人，不知道加贺的卯辰家吗！"

那人说着，就要拔出腰间的大刀。鲇之进比他快了一步，一拳打向拔刀的手腕，继而猛击脑袋左侧，待他站立不稳，便一脚踢中腹部，把他踹倒了。

"告诉你，我们可是这些家伙的守护神。他们都自愿交钱对我们顶礼膜拜，所以我们才辛苦保护他们啊。你这蠢货连这种道理都不懂吗！现在干这种事，过后可别哭着求饶！"

"跪下赔罪，跪下赔罪，你这穷武士！"

另外三个人吵吵嚷嚷，鲇之进朝他们的天灵盖和脖颈来了几下，同样打倒在地。五个人在地上呻吟了片刻，又有一个人骂骂咧咧地想爬起来。鲇之进又朝他脑侧踹了一脚，让他重新躺在地上。

"你们这也叫保镖？连只猫都赶不走。回去练练再来吧。"

鲇之进把大刀插回腰间。

"辛苦了，你们滚吧。从今天起，我就是这一带的保镖。"

一个貌似伤得比较轻的人缓缓爬了起来。

"哦，你起来啦？我也不叫你下跪，赶紧回家去吧。回去跟那什么卯辰的老大说，百间堀的保镖被炒鱿鱼了，叫他给你们安排糊纸伞的活儿吧。"

此时，所有人都摇摇晃晃地爬了起来。其中一人似乎想对鲇之进说什么。

"废话少说。"

鲇之进抢了话头。

"不就是要我记着嘛。赶紧给我滚！"

那几个黑帮的一言不发，拖着脚走了。

阿园战战兢兢地走过来，再一看，鳗鱼摊的老板也来了。

"武家的……"

阿园喊了他一声。

"我叫鲇之进。"

"鲇之进大人。"

"干什么？"

"您要当我们的保镖吗？"

"啊？哦，对呀。"

方才他有点上头了，并没有细想。

"你说的长屋离这里近吗？"

"就在附近。"

"是嘛,反正我没事做,就当一段时间的保镖吧。"

"那可真是太感谢了。"鳗鱼摊老板战战兢兢地说,"请问您要收多少钱?"

"我不要钱。"鲇之进说,"我从不用剑换取钱财。"

"哈?"

"我不想当保镖赚钱,偶尔请我吃一串就足够了。"

阿园走在前面,两人进了团子摊旁边的小巷。没一会儿便向右拐去,进到一条只有三尺宽的小路,斜着身子穿过去,就来到一块有水井的窄小空地上。旁边是个茅房,几个孩子在周围大声打闹。

穿过井口,前方有一座残旧得随时都要垮掉的长屋,每间屋门口都安了糊纸的简陋拉门,用蹩脚的字迹写着哪里的什么人,木工辰五郎之类住户的名字。阿园快步向前走,停在最角落的纸门前,使劲拉开它,然后说:

"武家的,就是这儿。"

"是嘛。"

鲇之进说着走了进去。里面是土间,右侧有个灶台,上面摆着煮饭的锅。拿起锅盖,里面当然没有米饭。旁边是个水槽,里面有个脏锅,水槽底下则是水缸。

从土间走上去,方形的房间里没铺榻榻米,只铺了几张草席。房间角落有个用来遮挡被褥的破屏风,里面却没有被褥。灶台上开了一扇小窗,都快入冬了,却挂着一个风铃,让人看着都冷。

"鲇之进大人,这样的可以吗?"

阿园不好意思地说。

"嗯,足够了。"

鲇之进边说边坐在门口的地板上,脱掉草鞋走了上去。他把腰间的大小两刀抽出来拿在手里,押直了身子,脑袋几乎碰到天花板了。抬起手一量,他离天花板也就勉强有一拳的距离。

"鲇之进大人，您个子好高啊。"阿园说，"真对不起，只有这种地方空着。"

"这种地方是什么意思啊。"

外面传来浑浊的声音，接着一个微胖的小个子男人走了进来。

"我是房东伍七，就是你要住进来吗？"

他问鲇之进。

"是的。"

鲇之进答道。接着，房东便吹嘘起来：

"早上有挑扁担的过来卖应季的东西，就在井口那儿。有咸菜，有鱼，有煮物，啥都有。出门就能看到。这儿可方便了，不愁吃的，也不愁没女人做饭。你来到了好地方啊，毕竟咱这儿就是地段好，城中一绝。"

"是啊。"鲇之进咕哝道，"总比睡在桥底下强。"

"你说啥？"

"啊，没什么。"

"往南边走八丁① 就是澡堂，你叫啥？"

"山县师宣……"

"啊？"阿园说。

"不，最近叫鲇之进。山县鲇之进。"

"山县老弟啊，那你有钱付房租吗？"

"哦，房租吗……"

鲇之进从怀中掏出缠在胸前的口袋，拿了一枚小判给他看。

"哎妈呀，我还是头一次看见小判。"

阿园说。

"喂，你要用小判付账？我可没钱找给你。"

"不用找钱。这些能住多久？"

"能住上两年吧。"

---

①一丁约为一百零九米。

"那我就住两年。"

"武家的，你好有钱啊。"

房东恭恭敬敬地收下小判离开后，阿园对他说。

"小判只有那一个，我得找点活干。你知道哪儿有工作吗？"

"工作？"

"比如手艺活儿，编编虫笼之类的。刚才还要那几个混混儿去糊纸伞，其实要干这个的人是我自己啊。"

"鲇之进大人一定很快就能找到活干。"

阿园说。

"那是什么意思？"

"因为大家都会来找你，鲇之进大人就是这样的人。"

"大家，哪里的大家？"

阿园没有解释，匆匆回团子摊了。

20

那天傍晚，鲇之进到阿园摊子旁的荞麦店吃了荞麦面。走过摊前，阿园已经不在了。想必是回长屋照顾母亲去了吧。

日落时分走在大街上，果然如房东所说，大路旁许多店面都亮起了灯笼。这些恐怕都是供人吃喝的饭馆吧。路上还有三三两两的行人，个个脚步飘忽，像是喝醉了。鲇之进掀开短帘，拉开纸门走进荞麦店，发现店面不大，却显得空荡荡的，只有两个客人默不作声地吃喝。他找到一张桌子坐下，庆幸此处没有醉客。这一带的人恐怕都会去有女人陪酒的地方喝吧。他不会去那种店。

鲇之进点了一碗最便宜的荞麦面，突然闻到一阵脂粉香气，原来是个妆容精致的女人在他旁边坐了下来。鲇之进吃了一惊，连忙环视店内。方才的两名客人过来了一个，另一个已经起身要走出去了。这女人跑过来干什么？

"这位武士,我能坐下吗?"

女人已经坐下了,倒是多余问一句。

"坐是可以,你不觉得挤吗?周围这么多空位。"

他抬起筷子转了一圈示意道。

"我就想坐这儿。"

女人的腔调不像本地人,带着一股洒脱的气质。

"这位武士,陪我喝一杯吧。店家,再来一壶!加个酒杯!"

女人朝店里喊了一声。

"不用了,在下不饮酒。"

鲇之进说。

"为啥啊?"

女人愤愤不平地说。

此时,店家拿来了酒壶。

"为何不饮酒呀?"

"因为我惜命。喝醉了可能要被人从背后捅刀子。"

女人低下头,从袖子里掏出一样东西,然后猛地送出右手。鲇之进往后一退,用刀柄猛击她的手腕。

咔嚓一声。

"哎哟哟!"

女人喊道。

"那是什么?你在试我吗?"

鲇之进问道。原来被他打落在地的是一把匕首。

"好痛啊,你怎么能这样用力打女人的手。"

女人带着哭腔说。

"要是不打你,你不就扎到我了。"

"我才不扎你。不过你真的好厉害呀,果然跟大家说的一样。"

"大家,哪个大家?"

"我都听说了,就今天早晨对不对?你在这家店门口把卯辰家最跳的五个人揍了一顿。"

"这件事已经传开了？"

他可不觉得是件好事。毕竟对手是黑帮，可能会为了面子找他报复。因为黑帮就是要吓人，才能把生意做下去。

"我还听说你把铃木道场的十个高手给打倒了。"

鲇之进听得烦了。

"说什么蠢话，那有什么好吹嘘的。"

他说完便吸溜面条，没再言语。女人好像还在等他说下去。

"一边是不懂剑术的混混儿，一边是真剑都没摸过的外行，打倒多少个都不值得吹嘘。"

"哦，你还真厉害呀。"女人瞪大眼睛说，"这肯定是谦虚吧，真正的强者才会这样。"

"不是谦虚，是事实。"

"我这人啊，什么事都得自己看了才能相信，所以刚才试探了你一下。"

说着，女人拖开椅子，弯腰拾起掉在地上的匕首。

"不过传闻果然没错，你真的很厉害。"

鲇之进哼笑一声。

"一个喝醉的女人从袖子里掏出匕首，抽刀出鞘摆好架势，这些我都看在眼里了。要是这还老老实实被你扎，我不如立刻剃发出家，或是去当鱼贩子得了。"

"哦，是吗？"

"当然了。把混混儿揍了一顿？打掉了女人手上的匕首？开什么玩笑，这种把戏太低级了，简直欲哭无泪。如果你还要继续，我就不理你了。"

"那真是对不住了，我还是一个人安静喝酒吧。"

"没错，就应该这样。"

"你呢？"

"干啥,你就不能别管我吗?我这儿吃面呢,一看不就知道了。"

"然后呢?"

"回长屋睡觉。"

"就在附近吗?"

"吵死了,边上喝酒去。"

鲇之进三口两口吃完荞麦面,站起来朝里屋问多少钱。

"不收您钱。"

老板应道。

"啊?为什么?"

"已经有人给啦。"

"谁给的?!"

老板从屋里走出来,指着鲇之进旁边的女人。

他惊讶地看向女人,女人说:

"今晚的保镖钱,你送我回家吧。我家不远。"

女人站起来,挽着鲇之进的手,拉着他向外走。

"去哪儿?"

鲇之进问道,女人并不回答。

"谢谢光临。"

老板在背后喊了一声。

"这边。"

女人拽着鲇之进左手的袖子,拉他走在护城河边。外面已经笼罩在夜色中,女人提着灯笼。

"今晚可能会有危险,有坏人要来找我,所以我想请身手厉害的武士来保护我呀,就试探了你一下。"

女人边走边说。

"武家的,你个子好高呀,有六尺吧。啊,外面真舒服,就是有点冷。"

"那你为何到荞麦店去?既然危险,不是应该老实待在家里吗?"

"家里没有人呀，挺无聊的，就想出来听听男人的声音。哪怕是个老头儿也无所谓。不过今晚听见了你的声音，我满足啦。"

女人说着，朝鲇之进贴了过去。

"喂，你不是要我送你回家吗，好好走路。你家不远对吧？"

鲇之进说着，推开了她。

"是远是近……要看走什么路。"

女人说着，优哉游哉地走在了前面。接着脚下一绊，跌倒在地。

鲇之进走过去拾起灯笼，还好它没什么事。可是他并不去扶女人，只是站在那里。

"哎呀，我喝醉了。怎么，你不扶我起来吗？"

实在没办法，鲇之进只好弯腰把她扶了起来。

"啊，你扶我起来了，好高兴！"

说着，女人飞快地转身抱住鲇之进，朝他亲了上去。鲇之进慌忙抓住她的肩膀，将她推开了。

"你喝醉了吧？"

"是呀。"

"这座城究竟怎么回事？"鲇之进咕哝道，"女人都疯魔了。"

随后，他硬拽着女人走了起来。

"你不喜欢我吗？"

女人摇摇晃晃地边走边问。

"我才刚见到你，谈不上喜欢或讨厌。"

"男人和女人可是会一见钟情的。"

她说着便要停下脚步。

"我没有。赶紧走，不然我不管你了。"

"反正你也挺闲的不是吗，又没有活儿干。"

"多管闲事，我可没有送你回家的理由。"

"我替你付了荞麦面钱。"

"我还给你？"

"不要，钱我多得是。你呀，好好打量打量我，我可长得还不错哦。"
"黑灯瞎火的，看不见。"
"把灯笼拿来呀。"
"算了，我看你待会儿还得摔。"
"你肯定觉得我渴男人渴出毛病了吧。"
"硬要说的话，是的。"
"你也觉得坏人要来找我是骗你的？"
"没错。"
"那你离远一点跟过来吧。今晚肯定会来，准没错。"

女人夺过灯笼，大步向前走去，走着走着又停下来，回头对他说：
"要是真的有人袭击我，你可要来救我呀。"
"嗯，知道了。"

于是，女人在护城河边的柳树下悠悠地走了起来。周围没有人，可能因为离闹市有点远吧。她向右拐进了一条巷子，继续走了五六丁远，黑暗中突然冒出来四个黑衣男子。其中两人将女人前后拦住，狠狠击打她的腹部，接着掰开她的嘴堵上毛巾，继而扛了起来。她手上的灯笼已被另外的人夺走，放在了路边。

那几个人动作太利落，醉女连一声尖叫都没有发出来。鲇之进拔腿便追，绕到扛着女人的黑衣男子前面，抄起刀鞘狠狠捅向那人的鸠尾，恨不得对穿出去。

男人哀号一声扔开女人，俯身倒了下去。鲇之进接过女人，放在了路边上。其余三人齐声拔出白刃。那几个人全都不说话，而且行动有序，令人害怕。鲇之进也拔出刀，同时向前一踏步，用刀背猛击其中一人的脖颈，继而狠狠打向旁边那人的手臂和背部。

一个人倒下了，但是很快便爬起来。他的动作十分敏捷，早已习惯了这种对决。

"这次用刀背，下次就不留情了。你们还要打吗？"

鲇之进低声问道。

那几个人本都摆好了架势，闻言对视一眼，继而转身逃走了。

女人呻吟一声，鲇之进走过去，将她扶了起来。

"真的找上你了。"

鲇之进说。

女人解开堵嘴的毛巾说道：

"没骗你吧？"

"嗯。"

"我肚子被打了，好痛啊。"

鲇之进拿过毛巾端详了一会儿，上面用深蓝色针线绣着"傀儡屋"几个字。

"傀儡屋？你知道这地方吗？"

女人闻言大吃一惊，默默点了一下头。

"那是我夫君的熟人，不过刚才那几个不是，因为傀儡屋的人我都见过。"

"哦。能走吗？"

鲇之进扶她站起来。

女人身形有点不稳，但是能走动。

"你住在哪里？"

"前面不远，尻垂坂。"

"他们为何袭击你？"

"不知道，可能因为我夫君。"

"夫君？"

"夫君是放贷的，我是他小妾。不过这下你知道，我没说谎了吧？"

鲇之进没办法，只好点点头。

"快回家去，我送你。"

他拾起灯笼说。

"我不想走。"

"那我可走了。"

他把灯笼递过去。

"才不要,我走便是了。"

女人悠悠地走了起来,没一会儿便停在一座干净整洁的房子前,把前门打开走了进去。地上铺着石板,走几步便到了玄关。

"进来吧。"

女人说。

"这里吗?"

他看着这座气派的房子,很是惊讶。

"你一个人住在这儿?"

"对啊。今晚夫君不来,你进来吧。"

"我怎么能进去,而且你要是放我进去,回头该被你夫君责罚了。"

"我夫君没那么小气,别担心。"

"我回去了。"

"你要把随时可能被抓走的女人独自留在这里吗?"

"待在屋里就没事了。"

她突然跑过来抓住鲇之进的手。

"过来嘛。"

说着,女人把他拽进了玄关。

他被拽到四叠大小的外屋,女人放开他,把灯笼的火移到了烛台上。

"夫君总叫我小心火烛。我这就把灯点起来。"

她摆弄了一会儿,屋里总算亮堂起来。能看清女人的模样了,她的确长得五官端正。方才在荞麦店,鲇之进光顾着提防,没有注意到。

"我可以冲茶,不过要花点时间,要不喝酒吧?就喝冷的。"

"我说了不喝酒。"

"对了,要泡澡吗?"

"喂，别闹了，我怕被你夫君砍成两半。"

"没关系的，我夫君年纪大了，砍不动你。在这儿过夜不？"

"开什么玩笑，我不想把事情闹大。正好家在附近，我马上就走。"

"你身手那么好，不如来当保镖吧？本来你也想找活干不是吗？"

"不当。我在修习剑法。"

"当保镖也是修行啊。"

"怎么可能。且不说这个，你先说说方才为什么被那些人袭击？"

"他们当然是要把我掳走啊。"

"为何要掳走你？"

"因为我长得漂亮，想糟蹋我呗。"

鲇之进无言以对。

"要么就是以我为人质，要挟夫君给钱吧。因为夫君很有钱。"

鲇之进一言不发地陷入沉思。

"或者就是先把我糟蹋了，然后卖进游廓里吧。我一看就挺值钱的。"

难道只是这样吗？他们不就是些拐子吗？不过，那几个人身手很好，加上这女人事先就知道自己要遇袭，这就更说不通了。

"我说你啊，不如去给夫君当保镖吧，每月能拿五两饷钱呢。"

"我不想拿剑换钱。我的剑要比这神圣得多。打扰了，代我向你夫君问好。"

鲇之进站起来走向玄关，女人从走廊上追了过来。

"这位武士，你还没告诉我姓名呢。"

"鲇之进。"

"我叫多津。"

21

鲇之进回到长屋，发现草席上竟堆着寝具。褥子、棉被，连木枕都有。虽然那上面渗着油污，显然不是新的，但足够他用了。

是谁？他心想。不可能是房东。他翻看了寝具和草席，连灶台都找了一遍，并没有发现留书。他不再多想，打开被褥睡下了。

翌日起身，鲇之进先上了趟茅房，然后拿起屋里的桶到井边打水。周围还没有人，他打了水，转身要回到屋里，却听见一个中年男人叫了一声：

"武家的。"

接着，那人又说：

"我是木工阿辰，这位武士住在这儿吗？"

"是的，请多关照。"

鲇之进回答。

"咱这个破长屋还是头一次有武家的住进来。"

阿辰说。

"我也算不上什么武家的人。"

鲇之进回答。

"但是你懂得使剑吧？"

他摆了个架势说。

"嗯。"

鲇之进应道。

"这间长屋只有臭烘烘的大老爷们儿，要不你教教咱们剑术吧。"

鲇之进只是点点头，转身进了屋。

他烧开一锅水，拿毛巾洗了脸，又用小刀刮了胡子。就在这时——

"早上好呀。"

一个尖细的声音传过来，是阿园进来了。

"啊，武士大人，你在刮胡子呀？"

"对。"

"我给你拿饭团来了。"

"哦？那太不好意思了。"

"还有汤。我一路跑过来的，还热着呢。你趁热喝吧。"

"那太好了。不过你家住得很近吗？"

"特别近。那待会儿见啦。"

"等等，昨天是谁给我拿来了寝具？"

"是我。鳗鱼摊的清六叔说家里多了一套寝具，我就找他要来了。"

"是吗，劳烦你了，很重吧？"

"没关系。等会儿你到摊上来吧，我请你吃团子。"

说完，阿园就走了出去。

鲇之进吃了饭团，喝了热汤，把寝具收在屏风后面，插上双刀走了出去。

若在长屋外的空地上练剑，其他人可能会来围观，于是他穿出巷子一路小跑，想找个没人的地方。房东说这一带很方便，看来的确如此，只是到处都是房屋，不适合锻炼腰腿。鲇之进与这一带的住户相比个子高出一截，不管跑步还是练剑都格外引人注目，可能一不注意就要被围观。

于是他在浅野川的河边练剑，又到寿经寺去坐禅。无我之时过去，他眼前浮现出海岸的光景。浪花一波又一波涌过来，裹挟着沙子退去。他专注着心中的风景，不知这是否也有意义。

临近正午，他想起自己答应在百间堀一带当保镖，便来到阿园的摊前。只见五六个人正在排队等团子，阿园被围在里面看不见，鲇之进便不去打扰，而是到旁边找鳗鱼摊老板去了。老板见到鲇之进，笑着点了点头。他走过去，谢过了老板的寝具。

"没什么，反正放在家里没人用。这世道就应该互帮互助嘛。"

老板嘴上虽然这么说，语气却有点阴沉。

鳗鱼摊旁边有个老太婆在摆摊卖年糕汤。鲇之进找了块石头歇脚，对着她打量了一会儿，却见另一头走来几个气势汹汹的人，仔细一看，又是那几个卯辰家的混混。鲇之进站了起来，那帮人猛地停住,原地转身走了回去,压根儿没靠近年糕汤的摊子。

鲇之进觉得今天的保镖工作完成了,便回过身去找团子摊。

"鲇之进大人。"

他突然听见一个女人的声音,只见昨晚那个年轻女人从前方的树下转了出来。她穿着一身蓝色和服,在日头下一看,着实是一副夸张的打扮。

"哦,你是……"

鲇之进开口道。

"嗯,我是……谁呀?"

女人问他。鲇之进想了一会儿,就是想不起来。

"忘了。"

"我是多津啦,记着点儿。"

女人说。

"哦,你是多津。"

鲇之进重复道。

"咦,武士阁下,你剃须了?在日头下这么一看,你好像更英俊了呀。难怪阿园对你五迷三道的。"

"阿园?"鲇之进指着身后说,"那边摊上的?"

"没错。"

"卖糯米团子的?"

"正是。你不认识她?"

"我认识她,可她还是个小孩儿。"

"可别这么说,人家已经是大姑娘了。去吃团子不?"

"不用了。今早她送了饭团和汤来。"

"哦,嗯……是嘛。"

多津咧嘴一笑,仿佛早就料到一般点了点头。

"小妮子很努力呀,又是给你送被褥,又是给你送饭团。她现在明明自己都顾不过来了。"

"为何这么说？"

鲇之进问。

"她母亲的病很重，是个不记得叫什么的稀罕病，听说有药可治，但是价格不便宜。"

鲇之进点点头。

"光靠她卖团子肯定赚不来那么多钱。要是她母亲死了，那孩子可就无依无靠了，真想帮帮她啊。不过我现在手头也紧，没什么闲钱。"

"哦？"

"我正在学舞，置办衣裳也要费不少钱，加上师父又贪心。行了，等我学完舞再聊吧，鲇哥。"

"啊？哦。"

鲇之进应了一声。

再一看，团子摊的人已经散了，他走过去跟阿园聊了几句。阿园见到鲇之进，红扑扑的脸上露出了高兴的笑容，但是听他一问母亲是否病重，她的脸色一下就变阴沉了。

他坐在了铺着红布的台子上。

"要吃吗？"

阿园递给他一串团子。

"现在不用了，卖不出去再给我吧。"

鲇之进说完，又问道：

"你母亲得了什么病？"

"叫什么裂巴……我记不清了，那是兰语[①]。医生常常给妈妈看病，还说长崎那边有好药，可是特别贵，说要二三两。"

"是吗，那可真是贵。"

"咱家根本买不起。"

[①]指荷兰语。

"嗯。"

"不过妈妈现在越来越虚弱,已经坐不起来了。"

"是吗,那真叫人担心。"

鲇之进点点头。

那天晚上,鲇之进到荞麦店吃饭,看见多津又在喝酒。再一看,她旁边有个头发花白的老男人。两人面前还坐着一个身子笔挺、举止无懈可击的男人,正在用泡菜下酒。

"哎呀,鲇之进兄。"

多津抬手唤了他一声。

"这边这边。"

她又开始招手。鲇之进虽然不太情愿,还是走过去在男人旁边坐了下来。

"苎生屋老爷,这位就是鲇之进。他可厉害了。"

"哦?"

老男人点点头。

"在下苎生屋的岩五郎。"

他面露温和的微笑,朝鲇之进行了礼。那副样子像个天生的生意人。可是笑容退去的瞬间,他双眸浮现出阴暗而锐利的神情,让鲇之进心中一惊。看来,这人是个有背景的大人物。

"这边这位武家的叫田所孙之助,是一名剑客。他是城中闻名的慈眼一刀流的高手。"

"哦。"

鲇之进应了一声,没什么兴趣。这人的确给人滴水不漏的感觉,可是因为酒醉,肩膀不时摇晃一下。

"敢问阁下是何流派?"

岩五郎问道。

"我没有流派。"鲇之进回答,"幼年去过一段道场,但未得传授,因此没有流派。"

孙之助闻言哼了一声。

"我流吗?"他用粗粝的声音说,"听闻阁下破了铃木和市川的道场。"

"破是没有破,只是想向那边的高手讨教一番。"

"那么,他们有高手吗?"

"没有。"

鲇之进说完,众人沉默下来。因为一直无言,他觉得还得说点什么,便继续道:

"近来道场门生皆使竹刀,着实让人为难,比试不了什么……"

"毕竟在掌握剑术奥义之前,骨头被打断了可不值当啊。"

原本闭口不言的孙之助粗声说道。他的声音里显然有了一些醉意。

"阁下是指木刀吗?"

鲇之进问道。正好老板走过来,他便点了一碗汤面。

"来两杯不?"

岩五郎拿起酒壶劝道。

"在下不饮酒。"

鲇之进说。

"你连木刀也不用?"

孙之助问。

"在下老家算不得什么好地方。父母早逝,村中库房又堆放着许多貌似从落难武士手中夺来的刀枪棍棒,因此我从一开始便是用的真剑。"

"亏你还能活下来。那是什么村子?"

"这就不必追问过多了吧。鲇之进阁下,听说你在修习剑术?"

岩五郎表情温和地问道。

"是,在下以此为志。"

"可是道场里已经没有阁下的对手了?"

"有人误传我在四处踢馆,现在满城的道场都进不去了,在门口就得被赶走。"

"那阁下是否有意当我的护卫?"

苊生屋的岩五郎突然说道。

"护卫?"

"正是。"

"就是当保镖?"

"也可以这么说吧。干这种借贷的生意,总会遇到各种危险。此前还遭过一两次强盗呢。"

"哦。但是当保镖……"

"阁下不能当保镖吗?"

"倒不是不能,只是修行之人去当保镖,难免有些……"

"不怕直说,鄙人身边聚集了许多一流剑客,个个都是凭本事赚大钱的高手。可以说,城中高手全被我拉拢过来了,甚至足以傲视全藩,恐怕在整个北国也数一数二。"

"现在城中的道场早就没有一流高手了。"孙之助斩钉截铁地说,"那种地方全是些耍竹刀的舞女。"

鲇之进闻言,看向孙之助。他深有同感。

"若你想见一流剑客,恐怕只能到那个世界去了。如今已不是合战的世道。我已经从多津和城中各处听闻了鲇之进阁下的事迹。这样吧,我每月支付五两。这个工作何等简单,你只要每日酉时到我那儿,也就是苊生屋门口来坐着就好了。再就是我出门的时候跟在旁边。是不是很简单?"

苊生屋盯着他问。

"日落之后,我去的地方无非是多津家、花街,或是赌场。虽然都是外出游乐,但是歹人出没的时间也是晚上,不得不防啊。阁下意下如何?"

岩五郎说着,越发专注地看着鲇之进。这人不愧为商人,微笑起来就是个面相善良的老头儿。可是,他身上始终散发着一股让人不敢掉以轻心的气息。

"五两可是不少钱啊。这种世道可没多少每月能赚五两的工作。"

孙之助带着醉意,又说了下去。

"不过我倒是怀疑,你究竟有没有价值五两的身手。"

"阁下也是这个价格?"

鲇之进问道。

"哼哼,我的身手比这值钱。"孙之助加大了音量,傲然说道,"我可不便宜。毕竟不只是在城里收拾混混儿,打赢竹棍道场那些愣头青而已。"

鲇之进忍不住想嗤笑。这人是借着酒劲在吹嘘自己吗?听到这些话,本来就不太情愿的鲇之进更是觉得没意思了。

"感谢阁下赏识,但在下并无意愿,还请见谅。"鲇之进说,"我乃修行之人。"

"哦,你的确是正在修行的小青年啊。"

孙之助抢过话头说。

"我追求的生活比给人当保镖、喝酒吃菜要高尚一些。失礼了。"

鲇之进站起来,转向别的座位。正好汤面端上来了,他便不理睬孙之助那三个人,兀自吃了起来。

本以为他们会找个由头过来滋事,但是直到鲇之进把面吃完,那三个人都没有作声。

就在他吃完那一刻,有人奋力拉开了歪斜的纸门,只见阿园把头探了进来。她一手拿着木盒,一手拿着碗。

"啊,鲇之进大人。"

阿园看见他,立刻高兴地喊了一声。她一边把餐具还给老板,一边问他:

"您晚上都到这里来吃吗?"

"嗯，这里的汤面很好吃。"

"妈妈也爱吃这里的荞麦面，就算没胃口也能吃下去一点。不过还是剩了一半。"

"是嘛。你肯定很担心母亲的病吧。"

"嗯。"

阿园点点头，随后好像突然想起了什么。

"啊对了，武士大人，我应该能介绍一个糊纸伞的工作。"

她的声音又尖又利，鲇之进暗道不好，孙之助果然在那边厢放声大笑起来。

"哈哈哈哈！比我更高尚的生活，就是糊纸伞啊！"

他转过头来大声说道。

"那可真了不起，不过也对啊，那样绝对不会受伤。你这是立志成为加贺藩头号糊伞武士吗？不得了不得了，佩服佩服！"

"啊，武士大人，我说错话了？"阿园凑过来，严肃地嘀咕道，"没关系，反正看他喝成这样，也不是什么值得一提的剑客。"鲇之进说，"怕是连伞都糊不好。"

"你说什么？！"

孙之助猛地站起来，把凳子都踢翻了。

"这话可不能听听就算了！"

"哦，让你听见啦？那真是失礼了。"

鲇之进说。

"看来糊伞还是能行的，剑术就不知道了。"

后半句是对阿园悄声说的。

"武士大人。"

阿园小声提醒了一句，已经吓得不太敢动了。

"真是太对不起了，武士大人！"

阿园朝孙之助点头哈腰地说。

"阿园，你别担心，早点回去照顾母亲吧。"

"没问题吗？"

"没事没事。"

鲇之进挥挥手叫她快走。

"那我明天早晨还给您送饭团到屋里去。"

"啊？是嘛，你别操心了，要是米饭有剩再说。"

"有剩啊，因为妈妈总是不吃。"

"是吗，那不如做成米粥吧？"

"烦死了，你们嘀嘀咕咕什么呢！"

孙之助大吼一声。

"快走吧，阿园。"

"是，那明天早晨见。"

阿园拉开纸门，走了出去。

"你也跟我出去一趟，糊伞武士。"

孙之助站得笔直，气势汹汹地说。

"喂，我可还没开始糊伞呢。不过面也吃完了，出去就出去吧。"

他先走到外面，孙之助跟了出来，拔刀出鞘。

"喂，真剑就算了，小心受伤。"

鲇之进抬手制止道。

"哈哈，你这小子，吓破胆了吗？"

孙之助端着长刀说。

"你爱怎么说都行，但是你已经醉了，这样不行。"

岩五郎和多津也走了出来。

"废话少说，拔刀！"

孙之助大喝一声，紧接着高举长刀，奋力朝他砍了过去。鲇之进刀不出鞘将其挡开，又从下路横扫，继而往上一顶，击中了孙之助的下巴，又正中他的眉心。

孙之助后退了两步，蹲下身来强忍了一会儿痛。

"喂，你干什么呢，这就要休息啦？这儿可不是道场，要是在决斗中,你已经被砍了。"

说着,他又抄起刀鞘,连连击打孙之助的头顶。

"我看你啊,就是太习惯那些让你一手的弟子了。"

孙之助听得气血上涌,暴跳起来挥刀就砍。鲇之进往旁边一挡,他又不依不饶地从上段砍了下来。鲇之进有招接招,放任他猛攻了一会儿,紧接着往他怀里一送,用刀鞘架住孙之助的长刀,重心一沉再一顶,就把他震飞了。下一刻,鲇之进趁他还没站直身子,照着腹部中央就是一脚。

孙之助被他踹得身体腾空,笔直落进了护城河里,激起一大片水花。

"这下能醒醒酒了。"鲇之进说,"要是想使真剑,就别喝成那样。"

"我出十两!"

岩五郎边喊边朝他走来。

"太精彩了。阁下竟能如此轻易胜过大名鼎鼎的田所孙之助,实在太精彩了!"

岩五郎万分感慨。

"方才那是外国的格斗术吗?看着不像剑术。"

"在实战中,流派的形制没有意义。"

"不过那家伙可是慈眼一刀流道场的师傅啊。"

"哦,师傅真了不起啊。"

鲇之进小声嘀咕了一句。嗜酒之人也能当师傅?想来必不是什么大道场。

"喝酒醉成这样,实在太松懈了。"

"你瞧,我说得没错吧?"多津开口道,"鲇之进大人很厉害。"

"是啊。"

岩五郎宠溺地说。

"不过糟糕了。"

多津大声说。

"怎么了?"

"孙之助大人不会游泳。他是个大秤砣啊。"

"什么?那可麻烦了。"

岩五郎说。

"怕什么,水浅得很。"

鲇之进说。

"那么鲇之进阁下,当护卫的事……"

岩五郎问道。

"鲇之进大人,你就答应了吧。"多津在旁边帮腔道,"我可不忍心看你糊纸伞。"

鲇之进走到护城河边,看孙之助在底下折腾。

"十两不够是吗?"

"不。"

鲇之进马上摇头。

"金额多少不重要,但能否先给我三两?我就干一个月。"

22

翌日早晨,他走出破长屋上了茅房,然后叠好被褥,放到屏风背后。

"早啊。"

外面传来人声,阿园走了进来。

"鲇之进大人,我给您带早饭来了。放这儿可以吗?"

"嗯,谢谢你了,阿园。"

说着,他走到门口坐下来,从怀里掏出三两,朝阿园递了过去。

"我这儿有三两,拿去给母亲买药吧。"

"啊?!"

阿园惊得愣在了原地。

"为什么?"

"昨天苊生屋硬要塞给我,实在没办法,我就收下了。这钱我反正没处花,不如给你吧,就当早饭的谢礼。"

"别这样,我不能收呀。"阿园怯生生地说,"这种粗茶淡饭哪里值这么多钱。鲇之进大人不应该住在这种地方啊,还是拿着这钱去找好一些的长屋吧。我这就给您去找。"

"这里能遮风挡雨,足够了。要是不住这里,我就住桥底下。"

可阿园还是连连后退。

"对不起,我真的不能收下。鲇之进大人,这不是您的本分啊。"

"说什么本分?我对那种东西没兴趣。你别想太多,钱拿给需要的人花就好。总比那些有钱老头儿拿去玩女人强多了。你母亲病情不是很危急吗?别跟我客气,收下吧。"

他抓起阿园的右手,把钱塞了进去。

"可是鲇之进大人,您连今晚上荞麦店的钱都……"

"面我已经吃腻了。苊生屋那老头儿说要带我吃好的。"

"真的?"

"而且这钱在荞麦店也花不出去啊。"

"苊生屋老爷?鲇之进大人,这样好吗?您不修习剑术啦?"

"我只给苊生屋干一个月的活而已。"

"莫非您是为了我才……肯定不是吧?"

"不是。我听说他那里的高手比道场的人强多了,就想过去见识见识。"

"昨天那位生气的武士呢?"

"啊?哦,那家伙喝了点酒就高兴起来了。"

阿园跪在土地上,朝他磕了下头。

"鲇之进大人,实在是太对不住了。我一定把钱还您,无论花多少年都要还上。"

"不用还了，我又用不上。再说我对这种闪闪发光的恶心玩意儿没兴趣。你拿去买药，好好照顾母亲吧。"

"太谢谢了，太谢谢了。"

阿园流着泪说。

"喂，够了，你还要趴多久。我汤都要凉了，得趁热喝。你把头抬起来，赶紧走吧。"

阿园抬起头，在地上呆呆地端坐了一会儿，任凭眼泪流淌。

然后，她又一次道谢，拱手接过三两钱币，这才站了起来。这一刻，鲇之进想到他在寿经寺佛像前冥想时见到的悬崖大佛，竟对那金币生不出一丝兴趣来。

吃完饭，他把扔在草席上的天狗面具挂上墙头，腰里插上长短双刀，拉开纸门走了出去。不知为何，长屋的男人们竟在水沟边上站成了一排。

"你、你们怎么了？"

鲇之进见他们都看着自己，惊讶地问。

"武家大人。"

昨天那个木工说。

"你们站在这儿干啥呢？今天要过节？"

众人弯下身子，竟都跪在地上，朝他低下了头。

"武士老爷，咱都听说了，您特别厉害。人们还说您一转眼就干掉了铃木道场十几个高手，前两天还把卯辰家的混混儿给揍了一顿。"

木工说完，他身后的人继续道：

"昨晚还把一刀流的武家老爷踹进了百间堀。"

"你们知道得好清楚啊，全都是顺风耳吗？"

鲇之进翻着白眼说。

"这种消息传得可快了。"

"卯辰家的混混儿让咱吃了不少苦头。既然武家老爷住进了这座长屋，那也是种缘分。能请您教教咱们剑术吗？"

一个人说。

"所以你们都带木棍来了？"

"是的。"

"我还以为是来寻仇呢。你们都是长屋的人？"

"是的。"

"那可头痛了，在下可是很忙的。"

鲇之进说。

"求求您了。只不过咱付不起钱。"

"是吗，没钱啊。"

"一点儿都没有。但是可以给您送去酒水和吃食。"

"别送了。我不喝酒，你们留着自己喝。但是要想剑术长进，就别喝酒。喝了酒体乏，动不起来。"

"啊，真的吗？"

远处一个人说。

"真的，我骗你干什么。这儿有人戒不了酒吗？"

鲇之进大声问。

"那我可能不太行啊。"

一个人说。

"好，那你别练了，回屋喝酒去。还有谁不行？"

没人吭声。

"很好。不过这块空地不能用来挥棍子。太小，太危险，容易打伤孩子。我现在要跑到河边去，只有能跟上我的才能学剑。走了！"

于是，鲇之进跑了起来。他像箭一般跑过井边，宛如一阵疾风穿过了巷子。来到大路上，他开始朝犀川逃也似的飞奔。当然，他确实有点逃避的心情。大约跑了五丁远，他放缓脚步，回头一看，一个人都没跟上来。

"嘻，都只会说大话。"

鲇之进咕哝着，放慢速度跑了起来。

来到犀川旁边，他走下河堤，跳到水边。他本可以在这里练剑，但是担心有人从后面追过来，便朝上游又跑了好一会儿，找到一处树荫站定，拔出了剑，扎起马步开始挥舞。

如此练习一会儿，鲇之进出了一身汗，便用河水浸湿了手巾，擦掉身上的汗水。接着，他在附近的大石上盘腿坐下，开始冥想。他接下苫生屋的保镖工作后，心中总是有些别扭，便想通过坐禅参透这件事的好坏。

他迎着河风冥想了一会儿，不可思议的是，这样竟没有在寿经寺的寂莲面前冥想时的充实感，也感觉不到答案的气息。此时他才意识到，佛前坐禅的确有特殊的意义。

他站起身来，前往寂莲的寿经寺去坐禅。寂莲笑容满面地迎接了他。下午一直打坐，结束后喝了尼师倒的热水，两人又交谈了一会儿。

"您心中有烦恼吗？"见尼师这样问，鲇之进猜测她已经看出来了，便把此前的事情说了一遍。他在苫生屋的岩五郎与多津的请求下，答应当一个月的保镖，并且先收下了黄金三两，让阿园给母亲买药治病。寂莲听了，称赞他做了一件善事。

"阿园一定很高兴吧？"

鲇之进只是含糊地应了一声。

尽管不情愿，他还是答应了保镖的工作。这件事究竟是好是坏，是否遵循佛陀的善导，他就是对此心存迷惘，才过来打坐了。可是方才的冥想中也没有答案。

寂莲闻言答道：那也没有办法，可是万万不可再次杀生。随后又问："凭您的身手，无论什么样的人来袭，也能只将其击退，而不伤其性命，对不对？"鲇之进仔细想了想，若是力量悬殊，他或许能以刀背退敌，但若不分伯仲，要他留手恐怕就很难了。

有时他会想，这是一个重大的矛盾。不成熟者尚能保住性命，成熟之人倒像在为了求死，而拼命完成艰难的修行。

寂莲说她认识苣生屋的岩五郎，还怀念地说见过那人一次，是个风流洒脱之人，在花街也很受艺伎追捧。可是两人似乎只是在花街擦身而过，岩五郎是在寂莲隐退之后，才开始出入花街。

"不过，那真是一位不可思议的人。"

寂莲说。

"为何这样说？"

鲇之进问。

"其他恩客都是第二代第三代，从小在花街目睹父兄玩乐的样子。而苣生老爷则是白手起家，靠自己成了加贺第一的高利贷业者，因此年轻时默默无闻。没人知道他是干什么的，为何放起了高利贷。而且他是突然崭露头角，女将们都在议论，他从哪来的本钱。不过那位老爷花钱爽快，艺伎姑娘都喜欢他。"

"哦，是嘛。"

"吃了晚饭再走吧？"

尼师问。

"不，苣生屋那边的工作今天就开始了。"

说着，他趁日头还高就离开了寿经寺。

"下次再来呀，远离人居的住持可无聊了。"

尼师分别时说。

鲇之进来到尾张町苣生屋的门口，发现昨夜被他打败的田所孙之助已经站在那里。

"等你好久了，山县。"

"哦，我道是谁，原来是田所阁下。您平安登陆啦？"

"少啰嗦了，碍着别人做生意。"

"生意？"鲇之进惊问，"什么生意？"

"生意不就是生意，别装傻了。你不也一样，跟我等剑客比武，就是为了找到价高的买手出卖自己的本领。这世界就是这样，大家都是买手和卖家,剑客也一样。现在已经不能靠合战出仕啦,有点身手的人,只能拿去换钱。"

"哦,原来如此。"

鲇之进心想,原来已经是这样的世道了吗。

"你把自己炒到了十两,我可是从二十两变成大甩卖了。而且你这人怎么如此卑鄙,专挑别人醉酒时下手!"

"说什么呢,我啥也没挑。"

"行了行了,反正你也就这几招了。"

"等等,分明是你醉酒找事。"

"好了别说了,到此为止吧。废话少说,到我的道场来。慈眼一刀流的田所道场,你肯定知道地方吧?"

"不知道。"

"装什么傻!这种把戏对我可行不通。在长町,过来跟我比试比试。就按你的意思,用木刀决胜负吧,免得真剑伤了你。"

"哦,不用竹刀吗?"

"我们那儿不耍玩具。"

"在这方面我们倒是志趣相投啊。"

"都怪你这家伙!我必须打赢你。"

"你是自作自受,自作孽不可活。不如戒酒吧?"

"多管闲事。"

"是嘛。"

"不然我就做不成生意了,道场经营也困难。怎么样,看在同行的分儿上,五十两成吗?"

"什么?!"

鲇之进大吃一惊。

"嘻,那就七十两。"

"喂,你够了!"

叱责之词已经来到嗓子眼了。

"出什么事了？"

岩五郎悠悠地说着，从屋里信步走了出来。

"哦，孙之助阁下，你怎么了，今日我没叫你来吧？"

岩五郎毫不客气地说。

"您这是要把我赶走吗？"

"不好意思，做生意的世界就是这么残酷。一旦赌上小判，那就跟真剑对决一样了。"

"若是弃掉在下这般身手的人，苊生屋阁下可是会损失惨重啊。你将来就知道了。"

"我很清楚。孙之助阁下的身手，小生清楚得很。"

"不管怎么说，昨晚虽说醉酒，但也是我不够谨慎。此乃事实，来日必将这个愣头青教训一顿，一雪前耻，再来面见阁下。"

"我等着。"

岩五郎朝他行了个默礼。

"喂，山县，我在道场等你。"

孙之助又留下这句话，然后转身，抻着肩膀大步离开了。

"那我们走吧。"

岩五郎瞧也不瞧他一眼，转头对鲇之进说。鲇之进默默地跟了上去。

"今天要到南边的花街去。"岩五郎默不作声地走了好一段，突然说道，"山县阁下在这种地方游玩过吗？"

他回过头看着鲇之进。

"完全没有。"

鲇之进跟他走在一起，这样答道。

"你有兴趣吗？"

"一点没有。"

"那里有许多美貌的艺伎和娼妓哦。"

"哦，是嘛。"

"还有舞蹈和击鼓号称北国第一的女人。"

"我对那种事没兴趣。不过听以前的艺伎说过一些,倒是对花街有所了解。"

"以前的艺伎,那是哪位呢?"

"寿经寺的尼师,寂莲师父。"

"哦。"

岩五郎沉默下来,似乎在搜寻记忆。

"她原本是艺伎……"

"是的,还说曾经有过南廊头牌的称号。"

"是嘛。那位师父以前在游廊的源氏名①叫什么?"

"这我倒没听她说过。"

"不过都是残酷的生意世界啊。"

岩五郎说的话,鲇之进有点不太明白。

"现在的南廊头牌是鹤子,据说她一晚上能赚五两花银。无论是跳舞还是篠笛,当然连器量也是加贺头号的绝品。"

"是嘛。"

"我们现在去的茶屋叫水之登,已经叫了鹤子过去。不如让山县阁下也跟她见上一面吧。"

"是嘛。"

"阁下真是无欲无求啊。那你就别上二楼,待在一楼陪女将那个六十老太吃泡饭吧。如何?"

"当然可以。"

"那就拜托你好好看门,别让奇怪的人上楼啦。"

鲇之进闻言,点了点头。

"我啊,无论是女人还是剑客,都喜欢最一流的。最爱的话是'天下无双'。自己喜欢的书画古董也一样。职人、武人,甚至贼人,

---

① 从事风俗产业之人使用的假名。

都要天下无双最好。既然生为男儿，哪能不追求天下无双的美名呢。山县阁下，你说对不对？"

"在剑这方面……"

鲇之进只是这样回答。

"我有一双识破极品的眼睛，所以才赚了这么多钱，还给多津盖了一座妾宅栖身。唉，我就是这样，只要喜欢上了，就定要收为自己的东西，不然就不安生。这算是个毛病吧，一辈子都治不好啦。"

鲇之进心想，这等俗念毫无意义。

"一开始我也看好田所阁下，只是他有些让人心生疑惑的时刻，感觉不到天下无双的气概。没想到我竟被他的巧舌如簧给骗了啊。"

鲇之进闭口不言。他不想轻易诋毁自己打败的人。

"这回孙之助阁下恐怕是很难爬回来了。他的道场也会因此名声尽毁，连每月一两的饷钱都很难要到。"

岩五郎又撇了鲇之进一眼。这应该不是在试探他，不过鲇之进还是面无表情。

"如何，你要去田所阁下的道场吗？"

"我不打算去。"

他马上回答。因为他没有理由去。那人不值得他对战两次。

"想必也是。不过山县阁下的剑堪比南廊鹤子的技艺，甚至超过她的价值。我是这么想的。若是阁下答应一直跟着我干，我愿意为你盖房子，带道场的那种。"

鲇之进心想：你要把我的剑跟女人的技艺相比较吗？

23

来到茶屋水之登，女将娇声迎接了岩五郎。他只对女将介绍了鲇之进的姓名，便头也不回地上了二楼，又被数倍的娇声迎了进去。那声音站在楼下都能听到。

鲇之进被领到楼梯旁的包间里，坐在主人位上。他旁边摆着一个价值不菲的火盆，还有两个极具意匠的灯笼。

女将很快走了进来，要给他上酒，鲇之进拒绝了。

"我正在工作。"

女将了然，叫来多宝撤掉酒水，然后对他弓身行礼，介绍道：

"小女名叫多佳。这位武家大人，是岩五郎老爷的……"

说到这里，她就停了下来。鲇之进不知她为何沉默，便一言不发地等了一会儿，可是女将也一言不发。

"警护。"

他心想：这种事一看不就知道吗？

"哦，是这样吗？"

只见女将瞪大了眼睛，似乎很是吃惊，接着便站起来进了里屋。鲇之进疑惑不解。

他又坐了一会儿，又有一个十三四岁的小姑娘静静地端了茶来，他便一个人饮了。方才那个便是多宝。接着，又有人给他端了晚膳过来。送饭的是刚才那个小姑娘，还有一个驼背的老太婆。

"请慢用。"

小姑娘低头说完，又瞥了一眼鲇之进的脸。

"请您慢用。"

老太婆说完之后，有点费劲地站了起来。等两人离开包间，鲇之进拿起了筷子。

烤鱼、泡菜、汤水，还有各式烫煮的蔬菜，甚至摆着水果。这些餐具看起来价格不菲，让他很是感叹。一楼已是这样，二楼酒席的饭菜恐怕更豪华吧。对鲇之进来说，这是自从红叶村坂上的旅社以来，头一次吃如此正式的晚膳。

他正喝着汤，听见二楼传出了乐声。隔着右手边的纸门可以隐约看到楼梯的影子，因为那边墙上点燃了烛火。如此一来，坐在这个房间里就能看见上下楼梯的人影。鲇之进想，看来这就是专为保镖而设的看守房。

鲇之进听见响动，便朝楼梯望去，只见一个女人的身影上了楼梯。看那个身影，应该是方才的女将。她应该是要到岩五郎的酒席上打招呼。

鲇之进缓缓动着筷子，以免饭食噎着对脏腑造成负担。他必须将这里视作战场。毕竟是城中头号高利贷的酒宴，保不准会出什么事情。要是吃多了撑着，十万火急时动作就会变得迟缓。为了应付突发事态，他不能胡吃海塞。

吃了一半，他看见女将走下楼来。没想到她绕过走廊，直接来到鲇之进这里。女将走进房间，在他对面坐下，缓缓行了一礼。

"给您再添一碗饭吧？"

她问。

鲇之进摇摇头。

"不用了，以免有事时应付不过来。"

女将似乎不理解他的意思，一直坐在那里不动。由于他不喝酒，女将也就无法斟酒，似乎不知该做些什么。

"您不必在意我，请去别处忙吧。"

鲇之进实在看不下去，便这样说道。

"我一个老太婆坐在您面前，想必是污了您的眼吧。"

女将笑着对他说。

"没有那种事，只是您不必在意我这种无名小辈，请到二楼去吧。"

要说真心话，他只想一个人安静吃饭，不想因为无聊的话题绞尽脑汁。

"武家大人，我要是一直待在酒席上，可是会被赶走的。说什么老太婆到楼下待着去。"

"哦。"

他用筷子戳着泡菜，应了一声。

"女人的世界就是如此残酷。正如您所见，我是个早已远离了宴席的老古董，若是您不介意，请让我在这儿待上片刻。我想多看几眼武家大人英俊的面孔，这可是老太婆的良药啊。若是您不嫌弃的话。"

"我倒是无所谓，只是我天生粗鄙，说不出好玩的话来，又习惯了一个人待着。"

"武家大人。"

"怎么？"

"我听大老爷说，您跟阿铃很熟。"

"阿铃……"

他回想了一下，对这个名字一点印象都没有。

"不。"

他摇摇头。

"我不认识什么阿铃。"

"她现在是尼师。"

女将笑着说。

"哦，您是说寂莲师父啊。"

鲇之进恍然大悟。

"寂莲师父的确收留我在寿经寺逗留了几日，还指导我坐禅。"

"寂莲，她现在叫这个……"

"嗯。"

"若是艺伎阿铃，那便是我从多宝开始一手带大的孩子。我不知她佛门之名，也不知她现状如何，不过要说曾经被誉为南廓头牌，结束奉公后没有成家而是出了家的女人，纵使花街再大，也找不出第二个了。想必那一定是阿铃。"

"哦，是嘛。"

"她如今在寿经寺，是当住持吗？"

"是的。"

"独自守着寺庙?"

"是的。"

"哎呀,真是令人难以置信。"

女将仰天长叹。

"武家大人,您在阿铃的寺里待了几天,还坐禅?"

"是的。"

"只有这些吗?"

"还要砍柴、打水、学做饭菜,等等……"

"就只有这些吗?"

"有什么问题?"

"她没对您说什么吗?"

"说了很多。关于佛之道、剑之道、人生处事,让我受益匪浅。"

"那个阿铃?!"

女将瞪大了眼睛,好像很是吃惊。

"是的。"

"您逗留了几天?"

"应该有三天吧。"

鲇之进一边回想一边说。

"阿铃饮酒了吗?"

"是的,基本都是晚饭的时候热上一壶酒。"

女将连连点头。

"看来她遁入佛门也没能戒酒啊。那阿铃对武家大人还说了什么吗?"

"什么?"

"当然是色之道啊。"

"色之道?"

鲇之进歪着头,不明白她的意思。

"阿铃以前在我们这儿啊,要是没有男人,就整日整夜地坐立不安呢。她啊，可喜欢男人了，老爷们三天没碰她，她就得找我哭诉：啊，妈妈，我脚抽筋了。"

"哈？"

"手也会瑟瑟发抖。她可是个隔不了多久就要喊着找男人的孩子。"

"哦。"

"她十四岁时第一次接客，明明还是个啥都不懂的小姑娘，却在那天晚上对我说，妈妈，我好舒服。"

"哦。"

"大抵所有孩子第一次时都会很痛苦，压根儿没人会喊舒服。要么是腰骨咣咣撞得疼，要么是私处疼，孩子们都这样说。她们还会一辈子痛恨初夜的那位老爷，在宴席上给老爷们斟酒，唯独绕过那个老爷，就是不愿意。一般人都这样。"

"嗯。"

"武家大人，您在阿铃那里住了三天不是吗，您又是个这么英俊的男子，阿铃啥也没对您说？"

"没有。"

鲇之进摇着头说。

"哎，那可真是奇了怪了！"

女将两手撑在身后，大声惊叹。

"这人啊，这女人啊，只要有心还是能改变的嘛，真是太吓人了。那孩子以前真的是，人人都说她脑子坏掉了。哈！佛之道真了不起呀，要不我也出家算了。"

女将笑着说。

"总而言之，那孩子还真是天生就适合活在这个世界。跳舞也美，弹三味线也棒，特有才华。敲鼓倒是很差劲，不过篠笛吹得很好。"

"我听过了。"

"对吧？她就是那样的孩子。阿铃真的没对武家大人说什么？也没上手摸您？"

"摸我？没有。"

鲇之进摇着头说。

"哦，那孩子也能做到这样啊。哎呀呀，不过我也只见过她年轻的时候，想必是年龄增长，人也达观了不少吧。您说是吗？"

"啊？我不知道。"

"那孩子年轻的时候啊，与人同床可闹腾了，舒服起来就要大喊大叫。然后就有好几个老爷说要给那孩子赎身，说这个艺伎只有自己能满足，个个都愿意砸全副身家把她领走。不过在被窝里说什么都是被窝里的事，其实不这样。那孩子无论跟谁睡都那个样子。您说是吗？"

"你问我？我不知道。"

"哦，你们真的什么都没做？"

女将大失所望。

"她以前惹出过好多事，最后还被人掳走，险些强迫她殉情了。结果只有男人死了，阿铃活了过来。然后她就说要出家了。"

"哦。"

"我们听了全都哈哈大笑，因为谁也不信，都说既然你要出家，那就赶紧去吧。像你这样的女人要是能当成尼姑，那廓里的女人全是尼姑，世间的女人也全是尼姑了！没想到阿铃真的去当了尼姑，把一头油亮的黑发全给剪了。不过大家又说，那姑娘坐禅肯定坐不住吧，那孩子肯定断不了男人吧。只是从那以后，阿铃就没有了音信，谁也不知道她怎么样了。原来真的成了尼师啊，太让人吃惊了！"

"她现在是一位德高望重的尼师。"

爱聊天的女将走了，鲇之进吃完饭正喝着茶，看见几个人影从楼上走了下来。怕是不知哪里的一群有钱老爷要打道回府了吧，结果他闻到一股脂粉味，抬头一看，大吃一惊。

眼前站着一个绝世美人，还朝他走了过来。她身披金银装饰的朱红彩衣，高高挽起的发髻上插着木梳和发簪，宛如人偶一般，怎么看也不像活生生的女人。

他愣愣地看着那金玉之华，却见她微笑着在自己跟前悠悠地坐下了。涂着白粉的脸蛋像画一般美丽，让人感觉此女如今正是开得最艳、香气最盛的花儿。

"奴家名叫鹤子，请多关照。"

她缓缓说完，又悠悠地低下了头。鲇之进感觉这就像一场戏剧在他眼皮底下展开的一幕。可是她的声音毫不做作，与方才二楼传来的歌声有些相似，落落大方。

鲇之进跟着行了礼。岩五郎走进来坐在墙边，笑眯眯地看着他们。他有点脸红，想必是微醺了。

"在下山县鲇之进。"

鲇之进也恭恭敬敬地报上姓名。她的姿态，还有她身上散发的非同寻常的气势让武家之人也忍不住紧张起来，着实高雅华贵。

"您有何事？"

鲇之进问道。

"劳烦您专程到这种地方来，实在是荣幸之至，只是不知所为何事？"

他对鹤子说完，又看了一眼岩五郎。

"鹤子说想跟你打声招呼。"

他坐在远处说。

"武家大人，听闻您与阿铃姐姐相熟？"

鹤子这么一问，他总算明白过来了。

"哦，您说寿经寺的寂莲师父吗？我的确认识她，今日也去她寺中坐禅了。"

鲇之进回答。

"啊，这样呀。"鹤子用纤细的声音说，"奴家初学此道时还只是个孩童，一次在路旁与阿铃姐姐擦肩而过，心中感叹她真的好美呀，这就成了入行的契机。从那以后，我就每天到这里来，一边玩耍一边等阿铃姐姐出来。我从未想过世上竟有如此美丽的女人，很想去亲近她，便在十四岁之前，有模有样地练起了跳舞。"

"哦，是嘛。"

"阿铃姐姐现在还很美吗？"

被她一问，鲇之进深深点了一下头。第一次见面的晚上，他的确感到寂莲明显异于常人，口鼻格外深邃，有种难以言说的高贵感。

"不过我更尊敬她内在的胸怀。她引导我走进了禅的世界，教给我佛陀的教诲、处世的方法，还有剑道的前路。我从未见过这样的女人。"

"哦，是这样，是这样啊。那位姐姐就应该是这样才行啊。奴家每天都在想象，姐姐应该是这个样子的，绝不是奴家能够望其项背的。那么，阿铃姐姐现在的技艺……"

"技艺……哦，她吹了笛子给我听，每天晚饭后。"

"每晚呀！"

鹤子由衷感叹，然后露出微笑，点了点头。

她缓缓抬起手，伸进怀里抽出一只深棉色的笛袋。鲇之进之前就注意到她衣襟里露出了袋口。

"是这样的笛子吧？"

说着，她从袋中抽出一支黑色篠笛。那可能是件漆器，笛身闪着光。

"我也可以吹笛给您听吗？"

鲇之进吃了一惊，点点头，然后说：

"但愿一闻。"

鹤子吹奏的曲子异常华丽，让鲇之进吃了一惊。因为他完全没有料想到这样的曲调。

曲子一开始柔和缓慢，到了高潮处，便开始倾洒极为细腻的音符，旋律随之起伏。这首曲子技巧极高，宛如瀑布飞流直下，溅起水沫,婉转激荡。

曲终,鹤子向鲇之进俯伏行礼,鲇之进也回了礼。

"太妙了。"

他感叹道。

"您爱听吗?"

鹤子问。

"着实美妙。"

"听着有什么感觉?"

鹤子又问了一句,鲇之进感到有些意外。因为他听说,一般艺伎不会在宴席上向客人追问自身的技艺如何。

"就像看到瀑布激起飞沫……"

鲇之进答道。

"哦哦。"鹤子说,"这首曲子叫《翡翠樱》,表现了春天的浅野川满是充沛的融雪之水,那翡翠色的流水带着静静飘落的樱花远去。"

"哦?"

鲇之进闻言更加感慨了。

"阿铃姐姐吹过这首曲子吗?"

鹤子又问了一句,鲇之进摇摇头。

"我是头一回听这首曲子。"

"哦,这样啊。"

鹤子说着,雪白的脸上满是笑容。

走到外面,天已经黑了。岩五郎提着水之登女将拿给他的灯笼,边走边说:

"鲇之进阁下,花街如何啊?"

鲇之进没说话,因为他一时说不出什么感想。

"这里的人一直都说,若是加贺的南廓头牌,那可就是日本头牌了。可见此处的艺伎个个心高气傲。"

"那首曲子真不错。"鲇之进说,"宛如剑道高人的刀旋刃舞。"

"哦?"

"在下从未想过艺伎吹的笛子竟如此美妙。"

"那位寂莲师父的笛子不是这样的吗?"

岩五郎问。

"寂莲师父的曲子更宁静,更忧伤,性质全然不同。"

鲇之进沉浸在回忆之中,这样答道。

"女将说起了阿铃,我也聊了一会儿,然后鹤子突然要见鲇之进阁下,还急吼吼地下了楼。"

"为什么?那位艺伎应该不认识我。"

"女将多佳跑过来提起了你,还有寂莲,不,是阿铃的事,让鹤子给听到了。"

是嘛,鲇之进心想。

"你知道鹤子为何要你听《翡翠樱》吗?"

"不知道。"

鲇之进摇摇头。

"那首曲子是篠笛中最难的。"

"最难的?"

"篠笛名曲众多,就数《翡翠樱》最难。就算是技艺超群的艺伎,能够自在吹奏它的也寥寥无几。所以在一决高下之时,擅长吹笛的艺伎通常都会选这首曲子。简单说来,那曲子就像艺伎胜利的呼喊。"

"哦。"

"鹤子啊,是个要强的女人,一听你说阿铃每晚吹笛,她的好胜心就被激起来了。她可能觉得那个阿铃姐姐吹的是决胜之曲吧,毕竟她阿铃姐也是擅长吹笛的艺伎。"

"我从未听过《翡翠樱》。"

鲇之进说。

"是嘛。听你这么说，鹤子觉得是自己赢了。因为她说，那首曲子特别难，只要一个晚上没练，就吹不出来了。"

"哦……"

"就是这么回事。那姑娘是想通过你跟阿铃姐决一胜负。阿铃姐是鹤子永远的憧憬，也是永远的宿敌。那位阿铃姐是现在仍被人热议的名伎。鹤子也是。今晚这场胜负，赢家是鹤子。"

鲇之进无声地点点头，心想：真的吗？

"如何？艺伎的世界也很残酷对不对？跟剑客的世界一样。"

岩五郎笑着说。

24

早晨，鲇之进腰别佩刀，打算到河边锻炼锻炼，正要出门，却听见一个响亮的声音：

"早上好。"

原来是脸蛋绯红的阿园奋力推开纸门挤了进来，给他送早饭来了。

鲇之进谢过阿园，问她买了药没，阿园说昨天早晨收下钱立刻就去了大夫那里，请他把药买来。从长崎送药过来，路上要走一个月。接着，她又连连道谢，拿着昨天的汤碗走了。

鲇之进坐在门口的地板上，正要伸手去拿饭团，外面又传来一个女人的声音：

"早上好。"

他正奇怪是谁，却见寂莲拉开了门，不由得大吃一惊。

"寂莲师父！"

鲇之进万万没想到竟会是她。

"师父您何苦跑到这种闷气憋人的地方来。"

"我正好来到附近，便想顺道给您送几个饭团……"

说着,她目光落在装了早饭的托盘上,吓了一跳。

"哎呀!"

"这是方才阿园送来的。"

寂莲闻言,遗憾地点点头,然后说:

"那这些该怎么办?"

鲇之进便回答留着中午吃。不过昨晚他吃得有些多了,毕竟此前一直过着饥一顿饱一顿的生活。若是这样饱食下去,身体会变得笨重,无法运动自如。身体动不了,对剑客来说意味着死亡。

"不如我俩一起吃吧?"

他对尼师说。

"那我去冲茶来吧。"

尼师道。

"实在不好意思,这里没有茶叶。"

"那我明天带点好茶来吧。"

"您的好意在下心领了,只是这种乞丐长屋实在配不上贵重的茶叶。"

鲇之进慌忙劝阻。

"话说回来,昨夜我到南廓的水之登茶屋,见到了名叫多佳的女将。"

说到这里,寂莲惊呼一声,愣在了当场。

"为什么……"

她连声音都有点颤抖了。鲇之进说自己是给苊生屋岩五郎这个生意人当警护,只见尼师涨红了脸,脚下一软,坐倒在地板上。

"妈妈说了我什么?"

她用细如蚊蚋的声音问。

"是说了一些。"

鲇之进小心翼翼地回答。

"我在花街出了好多洋相……"尼师带着哭腔说,"也不知道您都听了些什么……可是,请您把那些都忘了吧。"

"反正我也没记住多少。"

他撒谎了,其实一点儿没忘。

"实在是太荒唐了,如此还想谈佛论道,您一定看不起我吧。"

"不,绝无此事……请问,我可以吃了吗,不然该凉了……"

寂莲没有反应,鲇之进又说:

"总之多佳女将很精神,她还担心寂莲师父过得好不好呢,因为一直没有音信。"

"啊,那真是……是嘛,原来是这样啊。我毕竟做了许多蠢事,实在不好意思与妈妈联系,真是太羞耻了……"寂莲低着头说,"水之登的妈妈与我年岁相差不大,可能只长七岁吧。所以她太了解我了,我心里想什么她都能看出来,更是让我羞愧难当……"

鲇之进喝着汤听她说话。

"那么,您还见到哪位艺伎了吗?"

"嗯,见到一个叫鹤子的人。"

"鹤子……那不是如今南廊头牌的姑娘吗,她一定很漂亮吧?"

"嗯,的确漂亮。"

"您跟苁生屋老爷……一同上宴席了?"

鲇之进闻言,立刻摇摇头。

"当然没有,我一直在楼下等着。后来鹤子姑娘到楼下来,问候了我几句。"

寂莲听了猛地抬起头。

"什么?鹤子自己跑过来了?"

她的声音有些紧绷。

"您、您怎么了?"

鲇之进见她反应这么大,吃了一惊。

"鹤子说了什么?"

"也……没说什么。就是小时候在游廊的路上见过几次阿铃姐姐，对你很憧憬，所以才成了艺伎。"

"哦，她说了那些……"

"然后还吹笛子给我听。"

"笛子？吹了什么曲子？"

"我记得叫《翡翠樱》……"

寂莲沉默下来，许久都不说话，然后才喃喃道：

"鹤子吹《翡翠樱》……"

接着，她又问：

"她吹得好吗？"

"很精彩。"

鲇之进如实回答道。

"今天我没带笛子来。"寂莲说，"不过今早给鲇之进大人带来了这个。"

说着，她把包袱放在腿上摊开，拿出一条头巾。

"天气会越来越冷，而且还会下雪，晚上在外面走动更是寒风刺骨。届时您戴上这个，就能暖和不少。"

说完，她把头巾递给了鲇之进。

"哦，这可真是……太感谢了。"

鲇之进接过来，低头道谢。

"我收下真的好吗？"

"您别在意，若是还需要别的东西，尽管跟我说。"

尼师离开后，鲇之进吃完了早饭，提着尼师给的饭团走了出去。这一出去，他就吃了一惊，因为长屋的男人们又跑到门口，沿着水沟板子站成一排。

"怎么，你们还想学剑？"

"哎，想学。"

木工说。

"真不知好歹。行吧，只要能跟上我。"

鲇之进说完,一阵风似的从他们面前跑开了。

他穿出小巷来到大路,拎着饭团奋力跑了八丁远,心想这下应该能甩掉他们了,但是回头一看,发现还有个年轻人跟在后面,顿时吓了一跳。

他马上加速,一路飞奔到犀川河边,站在河堤上再回头,那人还是跟在后面。

"喂,你来了啊。"他忍不住说,"不错不错。"

他跳下河堤,沿着岸边又往上游走了一会儿,来到那棵大树旁,坐在附近的石头上,放下饭团包,理顺了呼吸。年轻人也撑着石头,喘了一会儿气。

"你竟然跟上了,很不错啊。你是做什么的?"

鲇之进问。

"我是轿夫。"

鲇之进听了,心中了然。轿夫的腿脚应该锻炼得很好。

"你叫什么?"

"弥平。"

"弥平,你跑步及格了,接着试试挥刀吧。"

弥平闻言,挥了几下手上的木棍。这下完全不行,比女人小孩儿还糟糕。

"我说,你从来没挥过木刀吗?"

鲇之进无奈地问。

"没有。"

"那为何要学剑?"

"因为平时当轿夫,难免在街上被混混儿缠住,不得不忍受欺凌。所以大家都想变厉害,再也不受欺负。"

"不过你要是学了个半吊子的剑法,反倒会丢掉小命,倒不如低三下四、点头哈腰更安全。听懂了吗?既然要学,就要学厉害点,能行吗?"

"嗯。"

"挥刀要这样,双腿这样动,看好了。前后移动。"

他示范了一遍。

"好了,你试试看。"

年轻轿夫模仿他的动作前后移动身体,做了个上下挥刀的动作。

"很好,从今天起,每天练一百遍。"

鲇之进自己也拔出刀,开始训练。

"俺数不到一百。"

"那就一直练到胳膊累了为止。"

鲇之进说。

"让身体记住上下挥剑的感觉,到时候就能自己记住动作了。"

他停下手,解说道。

"一般人的剑术基本上就到此为止。"

"哈?"

"最后变成只会舞棍子的人。舞棍子在实战中派不上任何用场,因为舞棍子就是舞棍子而已。可是,如果连师傅都这样,弟子当然无话可说。如果只是跟城里的小混混打斗,那也足够了。"

"是。"

"但是,若把剑术误以为是舞棍子,天真地以为敌人也跟你一样,那你的下半身就会变得满是空当。若是在道场里,对手也是没用的耍棍人,倒是不会有什么问题。但是一旦进入实战,就很容易被人一刀砍死。"

"是。"

"记住形制只不过是道场的礼仪,剑则是全然不同的东西。挥剑的时候要时刻顶着对手的脸。因为敌人都是绝对不想死的,他们会想尽一切办法,为了活着什么下三烂的招式都能使出来,所以很难预测他们的行动。咱们要一直记着这点,边思考边挥刀。这样就能跟一般人拉开差距。当假想的敌人有了灵魂,能够自己迅速移动,那就成了剑术精进的第一步,也就是修行的基本素养。"

"是。"

"描绘对手的样子,也就是预料对方的想法,只要咱们的动作抢先一步,那就赢了。"

"是。"

"厮杀就是这么回事,全靠脑袋取胜。接着就要看自己能否按照脑袋的想法自由操纵刀剑了。"

"是"

"要打赢舞棍子的很简单,对手只会按照师傅的指导来行动。塞满了形制礼数的脑子预测不了任何东西。预测是剑术的极致,不过你还差得远,先舞棍子吧。"

鲇之进说。

于是,轿夫弥平一直练到中午,鲇之进也在旁边用真剑练到了同样的时辰。接着,他跟弥平分吃了寂莲带来的饭团,当作午饭。

那天夜里,他跟随岩五郎去了尻垂坂多津住的妾宅。两人各自提着灯笼,朝鲇之进也曾去过一次的多津家走去。

走进还算气派的木方大门,空气中多了一股淡淡的香气。是寒茶花吗?最近人们多爱茶花,城中也随处可见。

推开厚重的木门走进玄关,鲇之进本以为要坐在这里等候,但是岩五郎却催他一起进去。他脱掉草鞋来到走廊上,看见右手边有个小小的中庭。

他们走进鲇之进上回进去过的玄关旁的小房间,发现里面亮着灯笼,已经备好了饭菜。那饭菜有两人份,鲇之进按照吩咐在其中一个膳台前坐下,接着多津开门进来,端坐在榻榻米上。

"二位来啦。"

她高兴地笑着说完,深深低头行礼。

"家中已经备好晚膳,请慢用。"

说完，她又膝行到岩五郎身边，给他斟酒。

这光景与昨夜在水之登的宴席有几分相似。看来岩五郎每晚都在美人的陪伴下享用晚餐。这就是文都金泽有钱人的生活吗？

"鲇之进大人也来点……"

多津拿着酒壶说。

"不用了。"鲇之进淡然拒绝道，"在下正在警护，不知会发生什么意外，喝醉了可不好。"

只要这样说，就不会有人来劝酒。毕竟事关雇主的性命。

从这个角度想，在酒宴上工作倒不是什么坏事。岩五郎似乎感到很抱歉，但鲇之进自己则有些庆幸。因为他不喜欢被人劝酒。灌醉强敌之后趁机偷袭，这是《古事记》中业已存在的套路，然而所有人都记不住教训。

"偶尔喝一杯也好呀。"多津说。但这话就像在说，偶尔被人砍一砍也好呀。

"鲇之进大人，您习惯这份工作了吗？"

她接着问。

"毕竟只是第二天。"

鲇之进回答。哪有什么习惯不习惯，现在还没遇到过什么不得了的局面。

"鲇之进大人，您对我好冷淡呀。"

多津愤愤不平地说。

"好了多津，少抱怨两句。山县阁下正在工作，忙着提高警惕呢。你一个女人少没头没脑地叨扰别人。"

其实他并没有多警惕，只是保持着平常心，但也不愿意应付多津无聊的调侃。女人只不过是见着一点空隙就想调皮。

"多津啊，今天这饭菜真不错，是你做的吗？"

岩五郎高兴地问。

"煮物、泡菜还有小菜都是我做的，不过赤鲑和汤都是黑泷那边叫的。"

多津解释道。黑泷是位于贤坂辻的一家料亭。

"鲇之进大人，味道如何？"

多津问。

"好吃。"

他短促地答道。不过最近吃得实在有点奢侈，因此他也无法敞开了享受。

"鲇哥每次都只应一声。"

"多津，我看你很无聊啊。"

岩五郎说。

"是无聊呀，这座城里都没人陪我聊天。鲇哥，你要过来玩哟。"

"来不了。"

鲇之进直白地答道。

"好了，你别让山县阁下为难。"

岩五郎又说了她一句。

"再说了，你现在也回不去江户啊。就算再怎么想回去，那边还到处贴着你的通缉人像呢。只能待在这里。"

"芷生屋老爷好坏。反正我今后是再也不想回江户了。"

"山县阁下，如何？"岩五郎似乎有些微醺，转向鲇之进问道，"这个多津和昨晚的鹤子，你喜欢哪个？你说说，谁更漂亮？"

"分不出高下，都是美人。"

鲇之进觉得有点烦，飞快地说道。

"真会说，真会说。"

岩五郎笑道。

"当然是我呀。"多津小声抱怨，"江户可是将军大人的地盘。"

"那又如何？"

"江户的女人也是女人里的将军大人。"

"瞎说什么呢，听不懂。"

吃完饭，岩五郎站起身来，多津拽着他的手。

"失陪一会儿。"岩五郎说，"不过我今晚还要回去。"

说完，他就走出了小房间。因为喝了酒，脚步有些踉跄。

"这里有酒，这里有茶。你在这里稍等一会儿。"

可能为了掩饰羞怯，多津故意吵闹地说道。随后，她又弯下身，贴着鲇之进的耳朵小声说："下次跟鲇哥也做吧。"

然后，鲇之进就独自喝了会儿茶。周围没了别人，晚秋的寂静就弥漫开来，屋外传来虫鸣声，或许来自中庭。

他想，保镖还真是种奇怪的工作。主要就是等人，拔剑的次数反倒不多。岩五郎正在里屋与多津温存，他只能坐在这儿等他们完事。一旦结束了，又要护送岩五郎回大宅。仔细想想，他不禁苦笑起来。这就是保镖。说到底，这能称作剑客的工作吗？可能正是因为等待的时间漫长烦闷，保镖的报酬才这么高。

他漫不经心地听着，多津忍不住呻吟，但又马上安静下来的动静混在虫鸣声中传了过来。若是羡慕这种生活，那真是太愚蠢了。他氤氲着怒气，任凭时间流逝。

约莫过了半个时辰，走廊地板传来轻微的吱嘎声，接着是一阵水声。看来已经结束了，岩五郎正在泡澡。多津可能也在一旁伺候着，因为尖细的声音伴随着浴室的回响，一阵阵传了过来。

鲇之进与那两人恐怕各自身处房子的两头，但还是不可避免地听见了所有动静。岩五郎虽是城中首屈一指的富豪，过着人人艳羡的生活，但是反过来，为了保住自己的性命，他又要始终让一个人在身边窥探自己的一切。保镖就待在同一屋檐下，还能做出这种事情，真可谓铁打的厚脸皮。

两人提着灯笼往回走。可能因为酒醉，又刚刚抱过年轻女人，岩五郎在下坡时微微有些腿软。

走着走着，鲇之进前方突然闪出五个黑衣人。

"哎呀呀，出现了。山县阁下，拜托你大显身手啦。"

岩五郎说。

那五个人齐刷刷拔出了白刃。虽然星月无光，但就着灯笼的光芒，五把长刀还是闪出了寒色。

鲇之进把灯笼交给岩五郎拿着，自己也拔了刀。

暴徒们一言不发，看起来反倒诡异。他们在两人前方安静地围成了扇形。

其中一人默不作声地举刀砍了下来。鲇之进以刀背格挡，往旁边一甩，男人迅速退开。他瞬间看出此人身体轻盈，动作灵活。

鲇之进没有追击，而是守在原地抵挡攻势。若是贸然上前，离开了岩五郎身边，他就算是玩忽职守了。

又一个人冲了上来。鲇之进举刀挡住假装与他角力，顺势将他推开，并朝小臂上划了一下。

黑暗中传来一声闷哼。由于同伴受伤，那伙人的气势被扰乱了。鲇之进看准时机，冲上去用刀背左右击打敌人的脖颈要害。几个人陆续发出吃痛的声音，纷纷退开躲避，没有一个人朝岩五郎那边靠近。

鲇之进迅速上前两步，架住一个人的大刀，故意凑了过去。他见这帮人动作灵巧，顿时有些怀疑是此前袭击多津的人，所以才想看清他们的面孔。

可是岩五郎手上两个灯笼照亮的这张面孔，还有稍远处的面孔，以及那人背后的同伙，全都不是上次的人。再说他们的刀法也不一样。鲇之进将眼前这人推开，自己也间不容发地追了过去，稍微猫下身子，划伤了对方的腿。那人也是闷哼一声。听见动静后，鲇之进迅速退回了原来的位置。

方才受伤的人也向后隐入黑暗中，没受伤的人转而走上前，朝他砍了过来。此人虽然会使剑，但不像专门与人拼命的人，因此浑身散发的气息与他此前遇到的无数剑客都不太一样。这几个家伙怎么回事？鲇之进不禁想。他们是干什么的？为何找上门来？

他故意大开大合地挥刀,让他们避开攻击。躲过刀锋的瞬间,有人条件反射地逼上前来。果然如此。鲇之进早有准备,把刀一反,弹开对方手中的武器,反而逼上前去,利用刀身弹回的动作和对方前进的动作,继而向前一刺,擦过了对手侧腹。接着,他马上抽身回到岩五郎旁边,过了片刻,传来一阵低沉的呻吟。

"一共三刀。"鲇之进对黑暗中的暴徒说,"但是我没制造重伤,立刻回去包扎就能恢复。今晚到此为止,再打我就要动真格了。还要继续吗?"

鲇之进一发话,尽管在黑暗中,他还是看到那个貌似头领的人朝岩五郎瞥了一眼。下一个瞬间,那人就低声说:

"撤。"

所有人齐刷刷转过身,消失在黑暗中。这帮人倒是令行禁止,行动非常统一。

鲇之进一甩刀,将其收回刀鞘,顺便看了一眼刀尖。没有沾血。

"棒极了。阁下的剑法和动作果然了得。"岩五郎感叹道,"这就是所谓心技一体吧。好身手!太佩服了。"

说着,他把灯笼递了过来,继续往前走。

"这里已经没有身手比阁下好的剑客了。在阁下面前,无论多凶恶的暴徒,都像婴儿一样不堪一击啊。而且阁下还不滥杀无辜,实在是令人敬佩。毕竟贸然招来怨恨乃愚人之举。好了,我们回去吧。"

岩五郎说着,似乎并没有感到害怕。

鲇之进无声地走了一段,然后开口道:

"刚才那是什么意思?"

"那应该是想干掉我的人吧。"

岩五郎淡然道。

"我可不这么想。"

鲇之进说道。

岩五郎在黑暗中沉默了。

"我已经用真剑与无数暴徒和剑豪对决过，敌人想要取我性命的杀气，我已经熟悉得深入骨髓了。"

"哦，然后呢？"

"刚才那帮人没有杀气。"

"是吗？他们只是身手不如山县阁下吧。"

"不对，那些都是你手下的人。"

鲇之进断言道。

"阁下在说什么呢？"

岩五郎明知故问。

"那些人都是听你的命令行事。干高利贷这行，想必需要养着这么一群打手吧？刚才那些人到底是什么意思？"

"我不太明白啊，那一定是山县阁下的错觉。你头脑太聪明了，容易想太多。"

"那帮人一味冲着我来，对你毫无兴趣，完全不曾靠近过。"

"因为我手上没刀呀。"

"因为你才是真正的头领。方才是你试探了在下的身手吗？"

岩五郎默默地往前走了一会儿。

鲇之进以为他不打算说，便也默默地跟在旁边。

"仅凭孙之助的挑衅，我还不能完全了解阁下的身手啊。"

走了好远，岩五郎似乎做出了决意，开口说道：

"是的，方才是我在试探阁下。恭喜阁下合格了，我愿意出每月二十两，还带阁下好吃好喝，女人也应有尽有。我见多津好像挺喜欢阁下，我也愿意把她让出来。劳烦阁下，今后继续当我的护卫。

"今后可能有全国各地的高手试图取我性命。既然如此，实力一般的剑客就当不了我的护卫。我想要的是'天下无双'，所以才对阁下试探了一番。今后阁下大有机会与一流剑客对决，这应该也是阁下的愿望，难道不是吗？"

25

翌日早晨，阿园又送来了早饭，把昨天的空碗收了回去。鲇之进一个人吃了饭团，喝光了碗里的汤。

他伸展肌肉，活动关节，然后插上双刀，准备走出门去，却听见外面异常嘈杂。他正奇怪外面在搞什么，自家之门却被猛地拉开，只见轿夫弥平伸头进来，急切地大喊：

"老师，出大事啦！"

"出什么大事了？"

鲇之进问。

"有客人来找老师了。"

弥平说。

"不过是来客人，算什么大事？"鲇之进说着，然后问道，"你今天要去犀川练剑吗？"

"俺是想去，可是要干活儿。"弥平回答，"先别说了老师，您赶紧出来。"

他招招手。

"干啥？怎么了？"

鲇之进走向门口，探头出去，然后大吃一惊。只见长屋门前挤满了人，连水沟盖子都看不见了。井口那块空地也站满了人。

"搞什么？这到底是怎么回事？这些人从哪儿来的？今天要做什么？"

"不做啥，都是来找老师的。"

弥平说着走出去，挤开人群往前走。

"找我？"

鲇之进疑惑道。

"这边儿，这边儿。"

前面传来声音，有人引路过来。接着，男人堆里突然出现一抹异常鲜艳的色彩，伴随着尖细的声音——

"山县大人。"

一个身穿华美和服的美丽女子从人群中走出来，站在了鲇之进门前。

"啊！你是水之登的鹤子小姐。"

"是，您已经忘了奴家吗？"

她问。

"不，早上这样看您，与在茶屋看您显得全然不同。"鲇之进搪塞道，"您一早过来有什么事？像您这样的贵人，为何要专程跑到这种臭烘烘的地方来？"

他忍不住问。

"奴家正好路过百间堀，就想顺道来看您一眼。"

"您是怎么找到这里来的？这可让我如何……"

他实在不好意思让南廓头牌的艺伎到自己那间又破又脏的屋子里坐，正在左右为难，又听见一个尖细的声音——

"鲇哥！"

只见一个人从鹤子身后的人群中走了出来，同样裹挟着鲜艳的色彩。那是个华丽打扮不逊于鹤子的女人。

"啊？多津小姐？"

鲇之进又吃了一惊。

"哎呀，鲇哥，你原来住在这种地方啊。我正好来到附近，便过来看看你。"

"堪称花街第一的女人一下来了两个，难怪这里人多得好像过节一样。"

"比过节还热闹。"

弥平说。

"鲇哥，让我进去坐坐呗？这儿太挤了。"

多津说。

"奴家也想休息一会儿。"

鹤子也说。

"不过屋里这么脏，我实在不好意思请你们进去。"

鲇之进犹豫地说。

"那有啥关系。"

被多津这么一说，他只好把门拉开。

两个女人一前一后走进了鲇之进的小房间里，围观人群也跟着凑了过来，连弥平都一个劲朝屋里张望。

"你赶紧去干活儿。"

鲇之进说了他一句，把门关上了。

"好了，随便找个地方坐吧。"

他这么一说，鹤子就在门口的地板边缘坐下了，多津则一直站着，还对鹤子说：

"你就是鹤子妹妹呀，苊生屋老爷经常提起你。"

看来多津比她年长一些。

"人称南廊第一的艺伎。"

"哎呀，姐姐，您可别这么说。奴家才刚刚出道，还生涩得很。多津姐姐？听说您是从江户远道而来的呢。今天能见到姐姐，奴家真是太高兴了。听闻姐姐也是江户辰巳第一的人物呀。"

"那都是过去的事啦。"

多津短促地回答。

"今后请姐姐多多关照。"

"也请鹤子妹妹多多关照呀。我不懂这里的规矩，怕是多有冒犯……"

说着，两个女人在狭窄的门口郑重地互相行礼。然后，多津转向鲇之进的方向。

"鲇哥，昨晚那顿饭吃得真开心。"

说着，她还朝鲇之进靠了过去，牵起他的左手。

"哎呀,你怎么受伤了?"

"昨晚工作上受了点伤。"

多津闻言,双手握住鲇之进的左手,举到眼前。

"我给你疗伤吧。"

说着,她舔了一下伤口。

"啊,等等,别这样。"

"干吗呀,这么见外。我们俩什么关系嘛。"

"我觉得姐姐这样,要被苋生屋老爷责怪的吧。"

鹤子小声抗议道。

就在那时,纸门咔嗒咔嗒地响了,只见一个人奋力推开门探头进来,竟是寂莲。

"哎呀,怎么回事?!"

尼师惊得高叫一声。

多津和鹤子也吃了一惊,个个都张大了嘴。

"怎么这种地方会聚集这么多女人啊。"

多津说。

"姐姐请坐这儿,那边太挤了。"

鹤子拽着多津的衣袖,让她坐在自己旁边。

几个女人挤在小小的门口,局促地互相行礼,做了自我介绍。特别是鹤子和以前被称作阿铃的寂莲,竟在这种意想不到的场合碰面,惊讶的同时也格外郑重地问候了对方。

寂莲拿出自己带来的茶杯和茶叶,突然下令道:

"鹤子妹妹,你去烧水。"

"是。"

鹤子顺从地说。

"你能烧水?会生火吗?"多津问,"不如我帮你吧?"

"不用了姐姐,这儿挺挤的。"

鹤子说。

"这个披头上。"

寂莲拿出手巾说。

"不用了姐姐，奴家顶着手巾不好看。"

"不是好不好看的问题。"

寂莲又严厉地说。

那天晚上，鲇之进又陪岩五郎去了西边的花街。回程，他又顺着醉酒的岩五郎，把今早长屋发生的骚动讲了一遍，惹得对方哈哈大笑。

"她们可都是江户和加贺盛名在外的名伎啊。不过话说回来，那些女人平时只能见到有钱的老头儿，可换谁都想欣赏欣赏年轻男人啊。"

不愧是整日在游廓风流的男人，丝毫没有嫉妒的意思。

"可是山县阁下，廊里的女人可是很麻烦的。她们通晓人情，而且养起来很花钱。若是她们答应，你还是找个普通女人最好啦。对了，找尼姑也不错。我还没认识过尼姑呢。山县阁下，你可真走运。不过那个阿铃，现在也是个五十多岁的老婆子了吧。"

"寂莲师父不是那种人，也看不出一丝游女的气质。那位师父有学问，通晓佛道，也懂得很多常人的事情。在下平日里深受她的教导。"

"哦，如此有教养的女人，肯定也很不错吧。我真想跟她见上一面。不过说起游廓时代那个阿铃的淫乱，我听说十分惊人啊。她的那些事迹，连我都不好意思说出口。"

"要说淫乱，花街还有娼妓，与之相比应该算不上什么。"

"哪里哪里。"岩五郎摆着手说，"我跟你说，哪怕是花街最抢手的娼妓，看到阿铃的淫乱，也要光着脚转身就跑。阁下想听听吗？"

鲇之进嗤了一声，摇摇头。

"不想。"

"哦,是吗,你这人好死板啊。"

就在岩五郎说话时,又有六个黑衣人拔刀跳了出来。

"苁生屋老爷,你又要试探我的身手吗?"

鲇之进把灯笼递过去问道。

岩五郎连忙摇头。

"没有没有,我不认识这帮人。"

他面露怯色。

"试探身手一次就够了。"

最前头的男人猛地冲过来,抬手就砍。他既没有估算距离,也没有等待时机,丝毫不打算报上姓名。鲇之进拔刀挡下,又有两个人接连砍了过来,一点空隙都没留。

鲇之进感觉到,这帮人是动真格的,而且他们身手很不错。不得已,他只能任凭身体自己动作,砍了第三个人的侧腹,来不及翻转刀刃。这些人身上散发着浓重的杀气,让他无暇留手。

"等等,你们就此退下吧。"

鲇之进喊道。

"这样我无法留手,你们都得死。"

他警告道。

"带上你们的同伴离开。现在他还有救。"

可是他心想,这可能是徒劳之举。

倒在地上的人不断扭动,似乎很痛苦,但是没有发出声音。其他人丝毫不顾同伴的痛苦,又有一个人冲出来举刀就砍。岩五郎害怕地来到鲇之进背后,这是他昨晚没有的举动。由此可见,今晚这些人真的是刺客。

鲇之进用刀背招架,顿时火星四溅。他往回一推,下一个人已经砍了过来,又激起一片火星。

那几个人排成一列,刀刀相逼。虽然每次只来一个,但鲇之进却因此忙个不停。

车轮战？他内心疑问。以前听说过世上存在这种战法，就是从未遇到过。只见那些人一个接一个冲过来，砍了一刀便退开，在四周画出一个大圈。

若是如此，此乃战国时代的用兵之法，需要训练有素，绝非窃贼强盗之流所能为。可见，这几人都是武家之人。

不停歇地招架五个人的连番攻击，必定会有力竭之时。鲇之进想，这可不妙，不能再等下去了。这就是逼迫敌人维持守势的兵法。于是，他全力迫向方才进攻的男人，趁他回头吃惊的空当，突然姿势一沉，斩向其膝盖。接着，他又朝下一个攻过来的男人舒展身体，反身一刺，将其撂倒。

被砍了腿的男人扑倒在地，痛得惨叫。鲇之进不理睬他，迅速返回了岩五郎身边。岩五郎也朝他跑了过来。

刺客集团的行动中断了，阵势已然被打乱。同伴们苦痛的叫喊令他们停下了脚步。

"现在砍了三个人，要是再继续，第四个我就下杀手！"

鲇之进对着黑暗大声宣告。寂莲的话在他耳边复苏。"只轻伤敌人，而不伤其性命。凭您的身手，应该能做到。"只轻伤不行，鲇之进想。这帮人武功高强，他也要竭尽全力才能应付。

一个未受伤的男人朝他举起了手。那是停战的信号吗？他见鲇之进停下动作，便跑向倒地的同伴，把他们扶起来，试图带着离开。鲇之进心中松了口气。他不想再杀人了。方才砍伤的三个人，今夜也会痛苦不堪。鲇之进有过这样的经验。而且到最后，说不定会死一个人。

"你们是之前在尻垂坂袭击女人的人吗？"

鲇之进问道。因为这几个人都蒙着面，看不见长相。而且，他们的刀法跟之前也不一样了，动作更是截然不同。他猜测应该是，但不能确定。

"报上名来！"鲇之进又喊道，"尔等绝非夜盗之流，究竟是何方神圣？"

但是对方全然不回应他，只是架起同伴一边离开，一边对岩五郎大喊：

"苎生屋，你陷害我等，独享富贵，此仇必报！"

鲇之进闻言，不禁心生疑惑。那是什么意思？

接着又有人喊：

"任凭你寻来多少保镖，我等必定让你付出代价！"

"代价？"

鲇之进说。

"与你这保镖没有关系。"

几个人说完便小跑着离开，瞬间没入黑暗中。

"那是什么意思？"

鲇之进收刀入鞘，同时问岩五郎。他有点气喘，就做了两三个深呼吸。

"嗯……"苎生屋歪着头说，"我也不知道。"

鲇之进心说这怎么可能，但不知如何询问，便沉思了片刻，然后开口道：

"方才那些人说你陷害了他们。莫非放高利贷的还会与武士结怨？他们被陷害了什么？"

"我可没少借钱给武家啊。"

岩五郎说。

"至于结怨至此，还要前来刺杀吗？"

鲇之进说。

"今后还会越来越多呢。毕竟这世上有不少武家之人哪。"

鲇之进听了又沉默片刻，但并没有被说服。他从岩五郎手上接过灯笼，走在了前面。身体依旧处于兴奋状态，双腿不由自主地大步迈开了。

"方才那些人身手了得，孙之助能击退他们吗？"

他问了个有点在意的问题。

"其实我平时都带着三个保镖。"

岩五郎说。

"三人一组吗?"

那倒是还有点办法,鲇之进想。

"对,三人一组,慎之又慎。不过那样很花钱啊,又多了很多知道秘密的人,太头痛了。而且我的行动范围也会变小,实在太憋屈了。"

原来如此,鲇之进想。

"于是你换成了一个人。"

岩五郎点点头。

"我一直在找一个顶三个的高手。"

岩五郎瞥了他一眼,继续说:

"所以我才肯出二十两。哎呀,有阁下在真是太好了,比请三个人实惠多了。"

26

其后,因惰性使然,鲇之进继续给苊生屋岩五郎当护卫。一开始只说当一个月,但是城中道场怎么看都不太可能有像样的对手,反倒是当保镖的时候,每月能碰到两三组刺客,身手远远超过道场那些耍竹棍的人,显得更加刺激。

那些人的实力并不会让鲇之进感到有性命之忧并辞去工作,同时又有一定身手,时刻为他磨砺真剑对决的感觉,以防剑技生疏。

岩五郎这边求着他继续干,多津也请他继续干,再加上阿园每次见到他都说请鲇之进大人不要离开。而且,他若是辞去了保镖的工作,就只剩下指导轿夫弥平修习剑术这件正事了。老实说,他还真没什么别的事情可做。

太阳下山，酉时的钟敲响后，鲇之进就优哉游哉地走去苊生屋，陪岩五郎出门夜游。早上，他从长屋跑到犀川，再指导唯一的弟子弥平锻炼。正午时分，他便去百间堀吃两串糯米团子，或是来一串烤鳗鱼，顺便给这些摆摊的小贩当保镖。这边的保镖工作别说拔刀了，连用刀鞘揍人的机会都没有。自从鲇之进开始在那里出没，卯辰家的恶棍就压根儿不往百间堀这边来了。

早饭吃阿园的，午饭去摊上吃，晚饭则跟苊生屋吃，因此鲇之进完全不愁饿肚子，反倒一直担心自己会吃胖。手头的钱越来越多，摊贩和长屋的人又每天对他感恩戴德，让他感到生活有了些内容，也生出了一些意义来。多津和鹤子不时过来找他，引起一阵喧闹。阿园的母亲也因为服用从长崎买来的高价药品有所恢复，能够拄着拐杖出门走两步了，于是她跟女儿过来向他道了谢。

只要白天有空，鲇之进就到寿经寺去坐禅。他想，这恐怕就是所谓充实的生活吧。只要继续干下去，他就能盖座房子。到时候说不定还能把千代从红叶村接过来。

若是一般人，必定会满足于这样的日常，然而鲇之进却丝毫没有满足。他总觉得这跟自己长年以来为之奋斗的生活不一样。他丝毫不认为自己可以一直这样在城里落地生根。他想离开，但是到了别的城里，能做的事情恐怕也只有去道场找人比试。他已经知道那样无通打开出仕的道路。每次想到这里，鲇之进都会觉得走投无路。

他掀开地板，将一只大瓶埋进土里，只露出瓶口，用来存放他攒下来的小判。每到月底，他拿到二十两饷钱，就掀开地板把钱一股脑儿塞进去，然后放下地板，铺上被褥睡觉，从来不去数里面的钱。

就这样入了冬。晚上下雪时，他会披上寂莲送的头巾去当护卫。接着又到了河水化冻的春天，他还被几个女人邀请去了犀川和浅野川边赏花。唯一的弟子弥平每次都会抱着草席跟随在后，但是只要鹤子或多津在场，一旦他们铺上草席摆开餐食，周围就会围上一群黑压压的人，很难安心赏花。

春天过去了，城里的气温缓缓上升，眼看到了初夏。等他回过神来，这种惰性已经持续了半年有余。时间如白驹过隙，鲇之进更加迷茫了。他与岩五郎的来往集中在傍晚开始的两个时辰，白天从来不会见面。鲇之进不过是岩五郎喝酒玩女人的陪同，岩五郎并不会让他参与白天的放贷工作。因此，他对岩五郎的生活一无所知，也没有兴趣。因此，鲇之进白天很是清闲。

岩五郎身为苆生屋之主，好像事务颇为繁忙。他见周围的木工和左官①都是上午工作，到了下午便扔下活计去玩乐了。有人去逛妓院，有人流连酒馆，个个乐不思蜀。可是岩五郎就算不出门工作，也整日待在店里计算钱银、整理账簿。

不过，有一件事让鲇之进感到不可思议。认识岩五郎的城中百姓说，苆生屋并没有到处放贷。尽管如此，他却过着让领主都瞠目结舌的奢靡生活，完全不愁没钱花。莫非是因为他有许多常年来往的大客户吗？

在一个热得汗流浃背的傍晚，像往常一样，鲇之进跟着岩五郎朝花街走去。路上，岩五郎问：

"山县阁下，自从开始这份工作，你每天过得还算满足吗？"

"不。"

鲇之进如实回答道。

"哦，不满足？既然如此，不知阁下想过什么样的生活呢？"

"我此前一心想着修习剑术。"

"对阁下这样的人来说，何谓满意的生活？"

这是他最近时常思考的问题。正因为不知道答案，他才会苦恼，所以一时半会儿也回答不上来。

"你对我这样的生活没兴趣吧？"

---

①即粉刷匠人。

"没有。"

"这下回答得好快呀。阁下不喝酒,又对女人不感兴趣,那么,你的目标莫非是出仕?"

"在下已经知道如今这个时代,那条路走不通了。"

鲇之进说。

"那是什么?"

"天下无双。你以前也说过。"

"你恐怕已经是咯。"苊生屋干脆地说,"我已经见识过太多太多的剑客。那些经历过战国乱世的武家,如今都上了年纪,全是一帮老头儿了。战国已经成了遥远的过去,所以无论什么武将,真剑对决的感觉一直在退化。与此同时,年轻人现在只知道挥舞竹棍木刀,个个都学了一口嘴上功夫,没什么了不起的本事。"

"孙之助吗……"

他忍不住咕哝道。

"没错。"

"对了,最近完全见不到孙之助,他也没来叫我去道场了。"鲇之进说,"他还在城里吗?"

"在是在的吧。"

岩五郎漠不关心。

"阁下成为天下无双之后,准备怎么办?"

鲇之进闻言陷入了沉思。他真不知道该怎么办。

"不知道,我只觉得现在的生活不对。"

"哦,是嘛。"

"在这里久留没有意义。我心中一直想,是否应该到别的地方去,积累更多的修行。"

"你想离开吗?"

鲇之进不出声,只是点点头。

"这里不好吗?"

"这里当然很好，只是如同一盆温水，若一直泡在里面，就会失去向上走的机会。"

"你觉得这样不行？"

"不行。在下总有一天会上年纪。要趁身体还能动的时候……"

"做什么？"

"我想抓住一些东西。"

"想抓住什么？"

"对啊，是什么呢？"

"你也不知道啊？那不就跟要抓住云彩一样。我啊，在尾张町的金库里放了五个千两钱箱。"

"嗯。"

"你反应很平淡嘛。能抓住的东西，就是那种东西。"

"嗯，是啊。"

"要不我都给你吧？反正我年纪大了，总有一天要把生意交出去。"

"不要。"

"不要啊？这可真像你说的话。你成了天下无双后要做什么？开创自己的流派，广为传播？"

"这个嘛……"

鲇之进抱起胳膊。

"应该会是这样吧。"

他嘴上虽然这样说，心里却想这样不知有什么意义。他的剑法恐怕只有他能使出来。无论弥平多么努力修炼，都变不成他。

"那你就得开道场呢。"

岩五郎说完，鲇之进点点头。

"嗯，毕竟要证明天下无双，别无他法啊。"

他顺势说道。

"那你就开呗。现在小判不是越攒越多了吗？小心别被人偷了。

要是你想早点开，我可以借点给你，不要利息。"

岩五郎好像真有点这个意思。

夏天到了，蝉鸣嘈杂不绝于耳。他领着弟子弥平上卯辰山练剑，就在路过卯辰八幡社院门时，鲇之进看到了莫名其妙的光景。

穿过两旁摆满了甜酒铺、荞麦面摊、土产铺和点心摊的参道，登上石阶走进院内，赫然站着一名年老的小个子武士。他腰佩长短双刀，穿着脏兮兮的和服袴裤，全白的发髻和胡子都凌乱不堪。

鲇之进之所以被吸引了目光，是因为老剑士胸前摊开一张信纸，似乎要让进入神社参拜的人都看到。

信上文字写得很大，但也要凑近了才能看清。他并不想凑过去。两人没有穿过鸟居走进院内，因此并未经过老人身边，也没有读那些文字。

"那是什么？"

鲇之进努努嘴，对弥平问道。

"哦，这件事最近在轿夫中间也传开了。那位老人不知是何来历，正在找人与他比武。"

"比武？"

"是的。"

"找谁啊？"

"好像随便什么人都可以。"

"随便什么人，只要愿意跟他比武？"鲇之进疑惑地问，"他为何要这样做？莫不是在寻找高手？"

"啊，不，是为了钱。"

"钱？一个老人，为了钱？"

这么大岁数了还要求财吗？

"是的。可能是以前身手还不错的武家大人吧。据说是金钉流的。"

"金钉流？"

鲇之进搜寻着记忆。

"没听过啊。"

"说白了就是新的乞丐套路吧。"弥平说，"最近大家都爱做奇怪的事情。"

"乞丐？为什么？"

"他一上来就叫人放下二两，然后跟他比试。若是他赢了，就把钱拿走，若是输了，就不拿钱。大家都说他其实就是想要钱。"

"用什么决斗。木刀？竹刀？"

"用啥都行，挑战的人决定。"

"真剑也行吗？"

"好像可以。不过主要还是剑术，不能用投掷武器。"

"怎么可能！他那把年纪，哪里吃得消。"

"可是老师，经历过战国时代的武家大人，可是个个都很有本事啊。"

"这我知道，但那也行不通啊。"

"老师，您看一眼那老头儿就知道他的身手吗？"

"知道。"

"是嘛。他说就算自己被杀了也毫无怨言。"

"那他有几条命都不够使。有人去挑战吗？"

"好像没有。俺们这些轿夫都没见过他跟人比试，就只看他一整天站在那里。"

"他在那儿站了很久？"

"自从有人看见那老头儿，到现在有两个月了吧。"

后来，鲇之进就时刻惦记着那个人，每天都会跑一趟卯辰八幡社。若是去不了卯辰山，就会在傍晚去芷生屋时，故意越过浅野川赶到八幡社附近，远远看一眼院内的光景。

他观察了这么久，也只见过老人站在那里，就像木头雕刻的佛像一样，胸前挂着那张纸一动不动。没见有人对老人说过话。

鲇之进想：他可能有点隐情，但恐怕不是为了修习剑术。那人年事已高，应该不会想搞什么修行。更何况他在那里站了两个多月，意志必然十分坚定。究竟是为了什么呢？

他每天去卯辰山看那个老人，就这样过去了十日。他之所以这么做，是期待着老人的决意中或许潜藏着他正在寻找的答案。哪怕没有答案，若是能给他一些启发也好。他并没有贸然上前询问。武人不会轻易向他人吐露埋藏心中的坚定决意和种种事由。

有一次，他还走到院内另一个角落，坐在树荫下的大石上，仔细观察那位老剑士。他仿佛化作了石头，始终一动不动。终日站在那里，双腿一定不好受，不过反过来想，这也是一种锻炼。他似乎从不坐下来休息，一直默默站着，向周围展示胸前那张纸。鲇之进看着他的模样，心中很是佩服。

不过酉时的钟声响了，他马上要回去工作，便不能再坐下去。太阳即将下山，对老人来说应该也一样。因为没了日光，在黑暗中无法比武。他应该也要回到不知在何处的落脚之地吧。

老人究竟住在什么地方？是否有家人？鲇之进有些好奇，甚至想尾随他回家。不过他有保镖的工作，没时间做这些事。

鲇之进虽然没有问过老人，但多少能够理解对方的决心。因为他知道城中道场并不存在能够让他磨炼身手的真正高手。若是有，他现在就不会当什么保镖，道场那边也不会如此固执地回绝外流比武了。

若是道场愿意对他敞开门户，他就会一直拜访道场。现在之所以当保镖，还不是因为除此之外碰不到身手了得的剑客。对手可能是拐子，是烧杀抢掠的恶棍，很难辨明自己是否站在正义的一方，因此这份工作在道义上肯定存在问题。可是，若不真的拼上性命去应付危险，他的身手恐怕就不会再有长进。

那位老人可能也是如此。到处去拜访道场是没用的，所以才会站在大庭广众之下，不惜丢人现眼，也要求一个对手。鲇之进也想过类似的办法，只是不想被城里人当作稀罕的看头，才没有付诸行动。

不过，老人身上散发着与他不尽相同的气息。鲇之进不为金钱，但老人明确标出了金二两的价钱。莫非他现在急需要一大笔钱——

听到钟声，今天也要离开了。他每晚都要当保镖，所以一次都没目睹过老剑客收拾东西离开的场景。

一个盛夏的夜晚，鲇之进跟随岩五郎走在汐见町。岩五郎最近新纳了个妾，是教人舞蹈的舞师阿政，被他安顿在这里。这座房子好像也是岩五郎给的。不知为何，他早就拥有这座房子，因为房屋宽敞，可以容纳众多弟子，他便以房子为诱饵，将阿政搞到了手。

汐见町离闹市区很远，地面朝着卯辰山的方向缓缓上升，整个町都建在缓坡上。这里相比护城河周边的闹市区，道路更宽敞，环境也更阴暗，行人更少。阿政住的地方比较靠近上坡，挨着卯辰山脚，屋后就是山体，长满了郁郁葱葱的树木，显得幽深阴暗，随时都像要有妖怪出没。因此，阿政也难免有些害怕。

两人提着灯笼，沿着林边道路缓缓走向卯辰山时，前方的黑暗中突然传来四五个男人粗重的喘息声。谨慎的岩五郎立刻放慢了速度，拉着鲇之进的衣袖示意他停下来。不过，鲇之进早就做好了当护卫时遇到这种情况的准备，因此把注意力放在了那边。

"山县阁下，别管那么多了，我们还随时有可能遭到袭击呢，哪里顾得上别人家的事情。那样有几条命都不够使啊。"

岩五郎胆怯地说。

鲇之进点了点头，停下脚步，但随即心中一惊。因为他看到一个灯笼落在路面上，正在燃烧。这恐怕是遇袭之人的东西吧。在小小的火光映照下，他不时能看见刀刃闪烁的白光，随即发现那里围着五个人，中心是个头发全白的老者。

老者身手并不差，冷静地格挡着几个年轻人砍过来的大刀。可是无奈对手人多，几个人一口气冲上前去，似乎砍伤了老者的左脚。

老者有危险。鲇之进见状，把灯笼往岩五郎那边一塞，就要跑过去。

"你等等啊，我可是出了大价钱让你来保护我的。"

岩五郎拿着两个灯笼抱怨道。

"稍等片刻，我马上回来。再这样下去，那位老人就要死了。"

鲇之进说。

"什么老人？马上是多久？"

"你数完四十我就回来。"

说完，鲇之进便跑了过去。

此时，其中一人大喝一声，又朝老人砍去。鲇之进从背后喊道："住手！"

所有人转过头看着他，鲇之进拔刀加入战局，先用刀背狠狠击中前方二人的脖颈，随即绕到攻击老者的人前方，架住了他的刀。与此同时，他飞快地对背后的老人小声说："你走吧，这里我来应付。"

"这、这是为何？！"老剑客惊讶地问，"敢问阁下是……"

"是谁都无所谓。我在卯辰八幡社看见过您，现在特来相助。"

这人就是胸前挂着一封信，整日站在神社院内，寻人出钱与他交手的老剑客。

"可是这帮人来者不善，一个人应付不了。"

老剑客说。

"不必担心。"鲇之进说，"您腿脚负伤了，快走吧。"

"这几个人身手很不错，都是知名道场的高徒。这本来是我种下的因，阁下愿意相助，我自然感激不尽，但怎能就此做了缩头乌龟……"

鲇之进闻言，重新转向来袭之人，大声说起话来。因为他就着燃烧的灯笼火光，认出一张熟悉的脸了。

"我道是谁，这不是铃木的弟子嘛！"

他忍不住提高了音量。这些人就是他以前拜访道场时，在门口教训过的门徒。他们看见鲇之进好像也立刻认出来了,前方两人顿时向后退去。

"哼,没想到竟在这种地方碰上了。你们少干点这种事,回去乖乖练剑可好?"

不过后方有个不明就里或是不顾一切的人,突然大喊着砍了过来。鲇之进一闪身架开他的刀,飞速砍向其侧腹。男人大喊一声,扑倒在地。

"我只是轻轻砍了一刀,你们马上把他带走,便不愁有性命之忧!"鲇之进大声说,"你们这些竹刀武士,愿意拔出真剑确实值得赞赏。可是,堂堂铃木门徒,竟会做出对一个老者群起而攻之的肮脏勾当吗!

"我看你们还想成为城里的话题啊。还要再往师傅脸上抹黑?太令人佩服了。今夜在下还有工作,无暇陪你们胡闹,下一个砍过来的人,我就会下杀手。你们可别指望我还会像上次一样用刀鞘来捅。要是还不想死,就带上你们的人,赶紧退下。"

说完,他就收刀入鞘了。

几个门徒也收了刀,个个偷瞥着他,拉起被砍了侧腹、连连闷哼的同伴,竭尽全力拔腿就跑。

"老人,在下告辞。"

鲇之进目送他们离开后,朝老者点了点头,回到远处黑暗中等待的岩五郎那边。

"请留下姓名!"

老者大声询问。

"现在没有时间,下次再说!"

鲇之进回头说道。

"那我明日在卯辰八幡社院内静候大驾。在下名叫武藤兵卫门!"

老剑士大声说。

27

翌日早晨，为他送早饭来的阿园说：

"对不起，今早只做了饭团。"

"没关系，你不必道歉。"鲇之进说，"是睡懒觉了吗？"

"我今早没有煮汤的菜。"

"是吗，家里没钱？"

"不是。我今天就去买菜。我还给您拿了这个过来。"

说着，她拿出一把伞。

"伞？你要我拿这个练习糊纸伞吗？"

"怎么会呢。鲇之进大人不是糊纸伞的人。"

"你别夸我了，反正总有一天还是要糊的。"

"什么时候？"

"等我老了。"

"不会的。"

"不会吗？好吧。那你给我带这玩意儿做什么？"

"这玩意儿？鲇哥，你不知道人们下雨天要打伞吗？"

"哦，是吗？不知道。我还以为伞就是给浪人糊了赚钱的。"

"鲇哥，你真奇怪。今天没出太阳，空气又闷，怕是很快就要下雨了。再过上一个时辰吧。我猜下雨猜得可准了。"

"是嘛。"

"我想到鲇哥没伞，就给您拿来了。"

"是嘛，劳烦你了。不过我不需要。"

"为什么？那下雨天您怎么办啊？"

"下雨不过湿身罢了。你见过野兽打伞吗？"

"鲇哥又不是野兽。"

"但野兽是我的师父。"

"师父？"

"你家没伞怎么办？"

"我家还有别的伞，您拿去用吧。"

"谢谢了。你母亲怎么样？"

"还挺好，最近想出去遛弯儿了。"

"是嘛，那太好了。"

"多亏了长崎的高价药。谢谢您。"

"不用每次跟我道谢了。"

吃完阿园带来的饭团，鲇之进就夹着伞走了出去。抬头一看，天上的确满是乌云，拂过脸颊的风也带着热气。初夏的阴天总是很闷热。

今早井边没人，也不知弥平去了哪里。这几天鲇之进特别严格，他恐怕浑身疼痛，还在睡觉吧。

鲇之进一个人朝着浅野川跑了起来。随后，他走到岸边，开始练剑。练了一会儿，便拾起放在地上的伞，朝卯辰八幡社走去。天还没下雨。

他悠闲地走在山道上，回想起昨日的战斗。那个每日站在卯辰八幡社院内，胸前顶着寻人对决纸条的老人名叫武藤兵卫门。他看到兵卫门老人被铃木门徒围攻的情景，毫不犹豫地选择了救助，可能是想借此机会与他结识，好询问他为何每日都站在神社院内吧。

那位老剑客应该是想凭借对决赚钱，可他为何要钱？从老剑客的为人推测，那应该不是玩乐的花销。鲇之进心里也有些算计，认为只要卖他一个人情，过后若是问到这件事，老人便无法搪塞过去。想到这里，他有点厌恶自身的狡猾，但由此可见，他的确为自己作为剑客的将来，为摸索以刀剑为生的目的感到异常烦恼。他为此正在坐禅，但也对老人清瘦的风貌抱有极大的期待。看来他必须坦白这一点。

鲇之进走上了通往卯辰八幡社院内的参道，但不太想从这条路走过去。若从这里走上石阶进入院内，他马上就会跟兵卫门对上目光。如此一来，他们就不得不立刻展开交谈。对方可能会因为昨夜的事向他道谢。鲇之进并不想说这些客套话。他不想通过话语，而是通过行动来试探老人的真意。若是要他主动说明，大可以过后再说，在此之前，鲇之进要先有个自己的主意。

于是他走上土产铺旁边的小路，接着分开草叶走进草丛，顺着山坡来到了院内的树林里。他在一棵大杉树底下找到块石头，便在上面坐了下来。

隔着杉树的枝干，他能看到武藤兵卫门站在院内另一侧的清瘦身影。今天他也穿着脏兮兮的衣服，在胸前摊开了白纸，定定地站着。那个身影依旧如同木雕，一动都不动。

鲇之进也静静地坐在大石上，把伞放在一旁，一动不动地观察着老人的模样。因为神社位于远离闹市区的山脚下，走进院内参拜的人没有多少。周边只有招呼参拜客人的小摊，既没有民宅也没有一般商铺。若是碰到祭典可能会非常热闹，不过现在则十分幽静。所以，也没有人走近老人看他胸前的文字。

当然，就算读了，一般人也不会理睬。若不是腰间插着大小双刀，而且有一定身手的人，向老人发起挑战也没有意义。因为鲇之进在远处看到纸上写着这些话：

"在下曾经数次参加合战，亦与人有过真剑对决。凭在下之剑法，八方剑客或能有所收获。即便在下因此殒命，也绝无怨言——"

院内并没有看似想要学艺的武士。若是站在城中通衢，或许还能引来一些人，不过那封文书毕竟内容特殊，老剑客或许不想太靠近城池，况且在人多的地方也无法展开真剑对决。若是让上头知道了完全有可能降下罪来。听轿夫弥平的说法，这老人的事情好像已经在城中传开了，若是哪个武士有心挑战，应该会专程赶到这个山脚下来，这样或许更妥当。

今天天阴，但蝉鸣还是冒了出来，声音渐渐变大。尤其是鲇之进端坐的地方，蝉鸣格外响亮，甚至遮盖了参道那边的热闹动静。

尽管如此,他还是被老人所吸引,一直忍耐着。他想,若是一直等下去,或许会出什么事情。昨夜发生了那场骚动,今天或许同样会出事。

可是等了许久,还是没有任何征兆。此时已过晌午,参道两旁的荞麦铺、卖甜酒和团子等午饭吃食的摊贩变得格外热闹起来。可能因为这样,院内反倒空无一人了。不再有人走进来,唯独温热的风不时吹过,到处充斥着蝉鸣。

突然,一条狗跑进了院内,在空地上兜起了圈子,随即看见一动不动的老人,便跑过去朝他吠叫起来。叫了一会儿,那狗见没什么危险,便扯开嗓子号叫。号了许久都不见要停下来,倒是把蝉鸣给震退了。

老人纹丝不动,无论那狗如何喧嚣,他都仿佛听不见,始终没有改变姿势。鲇之进甚至有点怀疑,那老人是否还活着。

接着,狗突然不叫了,恐怕是累了吧,又或者觉得眼前这东西并非活物,而是一丛长成了人形的灌木或枯木。它骤然安静下来,转身穿过鸟居,走下了石阶。

接着,宛如时间静止般的寂静重新笼罩过来。院内不见一人,不闻声响,连风都停住了。卖吃食的摊上本来还有一些人声和喊声,此时也安静下来。一切仿佛都顺应了呆立不动的兵卫门老人,隐去了自己的气息。

蝉鸣安静了一阵,渐渐又响了起来。一开始零零星星,似乎有些胆怯,很快便成了合唱,声音越来越大。只是,已经没有了方才的气势,似乎有什么东西发生了细微的变化。鲇之进仍旧坐在那里,开始强烈感受到他待在此处的意义。他产生了坐禅的感觉,内心放空,开始感知充满院内的某种东西。

突然,老人轻叹一声,左腿弯折,单膝跪倒在地,随后左手也撑在了杂草上。胸前那张纸皱了起来,垂落在地面。

他看见老人咬紧牙关,似乎在强忍疼痛。鲇之进推测,应该是昨夜的袭击所致。他与铃木的弟子对峙时被砍伤了左腿。鲇之进远远看着，心想他今日最好不要再这么站着了。长时间站立其实很耗费体力，远比四处走动更容易让双腿疲劳。若是碰巧有人在他腿软的时候提出对决，那该如何是好？老人必定无法使出全力。若对方提出真剑对决，那他更是轻易就会丢掉性命。今日还是回去休息为好。鲇之进默默想着，心中有些焦急。

老人的痛苦似乎超出了鲇之进的想象。只见那张纸落在草地上，他则缓缓四肢着地，疼痛貌似迟迟没有缓解。接着，老人身体一翻，跌坐在地上，抱住了膝盖。过了好久，他才松开手，开始揉搓侧腹和左臂。那个动作令他显得无比苍老。

他身体可能不太好。鲇之进远远看着，下意识想道。不仅是昨夜的伤，老人身上肯定还患了病，搞不好连维持站姿都十分痛苦。

那他为何要坚持这样做？鲇之进心想。他不仅高龄，而且患病，昨夜又遭人袭击，受了刀伤和挫伤。今日本不应外出，而是待在家中休息才对。

不仅是今日，他也不该再以二两的价钱与人对决，这实在太鲁莽了。老人的身体已经无法胜任这种行为。若是对方没什么本事，或许还能勉强应付，但强手迟早会现身。若对方还是个年轻人，更可以长时间战斗。

老人过去可能是个高手，但现在身体已经不再灵活，若是战斗时间一长，还会喘不过气来，结果无疑就是丢掉性命。这个道理再明白不过了。莫非老剑士就是为了舍弃性命，才做这种出格的事情？他为何要这样勉强自己？鲇之进越来越好奇，无论如何都想知道老剑客不顾年龄做出这种莽撞举动的理由。

老人缓缓站了起来，可能是疼痛已经平息。他又变回刚才的端正站姿，再次将那张纸左右摊开。他脸上已经看不见痛苦的神色，重新像木雕一般凝固了。鲇之进远远看着，不禁心生钦佩，甚至有点感动。如此一来，他更是无法移开目光了。

蝉鸣。风中热气渐盛,显得愈加浑浊。嗯?鲇之进感觉到空气变化时,远处响起了敲打树叶的声音。那声音越来越大,渐渐逼近。

不一会儿,他脖子、脸颊和头上就落下了冰凉的水滴。院内的白土转眼变成了黑色。水汽瞬间充盈,世界暗了下来。下雨了。

他发现老人也在抬头看天,接着慌忙把纸叠起来。因为若是被雨淋湿,纸上的字就看不清了。

老人把纸揣进怀里,低垂下头,随后弯下身,拾起脚边的木盘,也揣进了怀里。那应该是放置二两金币的东西。

随后,他悄然松懈下来,弓着背,迈开了步子。只见他穿过鸟居,走向石阶,恐怕是要回家了。鲇之进稍微撑开阿园给他的伞,并不完全打开,也没有经过鸟居,而是顺着草地朝参道最前方的泡菜店快步跑了过去。

他从木板墙后伸头一看,只见老人淋着雨,走进参道旁的团子摊屋檐下落了座。他可能觉得直接回家会被淋成落汤鸡,想在那里避避雨吧。

老板从里面走出来,与老人交谈了两三句,随后又走了进去。鲇之进以为他点了糯米团子,怎知老板只端了一杯茶出来。老剑士坐在歇脚的台上,喝着免费的茶水,静静看着外面的雨幕。

鲇之进撑着伞,藏身在泡菜铺背后,探头看着兵卫门。兵卫门这回仿佛成了团子铺门口的坐像,盯着落在地面的雨水,许久没有动弹。

他在等雨停吗?雨停了又要返回院内,还是径直回家?他如此安静,让鲇之进丝毫窥测不到其心境。老剑客仿佛成了路旁的木石,一点动静都没有。

雨一直下,隔着厚厚的云层,太阳似乎正在缓缓沉向西边的地平线。原本就阴云密布的世界变得更加阴沉了。由于下雨,团子摊前没别的客人,老剑客坐在那儿并不会影响店家做生意,老板也就没再出来。

坐了许久，老人终于站了起来，把刀插回腰间，走进了雨中。他似乎并不急着赶路，而是淋着雨缓缓走在参道上。因为方向与院内相反，想必是决定回家了。抬头看，雨已经小了一些，但是尚不能说是小雨或细雨，雨点依旧密集。若一直走下去，肯定会浑身湿透。

鲇之进见状，终于彻底把伞撑开，在雨中走了出去。他快步追向老剑客，对方并不着急，因此顷刻就追上了。老人似乎在拖着左腿行走。他在短短参道的尽头追上老剑客，从左后方把伞伸了过去。

"您这样会淋湿的。"

鲇之进言毕，老人突然察觉头顶有异，猛地闪开，瞬间退到了雨中。不过他回头一看，发现打伞的是昨夜前来助阵的年轻剑客，原本凶煞的目光顿时柔和下来。他露出笑容，朝鲇之进欠了欠身。但是下一个瞬间，他就停下脚步，可能觉得礼数还不够，继而正对着鲇之进，再次弯下身子，郑重地鞠了一躬。

"昨夜承蒙您突然相助，老朽捡回了一条命。谢谢阁下。"

他恭敬地说。

"不，别在意那个。"

鲇之进说完，又问老人：

"您肚子饿吗？"

老剑客闻言，脸上露出极为困惑的神情。

"不，在下不饿。"

兵卫门斩钉截铁地说。

"不如在这荞麦面摊避避雨吧？雨恐怕一时半会儿停不下来，在下恰好怀中宽裕，想请您吃一顿。"

"不，那太劳烦阁下了。"老人立刻回答，"阁下不仅帮了我，为我挡雨，还要请我吃面，这怎么行。"

"哦，是嘛。"

"为了感谢您昨夜相助，应该在下请客才对。"

老人一本正经地说。

"您不必在意,请不要拘谨。好了,这边请。"

鲇之进引导老人走向荞麦面摊。

两人落座之后,鲇之进点了汤面,老人却一言不发,什么都不点。于是鲇之进便加了一碗汤面。他现在不缺钱,怀里甚至揣着两三枚小判,只是无处可用。

"来点酒吗?"鲇之进问道。

若是老人要喝,他便点上一壶。但是对方断然道:

"在下不饮酒。"

鲇之进闻言点了点头。

"我也一样。饮酒会要了剑客的性命。"

面端了上来,鲇之进开始吃,老人却一动不动。

"请用。"

他劝了一声,老人还是不拿筷子。鲇之进一早就盯着老人看,他中午没有用餐,此时应该肚子饿了。

"您住在附近?"

鲇之进边吃边问。

"在角间町,要走两步。"老人压低声音说,"不过是一间落魄浪人住的破长屋。"

"昨夜那些铃木道场的弟子,与阁下有何渊源?"鲇之进继续问道。

老人很快便回答:

"铃木门下一弟子应了我的挑战。当时用的是木刀,我将他手中武器打落,让他认了输。后来那人的师兄找过来,要与我真剑对决,我也轻伤了那人的右手,用刀背将其武器打落。结果……"

"他们便纠集了一群弟子,趁夜报复。"

老人点点头。

"原来如此,与在下猜测的差不多。"鲇之进说,"可是您为何要以二两为价,连日寻求那种对决呢?"

老人听了这个问题，紧紧抿着嘴，迟迟不愿回答。

"阁下为何每日站在卯辰八幡社院内？恕在下失敬，阁下年事已高，就算身手再怎么了得，这等行为也堪称莽撞……"

说着，鲇之进偷瞥了老人一眼。老人低着头，并不看他。

鲇之进等待他回答，但是老人一直不开口。过了许久，他可能觉得礼数上过不去，才总算是开了口。果然如鲇之进所料，若是昨夜没有出手相助，老人恐怕会一直缄口不言。

"在下自然知道此举莽撞。"老人说，"若是输了便要折损金钱，赢了也只能见识到在下不顾性命的刀法。在这太平治世，哪能算什么益处呢。"

"您是师傅吗？"

老剑客点点头。

"曾经是师傅，后来让出了道场。"

这回轮到鲇之进点点头。

"您曾是加贺藩士？"

"曾是五十石二人扶持[①]，但那是多年以前了。"

"哦？"

"近来突然急需用钱。"

老剑客说道。

鲇之进看向他的脸，见他目光低垂，感到这话来得有点意外。

"说来惭愧，如今在下只是一介浪人，实在想不到其他赚钱的办法。"

老实说，鲇之进听了这番话，心中难免有些失望。他对老人的坚韧多少有些心动，自然期待背后有着堪称高尚的理由。

"您是为了钱才做那种事？"

鲇之进忍不住反问。老人肯定地点了一下头。

[①]即每年领取五十石作为两人的生活费。

"您需要多少钱？"

"十日内要筹到二十两。"

"要那些钱做什么？"

老人低下了头。

"此事请容我不做回答。"

"欠债吗？"

鲇之进问道。

"不。"

老人短促地回答。

"我唯独不曾向他人借用金钱，也从未见过放高利贷的人长什么模样。"

"您为了二十两如此拼命……现在一共筹到了多少？"

"四两。"老人说，"这世道，很少有人愿意与在下过招。"

"那就是还差十六两。"

鲇之进算了算，老人点点头。

"武藤阁下，与其做那种事，不如去当保镖如何？若是找到了好东家，给的饷钱还不少。"

老人用力摇了摇头，断言道："我绝不给人当保镖。"

鲇之进闻言，顿时感到胸口被刺了一刀。

"还有踢馆。若是能一路打到道场主面前，便会被领到里屋，拿个五两十两。这件事在下也不会做，因为在下深知招牌被拆的悲哀。"

鲇之进陷入沉思。他在此地被误认为踢馆之人时，的确有人拿出了小判。

"踢馆与绝户，都是胜过死亡的武士之耻。"

兵卫门说。

"那您为何不当保镖？"

鲇之进问了他最在意的问题。

"曾经在下也是加贺藩士。如今虽然家道没落，但对自己手上的刀剑还怀有些微骄傲。"

鲇之进听了，更是无言以对。

"在下绝不将刀剑用在违反武士道的事情上。此乃一生的坚守。花大钱请保镖之徒大抵都做了不少黑心事，而且异常花言巧语。因此若不彻底问清事由，我绝不对任何人轻易拔刀。"

鲇之进频频点头。

"这是我心中仅存的骄傲，若是将其舍弃，我的人生就不再有意义。与其去当保镖，我情愿当众出丑，哪怕被城中之人斥为乞丐，也要按照自己的原则去挥刀……"

鲇之进听了这话，心情顿时无比低落。

28

武藤老人见鲇之进要付钱，坚决不碰那碗荞麦面。于是鲇之进说"那请阁下请我吃一顿"，老人才动了筷。

快要离开之时，鲇之进说：

"在下正在为剑道而烦恼。因此想向兵卫门阁下请教剑道之事。"

老剑客听了大吃一惊。

"像我这种落魄之人，哪有什么东西能传授给别人。"

"不，您方才说的那番话，对我这个迷途之人可谓价值千金，在下深受裨益，恨不能向阁下支付讲课的报酬，以表达后进之人的感激。"

说着，他跑向店中，抢先付了钱。

雨还没停，他跟老人并肩走出去，发现雨势反倒比刚才大了。鲇之进提出送兵卫门回住处。

两人撑着伞，走在临近酉时的昏暗道路上。老人一言不发，可能觉得这路走得挺没意思。鲇之进也想不出什么有趣的话题，于是一路沉默不语。两人之间距离并不大，却让他感到有些遥远。

老人似乎觉得，昨夜得他相助，今日又让他付了面钱，还劳烦他撑伞相送，心中十分过意不去。

"阁下想必是得知我缺钱，才会说出那种话来，让我传授什么剑道吧。"

漫长的沉默过后，老剑客低声说道。由于雨声绵密，他的声音很难听清。就算不压低声音，老人的嗓音本来也十分沙哑。

"在下自认没有什么可以教授的东西。"

"那怎么会。"鲇之进说，"在下绝没有这种想法。可是您的心情在下也并非不能理解。"

他继续道：

"在下并非全然没有考虑过这点，然而为剑道而迷惘并非虚言。目前，在下正接受寿经寺住持的指导，时常到那里修禅打坐。"

"哦，那真是……"

老人闻言，似乎很是敬佩。

"但那也是仰仗佛陀给出答案。在这早已没有了合战的太平治世，凭武艺出仕的道路已经断绝，那么，这个时代的剑究竟意义何在？我造访过一些多少有点名气的道场，他们终日只顾耍弄轻盈的竹刀，丝毫不认为竹刀与木刀、真剑截然不同，也不把那当成纯粹的戏耍，倒是弟子们个个都张口就称心的修行，修得一张能言善道的嘴巴。"

老剑客走在阴暗的伞下，频频点头。

"如此一来，剑术就要变得越来越脱离原貌了。"

"的确如此，现在已然不同于我修行剑术的时候。世道变了。"

说完，老人再次陷入沉默，又走了一段，才开口道：

"如今的人已经不再把死亡当作美德。"

鲇之进听了点点头，因为他也发现了这点。哪怕是木刀，只要使上全力，也能令对方粉身碎骨。为了避免那种事发生，道场才会渐渐用上竹刀。这点他很明白。

"区区老朽，没什么可以传授的东西，更何况阁下还是稀世的剑客。"

"啊，不，我……"

鲇之进正要辩解，却被老人抬手阻止了。

"事到如今，阁下无须谦虚。我曾经也是道场之主，在当地多少有些名声，只消一眼就能看出剑客的身手。方才我一直在想，凭我这老朽之躯，若是能给您一些启发，那便只有毫不隐瞒，让您看看我这贫困潦倒的生活了。"

老人说完，鲇之进大吃一惊，一时无言以对。

"阁下是我的救命恩人，我应当致以由衷的谢意，不做任何隐瞒，让您看到我的丑态。好了，我的陋居便在此处，朝左边走便是。不过，还请阁下莫要过度惊慌。"

老人走到前方的雨中，拐进一条小路。那的确是一条两人并肩无法进入的巷子。穿过小巷之后，便是一座与鲇之进住处没什么两样的破旧长屋。

老人拉开其中一间房的纸门，走了进去，然后回头看向鲇之进。

"别客气，请进吧。"

说完，他就先进了屋。里面有个年轻女人慌忙迎了出来，跪在门口恭敬地低下头说：

"这么大的雨，真是辛苦您了。"

"这是犬子的媳妇，名叫阿藤。"

老剑客对鲇之进介绍道。

"在下山县。"

鲇之进也低头行礼道。

"我这就泡点粗茶来。"

儿媳站了起来。

"啊，不必客气了，我马上就告辞……"

鲇之进劝了一声，儿媳还是快步走向了灶台。

"请进吧。"

鲇之进闻言，便坐在比门口高出一截的地板上说：

"外面下雨，双脚沾了泥水，贸然进屋恐怕有点……"

他话音未落，阿藤便递来一条手巾。实在没办法，他只好擦了脚走进屋去。

"这里只有区区八叠①大小……"

老剑客说。

"这就是犬子。"

靠近狭窄外廊的被褥里躺着一个人。

"犬子身受重伤，精神也有些异常，如今只能终日卧床不起。就算起来了，也是个连招呼都不会打的废人，在客人面前实在有失礼数。"

兵卫门代替儿子深深鞠了一躬。

"不，请别在意。"

鲇之进心中有些吃惊，但尽量掩饰过去，还了一礼。

再看那个儿子，只见他目光空虚，一直盯着天花板，仿佛压根儿没注意到鲇之进这个客人，也毫不关心。

狭窄的屋檐底下晾着许多衣物。兵卫门左侧摆着一把尚未糊完的纸伞，像是他正在做的活计。鲇之进看着那些东西，自己也坐了下来。

"我与儿媳两人合力做着糊伞的工作。"

老剑客拧着嘴角，似乎在苦笑。

"这些伞便是一家人的全部收入。您要带一把走吗？我这儿有刚糊好的。"

鲇之进连忙摆起手来。

---

① "叠"为一块榻榻米的大小，面积约为一点六三平方米。

"我已经有伞了。"

儿媳走了过来,在鲇之进手边放下一只茶杯,小声说:

"请用。"

鲇之进点头致谢。接着,儿媳竟说了句让人意想不到的话。

"阁下是山县鲇之进大人吗?"

鲇之进吃了一惊,看向阿藤。

"您为何知道?"

"我听百间堀的阿园妹妹提起过您的名字,说您身手很是了得。"

"我昨晚被暴徒袭击了。"

兵卫门接过儿媳的话头。

"哎呀。"

阿藤听了脸色大变。

"多亏山县阁下出手相助。这位阁下身手的确了得,而且是我的救命恩人。"

阿藤听了,立刻俯伏在地,久久没有起身。

"好了好了,请把头抬起来吧。"鲇之进惶恐地说道。

可阿藤还是不抬头,用闷闷的声音说:

"如您所见,我们一家贫困潦倒,若是父亲倒下,只能全家等死。父亲的恩人便是我们一家的恩人,实在是感激不尽。"

"好了,你先去干活吧。"兵卫门说道。

阿藤应了一声,走到伞架旁边坐下,开始往上面糊纸。

鲇之进喝了一口茶,只想尽快逃离这里。坐在这里,他会不由自主地觉得是自己主动想看到这样的生活,因此难以忍受。

"这里是长屋最大的屋子,曾经住着一位谣曲师父。我们即使有一家三口,也能勉强睡下。阁下看了恐怕十分无语吧。"

"不。"

鲇之进慌忙摇头。

"这便是曾经领五十石俸禄,再怎么也算加贺藩下级藩士的末路。我丝毫不打算隐瞒，请您尽情观看。"

"武藤阁下。"鲇之进急忙说，"我该回去工作了。今日贸然登门，实在是不好意思。在下告辞。"

他撑起了身子。

"山县阁下。"

兵卫门抬手拦住了鲇之进。

"方才阁下提到了剑道。在下也将生命献给了这条道路。我自从懂事以来，脑中就只想着修习剑术，既不饮酒，也不贪图女色，一心埋首钻研剑法，也从未做过贿赂打点之事。后来，在下的剑术终于跻身本藩前五之列。这都是日夜修炼的成果。"

"是。"

"但是那根本没用。原本娶了家老的庶女为妻，建起一座连着道场的大宅，所幸又募得几个值得信赖的家臣，生活也已算是富足安乐。所以那时我也以为，自己的人生和献身剑道的信念都正确无误。这样就好，这样便可保住晚节，结束一生。"

"哦。"

"然而后来内人死去，生活突然急转直下。我一辈子忠心耿耿，只为家名奋斗，却在力有不逮之处栽了跟头，眼看着一切都乱了套。落魄只是转瞬之间，短短半年，我们就沦落到了这里。"

鲇之进默不作声，只是点点头。

"这也是剑道。一瞬夺人性命，得时势则如龙飞升，势去则转眼沦落。大刀承载了大势的怨念，其实无比可怕。这便是我切身体会到的东西。"

走到门外，雨已经停了。鲇之进与兵卫门二人并肩走着，远处传来酉时的钟声。钟声停下之后，兵卫门突然说道：

"犬子被斩伤腹部，但一时竟无法死去，就成了那副模样。"

鲇之进大吃一惊，看向老剑客。

"在儿媳面前，我实在说不出这种令她蒙羞的话。"

"武藤阁下。"鲇之进说，"您别说了。我无意打探他人家事，尤其对家道没落没有兴趣。"

"不，山县阁下。"

老剑客打断他的话。

"我已经下定决心要展示自己的一切，因为这也是剑道，是它反面的光景。我已然没落，若要教会阁下什么教训，便只有这个而已。"

老剑客的侧脸十分严肃，死死盯着前方又开始落下雨点的黑暗。

"我送您到那边去吧。剑也跟游廊的艺伎一样，一群人憧憬着那个世界的巅峰，全都被裹挟在虚妄的繁盛景致之下，也拥有了漆黑污浊的反面。若是回到领俸禄的时期，我听到这种话恐怕会怒发冲冠。可是现在，我认为这是真实的。"

老剑客走在前面，用背影对着他继续道："加贺的前田大人是外系，因此自利家大人以后，家臣便决心时刻有所准备，以应付突发事态。前不久还在战国中厮杀的藩，绝不可能突然成为交心的朋友。对方随时可能进攻，哪怕不直接出兵，也不知会做什么手脚。然而与此同时，还要向德川大人不断展示满天下毫无蜂起的野心。这您应该明白吧。"

"是。"

"所以各藩明面上舍弃或是藏起了枪炮，罢黜刀剑武艺修习，转而钻研书画古董，在文化上寻求精进，装出一副削弱自身的模样。这都是为了让周边诸国、谱代[①]和德川大人消除戒备。"

鲇之进点点头。

"然而，今后将是枪炮的时代。带着这种想法，我们便秘密将合战中最重要的武器——枪炮的铅弹熔铸成了陶瓦似的玩意儿，将它盖在尾山城屋顶。如此一来，今后若是忽有危难，也能将它再次铸

[①] 即几代跟随同一君主的家臣，与外系相对。

造成弹丸。被任命为这一秘密计划核心人物的,便是当时已经继承家主之位的犬子。犬子武艺不精,倒是有算计之才,在那方面很有几分本领。

"而熔铸的费用也从城中秘密运往了武藤家。犬子暗中上下打点,渐渐安排好了熔铸铅瓦的事宜。可是有一天,藩中发来的公银竟一夜之间被盗个精光。"

"什么?!"

"此乃大盗所为。秘密计划之事不知从何处泄露,竟有大量公银集中在区区武藤府中,这在大盗眼里,恐怕是千载难逢的机遇。毕竟一介家臣宅邸的守卫,远远不如城中那般森严。若是手下操控着大量盗贼,且个个训练有素的大盗集团,想把公银偷出来可谓易如反掌。"

"这……"

"犬子与在下都遭到了怪罪。一众家臣不讲道义,人人唯恐殃及自身,便争先恐后地谴责犬子,甚至在城中散布他独吞公银的谣言。犬子天生老实,怎可能做出如此大逆不道之事。他们明知这点,却要编造谣言,以洗脱自己的责任。

"于是犬子毅然切腹。若是他能顺利死去,或许还能保住名声,逃过此劫。只是犬子在受尽屈辱之后,竟然切腹失败。虽说九死一生,精神上却出了异常,变得卧床不起,一如阁下方才见到的光景。"

鲇之进偷偷叹息一声。他万万没想到背后竟有如此复杂的情况。

"武藤家最终没落,本来在这城中也无处栖身,所幸儿媳娘家暗中打点,才没让我们一家背井离乡,好歹能吃饱肚子,不至于饿死。从那以后,犬子过去的许多同僚都一副漠不关心的模样,只顾自保。这便是城中供职之官僚的实态。"

鲇之进无言以对。

此时,月光穿出暗云洒落大地。他顿时感觉,君临天下的武家之人都像那月亮一般。虽然照亮夜空,倾洒光芒,背后却是那般黑暗。

"在下有时会想，夺命之剑不过是砍人菜刀，武人都被过度粉饰了。"

"然而，武藤阁下依旧每日仗剑于侧，站立院内。"

鲇之进提起这事，他一直不知道个中原因。

"那是因为儿媳想摆个团子摊。"

兵卫门换了个语气说。

"啊？"

鲇之进又听到意想不到的回答，不由得疑问一声。

"方才在下不是坐在卯辰八幡社参道旁的团子摊上吗？"

"啊，是的。"

鲇之进想了起来。

"那里的老板年事已高，身体又不好，便想关张回家，最近在卖摊子。那块地的要价是二十两。"

"哦，原来是这样。"

鲇之进恍然大悟。

"儿媳喜欢捣鼓吃食，红豆汤、甜酒和团子都做得很不错，而参道旁的摊位在祭典时人来人往，很是热闹，于是儿媳就想在那里做起一份生意，养活我们父子。在下说，既然如此，那就由我筹集钱银吧。"

鲇之进闻言，只能默默点头。这下谜团总算解开了。

"在下已然跌落谷底，再也没有值得隐瞒的丑事。哪怕被城下百姓嘲笑，被顽童当作围观投石的目标，我也毫无怨言。"

老人安静地说。

29

是夜，鲇之进护送岩五郎前往多津的妾宅。两人提着灯笼走在路上，竟是岩五郎先提起了连日立于卯辰八幡社院内的老剑客。

"您如何知道此事的？莫非您知道那位武人吗？"

鲇之进惊讶地问。

"最近这件事在城里传得很凶。"

岩五郎说道。

"还有我与武藤阁下相识之事？"

岩五郎闻言点点头。

"有个熟人看见你了，说你跟那位武家的走在一起。"

既然如此，鲇之进便不必再隐瞒什么，遂将自己拜访老者住处的事说了出来。

"那位武家的现在过得怎么样？"

岩五郎似乎很感兴趣，鲇之进便告诉他，老者的儿子患了心病卧床不起，一家三口住在以前谣曲师父住过的八叠长屋里，好在儿媳能干，每天照顾父子俩的生活。

"他们家为何没落了？"

听岩五郎这样问，鲇之进又告诉他，因为武藤家被怀疑私吞了城中公银，但那只是冤罪，武藤父子是无辜的。

岩五郎听了嗤笑一声，夸张地歪着头问道：

"哦，那是真的吗？"

"阁下怀疑他们吗？"

鲇之进问。

"因为最近不管是武家还是商人，人人都变得能言善道了呀。我听见这种事，基本都要怀疑一下。"

鲇之进闻言，"哦"了一声。

"你该不会被骗了吧？说不定真的有人私吞公银，然后推给盗贼呢。"

岩五郎满不在乎地说道。

"武藤家若是私吞了那笔巨款，怎么还会过那种贫穷生活。"

鲇之进反驳。

"那可不一定,谁知道这背后有什么隐情呢。"

岩五郎答道,接着又看向鲇之进。

"你真的相信那老头儿吗?"

"当然。"

鲇之进回答。

"还相信他家所有钱都被贼给偷了?"

岩五郎又问,他一言不发地用力点了点头。老人讲述这些事情时,他从未产生过一丝疑念。

岩五郎今天要在多津这里过夜,告诉他送到这里就好。于是鲇之进便在门口折返。他独自提着灯笼,慢悠悠地走回了长屋。

翌日早晨,他先指导弥平练剑,下午则到百间堀坐了一会儿,待到酉时便去苎生屋那里当警护,度过了平静的一天。就这样,又到了翌日清晨。

鲇之进猛地在薄棉被底下睁开了眼。他感觉有人在喊他的名字。可是转头一看,纸门外面一片漆黑,连晨曦都没有出现。

他心生警觉,从被窝里坐起来摆好了架势。

咔嗒,纸门微微颤动一下。是刺客?他条件反射地撑起身子,抓起旁边的大刀。就在这时——

"山县大人。"

一个细细的女人声音叫了他,纸门外还出现了灯笼的光芒。

"你是何人?"

鲇之进问道,悄无声息地站了起来。

"实在抱歉,小女是武藤的内人。"

女人说完,鲇之进就走到门口,拉开了纸门。

黑暗中现出一张他似曾相识的脸,的确是兵卫门的儿媳阿藤。因为她提着灯笼,鲇之进才能辨认出模样。

"深夜贸然前来打扰，实在非常抱歉。"女人说，"只是除了山县大人，小女实在不知该去找谁。还请山县大人原谅这不守妇道之举。"

她垂着眼说。

"不必在意，出什么事了？"

鲇之进感觉事情有异，便问道。

"家父他、家父他……"

阿藤说。

"令尊怎么了？"

"昨夜一直没回来。"

"什么？"

鲇之进压低声音说。

"应该是出事了。他以前从未这样过。家父生性老实严谨，从不在外过夜。"

"知道了。你去哪里找过没？"

阿藤摇摇头。

"外面这么黑，小女也不知道家父会去什么地方。只是心里一直焦躁不安，实在无法入睡。"

"嗯，我先准备准备。你要进来吗？"

鲇之进问。

"不，小女在这里等您。"

儿媳恭敬地说。

鲇之进回到屋里整理好衣装，别上双刀，拿起灯笼走了出去。他从阿藤的灯笼里借了火，两人一前一后离开了长屋。

"去哪里？"

阿藤在背后问道。

"在下与令尊交情尚浅，也不知他会去什么地方。所以，在下打算先去卯辰八幡社看看。"鲇之进回答，"至于兵卫门阁下还有可能去什么地方,你应该比我更清楚。请你仔细想想。"

背后安静了许久,才传来声音:

"家父不饮酒,因此不可能在酒馆。此外,他也没有游乐爱好,我亦未听他提起过什么友人的姓名。"

"将棋或围棋呢?是否有棋友?"

"从未听过。"

"令尊平时没什么爱好?"

"只会在应季时赏赏花。不过现在这个时节……"

两人走了很长的路,东方开始泛白,不一会儿就染成了红色。左右的房屋轮廓渐渐清晰,能够看见墙板和木门了。待到能看清商户招牌上的文字时,他们已经走上卯辰八幡社的参道。

鲇之进匆匆穿过参道走向石阶,眼前出现了团子摊。他忍不住指着摊位说:

"夫人,你想盘下这个摊位?"

"不,小女已经放弃了。"阿藤干脆地说,"这只是我一个女人家近来做的美梦罢了。"

"梦?"

鲇之进有些意外,转过头问。

"世上有许多难以实现的事情。"

阿藤回答。

可是因为儿媳偶尔说漏嘴的美梦,老人拼尽了最后的气力,甚至舍弃了名誉和羞耻心,赌上性命站在院内,要替她实现。

走上石阶,穿过鸟居,来到院内,鲇之进总算停下了脚步。阿藤也停了下来,静静地站在他身后。

院里满是夏日的浓绿,一阵凉爽的晨风吹过,饱含着植物的清香。可是鲇之进明显在那阵风里察觉到了异常。他经历过数不尽的修罗场,很快便猜到发生了什么事情。

他缓缓走向老人平时站立的地方,只见草丛边缘掉落了一个眼熟的东西。那是用来放二两银钱的木盘。

他拾起木盘走回去，交给了阿藤。他想说这算是兵卫门的遗物，但很难说出口。此女也是武家之女，应该深谙此道，然而他还是说不出口。

"请你在此等候片刻。"

鲇之进说完便背过身去，走进了草丛。他越往前走，气味就越浓郁，再也无法质疑。

经历过合战的人都有个永不消逝的记忆，那就是血的气味。其中偶尔还混着内脏的气味，无论多么轻微，只要嗅过的人都不会弄错。因为那种气味绝对不同于其他，是世上独一无二的味道。

兵卫门的尸体就隐没在林子深处的草丛中。四周的杂草淋到大量鲜血，尖端都变成了红黑色。

鲇之进蹲下检查尸体。老人身上刀伤众多，可谓遭到残杀。上半身前面、侧面、背后，纵横着无数刀口，出血量惊人。

鲇之进又详细检查了刀伤，确认此乃多人所为。从遗体的状态来看，袭击应该发生在昨夜。老人似乎是日落时分准备离开时遭到了一群人的袭击。鲇之进身经百战，能够轻易想象出当时的场景，甚至能看清袭击者的动作。

他站起来，双手合十默祷了片刻。

接着，他回到院内，告诉阿藤这一消息。阿藤虽然惊得呆立在原地，但是意志坚强，并没有流下眼泪。鲇之进又问她是否要安排棺桶和葬礼，阿藤说自己有头绪，不必麻烦他。

鲇之进说："那等你将令尊入殓，还请搬到寿经寺去，我会请那里的住持准备好吊唁仪式。"

接着，他想到阿藤可能手头紧张，便伸进怀里要替她出一些银钱。

"不劳烦您。"

阿藤抬手拦住他。

"小女有些微薄的积蓄，在此谢过阁下的好意。然而这是我家之事，请阁下不必劳心。"

说完，阿藤又深深鞠了一躬。

"承蒙阁下关照，如此大恩，实在不知如何报答。"

"不需要我相陪吗？"

鲇之进问。

"小女自有熟人相助。此番给您添麻烦了。"

阿藤向他道了歉。

鲇之进闻言，只能站在那里。他盯着阿藤手上的木盘，听了一会儿刚刚苏醒的蝉鸣，想起前天晚上看到的阿藤卧床不起的夫婿。今后只剩她一个人，该如何支撑下去？然而，他这个外人实在无法插手这件事。

鲇之进想不到该说什么，便向她行了一礼，准备离开。此时，阿藤突然满是感慨地高声问道：

"这是与家父对决之人的报复吗？"

鲇之进停下脚步，又一次愣住了。他脑中仿佛有喧嚣的疾风掠过。经过一番左右为难和漫长的沉默，他最后一言不发地摇了摇头，然后再次行礼，背过身去。还是不要告诉她实情为好。

他独自走到了浅野川，来到河堤上，想整理一下思绪。夏日气息一天天鲜明起来，孩子们都跳进河里玩起了水，或是互相泼水高声嬉戏，或是追着鱼儿四处跑动，溅起一片片水花。

他下到岸边，看着那些光景往下游走，见到一片树荫便走过去，在石头上坐下，盯着水流看了许久。脑中纷乱的思绪让他的感情越来越激荡，最后全身颤抖起来。

他猛地站起身，拔刀挥舞。上砍，下挑，左右挥动，用尽全力出刀。刀刃破空之声如同疾风，灌入他耳中。

他察觉到了自己的失态。是他大意了。可是同时又想，人世是何等丑陋。怒气掌控了他，让他坐立难安。若是能装作一无所知，那将该多么轻松。可他总是会知道一切。之前如此，今后恐怕也是如此。

他收刀入鞘，走进河中用冷水洗脸，一次又一次。可是思绪迟迟不能平静，于是他双手舀起一捧水，浇到头上。

回到岸边，他又往前走了一会儿，然后登上河堤，任凭河风推着他向前，跨过卯辰桥，回到了长屋。

鲇之进穿过小巷，走过井边的空地，发现一个娇小的人影站在他们前。他定睛细看，对方也发现了他，开始向他走来，脚步渐渐加快。是寂莲。

"寂莲师父。"鲇之进说，"您来得正好，我本打算到寿经寺去的。"

"鲇之进阁下。"

寂莲面色似乎有些发青，举止也有点奇怪。

两人在井边相对而立。

"您在等我吗，为何不进屋去呢？"

鲇之进说完，又继续道：

"昨夜，原加贺藩士武藤兵卫门阁下去世了。目前他的儿媳正在准备棺桶，过后会抬到寿经寺去，劳烦您准备下葬与吊唁的事宜了。"

"是吗，我知道了。"

寂莲如是回答，但是没有动弹，也没有再说话。

"您怎么了？"鲇之进问，"今日来这里，是有什么事吗？"

寂莲还是抬头看着鲇之进，一言不发。

"您怎么了？"

鲇之进又问了一遍。

"如果您有事要说，请尽管说吧。"

"鲇之进阁下。"

寂莲沉声道。

"是，您请说。"

"您先前提到的姑娘，就是与您喝了神酒的那位……"

"哦，您是说千代吗……"

"您当时说的地方，可是犀川上游的红叶村？"

"是的，红叶村。"

"今早有位施主告诉我，红叶村开战了。"

"开战？"

鲇之进心里一惊。为何在那种村子里开战？

"飞驒的落魄武士残党与西河组的恶棍合流，翻过山去袭击了红叶村。"

鲇之进一时无言以对，仿佛时间静止了。

"什么？然后呢？"

他好不容易挤出一句话。

"村长以下所有有一定地位的男丁都被当众施了磔刑……"

鲇之进仿佛失了声，茫然呆立。

"都被杀了……"

"是的，还有许多平民也被杀了。"

"女、女人呢？"

他问了一句，心中满是恐慌。

"年轻的姑娘都被抓起来当了妓女……"

鲇之进双脚发软，不知何时已经跌坐在地。他左手似乎碰倒了水桶，只听见头顶滑轮发出一阵咔嗒声，桶子落进了水里。

"啊，您还好吧？"

尼师在他旁边蹲了下来。鲇之进扶着井沿想站起来，但是双腿使不上力气。

他感到惊愕，这是他有生以来从未有过的反应。他此前从未感到过恐惧和紧张，哪怕面临死亡，也从未怕成这样，反倒充满力量，沉浸在类似欢愉的情绪中。可是现在，这究竟是怎么回事？强烈的绝望感令他眼前发黑，此时他才意识到，千代对他而言是何等无可替代的人。

蹲在旁边的尼师双手捧起了鲇之进的右手，让他扶着自己的肩膀。鲇之进只觉得眼前发黑。他以前从未让女人搀扶过他。寂莲奋力站了起来，鲇之进虽然羞愧得浑身颤抖，却也勉强站了起来。

可是，他眼前还是冒着金星，无法保持站立。虽然身在盛夏的艳阳中，视野却像沉入了幽暗的井底，几乎无法视物。他有生以来头一次体验到这种感情的激荡。

"今天到底是个什么日子啊。"

鲇之进总算能说出话来，接着弓下身子，双手撑在井边。

"太糟糕了，所有事情一股脑儿涌了过来。"

"是吗？若是您不嫌弃，请对我说吧。"

寂莲说。

"此话当真？我能仰仗您吗？"

鲇之进看向寂莲，仿若祈求。

"那是当然。"寂莲回答。

鲇之进跪倒在尼师面前。

"啊，您还好吧？"

寂莲又要蹲下身子。

"请您不必劳烦。"鲇之进说，"我不是对师父，而是对师父身后的佛祖谢罪。"

寂莲闻言，又站直了身子。鲇之进低下头，盯着寂莲的草鞋说：

"我已决心不再杀生，已经诚心诚意发了誓。纵使与人交手，也断然谨遵教诲，只将对方轻伤，绝不夺其性命。但是，现在不行了。这座城里潜伏着难以度化的恶人，我必须将他们斩杀，否则将令无辜百姓深受其害。"

"是吗？您真的要动手？"

"是。这些人诬陷正派之士，断其一族血脉，还将其残忍杀害，留下一具惨不忍睹的尸骸。我无法原谅这些行为。他们还玷污了无辜女眷，夺走她们安稳本分的生活。我难以容忍这些恶行，怎能袖手旁观。请容许我杀生。"

鲇之进站了起来，不等回答便走开了，还叫了一声：

"师父，请到这边来。"

他把寂莲请到自己屋里，脱鞋上去，用力掀起地板，接着俯伏在地，从底下的瓶中捞出所有小判，摆在地上。

"这里有一百二十两。"

他说着，拢起了金币。

"哎呀！"

尼师惊道。

"请师父将十六两交予今日将去寿经寺吊唁其父武藤兵卫门的武藤家儿媳阿藤夫人。您只需告诉她，这是令尊寄存在我这里的银钱即可。接着，再拿三两给团子摊的阿园，若是她母亲还需要长崎的妙药，便用这钱来买。"

他数出十九两，分作两份推到尼师面前。

"剩下这些钱都赠予寿经寺，我都用不上。请寂莲师父用它救济世人。"

说完，他便走到了门口。

"知道了。那么鲇之进阁下打算怎么办？现在就去红叶村吗？"

"在此之前，我还有件事要做。"

说完，他将大小双刀又往腰间深处插稳了些。

30

站在芷生屋门前，鲇之进看了一眼隔壁的房子。那里挂着大灯笼，上书"万事屋·鸢"，另一头的灯笼上则写着几个黑字："傀儡屋"。多津一度在尻垂坂路口险些被他们掳走，当时用来堵住多津嘴巴的手巾上，就印着这个屋号。

没有人会在行凶之时使用印着自家名号的手巾，所以他并不认为贼人来自傀儡屋，而是想象，这可能是贼人让对方误会的伎俩。若说他们针对谁，首先应该是多津，还有她背后的某个人。

鲇之进低头走到屋檐下，寻找岩五郎的踪迹，但是遍寻无果。于是他登门入室，走进了昏暗的店中。有的人在来回忙碌，有的人坐在屋里打算盘，就是看不见岩五郎。

"来了，您有事吗？"

有人问了他一声。鲇之进给岩五郎当保镖，店里的人都认识他，因此无人戒备。

"岩五郎阁下在何处？"

"老爷在里屋。"

他往里面走，没脱草鞋就登上了走廊。

顺着走廊往前走，便来到中庭边缘。庭院打理得漂漂亮亮，竖着长满苔藓的大号石灯笼，底下是同样覆盖着苔藓的假山，山顶有一株山梅，结了许多红色的果实。

假山上的苔藓都洒过水，湿漉漉地反射着阳光。山背后是一座小池塘，里面游着两三条黑鲤鱼。因为没有屋顶，整个中庭沐浴在阳光中，湿润的苔藓透着几分凉意。一阵风吹过，感觉也很清凉。

长廊左右竖着几根柱子，靠房屋一侧的纸门全部取了下来，只剩下光秃秃的立柱，因此长廊左侧的空间全部连在一起，形成了一个宽阔的房间。岩五郎正背对中庭，伏在书桌旁算账。他每写几个字，就在右边的算盘上拨几下。鲇之进走了过去。

"这中庭很气派啊。"

鲇之进对他说。

岩五郎惊讶地转过身来，眯着眼睛抬头看他，然后撑起身子，艰难地站了起来。

"我道是谁，原来是山县阁下。您说得没错，我毕竟为这院子花了不少钱。"

苫生屋主人说着,优哉游哉地走了出来。

此时他才发现鲇之进还穿着草鞋,向他投去不满的目光。

"不过那都是别人的钱。"

话一出口,鲇之进猛地出手,狠狠击中岩五郎的心窝。

岩五郎闷哼一声跌倒在地,又被鲇之进揪住后领,拽到了一根柱子边上。接着,鲇之进从怀里掏出细绳,将他双手绕到身后,紧紧捆在了柱子上。随后,他又把岩五郎的身体往前一拽,膝盖顶住他的后背,将他唤醒。

"啊、啊……"岩五郎醒来便感到腹部一阵剧痛,怯怯地说,"你、你干什么啊,疯了吗!"

"我很正常。"

说着,鲇之进拔出了大刀。

"你、你要反水吗?!"

苫生屋面色大变。

"苫生屋,你才是叛徒!"鲇之进说,"我还挺信任你的,因此才不情不愿地给你当保镖。我知道你不是什么好人,但毕竟挺讨人喜欢,便信了你不是什么为害世间的恶棍。没想到你竟是个无药可救的渣滓,用一脸虚情假意的笑容辜负我的信任,实则是个冷血的大骗子!"

"你、你干什么啊,我看是你误会大发了吧!"

岩五郎叫道。

"是吗?等会儿就知道了。"

鲇之进说完,大刀一闪。

"哇!"

岩五郎惨叫一声,左脸已经多了一道口子,鲜血冒了出来。

"认命吧苫生屋,这是你长年作恶的报应。你早就想到自己会有这一天了吧。"

"来人啊，快来人啊，有刺客！"

鲇之进任凭他喊，继而在他右脸划了一刀，又是一道口子。

"没错，我就是刺客，现在就要取你性命。以前我一直保护你，现在不干了。要是再不喊人，我就砍掉你的头！"

鲇之进冷冷地说完，把刀架在他的脖子上。岩五郎见鲇之进来真格的，顿时露出恐慌的神情，全身如同痉挛般颤抖。

"哼。"

鲇之进嗤笑一声，勾起嘴角。

"我竟是被这种鼠辈骗得团团转吗……"

他喃喃着自嘲的话语，内心充斥着对自己强烈的轻蔑。他竟如此大意。那种感情继而转变为露骨的杀意，从他体内迸发出来。

"我赌上性命，竟是为了保护你这种渣滓。我最无法原谅这样的自己。你利用了我的信任，只用区区几枚小判收买了我。"

岩五郎奋力挺起被束缚的身体，扯开嗓子发出惊恐的喊叫，几乎用上了全身的力气。他死命拧着脖子躲开刀刃，不断发出比女人还要尖利、宛如濒死哀号的声音。

"就这样了吗苼生屋，这便是你最大的声音啦？！"

鲇之进怒喝一声，转而把刀尖抵在他额头上。

"哇！"

岩五郎再次高喊。

"看我把你这脑袋斩作两片！"

鲇之进高高举起大刀。岩五郎又迸发出了汽笛般的哀号。

就在此时，两侧传来风压，一群黑衣男人从屋里冲了出来。鲇之进飞快地扫了一眼，对方有七个人。虽然还是大白天，他们全都戴着黑面罩。

"快、快来救我！"

岩五郎向一群手下大喊。

"来了吗，傀儡屋。不，鸢家的贼人。你们两家是背地里相通的吧。"鲇之进说,"这是第二次碰上,我不会再手下留情,且让你们见识见识我的刀法,好在黄泉路上细细琢磨!"

话音未落,鲇之进就杀了过去,大刀一闪,砍向打头的两人。那两人撞在一起,轰然倒地。

接着,鲇之进挡开第三个人的大刀,转手斩断一人的右臂。一阵鲜血喷溅,手臂滚落在地。

他又头也不回地砍向背后袭来的人,继而刺穿旁边那人的心脏,然后拔刀,毫不留情地斩向失去手臂哀号不止的人。

转眼间便有四人倒下,有两人见状转身就逃,鲇之进追杀过去,奋力交锋,借助反弹的力量砍伤了旁边那人的手臂,随即身形一沉,横扫前方那人的大腿,转身追向方才被砍伤手臂的人,以及一同逃窜的另一名同伙,接连朝着两人的背部斜劈下去。

两人轰然倒地,战斗就此终结,屋子突然陷入令人茫然的静寂,到处是强烈的血腥味。

被砍了腿的男人跌坐在地上,在血海中挣扎。他蒙面的黑布掀开一角,露出死死咬住的牙齿。

"这就完了吗?"

鲇之进转向被捆在柱子上的岩五郎。

"你的手下只有这些?"

岩五郎拼命点头。

"平时都是这七个人在行动吗?从武藤家盗走公银那次,还有深夜突袭那次?"

岩五郎沮丧地低下了头。看来鲇之进说中了。

"只有你还活着吗?"

鲇之进看向坐在血海中死命压住鲜血喷涌的伤口、痛苦不堪的那个人。

"痛吗?被你们打落地狱的人也是这般滋味。"鲇之进冷酷地说,"这些人很快就要死了。你也一样。昨夜你们在卯辰八幡社院内杀了武藤兵卫门阁下，对不对？"

男人依旧咬紧牙关。他看向背后的岩五郎，可他的主子也沉默不语。

"不用回答，我已经知道了。我跟你们交锋过一回，清楚记得你们的刀法。毫无疑问，武藤阁下满身的伤痕就是你们留下的。为何要杀他？！为何要杀死武藤阁下？！"

此时，前屋又有几个苤生屋店里的人挥舞着大刀冲了进来。不过这些人都毫无章法，不过是些受聘之人，出于道义前来相助罢了。

鲇之进回过头，毫不留情地斩杀了打头的两个人。这帮人都是岩五郎的手下。后面三人慌了手脚，见敌不过他，便转身欲逃。

"别怕，站住！"鲇之进怒喝一声，"算盘跟刀不一样，这下你们明白了吧！"

那几个人停下脚步，不知为何老实地点了点头。

"你们要是跑，我就追过去杀掉你们。谁觉得这样也无所谓，那就跑吧。"

那三个人一动也不动。

"都转过来。"

鲇之进用刀尖示意了一下。

"你们就这点身手，没必要为盗贼头领送命。把刀扔了，到这里来。"

鲇之进命令道。

"坐到墙边去，听我说话。你们虽然是一群恶党，但若是听了我的话改心向善，倒也能保住一条性命。怎么样？！"

鲇之进一瞪眼，那几个人就放下了刀，靠在墙边坐下，个个用力点头。

"你们之所以杀了武藤兵卫门阁下，是因为我险些就要发现你们的勾当了。这里白天是搞高利贷生意的苊生屋,还有做鸢工①的傀儡屋。可是到了晚上,你们就是一个大盗团伙。高利贷的本金就是你们偷来的。"

鲇之进一边打量他们,一边说道。

"因为钱都没写名字啊。"

若是他们眼中闪过一丝否定的神色,鲇之进就会展开追问。因此,他此时正轮番看着那几个人的眼睛。

"一天,你们从城上武士口中得到消息,知道有大量公银被送到武藤家作为铸造铅瓦的费用。于是,你们潜入武藤家,盗走了所有公银。武藤家儿子被怀疑私吞公银,不得不切腹明志,但是失败了,武藤一家等同于断了后。

"武藤家没落后,家中媳妇想摆个小小的团子摊,兵卫门阁下为了凑到盘店面的钱,在卯辰八幡社院内连日站立。我对他生出好奇,还拜访了兵卫门阁下的长屋,听他说起了背后的缘由。于是你们开始担心我会不会察觉到真相。"

说着,他又目不转睛地观察几个人的表情,看不到任何否定的神色。周遭只有坐在血海中的那个男人痛苦地呻吟着。

"没想到你们竟是一群大盗,而且是武藤家没落的元凶。袭击多津和岩五郎的暴徒都是协助你们偷盗公银的武士,因为你们反悔没有分赃,他们才会出手报复。你,岩五郎,害怕一切真相曝光……就命令这些蒙面人袭击兵卫门阁下,将他杀死了。"

鲇之进大刀一挥,甩掉血糊后收刀入鞘。

"你这么做就是为了封他的口。卑鄙小人。我本来对这荒唐的世道和奸邪小人毫无兴趣。若不是你们把兵卫门阁下杀死,我或许还会摆出一副不明就里的模样,不去追究这件事。可是你们竟把他杀了,这点我绝对无法原谅。你们是世上的害虫。我必须为了世人把

---

①指高空作业的工种。

你们除之后快！"

就在那时，被砍了腿的男人拼尽最后的力气朝他砍了过来。鲇之进早以察觉他，闪身的同时抽出大刀，朝他身上砍去，瞬间便回了鞘。片刻之后，才传来男人倒地的声音。

不知为何，被捆住的岩五郎发出了感慨之声。

"你们是鸢工，飞檐走壁的功夫自是一流，但论刀法绝不是我的对手。"

他对被他砍倒的最后一人说：

"你想死，对不对？所以我大发慈悲，让你如愿以偿。"

说完，鲇之进转身环视周围。倒在血泊中的七个人已经不再动弹。

"这下我的工作结束了，我也不会再说什么。我不想再见到你们，下次再敢露面，我就不留情面了！"

他对坐在墙边的几个人说完，便绕开血泊朝门口走去。接着，他又在走廊上回头，决定再多说几句。

"你们都给我到寿经寺去坐禅，好好冥想，改过向善。"

他又看向被捆住的岩五郎，与他对上了目光。

"苁生屋，受你关照了。"鲇之进说，"别过！"

说完他就背过身去。岩五郎突然大声说道：

"山县阁下，你有一点弄错了！"

鲇之进闻言，停下了脚步。

"我之所以令人杀死武藤阁下，不是因为害怕坏事暴露。"

"那是为何？"

鲇之进问。

"因为我不想失去你啊。要是真相大白了，你肯定不愿给我当保镖。"

"当然！"鲇之进恶狠狠地说，"就算不真相大白，我也不干了。"

他又喃喃道：

"保镖算得什么工作,简直是狗屁。我再也不干了!"

鲇之进想起武藤兵卫门的话。他说得一点没错。

"可是你不也在我这赚了一大笔钱吗?"

岩五郎不认命地说。

"你的臭钱我一文都不要。全都送给让你推入地狱的人了。"

鲇之进说。

"哦,不过那就是你的优点啊。"芘生屋岩五郎感叹道,"如此刚正不阿,实乃当世罕见。"

鲇之进哼了一声。

"少说废话,我唯独不想听你的夸奖,怕脏了我的身。"

"我看上了你的剑术。"岩五郎说,"真可谓雷霆之刃,让人眼前一亮。我从未见过像你这样凌厉的剑法。我希望你一直留在这里,希望一直看你大显身手。将来我还想把这份家业全都交给你。之前对你提过的事情可不是谎言。因为我对你太着迷了。"

鲇之进惊得待在原地,然后说:

"痴心妄想。"

他握住刀柄,出鞘一分,最后说道:

"这把刀被你这种盗贼迷上,也是令我怒不可遏!"

说完,他又把刀按回鞘中,大步离开了芘生屋。

31

西河屋既是旅舍,也是犀川沿岸规模最大的赌场。与之相邻的房子被整间改造成食材的储藏室和厨房,通过走廊与西河屋后门相连。而原本过于狭窄的后厨,则被改造成了牢房,用于监禁不听话的娼妓和疑为间谍的可疑人物。这里的地面原先就铺了方便用水清洗食材的石板地,正好方便拷问囚徒时泼泼冷水。

屋顶有重重房檐遮挡,又开着大采光口,既能挡雨,又能在日头角度恰好时得到满室阳光。此时阳光正从外面倾洒进来,照亮了被悬在房梁上的凄惨人物。

千代双手被缚在身后,胸腹有重重绳索勒住,还被悬在了房梁上,其状惨不忍睹。如今她早已哭哑了嗓子,一言不发地任凭身体缓缓旋转。

由于双臂和腰部高悬,头部向下低垂,她那因折磨而哭花的脸上垂下了唾液的细丝,滴落在地上。

"如何啊千代,你还不愿意老老实实接客吗?"

正对牢房的大厅里有一群满脸胡髭的流浪武士和混混,个个盘腿而坐,身边摆满了酒壶,边喝边看被折磨的千代。

"不要。"

千代用沙哑的声音说。

貌似头领的流浪武士失声笑道:

"你这女人还挺倔。要知道,你已经无亲无故,谁也不会来救你了。除了听我们的话做个娼妓,别无其他活路。若你再这样倔,只会死在这里。"

"那就杀了我。"千代缓缓转动着身子,伴随艰难的呼吸吐出声音,"与其变成你们这帮恶鬼的奴仆,我甘愿去死。你要杀就杀吧。"

"那可不行。"头领说,"像你这样的美人自有用途。你不愿当我的妾,又不愿做娼妓,可是这世道没有那么好过,任由你这般任性。"

他说完,周围的手下哄笑起来。

"反正你姿色不错,就算每天挂在那里折磨,也能看着下酒。"

"女人!"另一个流浪武士怒喝道,"你要是不接客,就把你捆起来,掀开下摆让客人弄!"

"随你的便。"

千代说完,又因为呼吸困难,断断续续地继续道:

"你们原本也是武士,难道没有武士的矜持吗?你们的武家气概都去哪里了？难道已经沦落成了无能之辈，只会跟一帮卑贱的恶棍混在一起，联合起来欺负一个无力的女人吗？"

"什么？！"

一个混混儿听了，当场暴跳如雷，一路小跑跳到石板地上，夺过千代旁边那人手上的竹条棍。

"臭婊子，狂什么狂！"

说完，他就开始奋力抽打千代的腰、臀和腿。

千代一声不吭地忍耐。

"区区一个女人，说起话来却要学什么武士！"

那个混混儿涨红了脸，不断抽打千代。

"助次郎，你隔着衣服再打也没用。"

一个流浪武士笑着说。

"是。"

被叫作助次郎的男人应了一声，分开千代的和服下摆，高高掀起其中一边，让她露出双腿，继而用力抽打。千代惨叫一声，又哭了起来。原本雪白的大腿眼看着被打红了。

听到千代凄厉的哭声，男人解了气，把竹条棍往地上一扔，松开了掀起和服的手，让千代的腿再次被盖住。接着，他大步走到千代面前，一把抓住她凌乱的头发，往上一扯。千代哭得扭曲的脸就这样暴露在那些看热闹的人面前。她的鼻涕顺着嘴唇流下来，变成一根白色丝线，长长地垂到了地上。

男人猛地一推千代的头，她被悬吊的身体再次快速旋转起来。哭声一会儿远去，一会儿靠近，口水和鼻涕描绘着螺旋，在地上落了一圈，几个男人笑得前仰后合。

"好丑的女人啊，像小鬼一样拖着鼻涕。"

流浪武士的头领说。

"都这样了，你还倔什么？你在等什么？难道你觉得只要硬撑下去，就会有人来救你？"

另一个人说。

"瞧你一脸的鼻涕眼泪,可惜那张脸了。只要听我们的,马上就把你放下来。而且还让你吃饭,让你睡被窝。如果你还这样倔,就每天都得挨打。还不识相一点?"

"你可别妄想了,女人!"助次郎在千代耳边吼道,"这世上没有人会救你,赶紧认命,老老实实听话!"

可是千代停止哭泣之后便一言不发,只发出了痛苦的呼吸声。

"这女人真是太倔了,性子这么野的人,就应该这样对付。"

说着,一个流浪武士站起来,朝折磨千代的地方走过去。他走到被悬在房梁上的千代身边,抓住她前倾的身子,费劲扯开了被绳子捆住的和服前襟,随后抓起一边使劲往前拽。

一只胀大的乳房从绳索之间滑了出来。流浪武士抓起来捏了两下。千代发出不快的声音。

"好大的奶子。"

男人说着,拽起千代的上半身,展示给其他人看。醉酒的男人们顿时叫嚷起来。

"怎么这么大,啊?女人,你说为啥啊?"男人色眯眯地问道。

千代只是喘息,没有回答。

"是因为这个。"

说着,他抓住千代的乳房,使劲一捏。

一小股白色的液体划过空中。

"哦哦!"

几个男人纷纷惊叹,然后大笑起来。

"瞧啊。"

男人说着,又捏了一下。白色的乳汁再次描绘出纤细的弧线。

那副光景似乎让他们产生了难以名状的感动,一群人沉默了片刻。

"女人,你有孩子?"男人说,"你一直这样倔强,就没法给孩子喂奶。若是你死了,你的孩子也要死。你好好想想!"

男人像是在劝导她一般。

"听好了,只要你老实听话,我就把你放下来,还把你孩子带过来吃奶。知道没?嗯?听话。"

男人松开她的乳房,慢慢悠悠地回到了大厅。

然而千代的乳房已经无从遮蔽,只能那样向下垂着,还有点点白色乳汁滴落在地上。

"不过啊……"一个流浪武士说。"你都为人母了,还要被人吊在房梁上,像孩子一样挨打吗?"

话音刚落,千代突然发出尖利的惨叫。她缓缓旋转着,惨叫了许久。

"哦,这下是疯了吗?"

惨叫之后,千代又大声痛哭起来。

强烈的愤怒让千代脑中空白,她任凭自己宣泄了一会儿心中的屈辱和愤慨。

可是因为疲劳和体力耗尽,她并没有宣泄多久,很快就失去了发出声音的意志和体力。她颓然低下头,仿佛失去了意识。

"喂。"

沉重的静默让看守她的男人和助次郎都忍不住低头看向千代。

"还活着吗?"

座上的一名流浪武士问道。

"那可是个上等货色,别把她弄死了。"

另一个人说。

"那女的能卖不少钱呢。"

此时,千代猛地苏醒过来,用沙哑的声音说道:

"好闷,胸好闷……"

"嗯?"

助次郎反问。

"吊了好久，喘、喘不上气。胸好闷。请把我放下来，不然我要死了。"

"她要下来。"

助次郎对座上的流浪武士说。

"总算服软了吗。"

刚才劝导她的流浪武士说。

"你这是愿意听话啦？"头领粗着嗓门问道。

千代声音嘶哑地回答：

"不愿意。"

流浪武士叹息一声。

"你咋这么倔呢。"

"怎么办？"

助次郎问。

"放她下来。"头领下令道，"别真的弄死了。"

千代被放下来，瘫在地上久久没有起身。

看守扶起她的上身，然后抱起来，搬到了流浪武士们坐的地方，让她靠在全部敞开后叠在一起的纸门上。

千代露着一只乳房，还露出了一条光裸的腿，意识模糊不清。由于双手被捆绑，她无法遮掩自己。

"叫阿富把孩子带过来。"

头领下令，助次郎马上跑向大门。

不一会儿，一个老妇抱着婴儿走了过来。

"阿富，给孩子喂奶。"

头领瞥了她一眼，看来阿富是头领的妻子。

她走到千代面前，将婴儿的嘴凑到千代从绳索间探出的乳房上。婴儿对周围的异常毫无察觉，咬住千代的乳房，啧啧地吮吸起来。流浪武士们见此情景，顿时哄笑。

"哎哟，吃得可欢了。"

一个人喊道，其他人笑得更加猥琐。

"连母亲被捆成了粽子都不晓得吗，太可怜了。"

喧哗声让千代猛地回过神来，撑起瘫软的身子，微微向前倾斜。她是为了让婴儿喝得更顺畅。可是毕竟行动不能自由，乳头总是从婴儿口中滑出，千代一着急，就拼命向前挪动，或是扭动着身体想改变姿势。

"你快把她给解了吧。"

阿富对头领说。

"解开。"

头领闻言，对方才负责看守千代的人下令道。

看守连忙走过来，按着千代的背让她更往前倾，继而解开了紧紧捆绑双手的绳索。由于被折磨了很长时间，千代的手已经严重变色了。

总算获得自由，千代高兴地从阿富手上接过婴儿，紧紧抱在怀里，随后稍微侧身避开男人们的视线，让孩子稳稳含住了乳房。接着，她一边流泪，一边为孩子哺乳。

千代一言不发，阿富也一言不发，屋里只剩下婴儿吸吮乳汁的声音。男人们看腻了，又开始饮酒作乐，对西河屋的娼妓品头论足，热烈讨论孰优孰劣、感度如何的话题。

就在这时，女人低声吟唱安眠曲，流浪武士们停下交谈的声音。转过头去，原来是千代一边给孩子喂奶，一边轻轻摇晃身体哄着孩子，低声唱歌。那是红叶村一直流传的曲子。

犀川船头家呀嚯咿，
船头家撑着橹呀嚯咿，
好孩子乖乖睡呀嚯咿，
船头家撑着橹呀嚯咿。

好孩子，快快睡，做个好睡梦，
好孩子，可别哭，不然不要你。
乘着梦的浪花，摇啊摇啊，
小小摇篮里啊，做梦的孩子，
伤心的世道啊，快快过去吧。

爱哭包，不让上，小小传马舟，
爱哭包，别哭啦，做梦更甜美。
妈妈也会陪你，做个美梦。
将来妈妈带着你，一起上路呀，
好孩子的美梦呀，就是极乐土。

32

从拷问房穿过一条走廊就是牢房。所谓牢房，不过是地板上摆着两块破烂的榻榻米，而千代就躺在上面。

偏房是新盖的，里面挺大，牢房旁边便是看守房，足够好几个看守在那里起居。这里不像城中那些廉价长屋，房间里有好几个人的被褥，还有足以容下长衣箱的壁橱。

太阳已经落山，流浪武士和西河的残党都在主屋的大房里用晚膳。有人拿了饭团给千代，可她只吃了一口，实在难以下咽，便一直扔在旁边。倒是喝了好几大口冷掉的汤水，因为她太渴了。

从千代被监禁那天起，她就吃不下东西，自己也感到很奇怪。第二天，她发现自己口渴，便只喝了点水。一开始因为紧张和恐惧，她连自己口渴都没有发现。喝了点水之后，总算能吃点东西了，但肠胃又不消化，吃完便泛起了恶心。于是她便不再吃东西，肠胃因此变得更敏感了，眼看着一天天消瘦下来。因为每天都要受许多折磨，她也知道若不留存一点体力可能会死，可是无论如何都吃不下去。

她不吃东西的原因还有一个，就是如厕。牢房里开了排泄用的孔洞，上面有个盖子。她可以在这里上茅房，可是难以避免被好色的看守看见。牢房里没有遮挡身体的屏风。

千代压根儿不与看守说话。对方虽然会搭话，但是回答了准没好事，她整日一言不发，静静地躺在那里。这天她也躺在牢房里，因为过于安静，她听见了主屋那边传来男人的笑声，里面不时夹杂着女人的娇声，想必他们找了艺伎和娼妓去陪酒。

以前，千代也曾被领到酒席上，因为她执意不理睬他们，就被骂作倔强的女人，然后捆起来遭受折磨，被打得全身动弹不得。今天她也遭受了同样的折磨，现在痛得坐都坐不起来，只能一动不动地躺着。

看守突然站起来，拉开门走了出去。千代虽然没朝那边看，但是能感觉到动静。千代被关在牢房的时候，看守必须坐在门外的歇脚台上看着她，不会轻易起身，顶多只在上茅房的时候离开一下。

每次待在牢房里，千代都终日背对看守，绝不往他的方向看上一眼。一旦与他对上目光，那人必定会产生奇怪的冲动，走进牢里来试图恣意摆弄千代的身体。只要稍微松懈一下，就会被他掀起和服下摆，或是贪看她的身体，或是要糟蹋她。所以千代始终背对着他，但还是能通过动静和气息猜到男人的举动。

包括看守在内，千代早已从心底里厌恶了盘踞在西河屋的这群人。他们活在这世上，似乎满脑子只想着糟蹋女人，别的啥都不想。西河屋有许多娼妓，只要他们有那个意思，就能随便占有。那为何还要瞅准一切机会对她出手呢，她可是从头到尾都在顽强拒绝。

若是对她动手动脚，看守也会遭到责罚。可是他明知这点，还是要用色眯眯的眼神打量她的全身，一有机会就对她出手。方才他肯定也想这么做，因为他必定在回味自己刚才被吊在房梁上的模样。现在千代已经渐渐懂得这些事情了。男人这种生物，就是会对遭受折磨、痛哭流涕的女人产生邪性的反应。自从知道了这点,她决心无论再怎么被人打骂都绝不哭泣。只要她哭了,就会刺激男人的邪心,等到被关回牢里,不知该有多可怕。可是就算她能忍住疼痛,却难以避免会因为精神上的屈辱而流泪。

纸门被拉开,看守走了回来。他慢悠悠地走进屋里,把门关上了。千代微微绷住身体,全神贯注地听着背后的声音。她心里一惊。这人的气息好像跟以往不太一样。他开门关门的动静不一样,走路的速度不一样,连脚步声都不太一样。他似乎拿着很重的东西,还把它放在了地上。那是什么?但她不能转身,那太危险了。

"千代。"

有人低声呼唤她。

瞬间,千代感到全身血液沸腾。她感觉那就是自己等了又等的声音,兴奋得控制不住全身的颤抖。可是与此同时,她又产生了疑念。莫非这又是在做梦吗?她在梦里已经无数次听见过这个声音。如果这是梦,她不能过于高兴,因为高兴之后的失落太强烈,会让她再次流下泪来。在牢里哭泣很危险,这会给人可乘之机。

千代撑起疼痛的身体,猛地坐起身来。因为强烈的期待,她一时忘却了疼痛。她回过头,看见一个男人把头抵在牢门上。

她来不及控制自己,就像动物一般激动地爬了过去,身体狠狠撞在牢门上,双手迫不及待地从格子里伸了出去,抱住男人的脖子。泪水不断滑落,让她视线模糊。可是她毫不怀疑,牢门另一头的那张脸,就是她焦急等待的面庞。

啊,为何会如此不同?无论是气息、气味,还有跃入眼帘的体态,他的气质为何与西河那帮人如此不同?那正是她怀念了许久的身影。

一切都这么舒心,这么温暖。为何如此不同?他与那些卑劣、好色、厚颜无耻、始终散发酒臭和腐臭,宛如肥猪一般的恶棍竟如此不同,美丽得宛如一种不同的生物。

"鲇之进大人!"

说完,千代再也绷不住,开始号啕大哭。她实在没法不哭,哪怕泪水、鼻涕和唾沫打湿了脸,她也无法忍住。

"千代,别哭,让人听见了可不好。"

千代闻言,拼命想憋住声音,可是不行。她的嗓子不受控制,泪水和呜咽都源源不绝地涌上来。

"我好想你。我一直相信你会回来,所以一直在忍耐。太好了,我好高兴,我好高兴!"

千代说完,又痛哭起来。

"我在城里听寿经寺的住持说起,才知道飞骅的浪人和西河屋的残党袭击了红叶村。"

千代不停地哭,脸上沾满了泪水,拼命点头。

"坂上阁下呢?令尊呢?"

鲇之进问。

"死了。"

千代哭着回答。

"令堂呢?"

"被杀了。"

说完,另一种意味的眼泪也涌了上来,让她忍不住撮紧了嘴角。

"他们叫我斟酒,我做不到。我绝对不理睬那些人。要我伺候他们,我宁愿去死。他们残害了我的父母……"

鲇之进掰开她的手,抽身离开。

"啊!"

她忍不住喊了一声,心中突然不安,泪水更是滚滚而落。

不想他离开。她担心他一旦退开,就会看见她满脸涕泪,表情扭曲,嫌弃她丑陋。

"别离开,我好害怕。"

千代恳求着,同时向鲇之进伸出手,却只能徒劳地抓住空气。

既然已经伸手触碰到他，千代害怕自己再也无法忍受折磨。

"没事了，你不用担心。"

鲇之进充满自信地说。那句话让她特别高兴，心中充满了力量。但是不对，鲇之进尚未知道实情，事态远没有这么简单。

"我要救你出去。"

"是。"

千代忍不住答应了，可是——

"新堂家的严三郎阁下呢？"

千代用力摇头，挥洒着泪水。

"死了吗？"

"嗯。"

"保科家的义达阁下呢？"

千代继续摇头，又洒下一些泪水。

"还有吉田的文左卫门大人，大家都被抓起来，为了震慑村民，受了磔刑。"

"这……"

"还有时次郎叔、文五郎叔、彦佐叔。"

"全都受刑了？"

"是。他们在虎八叔的地里，当着全村人的面……就是为了让村民害怕，逼他们乖乖听话。"

"原来是真的吗……那坂上阁下呢？"

"只有父亲被砍死了，也算是一种安慰……"

"是嘛。"

鲇之进点点头。

"先离开这里吧，具体的事情过后再说。"他说道，"钥匙在这家伙身上对吧，我这就给你开门。"

千代闻言，这才发现看守四肢被缚，双眼和嘴巴都捆着手巾，滚倒在地。鲇之进离开牢门走向他，朝他腰上的挂绳和烟管伸出手。

"不要，不可以！"

千代压低声音叫了一声。鲇之进吃了一惊，转头问道。

"为什么？"

他瞪大了眼。当然，他不会明白个中缘由。

千代从木格子里伸出手，又流下了眼泪。

"为什么？告诉我。"

"我不能出去。"

"为什么不能？"

千代猛地感到强烈的恐惧，一时间说不出话来。若是此时被鲇之进抛弃……她实在太害怕了。因为现在，她已经多了一个跟鲇之进同样重要的人。

"说啊，千代。告诉我，为什么不能出去？"

"孩子……"千代条件反射地应了一声，随后缓缓说道，"他们带走了孩子。"

"孩子？"

鲇之进愣在原地。这话实在太出乎他的意料了。

"你说孩子？"

他又问了一遍。

"是的，宝宝在他们手上……"

鲇之进无言以对，想了一会儿，又问：

"谁的孩子？"

千代闻言，低头哭了起来。这一刻，她不能保持沉默。

"我的。"

"千代的？"

"是。"

"千代……千代生孩子了？"

千代肯定地点点头。

"是的。"

一阵沉默，沉默中潜藏着恐惧。千代心中默默祈祷，希望鲇之进不要嫌弃她。

鲇之进显然遇到了意想不到的事态。他感到困惑不已，不知该如何是好。

"如此危急之时竟闹出这种事，真的对不起。"

千代向他道歉，同时内心闪过一个念头，不知自己为何道歉。

"那些人三番五次威胁我，只要我跑了，他们就会杀死孩子。他们会动真格的。宝宝那么小，毫无抵抗能力，就算稍微受到一点粗暴对待也会死掉。如果我不给孩子喂奶，他也会死掉。"

"这我知道……"鲇之进咕哝道，"千代生孩子了？"

"是，我生孩子了。"

"谁的孩子？"

鲇之进问道。千代方才已经决心，在这个问题上绝对不能含糊。一旦她含糊其词，就会产生不好的意义，所以她立刻回答：

"这是我第一次向你报喜。那是你的孩子！"

千代坚定地说。

鲇之进一脸哑然。

"什么……"

他喃喃着，开始回溯记忆。

对这一点很有自信。虽然她心中笃定，但也有另外的迷茫。生下孩子的十个月前，她只跟鲇之进做过那件事。可是母亲被杀，千代对女人的身体尚没有充分的知识。而她绝对说不出口的是，飞驒的流浪武士发起突袭之后，千代被他们逮住，成了一群强盗和混混日夜糟蹋的对象。她被男人糟蹋的次数远比西河家的娼妓要多，而且又惨遭毒打和凌辱。她虽然确信那不是贼人的孩子，但苦于缺少对女人身体的认知，因此心中充满强烈的不安。

"什么时候？"鲇之进问。

"啊?"

"什么时候生的?"

"刚刚生下。"

因此,千代才本能地确信,孩子绝不是那些肮脏男人的种。这种确信一直从身体里源源不断地传递出来。所以,她才能挺起胸膛肯定,那就是鲇之进的孩子。尽管如此,她却苟活于世,受尽那些男人的欺侮,这让她心中怀有强烈的罪恶感。这件事她万万说不出口,因为她本该自绝性命。双亲都已被杀,她却选择了苟且偷生。

可是她想活下来见到鲇之进,又发现自己月事已停,必定是怀了孩子,因此也想活下来守护这个孩子。处于这种罪恶感,她最终没能把事实尽数道出。

"这种时候说这些话,真的很对不起。可是我想要鲇之进大人的孩子,那孩子就是鲇之进大人的孩子,不会有错。所以求求你,不要怀疑这点。"

"我不怀疑千代。"

鲇之进低声说。

"太好了。"

千代说着,又流下了欢欣的泪水。

"我是孩子的父亲吗……是哪边?"

"啊?"

"男孩女孩?"

"是男孩。"

"是嘛。可是这样我们无法抽身,你且待我去取来。"

鲇之进说。

"取什么?"

"孩子。"

"不行!"

"为什么?"

"这些人是真正的武士,特别强大。他们在孩子周围布下了十重二十重的封锁。对方人多势众,肯定行不通。"

"哼,不过是一帮吃不上饭的流浪武士。"

"你一定会去救孩子,我对此毫不怀疑。可就算是你,也会力有不逮。这回他们是真正的武士,而且都是些亡命之徒,与去年西河屋那些人可谓天差地别。他们还有很丰富的战斗经验。"

"我也有。"

"不只如此,他们还有盔甲。一旦穿戴上甲胄,就不容易打倒了。"

"合战不过是往事,他们现在只是一帮强盗,算不得什么。"

"如果对方是个大人倒也罢了。可是,那还是个襁褓中的婴儿啊,稍有不慎就会死掉。"

鲇之进闻言,沉默下来。

"若是你花费太多时间抢夺孩子,他们就会赶过来将我扣押,以我为人质。我不怕死,但是我一死,就算你救出了孩子,他也活不下来。"

鲇之进叹了口气。现在竟要去争抢婴儿,他完全没预料到这种事态。

"那我要怎么办?"

鲇之进说。

"你一个人没办法。"

鲇之进听了,摇着头说:

"我们已经没有同伴,只能一个人干。"

"既然如此,我们应该仔细筹划。"

鲇之进咬着嘴唇,心想那个时机已经错过了。

"我已经把外面的看守杀了一个,这家伙也是这副样子。他们必定会心生戒备,到时就更不易行事了。"

他道出了担心的缘由。

"你说得对。"

千代已经想到了这一层。她沉思片刻,然后抬起头低声说:

"请把耳朵凑过来。"

她把鲇之进领到尽量远离被缚看守的位置,咬着耳朵道出了自己的想法,以免被那看守听到。

"就算遭到折磨,我也能忍受。而且那些人还在考虑我的用途,绝不会杀了我。"

"这是真的吗?"

鲇之进目光严肃地问。

"是的,不会有错。只要我假装答应那些人的要求,就更安全了。现在看守被杀,他们必然会追问我是谁干的。"

"嗯,然后呢?"

"我会说谎,告诉他们有个浪人一直纠缠我,想娶我为妻,但我一直拒绝,于是他招兵买马,组成一个武士团,想把我绑走。"

"嗯。"

鲇之进抱起胳膊想:这种事说得通吗?

"然后呢?"

"就说那些人身手非凡,但是并不知道我生了孩子。"

"嗯,接着又如何?"

"西河那些人必定会拿我当诱饵,将我捆在死胡同的尽头,前面挖个陷阱,或是头顶张开罗网,布置一些木料落石,然后潜伏在屋顶或是阴影里守株待兔。一旦将武士团引诱进来,就堵住出口,一口气击溃。"

"他们一定会这么干?"

"我听他们在酒宴上说过,已经用过好几次同样的战术了。"

"你听见了?"

"是,听见了。所以这次必定也会如此。另外,我也会引导他们采取这个战术。一旦人手集中在我这个诱饵周围,孩子那边的防守就会松懈。那些人都以为来袭之人不知道孩子的存在，因此不会严加看管。"

"那他们把孩子放在哪里？"

"那帮人的头领有个老婆叫阿富，一直都是她在看孩子。"

"嗯……"

鲇之进想了想。

"你说的死胡同在哪里？"

"就是这里。这里家宅密集，而且你也看见了吧，这座偏房门前的后院很大，右边的后门可以上锁。通往这里的入口很宽。"

"左边呢？"

"左边是狭窄的巷子，轻易就能堵住。我可能会被捆在院子左边角落的柱子上。只要放路人走进后院，让他们看见我被捆在那里，事情一下就会传开。"

"孩子在什么位置？"

"一定在我以前的家——红叶屋的后厨附近。因为阿富就住在那里。"

"红叶屋？"

"是的。那里现在是西河屋的外馆，供人住宿的地方。这座西河屋已经成了赌场和妓院，也做演戏和杂耍的生意。"

"那我到时候不管千代，只要去红叶屋，从阿富手上夺走婴儿就好？"

"是的。"

"但阿富不一定只有一个人。"

"恐怕她不会是一个人，不过她手下的都是女人。那人不太喜欢这些粗鲁下流的流浪武士，基本上都在外馆跟女眷们待在一起。"

"她不会到西河屋来吗？"

"来是会来，若是知道这里可能要成为战场，她应该会待在外馆。"

鲇之进点点头，但很快又歪起了脑袋。

"不行吗?"

千代问。

"事情真的会如你所说吗?那群流浪武士当真会为了千代你一个人集合起来布下埋伏?那帮人可是身经百战的老手啊。"

"是的……"

"若要实施这个计划,你就必须让他们相信,有一支强大的人马很快就要发起突袭,强夺西河屋。"

"是。"

"如果只是一两个人要打过来,那帮人恐怕会不为所动,依旧分散在两座旅舍中,不会把婴儿撤下。"

"是。"

"所以要这样说:一队强大的人马来过这里,虽然已经撤走,但是放下了话,声称还会再次发起攻击。"

"对,你说得没错。"

千代点点头。鲇之进又默不作声地想了想。

"可是他们为何撤退呢?"他看着虚空嘀咕道,"为何那队人马第一次来时没有掳走千代呢?"

说着,鲇之进走向看守,蹲下身来在他怀中摸索,接着表情骤然明亮起来。

"这个不错,真是天助我也。这家伙身上没有钥匙。"

"哦,是有人收走了他的钥匙,不让他进牢房吗?"

千代点点头说。

"嗯,这下前来强夺千代的人马也就不得不暂时撤退了。他们撂倒了看守,但是找不到钥匙,于是那帮人的头领隔着牢门对千代说,今日先拿走一些吃食,过后必定将你也带走……"

鲇之进说。

"是。可他们为何不马上袭击主屋呢?"

"因为日头尚高,耳目众多,若是让店里客人见到了,事情必定会传出去，最后可能传进官府的耳朵里。既然要袭击，就得先做好准备，趁夜行事。"

"好的。"

"那个头领还说，飞驒那帮人霸占了这里，这回轮到我把他们赶尽杀绝，把旅舍的钱和女人都据为己有了。"

"嗯。"

"听到这些话，西河的人肯定会警醒。"

"是的。"

"这个看守听了我和千代的话，必须把他也杀了。若不这样，他肯定会告诉主屋那帮人，说千代已经把孩子的事告诉我了。"

"是的……"

千代无力地点点头。

"而且他还知道敌手孤身一人，不是一队人马。尽管我不想杀生，但也没有办法，还是把这家伙的绳索解开，装出在这里进行过厮杀的模样吧。所幸他身上佩了双刀。"

鲇之进俯视着地上的看守。

"顺便再干掉几个西河的混混儿吧。若是自己这边死了几个人，他们也更容易相信敌人数量众多，而且身手了得。"

"是。"

"然后我再学夜盗的样子，拿走一点吃食，假装暂时撤退。"

"是。"

千代点点头。

"我就这么走了，那帮人真的不会伤害你吗？"

鲇之进又问了一遍。

"绝对不会。"

千代断言道。

"只要千代没事就行。因为这都是为你做的事情，要是你死了，就没意义了。"

鲇之进说完，千代又低下头哭了。接着，她说：

"谢谢你。那个，请等一等。"

千代突然唤了他一声，继而走到宽阔的牢房深处。贴着墙的木地板上叠放着几件衣服，她从里面拿出一个黑布做的奇怪东西，快步走了回来。

"请带上这个。"

"嗯？这是什么？"

"这是孩子的背带。"

千代把黑布展开给他看。

"把孩子屁股放在这里，这样背在身上。接着把布绳绕到前方，交叉一下，再穿过孩子屁股上的两个环，重新绕到前面打结。如此一来，就能空出双手了。"

"哦，是这样吗。这样的确可以使刀了，但有点不太像剑客的风格啊。"鲇之进说，"背着个婴儿……"

"真对不起。"

"不过千代真聪明。干掉西河老大时，也多亏了千代想的主意，才能如此顺利。"

"是吗？"

"是的。"鲇之进点点头，然后说，"计划定了就不能耽搁，我马上行动。"

接着，他又问：

"对了，他们有多少人？"

"我没认真数过，大概有三十人。"

"好多啊。武士有几个？"

"大约一半。"

千代说完，鲇之进点了一下头。

"这样刀就不够用了，刃会崩掉。"

"刃？"

"如果想把所有人砍死,就会这样。等我夺回孩子,又救出千代,我们就从这里逃走吧。"

"好。"

"我已经从心底里厌倦杀生了。"

鲇之进说。

33

西河屋后院深处竖着一根木棍,千代席地而坐,身体被捆在了木棍上。西河屋请来的太鼓手站在大路上大声招呼着:

"村里最漂亮的女人被捆在院子里示众啦。今天不收大家钱,白看热闹,快去看呀。那可是个大美人,不看就亏大啦。"

行人纷纷走进敞开的木门,院子里挤满了人。

"还真的是,好漂亮的女人。"

一个人说。

"怎么啦,她怎么被晾在这儿啦?"

一个人问道。

站在院子里的另一个太鼓手高声说明道:

"这女的被卖到店里做娼妓,她却怎么都不愿意,整天耍小性子,压根儿不干活儿,所以就把她捆在此处示众,叫她反省啦。"

围观之人闻言,纷纷赞同道:

"这女的姿色这么好,倒也难怪。她肯定是不想卖身吧。"

太鼓手添盐加醋道:

"这女人不过是长相好看,既不会弹三弦跳舞,也不会唱歌演戏,除了当妓女,还能做啥呢。"

鲇之进也混在人群里,观察着西河屋和中庭的情况。西河屋的人还不知道鲇之进的长相,只要置身人群之中,不做过于显眼的举动,就不会被认出来。

目前为止，事情都在按照计划发展。可是他抬头看，屋顶上并没有流浪武士的身影。再看四周，也不见有人埋伏的迹象。可能因为日头还很高，佯攻之策尚未奏效。

不过这里挤着这么一大群人，夜盗的确不会攻过来。目前必须判断西河屋的流浪武士和混混儿还散布在主屋和外馆，加之鲇之进只有一个人，要行动还为时尚早。

昨日，他把看守带出去解开绳子，不等他开腔就挥刀斩杀，接着躲在阴影中等待，见到三个腰间插着大刀的混混儿走到后院里来，确定周围没别人后，又一刀斩了那三个人。随后，他盗走晾在屋檐下的六根萝卜，离开了西河屋。接下来就要等千代按照计划将他们编造的故事说给西河的流浪武士听了。目前看来，他们的确相信了那番话。但是若不等到太阳落山，看热闹的人群散开，他就无法判断敌人的想法。

鲇之进耐着性子在远处等着，直到太阳开始西斜。此时，西河屋里走出两三个面相凶煞的男人，大声嚷嚷今天的热闹到此为止，把围观的人赶了出去。待到人走之后，他们并没有关上后门，而是径直走回了主屋。

他又躲在阴影里耐心观察了一会儿，发现夜幕降临的屋顶上出现了蠢动的人影。鲇之进想：敌人果然中了圈套。流浪武士开始埋伏，也就是说，他们信了千代的谎言。

那么他也不能久留，应该立刻开始行动。千代还在敌人手上，他们随时可能改变心意，对千代下杀手。她对那帮人来说的确是贵重的女人，但是只要施展暴力，同样的女人随便都能弄来一些。

马上就要到晚饭时刻，鲇之进考虑是否应该趁这时行事。因为兵卒在进食时最容易掉以轻心。西河屋外馆的女人此时应该在后厨准备晚膳，接着会端给武士食用。结束后，后厨的女人也会暂时松一口气。如果趁此时发动袭击，所有人都反应不过来。

千代依旧被捆在院子里，尚未被送回牢房，因此无法自由行动。

只要敌人有意，轻易就能将她杀死，甚至有可能拿她当人质。为了千代，他必须低调行动，不让主屋那帮人察觉。好在如今是夏天，外面并不寒冷，千代多少会好过一些。

鲇之进离开主屋，走向原本是红叶屋的外馆。他一路隐藏在黑暗中，潜入了红叶屋后院。他就是在这里遇到红叶村的村民，还砍死了几个西河的人。如今已经过了一年多。若知道后来事态会变成这样，当时的所作所为究竟是对是错？

周围没有人。他顺着外馆的墙沿摸到后厨，看见格子窗里冒出了阵阵蒸汽，还飘出食物的香味。还在做饭吗？既然如此，他只能等待了。

鲇之进藏身在能够看清后门的黑暗中，没等多久，就见后门打开，几个用布绳束起袖子的女人走了出来。她们两人一组，用扁担挑着大锅大盆，成群结队地出了门。接着，后面又有抱着大桶的人跟了出来，一行人浩浩荡荡地朝主屋走去。

她们可能要把吃食挑去主屋，然后盛放在餐具里吧。因为有人在外面看守，她们应该还做了饭团，再加上人数众多，女眷们就得费一番功夫。与此同时，留在外馆后厨的女人都暂时完成了工作。若是头领的老婆，还能有几个下人可供指使，如今她们留在外馆，想必都松了口气。方才前往木屋的女人没有一个抱着孩子，可见孩子应该在这里。

等到挑着饭菜的女眷彻底走远，鲇之进站起来，离开了藏身之处。好在是夏天，后门一直留着条缝。他紧贴在墙边，小心翼翼地探头看进去。里面传出了女人的声音，没听见男人的声音。男丁可能都被调去看守主屋了，似乎只有女人被留在这里。果然如他们所料。

他又听见婴儿的哭声，心说孩子果然在这里。那是千代生下的孩子，是他的孩子。鲇之进想到这里，莫名有些感慨。小孩这东西真是不可思议，一直听着那个哭声，他突然涌出了不想再杀人的念头。身上背着孩子，还如何与人厮杀？

"哎呀，肚子饿啦？不过你吃不到妈妈的奶呀，要不婶婶给你做点糖水？"一个女人这样说道。

鲇之进偷眼一瞧，发现一个年长的女人坐在里面，正忙着哄怀里的婴儿。

"阿梅，去化点糖水过来。"

她对旁边的人下令道。只见不远处一个体态有些丰腴的姑娘站起来，走到灶台前蹲下，拿起吹火棍吹了几口，让炉火烧旺。

"不用啦，那点残火就够，你这姑娘怎么这么笨。"

年长的女人训斥道。

鲇之进听着里面的动静，又等了一会儿，想等她给孩子喂完了糖水再行事。毕竟现在把孩子夺过来，他也不知该怎么弄。

被唤作阿梅的姑娘拿了一杯化了糖块的热水过来。女人接过茶杯，用小勺舀了一口糖水，呼呼吹凉。

"阿梅，你怎么说啥都不知道应声。刚才也该说句'老板娘，糖水给您拿来了'吧？真是没教养。"

女人边喂糖水边念叨着阿梅姑娘。喝了几口糖水之后，孩子也不哭了。

"给我也倒杯热水来。"

阿梅听了，又默不作声地站起来。

"你瞧，又不应声。你这姑娘到底要我说多少遍才懂？"年长的女人说，"真是太顽固了。"

过了一会儿，阿梅端来了一杯热水。

"还不说话吗？好，算了。你把这些餐具全都拿去那边洗了。记得要洗干净。"

她又下令道。

鲇之进听着，不禁心想：这阿富真会使唤人。

阿梅默不作声地干着活，可是没过一会儿，就听见了打碎东西的声音。

"啊!"

阿梅叫了一声。

"阿梅!那个盘子可贵了。叫你小心点儿,怎么就是不听呢。蠢材,到这儿来!"

阿梅并不过去。

"过来!"

阿富大声说。

阿梅慢吞吞地走上地板,跪坐下来,低着头,朝阿富那边膝行过去。接着,阿富狠狠给了她一耳光。

"啊!"

阿梅喊了一声,接着便哭了起来。但是阿富怒气未消,又扬起拳头,用力捶了阿梅脑袋一下。阿梅挨了打,边哭边往后缩。阿富还是怒火中烧,再次扬起了拳头。危险,鲇之进心想。阿梅已经退到了地板边缘,她身后就是矮了一截的泥土地面。

没等阿富挥落第二拳,阿梅忍不住一缩,惨叫一声摔倒在地上。阿富吃了一惊,但是没有可怜阿梅,反倒更加气愤,干脆拿起旁边的顶门棒,抱着孩子膝行到地板边缘,高举木棍朝躺在地上的阿梅打了过去。

"我看到你就气不打一处来。你这废物,没记性,不学好,干什么都不应声,真是个小贱坯,干脆回老家去得了!"

阿富又打又骂,鲇之进实在看不下去,便飞快地走进了后厨,一脚踏在地板上,从后面抓住了扬起的木棍。

"够了,快住手。"

说着,他夺过木棒,往身后一扔。

"孩子都要被你弄掉了。"

他扶起蜷缩在土地上的阿梅。

"没事吧?"

说着，他又把阿梅抱起来，让她坐在了地板边缘，还轻触了几下她被责打的肩膀。看来没有脱臼。

"你是什么人？"阿富看到鲇之进吃了一惊，随后恶毒地说，"一个外人多管什么闲事，别妨碍我管教下人。我这么做可不是因为恨她，而是为了这姑娘着想啊。"

"我看不像。"

鲇之进说。

"你护着那个废物做什么？"

"我没有护着她，只是我们身在这狗屁的世道，为何还要整天遭这种罪呢。我只是理解这姑娘的心情，因为我也一样。"

阿富无言以对，便白了他一眼。

"这姑娘手都肿了，肯定很痛。我能看出来，她的皮肤都干裂了，一直不好。"

"我也一样啊！"

"你们都误会了，都觉得活在世上就该如此痛苦。若是大家都放下残虐的心，改头换面，那人们都能过上快乐的日子。"

"少说梦话！"

"嗯，的确是梦话吧。"鲇之进说，"我没指望你理解。谢谢你给孩子喂糖水。可以了，把孩子给我吧。"

阿富愣住了。

"你说啥？你谁啊？"

"我是这孩子的父亲。孩子我会带走，谢谢你照顾他。好了，给我吧。"

他朝婴儿伸出手，但是阿富把孩子护在了身后。

"我不想动粗，能请你把孩子交出来吗？"

鲇之进问道。

"告诉你，这可是头领吩咐我带的孩子，我怎么能随便交给来路不明的人。"

"那是我该说的话吧。我跟这孩子的母亲很熟,她叫千代。我还知道这座房子以前是个旅舍,叫红叶屋,主人是个武将,名叫坂上丰信,夫人名叫阿米。后来一群来历不明的人打上门来,霸占了这里。"

阿富似乎吃了一惊,沉默了片刻,随后重新振作。

"哼,说得挺好,我才不会受骗。"

"这句话我原原本本还给你。我还能说出被你们处了刑的村民的姓名。好了,给我吧。"

他又一次伸出手。

"若是你抵抗,我就要动粗了。你想明白。"

"不要!"

阿富大喊一声,前方的纸门猛然敞开,三个满面胡髭的男人现出身来。他们个个面相凶煞,一看就是身经百战的恶霸。

"喂!"鲇之进惊道,"你们怎么不去看守主屋,留在这里做什么?"

不过,他很快想到了答案。

"哦,你们是饿了吧。不过这里的晚饭不够吃。"

"你是什么人,报上名来!"

一个人大喊一声,三人齐刷刷拔出刀来。

"等等,把刀收回去。"

鲇之进说着,走了上去。

"你怕了?"

"不是怕了,只是不想再杀人了。退下吧,我只想要孩子。"

"想要孩子就先过了我们这关!"

一人大喊一声,三人同时冲了过来。

鲇之进躲开攻击,自己也拔了刀。

"我说了不想这样。凭你们的身手伤不了我。"

几个男人闻言瞪大了眼睛,面面相觑,大笑起来。

"少说梦话！"

"你们这儿的人都说一样的话啊。每天打人，折磨人，到最后还要厮杀吗？这种生活究竟有什么乐趣？快醒醒吧。"

说完，他回过头去，又喊了一声：

"站住！"

这话是对阿富说的。因为阿富已经站了起来，试图从后门逃出去。阿梅则呆立在门边。

"你可以跑，但要放下孩子。"

阿富并不理睬，抬腿就要走。

"抱歉了。"

鲇之进说完，劈手夺过婴儿，又将阿富一脚踹开。她惨叫一声，倒向其中一名武士。那人忍不住往后躲，旁边的人则避开她，高举大刀砍了过来。

鲇之进架住刀锋，把婴儿放到脚下，飞速向前一刺，并不回手，而是朝着向后退去的对手下巴发起了二段刺。

对方虽然皮开肉绽，但是攻击缺乏力道，并没有伤到骨头，算不得什么重伤。

"下次我就朝着身子去了。你们惜不惜命？还不就此放我走？"

受伤的男人一边流血一边往后退。方才鲇之进有刀尖触骨的手感，虽不是轻伤，但也并不致命。不过，此人应该因为剧痛而丧失了战意。

"还不行吗？那我还要再砍一个吗？"

鲇之进如此宣言，挡开左右之人的进攻，利刃划过一人的肋下。流浪武士闷哼一声，蹲在地上。

"马上给他包扎，还不至于送命。"

如此说完，最后那人显然没有了斗下去的心思。

"够了吧。"

就在鲇之进收刀入鞘的瞬间，突然听得一声巨响，右腿传来剧痛。他喊了一声，蹲下身子。

接着，纸门后面又涌出三个人，朝鲇之进冲了过来。鲇之进被撞倒在地，接着又被他们层层叠叠地压住了。方才没有受伤的男人也加入了他们。

"干掉他！杀了他！"

一个尖利的女声。

"装什么慈悲，少跟我来这套，世道可没这么天真。好了，快杀掉他！"

阿富歇斯底里地大喊。

"绳子，拿绳子来，把他捆上！"

男人大声说。

鲇之进因为剧痛动弹不得，只得任凭一群人将他按住，双手捆在了背后。

此时，一个手持火枪的老人从隔壁缓缓走了过来。他的枪口还冒着白烟。

"不管你剑术如何了得，都敌不过一颗子弹啊。"

那人说。

34

鲇之进被绑起来，接着便是一通毒打和谩骂。女眷已经早早回到了里屋。

"把他刀收了，藏在那边。让他带在身上会有麻烦。"

他的大小双刀被拿走了。

"别看这家伙啰唆，倒是有点本领。以为自己是天下无双了？得让他受点教训！打断他的手，让他再也拿不了刀！"

"好啊，打断他的手！"

既已商定，男人们便抄起木棍，狠狠殴打他的手臂。

"还有腿,打他的伤腿。"

还在流血的右腿又遭到一顿毒打,剧痛让鲇之进忍不住惨叫。

"看你还敢不敢得意。"

一个人骂道。

"继续打!干脆把腿砍了。"

"放着不管,自己就烂掉了。"

"是吗?"

一个人看着鲇之进痛苦的表情说:

"痛吗?啊?小子,我问你痛不痛啊。"

"好痛好痛,人家都哭了。"

说完,众人哄笑起来。

"这家伙说他是小孩的父亲。莫非是千代的那个?"

"真的?这家伙挺能干啊,竟能让那个大美人看上。"

众人都流露出强烈的嫉妒。

"揍他的脸,让他再也不能见人。这家伙自以为长得好看,受女人追捧,就觉得自己很了不起了。让他以后再也得不到女人追捧!"

于是,鲇之进的脸又被痛打一顿。

一个人弯下身子说:

"好可怜啊,你都不知道吧。那姑娘已经被我们轮流享用了好几回,个个都过足了瘾。她啊,都哭得不成人形了。放心吧,咱们肯定让她怀上下一个孩子。"

众人再次哄笑。

"明天再把她轮一遍吧。"

"好啊,把她全身剥光。就不让你碰。"

说完,他似乎有了主意。

"要不把你手砍了吧,让你再也拿不住刀。然后咱就让你在旁边看着那姑娘被轮。"

"等等,还是把他弄瞎了更好。瞎子耍不了大刀,他今后再也砍不了人了。"

"也对啊,嗯,这主意不错!"

"你瞧,这下子你再也看不见千代的脸了。今晚就是永别啦。你可别怪咱们。从明天起,你就分不清哪个是美女,哪个是老太婆啦。"

"把他眼睛撑开,往眼球上抹盐。"

一个人拿来盐壶,众人按住鲇之进的头,将他双眼撑开,倒了许多盐上去。鲇之进惨叫连连。

"这儿可是后厨,咱们不缺盐。"

众人听了,又发出哄笑。

"把他按住,别让盐漏了。用手巾给他捂上。"

鲇之进被人蒙住了双眼。他惨叫、奋力挣扎、满地打滚。男人们看着他在地上扑腾,个个捧腹大笑。

"好解气!"

一个人大声说。

"你这贱货,真是活该。管你是什么高明的剑客,现在还不是跟虫子似的在地上滚。"

"放个一晚上,明早就瞎了。到时候只能扔掉双刀,去给人按摩啦。"

有人嬉笑道。

"那也得有命干啊。这家伙伤了我们两位老师,可不能留着。"

"就是,不能这么算了。"

"那怎么办,乱拳打死?"

一个人问。

"不用,等到明天早上,老师们就把他脑袋给砍下来了。现在只要看着,等到天亮就好。"

"怎么等,就让他睡在地上?"

鲇之进依旧不断呻吟,在地上扭动。

"不,还是悬到梁上吧。"

另一个人在远处说。众人抬起头，看着屋顶的房梁。

"行，这主意不错。把他拖到这儿来。"

领头的人在房梁底下说道。

鲇之进被人拽起胸口的绳索，拖行了一段距离。有人拿出另外的绳索挂在了梁上。接着，他们把绳索一端系在捆绑鲇之进身体的绳索上，把他拽了起来，另一头则固定在窗户之间的柱子上。

"不错啊，这下你跟那姑娘一样了。"

"好一对夫妻呀。"

众人嘲笑道。

鲇之进痛苦地呻吟着，在半空中缓缓旋转。他全身遭到毒打，腿被火枪击伤，面部也惨遭践踏，双眼还揉进了一大把盐，现在又被吊了起来。强烈的痛苦使他无法保持安静。

"行，这就够了。普通人吊到早上早就憋死了，这家伙还中了枪，身上受伤，肯定挨不到早晨。要是这都能活着，也是被拖到后院去枭首的命罢了。"

"就是。"

那几个人盯着悬在空中的鲇之进看了一会儿，很快就腻了，决定到主屋喝酒去。

鲇之进被吊在那里，拼命忍受着痛苦，不一会儿就开始意识模糊，心想自己就要这样死了，随即晕了过去。

突然落到地上，鲇之进惊醒了。痛苦顿时卷土重来，让他忍不住呻吟。全身疼痛势头凶猛，几乎无法忍耐。

蒙眼的手巾被解开，脸上的盐被拂去，又得到了清水冲洗。那清水源源不断，好像是有人打了一桶水放在旁边。鲇之进意识模糊地想着。

他又晕了过去。等他再次清醒，感觉到有人正在奋力解开束缚他手腕和胸口的绳子。他被吊了许久，绳结全都抽紧了，恐怕很难轻易解开。

花了好长时间，他的双手终于重获自由。右手颓然滑落，丝毫没有感觉，也动弹不得。

他咬紧牙关，还是耐不住痛苦发出了声音，马上有只冰凉的手捂住了他的嘴。

"不行，你一出声就要被发现了，活不成的。"

耳边响起姑娘纤细的声音。

"忍一忍，好吗？能做到吗？"

听见姑娘在问，鲇之进拼命点了几下头。

接着，姑娘又替他用清水冲洗眼睛，把里面的盐都洗去。如此反复许多次，疼痛有所缓解，可是眼睑仿佛被缝合一般，怎么都张不开。

究竟发生了什么——鲇之进思考着，奋力思考着，脑子却转不起来。他处在什么状态中？要干什么？被人做了什么？

"如何，能看见吗？"

姑娘又问。这时，他总算想起了自己昨夜的经历。

他艰难地睁开眼睛，但是并没有区别。眼前一片黑暗，跟闭眼时没有两样。

"看不见，什么都看不见。"

鲇之进勉强挤出一句话来。接着他想起：对了，是那帮混混儿往自己眼睛里揉了盐。现在有个人正在给他冲洗眼睛。他很是感激，不过这是谁？莫非是天上下凡的女神？他还有点当真，毕竟这种地方不可能有人帮助他。除此以外别无可能。

"不行，看不见，好痛。"

鲇之进再次说。

"那是因为你脸肿了，肿得特别厉害，把眼睛都遮住了。再加上现在这么暗，天还没亮呢。"

女人的声音安慰道。

"不，不是因为这个……"

鲇之进喃喃道。

"我给你拿蜡烛来。"

说着，姑娘特有的气息离开了一会儿。鲇之进静静地躺着，眼前突然亮了起来。

"如何，能看见吗？"

他拼命睁开眼，然后叹了口气。因为蜡烛的火苗已经凑到了他眼前。

这让他愈加感到绝望。因为他能看见亮光，却全然无法分辨火苗的轮廓，仿佛身在一片浓雾中。

"看不见。只能看见一点影子。"

说着，他撑起上身，左手伸进桶里掬起一捧水，洒在了眼睛上。接着，他把脸浸到桶里，在水中睁开双眼，静静地待了一会儿。然后，他又重复了好几次。

感觉一点点恢复，身体渐渐能动了。可是与此同时，全身受到痛殴的强烈疼痛也开始复苏。鲇之进咬紧了牙关。他意识越清楚，疼痛就越强烈，仿佛没有止境。

"你身上痛吗？"

姑娘问。

"全身都……痛。"鲇之进艰难地说，"但是腿特别痛。火枪的子弹还在里面，你能帮我取出来吗？"

"啊？怎么取呀？"

姑娘大吃一惊。

"这里有火钳吗？要是没有，木筷也行，只要是尖的就行。"

"火……钳？"

姑娘说着，走到灶台边上找了找，很快就回来了。

"有。"

鲇之进咬着牙说：

"你用火钳把我腿上的子弹挖出来。如果置之不理，腿会烂掉。"

"我能行吗……"

姑娘无力地说。

"一定要行。无论多痛我都会忍住。我会咬着手巾，不发出一点声音。就算喷血你也别怕，只管把火钳插进去，碰到子弹就钳住，拽出来。"

"嗯……"

姑娘很不自信地哼了一声。

"等等，你是谁，让我看看你。"

姑娘把头探了过来，可是他看不清。

"不行，看不见。"

鲇之进无力地垂下肩膀。

"我这辈子都瞎了吗？"

"一定能好起来。"

姑娘鼓励道。

"我觉得不行，因为一点儿都看不见。"

"那你就不知道我是谁了呀。"

"不，听声音能听出来。阿梅，你是阿梅姑娘吧？"

"对，你还记得我？"

阿梅高兴地说。

"当然了，前不久才见过你。"

"是。"

"我还以为你是女神或辩天大人呢。谢谢你，这个恩情我记住了。"

鲇之进忍着痛说。

"不用啦。"

"孩子呢……"

"带来了，睡着呢。"

"是吗，太好了。谢谢你。好了，能帮我取子弹吗？"

说完，鲇之进咬住手巾，撩起了裤腿。

姑娘走到他脚旁，左手搭在伤口旁边，开始操作。

火钳插入伤口的瞬间，过于强烈的疼痛让鲇之进死死咬住手巾，拼命阻止自己发出声音。

"找不到，找不到。"姑娘说，"武家的，你没事吧？痛不痛？"

他当然痛，但是只想说："没关系，给我找。开枪的距离挺远，子弹应该不深。"

然而这种痛苦实在太强烈，一旦松开嘴，他很可能喊出声来，只能一言不发，死死支撑着。

他拼死忍耐了一段无比漫长的时间，意识再次变得模糊。他发现，这根本不是人所能承受的痛苦，心想自己不行了，马上就要晕过去的时候，突然感到有东西从肉里挤了出来。

"拿出来了。"一个声音说，"出来了。这个要怎么处理？"

他无法回答。于是他做了好几个深呼吸，让自己的气息平复过来，然后才说：

"那东西扔掉就好。"

话一出口，他才意识到自己的声音异常沙哑。

他又调整了一会儿呼吸，然后问：

"这里有烧酒吗？"

"有啊，老板娘平时会喝。"

"那你拿点烧酒过来，淋在伤口上。"

鲇之进拜托道。

姑娘站起身，从架子上取了一瓶烧酒走回来。

"拿来了。好了吗？我要淋了。"

鲇之进点点头，只听见一阵咕咚声，伤口再次传来灼烧的剧痛。他又一次咬住手巾，拼命忍耐着，意识渐渐远去。

等他回过神来，正有人用湿布给他擦拭额头和脸颊。

"啊。"

鲇之进清醒了。

"谢谢了。"

说着,他拼命撑起身子。现在子弹已经取出,他得走了。若是磨蹭下去,敌人随时可能回来。

"没事吧?你出了好多汗,还发烧了。还是躺着吧。"

"在哪里躺,这里吗?开什么玩笑。天要亮了,敌人即将回归。你能用手巾帮我包扎住火枪的伤口吗?"

"嗯。"

姑娘高高兴兴地走过去,用手巾给他包扎。

"好了,然后要做什么?"

"我要站起来,扶我一把好吗?"

鲇之进说着,朝姑娘说话的方向伸出一只手。

"没事吧?能站起来吗?"

姑娘边说边使劲撑着他。

鲇之进好不容易站直身子,然后试着舒展双手和腰背。虽然还不能活动自如,但他感觉只要再过一会儿就能恢复力气。腿上依旧剧痛不已,他时常要咬紧牙关,防止自己喊出声来。不过,他不能在此久留。

"你要逃走吗?"

"当然了,还要带上孩子。"

他从怀里掏出千代给的背绳。好在这个没丢。

"你能用这个把孩子包在我背上吗?知道怎么弄吧?"

他问阿梅。

"知道,我自己就背过。"阿梅回答。

在阿梅的帮助下,鲇之进好不容易背起了他的孩子。

心中突然有种不可思议的感慨。孩子那么轻,几乎不算什么负担。而且,后颈的位置传来了婴儿特有的气息。这是千代乳汁的气味吗？如果是就好了。

"好，可以了吧。还有刀，我的刀被放到哪去了？"

"我知道，就在隔壁房间里。"

"能帮我拿过来吗？"

"嗯，你等着。"

阿梅走上去，小跑了一段路，然后轻轻拉开纸门，从门缝里钻出去，消失在黑暗中。这些他都能凭气息感觉出来。

没等多久，阿梅就抱着鲇之进的双刀回来了。这次他听动静就能知晓。

"感激不尽。"

鲇之进说着，接过双刀插在腰间。阿梅又对他说：

"我还拿了件背小孩的袄子。夏天外面也很凉，对孩子不好，你把它披上。"

姑娘说着，给他披上袄子，将背后的孩子包在里面。

"穿上这边袖子。"

鲇之进照着做了。袄子里似乎填了点薄棉花，应该还能替他挡刀。

"衣服是深蓝色的，男人穿也没问题，不会被人笑话。"

"我也不在乎别人笑话。"鲇之进说，"反正我看不见，蠢货说什么我都不在意。"

"外面可能有看守，怎么办？"

阿梅问。

"有几个看守？"

"可能是一个人。"

鲇之进嗤笑一声。

"不足为道。"

"可你不是看不见吗？要不我跟你一块儿……"

"不行。"

鲇之进厉声说道。接着，他强忍剧痛，摸索着坐到地板边缘，抬手伸向裤腿，扯开缝在里布上的布包，拿出一枚小判。

"阿梅，谢谢你了，实在感激不尽。"

鲇之进深深行礼。

"若是没有你，我可能就没命了。多亏了你。"

"别这么说，其实我也很高兴。因为我长这么大还是头一次有人替我说话。"

"我这有一枚小判，你拿着它回老家去吧。继续待在这里准没有好事。这不是你这种好姑娘待的地方。"

"这么大一笔钱，我可不能要。"姑娘惊讶地说，"武家大人，快收回去呀。"

"这点钱不算什么，区区小钱而已，我带着不过是为了傍身。这下总算找到用途了。"

"我还是头一次看见小判呢。"

鲇之进摸到阿梅红肿粗糙的手，把小判放在她手心里。

"你要买点药把手治好。跟我一起离开这里吧。若是外面有看守，我就得把他干掉。无论你听到我在后面干什么，都不要理睬，要一个劲逃走，一路逃回故乡。对方只是混混儿，我一个人能解决，你千万别管我。就算我瞎了，要解决一两个小人物还是绰绰有余的。"

"武家大人，你好厉害呀。可是你眼睛看不见，还是让我跟着你，当你的眼睛吧。"

"别开玩笑了，这很危险。你帮了我，自己可能会没命。你要拼命逃走，尽量远离这里，千万别回头。否则他们就会把你抓回去。今后你再也别靠近这个淫窝了。"

"可是，我回了老家能干什么呢？"

"找个好人嫁了，好好生活。"

"哪有那种人啊，你看这里……"

"这里是粪坑,是垃圾堆。连正经人都没有,哪有什么好人。"

"好人是什么样的人?"

"值得尊敬的人。"

"乡下都是农民,没有那样的人。"

"农民有什么不好。不需要方方面面都值得尊敬,只要有一点值得尊敬就够了。"

"乡下没有像你这样的人啊。"

"我?我不行,随时都可能送命,而且现在还瞎了。我这一辈子都只能当瞎子。你别管我了,也绝对不能看上我这种人。身上带刀的都不是好东西。"

阿梅不作声了。

"聊天到此为止,时间宝贵。对了,孩子脖颈很弱。"

"他已经挺稳了……"

"若是厮杀起来,就会很摇晃。有没有手巾?替我裹住他的脖子。"

"手巾多的是,这里是旅舍呀。"

说着,阿梅站了起来,打开旁边的柜子,拿出许多手巾。

"很好,帮我都裹上,好吗?要能把孩子的脸都遮住。"

鲇之进说。

35

打开板门,天边已经泛起了鱼肚白,淡淡的日光照亮世界,夏日清晨的凉气缓缓拂过后院。

但是,鲇之进看不见任何东西。他的世界满是苍白,仿佛充斥着浓雾。

"有人吗?"

实在没办法,他只好问身后的阿梅。阿梅替他探头出去,左右看了看。

"好像没人。"

"好，没时间犹豫了，我们马上出去。阿梅，你顺着墙根往大路走。"

鲇之进发出指示。阿梅在前面带头，轻手轻脚地走了出去，用左手指尖摸着墙壁，缓缓朝大路迈开步子。鲇之进跟了上去，但是每次踏出右脚都会感到一阵剧痛，只能左手扶墙，拖着脚勉强往前走。

太阳缓缓升起，双眼还是看不见东西。疼痛依旧，他只能勉强分辨出前面阿梅的头部轮廓。不过，他能闻到气味。发油的气味和脖颈上白粉的气味都在引导着他。

尽管如此，他还是想，若是进入战斗，这样肯定不行。他无法迅速行动。若是只有一个敌人出现在前方，或许还能应付过去，如若背后和两侧都有敌人，一起发动进攻，那他肯定无法防御。他只能希望到了关键时刻，身体会自动反应。

"啊，你小子给我站住！"

背后突然传来一声大喊。

"啊，糟糕，被发现了。"

阿梅话音未落，就有男人的脚步声迅速靠近。

"有几个人？"

鲇之进问。

"一个人。"

"我没法跟你一起走了。"鲇之进说，"阿梅，快跑，离开这里！不准回头，再也不要回到这里了。"

说完，他右手搭在了刀柄上。

"可是……"

阿梅呆站着，欲言又止。鲇之进感觉到了她的气息。

"我一定不会死。你快走，此生要幸福！"

他听见阿梅转身跑开的声音，回过头，面对看守。

"你要加油，千万别死！"

背后传来阿梅的叫声。好，你放心吧！他在心中呐喊。千代还没救出来，他怎么能死在这里！

他拼命瞪大失明的双眼，沉下身子。

还是什么都看不见，眼前只有一片苍白的浓雾。而且他的腿也在痛，无法稳住架势。鲇之进想，这将是一场被动等待的战斗吗？

他调动所有感官，仔细感知着周围。事已至此，他只能依赖视觉以外的感觉了。脚步声在逼近，他闻到了男人的汗味，还听见了急促的喘息。

唧——哨声响起。

糟糕，他没有预料到这个。没想到男人竟用哨声呼叫了同伴。要是敌人数量增加，他将难以招架。同时他还产生了强烈的恐惧——火枪又要来了。

如果只有一两个敌人，他就将其斩杀，哪怕是爬着也要离开这里。可是他大意了。要是一群敌人将他围住，现在没有了视觉，他必定无法招架，就算是逃，也会被追上。等待他的只有死路一条。

一个混混儿的影子突然跃入眼帘。他右手的大刀也成了一道蠢动的灰影。瞬间，鲇之进身子再往下一沉，抽出大刀。他使出了一招诱敌深入的居合斩。

低沉的破空之音，刀刃划过敌人腹部。砍到了。可是力道不足。

他听见对方痛苦的闷哼。可是这样还不能封住对手的动作。还不能致命。

那人见情况不妙，开始向后退去。眼前立刻变回一片浓雾，再也看不见了。鲇之进能感觉到他的气息。混合着油脂的气味，还有草鞋踩在土地上的声音。可是一旦对方拉开距离，他就无法出手。

怎么了？怎么了？远处传来喊声，几个人前来助阵了。听声音共有四人，只是看不见在哪里。

这下可糟了。鲇之进想。如果他五感尚全，这点敌人压根儿算不得什么。只是现在，纵使只有一个人，也很难应付。

此时，一个人赶过来，朝他挥刀就砍。黑影突然跃入视野，动作夸张地挥舞着大刀。是武士。鲇之进架住刀锋，将其弹开，间不容发地刺出一刀。他利用了弹开大刀的力道，利刃径直戳进男人的胸膛，发出一声闷响。

这是肉身的手感，没有衣服。于是他意识到，这家伙赤裸着身体。凑近之后还能凭气味判断，他刚刚起床，只在遮羞布上披了一层衣物便跑了出来。

回手拔刀，血液大量喷溅出来。夸张的响动和浓烈的腥味，还有溅在手上的液体。他刺穿了那人的心脏。接着，他又听见男人轰然倒地的声音。就算双眼失明，鲇之进依旧能凭借身经百战的经验，准确勾勒出对手的动作。

紧接着又是一个人，朝他砍来的架势显然带着武家风范。利刃从左上方撕裂空气。他竖起耳朵，以刀锋招架。对方收回武器，继而从侧面砍来。他抽身躲避。下一个瞬间，眼前又冒出一个跃起的黑影。他踏出一步，沉下身子，出刀刺中敌人腿部。

他凭气味判断，这家伙也光着身子。大刀轻易便陷入腿部，但是只有一寸，就被坚硬的腿筋顶开了。他体验过无数次这样的手感。人的肌肉在极度紧绷之时，甚至能弹开利刃。

敌人大喊一声向前栽倒。鲇之进在一片浓雾中看到了夸张的动作。对手露出了空当。他乘胜追击，一刀砍中肩膀，刀下发出响亮的声音，是断骨之声。

一阵惨叫，这个男人也扑倒在地。他听到身体在地面滚动的声音和大刀离手落地的声音。

鲇之进感觉不到腿上的疼痛。并非伤口已经痊愈，只是在这生死存亡之际，人的生存本能让他不再感知疼痛。

他渐渐抓住了战斗的窍门。只要逼近到一定距离，眼前就会出现对方的身影。那就是决胜的瞬间。他要刻不容缓地将其斩杀，否则就要被对方杀死。

"这家伙能看见吗！"一个貌似混混的男人叫喊道，"叫帮手，快叫帮手！"

接着他又喊：

"把火枪也叫来！"

鲇之进心中窜过一阵恐慌。

糟糕，再这样下去他会无处可逃。身体还很虚弱，而且极度疲劳，手脚迟早会不听使唤，再也动弹不得。他需要打破现状，可是没有办法。

远处又传来脚步声，敌人的数量越来越多。情况对他越发不利，现在就算逃也没用。如果继续战斗，他必然无法打倒所有人。他随时会失手，而且火枪马上要来了。

千代怎么样了？被关回牢里了吗？再拖延下去，千代也会被他们拖出来当人质，令他不得不放下武器。如今已是四面楚歌，该如何是好？

能勉强算作办法的——鲇之进思考着，顺着墙根一点点后退。

有人高喊着朝他砍过来，不过这回是西河组的混混儿，已经吓得腿软，刀尖压根刺不到鲇之进身上。于是，鲇之进也无法顺着影子将其杀死。

他依旧一点点后退，指尖总算摸到了木门。这是以前的红叶屋，现在的西河屋外馆后门。他穿过木门继续后退，倒退着走了进去，随即飞速关上门。

与此同时，外面传来"咚"的撞击声。外面的人想必是以为他跑了，打算全力撞开木门。第二次撞击的瞬间，鲇之进猛地把门打开，混混儿径直朝他倒了过来。他毫不犹豫地刺穿其心脏，让混混儿倒在了泥土地上。接着，他抽出刀刃，此时第二个男人正慌忙转过身去。于是鲇之进挥刀便朝其背部砍去。随后，他便飞快地关上了门,又很快摸索到顶门棒,把门顶住了。

如果外面的人不断撞击,一根顶门棒恐怕撑不了多久。不过照刚才那个情况看,对方可能会暂时有所戒备。从声音来判断,目前外面的人都是些小混混儿,并非武士。这帮人没有胆量,应该会等到武士前来再做打算。

他从地上那几个奄奄一息的人手中夺过了大刀。虽然看不清面容,但这些可能就是把他捆起来,往眼睛里抹盐的家伙。没必要跟他们客气。

他拿着大刀登堂入室,穿过房间拉开纸门,把两把大刀都插在了榻榻米上。这是他以防自己的刀卷刃时留着备用的武器。

隔壁房间三面纸门都关着,光线很暗。背后的孩子开始闹别扭。是肚子饿了吗?鲇之进暗自道了声抱歉,并祈祷他千万不要哭泣。若是他哭起来,别人就会顺着哭声找到这里。

然而祈祷没有应验,孩子还是哭了。哭声越来越大,万事休矣。这下再也无法藏身,敌人必定会仗着人数众多,朝孩子哭泣的方向奔袭而来。

门前聚集的人越来越多,已经有整整十个,其中半数都是武士。
"他逃进房子里了?"
一个流浪武士问。
"是。"
混混儿回答。
"背着孩子?"
流浪武士说完嗤笑一声。
"蠢货,这不是自投罗网吗?"
站在后方的另一名武士说着,走上前来把耳朵贴近门板,倾听里面的动静。
"有孩子的哭声,在里屋。"

另一个武士点点头。

"人跑到里屋去了。咱们一口气冲进去，你们都跟上来。"

说着，武士一脚踹向门板。再一下，又一下。薄木板做的门很快就被踹破，里面的顶门棒露了出来。武士再一脚将它踹开，门就开了。

一个武士带头冲了进去，两个武士紧随其后，后面跟着三个混混儿。

一群人跳上地板，正要冲进隔壁里屋，可是在那个瞬间，后方的混混儿突然发出了骇人的惨叫。原来鲇之进就藏在门后，一刀砍倒了三个人。

三个流浪武士惊讶地回头，鲇之进趁势扑了过去。由于背后受袭，武士们体态不正，鲇之进轻易便将他们打倒。被砍了手臂、腰部和背部的三个武士倒在地上，挣扎着想站起来，但是鲇之进动作更快，飞快地从背后刺穿了他们的心脏。

接着，鲇之进拖着脚步，走向房间一角的火盆，用力将它推倒在泥土地上，继而滚到了门口。

他开始收集大刀。武士的三把，混混儿的三把。他抱着刀拉开纸门，也插在了隔壁屋门口的榻榻米上。加上方才的两把，现在一共八把刀。

随后，他走向躺在壁龛里的婴儿，孩子已经停止哭泣。鲇之进把他抱起来，又固定在了背上。他看了一眼自己的大刀。即使拿到鼻子尖的地方，还是看不清楚。

暂时放心一些，双眼和腿部的疼痛立刻都回来了。他静静忍耐着疼痛，指尖细细摸索着检查刀刃。果然已经缺了口。他收刀入鞘，从插在榻榻米上的大刀里选了一把称手的拔出来，继续检查刀刃。

腿部的疼痛越来越强烈，激烈的心跳迟迟无法平息，脉搏将震动传遍全身。鲇之进缓缓坐在地上，给自己揉了揉腿。疼痛依旧不减，全身疲惫不堪。照这样下去，战斗拖得越长就对他越不利。该如何是好？

他突然感应到空气的紊乱。一个轻微的响动，是走廊地板的动静。敌人从正门潜了进来。他站起身，双脚贴着地面走到靠近玄关的位置。敌人正顺着走廊前进，那他就不出走廊了。

壁龛一侧的采光纸门上映出了人影。他凑在近处凝神察看，能够隐约看到灰色的影子在挪动。一个人、两个人、三个人、四个人走了过去。从他们的气息判断，这些人都是武士。

鲇之进静静地站在纸门边，屏住呼吸调动起所有感官。这帮人太大意了。方才自己与他们只隔了一扇纸门，他们却没有察觉。

咔嗒，纸门发出响动。鲇之进做好准备，与此同时，外面有人猛地拉开了纸门。流浪武士涌了进来。挥之不去的汗臭，好几个粗重的呼吸，肉体散发的臭气，从外面带进来的泥土和杂草的气味，这些都被鲇之进敏锐的感觉捕捉到了。

因为经历过无数你死我活的战斗，他能通过声音、气味和空气的摇动来判断敌人的动作。脑中突然闪过傲慢的想法：这完全用不上眼睛。只要敌人逼近到一定程度，他还能看见对方的轮廓。这下能行！

他挡开敌人的刀刃，挺进一步刺穿其胸膛。大刀穿过骨骼的间隙，立刻抽出。血腥气弥漫的同时，他弓起身子，砍向敌人的腿部。紧接着挺直姿势，踏出一步挡掉后方敌人的大刀，向他逼近过去，挥刀斩向其脖颈。鲜血再次喷涌，洒在他脸上，带着体温和独特的强烈气味。鲇之进抽刀，顺势斩断了旁边那人的手臂。

一切都只在转瞬之间。没有卷刃的刀锋利无比。好几个人的惨叫声同时响起。鲇之进不予理睬，把注意力集中在背后的走廊上。似乎没有人跟过来。难道后边无人了，只有这四个？

他缓缓转回身，追上被砍断手臂、砍伤腿部，正要爬着逃开的人，满心希望这是他最后的杀生，然后举刀从背后刺穿了那些人的心脏。

他匆忙走出房间，指尖摸索着墙壁朝正门走去。门开着，风声萧萧。

鲇之进走下去，飞快地关上门，拿起粗壮的顶门棒撑住。关门的瞬间，他感觉到了远远围在四周的气息，疑似西河屋的混混儿。但是他看不见，那也可能是错觉。一旦隔开距离，他就什么都看不见，也无法感应气息。四个人。鲇之进一边走回房间，一边思索。

刚才他打倒了四个武士，加上之前的，一共是十二人。其中武士有九人。按照千代的话，飞驒的流浪武士大约有十五人。如此一来，有点身手的人就已经去了一多半。只要没有火枪，说不定已经是胜券在握。

剩下的武士还有六个。这样一来，敌人可能也会更加慎重。换言之，他就能稍微休息一下了。不过，这也意味着他无法离开这座房子，要在千代以前的家中死守了。虽然不好受，但这样也好。只要四处找找，肯定能找到食材，还有充足的水。

他在走廊上摸索着，把所有打开的板门都拉了下来。就在那个瞬间，突然听见一声火枪的巨响，木屑飞溅，板门上开了个大洞。

火枪来了。那帮胆小鼠辈的火器。只要面对的是枪，再怎么磨炼剑术都没用。时代正在发生巨变，将来这世上可能不再需要武士了。

板门都关上了，屋子里变得一片漆黑。鲇之进想，这下就条件一致了。他双目失明，入室的敌人也看不见他。

他找了个房间缓缓坐下，然后环视四周。虽然看不见，但他记得就是这个房间。他离开这里的那天早晨，在千代的恳求下，与她在这里饮了神酒。当时千代的父母也还活着，都在旁边。

那个时候，千代已经怀上这孩子了吗。他转过头，想看看在他背上发出轻微鼾声的孩子，但是看不清楚。他万万没想到，短短一年之后，自己就陷入这样一场战斗之中。

接下来该怎么办？他已经走投无路。应该如何打开局面，如何救千代出来？

敌人还有一多半，而他只有一个人，这将是场异常艰苦的战斗。假设发生奇迹，他把千代救了出来，就要带着千代逃到很远的地方，从此种田为生。他已经厌倦了杀人，也厌倦了被人追杀。时代早已改变，凭着手中这把刀已经无法出仕，而且现在还有了火枪，连刀剑的时代都在走向终结。他这种人已经没有出头之日了。

他想起武藤兵卫门孤独的侧脸。他儿媳阿藤现在如何了？是否在寂莲那里顺利完成了兵卫门阁下的丧事？她以后还要跟伤病的丈夫一起，继续在贫穷的长屋生活吗？

太没道理了。这是个肮脏的时代，手握钱财整日花天酒地的人，全都是大盗岩五郎那种恶棍。

他在城中过了一年无所事事的日子，听了他们的话，连办道场的心情都没有了。面对火枪，道场究竟能有什么意义呢？再看铃木道场那些人的卑劣行径——

在寂莲那里参禅的日子便是仅有的愉快时光。尽管只有一点点距离，但他还是感到自己稍微靠近了佛陀的心。当然，那也可能是他的错觉。

对了，鲇之进想，不如现在就参禅片刻。面对死亡，哪怕能够得到片刻的安宁——

由于腿伤疼痛，他无法结跏趺坐，但可以组法界定印。

屋外了无动静。再也没有人潜入房中。那些人接下来打算怎么办？

鲇之进闭上眼，开始了短暂的冥想。他脑中只有一个问题：他将死在这场困境中，还是能逃出生天？

若是能逃出生天，他希望今后能为世间和世人尽一些力量。可是，如果救不出千代，只有他一个人苟活，那他也不想活了。如果要活，就要跟千代一起。若不能如愿，他宁可死在此地。

他为了防备敌人，让所有感官保持着高度警觉，没想到这样也能展开冥想。这是为什么？外面都是敌人，迟早会攻进来，一旦他们这么做，就难以避免厮杀。他只有一个人，若是火枪也被拿来，他就束手无策。这也就是说，他余命不多了。

他的内心充盈饱满。心底一直潜藏着厮杀的念头。这种杀伐之心肯定不能称作参禅的心境。尽管如此，他还是轻而易举地进入了禅境。思绪深深下沉，转眼便来到佛陀世界，远比那个丝毫没有危险的寿经寺的雨天更加轻松。这究竟是为什么？莫非佛陀要对他诉说什么？

紧闭的双眼开始视物。那是个昏暗的世界，可是只要凝神细看，就能看到一些东西在蠕动。因为他知道，那些黑色的东西是云层。云朵向后方移动，他的念头在前进。

紧接着，云开雾散，天朗气清，眼前是一个洞窟。这个洞窟无比黑暗，无比深邃。这是哪里？鲇之进看着洞窟想。

他的心眼朝着洞窟内部前进。这里很深，深不见底，地上布满水洼。

他发现了奇怪的东西，好像是植物。

嗯？鲇之进心生疑惑。这是什么，地底植物？

植物长着银色的茎，向上一直延伸，几乎要触及洞顶。那是散发着银光的长草，长满了整个洞窟。

这是佛陀的花吗？他从未见过这种植物。莫非这就是极乐世界的佛陀之花？可是银色草茎的顶端并没有花朵。

没有花朵，异常高大的银草——

他为何会看见这种东西？在即将殒命的这一刻，佛陀为何让他看见这种植物？

鲇之进想：这里是佛陀的世界吗？因为他即将死去，佛陀向他提前展现了极乐世界的光景吗？他正在被这个世界召唤吗？

就在此时，突然一声巨响，冥想被打断了。鲇之进的心迅速回到现实。巨响过后，又传来嘶吼一般的声音。那是什么？发生什么事了？

他想，这可能是个圈套，于是一动不动，竖起耳朵倾听。走廊上依旧没有人的气息。尽管如此，还是有一件他不知道的事情正在发生。

咚、咚，异响接连不断。哗啦啦，什么东西翻倒的声音。咚、咚，又是一阵异响。接着，整座房子震颤起来。鲇之进睁开失明的双目，转向声音传来的方向。

臭气！他发现屋子里飘着一股奇怪的臭气。

啪嚓啪嚓，四处响起断裂的声音，门缝里传来热气。他凑过去，发现是一股白烟。

着火了！鲇之进顿时醒悟。

他们在烧房子。

敌人见众多同伙被打倒，认为贸然闯入过于危险，干脆在外馆放了一把火，想把他连同房子一块儿烧了。

"你们听好了！"

流浪武士的头领在外面训斥手下。

"给我把房子看好了，一只蚂蚁都别放走。听到没，别放走！都把眼睛给我瞪大了，好好看着。那小子肯定会逃出来。等他逃出来了，你们就吹哨子，然后大家伙冲上去把他给砍死。听到没？！"

"哦！"众人大声回应。

"房子完全烧毁之前，谁也不准移开视线，不准离开岗位。对方虽然瞎了，但是身手了得，听到没有？！"

"哦！"手下又大声回应。

"都把手放在刀柄上，随时准备拔刀。敌人只有一个人，你们一哄而上，哪有解决不了的道理。听到没！"

西河屋倾巢而出，把外馆团团围住。一群人围成环状，中间顶多只有四五尺的空隙。这样的确逃不出去。

开始有人从四面的窗户不断扔进点燃的木柴，接着，人们把外馆四周都堆满了柴火，不留半点缝隙，全都点上了火。

如此一来，原本的红叶屋、现在的西河屋外馆就在众人的监视下熊熊燃烧起来，不一会儿就包裹在了巨大的火球中。火焰蹿向天空，宛如魔物一般嘶吼，火势超过了所有人的想象，把整座房子彻底吞噬。

奇怪的是，背负婴儿的鲇之进迟迟没有逃出来。所有人把手搭在刀柄上，紧张地等待着，但都渐渐脱力，开始疑惑不解。不久之后，随着一声炸响，屋顶坍塌下来，外馆就这么没了。

"喂，这下那小子活不了了吧！"

一个人隔着轰鸣声大喊道。

火焰乘着风势继续熊熊燃烧，一整日都没有熄灭。当一切化作黑炭时，太阳已经西斜。

西河的人全都奇怪不已。被火烟这么一熏，常人早就受不了跑出来了。

"喂，那小子一直没出来啊。"

一个人说。

"可能他眼睛瞎了，跑出来的路上被房梁砸了脑袋吧。要么就是被浓烟包围，无处可逃。"

那些恶棍议论道。

"没等我们砍，他就自己死啦。"

"是啊。不管怎么说，这火烧得这么大，不可能有人活下来。"

"也对啊，怎么可能有人活得下来。"

"去找尸体！"

头领一声令下。

火势已经平息，西河的人顾不上周围的残火，迫不及待地踏上焦土，汗流浃背地用木棍挑开已经化作黑炭的柱子和房梁，逐一确认焦黑的尸体。

里面有无数尸体，全都烧得焦黑，难以辨认容貌，甚至已经没有了形状，连大人小孩都分不清了。

周围有这么多人看守，料他也不可能不动声色地逃走，因此这堆尸体中，应该有一具就是那个背着婴儿的武士。

36

听闻鲇之进跟婴儿一起被烧死了，千代在牢里哭了三天三夜。她不吃不喝，显然是决心去死。

混混儿们担心她咬舌自尽，便给她拴上了两头带绳的嚼棍，把绳子系在脑后。接着，又把她双手捆在背后，以免她自己解开嚼棍。千代保持着那个姿势，倒在地上不断哭泣。她失去了比自己生命还重要的两个人，活下去的希望已经断绝。

西河屋的混混儿请来了工人，把焦土上的黑炭全部清走，将其还原成平地。接着他们计划新盖一座房子，便从城里叫来了木工和左官，开始测量地皮。

第二天，他们草草祭奠了在后院被砍死，以及从废墟里挖出来的同伴的遗体。这毕竟是一群在飞驒山中过着贫困潦倒生活的流浪武士，可谓无职之人的乌合之众，并不具备主君统帅的武者那种团结精神。他们早已丢掉了出人头地的梦想，抛却了行为礼仪，反倒是同伴人数减少一些，自己分得的利益就会变多，因此人人都怀着多多益善的草率心情。

这些人丢掉了武家的气概，沉沦于毫无意义的生活，只要有酒、有女人、有赌博便能度日。在此意义上，给西河屋当保镖其实不坏。这里有女人抱，爬出欢乐窝就是赌场，加之旅舍的饭菜又美味，也不缺酒水。他们只要整日游乐，谁也不会发出怨言。不需要参与经营，也没有人叫他们干活；既不用砍柴做饭，也无须烧水招呼客人，连妓女的生活都有专人照顾。因此，这也可以算理想的生活了。

只是，一旦有其他势力来袭，他们就必须赌上性命拔刀作战。

外馆被烧毁后，他们听闻其他流浪武士要来袭击，便继续保持了一段时间的戒备。后来找千代一追问，才得知那是谎言。他们的敌人只有那个背负婴儿的剑客，一切都是那家伙的计谋。如今剑客已死，可谓天下太平，可以自由喝酒吃肉，于是武士们瞬间松懈下来，不再戒备了。

犀川流域别无这般上好的地段，因此西河屋这个酒楼兼妓院的营生做得顺风顺水，今后还有望继续做大，那帮恶棍似乎也感到自己终于乘上了运势。赌场连日兴盛，钱像水一样哗哗地流进来，他们当即决定重建外馆，没过多久又决定要建第三处场馆。众多赌徒听说了西河屋的盛名，开始慕名前来。现在正是开设第二座赌场的时机。

没有了敌人，也就没有了后顾之忧。西河的人与流浪武士一合计，决定在宴会厅办一场盛大的庆祝酒宴。他们让后厨的女人准备最上等的饭菜，端上最好的美酒，让技艺最佳的艺伎演奏乐器、在台上跳舞助兴。他们还选了四个最具姿色的娼妓，打算一边欣赏歌舞，一边饱尝美色。

不过这只是一群无赖浪人和恶棍，哪怕精心筹划一番，也与平时的生活没有两样。所谓庆祝酒宴，不过是比平时用上了更好的美酒、美食和美女罢了。

因为彻底没有了性命之忧，流浪武士们在宴席上敞开肚子畅饮，举止越来越下流。一开始还用酒杯斟酒，慢慢吃喝，到后来便很不耐烦，干脆扔了杯子，用碗来装酒，又从浴场搬来新水桶，倒酒进去舀着喝。

一群恶棍趁着酒醉，把文雅的宴席表演变成了淫乱骚动。一个流浪武士大步走上舞台，猛地抱起正在跳舞的艺伎，在一阵尖叫声中把她拖到了宴席上。艺伎只顾得上叫喊，转眼便被两三个人按住，"唰"地扯开衣服，撞倒一堆膳台餐盘，弄得满座狼藉。艺伎越是哭叫，男人们越是兴奋，个个大笑不止。

火枪手也加入了这场骚动。他们一行三人，一个是熟练掌握火枪用法的年长匠人，另外两个是他的弟子，终日跟着师傅学习保养和使用武器。现在虽然只有一挺火枪，但西河组正在计划批量采购这种东西。到时候火枪手就会成为西河的主力。他们带着这样的盘算，把火枪放到墙边，加入宴席开始了提前庆祝。

一群人喝得烂醉，大声哄笑，恣意喧闹。他们冲过去把年轻的艺伎从舞台上拽下来，三味线和太鼓的乐手全都被强行拖进了乱交的人群里，惨叫着被人扯开腰带。一开始就在席上的娼妓早已半裸，被流浪武士搂着赤裸的肩膀，一口又一口灌着烈酒。没有了鼓乐，宴席上只剩下男人粗野的号叫和姑娘们的惨叫，俨然地狱图景。

流浪武士们大多几近赤裸，捉住娼妓和艺伎开始露骨的性行为。女人们大叫着四处逃窜，很快又被其他人抓住放倒在地。由于没有了性命之忧，流浪武士们就像驰骋在原野上的野兽，丝毫没有了人性。

"这日子真棒啊！"

满面胡髭的武士高兴地大喊。

"以前咱们不是在一个村里抢过女人吗？自从那次以后，还是头一回这么痛快啊。"

周围的男人纷纷赞同，大笑起来。

"要是每天都能这样，那就是极乐啦。"

过来送饭的女人和部分鼓乐席上的女人都已年老，没有被卷入这场骚动，便皱着眉头离开这幅地狱图景，匆匆躲到了里屋去。于是男人们声势越发嚣张，行为更是荒淫。就在那时，一个流浪武士突然想起了什么，大声喊道：

"喂，你们这样就够了吗，啊？！真的就够了吗？"

"什么啊？！说啥呢？"

其他武士应道。

"有这么好的酒，这么好的女人，你还想抱怨什么？"

旁边的人一边糟蹋女人一边说。

"这些都是好女人吗?"

男人指着周围一圈问道。

"有啥不好的,人人都是美女啊。"

他的同伴回答。接着,他又看了看身边那些半裸的女人。

"奶子也长得好,对吧。"

众人哄笑起来。

"这些可是这一带最漂亮的女人了。"

众人纷纷点头。

"不对!"

那人猛地站起来吼道。因为烂醉如泥,他双脚发软,遮羞的兜裆布也松松垮垮,腰带早已不知去了哪里,衣服敞开着披在身上,全身一览无余。

"你们啊,太没有欲望了。"

他大声指责道。

"哦,是吗?"

另一个满面胡髭的武士说。

"最漂亮的女人压根儿不在这里啊!"

男人吼道。

"今晚不是极尽奢侈的酒宴吗?啊?难道不是吗!?"

他质问众人。

"就是就是。"

有人应道。

"就是啊。"

"对吧!既然如此,还不快把最漂亮的女人带过来!"

"谁啊?"

又有一个人抚弄着娼妓的脚问道。

"那还用说,关在牢里的千代啊!"

众人安静下来，一脸醉态地陷入思索，然后恍然大悟。

"对啊，还有千代啊。"

一个人说。

"喂，谁去牢里走一趟，把千代弄过来！"

遮羞布已经松开的流浪武士高喊道。

千代双手被捆在身后，嘴里咬着嚼棍，被带到了醉酒武士喧闹的宴席上。领路的混混儿把她带到方才那个大声嚷嚷的半裸武士面前，转身就回到了自己座位上。流浪武士满面喜色地拽着千代的胳膊，把她拖到自己的座位。他比刚才还要烂醉，脚步已经摇摇晃晃了。

千代仿佛听不见周围的喧闹，目光虚脱无力，完全放弃了抵抗。男人拽着她坐在身边，含了一口酒，不由分说地搂住她的身体，把酒液灌入她唇间。

千代丝毫不反抗。可是等武士将她松开，酒液便从口角流了出来。

"喂，你干什么，还不喝掉！"

男人大声抱怨，千代没有反应。

"你不喝我喂的酒吗！"

男人生气地问。

千代并不回答，默默地坐在那里。

"哦，对了，是这根嚼棍太碍事吧。"

男人大着舌头说。

"那可就浪费了你这个大美人啊。好的好的，我这就给你取掉，你可要老实点。"

但是千代既不点头也不摇头，像个玩偶一般任人摆布。

男人解开千代脑后的绳结，掰开她的嘴取下了嚼棍。

"喂，给你解开了。"

他得意扬扬地说。

"你说点什么吧。"

接着，男人又说：

"你今晚要成为我的人了，高不高兴啊？说话呀。"

千代还是毫无反应。

"你怎么回事，哑巴了？变成假人了？倒是说句话啊。"

男人在喧嚣中大声质问，接着突然把手伸进了千代领口，粗糙的手掌用力揉搓她胀大的乳房。千代还是没有反应，任凭他摆布，不发出一点声音。

"你这女人真不可爱，怎么不说两句好话来听听。"

男人兀自说道。

"啊，是因为手被捆起来了吧。我这就给你解开，好吗？你稍微抱一下我吧。"

说着，他按住千代的背让她身体前倾，解开了捆住千代双手的绳索。

千代两手滑落到体侧，不做任何动作。男人牵起她的手，让她抱住自己，同时伸过头去吸吮她的嘴唇。可是千代双手不使劲，啪嗒一声，又落到了地上。

"喂！"

男人面露凶相，一掌打了千代的脸。

"啊。"

千代这才发出了一点儿声音，双手撑住榻榻米，接着又不再动弹了。

"很好，既然你要这样，我也动真格了。"

他怒吼着从侧面抱住千代，分开她的和服下摆，把手伸进去摸她的双腿。接着再次亲吻上去，吮吸千代的唾液，用力掰开紧贴在一起的双腿，开始抚摸千代的私处。

"这样如何啊？"

说着,男人松开千代的嘴,仔细观察她的表情。

即使身体被触碰,千代依旧不为所动,任凭自己垂着眼睑的侧脸暴露在男人好色的目光中。

"如何?如何?"

男人说着,愈加殷勤地蠕动指头。

千代分开唇瓣,男人以为她耐不住情动,要呻吟出声了,可是千代发出的声音,却是沙哑的歌声。她唱起了一首奇怪的当地歌谣。

犀川船头家呀嚯咿,
船头家撑着橹呀嚯咿,
好孩子乖乖睡呀嚯咿。

再一看,千代眼角滑落一滴泪水,顺着脸颊滴落。

好孩子,快快睡,做个好睡梦,
好孩子,可别哭,天狗要来呀。
天狗要来呀,谁也挡不住,
大家伙儿都遭殃,
坏人全都下黄泉。

就在此时,突然听得一声巨响,纸门豁然敞开,门框打在门柱上,发出好大的动静。

一群烂醉欢淫的男人瞬间停下动作,看向发出声音的方向。

只见一名背负婴儿的武士出现在门口。

"你干什么!"

一人大叫着要撑起身子,男人大刀一闪,将其砍翻。肉块撕裂的声音,紧接着是男人的惨叫。那个声音在瞬间的静寂中回荡。

附近两个武士大吃一惊,慌忙抓住身旁的大刀,想要站起身子。

结果却是几声巨大的响动，两人顿时皮开肉绽，侧腹鲜血喷涌，惨叫着倒在一堆膳台和餐具中间。

周围的男人也都吓了一跳，连忙去摸身边的大刀，纷纷站起来拔刀应战。但是他们都来不及动作，持刀的右手就被整个斩断，滚落在地上。

"你怎么还活着！"

一人大吼，但是瞬间就被砍倒。

一股血雾喷出，周围的人大惊失色，但是不等他们摆好架势，剑客就冲了过去，接连砍中两个流浪武士的上身和肩膀，继而抽刀，斜劈旁边那个混混儿赤裸的胸膛。骨骼断裂的巨响在一片寂静中尤为刺耳，红色伤口处露出了白色肋骨。

剑客继续突进，斩伤旁边落座者的肩膀，继而将大刀刺进那人邻座者的胸膛。

那人拖着大刀俯身倒下，剑客抽出大刀扔到一边，拾起了落在地上的新刀，左挥右砍，如砍柴一般干掉两边的人，再次飞身向前，径直杀向玩弄千代身体的男人。

男人大惊失色，抓起大刀试图站起，无奈已是烂醉，身体不听使唤。他摇摇晃晃地尚未站直身子，腿上就挨了一刀，被掀翻在地。

"千代，控制火枪！"

背负婴儿的剑客高喊一声，千代立刻站起来，朝靠在墙边的火枪猛冲过去。剑客抬起大刀刺入倒地之人的胸膛，拔出剑来，转身背对喷涌的血雾，自己也朝火枪三人组扑了过去，势若疾风。

此时，在场之人终于感到了恐慌。半裸的女人发出声嘶力竭的惨叫，有的人站起来左右逃窜，有的人哭着四处爬动。男人们也都惊恐地叫喊着，撅着屁股毫无意义地爬行。酒精和恐惧让他们腰腿发软，站不起来。

转瞬之间发生了太多杀戮，一些醉得目光都对不上焦的人尚未理解究竟出了什么事，只是哑然地看着这一切。直到现在，人们才明白过来，整个宴会厅顿时陷入惨叫的旋涡。别的动静再也听不见，杯盘碗筷都无声地掀翻了，酒水在榻榻米上蔓延开来。

看见两人扑过来，火枪组的两名弟子大惊失色，慌忙摸索自己的大刀，可是没等一个人站起来，就被鲇之进抢先一步砍倒了。另一个人虽然拔出了大刀，但是瞬间被挡开，继而被刀锋穿透心脏。鲇之进一拔刀，顿时溅了满脸鲜血。他举着刀向后转去，高高劈落，握着刀正欲站起的混混儿便仰天倒了下去。

千代跑到放火枪的地方，将它拿起，紧紧抱在怀里。火枪组的师父早已烂醉，直到此时才发现事态有异，便从千代背后扑过去试图夺回火枪。但是就在这个瞬间，鲇之进及时赶到，一刀劈向他的后背。

千代逃出火枪师父的追袭，抱着枪站在墙边，大喊一声：

"拿到了！"

继而喊道：

"绝对不松手！"

鲇之进把完全被鲜血染红的大刀用力戳到舞台上，拾起地上另一把刀，转手就从下方斜斜砍向朝他扑来的老武士。烂醉男人胸口到下巴被撕开一道大口，松开大刀向后倒去，踉踉跄跄直不起身子。鲇之进再猛攻上去，重重砍向其肩膀。

此时又有一人扑上来，鲇之进转身砍落其右手，接着沉下身子，大刀扫向旁边一人的腿。那人大惊失色，转身要逃，他又追了上去，砍中其背部，发出一声闷响。

然后，鲇之进回身一步，低头看向被砍了手和腿的两个人，不顾他们的惨叫和挣扎，逐一准确地刺穿了其心脏。接着，他又扔掉大刀，拾起另外一把，如同阿修罗一般，追逐着或是站起身，或是爬行着试图逃离的混混儿，不断将他们砍翻。到处喷涌着鲜血，使宴会厅霎时间化作一个血池。

混混儿们武艺不精，加之个个烂醉，只能惊恐地连连惨叫，甚至做不了什么像样的抵抗。他们吓得目光昏蒙,哀号着四处乱爬,但是只能在血泊里打滑,难以前进。

鲇之进追上那些或是四处乱爬,或是干脆翻倒在地蠕动的男人,冷静地逐一下了杀手。他刺穿其心脏,踩着对方腰部拔出大刀,毫不在意喷涌的鲜血,再找到旁边的人继续刺穿心脏,继而踹到一旁,拔出大刀,再次沐浴着血雾,走向下一个人。烂醉的男人将吃下去的东西吐了个干净,轰然倒地,在黏腻的血泊里滑开。

鲇之进扔下用钝的刀,又拾起一把新的,左右砍向试图逃出走廊的混混的后背。然后,他追到走廊上,再次接二连三地砍倒不断号叫逃窜的余党。转眼之间,走廊也成了一片尸山。

鲇之进走回宴会厅,宽敞的房间里已经遍地是血,数不清的男人倒在地上抽搐,俨然地狱血池图景。周围已经无人站立,也无人抵抗了。

"千代!"

鲇之进唤了一声。

"是。"

千代答应着,朝他跑了过来。

"头领在哪里?"

千代闻言,抬手指向一个在地上痛苦蠕动的老者。

"在那里。"

"我看不见。已经干掉了吗?"

鲇之进问。

"是。"

千代凝视着鲇之进的双眼。

"眼睛还是……"

鲇之进摇摇头,不断喘着粗气。

"看不见。已经恢复了不少,但只能看见人的轮廓。"

千代一时无语,更加仔细地看着他的眸子。鲇之进的双眼已经浑浊，宛如两只玻璃球，变得浑蒙不清。

"可你还是……"

千代说。

"所以我一点都不能留情，只能都杀掉。"

鲇之进说。

"孩子呢？"

"在这里。"

"啊，我们的孩子。方才的厮杀如此激烈，他没事吧？"

"若是死了，也是他的命，因为我只能背着他作战。"

千代绕到背后，凑近了婴儿的脸。

"啊，他还活着，在笑呢。"

"哦！在笑吗，真是个坚强的孩子。"

鲇之进感叹道。

"脖子上缠了好多手巾……"

"为了不让脖子受到颠簸。他竟然活下来了，倒也是个战士。"

"你一个人干掉了这么多人，真了不起。"

"他们都喝得烂醉，我只需补上一刀而已。"

"嗯，可是……"

"烂醉如泥的人不算剑客，被砍了也无话可说。"

鲇之进冷酷地说完，继续调整呼吸。

"火枪给我。"

他伸出手，接过火枪打量了一番。

"人总是做些无聊的玩意儿出来，就是为了杀人。"

"是的。"

"这就是弱者的剑。只要趁其不备，这玩意儿也不值得害怕。压火药，填子弹，点火绳，都要花很长时间。如此迟缓的东西不足为惧。"

说完，他就把手上那把染血的刀戳在地板上，转向千代。

"我不想待在这种鬼地方了！千代，走吧，你来拉着我的手。"

"是。"

千代点点头，拉着鲇之进的手出了走廊。

"去哪里？"

"千代，不如我们逃到远方去，种田为生吧。我再也不想与人厮杀了。"

鲇之进说。

"好，去哪儿都行。"

千代答应道。

两人走到大路上。太阳已经下山，周围笼罩着夜幕。好在并没有人通过。

"往左，还是往右？"

"往左。我也不想到城里去了。要到远处去，到没去过的地方。"

于是，两人牵着手，往加贺城池的反方向迈开了脚步，渐渐融入夜色中。

从此，再也没有人见过他们。

前往金泽（下）

12

吉敷在通子的公寓睡不安稳,早早就走了出来,在大街上边走边思考。附近有座尾山神社,是号称金泽名胜的地方之一。

他在阴云笼罩下登上石阶,前方便是神门。穿过那里就到了神社院内。这道门放在神社门口显得有些奇特,因为它是和洋折中的三层结构,第三层还嵌着彩色玻璃,让每个第一次来访的人都感到惊讶。

吉敷第一次被领到这里来时,同样吃了一惊。这道门给人的感觉太奇怪了,不太像神社,反倒更适合"吉利支丹""伴天连"[①]这种异教称谓。到了晚上,三楼的彩色玻璃会点灯,以前还起到了为航海者指引方向的作用。据说这是明治初期的建筑,由荷兰人设计。刚建成时被批评丑陋不堪,现在则成了金泽独特的景观。

来到院内,一些小树的叶子已经全红了。他正在想,待会儿得到鹰科艳子家去一趟。可是,他暂时还没想到什么可行的对策。

昨天与绑架犯通完电话,盆次老爷子闭上眼睛,再也没有应声。原来他已经累得睡了过去,还打起了呼噜。

凶手如今在想什么?这是他最在意的问题。金森前往大阪之后,又返回了朝鲜,并且死在了那里。凶手想必觉得自己已经失去了目标吧。此时,老人跟他说了一番话,还告诉他自己知道是谁斩杀了他的兄长等五人。如此一来,应该能拖延一两天时间,阻止凶手对

[①]前者是日本战国时代、江户时代乃至明治初期对国内天主教徒的称呼,后者是这一时期对传教士的称呼。

孩子下手。他虽然半信半疑，但也只能耐心等待盆次继续说下去。可是，等到最后又如何呢？

后来，吉敷向运营老人院的桐田先生详细说明了情况，再三叮嘱他一定要保密之后，才拜托他要是再有人打电话给江原盆次老人，就立即联系自己的手机。当然，吉敷也让艳子一接到凶手的电话就联系自己。

接着，他就把手机放在上衣内袋，时刻注意着来电。不过，真的只要这样就好了吗？虽然艳子不答应他行动，可他真的可以这样干等着吗？只不过，就算行动起来，他也只有一个人，能力有限。

神社院内竖着一块玻璃柜展板，里面贴着一张海报，预告"金泽街头艺人表演会"将在北国新闻赤羽大厅举办。活动从下午开始。吉敷漫不经心地看了几眼，准备往浅野川方向走，可是就在这个瞬间，他停下了脚步。因为他留意到了海报下方的一行小字。那上面写着"金森金融宣传广告部"。

吉敷回到展板前，蹲下身子，目光正好与那行字齐平。文字上方有一张黑白照片，照片里显示着新店开业的字样，旁边有个小个子，胸前背着嵌在木框里的钲和太鼓，正在用鼓槌敲打。他左右两边站着手捧三味线、头戴高岛田假发的和服女子，正在唱歌跳舞。三人周围聚集了许多孩子，或是蹲在地上，或是站着，都在拍手欢笑。因为历史久远，孩子们个个留着寸头。

这个金森金融的宣传广告部，不就是江原盆次待过的地方吗？而且笔记本上提到，凶手战前也在那个部门给盆次打过下手。吉敷怀疑，照片上这个敲太鼓跳舞的人，可能就是他昨天傍晚见到的江原盆次。他蹲在地上仔细打量那张照片。敲鼓人的脸隐在钲和太鼓后面看不清楚，不过从矮小的体形猜测，应该就是盆次。

表演会场赤羽大厅离这里不远，去那里看一圈再前往东茶屋街虽然有点绕路，但也不会浪费多少时间。开演时间是下午，此时演员应该在彩排。他到会场去找人问问，说不定能找到了解战前金森金融宣传广告部的人。若是运气好，说不定还能碰到盆次说的那个长相英俊的歌舞伎演员。如果曾经是歌舞伎演员，外貌又比较英俊，在当时应该会小有名气——

虽然年代久远，他的期待可能过高，但哪怕能打听到一些传闻也好，甚至有可能抓住一点线索。想到这里，吉敷转身返回神门方向，准备去赤羽大厅看看。

走到那里一看，周围没什么人，正门紧闭。他绕到后台入口，发现那里开着，于是走进去，向走廊上疑似内部人员的男子亮出警官证。对方吓了一跳，连忙问他要找哪位。

吉敷问："如果正在彩排，我能否进去看看？"那人说好，还在前面给他带路。他们穿过一条长长的通道，拉开一扇贴有隔音材料的厚重大门，就来到了大厅。

大厅为木质结构，看起来非常气派，底下还有很多观众席位。不过此时当然一个观众都没有。左前方是舞台，台上站着许多人。有的人打扮成街头艺人的样子，有的人还没换上戏服，只穿着运动服。吉敷点头道谢，领他进来的幕后人员马上原路折返了。

舞台上站着许多街头艺人，大都穿上了好似时代剧的服装。因为时间还早，他们并未化妆，所以吉敷能看出来，有的人虽然穿着女士和服，还戴着高岛田假发，实际上是男人。

他们手上拿着三味线、太鼓，还有喇叭，也有人背着他在照片上看到的，装在木框里的钲和太鼓。这些人四处走动，乱糟糟地忙着彩排。街头艺人们似乎有几句迎合介绍人的台词，此时正在配合练习。与其说这是一群街头艺人，倒更像是正在地方巡演的剧团。

吉敷一边听他们彩排，一边顺着观众席墙边的通道走过去。因为他看见台下角落站着个中年男人，正在抬头观看彩排。

吉敷走到他旁边，亮出警官证，说想问几句话。

"啊？怎么，你要查我们吗？"

那人露出紧张的神色，吉敷摇了摇头。

"不是要查你们，只是想问几句话作为参考。"

"哦，你要问啥？"

他的声音虽然沙哑，但是举止不似外行。恐怕原本也是站在舞台上的专业人士吧。

"我看到了这场表演的海报，上面还附有金森金融宣传广告部的街头表演照片，对吧？"

"哦，是有那个。"

他用力点了两三下头。

"那是怎么回事？"

"那个啊，正好有个伙伴收藏了那张照片，就拿过来用了。照片年头比较久，上面又围着很多小孩儿，正好反映了当时的表演气氛，我就放到海报上了。"

吉敷点点头。

"现在的街头表演啊，小孩儿大人都不围着看啦。"

"今天这里有人认识照片上那位金森金融宣传广告部的人吗？"

那人闻言，想了想。

"应该没有。"他说，"那是战前的照片，现在公司早就没了，应该没人知道吧。这里都是些年轻人。"

"哦，是吗？"

吉敷虽然早有预料，心里还是有些失落。果然打探不到消息啊。

"若有人熟悉那时候的事情，现在恐怕都九十岁啦。"

吉敷点点头，心想的确如此。昨晚他就见到了照片上的人，正躺在老人院的床上呢。

"这座城里还有那种老式的街头艺人吗？"

吉敷单纯因为好奇，问了一句。

"有啊。不过应该没有人知道金森。"

他的嗓门很大，沙哑的声音应该是长年大声吆喝所致。

"我还想再问个问题。"

吉敷不带任何期冀地说。

"是，你请说。"

"当时有个歌舞伎演员来到这里，做起了街头艺人的行当。您听过这种事吗？"

"歌舞伎演员？！"

男人惊讶地说。

"是的，而且长相特别英俊。"

"英俊的歌舞伎演员……"

男人歪头想了想。

"当时好像是有很多京都过来的人，或许还真有你说的那位。不过……我不太清楚啊。是战前吗？"

"是的，战前到战中。"

"那可能真的有，因为当时跟现在情况不一样。而且当时的戏剧也跟现在不同，特别兴盛。"

吉敷点点头。不过，如果真是个眉目俊秀的演员，应该会留下传闻才对，说不定当时还有一群女性追随者。反正肯定不会像这人说的那样，没什么印象。

"今天这是……"

吉敷不再追问，换了个话题。

"不久之后有个街头艺人的全国大赛。今天这场活动，但凡周围自认技艺高超的人，全都来参加了。活动是报社主办的，同时也是给后面的全国大赛做宣传。"

"哦。"

吉敷道了声谢，转身顺着墙边的通道走了一段，然后沿着席位拐向中央通道，并在通道旁找了个座位坐下。来都来了，不如看看他们彩排吧。虽然不太可能有参考价值，但他还是可以凝视着舞台专心思索。

舞台上的人开始演奏钲和太鼓，随后三味线的音色加了进去，演员们站成一列，开始走台，一边奏乐一边在舞台上围成大圈。接着又走了一圈。回到中央，他们又开始念台词。吉敷定定地看着。

"孝子路过啦，孝子路过！"

一个男人身披黄色背袄，戴着黑框眼镜，背着一个老人，弓着身子摇摇晃晃地走上了舞台。

"哎哟，这不是太郎嘛。"

舞台上的艺人说着，纷纷迎了上去。

背着老太太的男人表情异常死板。他左右变换方向，瞪大了双眼，保持面无表情的样子，穿过了舞台上喧闹的艺人群体。

男人身子又弯了一些，故意踉跄几步，然后说：

"喂，老妈今天好重啊，昨晚吃啥了？"

每次他一踉跄，背袄底下露出的两条腿就跟着摇晃。

"太郎，你背着你的老娘，很孝顺嘛。"

同伴们说着，把那对母子围在中间，拍着肩膀犒劳男人。

就在那个瞬间，舞台上演了惊人的光景。背着老太太的眼镜男竟带着老母亲跳起来，做了个后空翻。

他的动作像体操运动员一般华丽完美，连翻了两三次。

围在旁边的同伴中，有三个人吓得向后仰倒，一屁股坐在地上，然后说：

"哇，吓死人了。你老娘还活着吗？"

背着母亲后空翻的男人缓缓走回舞台中央，面上表情依旧不变。就在这时，戴着眼镜的面孔突然滑落，老太太猛地直起身子。原来是把裹在身体前方的道具脱掉了。

那人原来在表演背负老太太的杂耍，真正的脸化成了满脸皱纹的老太太的模样，然后用布绳把年轻人的上半身系在了身体前方。那个青年身体上方那张戴眼镜的呆板面孔，实际是一颗假人头。因为是假人，表情自然呆板。接着，演员又在身上套了一件背袄。

看了同伴的倾情演出，舞台上爆发出阵阵笑声。再看演员脱下来的道具，原来儿子的上半身和垂在后面的老母亲的双腿都是假的。老太太的脸和儿子的下半身则是演员本人。换言之，这场戏完全是一个人在演出。

吉敷坐在观众席上，也笑了起来。这杂耍可真巧妙，连他也被骗了。

这一瞬间，他仿佛受到了电击一般呆住了，大张着嘴坐在那里。

"什么？！"

他在一瞬间明白了一切。又过了片刻，他才意识到自己的脑子已经把所有谜题都解开了。

这就是答案！毫无征兆的冲击宛如电流蹿过全身。

他愣了一会儿，站在那里等待心情平静下来。在这段时间里，他把突如其来的灵感做了一番整理，令其完善起来。

片刻之后，双目终于聚焦，前方的光景变清晰了。此时他才发现，台上的演员都停下了动作，所有眼睛都在看着他。原来，他们也听到了刚才吉敷发出的动静。

他吃了一惊，慌忙朝着舞台摆手，示意这里没什么事情，请演员们不要在意。

接着，他走上中央通道，背向舞台，奔跑着寻找出口。

怎么会这样！他边跑边想。那人怎么会这样！他万万没想到竟是这个答案。

他一路跑到通道尽头，用力顶开沉重的门扉，接着又跑到了正门。那里依旧锁着。

他开始往回跑，一股脑儿穿过通道，奔跑着寻找后台出口。他可能走了些弯路，但思维完全不在这上面，因此没有察觉。等他回过神来，后台出口已经出现在前方。

他推开门，来到明亮的室外，继而朝大路狂奔，然后在人行道上边跑边寻找后方的出租车。

跑了好久都没找到，好不容易发现了显示红色空车文字的车辆，他立刻跳上车道抬起右手。出租车马上亮起转向灯朝路边靠了过来。吉敷等不及车门打开，飞快地钻了进去，让司机带他去东茶屋街。出租车马上开动了，想必是司机察觉到吉敷在赶时间。

他从怀里掏出记事本，报出了江原盆次居住的老人院地址。

"到这里去。"

司机闻言，点了点头。

"您知道地方吗？"

司机又点了点头。

出租车绕着金泽的城池转了一圈，顺着浅野川开出了北上的大路。虽然从这里看不见河川，不过他在这一带散步过许多次，已经熟知道路情况。此时，内袋的手机响了。他连忙掏出来，接了电话。

"刑警先生？"

一个遥远的男声问道。

"是的。桐田先生吗？出什么事了？"

他匆忙问了一句。对方果然是桐田，也就是江原盆次居住的老人院的管理者。吉敷之所以如此慌忙，怕的就是这个消息。因为他预感到，盆次可能会出事。

"我今早刚到这边来，之前一直都拜托做饭的阿姨帮忙照管。"

吉敷无言以对。是啊，早知道当时应该跟做饭的阿姨也说一声。他满心后悔，一时不知该说什么，只能祈祷别发生什么不好的事情。

"江原盆次先生不见了。"

"不见了？！"

他忍不住放大了音量。

"对，人不在床上了。"

吉敷闷哼一声。果然如此。

"我们整座房子都找过了，不在厕所也不在浴室，就是不见了。"

"到哪里去了？"

"不知道。"

"以前经常发生这种事吗?"

"一次都没有过。"

"那他有没有留言?"

"没有呢。做饭阿姨也没听他说什么。还有……"

"嗯,还有什么?"

吉敷着急地追问。

"轮椅没了。"

"轮椅?!"

他其实也早有预料。既然轮椅没了,那肯定是出远门了。他怕的就是这个。太大意了,竟然晚了一步。

"是的,轮椅一直放在玄关门口,现在没了。"

他记得昨晚过去时,的确在门口看见了轮椅。

"那台轮椅是电动的吧?"

"是电动的,靠电池行驶。我觉得盆次先生应该是坐着轮椅出去了。"

"盆次先生能走路吗?"

"嗯,也就是挂着拐杖上厕所还行,长距离肯定不行。"

桐田回答。

"电池能撑多久?"

"这个嘛……顶多两千米左右。"

"您能猜到他去了什么地方吗?"

吉敷又问。

"猜不到。本来盆次先生也不是喜欢独自出门的人,这可能是他过来以后第一次这么做吧。鹰科女士来看他的时候,倒是一起出去过几次,除此之外就没有了。"

"嗯。"

"真的猜不到啊。会不会是去了鹰科女士那里……"

肯定不是,吉敷马上想。他不是去艳子那里,事态比这个更严重。

"盆次先生没有手机对吧?"

他已经听艳子说过盆次没有手机,只是再确认一下。

"没有。"

桐田说。

"知道了。"

吉敷回答。

"要是还发现什么异常,无论什么都可以,请您立刻联系我好吗?"

"嗯,知道了。"

听到他的回答,吉敷挂了电话。

如果他没有手机,就只能打公共电话或托管电话。公共电话也能打给传呼机,若是托管电话,可以报上号码,等那边打过来。

他立刻打给了艳子,确认盆次是否联系过她。艳子说没有。

他很快就挂了电话,并没有告诉她盆次离开了老人院。要是艳子再倒下,只能平添烦恼。

吉敷收起手机,对司机说:

"我要换个目的地,请送我去卯辰山的卯辰八幡社。"

吉敷知道老人在想什么。他肯定是坐着轮椅独自去了那里。

13

盆次操纵着老人院唯一的轮椅,走在通往卯辰八幡社的道路上。他右手握着操纵杆,见到人行道上没人,就全速前进。

一碰到前面有人,他就会放慢速度,但还是想办法从人缝里转过去。若是不小心碰到了行人的衣服或手,他就连连点头哈腰,拼命道歉,然后提速。

道路朝着卯辰山方向,变成平缓的坡道,人行道也没了。这反倒让他更轻松。只要绕到机动车道,他就能轻易超过行人。虽然会妨碍到后方车辆,但那也没办法。因为他别无选择。

他进入了卯辰八幡社的参道。路上满是前来参拜的人,不过门口设有路障,禁止机动车进入。这对盆次来说更加有利,因为他可以光明正大地走在路中央了。

可是道路坡度开始变陡,轮椅速度猛地降了下来,而且越往前开就越缓慢,因为车子没电了。他拼命祈祷轮椅能开到前面的石阶底下,但是很遗憾,还差一点距离,轮椅彻底不动了。无论他怎么扳动操纵杆,轮椅就是纹丝不动。让人为难的是,车轮不知是被锁死了还是坏掉了,用手也推不动。

盆次抽出拐杖,撑着地面,费尽力气从轮椅上走了下来。路是石板铺的,倒也还算平坦。他缓缓撑起身子,但是膝盖一软,跌倒在地。

周围正好没人,盆次用拐杖支撑着身体,咬牙站了起来。接着,他颤颤巍巍地拄着拐杖,拼命向前挪动。左右两端都是成片的红叶,他在树荫底下好不容易走到了石阶,小路往右拐去。

他走向左边的房子,伸出左手撑着木板墙,同时右手拄着拐杖,支撑着身体一点点前进。他咬着牙,奋力抬起不听使唤的脚,迈到前方。就这样,他用比爬行还慢的速度向前挪动着。

巷子只有短短五十米,可他花了将近一小时才走完。等到盆次看见卯辰酒造仓库的招牌时,已经用尽了全力,颓然倒在没有铺装的土路上,好长时间都没有动弹。因为他太久没有走路,疲劳已经超过极限。

他早已没有继续行走的体力,只能趴在路上,喘着粗气休息。所幸这里是参道分支出来的小路,没什么人经过,应该不会被人看到。可是他刚想到这里,头上就传来一个女人的声音。

"老爷爷,您没事吧?"

说着,那个女人把他抱了起来,让他坐在旁边的石头上。她可能是碰巧路过这里的附近居民吧。

盆次磕磕巴巴地向她道了谢。

"您没事吧？要不要叫救护车？"

盆次听了用力摇头，接着又磕磕巴巴地说，只要在这儿休息片刻就好，请她不必在意。

等到女人离开，盆次又一次试图向前移动，但是双腿完全不听使唤，他又倒在了地上。他静静地待了一会儿，强忍着磕碰膝盖的疼痛，后来实在没办法，只好爬着前进。因为他必须去，不能请人帮忙。如果轮椅不管用，走路也不管用，那就爬过去便是。他朝着前方模糊不清的卯辰酒造几个字，奋力挪动着身体。

不一会儿，又有一个男人路过，把他抱了起来。盆次心想他多管闲事，但那人还是热心地扶着他在旁边的石头上坐下，也像刚才那个女人一样问：

"需要叫救护车吗？"

盆次奋力摇头，坚称休息一会儿就好，拒绝了他的好意，还磕磕巴巴地说，请让他一个人待着。

现如今，恐怕没有人会在路上爬行了吧。他这样在别人眼里肯定很奇怪。可是，现在他必须做这件事。他活过了漫长的人生，从未给人帮上什么忙，而这，将是他最后的工作。所以，不管自己的样子多么奇怪、多么可悲，盆次还是希望别人别来管他。

此时，盆次听见了不可思议的动静。那个声音仿佛来自世界的尽头，缓缓向他逼近。就像远处山脚的树木发出低吟，又像遥远的潮骚。那声音太不可思议了，整座卯辰山似乎都在震颤。盆次眼神不好，一时间不理解周围的情况，不过空气突然湿润起来，天色突然转暗，这下他明白了。

一滴冰凉的液体打在脸颊上。下雨了。意识到这点，盆次不由得感谢老天。太好了，这一定是老天爷的恩赐。只要下起雨来，路上就不会有人了。

世界顿时暗了下来。明明还是上午，天色已经阴沉得如同傍晚。

全世界都被水滴敲打，盆次感到很舒服。他静静地闭着眼，坐在石头上，一直待到衣服被完全打湿。他听着雨水打在旁边那块石头上的声音，过了一会儿，心想应该可以了，便奋力挪动腰腿，试图站起来。

可是，他已经站不起来了。他无法站立，也无法行走。就像轮椅的电池一样，盆次的身体也耗尽了生命的能量。

他缓缓前倾，双手撑在道路上，身体贴向地面。除此以外，他想不到该如何前进，只能任凭雨水打在背上。接着，他一点点向前爬了起来。这条路没有铺装，盆次就像在泥水中游泳一般向前爬动。无论如何，他都要完成自己决心做的事情后，再与这个世界告别。

就这样，盆次爬进了卯辰酒造仓库正门，来到石阶底下。他花了好长好长时间，撑起被雨淋透的上半身，拖着再也不听使唤的麻烦双腿，拼死爬上了石阶，然后推开大木门上的小门，从门缝里奋力爬了进去。昏暗的仓库里有一条夯实的土路。因为鼻子离地面很近，盆次闻到了潮湿的泥土气息。多么熟悉的气味啊，这里还是跟以前一样。从战前到现在，这条通道都没有变过。年轻时，他曾经在这里生活了一段时间。那个街头艺人的时代，如今已是遥远的往事。忆起往昔，盆次感到自己有了些力量。

他抬起头，左右都是装着酒桶和日本酒瓶、堆得老高的木箱。以前这里没有这些东西。他翻过身来，看了看高高的天花板和下面的光景。但他处在一片充斥着雨声的黑暗空间内，看不清周围的东西。

接着，盆次又一次趴在地上，缓缓爬行起来。他爬向一个足有两人高的巨大酒桶，到达之后，艰难地喘了几口气，觉得自己再也动弹不得。

"正、正、正、正贤。"

盆次大声呼唤。

"你、你、你在哪儿。我、我、我来了，是盆、盆次啊，鸡、鸡、鸡公啊。快出来。"

就在那一刻,周围突然亮了起来,原来是一个裸露的灯泡接通了电源。

昏暗的仓库内,浮现出一个男人雪白的脸。

他没有剃月代头,一副浪人模样。他长着一张眉眼端正,如同演员的脸。旁边还飘着一把日本刀,像是他手握之物。但是,这人并没有身体。

昏暗中突然响起一阵笑声。声音越来越大,一开始宛如嘲笑,继而变成了哄笑。浪人的头在朝他笑。

盆次听着笑声,奋力撑起身子,全力翻转过来,背靠酒桶坐在了地上。

"你好狼狈啊盆次,怎么都湿透了,还老成这样啦。你是一路爬过来的吗?"

那个男人说。

吉敷坐在出租车里,看着外面突然下起的雨。雨点越来越密集,打在吉敷面前的车玻璃上,甚至能听见啪嗒啪嗒的声音。

快速摇摆的雨刷另一头,被骤雨笼罩的浅野川突然开阔起来。原来是出租车拐了个弯,驶上了钢铁结构的天神桥。他隔着钢架看了一会儿雨打河面。过完河便是路的尽头,出租车先向右拐,再向左拐。路越来越曲折,开始往卯辰山上延伸。

前方出现一片湿漉漉的绿色,很快就遮蔽了道路左右,其中也混着醒目的红叶。朱红色迅速蔓延,宛如火焰般的色彩在他眼中如同盆次的生命灯火。被雨水拍打,浑身湿透,反倒燃烧得更红更艳。就像一条渐渐冷却,即将消失的生命。

吉敷坐在车里,控制着呼吸的节奏。他已经焦急到了极限,满心想着生命之火即将燃尽的盆次。

出租车爬完山道,停了下来。周围只剩下哗啦啦的雨声。

"这里是参道的入口，车只能开到这儿。"

司机抱歉地说。

"是吗，那我就在这里下吧。"

吉敷说完，支付了事先准备的车钱。

"客人，外面下雨，您有伞吗？"

司机关心地问。

"不用了。"

吉敷短促地回答。

"请开门。"

车门打开，雨声传了进来，还有泥土的气味。吉敷毫不犹豫地跑了出去。

他走上参道，一路飞奔，顶着不断拍打在脸上的雨水，速度越来越快。

前方出现了打着伞前往卯辰八幡社的人群。他左右躲闪，超过了那些人。头发、脸、脖子，全都被淋得湿透，但他顾不上在意。不管气息如何急促，他都不打算停下来。他扭动着身子，从人群中穿了出来，接着便继续加速，全力奔跑。

飘浮在黑暗中的人头与大刀随着暗幕滑落在地。浪人的脑袋顺着夯实的地面，滚到了墙角。

眼前出现了梯子和酒桶。一个身材健硕的年长男子缓缓爬了下来。

"鸡公，好久不见啦。"男人语气轻浮地对他开口道，"我总算发现了，那是人偶戏吧？你说是不是啊，鸡公？"

"没、没、没错。"

盆次靠在酒桶旁，闭着眼睛点头。

"没想到竟是你啊。这么多年了，我压根儿没发现。就你这副模样，真没想到竟有那么好的身手啊。"

"人、人、人不可、貌、貌、貌相啊。"

盆次自嘲地喃喃道。

"金森老大知道吗？"

"那、那、那当然。"盆次说，"所、所、所以我去、去了盲、盲剑楼之后，你、你大哥他们的护卫就、不、不、不需要了。因、因、因为我、我跟着阿、阿染夫人。"

"啊？"

男人脸色一变。

"我还真不知道你在盲剑楼呢。莫非你也喜欢阿染吗？"

盆次脸上浮现出一丝嘲笑。

"随、随便你怎、怎么说。我、我不在乎。她、她是我唯、唯一在乎的女、女人，我、我不后悔，一、一点都不。"

两人陷入沉默，外面的雨声充斥了整个仓库。

"不过昭和二十年那会儿，我们都在楼里看见你了，但完全没认出来你就是金森宣传广告部那个鸡公。因为我压根儿不知道你离开金森后去了什么地方。再说那时你已经老了，长相都变了，头发也没了，腰也弯了啊。吃了不少苦吧？"

"我、我一眼就、就认出来、来了，你是正、正贤。"

"那你为啥不说？"

"没、没、没说成。你、你到军队里，变、变成了恶棍。原、原本是个挺、挺正派的人，后、后来成了黑、黑道。"

"那可不怪我，都怪这个国家的浑蛋！"

"别、别推给别人，正、正贤。"

"哼，要是没有那件事，我啊，早就是成功人士，是大富翁了。"

"你、你这个人，充、充其量也就这、这种水平了，少、少做梦。"

"胡说八道！鸡公你少说漂亮话！瞧瞧你自己这个样子，死心塌地伺候别人，结果那帮人，还有阿染，有人理睬你吗？！"

258

"这、这是、是我自、自己选的。"

"鸡公，老好人也有个限度，多为自己想想啊。"

盆次闭上眼，并不回答。雨声再次充斥了室内。

"鸡公，你当时怎么没直接以鸡公的身份冲进去？为什么要顶着人偶隐瞒身份？"

男人问。

"够、够了，不、不说了。"

盆次痛苦地说。

"回答我，鸡公。"

"跟、跟你说、说了也、也没用。够、够了，那、那不重要。"

"一点都不够！"

"你、你、你要报、报、报仇吗，正、正贤？"

"没错。"

"那、那、那就快、快点，我、我要撑、撑不住了。"

盆次说。

"你不打算跟我同归于尽吗？没带长刀来吗？"

"我、我、我没那、那玩意儿，大、大火全、全烧了。"

"空着手啊，太蠢了，你怎么会……"

男人一时语塞，雨声卷土重来。

"你那时的刀法，就像闪光一样啊。"

"没、没有那、那东西了。都、都没了。"

"是吗，都没了啊。"

"所、所、所以啊，我、我的命、命给你，孩、孩子在、在哪？"

"仓库的东北角有地下室，孩子就在里面。我给她买了点心、玩具、绘本，还给她看电视。那是个好孩子，都不怎么哭，我俩还挺好的。鸡公，你为什么不跟我同归于尽？"

"跟、跟你同、同归于尽，就、就没有人照、照顾孩、孩子了。我、我的命给你，孩、孩子要好、好好还回去，给赖子妈妈。拜、拜托你了，好、好吗？这、这是我、我最后的请求，你、你要守、守信用。"

"好，我知道了。"

"那、那就行，快、快点吧。你、你不快点，我、我就要死了。"

"是吗？"

男人转过身，从酒桶缝隙里取出事先藏好的大刀，拔出来，然后说：

"鸡公啊，我做梦都想着这一天。我要亲手砍死杀了兄姆尼的人。"

"少、少啰唆了，快、快动手。"

"你太狡猾了，趁大哥他们喝醉了才动手。我要替大哥报仇雪恨。"

"有、有什么好、好狡猾的。你、你们占了楼，欺、欺负无力的女、女人小孩，还、还有阿染夫人。胡、胡闹了整、整整三天三夜。你、你们随心所欲，大、大吃大喝，谁、谁也没求你、你们这样。"

"是你毁了我的人生。"刀尖指向盆次的胸膛，男人说道，"我要送你下地狱，替大家报仇！"

他大喊一声。

"你、你们啊，真、真喜欢怨恨。"

"少啰唆！"

他高声喊着，扑了过去。

"住手！"

不知何处传来吼声，男人没有停下。

那个瞬间，枪声响彻四周。男人扑倒在地，脱手的大刀在空中打转，"咚"地插到了盆次头顶。盆次缓缓抬起头，看着上方的刀刃。

一个男人喘着粗气拉开库门，冒着大雨走了进来，然后喃喃道：

"我都叫你住手了。"

他缓缓走向倒地的男人，蹲下来，伸手到他脖颈处试探。那人一直在喘气，呼哧呼哧的声音在仓库里回荡。莫非他是在雨中一路跑来的吗？

鲜血在他脚尖蔓延开来。

他站起来，走向盆次。

"你没事吧？"

"不、不、不、不行。我、我、我要死啊。"盆次说，"警、警、警察先生，你、你救我干啥？反、反正我都快、快死了。也活、活不了几天了。"

"你叫我帮绑匪吗？"

吉敷说着，把手枪插回外套底下的枪套里。

"那可不行。"

他边说还边喘着气。

盆次静静地叹了一声。

"警、警、警察先生，好、好枪法啊，一、一枪命中。"

"我还是第一次开枪打人。"吉敷说，"要是再早一点，就不用开枪了。"

盆次听了，便说：

"就、就、就是啊，要、要是再晚、晚一点，我、我也能、能死成了。"

"你啊，死到临头了还要开那种玩笑吗？孩子呢？"

"他、他说在仓库东、东北角的地、地下。"

"我去找找。"

说完，吉敷把堆在房间一角的幕布拖过来，盖住了男人的尸体。

等吉敷抱着孩子回来，盆次微微睁开了眼。吉敷把孩子放下，她立刻就跑向了盆次。

"爷爷！"

孩子叫了他一声。

"啊、啊、希、希美呀,太、太好了,不、不、不行啊,别、别碰爷、爷爷,我身、身上、手、手上都脏。"

说着,他缓缓倒在地上,失去了意识。希美愣在了原地。

吉敷拿出手机叫救护车,接着又把希美抱了起来。

"小希美也要去医院吗?你累不累?身上痛不痛?会不会难受?"

"没有,我想妈妈了。"

孩子说完,吉敷点点头。

"是吗,那我们坐车去找妈妈吧。"

"嗯。"孩子应了一声。

尾　声

鹰科一家来到了金泽县立医院的单人病房，围着病床上的盆次。吉敷和通子也来了。盆次反复提出单人间太贵了，想赶紧换到六人间，或是住回老人院。艳子叫他不要多想，好好养病。

病房位于一楼，窗外就是红叶，住起来很舒服。

"爷爷！"

希美喊了一声，跑过去抱住盆次。可能事先被母亲提醒过，她还对他说了句："谢谢爷爷。"

孩子说完，赖子和艳子也走到床边，跪坐在油布毡地板上，低头说道：

"盆爷，太感谢您了。"

"要是没有盆爷，这孩子肯定回不来。"艳子说，"从母亲那一代起，盆爷真的很照顾我们三代，不，四代人。"

"不、不是我，是、是这位警、警察先生，是、是他救、救了孩子。"

众人转向吉敷。

"也要感谢吉敷先生，真是谢谢你了。"

说着，母女俩又低头行礼。

"不，我这次没派上什么用场。"吉敷说完，看了一眼窗外的红叶，又说，"盆次先生，你还要长命百岁啊。"

接着，吉敷又说：

"我在现场救下盆次先生，反倒被抱怨了一通。幸亏当时没死在那里——要是盆次先生一直这么想的话，那我可尴尬了。"

"那就交给我们吧。"艳子安静地说，"盆爷，等你出院了就到家里住，睡在我家屋里。"

"不、不行，那、那可不行，我、我会添、添麻烦。要、要是死、死在了榻榻米上，我、我要遭、遭天谴啦，我、我、不、不值得。我、我、我要是死、死在了榻榻米上，可、可不行啊。"

盆次争辩道。

"不，您就是应该死在榻榻米上的人。"

吉敷断言道。

"总之，您要先好好活下去。"

赖子也说。

"那、那、那可，有、有点为、为难啊。"盆次说，"下、下周就该办、办葬礼了。"

"您怎么又说这种话。"

"等、等、等火葬完、完了，把、把骨灰带到梅、梅桥上，撒、撒进浅、浅野川就行，不、不用立、立坟。"

"您又来了。"

"要是不立坟，我们怎么去祭拜呢。"

"对、对着河拜、拜拜就行。"

"盆爷，吉敷先生，大战结束那年九月，我在楼里看到的剑客，那是人偶吗？"

艳子问。

"不、不、不对，那、那、那是真、真的盲、盲剑大人。"

盆次立刻严肃地说道。

吉敷看他的神色，意识到他是认真的。

"啊？"

艳子露出含糊的表情说。

"真的吗？"

"是、是、是真的。"

"当时女人们都疲惫困顿不堪，再加上被灌了酒，也没怎么睡觉，个个都意识蒙眬。而且因为害怕，全都低着头，只有我这个十岁小孩儿认真看了整个过程，那时也在场的母亲现在也去世了……那是人偶吗？可若是人偶，怎么做到的？"

没有人回答，病房里陷入了沉默。

"盲剑大人的传说恰好讲了一个背负婴儿的奇怪剑客吧。"

吉敷暗道。

"巧合的是，那跟江户时期传承下来的传统演艺形式相同。于是盆次先生就想到了……吗？"

吉敷不禁想，这恐怕就是老天爷的安排吧。否则，又怎么会如此凑巧。

"总之，那不是机器人对吧？"

"肯定不是。"

吉敷笑着，看了一眼病床上的盆次。

"要不，现在姑且认为那个时候真的是盲剑大人显灵了吧。"

他帮忙打着圆场。

"芭菲。"希美说道。

她们似乎约好一起去吃芭菲。

"那盆爷，我们先走了，下次再来看你。"

艳子说。

"到时候我再带点儿盆爷喜欢的甜食过来。"

"家里已经给您铺好床了。"

赖子也说。

祖孙三人低头行礼，转身走了出去。通子好像犹豫了片刻，也跟了出去。她走之前看了一眼吉敷，吉敷也跟上去了。

"竹史，谢谢你。"

一直保持沉默的通子说着，双手握住了吉敷的右手。

"竹史果然是我的骄傲。"

她飞快地说完，便跟上了艳子一行。

只剩下吉敷一人，他拿了把折叠椅回到盆次床边，坐了下来。

"对了，那个在身上系人偶的杂耍，那是……"

"啊，那、那个叫助、助六，是、是京都的人偶师做、做的脸。那、那真是天、天才，没、没错，那、那老爷子就、就是天才。没、没人能做出那、那么漂亮的男、男人和女、女人的脸。今、今后再、再也见不到那、那样的人偶师啦。我、我之所以喜、喜欢人偶戏，也、也是因为那、那张脸。我、我可喜欢那、那张脸了，恨、恨不得把人、人偶的头带、带进坟墓里。可、可惜在大火里烧、烧掉了。"

"盆次先生，你当时为什么没有直接冲进二楼宴会厅，而是先穿戴上了人偶戏的行头？若是直接冲进去，阿染夫人可能也会更感谢你啊。"

"那、那不会。"盆次立刻否定，然后苦笑道，"警、警察先生也、也问了跟正、正贤一样的问、问题啊。"

吉敷连连点了几下头。

盆次沉默了一会儿，似乎在犹豫。不过，他最后还是缓缓开口了。

"我、我一直想把这、这种无聊的事也带、带进棺材里。我、我有、有一次真、真的被阿、阿染夫人抱住，大、大哭了一场。她、她其实很、很不愿意被金、金森老大睡，她、她对我这、这样说，抱、抱着我哭、哭了好久。

"可、可是不、不让老大睡，就养、养活不了家、家乡的父母，也补、补贴不了弟、弟弟妹妹，她、她这样说着，哭、哭了好久。

"当、当时我真、真的好、好幸福。现、现在都忘、忘不了。我真、真的太、太喜欢阿染夫人了。我、我也跟她一、一起哭了。然、然后我、我就决心，要、要一辈子守、守护这个人。我在、在心里深、深深发誓，发、发了重誓。我、我今后要为、为了这个人活、活着。

"我、我不带一、一点疑问，片、片刻也不、不休息，不、不想偷懒，也不、不需要谁、谁来感谢，而是付、付出了全部身心，决、决心要侍、侍奉这个人。我、我不惜性、性命，发誓、誓要一、一辈子跟、跟着她，还要给她送、送终。

"那、那个人是我唯、唯一的女、女人。我、我们什么都没做，只、只有那一次，握、握了手，她、她抱着我，亲、亲了我。然、然后就没、没什么了。可、可是我把她当作了一、一辈子唯、唯一的女人……比我自己，比、比我的命更、更重要。为、为了那个人，我、我愿意高、高高兴兴地舍弃性、性命。直、直到现在，这、这种心情也没、没有改变。真、真的，一、一点都没有。

"所、所以那、那个时候，我、我只能这么做。虽、虽说是东、东街第一的老、老店盲剑楼，也、也已经不、不行了。没、没有穿衣的平、平女，也没、没有饭婆，没、没有牛、牛太郎，没、没人做饭，只、只有几个艺、艺伎姑娘回、回来了。那、那些姑、姑娘都不会做、做饭。

"再、再加上打、打仗时，只有阿、阿染夫人不愿作陪、陪睡的生意，家、家底都掏、掏空了。还、还欠了钱。要、要是没了我，阿、阿染夫人就只、只能把楼关、关了，自己去、去上吊。要、要不是我在楼、楼里干、干白工，身兼数、数职，肯定是撑不、不下去的。"

"嗯。"

吉敷听了，缓缓点头。

"所、所以啊，我、我绝对不、不能坐、坐牢。要、要是没、没了我，楼、楼里就只、只剩女人。只有那、那些姑娘，连到哪儿去买、买吃的都、都不知道，一、一个人也不、不懂穿、穿行头，又、又不会做、做饭。对世道一、一无所知。搬、搬不了重、重东西，没人保、保护，太、太危险。我对楼、楼里的事情一、一清二楚，要是没、没了我，那、那楼肯、肯定不行。"

"原来如此。"

"要、要是我，要、要是盆次杀、杀进去，就、就算再、再怎么说为了救、救女人孩子，我、我也不能轻、轻易被放过。因为我杀、杀了五个人。再、再怎么酌、酌情考虑，也、也要判、判上好几、几年。到、到时候楼、楼就要倒闭了，绝、绝对撑不过、过去。那、那个时代，没、没人会像我一样啥、啥都能做。我、我比阿染夫、夫人还、还了解楼、楼里的账目。"

"哦。"

吉敷又点点头。

"所、所以我、我就装成了盲、盲剑大人。人、人偶戏是我最、最拿手的杂耍。我、我还会演孝、孝子背母，过、过去还能翻、翻跟头，啥、啥都会。不、不过我最、最拿手的还、还是人偶戏。我、我过去身在江、江湖，以剑、剑术闻名。我尽、尽量不夺、夺人性命，但是会、会伤、伤人，也、也把人整、整成过残、残废。

"后、后来不、不知咋的，每、每次伤人，我、我的口吃就变、变得更严重，越、越来越说不、不出话来。真、真是天、天谴啊。于、于是我就、就洗手不、不干了。因、因为帮、帮派也没、没了，老、老大主、主动赶我走，我、我也就没、没砍掉小、小指头。

"那已、已经是好、好久以前的事，又、又是那种时、时代。那、那个时候，乡、乡下警察也、也没什么人、人手，我、我就想，让、让盲剑大、大人出马，应、应该能、能行，结、结果真、真的行了。警、警察到楼、楼里来，虽、虽然不像我现、现在这样，但都、都是些老、老头，眼、眼神也不、不好，都上、上了年纪，最、最后事、事情就不了了之了。于、于是我也能、能继续待在盲剑、剑楼了。

"盲、盲剑楼顺、顺利交给了后、后面的人,阿染夫、夫人也洗、洗手不干了。我就一、一直帮她照顾女、女儿小艳,也给阿、阿染夫人送、送了终。

"后、后来孙、孙女赖子出生了,又长、长大了,还生、生下了曾、曾孙女,虽然希、希美被绑架了,好、好在有警、警察先生出、出马,让她平、平安回来了。

"我、我已经没、没啥想说的,也没、没啥念、念想了,这、这辈子真、真的很幸福。老、老实说,我很想死、死在那个酒、酒库里,结、结果被你救、救下来,葬、葬礼也得延、延期啦。

"不、不过我不怨、怨恨你。警、警察先生,那、那时我虽、虽然这么说,可是刚、刚才看着阿、阿染夫人子、子孙三代对、对我说谢、谢谢,我真、真的想哭啊。真、真的很高、高兴,我、我很感谢、谢你,刑警先、先生。真、真的,我、我虽然是、是个没、没用的老头,但真、真的感谢你。"

盆次说完,对吉敷深深低下了头。

听完那段长长的自白,吉敷心中已经没有想说的话了,只感觉似一阵狂风吹过,找不到任何词句。他唯有呆呆地望向窗外。

红叶如同重重叠叠的火焰,在微风中轻轻摇摆。

MOKENRO KITAN by SHIMADA Soji
Copyright © 2019 SHIMADA Soji
All rights reserved.
Original Japanese edition published by Bungeishunju Ltd., 2019.
Chinese (in simplified character only) translation rights in PRC reserved by New Star Press Co., Ltd., under the license granted by SHIMADA Soji arranged with Bungeishunju Ltd., Japan through East West Culture & Media Co., Ltd., Japan.
Simplified Chinese edition copyright: 2021 New Star Press Co., Ltd.
All rights reserved.

图书在版编目（CIP）数据

盲剑楼奇谭：全2册／（日）岛田庄司著；吕灵芝译．—北京： 新星出版社，2021.4
ISBN 978-7-5133-4389-3

Ⅰ.①盲… Ⅱ.①岛… ②吕… Ⅲ.①长篇小说–日本–现代 Ⅳ.①I313.45
中国版本图书馆CIP数据核字（2021）第039437号

午夜文库
谢刚 主持

盲剑楼奇谭（全二册）

[日]岛田庄司 著；吕灵芝 译

责任编辑：王　萌
责任校对：刘　义
责任印制：李珊珊
装帧设计：人马艺术设计·储平

出版发行：新星出版社
出 版 人：马汝军
社　　址：北京市西城区车公庄大街丙3号楼　100044
网　　址：www.newstarpress.com
电　　话：010-88310888
传　　真：010-65270449
法律顾问：北京市岳成律师事务所

读者服务：010-88310811　service@newstarpress.com
邮购地址：北京市西城区车公庄大街丙3号楼　100044

印　　刷：北京盛通印刷股份有限公司
开　　本：910mm×1230mm　1/32
印　　张：18.25
字　　数：284千字
版　　次：2021年4月第一版　2021年4月第一次印刷
书　　号：ISBN 978-7-5133-4389-3
定　　价：88.00元

版权专有，侵权必究。如有质量问题，请与印刷厂联系调换。